Ellinor Ehrhardt

mySPANKING

Verrückte Wechseljahre

Erotischer Roman, nach authentischen Erlebnissen

novum pro

www.novumverlag.com

Bibliografische Information
der Deutschen Nationalbibliothek:

Die Deutsche Nationalbibliothek
verzeichnet diese Publikation in
der Deutschen Nationalbibliografie.
Detaillierte bibliografische Daten
sind im Internet über
http://www.d-nb.de abrufbar.

© 2016 novum Verlag

ISBN 978-3-99048-420-3
Lektorat: Lucy Hase
Umschlagfoto: Thomas Leitermann,
Radeburg/Sachsen, Deutschland
Umschlaggestaltung, Layout & Satz:
novum Verlag

Gedruckt in der Europäischen Union
auf umweltfreundlichem, chlor- und
säurefrei gebleichtem Papier.

www.novumverlag.com

Inhaltsverzeichnis

CREDO

Die schlimmste Pein ist,
wenn eine große Sehnsucht ständig in greifbarer Nähe ist,
ohne dass diese Sehnsucht jemals Erfüllung findet.

Orientalische Weisheit

Eine schlimmere Pein ist,
wenn eine große Sehnsucht keine Erfüllung findet,
die sich mit Mut und Entschlossenheit hätte erfüllen lassen.

Petra

„Man sieht nur mit dem Herzen wirklich gut.
Das Wesentliche ist für die Augen unsichtbar.“

Antoine de Saint-Exupéry: „Der kleine Prinz“

VORWORT

Eine ganz gewöhnliche Frau, die der Generation 50+ zugeordnet werden kann, entdeckt aufregende Seiten einer ihr bisher verborgenen Welt. Petra durchbricht nach dem Ende ihrer Familienphase die Schranken ihres Alltagslebens, biegt ab auf einen Weg jenseits ausgeschilderter Pfade und nimmt all ihren Mut zusammen für eine abenteuerlich anmutende Welt.

Alles beginnt mit den Worten:

„Du suchst einen Menschen, der deine Neigungen versteht, der streng und doch einfühlsam ist, der mit Rohrstock und Peitsche umgehen kann und genügend Fantasie besitzt? Gehörst du zu den Menschen, die gerne darüber reden, oder liebt dein Kopfkino die Spannung und das Ungewisse? Spürst du das Brennen? Spürst du die Hand? Spürst du das Vertrauen, die Nähe, den Respekt?"

Diese Worte stammen von einem ganz gewöhnlichen Mann, der der Generation 50+ zugeordnet werden kann. Er kennt die aufregenden Seiten dieser verborgenen Welt. Er sucht mit diesen Worten eine Frau, die sich ihm ganz hingibt mit Lust am Schmerz und schmerzvoller Lust, die ihn nicht als grausam und gewalttätig abstempelt, weil er endlich seine Träume ausleben will.

Erzeugen diese Gedanken nicht ein gewisses Gefühl von Gänsehaut? Riecht es nicht förmlich nach Abenteuer, nach Ausbruch aus eingefahrenen Gleisen des Alltags? Der Abzweig in ein Land nirgendwo und vielleicht doch gleich nebenan?

Haben Sie vielleicht selbst schon manchmal solche Gedanken im Geheimen gehegt? Wollen Sie sich den Genuss gönnen, hinter die Kulissen einer Welt zu schauen, die geheimnisvoll, spannend, aufregend, erotisch, schauerlich, lebensfroh, direkt, unheimlich und eigentlich doch auch wieder ganz normal ist? Zumindest sind die Menschen darin ganz normal und real. Oder doch ein wenig abenteuerlich und unberechenbar? Eine Welt voller Überraschungen, voll Liebe und Leiden, mit Fantasie und Erotik, mit Hoffnungen und Enttäuschungen und mit Sehnsüchten, Wünschen und Träumen. Leider aber auch mit Eifersucht, Demütigung, Wut, Misstrauen, Unverständnis und Schranken. Eigentlich ist alles genau so wie im ganz normalen Leben. Oder doch nicht ganz genau so?

Was erleben die beiden Mittfünfziger? Welche Erfahrungen müssen sie machen? Welche Gedanken und Erkenntnisse bringt dieses tiefe Eintauchen in den Dschungel von Dominanz und Unterwerfung, von Macht und Gehorsam? Welche Sprache wird dort gesprochen?

Von einem letzten Tabu unserer so aufgeschlossenen Gesellschaft wird der Schleier gehoben. Die ungewöhnlich anmutenden sexuellen Neigungen werden zum öffentlichen Lesestoff. Mit Vorsicht, Einfühlungsvermögen und Respekt, aber dennoch mit direkten und teils deftigen Worten, schildert diese reife Frau ihren Gang zwischen den Welten. Eine gehörige Portion erotische Fantasie und Humor schmücken den Roman aus und machen daraus ein prickelndes Lesevergnügen. Machen Sie es sich bequem und lassen Sie sich in diese andere Welt entführen. Vielleicht entdecken Sie sich sogar selbst darin.

HAUPTPERSONEN

Petra

Lebte Petra in einer früheren Lebensform als Sippe von Männern, Frauen und Kindern unterschiedlichen Alters mit festgelegten Rangordnungen, so würde sie zur weisen Frau oder Schamanin taugen. Sie hat es verstanden, ihr Hirn zu benutzen, um sich aus den Zwängen und Ängsten einer verklemmten Kindheit zu lösen. Dafür musste sie nicht mit der Familie brechen oder ihrer diktatorischen Gesellschaftsordnung entfliehen. Sie benutzte ihren Kopf schon als Teenager, um ihre Umwelt kritisch zu betrachten und Verhaltensweisen zu hinterfragen. Im Alter von vierzehn Jahren bestimmte sie über ihr Leben weitgehend selbst. Sie hatte es aber immer schwer, weil ihre Erziehung sie zu Zurückhaltung und Unterwürfigkeit prägten.

Petra liebt die persönliche Freiheit und gesteht das auch anderen zu. Auch zwei Menschen brauchen Regeln im Umgang miteinander, ist sie überzeugt und handelt danach. Leider kann sie sich mit ihrer subversiven Persönlichkeit nur schwer durchsetzen. Sie gewinnt keine wirklichen Freunde und hat nicht gelernt ihre Ellenbogen zu gebrauchen, verzichtet viel zu oft und muss erleben, wie andere an ihr vorbeiziehen. Nein, Petra ist wahrlich keine Heldin. In jener früheren Lebensform würden ihre Schwächen vielleicht durch die Gruppe getragen werden, denn jeder respektiert eine Schamanin oder weise Frau.

Real lebt Petra in einer demokratischen Ordnung. „Geld regiert die Welt", sagte schon ihre Oma. Aber Geld konnte sie nie anhäufen. „Respekt verdient man sich durch Leistung", sagten ihre Eltern. Aber oft wurde ihr der Respekt verwehrt. Dennoch hat sie viel Respekt anderen Menschen gegenüber erwiesen. Geld ist nicht alles und Respekt beginnt mit Selbstrespekt, sagt sie sich nun.

Es gibt zwar Frauenquoten und Selbsthilfegruppen, doch die bringen Petra nicht wirklich weiter. Natürlich fragt sie sich, in welche Richtung ihr Leben zukünftig gehen soll und wie sich ihr Umfeld entwickelt. Doch was nützen Demokratie und Freiheit, wenn die Menschen nicht damit umgehen können? Petra musste erkennen, dass Existenzängste und soziale Isolation das Leben genauso wenig frei und demokratisch machen wie jene Gesellschaftsordnung, in der sie aufwuchs. Immerhin hat sie verstanden, dass sie jeden Tag um ihren eigenen kleinen Frieden kämpfen muss, damit diese kleine Welt, im Universum welcher Demokratie oder Diktatur auch immer, ein Stück so wird, wie sie es möchte! Mit dieser Einsicht hat sich Petra im Beruf durchaus gut positionieren können. Im privaten Leben stößt sie zunehmend auf Ignoranz, Gleichgültigkeit und emotionale Kälte, was ihr arg zu schaffen macht. Sie hält sich für eine weltoffene Frau und ist doch voller Zweifel gegenüber dem, was in beängstigender Geschwindigkeit täglich ihr Leben durchflutet.

In einer Spankingsession hingegen kann Petra, ihrer inneren Bestimmung gemäß, sich ausleben. Dort ist sie wahrhaftig lebendig, selbstbewusst subversiv und deshalb überzeugend. Hier muss sie nicht nachdenken. Hier kann sie sich hingeben, fühlt sich angenommen und bestätigt. Deshalb stellt sie sich den Peitschen und Rohrstöcken, deshalb schlägt es irgendwann dreizehn, deshalb …

Michael

Lebte Michael in einer früheren Lebensform als Sippe von Männern, Frauen und Kindern unterschiedlichen Alters mit festgelegten Rangordnungen, so würde er zum Häuptling oder Stammesführer taugen. Er gäbe mit seiner Persönlichkeit der Gruppe Schutz und Sicherheit, stellte seine Regeln für das Zusammenleben auf und sorgte mit strenger Konsequenz und diskussionslosem Durchsetzungsvermögen für deren Einhaltung. Er ist kein Held, nur ein Mann mit Stärken und eben auch Schwächen. In jener früheren Lebensform würden seine Schwächen durch die

Gruppe getragen, denn jedes Gruppenmitglied würde, in seinem eigenen Interesse, den Häuptling respektieren.

Im Prinzip handelt Michael auch jetzt nach diesen Regeln. Er fördert die Emanzipation im täglichen Leben, genießt seine Freiheit und lebt Dominanz nur im Spiel aus. Für ihn ist es wichtig, diese Dinge konsequent auseinanderzuhalten.

Geld wertet er als Basisgröße für Respekt. Da altbewährte Rangordnungen weitgehend passé sind und Teamfähigkeit ein Begriff ist, den keiner genau deuten kann, baut er sich seine Welt, wie er sie für sich für richtig und bequem empfindet.

Natürlich ist Michael ein aufgeklärter Mann und fragt sich, in welche Richtung die Gesellschaft geht. Er findet längst nicht alles gut, aber so ist es eben, sagt er sich. Er versteht nicht, warum andere Menschen Freiheit nicht zu schätzen wissen. Es wurde schon immer viel gelogen, gefeilscht, geschwindelt, betrogen. Die Ellenbogen auszufahren ist schließlich keine Sünde. Man muss verstehen, das System für sich zu nutzen. Deshalb konnte er sich im Beruf durchaus bis ganz nach oben in jene Ebenen durchsetzen, in denen ein eiskalter Wind bläst. Beruflich hat er glänzend Karriere gemacht.

Im privaten Leben stößt Michael jedoch oft an seine Grenzen, weil seine inneren Regeln und Normen nicht mit den gesellschaftlichen Vorgaben korrelieren und selten unreflektiert akzeptiert werden. Ja, er hält sich gewissenhaft an die Gesetze. Gesellschaftliche Zwänge hinterfragt er, und wenn sie keinen Sinn für ihn ergeben, durchbricht er diese auch zuweilen. Geprägt durch eine Erziehung voller Werte, die nicht in sein Weltbild passen, und mit dem gefühlten Widerspruch zum täglichen Leben, gerät er in Selbstzweifel. Der Zwiespalt, wie er sich richtig verhalten soll, verunsichert ihn im Umgang mit Frauen. Aber das gibt er nicht offen zu. Er hält sich für einen modernen Helden und ist doch voller Ignoranz gegenüber allem, was das Bild seiner inneren Ordnung stört.

In einer Spankingsession hingegen kann Michael, seiner inneren Bestimmung gemäß, sich ausleben. Dort ist er wahrhaftig lebendig und deshalb absolut überzeugend. Hier muss er nicht erst nachdenken, was er wie tun sollte. Hier, in der Rolle als Häuptling, tut er intuitiv das Richtige. Er ist Häuptling. Er muss das nicht irgendwie spielen. Er agiert authentisch.

Diese Zerrissenheit, die Selbstzweifel, auch Ängste, die er sich manchmal in Träumen eingesteht und die er in der Realität mit fast zwanghaftem Hang zur Kontrolle kompensieren will, machen ihm schwer zu schaffen.

Petra ist für ihn eine gewisse neue Herausforderung. Deshalb kauft er sich Peitschen und Rohrstöcke, deshalb schlägt es irgendwann dreizehn, deshalb …

Beziehung zueinander

Petra erkennt das dominante Potenzial von Michael intuitiv sehr schnell. Bereits beim ersten Treff weiß sie, dass sie diesem Mann nichts vormachen kann. Sie findet in ihm, was sie so lange vergeblich gesucht hat, eine Führung. So vertraut sie sich Michael bedingungslos an, denn sie hat keine andere Wahl. Als sie schmerzvoll und glücklich bestätigt bekommt, dass seine Stärke echt ist, will sie sich ihm vertraut machen. Unter seiner Führung könnte sie jeden Weg gehen, den sie sich allein nicht zu gehen wagt, ohne Klagen, ohne Zweifel, ohne Vorwürfe, ohne Angst. Die Hand, die sie nehmen könnte, wenn sie Angst und Zweifel plagen, hofft sie nun endlich gefunden zu haben, wie früher die Mitglieder einer Sippe den Rückhalt in dieser gefunden haben sollten.

Weil Michael aber mit dem neuzeitlichen normalen Leben ebenso seine Probleme hat, machen ihm diese Vertrautheit und Nähe Angst. So hält er genau die Frau, die ihn respektvoll schätzt, lieber völlig aus seinem Leben raus, als sich ihrer Bedürfnisse in geeigneter Weise anzunehmen. Mit dieser ehrlichen Konsequenz einer Frau kann er nicht umgehen. Dieses Verhalten erscheint ihm suspekt. Er glaubt nicht an dessen Wahrhaftigkeit.

1

VOM ANFANG

Fantasien ergreifen in letzter Zeit mehr und mehr von meinem Körper und meinem Geist Besitz. Es sind Wachträume, verbunden mit körperlichem Verlangen, das ich mit dieser Intensität vorher nicht kannte. Ich sitze vor dem Bildschirm und sollte eigentlich meine Arbeit erledigen. Es ist noch ein Bericht zu schreiben und die Überarbeitung einer Vorlage müsste längst fertig sein. Aber die Gedanken schweifen ab und die Finger tippen Begriffe in das Fenster der Suchmaschine, welche noch nicht einmal meinen aktiven Wortschatz füllten. Peitsche, Rohrstock, Züchtigung, englische Erziehung, Bestrafung, Demut, Gehorsam …

Was ist los mit mir? Welche Defizite aus meinem Leben bahnen sich mit diesen Begriffen ihren Weg? Bin ich abnormal veranlagt? Sollte ich mir Sorgen machen? Gewiss, in letzter Zeit habe ich oft Kopfschmerzen, fühle mich gereizt, müde oder kraftlos. Das sind die Wechseljahre. Irgendwann muss das schließlich losgehen. Das durchleben alle Frauen, denke ich. Ich versuche mich zu konzentrieren, abzuschalten und die Gedanken auf meine Arbeit zu lenken. Aber es gelingt nicht. Immer wieder gleiten die eben gelesenen Worte wie Nebelschwaden durch mein Gehirn, Tippen meine Finger weitere Suchbegriffe in die Spalte der Suchmaschine.

Schließlich tauchen aus den Tiefen des virtuellen Netzwerkes noch nie gekannte Begriffe auf. Spanking, Spanker, Caning …

Jetzt verbinden sich die Worte mit dem Wunsch nach Kontakten. Gibt es noch andere Menschen, die ähnliche Fantasien haben? Der einmal eingeschlagene Weg führt virtuell weiter und weiter in diese unbekannte Welt hinein und zu Menschen, die auch auf der Suche sind, so wie ich.

Langsam begreife ich, dass ich eine Suchende auf der Suche nach einem Abenteuer bin. Mein Körper, mein seit Kindheitsgedenken unterdrückter Trieb, gibt den Weg vor. Ich folge mit meinem Willen, mit Glück, Mut und Verstand, mit Irrtümern, Hoffnungen, Bangen und Erwartungen, mit Wünschen, Träumen, Ängsten, Überwindung und Zweifeln.

Ich lese und lese. Die Zeit vergeht. Längst sollte der Bildschirm eigentlich schweigen, doch diese Seiten und Gedanken lassen mich nicht mehr los.

Dann treffe ich auf etwas völlig Unerwartetes. Eine Anzeige unter vielen auf einer Kontaktseite fällt mir auf, weil der Text bei mir schlichtweg einschlägt. Dieser Text fällt mit seinen Formulierungen aus dem üblichen Rahmen und weckt meine ganze Aufmerksamkeit. Da steht tatsächlich geschrieben:

„Du suchst einen Mann, der genau weiß, wie er mit deiner Neigung umgehen muss? Dann bist du richtig bei mir. Da ich sehr streng und gleichzeitig sehr einfühlsam bin, kann ich wohldosiert auf dein Bedürfnis nach Strafe und Befriedigung eingehen. Ich werde deinen Po mit der Hand, dem Rohrstock und der Peitsche bearbeiten. Wenn du davon träumst, so kommen auch andere Instrumente infrage, die auch mehr als nur deinen Po treffen können.

Wichtig ist mir zu sagen, dass ich zwar Spaß am Spanking habe, auch sonst sehr aufgeschlossen bin, aber auf keinen Fall grausam oder sadistisch veranlagt bin. Ich werde dein Maß finden.

Eine Kostprobe:

Stelle dir vor, wir gehen spazieren im Sommer, du bist frech zu mir und ich spüre genau, was du fühlst und bald bekommen sollst. Auf der Rückfahrt biege ich in einen Waldweg ein, halte an und hole den Rohrstock aus dem Kofferraum. Ich verlange von dir, dass du dich über das warme Blech der Motorhaube legst. Du spürst das Kribbeln nun am ganzen Körper. Du fürchtest dich und kannst es doch kaum erwarten, bis der erste Schlag deinen Po trifft. Du kannst es noch weniger erwarten, bis wir zu Hause sind, um das alles zu vollenden, mit dem Stock, der Peitsche, dem Riemen. Oder vollenden wir es gleich hier im Freien, in der Sonne? Gefällt dir diese Kostprobe? Hast du eigene Fantasien? Dann antworte mir."

Hinter jedes dieser Worte setze ich in Gedanken einen Haken. Aus den angefügten allgemeinen Daten entnehme ich, dass der Mann, der dies geschrieben hat, mein Jahrgang ist und in einer Gegend wohnt, in der ich schon oft spazieren gegangen bin. Vielleicht bin ich ihm sogar schon einmal begegnet?

Wer ist dieser Mann, der solche Worte formulieren kann? Worte, die unter die Haut gehen und eine Saite in mir zum Schwingen bringen, die noch nie erklungen ist. Worte, die auf der Haut brennen und im tiefsten Inneren der Seele einen kleinen Orkan auslösen. Es sind doch nur Worte! Was geschieht erst, wenn diese Worte zu Taten werden?

Soll ich mich wirklich melden? Was soll ich schreiben?

„Hallo,
du bist erfahren, ich bin nicht wesentlich jünger als du, aber Neuling. Bisher traute ich mich nur im Kopfkino. Nun möchte ich das auch erleben. Fantasie habe ich genug. Statt Motorhaube könnte ich mir einen umgefallenen großen Baumstamm gut vorstellen.
Grüße, Petra"

Mehr als diese drei Zeilen bekomme ich nicht zusammen. Meine Finger zittern und im Kopf herrscht eine eigenartige Leere. Der Bericht muss warten und auch die Überarbeitung der Vorlage geht in eine weitere Hoffnungsrunde. Der Termin ist ohnehin überfällig. Was soll es also? Früher hätte mir diese Haltung ein schlechtes Gewissen bereitet. Jetzt lasse ich mich mit einem Glas Wein in den Sessel fallen, bin erschöpft und dennoch irgendwie glücklich und zufrieden. Bei meiner Lieblingsmusik, Schlager der Achtziger, überlasse ich mich angenehmen Träumen, schlafe seit langer Zeit die ganze Nacht ruhig und bin am nächsten Morgen ausgeruht wie lange schon nicht mehr. Doch schon geht die Spannung wieder los.

Wird dieser Mann überhaupt antworten? Ist das eigentlich alles wahr oder nur eine Laune der Fantasie? Beim Öffnen meiner E-Mail überfällt mich wieder dieses Zittern von gestern. Der Puls rast wie vor einer Prüfung und irgendwie erscheint das Zimmer überheizt. Also Fenster auf, tief durchatmen und der Wahrheit ins Auge geschaut. Welcher Wahrheit eigentlich? Es ist doch noch gar nichts passiert. Zu spät denke ich daran, dass meine Mailadresse einen Hinweis auf meine wahre Identität enthält. Der erste gravierende Fehler mit Folgen vielleicht? Welche Folgen? Ich habe nichts Verbotenes getan.

Keine Antwort? Ich wusste es! Die Aufregung war umsonst. Du bist viel zu uninteressant, Petra, zu alt, zu unerfahren. Der sucht nach jungen Frauen. Die werden ihm bestimmt seinen digitalen Postkasten geflutet haben.

Petra! Warum steckst du immer so schnell zurück? Es liegen noch nicht einmal vierundzwanzig Stunden dazwischen. Schaue einfach später wieder nach.

Und? Eine Antwort! Tatsächlich! Und welche?

„Liebe Petra,
ich habe mich über deine Antwort auf meine Anzeige sehr gefreut. Ich finde es schön, dass wir beide ähnliche Fantasien haben. Gerne würde ich mit dir diese auch Wirklichkeit werden lassen. Ich verspreche dir auch, dass das mit dem entsprechenden Einfühlungsvermögen und mit Verantwortung geschieht. Da du noch Neuling bist, wird das für dich nicht unwichtig sein. Dazu gehört natürlich auch Diskretion, die auch für mich einen hohen Stellenwert hat.
Wir könnten es schon sehr bald möglich machen, unsere Träume wahr werden zu lassen. Wollen wir uns in einem Café treffen? Oder hast du andere Vorstellungen?
Grüße, Michael
P.S.: Die Fantasie mit dem Baumstamm wird uns viel Freude bereiten. Bei den derzeitigen Temperaturen lege ich dich aber lieber über den großen Esstisch und streiche mit dem Stock über deine Rundungen, bevor …"

Wieder hinter jedes Wort einen Haken gesetzt! Oh, dieser Mann kann schreiben.

Los, Petra, antworte! Das Abenteuer beginnt.

„Hallo Michael,
ich bin sehr aufgeregt, freue mich aber auch auf diese Einführung in neue
Erfahrungs- und Erlebenswelten. Sei einfühlsam, aber auch nicht zu
nachsichtig!
Grüße, Petra"

Was schreibe ich da nur für einen Blödsinn? Will ich das wirklich? Noch ist ein Rückzug möglich. Aber ist der Weg zurück nicht schon verwehrt? Warum soll er nicht zu nachsichtig sein?

Wobei? Warum überhaupt diese Bemerkung? Ja, das Schiff hat Fahrt aufgenommen. Der Wind weht und treibt unaufhaltsam hinaus in unbekannte Gefilde. Das Abenteuer ruft mit einer weiteren Botschaft.

„Liebe Petra,
es ist gut, dass du ein bisschen aufgeregt bist. Schließlich hast du wohl
schon einige Jahre Kopfkino betrieben und du weißt nicht, wie es in der
Realität sein wird, auch nicht, wie dein Spanker deine Wünsche erfüllt.
Wird es so, wie du es dir immer vorgestellt hast? Oder doch ganz anders?
Bei einem bin ich mir ganz sicher. Ich bekomme heraus, welche Intensi-
tät du brauchst und was du brauchst. Meine Nachsicht wird sich in den
Grenzen halten, wie es für deine Erziehung gut und erforderlich ist.
Eines kannst du mir aber vorab verraten. Gehörst du zu den Menschen,
die gerne vorher darüber reden wie und was, oder liebt dein Kopfkino die
Spannung und das Ungewisse, was passiert? Egal wie, pflege deinen Po
gut bis Samstag! Denn da wird er einiges über sich ergehen lassen müssen!
Spürst du schon das Brennen? Spürst du schon, wie ich mit meiner Hand
über deine Halbkugeln streiche, bevor der erste …
Grüße, Michael"

„Liebe Petra" – wie vertraut diese Anrede bereits klingt. Dabei kennen wir uns noch gar nicht. Wie bekommt er wohl heraus, welche Intensität ich brauche? Dann dieses Wort Erziehung. Es klingt irgendwie aufregend. Wie soll ich eigentlich meinen Po pflegen? Bisher habe ich diesem Körperteil noch nie viel Aufmerksamkeit geschenkt. Und diese drei Punkte am Schluss? Die machen mich ganz verrückt!

Gewissheit oder Ungewissheit? Es ist ein Abenteuer. Was ist dabei schon gewiss? Nein, ich will nicht wissen, was auf mich zukommt. Sonst mache ich doch noch einen Rückzieher. Also Spannung pur. Wie viele Tage sind es noch bis Samstag? Es sind zu viele und gleichzeitig zu wenige Tage des Wartens, der Anspannung, der Angst und der Träume.

Und gerade die Träume werden noch weiter angeheizt. Jetzt gehe ich auch mal in die Offensive. Wenn schon Spannung, dann richtig Spannung.

„Lieber Michael,
zu deiner Frage meine Antwort: Ungewiss, was passiert, wie, womit, wie viel ist mir, zumindest für das erste Mal, lieber. Vielleicht mit verbundenen Augen? Dabei kann man besser spüren und die Umgebung ist für mich ja ohnehin total neu und ablenkend. Ich könnte mir vorstellen, dass mir das eine gewisse Empfindung für Geborgenheit und Nähe bietet. Grüße, Petra"

Ja, „lieber Michael". Dieser Mann, den ich noch gar nicht kenne, er ist mir dennoch schon recht vertraut geworden. Geborgenheit und Nähe? Sollte ich das gerade bei diesem mir so unbekannten Mann finden? Spielt mir nicht die Fantasie einen Streich? Kein Wort in seinen Botschaften spricht von Geborgenheit. Warum streben Frauen immer nach Sicherheiten? Es gibt keine Sicherheit und bei einem Abenteuer schon gar nicht. Die Antwort schürt Zweifel, lässt Hoffnungen und Erwartungen offen.

„Liebe Petra,
so wird es sein. Ich habe ein paar nette Spielsachen besorgt, die dir für den Anfang ein paar unterschiedliche Sinneserfahrungen zeigen werden. So werden wir sehr schnell herausbekommen, wie diese auf deiner Haut wirken. Bis Samstag, dann …"

Da sind sie wieder, diese drei Punkte. Und Spielsachen? Was kann damit gemeint sein? Aus meinen Kindertagen kenne ich Spielsachen. Mit Sicherheit hat das damit nichts zu tun.

Bald schon werde ich es erfahren. Bis Samstag, also.

Noch zweimal schlafen bis zu dem großen Tag X. Übermorgen wird sich irgendetwas Aufregendes in meinem Leben ereignen. Das Abenteuer beginnt und die leidige Frage jeder Frau bei einem Date mit dem unbekannten Mr. Y taucht auf. Was soll ich anziehen? Hat das überhaupt eine Bedeutung? Der erste Eindruck entscheidet. Also doch. Was für ein Mensch ist ein Spanker? Legt er Wert auf Kleidung oder mehr auf das Darunter? Rock oder Hose, Bluse, T-Shirt, Jacke, Kopfbedeckung oder keine? Welche Farbe? Schwarz? Oder lieber doch farbenfreudig?

Noch einmal schlafen bis zum großen Tag X.

Die Entscheidung in der Kleiderfrage fällt auf schwarze Hose und lange Bluse im Karomuster in Weinrot, Weiß und Schwarz. Das verleiht ein gewisses frauliches, aber auch sportliches Aussehen und hebt den Wohlfühlfaktor. Keine Kleidung, in der ich mich selbst verunsichert fühle. Verunsichert, aufgeregt und wenig selbstbewusst bin ich ohnehin schon.

Erstaunlich gut geschlafen in der Nacht. Beim Aufwachen beginnt das Kopfkino zu arbeiten. Frühstücken und die üblichen bürgerlichen, nein, jetzt schon mir spießig und ermüdend erscheinenden Kleinigkeiten eines gewöhnlichen Samstagvormittags nehmen mich voll in Anspruch. Schließlich muss ich so tun, als ob ein ganz unaufgeregter Kaffeebesuch ansteht. Ich kann meiner Familie nicht die Wahrheit sagen, noch nicht. Die halten mich für verrückt und werden mir die Sache mit vielen demütigenden Worten ausreden wollen. Nein, keine Sterbenssilbe über mein wahres Vorhaben darf über meine Lippen kommen.

Endlich rückt der Zeiger der Uhr der Stunde für die Abfahrt entgegen. Endlich können die aufgestaute Unruhe und Erwartung in Aktivität umgesetzt werden. Autoschlüssel und die üblichen Kleinigkeiten, dann geht es los. Endlich fahren, dem Ungewissen entgegen. Die Fahrstrecke ist bekannt und das Ziel für den Treffpunkt ein ebenfalls bekannter Ort in einer netten, idyllischen Ausflugsgegend. Ich habe diesen Ort des Schicksalstreffens vorgeschlagen. Er hat meinen Vorschlag akzeptiert. Ein gutes Zeichen?

Wider Erwarten herrscht viel Verkehr an diesem ersten Frühlingssamstag. Ich stehe im Stau. Über die Brücke auf die andere Seite des Flusses zu gelangen erfordert Geduld. Nichts für mich an diesem Tag. Meine Nervosität steigt. Ich werde zu spät kommen. Wie sieht das aus? Nicht mal eine Handynummer habe ich von ihm. Warum denkt man an solche naheliegenden, wichtigen Dinge nicht? Meine Geduld ist genug strapaziert. Ich wechsle die Spur und nehme einen anderen Weg über eine andere Brücke. Es geht voran und bald bin ich aus der Stadt heraus. Die bekannte Landschaft im beginnenden Grün mit den ersten Boten des Frühlings zieht an mir vorüber. Wie oft bin ich diese Strecke schon gefahren? Jedenfalls noch niemals mit so viel Spannung und Herzklopfen der Erwartung. Die Uhr im Auto zeigt 14.45 Uhr und ich biege auf die Zielgerade ein. Noch eine schöne kleine Straße durch den Wald liegt vor mir. Zweiten Gang rein und mit Tempo dreißig die Fahrt genießen, denke ich. Bald bin ich am Ziel meiner Sehnsucht.

Meiner Sehnsucht? Wenn er mich nun gar nicht mag? Oder wenn er mir nicht geheuer erscheint? Wir wissen eigentlich nichts voneinander. Noch nicht einmal Fotos haben wir ausgetauscht. Vielleicht ist das aber auch gar nicht üblich in dieser Sparte? Egal, jetzt ist dafür keine Zeit und gleich werde ich ihn sehen. Dann sind andere Dinge von Bedeutung. Noch 500 Meter, eine Rechtskurve, und der Bahnhof des kleinen Ortes, unser ausgemachter Treffpunkt, kommt in Blickweite. Noch 200 Meter, eine Linkskurve und schließlich der Parkplatz. Wie am Samstag zu erwarten war, stehen einige Autos darauf, aber es sind auch noch genügend freie Parkplätze vorhanden.

Es ist jetzt genau 15 Uhr. Pünktlicher geht es nicht. Ich parke gekonnt rückwärts in eine Lücke ein, sodass ich den gesamten Platz aus dem Auto heraus überblicken kann. Wir haben ausgemacht, dass ich im Auto sitzen bleibe und er auf mich zukommt. Der Gedanke einer schützenden Hülle aus Blech um mich herum verleiht mir eine gewisse Sicherheit. Wie geht es jetzt weiter? Wer wird gleich auf mich zukommen? Niemand da? Plötzlich bin ich ganz ruhig. Er ist nicht gekommen. Das Abenteuer fällt aus. Ich kann in Ruhe einen kleinen Bummel unternehmen und meinem Schicksal danken, dass es mich vor unbedachten Aktionen bewahrt hat. Ruhig durchatmen und dann das Autoradio angeschaltet. Vielleicht hat er sich etwas verspätet? Das kann vorkommen. Auch ich wäre beinahe zu spät gekommen.

Aus einem der bereits geparkten Autos steigt nun ein Mann aus. Er trägt einen langen schwarzen Mantel, schwarze Hose, schwarze Lederhandschuhe. Handschuhe im Frühling? Er stellt sich an die Ecke und schaut über den Platz, so als ob er etwas suchen würde.

Ist ER es? Niemand sonst ist zu sehen. Soll ich aussteigen? Nein. Wir haben ausgemacht, dass ich im Auto sitzen bleibe. Vielleicht ist das bereits ein erster Test, ob ich die getroffenen Verabredungen einhalte?

Wieso kommen mir solche Gedanken? Ich bin durchaus für die Einhaltung von Verabredungen und Absprachen, aber mit diesem Hintergedanken habe ich diese Dinge noch nie betrachtet. Wenn ich aus dem Auto aussteigen will, dann steige ich eben aus. Das entscheide ich ganz allein. Nein, ich bleibe sitzen. Vielleicht ist er es auch gar nicht? Doch, er wird es sein. Ist ja sonst niemand da. Nun tue doch endlich was, denke ich und merke gar nicht, dass ich unentwegt zu ihm hinschaue. Jetzt lasse ich die Seitenscheibe halb herunter. Ein Zeichen der Bereitschaft zur Kontaktaufnahme, aber ich bleibe im Auto sitzen. Welche Überwindung mich das kostet, welche Zweifel mich plagen. Wie sehen meine Haare aus? Sollte ich mich kurz kämmen? Sollte ich mich mal im Spiegel auf der Rückseite der Sonnenblende ansehen? Zu spät dazu.

ER kommt auf mich zu und grüßt durch das Fenster. Er lächelt. Ich sehe in seine Augen. Sein Gesicht weckt augenblicklich Vertrauen in mir. Nun hält es mich nicht mehr länger auf dem Autositz. Ich steige aus, dann ein „Hallo" und ein Händedruck. Er zieht den Handschuh nicht aus und scheint etwas verwirrt über den Händedruck. Macht man die Begrüßung in dieser Szene gewöhnlich anders? Woher soll ich das wissen?

Kurze Verlegenheitspause und dann geschieht auch schon die erste Ungeheuerlichkeit. Ich höre mich fragen: „Wie geht es weiter? Fahren wir mit deinem Auto?"

Bin ich verrückt geworden? Petra! Das hatte ich mir als die so ziemlich letzte Option vorbehalten. Seit wann steige ich zu einem mir völlig fremden Mann ins Auto, noch dazu zu einem Spanker? Er wird etwas rot und verlegen. Das macht ihn mir auf Anhieb noch mehr vertraut. Er fasst sich schnell und rettet zum Glück die Situation, indem er mich zwar in sein Auto bittet, aber nur für einige klärende notwendige Worte der Absprache, wie er sagt. Dass dies eine Finte sein könnte, kommt mir nicht in den Sinn. Dieser Mann hat mein Vertrauen im Handstreich erobert, obwohl er doch noch gar nichts dafür getan hat. Mein Gehirn funktioniert ohnehin nicht mehr logisch. Ich agiere aus dem Bauch heraus. Also sitze ich nun neben ihm in seinem Auto. Ledersitze, Armaturen, Lederhandschuhe, er hat diese Handschuhe immer noch an, vermischen sich vor meinen Augen zu einem Gefühl von Unwirklichkeit. Dieser Mann, groß und kräftig, mit dunkler, vertrauenerweckender und gleichzeitig dominierender Stimme stellt Fragen. Was für Fragen? Es sind Fragen, die mir noch nie jemand gestellt hat. Klare und präzise formulierte Fragen, die ebensolche Antworten erfordern. Ich antworte so knapp wie möglich. Zu mehr als Ja und Nein bin ich ohnehin nicht in der Lage, ohne mich mit irgendwelchem Gestammel zu blamieren.

„Du hast noch niemals Spanking gemacht?" – „Nein."

„Du willst es probieren?" – „Ja."

„Willst du nur auf dem Po oder auch an anderen Körperstellen geschlagen werden?" Ich zögere mit der Antwort. Er verwendet das Wort „schlagen". Das war mir doch aber vorher klar! Allerdings, doch jetzt, so selbstverständlich ausgesprochen, erzeugt es Gänsehaut. Also antworte ich vorsichtig mit: „Nur auf den Po." Er lächelt, als ob er bereits jetzt schon mehr wüsste als ich, und dann kommt die nächste Frage, die mich wie ein Keulenschlag trifft.

„Es wird Striemen geben. Ist das in Ordnung?" Das klingt unwillkürlich bedrohlich. Striemen! Ich will diese Spielsachen kennenlernen, jagt ein Gedanke durch mein Gehirn. Da ist mindestens ein Rohrstock dabei. Ich wollte doch immer einen Rohrstock erleben. Der gibt nun mal Striemen. Also antworte ich: „Ja, das ist in Ordnung." Dabei schaue ich auf das Armaturenbrett, als würde dort der Antworttext zum Ablesen stehen.

Gewissenhaft wie ein Uhrwerk stellt er sofort die nächste Frage. Ich komme mir etwas wie in einem Bewerbungsgespräch vor. Was macht dieser Mann beruflich? Arbeitet er hier einen Fragenkatalog ab und fällt danach sein Urteil über mich? Was denke ich denn für Blödsinn? Warum stelle **ich** keine Fragen? Weil ich mir darüber noch gar keine Gedanken gemacht habe. Was soll ich fragen? Er weiß, was er von mir wissen will, ich nicht. Die nächste Frage sitzt.

„Du wirst dich ganz ausziehen?" Das war eine Frage von ihm, die ich aber auch gern ihm selbst gestellt hätte. Aber hier hat er das Sagen. Also antworte ich, bevor er noch denkt, ich hätte mit dieser Frage ein Problem. „Ja, das ist in Ordnung?" Ja, damit habe ich wirklich keine Probleme. Dieses „Ja" kann ich guten Gewissens geben. Kleidung stört mich nur. Aber dann kommt schon die nächste Frage mit einem einleitenden Satz, der mir Bauchkribbeln verursacht.

„Diese Frage stelle ich jetzt ganz direkt. Sind sexuelle Handlungen zwischen den Hieben in Ordnung?" Warum macht ein Mann Spanking?, denke ich. Er will als Belohnung sexuelle Befriedigung. Das sollte mir doch klar sein als reife Frau. Was will ein Mann sonst von einer Frau? Soll ich fragen, was er konkret mit „sexuellen Handlungen" meint? Mache dich nicht lächerlich, Petra! Ich bin eine Frau mit gewissen Erfahrungen und längst aus dem Teenageralter raus. Er muss denken, ich ziehe mir die Schuhe mit dem Löffel an, wenn ich solche Fragen stelle. Also: „Ja, das ist in Ordnung."

Es folgt eine kleine Pause, in der er offensichtlich meine Antworten analysiert. Also doch ein Bewerbungsgespräch. Gleich wird er mir seine Ablehnung bekannt geben. Oder lässt er es, wie immer in solchen Situationen, mit der zweifelhaften Antwort eines „*Sie bekommen von uns Bescheid*" bewenden? Quatsch! Wir haben nie mit dieser förmlichen Anrede „*Sie*" begonnen. Dieser Mann macht Eindruck auf mich, ohne dass ich sagen kann, womit. Ich starre vor mich hin und lasse seine Antwort in mich hineinträufeln.

„Gut, dann gehen wir es an." Hat er das jetzt wirklich gesagt? **Wir** gehen es an? Ich soll jetzt bald erleben, was ich so oft geträumt habe? Mein Herz schlägt plötzlich wie wild gegen die Rippen und die Hände fühlen sich feucht und kalt an. Er hat Handschuhe an. Ob er so ruhig ist, wie er äußerlich erscheint? Oder ist er auch etwas aufgeregt?

Es folgt noch eine Beschreibung für den Weg, der ich versuche aufmerksam zuzuhören. Vorsichtshalber frage ich noch mal nach, ob ich es richtig verstanden habe. Dann geht es los. Jeder mit seinem Auto. Ich brauche nur hinter ihm herzufahren. Das Fahren erfordert meine Konzentration und ich fühle mich etwas wie damals in der Fahrschule. Ich fahre seit über zwanzig Jahren Auto und nun fühle ich mich wieder wie ein Anfänger, der jede seiner Handlungen kontrollieren muss. Nun fängt mein Herz wieder an, sich heftig bemerkbar zu machen. Wir nähern uns dem Ziel der Fahrt, eine nette kleine Eigenheimsiedlung, ordentlich, aufgeräumt und etwas bieder. Jeder hat sein Häuschen mit Gärtchen und Garage. Jeder werkelt in seinem Garten, macht seine eigene Haustür zu und lebt sein kleines Familienidyll, friedlich, langweilig, idyllisch, fremd. Wie oft bin ich schon an solchen Siedlungen vorbeigegangen? Wer wohnt hier? Was sind das für Menschen? Welchen Tätigkeiten gehen sie nach? Haben sie viel Geld oder viele Schulden? Sind diese Bewohner glücklich, genervt, langweilig, interessant oder ganz normale Zeitgenossen? Zumindest hinter die Fassade eines dieser Eigenheime soll ich nun gleich etwas näher schauen dürfen. Eines ist sicher: Langweilig und ganz normal werden die nächsten Stunden gewiss nicht sein.

Er geht voraus und ich soll eine kleine Weile später folgen. Mit weichen Knien gehe ich den kleinen Weg entlang. Immer genau einen Fuß vor den anderen setzen und dabei nicht denken, hämmert es in meinem Kopf. Die Tür ist angelehnt. Ich trete ein und lege Schuhe und Jacke ab. Hoffentlich führt er mich nicht gleich in einen Kellerraum mit gruseligen Gerätschaften und schummriger Beleuchtung. Was mache ich dann? Wieder gehen? Auf der Stelle? Diese Frage bleibt unbeantwortet. In seinem Heim ist es hell, freundlich, sauber, ordentlich. Zimmer mit großen Fenstern lassen den Blick in den Garten frei. Zwei Räume zum „Sich-Wohlfühlen", denke ich. Die Küche mit großem Esstisch und sechs Stühlen schließt sich als offener Raum an das Wohnzimmer an. Der Garten ist mit einer hohen, blickdichten Hecke zum Weg abgegrenzt.

Auf dem Esstisch liegt, in eine grüne Decke eingewickelt, das Spielzeug. Nur gut, dass ich diese Dinge nicht vorher sehen wollte.

„Magst du Sekt? Das entspannt etwas", fragt er nun. Sekt kenne ich von diversen Feiern und mir hat das noch nie geschmeckt. Entspannt? Eigentlich will ich jetzt gar nicht entspannt sein. Nicht jetzt, wo es gleich ernst wird. Jetzt will ich meine fünf Sinne beisammenhalten, was schwer genug ist, auch ohne Sekt.

„Nein, nur Wasser", höre ich mich sagen. Ist er enttäuscht über meine Antwort? Was ich mir für Gedanken mache … Ich bekomme ein Glas Wasser und versuche es so zu halten, dass er das Zittern meiner Hand nicht bemerkt. „Hungern und Dürsten gehören bei mir nicht mit zur Strafe", sagt er. Strafe? Was für ein Wort! Wird das jetzt gleich eine Strafexpedition? Ich werde wieder unruhig. Was mache ich eigentlich, wenn das hier in eine Richtung läuft, die ich nicht mehr will? Angst stellt sich ein. Nicht denken jetzt, nur fühlen! Gedanken machen Angst. Nimm die Umgebung wahr, achte auf dein Bauchgefühl, höre auf diesen Mann und auf das, was er mit dir tun wird. Du hast es so gewollt, seit so vielen Jahren schon. Dein Körper hat es dir zu verstehen gegeben und nachdrücklich sein Recht eingefordert. Du konntest an fast nichts anderes mehr denken in der letzten Zeit. Nun ist er also endlich da, der Augenblick der Wahrheit. Das neue Wort „Spanking" bekommt einen Inhalt. Ich atme tief ein.

„Trinke noch was, dann fangen wir an." Wie nahe er mir kommt, stellt sich schräg hinter mich und schlägt mir leicht mit der Hand auf den Po. Unwillkürlich zuckt mein Arm, um die Bewegung abzuwehren. Gerade noch rechtzeitig kann ich mich kontrollieren und die Geste stoppen. Hat er es bemerkt? Wenn ja, dann geht er darüber hinweg, als hätte er es nicht bemerkt. Die nächsten Schläge sind etwas stärker, tun aber natürlich nicht weh, so auf die Hose mit der Hand. Das Gefühl dabei ist unbeschreiblich. Es ist eine Mischung aus Aufregung, Erotik, Nähe, Kindlichkeit, Teenager, Alberei.

Bevor ich genauer darüber nachdenken kann, geht es weiter. Er verbindet mir mit einem Tuch die Augen. Ich habe es so gewollt. Nun soll ich mich ausziehen. Zuerst die Hose. Die Hose auszuziehen mit verbundenen Augen ist schwierig. Wie ungewohnt solche gewohnten Handlungen plötzlich sind. Dann knöpft er mir die Bluse auf und fordert mich auf, die übrigen Sachen abzulegen. Schließlich stehe ich im Slip da. Warum habe ich mir keine prickelnde Unterwäsche gekauft? Das ist mir etwas peinlich, aber jetzt nicht zu ändern. Nun stehe ich also nackt da. Nackt mit verbundenen Augen vor einem mir unbekannten Mann, in einer fremden Wohnung. Auf dem Tisch liegen Spielsachen, die ich gleich kennenlernen werde. Und niemand weiß, wo ich bin. Ich muss verrückt sein. Ein Abenteuer ist immer verrückt. Tue einfach, was er sagt. Du vertraust ihm doch schon seit einer Ewigkeit. Ja, seit der Ewigkeit, als wir uns auf dem Bahnhofsparkplatz in die Augen gesehen haben. Wie lange ist das her? Wie heißt die kleine Straße, in der ich mich jetzt befinde? Welche Nummer hat das Haus? Versuche mal, etwas sachlich zu denken. Es gelingt mir nicht.

„Stütze dich mit den Händen hier ab." Gemeint ist die Tischplatte vom Esstisch, vor dem ich schon die ganze Zeit stehe. Meine Hände fühlen das kühle Holz. Den Kopf leicht gesenkt, versuche ich mich zu konzentrieren und nun an Spielsituationen aus meiner Kindheit zu erinnern. Wir haben bei fast jedem Wetter im Freien gespielt. Meine Eltern wohnten weitab von der Stadt. Wir spielten in einer wirklichen Wildnis in mannshohem Gras, auf uralten Kirschbäumen, in Sandlöchern, wilden Sträuchern und selbst gebauten Hütten aus Ästen und Gras. Wir spielten die Helden aus unseren Kinderbüchern und aus Kinofilmen nach. Stolze Indianer, harte Trapper, Musketiere, Robinson, Captain Flint und andere aufregende Figuren ließen wir lebendig werden. Die Kirschbäume waren Pferde oder Masten von Segelschiffen, Stöcke benutzten wir als Degen, Flinten oder Ruder. Weidenruten wurden zu Peitschen und das hohe Gras zum Ozean. Fantasie hatten wir genug und auch blaue Flecke und kleine Schürfwunden gehörten zum Spiel dazu. Langweilig wurde es nie. Ein Ball, Roller und später Fahrräder waren die einzigen richtigen Spielsachen. Je intensiver wir unsere Rollen spielten, umso mehr verpassten wir den Blick auf unsere Wirklichkeit. Misserfolge in der Schule, Streit der Eltern, Ermahnungen, Strafen und Ängste waren in diesen Stunden vergessen. Kaum, dass wir uns jemals wirklich ernsthaft gestritten hätten. Wenn doch, so war es nicht von langer Dauer. Nein, ich kann nicht sagen, dass ich eine unbeschwerte Kindheit hatte. Aber diese wirklichen und wahrhaftigen Spiele, dieses Eintauchen in eine andere Welt der Fantasie, dieses direkte, unmittelbare körperliche Leben aus meinen Kindheitstagen möchte ich um keinen Preis eintauschen wollen.

Warum denke ich ausgerechnet jetzt über solche vergangenen Zeiten nach? Ich stehe hier in einem Einfamilienhaus eines mir unbekannten Mannes. Auf dem großen Esstisch liegen, mit einer Decke abgedeckt, mir unbekannte Gerätschaften. Ich habe die Kleidung abgelegt und stehe, die Hände auf dem Tisch abgestützt, die Körperrückseite ungeschützt den Launen dieses Mannes ausgeliefert, in seinem Zimmer. Mir ist kalt und heiß zugleich und irgendwie erscheint die ganze Situation unwirklich. Die Erinnerungen an ferne Kindertage verblassen, denn jetzt werden gleich ganz andere Spiele die Szene bestimmen.

Dann kommt ein ganz unerwartetes Kompliment. „Oh, das ist aber ein schöner Po!" Spinnt der jetzt? Macht der sich schon über mich lustig? Es klang aber ganz ernst gemeint, gar nicht zynisch oder belustigt. Zum Nachdenken bleibt keine Zeit. Der erste Schlag mit der Hand trifft. Eigentlich ist es kein Schlag, eher ein Herantasten. Doch der nächste Schlag ist schon kräftiger, tut aber auch noch nicht wirklich weh. Seine Hände fühlen sich warm und irgendwie angenehm an. Es geht noch einige Schläge so weiter, dann kommen die ersten Gerätschaften zum Einsatz. Da ich nichts sehen kann, versuche ich mich auf das jeweilige Gefühl zu konzentrieren, welches auf meinem Po erzeugt wird. Hart, weich, ziehend, brennend, wohldosiert und doch respektabel und Achtung gebietend. Er steht dicht hinter mir. Ich spüre seine Nähe, die in mir gleichzeitig ein Gefühl von Vertrauen und Respekt erzeugt. Mit seiner dunklen, ruhigen Stimme begleitet er die Aktionen, ohne mir jedoch über die verwendeten Instrumente etwas zu verraten.

Dann aber doch: „Wir kommen jetzt zu den Rohrstöcken." Oh! Der Moment ist nun also da! Endlich werde ich einen Rohrstock in der Wirkung erleben. Aber wieso verwendet er die Mehrzahl? Ein Hieb, ein beißender Schmerz, ein weiterer Hieb folgt. Bestimmt hat er nur ganz leicht zugeschlagen. Das tat aber trotzdem weh. Will ich das wirklich erleben? Natürlich tut es weh und selbstverständlich will ich das erleben. Dazu bin ich schließlich hier, hämmert es in meinem Kopf.

Ein Hieb und ein weiterer Hieb. Das war jetzt ein anderer Rohrstock. Noch ein paar Hiebe und eine gänzlich unerwartete Frage treffen mich. „Welcher Rohrstock zieht mehr?" Ich begreife, dass diese Frage an mich gerichtet ist, und versuche mein Gehirn einzuschalten. Ich weiß nicht. Bitte alles noch mal durchprobieren, flüstert es in meinem Kopf. Na, das fehlte noch. Er muss denken, mir würde das gefallen und ich könnte nicht genug bekommen. Ist es so? Er gibt selbst die Antwort und lässt mich dabei die drei Rohrstöcke nacheinander leicht auf meinem Po fühlen.

„So, das war die erste Runde, die Probierphase. Geht es dir noch gut?" Ich nicke nur. Klar war das noch nicht alles. Da wäre ich wohl auch enttäuscht, aber „Probierphase" klingt bedrohlich. Es tat durchaus weh. Was wird nun auf mich zukommen?

Er nimmt mir die Augenbinde ab. Nun kann ich die Gerätschaften sehen. Neben Lineal und Kochlöffel liegen ein schönes Lederpaddle und eine kleine, weiche Lederpeitsche mit schwarzen Streifen aus Veloursleder. Viel später werde ich erfahren, dass diese Art von Peitschen unter dem Namen „Flogger" gehandelt wird und dass ich diese Flogger lieben lernen werde. Dann zu den drei Rohrstöcken. Er hat tatsächlich gleich drei Rohrstöcke gekauft, nimmt jeden einzelnen davon in die Hand und gibt mir fachliche Auskunft über Länge und Dicke, geschält und ungeschält. Ich versuche ein interessiertes Gesicht zu machen und unterdrücke den Impuls, die Stöcke zu berühren. Irgendwie erzeugen sie in mir ein Gefühl von Ehrfurcht. Es gibt tatsächlich Rohrstöcke, richtige Rohrstöcke. Wo bekommt man so was her?

Auf diese Frage werde ich später Antwort finden. Ebenso wenig ahne ich jetzt, dass ich genau jene drei Rohrstöcke zuerst einmal lieben und später fürchten lernen werde. Viel später werde ich gehorchen, wenn er einen davon nur in die Hand nimmt. Ich werde viele Striemen an meinem Körper pflegen und bewundern dürfen, werde mich unter den Hieben winden, um Gnade bitten und nicht gewährt bekommen, werde schreien vor Schmerz und doch immer sehr zufrieden wieder heimfahren. Von all den mir bevorstehenden Abenteuern weiß ich zum Glück noch nichts, denn das hier ist erst der Anfang.

Ich darf erst mal etwas trinken und dann soll es zur richtigen Session gehen, wie er es nennt. Aha, richtig jetzt also. Was bedeutet bitte richtig? Ich werde es gleich erfahren. Wo bin ich? Was mache ich hier? Ist diese Welt noch Wirklichkeit oder ein Traum?

Für einen Traum ist alles zu real. Es ist ein zur Wirklichkeit gewordener Traum. Was geschieht in so einer Session? Hätte ich mich vielleicht vorher mal mit ein paar Videos über Spanking oder wenigstens mit einigen Geschichten dazu im Internet informieren sollen?

Ich bin völlig ahnungslos. Das ist gut so. Nichts, was mich ängstigen könnte, keine vorher gefassten Erwartungen, die nicht erfüllt werden, keine Fantasien, die an der Realität scheitern. Ich lasse die Dinge auf mich zukommen und fühle plötzlich eine wilde Neugier, Abenteuerlust und Freude. Meine Haut prickelt und mein Körper fühlt sich warm und gut an. Ich fühle meinen Körper und er fühlt sich gut an! Hatte ich dieses Gefühl überhaupt schon einmal? Es muss ewig her sein. Ich kann es kaum erwarten, dass er mit der richtigen Session beginnt.

„Lege dich auf dem Tisch auf den Bauch." Ich krabbele auf den Tisch und lege mich hin. Meine Körperrückseite kribbelt, der Puls ist beschleunigt, der Kopf liegt mit der Stirn auf, die Hände neben dem Kopf mit den Handflächen nach unten. Ich komme mir irgendwie hilflos vor, genieße aber auch das Gefühl von unbedingter Zuwendung und Sich-hingeben-Können. Es ist aufregend und angenehm. Noch!

Die nun folgenden Minuten lassen sich nur unzureichend beschreiben. Es ist wie ein Nebel, ein Rauschen, ein Gewitter und sanfter Regen, wie Sturm und Leidenschaft, Flüstern und Musik. Hände berühren mich, Peitschenschläge erwärmen den Rücken und Rohrstockhiebe beißen in meinen Po. Dazu diese Stimme, ruhig, sanft, bestimmt, fordernd, streng und vertrauensvoll. Das Kribbeln ist einem Gefühl von Wärme, Brennen, Ziehen gewichen. Die Seele fährt Achterbahn.

Pause. Ich liege immer noch auf dem Bauch und genieße. Das ist alles so fremd und doch so wirklich, unmittelbar, belebend normal und abenteuerlich zugleich. Mein Po schmerzt, doch er findet immer noch Stellen für seinen Rohrstock. Ich beiße die Zähne zusammen und kann doch Laute des Schmerzes nicht ganz unterdrücken. Es ist mir peinlich zu wimmern. Später werde ich erfahren, dass diese Lebensäußerungen dazugehören und sehr befreiend sein können. Viel später werde ich Hiebe mitzählen müssen und mir den letzten Hieb herbeisehnen und dennoch stolz darauf sein, durchgehalten zu haben. Davon weiß ich jetzt noch nichts. Oder doch eine leise Vorahnung? Ich wünsche mir plötzlich, er würde aufhören.

„Drehe dich auf den Rücken. Jetzt kommt die Vorderseite dran." Hat er etwa meinen Gedanken erraten? Woher wusste er so genau, dass ich jetzt genug hatte? Aber was denn? Was hat er gerade gesagt? Umdrehen? Die Körpervorderseite schlagen? Davon war nie die Rede. Aber er sagt das so bestimmt. Als ob das selbstverständlich wäre. Jedenfalls drehe ich mich wie selbstverständlich um. Nun liege ich auf dem Rücken, die Arme neben meinem Körper ausgestreckt mit den Handflächen nach unten auf dem Tisch. Er nimmt eine Hand und dreht sie mit der Handfläche nach oben. Dann greift er zum Rohrstock. Er will doch nicht etwa …? Aua, au, au, das tut weh. Handflächen sind empfindlich. „Nun noch die andere Hand." Das will ich nicht. Das war nicht abgemacht.

Hatten wir überhaupt etwas abgemacht? Wie selbstverständlich geht er um den Tisch auf die andere Seite und nimmt meine Hand in seine Hand, Handfläche nach oben. Drei Hiebe ziehen und ich beiße die Zähne zusammen. Jetzt legt er seine Handfläche auf meine. Es ist wunderbar warm. „Siehst du. Du hast es überstanden." Ich spüre die Hiebe als Striche auf der Handfläche und die Wärme seiner Hand lässt den Schmerz angenehm erscheinen.

Was danach passiert, ist noch viel angenehmer. Mit der leichten Peitsche, dem Flogger, lasse ich mich von oben bis unten mehr streicheln als schlagen. Ich wusste gar nicht, dass dies so schön sein kann. Im Radio spielt Musik. Wann hat er das Radio angeschaltet? Mein Empfinden ist auf Genuss eingestellt, unwesentliche Dinge werden, wie durch einen Filter, ferngehalten. Nichts ist wirklich wichtig. Das reale Leben tritt hinter den Vorhang zurück. Spanking ist eine Auszeit vom Alltag.

„Du darfst aufstehen." Diese Worte holen mich in die Wirklichkeit zurück. Beinahe hätte ich geseufzt. Warum schon aufstehen? Es war gerade so schön. Aber gut, ich stehe auf und er nimmt mich in die Arme. Ich werde zum Kind und lehne meinen Kopf an seine Brust. Ich möchte die Zeit für einige Momente anhalten können. Ich lehne meinen Kopf an die Brust eines mir fremden Mannes, der mich eben noch geschlagen hat. Bin ich pervers? Ist das nicht Gewalt gewesen? Mag ich etwa Gewalt? Dieser Mann erscheint mir aber gar nicht gewaltbereit, sondern eher vertrauenerweckend, stark, Sicherheit gebend und konsequent dominant. Mir scheint, als ob ich irgendwo angekommen bin, an einem Ort, den ich schon mein ganzes Leben lang gesucht habe. Langsam löst er seine Arme und ich schaue ihm direkt ins Gesicht. Er hat ein interessantes Gesicht. Es ist offen, wie ein aufgeschlagenes Buch. Man kann in diesem Gesicht lesen. Nun weiß ich plötzlich, warum ich so einfach mitgegangen bin und ihm vertraut habe. Es war der erste Eindruck von seinem Gesicht.

Wieder angezogen sitze ich mit ihm auf dem Sofa und versuche meine Gedanken zu ordnen. Über was sprechen wir? Ich weiß es nicht mehr. Ergriffen, wie nach einem sehr guten Film, gleitet die Wirklichkeit langsam an mir vorbei. Ein Film ist ein Stück gespielte Wirklichkeit, Spanking ist Wirklichkeit im Spiel. Ja es ist ein Spiel und doch besteht es aus wirklichen Aktionen, nicht nur aus gespielten Szenen mit „So-tun-als-Ob" und mehr oder weniger perfekter Gestik und Mimik. Wir sind keine Mimen, keine Schauspieler, sondern real agierende Personen. Alle Handlungen und Reaktionen sind echt, wirklich und wahrhaftig.

Eine halbe Stunde, eine Stunde? Wie viel Zeit ist vergangen?

„Spürst du noch was?" Ja, schon, aber nicht unangenehm. „Du wirst einige Tage lang Spuren am Körper haben, Striemen, Rötungen und blaue Flecke. Was wirst du sagen, wenn es jemand sieht?" Werde ich etwas sagen? Werde ich überhaupt mit einem anderen Menschen darüber sprechen wollen, sprechen können? Ich beschließe, alles vorerst für mich zu behalten, meine Spuren sorgsam zu verbergen. Erst will ich selbst mit mir einig werden, die Erlebnisse sich setzen und die Gefühlswallungen abklingen lassen. Dann werden wir weitersehen. Ich kann es mir nicht vorstellen, darüber zu sprechen. Ich will keine Erklärungen abgeben, mich nicht rechtfertigen müssen und mir schon gar keine Vorwürfe, Demütigungen oder Beleidigungen anhören.

„Du solltest jetzt gehen." Ja, klar. Der Heimweg wartet. Das normale Leben ist da draußen, nicht hier.

„Vorher gibt es aber noch ein paar auf die stramme Hose. Lege dich hier drüber." Er meint den Tisch. Soll ich mich jetzt wie ein Schulmädchen mit dem Oberkörper über den Tisch legen? Es klang nicht so, als hätte er daran den geringsten Zweifel, dass ich genau diese Position einnehmen werde. Meinem Zögern wird mit sanftem Nachdruck Realität verliehen. Mit seiner Hand fasst er mein Handgelenk und führt mich zum Tisch. Der leichte Druck im Rücken zwischen den Schulterblättern lässt meinen geringen Widerstand schwinden und ich lege mich über die Tischkante, den Kopf in der linken Armbeuge, die Augen geschlossen.

„Wie viele Hiebe willst du?" Was für eine Frage! Keine Ahnung, hätte ich fast gesagt. Stattdessen sage ich: „Gib mal einen vor." Lässig liege ich über den Tisch gelehnt, entspannt und im gleichen Moment beinahe fast wieder hochgesprungen. Der Hieb saß! „Also: Wie viele?" Sage jetzt sofort eine Zahl größer drei, hämmert es in meinem Kopf. „Fünf." „Fünf Hiebe", wiederholt er. Ich nicke nur. Fünf Hiebe können viel sein, wenn jeder einzelne davon unglaublich zieht. Noch einmal nimmt er mich in die Arme.

„Diese Hiebe wirst du dir merken, denn jetzt habe ich richtig zugeschlagen", sagt er zum Abschied. Dann gehe ich, glücklich, zufrieden, müde und innerlich sehr ruhig. Ich fühle mich eins mit der mich umgebenden Welt.

Auf der Heimfahrt halte ich noch einmal an und genieße die nächtliche Stimmung. Es ist inzwischen ganz dunkel geworden. Eine Gruppe junger Leute zieht mit Fackeln den Weg entlang, an dem ich stehe und schaue. Sicher feiern sie etwas. Ob sie danach auch so glücklich sind wie ich? Ich bezweifle es. Sie wissen nichts von dem Geheimnis, das ich nun kenne. Von dem Geheimnis, glücklich sein zu können, glücklich ohne Alkohol, Drogen, ohne Party, Animation oder Eventmanagement. Einfach glücklich, zufrieden, still, leise, ganz und gar wahrhaftig, körpernah, mental erfüllend, zuwendend, ehrlich, direkt, lebendig. Ich könnte noch viele Attribute für das eben Erlebte finden. Aber eigentlich können Worte allein dieses Gefühl gar nicht ausreichend beschreiben.

Ein wunderbarer Tag geht zu Ende. Sehr zufrieden fahre ich nach Hause, summe leise die Melodien mit, die aus dem Autoradio an mein Ohr gelangen. Wann habe ich jemals eine Melodie mitgesummt? Es muss ewig her sein. Überhaupt scheint mein bisheriges Leben bereits eine halbe Ewigkeit hinter mir zu liegen.

Der Alltag hat mich wieder oder aber auch nicht, jedenfalls nicht so wie vorher. Es ist Sonntag. Ein Tag, um auszuruhen, zu bummeln, um zu träumen, sich einfach treiben zu lassen. Ja, ich lasse mich treiben. Vor dem großen Spiegel betrachte ich meinen Körper und die Spuren vom gestrigen Erlebnis. Der Po sieht sehr gemein aus. Damit könnte ich jetzt unglaublich viel Mitleid erregen. Was ich aber ganz bestimmt nicht will, ist Mitleid oder sonstige andere Kommentare. Genieße und schweige, sagt ein Sprichwort.

Sprichwörter haben oft eine tiefe Weisheit verborgen. Meine Oma hatte viele Sprichwörter zur gegebenen Zeit auf Lager. Als Kind im Vorschulalter hatte es mich fasziniert, wie sie mit so kurzen Sätzen eine Situation treffend beschreiben konnte. Damals wusste ich noch nicht, dass es Sprichwörter waren. Es ist eigenartig. Ich könnte kein einziges Sprichwort einfach nur so aufsagen, aber in der jeweiligen Situation fällt mir das treffende Sprichwort aus fernen Kindertagen ein. Auf diese Art lebt meine Oma und ist in den wichtigen Momenten bei mir, auch wenn sie schon viel zu zeitig von mir gehen musste.

Ich betrachte also meine Spuren, die davon zeugen, dass der gestrige außergewöhnliche Tag kein Traum war. Mein Mann ist zu einem Treffen gefahren und die Tochter bei einer Freundin. Wie das alles so gut passt. Ich bin allein, frei und ohne Verpflichtungen. Ich beschließe, dieser schönen Stimmung noch eine Weile nachzugehen. Im Kühlschrank steht eine angefangene Flasche Weißwein. Eine CD mit Countrymusik passt zu meiner Stimmung, dazu funkelt der kühle Wein im Glas. Vor dem Fenster ziehen am Himmel leichte weiße Wölkchen dahin und künden vom Frühling. Diesen Himmel liebe ich. Er erinnert ans Meer, an Urlaub und an jene Kindertage, als meine Eltern den Sommer über als Saisonarbeiter an der Ostsee verbracht haben. Die Ostsee war in unserer kleinen, eingeschränkten Welt meiner Kindheit das Urlaubsparadies für den Sommer schlechthin. Zwei Wochen Ostseeurlaub während der Schulferienzeit war das Highlight. Mein Vater war Musiker und bespielte mit seiner kleinen Kapelle die Ferienheime, in denen die glücklichen arbeitenden Werktätigen sich erholen durften. Damals wurde noch richtige Musik geboten, Livemusik würde man heute sagen. Jeden Abend Tanzmusik mit Kapelle aus Berufsmusikern, dazu sonntagnachmittags Musik zum Kaffee und im Kurpark stimmungsvolle maritime Unterhaltung. Ein schier unglaublicher kultureller Luxus, wenn man die heutige Musik, von der Platte gekratzt, dagegen vergleicht.

Tanzveranstaltungen verkommen zur Musikbedröhnung ohne Pausen für Unterhaltungen. Wie schade das ist, denn ich tanze gern. Leider braucht man dazu einen Partner, der dies ebenso gern mag.

Ob dieser Mann von gestern, dieser Spanker namens Michael, tanzen kann? Was soll diese Überlegung jetzt? Weil ich mich dann an ihn lehnen könnte, mich von ihm führen lassen und mich ihm hingeben könnte? Warum sehnen sich Frauen nach solchen Szenen? Weil es in ihren Genen liegt? Weil Frauen nach Schutz verlangen? Wir sind in einer aufgeklärten Gesellschaft mit Gleichberechtigung. Hier wird keine Frau geschlagen oder als Objekt zur Lust des Mannes gegen ihren Willen benutzt. Das ist gut so. Was ist der Preis dafür? Verzicht auf das seit Urzeiten in uns Frauen angelegte Schutzbedürfnis. Ein ziemlich hoher Preis.

Ich hänge meinen Gedanken nach, die mich wieder zurück in die Kindertage führen. Ich konnte den ganzen Sommer an der Ostsee verbringen. Freilich war damit immer ein Schulwechsel verbunden. Wirkliche freundschaftliche Bindungen sind mir dabei nie gelungen. Eigentlich war ich meist allein und oft sogar gern. So wie heute. Allein, frei, glücklich und ein wenig schwermütig. Was hat der gestrige Tag bewirkt? Warum erscheint mir alles so anders, wie durch einen Nebel? Vielleicht sollte ich mal im Internet suchen. So komme ich auf andere Gedanken.

Noch weiß ich nicht, dass mich diese Frage nach dem „Warum" immer wieder beschäftigen wird. Nicht lange gesucht, und da bin ich schon fündig geworden. Ich kopiere mir einige Aussagen und mache eigene Bemerkungen dazu.

Es wird langsam dunkel draußen. Wie schnell dieser Tag vergangen ist! Noch ein Glas Wein.

Das ist aber ein schöner Po. Welches Kompliment! Wann habe ich von einem Mann ein solches schönes Kompliment bekommen? Noch nie! Durch den Körper strömt eine ungekannte Wärme. Diese unmittelbare Nähe raubt mir fast schon die Sinne. Diese Hände, warm und weich. Irgendwann kommt ein Rohrstock dran. Der allererste Hieb mit einem Rohrstock. Ein ziehender

Schmerz. Unangenehm, aber dennoch lustvoll. Noch ein anderer Rohrstock und schließlich noch ein dritter. Welcher zieht mehr? Pause. Geht es dir gut? Diese Stimme, dunkel, ruhig, vertraut. Möchtest du liegen? Das ist eine schöne Frage. Der Esstisch wird zur Liegefläche. In Bauchlage und mit verbundenen Augen erwarte ich die weiteren intensiven Bekanntschaften mit den Spielsachen dieses Mannes. Was wird er tun?

Die Türklingel ertönt. Wo bin ich? Ach so. Zuhause! Meine Tochter kommt heim. Ich habe geträumt, wunderbar geträumt. Was bedeutet der Begriff „Spanking"? Warum tut sich jemand so was an? Was geschieht im Körper bei der Empfindung von Schmerz? Ist das pervers oder normal? Mit wem kann ich darüber reden? Wer glaubt mir meine Erlebnisse? Niemand!

Ich suche noch etwas im Web herum, dann schließe ich die Augen. Gedanken von dem, was zuletzt auf dem Bildschirm geschrieben stand, ziehen vor meinem inneren Auge vorbei.

„Dies kann mit der Ausschüttung von Hormonen im Körper, den Transmittern oder Botenstoffen, erklärt werden, die für das Auslösen von Gefühlen Bedeutung haben", las ich eben.

„Acetylcholin, Dopamin, Serotonin und Noradrenalin. **Acetylcholin** vermittelt die Erregung zwischen Nerven und Muskeln. **Dopamin** ist ein Motivator und reguliert den Hormonhaushalt. **Serotonin** wirkt regulierend auf Blutdruck, Schlaf-, Wachrhythmus und Stressausgleich, sorgt für Wohlbefinden und Zufriedenheit. **Noradrenalin** ist ein Beschleuniger, steigert den Antrieb und erhöht den Blutdruck." Ja, mein Blutdruck war bestimmt erhöht.

Noch einige weitere Begriffe schwirren mir vor den Augen.

Kribbeln, Erwartung, Spannung, Vorfreude, Aufregung, Fantasien, physischer Schmerz, Neugier, mentale und körperliche Erregung, Erwartungsangst, Schreien, Anspannung, Mut, Demut, Stolz, Überwindung, Glück, Zufriedenheit, Wärme, Umarmung, Geborgenheit, Entspannung, Ruhe, Zuwendung, Bestimmtheit, Führung, Dominanz, Stärke, Willen, Konsequenz, kontrollierte

Kraft und Macht, Männlichkeit, Ungehorsam, Grenzen, Beugung, Bestrafung, Akzeptieren, Respekt, Demut, Gehorsam, **aus freiem Willen**, als Bedürfnis, ohne Zwang!

Aha! Das sind alles sehr tief gehende Emotionen und Gefühle, denke ich. Dadurch werden viele chemische, physische und psychische Reaktionen im Körper ausgelöst. Kein Wunder, dass ich durcheinander bin. Spanking zu betreiben ist also offenbar normal! Mein Körper hat es mir gesagt und ich bin der unmissverständlichen Aufforderung gefolgt. Alles in Ordnung, also.

Alles in Ordnung? Spanking zu betreiben ist normal? Vielleicht, aber reden kann ich nicht darüber. Mit niemandem! Was soll ich tun? Wie geht es weiter? Was macht es mit mir?

Mit diesen Fragen trete ich wieder in jene Welt ein, die ich **bisher** Realität genannt habe.

2

WENDUNGEN

Die Zeit vergeht wie im Fluge und scheint auch gleichzeitig stillzustehen. Wie ist so etwas möglich? Selbst der so kluge Albert Einstein könnte mir mit seiner Relativitätstheorie wohl keine befriedigende Antwort darauf geben. Die Gedanken des Herrn Einstein fand ich schon immer sehr interessant, verstanden habe ich diese Ausführungen jedoch nie. Trotzdem: Eine kleine Erweiterung meiner physikalischen Kenntnisse kann nicht schaden. Wie war das gleich mit dieser mysteriösen Relativitätstheorie? Die Einstein'sche Relativitätstheorie befasst sich demnach allgemein mit den Zusammenhängen von Raum und Zeit und speziell mit dem Verhalten dieser physikalischen Größen aus der Sicht von Beobachtern, die sich relativ dazu bewegen. Es gibt kein ruhendes Bezugssystem. Raum- und Zeitangaben sind nicht universell gültig. Räumliche und zeitliche Abstände zweier Ereignisse werden von unterschiedlichen Beobachtern mit verschiedenen Bewegungszuständen verschieden interpretiert. Die Frage, welcher Beobachter die Situation korrekt beschreibt, ist nicht zu beantworten. Es gibt keine richtige und falsche Antwort, kein „So ist es" und „So ist es nicht". Aha!

Ja, richtig! Dabei fällt mir immer jene anschauliche Darstellung mit den zwei Zügen im Bahnhof ein. Auf jedem Gleis steht ein Zug und in einem sitze ich als Beobachter. Beim Blick aus dem Fenster bewegt sich mein Zug relativ zu dem Zug auf dem Nachbargleis. Wir sind also losgefahren. Schaue ich auf der anderen Abteilseite aus dem Fenster, so bewegt sich nichts. Der Zug auf dem Nachbargleis ist losgefahren, nicht der, in dem ich sitze. Die wahrgenommene Bewegung des eigenen Systems war nur eine optische Täuschung. Ich habe dieses Phänomen immer mal wieder ausprobiert. Es ist überzeugend einfach und doch beeindruckend.

Was wohl fast jeder von Einstein kennt, ist die Behauptung, dass sich nichts schneller bewegen kann als das Licht im Vakuum. Ist das wirklich so? Können der Geist, die Träume, Hoffnungen, Wünsche, Sehnsüchte sich vielleicht doch schneller bewegen? Kann man gleichzeitig hier sein und in seinen Gedanken ganz woanders?

Ich behaupte: Das ist ohne allen Zweifel möglich.

Aber Gedanken und Gefühle sind keine physikalisch exakt beschreibbaren Größen und daher einer naturwissenschaftlichen Betrachtungsweise suspekt. Immerhin soll es, in der von Einstein definierten sogenannten Raumzeit, drei klar unterscheidbare Bereiche für einen Beobachter geben. Er spricht vom Zukunftslichtkegel, vom Vergangenheitslichtkegel und von einem Bereich, in dem sich Zukunft und Vergangenheit nicht genau trennen lassen.

Ich habe das Gefühl, mich in genau jenem letztgenannten Bereich zu befinden. Eigentlich gibt es dafür den Begriff der Gegenwart, aber irgendwie befinde ich mich gerade nicht wirklich darin. Ganz bestimmt hat Einstein bei seiner Definition der Raumzeit nicht an Frauen in den Wechseljahren gedacht, die noch dazu verrückt aus ihrer angestammten Rolle fallen. Aber dennoch trifft diese verbale Einstein'sche Beschreibung auf meinen Zustand genau zu.

Die mathematische Beschreibung der Raumzeit erfolgt hingegen sehr exakt über die Differentialgeometrie eines Tensorfeldes mit zehn Komponenten. Oh, das ist gruseliger als jede noch so harte Spankingsession. Deren Gleichungssystem, schränkt man gleich ein, ist nur unter Annahme von Vereinfachungen analytisch überhaupt lösbar. Andernfalls muss mit Näherungsbetrachtungen gearbeitet werden, die schließlich auch irgendwie Vereinfachungen darstellen. Folglich können die Ergebnisse auch nur wieder Näherungen sein.

Wie auch immer, genähert oder exakt mit zehn Komponenten bestimmt: Ich bin mir sicher, dass sich mein Zustand gegenwärtiger Raumzeit, selbst unter Annahme von Vereinfachungen und Näherungen, nicht ansatzweise analytisch lösen lässt. Kritik an der Relativitätstheorie gibt es seither genug. Meist wird sie auf Unverständnis derselben begründet sein. Ich, für meinen Teil, glaube an Herrn Einstein und seine geniale Theorie. Doch mit der Beschreibung meines gegenwärtigen Zustandes wäre selbst dieses Genie überfordert.

Warum schwirren mir diese theoretischen Gedanken durch den Kopf?

Mir kommen sie als schönes Gleichnis für die Erlebnisse der vergangenen Tage in den Sinn. Sind seit der ersten Begegnung mit diesem Michael nun zwei Tage, zwei Wochen oder zwei Monate vergangen? Befinde ich mich in einem ruhenden System oder bewege ich mich mit Lichtgeschwindigkeit? Egal wie, ich muss diesen Mann wiedersehen und die Erlebnisse bestätigen können, durch Tatsachen. Er wird sich nicht von selbst bei mir melden. Was hat er gesagt zum Abschied? „Du kannst gern wiederkommen, wenn es dir gefallen hat. Du brauchst aber auch nicht mehr zu kommen, wenn du nicht mehr magst. Das ist ganz dir überlassen." Ja, genau diese Worte hat er zu mir gesagt. Daran kann ich mich ganz deutlich erinnern.

Warum hat er seine Gefühle und Wünsche ganz „außen vor" gelassen? Vielleicht ist das ein gängiger Verhaltenskodex bei Spankingspielen? Der Spanker darf die Partnerin nicht unter Erwartungshaltung zu einer Entscheidung veranlassen, die sie selbst gar nicht wirklich will? Das könnte möglich sein. Ich habe absolut keine Ahnung von den ungeschriebenen Gesetzen einer Spankingbeziehung. Wenn es so sein sollte, dann wäre dies aber ein gutes Gesetz. Damit werde ich die Initiative ergreifen und mich bei ihm melden. Was schreibe ich? Es war verwirrend, aufregend und dennoch schön? Genau das sollte ich ihm schreiben. Wir haben nur weniger Worte bedurft, um uns das erste Mal zu treffen. Warum sollte ich jetzt mehr schreiben?

„Lieber Michael,
die erste Begegnung war sehr schön und gleichzeitig verwirrend und auf-
regend. Ich möchte gern wiederkommen.
Liebe Grüße, Petra"

Ob das wirklich reicht? Ob er vielleicht nicht doch mehr erwartet? Sollte ich etwas ausführlicher werden? Sollte ich von meinen Gefühlen berichten, von den Tagen danach und von meinen Träumen? Nein, ich kann nicht. In mir ist so viel drinnen, aber ich kann es nicht in geordnete Worte bringen. Mal sehen, zu welcher Antwort er sich durchringen kann. Ob es auch für ihn etwas verwirrend und aufregend war?

„Liebe Petra,
es ist normal, wenn du etwas verwirrt und aufgeregt bist. Schließlich sind
diese Erfahrungen ganz neu für dich. Wir können das gern immer wieder
machen. Du kennst den Weg zu mir inzwischen.
Gruß, Michael"

Das klingt nicht so, als ob es für ihn verwirrend gewesen wäre. Es klingt auch nicht so, als ob er kein Verständnis für meinen Zustand hätte. Das ist schon mal gut. Er hat Verständnis für meinen Zustand. Wer hätte das vermutet? Meine Zweifel sind ganz unbegründet. Ist Michael ein kleiner Einstein? Nein. Wahrscheinlich hat er es schon oft mit anderen Frauen in ähnlicher Weise erlebt. Für ihn war es kein so großes Abenteuer wie für mich. Er kennt sich aus in der Szene. Das kann nur gut für mich sein. Dann mal los!

Ja, den Weg zu ihm kenne ich und auch das Ziel meiner Sehnsüchte. Nun soll aus der Relativitätstheorie erlebte Realität werden. Meine undefinierte und nicht beschreibbare Raumzeit wird bald gefüllt werden mit Inhalten, von denen ich noch gar keine Ahnung habe. Auf jeden Fall hat aber **mein** Zug jetzt Fahrt aufgenommen und nicht der Zug auf dem Nachbargleis. Plötzlich schlägt meine Fantasie wilde Purzelbäume. Ich sitze vor dem PC und mein Herz rast, als hätte ich gerade fünf Stockwerke im Laufschritt genommen. Wie könnte es weitergehen? Vielleicht sollte ich der ganzen Sache, dieser nächsten Session, nunmehr ein Thema geben? Welches Thema ist für eine Spankingsession geeigneter als „Respekt"? Respekt vor wem oder vor was? Vor meinem Spanker? Er sollte es besser wissen als ich, was sich mit diesem Thema anfangen lässt. Wird er mir Respekt beibringen? Ob er das kann? Ich habe den intuitiven Eindruck, dass dies für ihn kein Problem sein dürfte. Aber wie wird er es anstellen? Welche Optionen hat er, um mir Respekt beizubringen? Ja, ich fühle, dies kann ein gutes Thema sein. Also, ran an die Tasten.

„Lieber Michael,
wollen wir der nächsten Session ein Thema geben? Ich schlage vor, uns mit ‚Respekt' zu befassen. Was meinst du?
LG, Petra"

Es sind wieder nur wenige Worte, die ich mir abringen kann. Warum sollte ich mehr schreiben? Wir verstehen uns mit wenigen Worten. Jedenfalls meinte ich, dies zu wissen. Die Antwort auf meinen Vorschlag kommt nicht nur unerwartet schnell, sondern ist auch wenig erheiternd. Meine Verwirrung steigert sich, denn diese Antwort haut mich vorerst schlichtweg um.

„Liebe Petra, oder besser: böse Petra,
du siehst das ganz richtig. An Respekt vor deinem Spanker mangelt es dir erheblich. Wenn ich dir sage, du sollst dich rasieren, und du gibst mir so eine freche Antwort, so zeugt das nicht von viel Respekt. Wenn dein Spanker etwas von dir will, so hast du zu gehorchen. Wenn du einen Aufschub möchtest, so kannst du darum bitten. Die Gewähr desselben wird allerdings eine entsprechende Strafe zur Folge haben. Ich erwarte dich also zur Erziehungsstunde, um dich Respekt vor deinem Spanker zu lehren. Komme pünktlich.
Gruß, Michael"

Spinnt der Kerl jetzt? Ist bei dem Mann eine Sicherung durchgebrannt? Was bedeutet das bitte, was er da zusammenfaselt und ungeniert schreibt?

Ja, er hat sich etwas verwundert darüber geäußert, dass ich im Intimbereich, und nicht nur dort, nicht rasiert bin. Ich habe vorher darüber noch nie nachgedacht und mir war diese Bemerkung auch etwas peinlich. Was hatte ich denn gleich geantwortet? Irgendetwas von „Natürlichkeit" und „reifer Frau" war in meiner Antwort enthalten. Das ist doch aber längst keine freche Antwort! Was bildet dieser Kerl sich eigentlich ein, mit mir so zu reden? War der vertrauensvolle Beginn unseres Treffens nur ein Netz für das „Einfangen" einer unerfahrenen Frau, die er für seine dominanten Fantasien oder gar sadistischen Neigungen missbrauchen kann? Wie kann er dieser so schön begonnenen Sache eine derart abrupte Wendung geben? Soll ich zu diesem unberechenbaren Kerl wirklich wieder hingehen? Wieso habe ich ihm eine freche Antwort gegeben? Daran kann ich mich absolut nicht erinnern. Ich war neugierig, dankbar, verunsichert, all das, ja, aber bestimmt niemals frech! Frech zu sein, das ist mir nicht in den Sinn gekommen. Wieso spricht er gleich ein so intimes Thema an und dazu auf diese unerhört fordernde Tonart? Ja, er hat sich erstaunt geäußert, dass ich keine Körper- und Intimrasur habe, und auch nach dem Grund gefragt. Was sollte ich darauf antworten?

Ich rege mich auf. Denke lieber nach, statt dich aufzuregen, Petra! Was soll ich jetzt tun? Ich muss irgendwie angemessen reagieren. Sollte ich alles so wunderbar Begonnene sofort wieder hinwerfen? Sollte ich ihm eine ebenso freche Antwort geben? Nein! Am Ende ist diese Mail nichts weiter als ein Test, wie ich darauf reagiere. Welche Strategie fahre ich also jetzt? Angriff mit Rückzugsoption? Ja, diese Strategie erscheint mir angemessen. Zumindest kann ich damit testen, wie ernst er diese Äußerungen wirklich gemeint hat.

„Hallo Michael,
deine Antwort verwirrt mich sehr. Ich bin es nicht gewohnt, dass ein Mann so fordernd und respektlos mit mir spricht. War dein wenig respektvoller Kommentar schon Teil unserer nächsten Session? Wollen wir vielleicht ein Rollenspiel wagen? So könnte ich damit besser umgehen, wenn ich

mich nicht in eigener Person angesprochen fühle, sondern mich in einer fiktiven Rolle befinde. Ansonsten verletzen mich deine Äußerungen persönlich zu sehr.
Schon sehr respektvolle Grüße, Petra"

Diese Angriffs- mit Rückzugsoption scheint die richtige Strategie zu sein, wie seine Antwort vermuten lässt. Er lenkt jedenfalls sofort ein. Wahrscheinlich ist er nun auch verwirrt oder zumindest verunsichert. Befürchtet er sogar, ich könnte nicht mehr wiederkommen?

„Liebe Petra,
so war es nicht gemeint. Komme einfach zur vereinbarten Zeit. Dann werden wir sehen, was wir zusammen machen wollen.
LG, Michael"

Es geht also. Mit wenigen ehrlichen und offenen Worten verstehen wir uns. Beinahe hätte ich die Flinte ins Korn geworfen. Also dann mal los und auf zu neuen Abenteuern.

Am Vormittag des vereinbarten Termins muss ich noch auf Arbeit „so tun als ob", aber eigentlich ist mein Kopf längst mit jener anderen Sache beschäftigt. Endlich kann ich mich von der quälenden Tristesse des Büroalltags erlösen und ins Auto steigen.
  Der Weg ist mir von der ersten Fahrt bekannt. Dies meine ich zu wissen. So brauche ich mich nicht neu zu orientieren. Glaube ich jedenfalls. Wie hieß doch gleich die Straße? Irgendein Name mit einer Blume war es. Oder doch irgendein Baum? Fing der Straßenname mit dem Buchstaben A an? Azaleen? Astern? Ahorn? Nein, es war ein D. Dahlien? Kastanien? Mist! Ich bekomme diesen blöden Straßennamen nicht mehr zusammen. Ach, egal. In diesem kleinen Kaff werde ich mich schon an etwas erinnern können, was mir bekannt vorkommt. Da ist schon das Ortseingangsschild. Jetzt kann nicht mehr viel schiefgehen. Wir sind damals rechts abgebogen und dann gleich wieder links und durch einen Kreisverkehr gefahren. Das ist ganz einfach. Aber es geht

hier nirgends links ab. Wieso geht es hier nicht links ab? Also gut, zurück und in den Ort reinfahren. So sind wir damals nicht gefahren. Das weiß ich genau. Aber dort ist ein Kreisverkehr! Es ist nicht der gleiche Kreisverkehr wie damals. Egal. Jetzt biege ich eben darin ab in Richtung Zentrum. Das kann nicht falsch sein. Richtung Zentrum ist immer richtig, und schon lande ich auch direkt auf dem Markt. Es ist ein schöner, kleiner Markt mit einem Brunnen in der Mitte und gepflegten Häusern ringsum. Dieser Markt soll mir später noch in sehr unangenehmer Erinnerung bleiben. Aber das ist eine andere Wendung.

Zunächst sehe ich eine Aufschrift „Touristinformation". Dort könnte mir sicher jemand Auskunft geben, wo ich den Ort meiner Sehnsucht finden kann. So hoffnungsvoll denke ich, bis mir einfällt: Wonach soll ich fragen, wenn ich diesen verdammten Straßennamen nicht mehr weiß? Ich kann nicht da einfach reingehen und sagen: „Sorry, ich suche hier eine Eigenheimsiedlung, weil da wohnt ein Mann, den ich besuchen will." Die müssen mich für verwirrt halten. Bin ich verwirrt? Offensichtlich ja. So etwas ist mir noch nie passiert. Ich bereite mich immer sehr gründlich vor, wenn ich in eine mir noch relativ unbekannte Gegend fahren will. Warum habe ich das jetzt nicht getan?

Nun, in diesem Kaff muss mir doch irgendetwas bekannt vorkommen, wenn ich einige Straßen abfahre. So werde ich es noch einmal probieren. Die Zeit vergeht und die Suche nach dem vereinbarten Treffpunkt lässt mich bald verzweifeln. Ich sollte jetzt längst dort sein und nicht die Straßen einer Kleinstadt abfahren. Warum habe ich mir keine Telefonnummer geben lassen? Warum habe ich mich nicht vorher auf einem Stadtplan informiert? Was ist los mit mir? So dilettantisch habe ich mich noch nie verhalten.

Nachdem ich schließlich zum dritten Mal den Markt erreiche, frage ich doch in der Touristeninformation nach und versuche den Ort so gut wie möglich zu beschreiben. Die nette Dame weiß glücklicherweise mit meinen unvollkommenen Angaben etwas anzufangen und weist mir den richtigen Weg. Endlich bin ich in bekannten Gefilden und ziemlich runter mit den Nerven. Er wird mir böse sein. Fast eine ganze Stunde zu spät! Dilettantisch hoch drei! Ich schäme mich und merke jetzt auch, dass meine Kehle trocken ist wie nach einer Wüstenwanderung. Wie wird er reagieren?

Mit Herzklopfen klingele ich und meine gestammelte Entschuldigung hört sich ganz gewiss nicht selbstbewusst an. Mir ist die, im wahrsten Sinne des Wortes, verfahrene Situation furchtbar peinlich. Er nimmt es nicht gerade gelassen hin, nimmt aber sogar einen Teil der Schuld für dieses Fiasko auf sich. „Ich hätte dir eine Wegbeschreibung geben sollen." Das war nett von ihm, denn eigentlich hätte ich den Weg allein finden müssen. Ich bin einfach ein Depp und mir wäre eine Lektion jetzt ganz recht gewesen. Aber was soll es? Ich bin da. Wie geht es weiter?

„Wir gehen heute nach oben." Aha. Das Schlafzimmer also. Auf dem Doppelbett liegen eine Decke und irgendeine Rolle. „Ziehe dich aus und lege dich auf den Bauch auf die Decke. Mit dem Po auf der Rolle." Eine klare Anweisung, die ich in meinem desolaten Gefühlszustand widerspruchslos ausführe. Klare Anweisungen hätte ich schon vorhin im Auto gebraucht. Vielleicht sollte ich mir ein Navi zulegen? Was würde mir das jedoch nützen, wenn ich den Namen der Straße nicht wüsste? Ich habe auch eben nicht auf das Straßenschild gesehen.

Soweit komme ich gerade noch mit meinen Gedanken, dann konzentriere ich mich lieber auf die gegenwärtige Situation. Ich liege also in seinem Bett, besser auf seinem Bett. Das Thema „Respekt" war angesagt. Wird er darauf zurückkommen?

Ein wenig streift er dieses leidige Thema, aber nicht wirklich richtig. Doch Pünktlichkeit und Gehorsam werden mir eindringlich erörtert. Den nötigen Nachdruck seiner Worte bringt er mit dem Rohrstock zum Ausdruck. Ich liege da und zucke, schlucke, nicke, recht kleinlaut, gehorsam, demütig, respektvoll und versuche nicht zu sehr zu jammern. Irgendwie ist mir alles recht, manchmal auch etwas peinlich, Hauptsache ich muss nicht denken.

„Wir können das heute nicht so lange ausdehnen. Du bist eine ganze Stunde zu spät gekommen." Ich nicke nur und denke: Jetzt ist also schon Schluss. Ich finde es etwas schade, muss mich jedoch damit abfinden und will aufstehen.

Aber er meint nur: „Drehe dich rum." Fein! Also drehe ich mich gehorsam auf den Rücken, strecke mich wohlig aus und schließe die Augen. Mir ist alles recht, Hauptsache ich kann noch liegen bleiben. Hauptsache nicht denken! Hauptsache liegen bleiben dürfen! Ja, ich bin ein desolates Huhn. Es ist mir alles recht, wenn ich nur hier auf seinem Bett bleiben kann und er sich um mich kümmert. Was ist los mit mir? Wo bin ich? Wer ist dieser Mann? Ich weiß nichts und will doch bleiben? Das ist ein unmöglicher Zustand. Völlige Hingabe ist das!

Er verbindet mir die Augen mit einem Tuch, fesselt meine Hände mit einem Seil über dem Kopf und greift zur Peitsche. Letzteres merke ich nur an der Wirkung. Die Frage: „Willst du deinem Meister ganz und gar vertrauen?", höre ich entzückt und hauche ein „Ja". Ich komme mir noch immer etwas dumm vor. Aber bald schwinden mir völlig die Sinne vor erfüllter körperlicher und seelischer Genüsse. Seine Stimme, so sanft und weich und fest, dringt wie Musik an mein Ohr. Die Peitsche auf meiner Brust, meinem Bauch, den Oberschenkeln, streichelt mehr als sie schlägt. Hände berühren mich zwischendurch. Hände, so weich, warm, sanft und doch sehr bestimmt streicheln, kneten, berühren immer wieder. Ungeahnter und nie gekannter Genuss, pure Leidenschaft durchströmt meinen ganzen Körper bis in jede Zelle. Raum und Zeit verschmelzen zur Einstein'schen Raumzeit. In einer noch nie beschriebenen Art und Weise begreife ich dieses physikalische Phänomen innerhalb von Minuten. Ich befinde mich mit allen meinen Sinnen im Zukunftslichtkegel. Oder ist es jener undefinierbare Bereich, wo Vergangenheit und Zukunft miteinander verschmelzen?

Denken kann ich nichts, aber ich begehre plötzlich diesen Mann mit jeder Faser meines Körpers. Ich begehre diesen Michael, wie ich noch niemals einen Mann begehrt habe. Ich möchte immer weiter von ihm berührt, gestreichelt und genommen werden. Es muss unendlich schön sein, von einem Mann genommen zu werden, wenn der Körper so vollkommen auf Empfang eingestellt ist. Ich liege mit geschlossenen Augen da, spüre Wärme aus tiefsten Tiefen in mir aufsteigen und meine Lustzone erhitzen. Unwillkürlich winkle ich meine Beine an. Ich wünsche mir so sehr, er würde sich neben mich legen und mich mit seiner warmen Hand genau dort berühren. Er tut es nicht. Sollte ich etwas sagen? Ich kann nicht oder ich traue mich nicht. Jetzt geht er aus dem Zimmer und ins Bad nebenan. Ich höre ihn in einem Schrank kramen. Nun bin ich mir sicher. Ich werde gleich wirkliche körperliche Liebe erleben dürfen. Freilich denke ich das nicht. Es ist ein gefühltes Versprechen. Es muss einfach so kommen.

Er kommt zurück. Mit einem Gegenstand krault er mir die Kopfhaut. Mir läuft Gänsehaut über den gesamten Körper. Es ist himmlisch. Bitte komme zu mir! Bitte lege dich neben mich und berühre mich! Alles, was ich denken kann, sind diese Bitten. Sollte ich es aussprechen? Nein. Er wird den richtigen Zeitpunkt wissen. Er wird es genau dann tun, wenn es für ihn und mich richtig ist.

Doch plötzlich, viel zu schnell und abrupt, ist Schluss mit dem Verwöhnungsprogramm.

„Stehe auf. Jetzt gibt es noch einen Abschluss." Was wird er mit „Abschluss" meinen? Warum hat er mich nicht hier auf seinem Bett genommen? Ist er noch viel besser, als ich es mir jemals vorstellen könnte? Eine Frau kann so hoffnungsvoll sein, wenn das Feuer der Liebe in ihr brennt.

„Wir gehen ins Nebenzimmer." Was gibt es im Nebenzimmer, was noch schöner sein könnte als hier auf dem Bett? Ich möchte liegen bleiben, aber ich gehorche seinem Befehl.

Das Nebenzimmer ist das Badezimmer mit einem sehr großen Spiegel. Was soll jetzt hier geschehen? Will er sich und mich im Spiegel sehen, wenn er mich nimmt? Will er in der Badewanne den Akt der Liebe vollziehen? Bei ihm ist alles sehr ordentlich. Vielleicht will er sein Bett schonen? Ob es schön ist, wenn sich zwei Körper in Liebe im warmen Wasser vereinen? Er hat aber kein Wasser in die Wanne eingelassen. Was will er mit mir im Bad machen?

„Stelle dich vor den Spiegel und stütze die Hände auf die Knie. Das ist die Demutshaltung." Spinnt der? Habe ich richtig gehört? Das kann nicht sein.

„Du wirst jetzt sechs kräftige Hiebe mit dem Rohrstock empfangen. Du sollst im Spiegel sehen, wie ich dich schlage." Nach all dem himmlischen Genuss nun plötzlich diese Wendung? Hat dieser Kerl überhaupt gemerkt, was mit mir eben passiert ist? Kann es sein, dass ein Mann dies gar nicht bemerkt? Geht es, dass ein Mann nicht merkt, wenn ihn eine Frau so absolut begehrt? Oder ist dieser Kerl pervers? Macht genau diese Szenerie ihn an? Weidet er sich an dem verwehrten Begehren?

Ich mache, was er von mir verlangt. Einen klaren Gedanken bekomme ich ohnehin nicht zusammen, schon gar keine eigene Meinung. Es ist furchtbar. Der Körper war auf völligen Genuss, auf Entspannung, auf sexuelles Begehren eingestellt. Statt Erfüllung bekommt der Körper puren Schmerz geboten. Dazu die demütigende Haltung vor dem Spiegel. Schmerz und Demütigung pur! Jeder Hieb brennt unglaublich. Er holt aus ohne Erbarmen. Ich versuche ihn im Spiegel anzusehen. Es ist keine Spur von Grausamkeit in seinem Gesicht zu sehen. Das beruhigt mich etwas. Offenbar ist er nicht pervers. Aber es ist sehr schwer, hinzusehen. Genau zu sehen, wann ein Hieb auftrifft und unmittelbar diesen brennenden, beißenden Schmerz zu spüren, bedeutet Überwindung pur. Sechs Hiebe können viel sein, wenn jeder einzelne davon den Fluchtinstinkt auslöst.

Schließlich ist es vorbei. Er nimmt mich in die Arme. Das ist tröstlich. Vom Begehren ist nichts mehr übrig geblieben. Seltsamerweise muss ich auch nicht weinen, obwohl mir Gefühlsumbrüche schnell Tränen in die Augen treiben. Wahrscheinlich bin ich zu erschöpft in diesem Moment. Die Gefühlswallungen werden später kommen, wenn ich allein bin. Das ist gut so.

Ist dieser Michael nun pervers, auf subtile Art sadistisch, hinterhältig und grausam? Ist er gar impotent oder homosexuell? Kompensiert er diese Andersartigkeiten mit sadomasochistischen Spielen? Ist er ein wirklicher Meister darin? Diese Fragen werde ich niemals vollständig lösen können. Jetzt kann ich es schon gar nicht.

Ja, welche unglaublichen Wendungen hatte dieser Tag?

Es war erst die zweite Session mit diesem mysteriösen Mann. Wieder werde ich viele Tage für die Verarbeitung der verwirrenden Sinneseindrücke und prägenden Erlebnisse benötigen. Dieser Mann, dieser Spanker, dieser selbst ernannte Meister, dieser Michael, dieser gemeine Kerl, er raubt mir die Ruhe und verschafft mir scheinbar mühelos ungeahnte körperliche und seelische Achterbahnfahrten.

Ja, er versteht sein Handwerk wahrlich meisterlich. Davon bin ich jetzt jedenfalls überzeugt. Das Thema „Respekt" hatte gar keinen Platz in der heutigen Session. Dennoch hat mir diese Session mit genau diesem Ablauf unglaublich viel Respekt abverlangt. Respekt vor diesem Mann, vor seinem Instrumentarium, vor der Art sich mit mir zu befassen, vor seiner Konsequenz und auch Respekt vor mir selbst.

Und Fragen über Fragen.

Viel später wird mir klar werden, dass dies erst der Anfang war, mich Respekt zu lehren. Noch viel später werde ich diesen Respekt teilweise wieder verlieren. So widersprüchlich sein Verhalten in dieser Session war, so werde ich ihn wieder und wieder erleben müssen. Es ist wie Feuer und Eis gleichzeitig. Für diesen Tag war es genug.

Ich frage mich: Wie schafft es dieser Mann mit solcher Sicherheit meine Grenzen zu erkennen, bevor ich diese selbst für mich definieren könnte? Was macht er eigentlich sonst? Hat er einen pädagogischen Beruf? Hat er etwas mit Menschenführung zu tun? Hat er dazu Wissen erworben oder ist es reine Intuition?

Ich weiß nichts über ihn. Im Moment ist mir das auch, genau genommen, ganz recht. Hintergrundwissen und Alltagsgeschehen verändern immer die Sichtweise. Wie hat er sich in seiner Anzeige genannt? Er nannte sich Michael und „Meister". Ganz schön selbstbewusst. Ein selbst ernannter Meister.

Nein, sage ich zu mir, ich fahre nicht gleich nach Hause. Ich brauche noch Zeit für mich. Frei und allein sein, den Gedanken und Gefühlen Raum geben, das brauche ich jetzt dringend. Ich bin angekommen in der Einstein'schen Raumzeit, jenem Ort, wo sich Vergangenheit und Zukunft vereinen. Es ist ein Ort in mir tief drinnen und eine Zeit, mit einem Taktgeber, ebenfalls tief in mir drinnen.

Dieser Taktgeber bestimmt meine Gedanken und meinen Tagesrhythmus auf eine Weise, die fast schon beängstigend wirkt. Ich kann mich kaum noch auf wesentliche Dinge konzentrieren. Solange ich auf Arbeit bin oder in Gesellschaft anderer Menschen, bin ich abgelenkt. Sobald aber Ruhe einkehrt, kreisen meine Gedanken um die erlebte Szenerie und es stellen sich Sehnsüchte ein, die von meinem Körper nach Erfüllung verlangen.

Ich kann doch nicht schon wieder bei ihm nach einem Termin für die nächste Session anfragen. Es ist noch nicht mal eine Woche vergangen und die Spuren vom Rohrstock sind auf meinem Po sehr deutlich zu sehen.

Die Unruhe und das Verlangen nach körperlicher Erfüllung wirken sich unwillkürlich auf mein Verhalten zu meinem eigentlichen Partner aus. Ich fange an, ihn verhalten, aber dennoch eindeutig zu provozieren. Mit einigen herausfordernden Worten, einigen Gesten und schließlich sogar scherzhaften kleinen Rangeleien versuche ich zu provozieren. Ich boxe ihn am Oberarm, fasse leicht unter sein Kinn und sogar an seinen Po. Ich knöpfe mir die Bluse auf und verhalte mich einigermaßen aufreizend. Eigentlich sollten diese unmissverständlichen Signale von einem Mann zumindest nicht kolossal fehlgedeutet werden. Meiner schafft das jedoch schon mit den Fehldeutungen. Oder will er es absichtlich nicht verstehen? Jedenfalls reagiert er zuerst mit Unverständnis, dann mit offener Ablehnung, schließlich mit Zynismus, Beleidigungen und Rückzug.

Da stehe ich nun und koche innerlich vor Wut. Nicht nur, dass ich wütend bin und die Ablehnung mich tief verletzt, ich empfinde auch abgrundtiefe Verachtung. Wie kann ein Mann sich so klein machen? Warum hat er nicht wenigstens etwas adäquat reagiert? Warum hat er mir nicht die Hände festgehalten, mich irgendwie angenommen und gewisses Interesse an meinem ungewöhnlichen Verhalten gezeigt? Warum hat er nicht neugierig gefragt, warum ich mich plötzlich so anders zeige? Ich kann mit niemandem über das Erlebte reden, muss meine Gefühle verbergen und in mir drinnen tobt ein Orkan. Das ist die Hölle im Eisschrank! Ich muss mich abreagieren, sonst platze ich noch vor Wut.

Das Badezimmer ist jener Ort, an dem ich mich ungestört meinem Körper widmen kann. Also rein und die Tür abgeschlossen. In der nächsten Stunde ist hier besetzt. Erst einmal atme ich tief durch und mache dafür das Fenster auf. Wir haben eine Dachgeschosswohnung und somit ist das Fenster ein Dachfenster. Ich liebe diese Wohnung mit den schrägen Wänden, den alten Holzsäulen in jedem Zimmer und den Fenstern, die den ungestörten Blick in den Himmel freigeben. Vorher hatten wir eine Wohnung im Erdgeschoss. Nie wieder würde ich in eine Wohnung zu ebener Erde ziehen. Nach einigen Atemzügen frischer Luft geht es mir schon etwas besser. Trotzdem verlangt mein Körper nach Verwöhnungsprogramm. Soll er haben, was er braucht, wenigstens ersatzweise, Notprogramm sozusagen.

Zuerst zünde ich die Teelichter an und decke die Lampe mit einem Tuch ab, so dass der ganze Raum in ein angenehm schummriges Licht getaucht ist. Nun noch einige Tropfen Duftöl in das Öllämpchen gegeben. Belebender und dennoch sinnlich ausgleichender Duft erfüllt bald den Raum. Nackt stehe ich inzwischen mitten im Badezimmer und streichle meinen Körper mit meinen Händen. Ich streiche über die Arme, den Nacken, die Schultern, die Brüste und an den Körperseiten zum Bauchnabel hin bis die Hände in der Leistenbeuge verharren. Ich schließe die Augen, atme tief in den Bauchraum ein und langsam durch den Mund wieder aus. Dabei spüre ich in meine Körpermitte, dahin, wo das sogenannte Wurzelchakra sitzt. An dieser Stelle unserer sexuellen Mitte soll sich nach den Tantrischen Lehren auch das Energiezentrum des Körpers befinden.

Ja, es gibt wahrlich lebensbejahendere Auffassungen von der menschlichen Sexualität, als es die christliche und andere Religionen lehren und wie meine atheistische Erziehung es ignorierte. Auch die schulmedizinischen Auffassungen kann man in dieser Hinsicht vergessen. Mediziner verdrängen viel von unseren Gefühlen und Energiezentren, nur weil es nicht eindeutig wissenschaftlich beweisbar ist.

Doch nun zu meinem Vorhaben, meiner Lust:

Ich bin offenbar gerade in einem Energielevel, welches keiner anderen Beweislage als meinem Körpergefühl folgt. Ich spüre, wie sich mein Lustzentrum mit Wärme füllt und für Berührungen öffnet. Ja, genauso hat es sich auch angefühlt, als er mir diese sinnlichen Genüsse mit seiner Peitsche verschafft hat. Leider bin ich auch jetzt allein mit diesem herrlichen Gefühl, nur kann ich mir jetzt wenigstens etwas selbst helfen. Es ist nicht dasselbe, als wenn es ein Partner tun würde, den man mag. Aber es ist auch nur ein Notprogramm. Ich gehe mit den Händen in der Leistenbeuge in die Hocke und lasse mich auf die Knie fallen. Den Oberkörper lege ich auf den Oberschenkeln ab und den Kopf mit der Stirn auf den kühlen Fließen. So verharre ich einige Momente und stelle mir vor, wie sich der Raum um mich herum zu einer schützenden Hülle schließt. Ein Schutzraum für mich, der mir Geborgenheit gibt. Es ist nur eine Vorstellung, aber sie hilft mir in diesem Moment des Alleinseins. Meine Haut beginnt zu prickeln. Langsam erhebe ich mich und gehe unter die Dusche. Das warme Wasser tut gut, entspannt die Muskulatur in Schultern und Rücken. Ich lasse das Wasser eine Weile über meinen Körper rinnen und genieße die feuchte Wärme.

Ein Baby ist im Mutterleib in einer feuchtwarmen Umgebung und mit einer schützenden Hülle umgeben, für die Zeit bis zur Geburt geborgen und sicher aufgehoben. Ein wenig davon empfinde ich jetzt und gehe unbewusst in die Hocke. Schließlich hat auch das Baby eine Haltung mit angezogenen Beinen in der Gebärmutter für sein Wachsen und Werden eingenommen. Nun angele ich mir den Duschkopf und stelle den Wasserstrahl auf Massagedusche ein.

Ich will jetzt kein Baby mehr sein, sondern eine Frau, die da berührt werden möchte, wo es sich gut anfühlt. Wenn die Männer mir diese Berührungen verwehren, so muss ich es halt selbst tun. Der Massagestrahl gleitet über meine Brüste, verharrt an den Brustwarzen und umkreist meinen Bauchnabel, wandert weiter nach unten und sucht sich die Stelle, an der die sexuelle Energie ihren Stammsitz hat. Automatisch öffnen sich meine Beine und ich genieße die Berührung des warmen Wasserstrahls. Das tut gut und in meinem Kopf entstehen Bilder, die dieses Gefühl unterstützen. Es sind keine konkreten Bilder, eher Farben, Lichter und Bewegungen, ähnlich einem Mandala. Gern würde ich Laute der Wollust ausstoßen, aber ich kann das Geschehen auf dem Flur nicht kontrollieren. So bleibe ich lieber bei den Bildern im Kopf und genieße schließlich einen gewissen Höhepunkt sexueller Zufriedenheit. Dieses Gefühl ist ganz gewiss nicht zu vergleichen mit der Befriedigung bei einem wirklichen sexuellen Erleben mit einem Partner, der die Lust in meinem Körper zu entfachen versteht. Ich weiß nicht, wie sich das richtig anfühlen kann, denn ich habe es noch nie richtig erlebt. Nein, ich bin bestimmt nicht frigid, aber für mich sind die Berührungen beim Liebesspiel viel zu kurz, um ausreichend Lustempfinden und Begehren zu spüren. Sex mit wirklichem Begehren, das wird unbedingt anders sein, als ich es kenne. Dessen bin ich mir sicher.

Er, mein Spanker, hat mir mit seiner Peitsche den Schlüssel zu jener Tür gezeigt, hinter der das Paradies warten mag. Ob er mich jemals hinter jene Tür mitnehmen wird? Der Schlüssel trägt wahrscheinlich den Namen Liebe und ist ein Geschenk. Sexspielzeug und Sex kann man käuflich erwerben. Das ist alles besser als nichts, aber Liebe ist mehr als alles sonst.

Himmel, was bin ich für eine philosophische Trantute. So geht das eben bei mir nicht. Das kann ich nicht. Also jetzt fix in den Bademantel gekuschelt und dann ins Bett, eine CD mit romantischer Musik eingelegt und den wonniglichen, süßen Träumen hingegeben. Es sind nur wehmütige Träume, die hauptsächlich körperliche und sinnliche Sehnsüchte auf Erfüllung wecken. Aber ich brauche den Menschen dafür, mit dem ich diese Träume leben kann. Irgendetwas mache ich falsch, denn bisher habe ich diesen Menschen nicht gefunden. Doch! Ich habe ihn gefunden. Aber was bringt mir das? Wenn zwei Menschen sich finden und in gleicher Weise begehren, das ist wirklich Glück. Anscheinend leider nicht für mich bestimmt. Mit diesen Gedanken schlafe ich schließlich ein.

Ich halte es doch tatsächlich noch eine ganze Woche aus. Aber je mehr mein Wissen um die Ereignisse der neuen Körperlichkeit mich mit Fragen nach dem „Warum" und „Wie-nun-Weiter" beschäftigen, umso reichhaltiger werden die Fantasien und Träume. Ich werde ihm einfach etwas von meinen Träumen und Wünschen mitteilen. Soll er doch selbst entscheiden, was er tun will. Er ist der dominante Part in diesem Spiel. Die Idee mit dem Rollenspiel finde ich durchaus gut. Auf diese Art könnte ich etwas von meinen Defiziten der Vergangenheit ausleben, ohne mich direkt outen zu müssen. Da kommt mir ein Gedanke.

„Hallo Michael,
gern würde ich wieder zu dir kommen. Neulich hast du mich zu einer Erziehungsstunde einbestellt. Auf die Idee möchte ich gern zurückkommen.
Ich möchte mich aber dazu in eine andere Rolle begeben. Dann geht mir das ganze Geschehen nicht so nah.
Was meinst du dazu?
LG, Petra"

Der Gedanke mit dem Rollenspiel scheint bei meinem Spanker auf fruchtbaren Boden zu fallen. Jedenfalls möchte er, dass ich ihm meine zweite Identität näher vorstelle. So entsteht dieser Brief, denn ich will mir den Namen „Shiva" geben. Zu dieser Zeit weiß ich noch nicht, was dieser Name bedeutet. Es entsteht dieser Brief an meinen Meister.

„Shiva stellt sich vor:
Shiva ist noch sehr jung und unerfahren. Sie ist keineswegs böse, nur noch völlig ungeschliffen. Insofern benötigt Shiva eine zwar strenge, aber auch sehr einfühlsame Erziehung durch ihren Meister. Shiva besitzt eine sehr empfindliche Seele. Beleidigende, demütigende oder erniedrigende Worte

treffen sie mitten ins Herz. Sie möchte trotz ihrer noch unreifen Persönlichkeit geachtet werden. Shiva liebt ihren Körper mit jedem einzelnen Haar daran. Auch möchte Shiva ihren Körper nicht verstecken müssen, weshalb die Spuren einer Erziehungsmaßnahme sich in angemessenen Grenzen halten sollen. Mit einigen Striemen am Po kann Shiva aber schon umgehen. Ihren Körper verwöhnen zu lassen, das mag Shiva sehr, gern auch mal etwas derber. Shiva hat einen eigenen starken Willen, der noch ungesteuert ist. Dieser Wille ist formbar und das nicht nur mit Strenge. Wenn sich Unnachgiebigkeit und Nachsicht die Waage halten, dann gedeiht Shiva am besten. Niemals wird Shiva bedingungslos Befehlen folgen, deren Sinn sie nicht erkennt. Shiva will ihren Meister lieben und respektieren lernen, erwartet aber auch selbst Respekt. Wenn der Meister in Shivas Erziehung das rechte Maß zwischen Respekt, Liebe und Strenge findet, dann wird Shiva mit Hingabe für viele Wünsche offen sein. Shiva ist sehr gefühlsbetont, liebt die Romantik und lässt sich gern überraschen. Ein stimmungsvolles Ambiente ist für ihre erfolgreiche Erziehung so wichtig wie für eine Pflanze Sonne und Wasser. Zum Beispiel liebt Shiva einprägsame Abschiedszeremonien, weil sie danach so schön träumen kann. Natürlich hat Shiva auch Fehler und begeht Sünden. Da sie noch jung ist, sind es eher mal kleine Sünden, die einer Korrektur bedürfen. Shiva ist auch etwas verbummelt. Weil sie schnell ins Träumen gerät, vergisst sie die Zeit und kommt oft zu spät. Shiva findet so ein Verhalten nicht weiter schlimm. Ob sie wohl wenigstens bei ihrem Meister pünktlich erscheinen wird? Wegen ihrer Träumerei kann sich Shiva nicht gut auf wichtige Dinge konzentrieren. Kaum hat man ihr etwas gesagt, so hat sie es schon wieder vergessen oder gibt eine Antwort, die gar nicht stimmt. Hat sie doch neulich auf die Frage nach ihrem Alter einfach geflunkert. Shiva lügt nicht absichtlich – nein, ehrlich ist sie schon –, aber sie flunkert gern mal und findet das auch noch lustig, wenn es nicht bemerkt wird.
Ja, so ist Shiva!"

Die ganze Sache nimmt Fahrt auf, denn auch mein Meister übt sich in der Kunst des Briefschreibens, was mich erfreut, aber auch sehr verwundert. Zumindest kann er mit dem gewählten Namen „Shiva" viel anfangen. Gebildet scheint er also auch zu sein. Ich lese verwundert.

„Liebe Shiva,

ich bestelle dich in Absprache deiner Eltern zur nächsten Erziehungs-stunde ein. Sei pünktlich. Du kennst die Toleranzgrenzen. Wie ver-sprochen, hier meine Antwort an deine Eltern.

Liebe Eltern von Shiva,

wie verabredet werde ich die Erziehungsstunde mit Shiva abhalten. Diese steht unter dem Motto ,Achtung, Respekt und Ehrlichkeit'. Shiva scheint die Ehrlichkeit in Person zu sein. Allerdings gibt sie ihre Meinung in einem flapsigen, respektlosen Ton von sich, der nicht gerade von sehr viel Achtung vor dem Meister und dessen Auftraggebern zeugt. Ich habe aber auch bemerkt, dass man mit Strenge und Härte alleine nichts er-reicht bei ihr. Denn im Innern ist Shiva so verletzlich. Sie versteht, dass sie Strafe braucht, sehnt sich aber dann auch sehr danach, wieder geliebt und belohnt zu werden. Das macht die Sache natürlich nicht einfacher, denn nur ein Meister in Erziehungsfragen wird in der Lage sein, den Zeitpunkt des Umschwenkens genau zu erkennen. Zu früh bedeutet, dass die Strafe verpufft, zu spät würde unsere kleine Shiva verletzen. Das ist weder in Ihrem noch in meinem Interesse. Shiva ist auch sehr klug und kennt ihre guten Seiten. Allerdings vergisst sie dabei immer wieder, dass einzelne törichte Aktionen wieder alles ver-derben. Eines ist mir aufgefallen. Shiva scheint die Lektionen auf eine besondere Art zu genießen. Das macht es schwierig. Die Therapie kann sich dadurch sehr in die Länge ziehen. Offensichtlich hat sie sich schon lange danach gesehnt, mit ,Zuckerbrot und Peitsche' Benehmen bei-gebracht zu bekommen.

Noch etwas Spirituelles: Sie gaben Ihrer Tochter den Namen Shiva. Die göttliche Shiva tritt in vielen Gestalten auf und hat unterschiedliche, scheinbar widersprüchliche Aufgaben.

Zum Beispiel: Zerstörung oder Tanz, Ekstase und Schöpfung, Askese oder Liebesgott, Gott der Meditation und der Keuschheit.

Das Symbol Shivas ist das Lingam, welches in jedem Shivatempel zu finden ist, oft in Vereinigung mit der Quelle aller Schöpfung, der Yoni. Das Reittier von Shiva ist der Stier Nandi. Wenn sich Shiva nur an-nähernd damit identifiziert, ist es kein Wunder, dass ein zartes, junges, un-erfahrenes Wesen dadurch destabilisiert, überfordert und etwas orientierungs-los werden kann. Deshalb schlage ich vor, dass Shiva weiterhin in meiner

Obhut bleibt, damit ich mit einer zielgerichteten, aber auch einfühlsamen
Erziehung fortfahren kann.
Der Meister"

Na, das wird eine tolle Geschichte. Der „Brief an Shivas Eltern"
klingt verheißungsvoll. Es scheint so, als wolle mein Spanker
mich für eine längere Zeit in seinen Händen behalten. Mir soll
es recht sein. Bevor ich aber dort wieder antreten darf, hat er
mir aufgetragen in einem weiteren Brief meine wesentlichen
Verfehlungen der letzten Zeit mitzuteilen. Natürlich meint er
nicht meine Verfehlungen, sondern die von Shiva. Ja, es war gut,
mir eine andere Identität zuzulegen. So kann ich meinem Affen
ordentlich Zucker geben. Der Meister wird sich die Haare raufen.
Ran an die Tasten und frisch ans Werk nun.

„Hallo Meister,
nun komme ich gar bald wieder zum Meisterlein in die nächste Stunde,
damit er seine Freude an mir hat. Ich bin mir nicht sicher, ob meine ge-
nervten Eltis den Meister unterrichtet haben, wo bei mir der Haken in
der Decke hängt. Ich werde deshalb dem Meister selber beichten, denn es
ist schon etwas arg und belastet mich auch.
Also, es ging so ziemlich alles schief in letzter Zeit. Unseren elenden
Wellensittich habe ich fliegen lassen. Hoffentlich hat ihn die Katze ge-
fressen. Nun ist wenigstens damit Ruhe.
Von den verzogenen Rotzlöffeln, den Nachbarkindern, habe ich einen er-
wischt und so richtig mit einem Stock verprügelt. Das Geschrei hat einige
Leute auf den Plan gerufen. Der Vater von dem Rotzlöffel hat gleich mit
Polizei gedroht. Shiva hat sich aber nicht beeindrucken lassen und hat
gesagt: ‚Wenn du nicht Mann genug bist die Gören zu erziehen, dann
mache ich es eben. Das war erst der Anfang.' Da hat er mir rechts und
links ein paar reingehauen. Damit war das wohl erledigt, denn Polizei
wird er nun nicht bemühen, denke ich. Die Rotzlöffel hat er auch recht
unsanft die Treppe raufbefördert. Da hat Shiva heimlich gelächelt. Dann
hat Shiva den Stecker vom Fernseher präpariert, sodass dieser keinen
Strom bekommt. Die dämlichen Eltis haben den Monteur gerufen und
der hat ihnen einen neuen Fernseher aufgeschwatzt, mit Kabel und

Stecker. Das hat ziemlich gekostet und Shiva überlegt, ob sie den Trick mit dem Stecker noch mal machen soll. Leider ist das noch nicht alles. Es kommt noch richtig dick.

Eine Fensterscheibe vom Bäckerladen gegenüber ging zu Bruch, als Shiva einen Stein geworfen hat. Das war aber nicht mit Absicht. Shiva hatte solchen Frust und dann hat es plötzlich geklirrt. Shiva hätte sich gern entschuldigt, aber dafür war keine Zeit. Die sind gleich auf mich los mit Drohungen, Polizei und Versicherung. Da tat es mir nicht mehr leid, dass es passiert ist. Die geköpften Blumen im Vorgarten, das war ich auch. Aber das weiß noch niemand und noch ein paar weitere kleine Dinge halt. Hundekot im Briefkasten, präparierter Klingelknopf, zerdeppertes Geschirr – so was eben – manchmal Absicht, manchmal versehentlich. Mir ist klar, dass der Meisterich dafür hart bestrafen wird, denn ich bereue nichts davon. Mir ist aber auch klar, dass das so nicht weitergehen kann, denn wirklich Spaß macht es inzwischen nicht mehr. Ich hoffe, der Meister kann mir doch irgendwie noch helfen.

Ich habe großes Vertrauen in meinen Meister.

Gruß, Shiva"

Irgendwie fahre ich mit einem ganz neuen Gefühl zu Michael. Es ist ein wunderbarer Frühlingstag und in meinem Körper breitet sich eine göttliche Regung aus. Ist es die Shiva in mir drinnen? Na, ich fange ganz schön an zu spinnen. Hoffentlich bestraft er nicht gleich alles, was ich in dem Brief geschrieben habe. Vielleicht hätte ich zaghafter vorgehen sollen? Als ich schließlich den Weg zu seinem Domizil entlanggehe und auf den Klingelknopf drücke, wobei ich wieder vergesse auf das Namensschild zu sehen, zittern mir doch etwas die Knie.

Er empfängt mich freundlich und spendiert erst mal ein Bier. Ja, ich bin erst mal Petra und noch nicht Shiva. Doch dann wird es ernst.

„Du gehst jetzt die Treppe hinauf und in das Zimmer geradezu. Sobald du oben bist, wirst du zu Shiva und wartest in dem Zimmer auf mich." Das klingt ziemlich streng. Ich genieße Stufe um Stufe, meine Hand umfasst die Türklinke, öffnet vorsichtig die Tür und dahinter sehe ich? NICHTS!

Also, da ist das Schlafzimmer mit dem Doppelbett, aber sonst ist eben nichts, was mit Spanking oder sonstigem Ambiente für unser Erziehungsspiel zusammenhängen könnte. Ich bekomme einen riesigen Schreck. War die ganze Prosa im Vorfeld nur eine Finte, um mich hierherzulocken? Wird jetzt gleich ein ganz anderes Spiel aufgemischt werden, ein Spiel, was ich gar nicht will? Er will heute die Belohnung für die ersten beiden Male, durchzuckt es mich. Das war letztens nur ein Test auf meine Willfährigkeit. Mein Puls beschleunigt sich und ich bekomme Angst. Denke jetzt logisch und bleibe cool. Gedanken machen Angst, aber Gedanken schaffen auch Sachlichkeit. Er darf mir nichts tun, was ich nicht will. Wir sind hier aber ganz allein und niemand wird uns hören. Das ist sein Zuhause. Er kann mir nichts tun, denn er ist nicht anonym. Warum kommt er nicht? Ah, jetzt kommt er die Treppe herauf. Ein Fluchtinstinkt lässt mich in den hinteren Teil des Zimmers bewegen. Hier hast du gar keine Fluchtmöglichkeit, durchzuckt es mich. Der Gang zwischen Bett und Schrank ist nur etwa einen halben Meter breit und der einzige Zugang zur Tür. Ich fühle mich plötzlich in der Falle. Panik kriecht hoch und gleichzeitig geht die Tür auf.

Ich sehe in sein Gesicht. Das ist vertrauenerweckend, offen und lässt mich wieder ruhiger atmen. Was hatte ich eben nur für Gedanken? In der Hand hält er einen Zettel. Es ist mein Brief an den Meister. Er lässt mich den Brief vorlesen. Ich muss mich ziemlich zusammennehmen, damit meine Stimme einigermaßen fest klingt. Dann besinne ich mich auf meine Rolle als Shiva und werde augenblicklich forscher und flapsiger.

Dann: „Das reicht. Eigentlich wollte ich dich heute hauptsächlich verwöhnen. Nach diesem Brief aber ist eine Straflektion nicht zu umgehen. Ziehe dich aus." Na dann, denke ich, lege die Kleidung ab und stehe nun nackt vor ihm.

„Weißt du, wie man kleine Mädchen bestraft?" Bei diesen Worten zieht er sich den Gürtel aus dem Hosenbund. Ich schaue auf den Gürtel und dann zu Boden. „Du bist ein so unreifes kleines freches Ding, dass du den Gürtel noch gar nicht verdient hast. Kleine Mädchen legt man übers Knie." Zum ersten Mal in meinem Leben liege ich nun über den Knien eines Mannes. Mir ist nicht ganz wohl dabei und es ist mir auch irgendwie peinlich. Noch weiß ich nichts davon, dass ich mir genau diese Position später oft heimlich wünschen und nie wieder bekommen werde. Es tut durchaus weh und er hat auch noch das Lederpaddle und einen Kochlöffel dabei. Vor allem der Kochlöffel ist fies. Schließlich darf ich aber wieder aufstehen, um das Lager für die richtige Züchtigung herzurichten. Das Lager besteht aus einer Matratze, einer Rolle und der grünen Decke, die quer über das Doppelbett gelegt wird.

Bevor ich es mir darauf bequem machen darf, kommt die obligatorische Strafpredigt. Obwohl diese Strafpredigt nur fiktiv ist, da ich ja die Taten nicht wirklich begangen habe, geht es mir irgendwie unter die Haut. Der Tonfall seiner Stimme ist ruhig, besonnen und doch sehr konsequent dominant. Ich bin froh, nicht wirklich mit den angesprochenen Unartigkeiten konfrontiert zu sein, sondern nur im Rollenspiel zu agieren. Eigentlich stehe ich nur da mit gesenktem Kopf und lasse den verbalen Schwall kalten Wassers über mich ergehen.

Ich ahne noch nichts davon, dass es schon sehr bald zu einer ähnlich demütigenden Szene kommen wird, die dann so gar kein Spiel mehr sein wird. Ich ahne nichts davon und genieße dieses nie gekannte Kribbeln echter Dominanz. Schließlich verhängt er ein utopisch hohes Strafmaß und mir entfährt die Frage, wie viele Tage wir dafür Zeit haben. Das scheint er wohl auch nicht bedacht zu haben. Jedenfalls darf ich mich jetzt auf das bereitete Lager legen und es geht los. Eigentlich ganz gut auszuhalten. Doch dann entdeckt er meine schmerzempfindlichste Schwachstelle, die Fußsohlen. Mit dem Rohrstock auf die Fußsohlen zu schlagen, das ist einfach teuflisch. Er nutzt diese Schwachstelle gnadenlos.

Neben mahnenden Worten werde ich nach etwas gefragt. Irgendetwas will er von mir wissen. Aber was? Der Schmerz betäubt mein Gehirn, ich jammere und winde mich. „Was willst du denn von mir hören?" In diesem Moment hätte ich alles gesagt, was er hören wollte. Alles! Es ist unglaublich, wie schnell er mich so absolut gefügig gemacht hat. Zu späteren Zeiten werde ich von meinem Recht Gebrauch machen und ihm die Fußsohlen als Erziehungsfläche entziehen. Er wird kämpfen, um genau dieses Stück meines Körpers zurückzugewinnen. Das ist spannend und eine andere Geschichte, bei der wir längst kein Rollenspiel mehr benötigen.

Jetzt bekommt er zuerst mal die reuevollen Worte und die Versprechungen wunschgemäß geliefert, denn der Schmerz treibt mich zu fast jedem Zugeständnis. Sind meine Worte ehrlich gemeint? Nun, das interessiert vorerst nicht. Später einmal wird es schon interessant sein, später ohne Rollenspiel und im wirklichen Leben.

Ich darf mich umdrehen. Jetzt beginnt das Verwöhnungsprogramm. Wieder werden mir die Augen verbunden und die Hände über dem Kopf gefesselt. So liege ich also da und lasse mich verwöhnen. Es ist himmlisch. In mir beginnt ein Feuer zu lodern, welches seine Nahrung aus der Tiefe meines Beckens zu holen scheint. Unwillkürlich winkle ich die Beine an. Dann geht er ins Bad. Er lässt die Türen offen und ich höre, wie er in einem Schrank kramt. Meine Fantasie macht einige Freudensprünge. Warum hatte ich nur am Anfang solche Angst? Egal was jetzt kommen wird, ich werde alles genießen und mich hingeben. Er hat es im Handstreich geschafft. Noch nie habe ich einen Mann so begehrt wie in diesem Moment. Doch! Voriges Mal! Er macht es jetzt perfekt! Was für ein Meister! Nun kommt er zurück und nimmt meinen Kopf in seine Hand. Mit irgendeinem Massagegerät krault er mir wieder die Kopfhaut. Mein Körper überzieht sich mit Gänsehaut. Ich wünsche mir sehnlichst, dass er sich neben mich legen möchte, dass er mich mit seinen Händen berühren, liebkosend streicheln möge, mich nehmen möge, wie immer er es möchte. Ich verzehre mich vor körperlicher Sehnsucht im Verlangen nach Berührung, nach Erfüllung, nach dem Geheimnis hinter jener mir verschlossenen Tür. Er hat den Schlüssel dafür. Bitte schließe diese Tür auf und gehe mit mir hindurch, bete ich still. Ich war noch niemals so nah davor. Bitte tue es. Ich wage wieder nicht, etwas zu sagen.

„Stehe auf." Ist das sein Ernst? Hat er wirklich wieder nicht gemerkt, was in mir vorgeht? Oder ist das gar seine Art von Grausamkeit? Verweigerung von etwas, was ein anderer Mensch so sehr begehrt und sonst nicht erfüllt bekommen kann, ist eine sehr gemeine Grausamkeit. Ist das seine Art von Befriedigung, von Dominanz, von Demütigung? Ich kann mir nicht vorstellen, dass er ein so gemeiner Mensch ist. Es spricht alles dagegen und alles dafür. War mein Gefühl vom Anfang, als ich dieses Zimmer betrat, gar nicht unberechtigt?

Ich hatte Angst vor Gewalt, dass Dinge geschehen, die ich nicht will. Dass Dinge nicht geschehen, die ich so unbedingt will, diese Möglichkeit lag außerhalb meiner Überlegungen. Ich wollte es das vorige Mal, dann hatte ich Angst und nun will ich es wieder. Bin ich verrückt?

„Du bekommst jetzt ein halbes Dutzend Hiebe zum Abschluss, damit du über deine Verfehlungen nachdenkst und dich an deine Versprechen erinnerst. Es werden richtig harte Hiebe sein, die du jetzt bekommst. Stelle dich dort hin und nimm die Hände hinter den Kopf." Ist das jetzt wirklich wahr? Es ist wieder das Gleiche! Wieder dieser Umbruch von höchstem Begehren zu schmerzhaftesten körperlichen Züchtigungen. Ist dieser scheinbar so smarte Mann tatsächlich unglaublich pervers? Oder merkt er wirklich gar nicht, was er da von mir verlangt? Ich beiße die Zähne zusammen und stehe die sechs Hiebe tapfer durch.

Ja, mein körperliches Begehren ist wiederum jetzt weg. Es hat geholfen. Wobei geholfen? Ich kann nicht denken. Ich spüre dem Brennen der Striemen auf meinem Po nach. Dann kommt, ganz unverhofft, ein Kompliment.

„Du bist sehr tapfer. Jede andere Frau hätte das jetzt nicht so hingenommen. Wie ist das bei dir? Der Hieb zieht kurz und dann ist es vorbei?" Spinnt der jetzt? Will er mich verarschen? War das eben Erlebte nicht genug Demütigung?

Ich schaue in sein Gesicht. Nein, da ist nichts von Zynismus, Spott oder Hohn zu entdecken. Offenbar war sein Kompliment ernst gemeint. Er hat anscheinend wirklich nicht gemerkt, was mit mir los ist. Ich versuche ein Lachen. „Nein, so ist das nicht.

Es tut sehr weh und ich muss mich für jeden Hieb überwinden, stehen zu bleiben und nicht abwehrende oder fluchtartige Bewegungen zu machen."

Daraufhin zeigt er mir noch, wie er zuschlägt. Ich soll mir eine Matratze vor den Körper halten und er platziert drei Hiebe darauf. Es treibt mir Gänsehaut über den Körper. Die Hiebe sind beeindruckend. Ich schaue aber dabei auch in sein Gesicht. Dort ist kein Ausdruck von Grausamkeit zu finden.

Warum macht dieser Mann das, was er mit mir tut? Was empfindet er dabei? Sex will er offenbar nicht. Was dann? Es wird mir noch lange ein Rätsel bleiben.

Wir gehen wieder ins Wohnzimmer und sitzen noch eine Weile beisammen. Er legt seine Hand auf meine Hand. Wie warm und geborgen sich das anfühlt. Mir schwinden wieder die Sinne für Realitäten. Nur zu gern würde ich mich an ihn lehnen, aber ich traue es mich nicht. Wie schön wäre es jetzt, seine Wärme und Nähe zu spüren, den Kopf an seiner Brust gelehnt, seine Arme um meinen Körper geschlungen, geborgen, gehalten zu werden, einfach nur diese Gefühle zu genießen.

Plötzlich stellt er eine ganz direkte Frage. „Möchtest du nach der Session noch Sex mit mir?" Ich schaue ihn an. „Ja." Er scheint verwirrt über meine Antwort, redet etwas von Körperbehaarung und davon, dass ihn dies abtörnt. Es klingt wie eine gestammelte Entschuldigung.

Kann er nicht? Hat er ein Problem mit seiner Potenz? Es sollen gar nicht wenige Männer Probleme damit haben. Direkt kann ich natürlich nicht danach fragen. Stattdessen mache ich eine sachliche Bemerkung, die das Thema vorerst beenden soll. „Du hast eine klare Frage gestellt und ich habe dir eine klare Antwort gegeben. Nicht mehr und nicht weniger."

Wir trinken unsere Gläser leer, dann gehe ich. Es war so ganz anders als erwartet. Es war sehr schön und doch auch sehr verwirrend. Was ist das für ein Mann? Ich möchte etwas über ihn erfahren und ich möchte meine chaotischen inneren Zustände in eine gewisse Ordnung bringen. Beide Wünsche muss ich noch lange aufschieben. Sehr bald schon wird es noch viel mehr Verwirrung, Chaos, Schmerz, Verzweiflung, Hoffnung, Angst, Mut, Demut und unerwartete Wendungen geben.

Der Shiva ist kein langes Leben beschieden. Petra muss einen steinigen inneren Weg gehen, der sie über Abgründe, durch tiefe Täler, in dunkle Wälder, unbekannte Gegenden, in Gefahren, aber auch auf tolle Aussichten und saftige Weiden führen wird. Sie wird den Weg gehen, weil sie gar nicht mehr zurück kann. Das begonnene Abenteuer treibt sie weiter hinein in den Dschungel voller Gefühle, Schmerz, Hoffnung, Sehnsucht, Begierden und Erkenntnis. Sie wird wunderbare Dinge erleben, hart büßen müssen, bittere Enttäuschungen verarbeiten, Tränen der Verzweiflung vergießen, sich viele Fragen stellen und sich selbst die Antworten geben müssen, weil sie mit keinem anderen Menschen darüber sprechen kann. Sie wird kämpfen, gewinnen und verlieren, aber vor allem wird sie Selbsterkenntnisse, Selbstbewusstsein und Selbstvertrauen gewinnen. Genauso, wie das nun mal bei einem richtigen Abenteuer der Fall ist. Für wehleidige Beschwerden der Wechseljahre bleibt jedenfalls keine Zeit.

Vorerst ist Petra körperlich wieder im wirklichen Leben angekommen und mental lodert das Feuer der Sehnsucht in ihr drinnen. Ein Feuer, welches über ein halbes Jahrhundert in diesem Frauenkörper gefangen war, der noch nie solches Begehren erfahren hat wie jetzt.

Ja, Petra, du warst ein rechtes Mauerblümchen. An das viel bemühte erste Mal kann ich mich dennoch gut erinnern. Mein damaliger Freund hatte riesige Geduld mit mir. Steffen war ein Mann, der vom Leben nicht verwöhnt wurde, der eine schwere Operation hinter sich hatte und dem Tod noch mal von der Schippe gesprungen war. Ich habe Steffen nicht geliebt, aber seine Bemühungen um mich hatten bei mir einigen Eindruck hinterlassen. Er wohnte in einer ganz kleinen Wohnung, ein einziges Zimmer und eine kleine Badezelle. Irgendwann einmal habe ich bei ihm übernachtet und dabei ist es einfach geschehen. Es war weder besonders schlimm noch besonders schön, es war einfach der Gang der Dinge.

Später hatte ich noch drei oder vier andere Männer, die mir auch sexuell ziemlich egal waren. Dann habe ich meinen Mann kennengelernt. Auch er hat mir sexuell nicht viel bedeutet, aber seine Hände haben mich fasziniert. Hände können so viel über einen Menschen aussagen.

Die Hände meines Spankers faszinieren mich ebenfalls. Er hat gepflegte Hände. Sie fühlen sich weich und warm an, sind aber dennoch sehr bestimmend. Später wird er mir mit diesen Händen ein sehr tief gehendes Erlebnis verschaffen. Ein Erlebnis, nach dem ich mich fast ebenso immer wieder sehnen werde wie jetzt nach diesem sexuellen Begehren und der körperlichen Erfüllung.

Jeden Abend liege ich im Bett und wünsche mir diese körperlichen Berührungen. Jeden Morgen nach dem Aufwachen verlangt mein Körper nach dem erfüllenden Ende dieser so ganz neuen, tief in mir drinnen schlummernden Gefühle. Neben mir im Bett liegt mein Partner. Wie jeden Morgen hat er die Ohrhörer im Ohr und hört Radio. Wozu hat man einen Ehepartner? Eigentlich sollte er doch der bevorzugte Partner sein, der körperliches Verlangen erfüllen kann. Ich habe es ihm in unserer nunmehr zwanzigjährigen Beziehung oft erfüllt, ohne jedoch selbst dabei zu wirklicher Erfüllung zu gelangen. Manchmal habe ich mich gefragt, ob ich vielleicht frigid bin. Jetzt meine ich zu wissen, dass er mir einfach nicht die richtigen körperlichen Reize geben konnte. Oder wollte er sie mir nicht geben?

Egal, ich brauche jetzt wenigstens etwas Berührung. Unwillkürlich langt mein Arm hinüber und meine Hand krault in seinem Haar. Ich schiebe einen Fuß unter seine Bettdecke und streiche mit der Fußsohle sanft über sein Schienbein. Seine Hand streckt sich nach meiner Brust aus. Bei der leisesten Berührung atme ich tief durch und mein Körper streckt sich wohlig. Bitte berühre mich weiter, bete ich stumm und hoffnungsvoll. Ich rücke ein kleines Stück weiter zu ihm hin. Meine Hand krault weiter seinen Kopf, mein Körper schiebt sich unter seine Bettdecke. So bleibe ich liegen und es geschieht. – Nichts weiter! Kein Streicheln, keine Berührungen, er nimmt nicht die Kopfhörer aus den Ohren, die Sendung im Radio scheint interessanter als ich zu sein. So viele Jahre kenne ich dieses Szenario schon. Dennoch: Die Hoffnung stirbt zuletzt.

Ich drehe mich frustriert rum und schnaufe hörbar. „Was ist denn? Du bist immer unzufrieden. Nichts kann man dir recht machen. Dann suche dir einen anderen." Ich koche vor Wut und bin den Tränen nahe. Diese Sätze kenne ich auswendig. Wortlos gehe ich ins Bad. Soll das Bad von nun an mein ödes Liebesnest werden? Ist der Duschkopf fortan mein heimlicher stummer Liebhaber? Lebe ich von nun an die eben erwachte neue Sexualität mit einem Duschkopf aus? Sollte ich mich vielleicht zukünftig irgendwie selber schlagen? Was mache ich nur falsch?

Die mediale Welt ist voll von Suchanzeigen für Partnerschaften, Sexabenteuer und diversen amourösen Beziehungen. Alle Welt ist permanent auf der Suche nach irgendwem und niemand findet Erfüllung? Was ist faul an dieser Tatsache? Sind die Erwartungen der Suchenden zu hoch? Habe ich zu hohe Erwartungen?

Eigentlich hatte ich gar keine konkreten Erwartungen. Ich habe die Ereignisse geschehen lassen, geschaut, was die Dinge mit mir tun werden. Es scheint mir, als ob eine Schleuse geöffnet wurde und nun all der angestaute Kram in Bewegung und zum Fließen gebracht wird.

Schon bald werde ich merken, was da alles zum Fließen gebracht wurde. Mein ganzes Leben wird gewissermaßen an mir vorbeigeschwemmt werden. Es werden Ereignisse aus längst vergangenen Tagen, mit all den damals gemachten Empfindungen, wieder lebendig werden. Es werden Gefühle ausgegraben. Hoffnungen und Enttäuschungen, Bitternis und wehmütige Stunden werden an meinem aufgewühlten Inneren vorbeiziehen.

Liebevoll streichle ich den Duschkopf. Es muss etwas geschehen, denke ich verzweifelt. Vor allem möchte ich reden können über das, was mich so tief bewegt. Mit wem kann ich reden? Mit meinem Mann? Ausgeschlossen! Unverständnis, Demütigung, Hohn und Spott wären das Ergebnis. Eher kann ich noch mit dem Duschkopf reden. Der gibt mir keine Antworten.

Gibt es überhaupt Antworten auf Fragen, die noch gar nicht konkret formuliert wurden? Mit Reden und Zuhörenkönnen entstehen Fragen und Antworten.

Es gibt nur einen einzigen Menschen, mit dem ich reden könnte, unbedingt reden möchte, mit meinem Spanker. Er ist der Einzige, der von meinem Abenteuer weiß, dem ich absolut vertraue, weil sonst das Geschehene nicht hätte geschehen können, und der mich vielleicht nicht nur verstehen würde, sondern mir auch ein äquivalenter Gesprächspartner sein könnte. Er weiß sehr viel mehr von dieser bizarren Welt als ich.

Aber was ist das für ein Mann? Was macht er? Ich bin neugierig auf diesen Menschen hinter dem Spanker. Er hat etwas in seinem Wesen, seinem Charisma, was interessant und geheimnisvoll wirkt. Ich möchte mich mit ihm auf neutralem Boden treffen. So schön es in seinem Domizil ist, aber dort bin ich Gast und er der Hausherr. In einer Gaststätte sind wir beide Gäste. Auf dieser Basis lässt es sich besser reden miteinander. Ich werde ihm einen Vorschlag machen.

„Lieber Michael,
auch diese Session hat mir sehr gut gefallen. Ich denke, wir sollten uns etwas näher bekannt machen. Ich würde mich gern mit dir vorher irgendwo in einer Gaststätte treffen. Da können wir etwas essen und miteinander reden, bevor wir dann … Du weißt schon. Was meinst du dazu? Ich würde mich auch gern etwas regelmäßiger treffen wollen. Die Shiva braucht ja eine Langzeiterziehung, wie du richtig bemerkt hast. Freue mich auf dich.
LG, Petra"

Ich bin zuversichtlich, dass mir eine schöne Zeit bevorsteht, Frühlingserwachen sozusagen. Endlich beginnt mein Leben. Ich habe so oft verzichtet. Jetzt bin ich dran. Wann, wenn nicht jetzt? Ich fühle mich gut. Ich fühle mich wie Anfang vierzig vielleicht, keinesfalls wie eine Frau am Beginn der Wechseljahre. Sehnsüchtig erwarte ich seine Antwort.

„Hallo Petra,
das ist keine gute Idee. Ich habe gesehen, was mit dir los ist. Es ist nicht gut, wenn du dich mit deinen Gefühlen an mich bindest. Ich kann dir nicht die gleichen Gefühle entgegenbringen. Du suchst etwas anderes als das, was ich dir geben kann. Ich wünsche dir Glück. Lebe wohl.
Gruß, Michael"

Mich trifft diese Botschaft wie ein Keulenschlag. Die Zeilen verschwimmen mir vor den Augen. Das kann doch nicht wahr sein! Womit habe ich diese Absage verdient? Sind denn alle Männer nur miese Hunde, die bei der kleinsten Kleinigkeit den Schwanz einkneifen und weg sind sie? Kann man wirklich gar keinem Kerl über den Weg trauen? Was bildet dieser Typ sich ein? Habe ich geschrieben, dass er mich lieben soll? Habe ich einen dämlichen Liebesbrief verfasst mit schmalztriefendem Inhalt? Steht da etwas drin, dass ich mich an seinen Hals hängen mag, bei ihm einziehen, mich scheiden lassen oder sonst irgendwie mich anbiedern möchte?

Ich habe mich ihm hingegeben, anvertraut und möchte etwas nähere Bekanntschaft schließen. Ist das so ein unmögliches Ansinnen? Er ist schließlich nicht verheiratet oder sonst wie gebunden.

Was sind das für lumpige, feige Kerle in dieser Szene? Was haben diese Spanker zu verbergen? Es soll sich eine Frau nackt und ungeschützt seinen Launen hingeben und dieser feige Lump bleibt unerkannt hinter dem Vorhang?

Na ganz so ist Michael nicht. Aber mit einer schnöden Mail mich einfach rauszuklicken, das ist äußerst unfein. So kommst du mir nicht davon, du Warmduscher!

Was soll ich machen? Dieser Schnösel hat jedenfalls mehr als nur einen Denkzettel verdient. Was ist das für ein Typ? Ein Angeber? Ein Spinner? Ein kleiner Feigling?

Ich komme zu dem Schluss, dass er ein Spinner ist. Mein Bauchgefühl sagt mir, dass dies nicht stimmt. Der ist kein Spinner. Aber warum macht er das dann? Alles spricht dafür, dass er ein Spinner ist. Wie fängt man einen Spinner? Mit einem Netz. Mit seinem eigenen Netz! Mir kommt eine Idee. Alles oder nichts ist die Devise. Zu verlieren habe ich nichts mehr. Eine andere Wahl habe ich schon gar nicht. Aufgeben noch, aber das kommt nicht infrage.

Ist er ein Spinner, dann sollte die Masche fangen. Ist er kein Spinner, dann schauen wir weiter. Mal sehen, was dieser verdammte Kerl noch so draufhat.

Mein Plan steht fest und verleiht mir wieder etwas innere Stabilität. Himmel, das war ein herber Schlag. Wie sagte meine Oma manchmal? „Auf einen groben Klotz gehört nun mal ein grober Keil." Diesen Spruch werde ich sehr viel später nochmals gebrauchen können. Jetzt besteht mein Keil aus einer neuen Identität, mit der ich den groben Klotz zimmern werde. Ich nenne mich „Tatjana". Diese Tatjana macht dem Michael Beine.

Natürlich wird das gehörig schiefgehen, denn Petra weiß auch als Tatjana noch immer nicht, wer dieser Michael wirklich ist. Auf die Idee sich zu informieren, kommt Petra erst später. Vorerst ist ihr Gehirn in einem reichlich benebelten Zustand, wie das nach einem herben Schlag eben normal ist.

Nun frisch ans Werk. Zum Glück ist seine Annonce noch immer auf der Kontaktseite geschaltet. Darauf wird sich jetzt also eine Tatjana bei diesem Michael melden. Allerdings ist Petra nicht ganz unfair und meldet sich auch weiterhin unter ihrem richtigen Namen und der alten Mailadresse.

Warum sollte Michael dieser Petra noch irgendwie Gehör schenken? Er hat doch jetzt Tatjana. Was gehen ihn die Sorgen und Nöte der Petra an, wo doch das neue Glück mit beiden Händen winkt?

Petra denkt bei jeder Mail von ihm an jene vermeintliche Tatjana immer nur: Das kann nicht derselbe Michael sein. Der Petra hat er wenige Zeilen gewidmet und dieser Tatjana schreibt er ganze Romane. Ja, ich habe jetzt begriffen, wie die Kommunikation spannend geführt werden will, wie man die gewünschten Informationen aus dem Kerl herauskitzeln kann.

Du lieber Himmel, was kann der Kerl für schöne Dinge schreiben!

„Liebe Tatjana,

schön, dass dir meine Anzeige gefallen hat. Die Frage, ob ich ein guter Spanker bin, würde ich mit Ja beantworten. Jedenfalls habe ich bisher nur gute Feedbacks erhalten.

Zu den Instrumenten: Neben ein paar Rohrstöcken arbeite ich mit einem Lederpaddle und einer Lederpeitsche. Natürlich gibt es noch ein paar Sachen wie Lineal etc. aus dem normalen Leben. Das Paddle zieht ganz gut. Die Lederpeitsche habe ich extra so ausgesucht, dass diese erst bei heftigeren Schlägen richtig zieht. Das heißt, ich kann – je nach deinem Schmerzempfinden – ein ‚Wohlfühlinstrument‘ daraus machen. Das bekomme ich allerdings auch mit dem Rohrstock hin (grins). Natürlich habe ich auch was zum Augenverbinden und zum Fesseln, falls erwünscht. Wenn es uns beiden zusammen gefallen würde, kann ich das Instrumentarium auch gerne erweitern. Ich bin auch sehr flexibel bei dem, was und wie du Spanking magst. Da geht mir die Fantasie nicht aus. Streng kann ich sein. Das hängt nur davon ab, wie viel Strenge du verträgst. Die Vollendung? Damit meine ich in der Tat Sex. Da kommt es natürlich auf ganz verschiedene Dinge an. Willst du das überhaupt? Findet man sich attraktiv? Wie weit will man gehen? Also dieses Thema ist toll, wenn beide angeregt werden, muss aber nicht unbedingt sein. So, das war nun eher etwas nüchtern erklärt, was du erwarten darfst. Eigene Fantasien und Wünsche sind natürlich willkommen. Wenn dir gefällt, was ich dir geschrieben habe, möchte ich dich gerne kennenlernen und sehen, ob wir es wagen wollen. Einen schönen Sonntag noch.

Grüße, Michael"

Was schreibt er da? Der ist ein solcher Spinner und Angeber obendrein!

Dich werde ich lehren, wie man mit Petra umspringen darf. Gestern Petra, heute Tatjana und morgen irgendeine Claudia oder Hannah oder Giselle oder, oder, oder. Immer dieselben Spinnereien, in denen sich die Opfer verfangen. Nach dem Spaß kommt Hopp und Ex.

Was liefert der Kerl noch so an Schwachsinn seiner vermeintlichen neuen Liebe Tatjana? Mir hüpft das Herz vor Freude, denn immerhin schreibt er es mir. Ich fühle mich angesprochen, nicht diese Tatjana. Wenn er ein Spinner ist, wird es gut werden. Dann lachen wir beide drüber. Wenn nicht, was dann? Wird schon alles wieder gut werden. Ich kitzle noch einige Informationen aus ihm heraus, denn er schreibt mir wieder ausführlich.

„Liebe Tatjana,
das klingt sehr interessant, was du schreibst. Über eines musst du dir keine Gedanken machen: Ich pflege eine angemessene Sprache beim Spanking und auch so, bin sauber, habe gute Umgangsformen. Brutal oder grausam bin ich keinesfalls. Mir macht es keinen Spaß, wenn die Frau gegen ihren eigenen Willen leidet. Mich regt es nur an, wenn ich sehe, dass eine Frau das bekommt, was sie braucht, und das auch genießen kann. Auch wenn ich dabei streng sein werde, das hängt von deinen Wünschen ab, und es dir wehtun wird, so geschieht es, wie du es eben möchtest und dich danach sehnst.
Zum Treffen: Wir können uns bei mir treffen für die Sessions. Mir wäre es aber wichtig, dass wir uns vor dem ersten Mal kurz an einem neutralen Ort treffen könnten. Weißt du, es ist dann einfacher und erst mal unverbindlicher. Es kann ja auch sein, dass einer von uns doch gleich am Anfang einen Rückzieher machen möchte. Eine Beziehung möchte ich auch nicht haben. Gut, dass du das auch so siehst. Da habe ich so meine Erfahrungen. Das Risiko, dass einer mehr als der andere möchte, lässt sich da nie ganz ausschließen.
Wo wohnst du? Je nachdem wo, können wir einen Treffpunkt ausmachen, um uns kennenzulernen. Manchmal gibt es Zufälle im Leben. Vielleicht kennt man sich ja schon?
Grüße, Michael"

Dieser Kerl ist ein rechter Schlawiner. Ob wir uns kennen? Ahnt er etwas? Wenn er nicht ganz blöd ist, so sollte er etwas ahnen. Ich möchte mich so gern wieder mit ihm treffen. Dieses Versteckspiel mit falschem Namen macht mir keinen rechten Spaß.

Soll ich ihm die Wahrheit mitteilen? Soll ich sagen, dass diese Tatjana in Wirklichkeit Petra ist? Ich möchte schon, aber ich habe Angst davor. Was geschieht, wenn er mich dann wieder ablehnt? Das wird er bestimmt tun. Dann habe ich meinen Trumpf verspielt.

Wenn er nun doch nichts ahnt? Ich verschleudere mit Aufrichtigkeit meinen einzigen Trumpf, den ich habe, um ihn wieder zu treffen. Das kann ich mir nicht leisten. **Ich** habe uns nicht in diese dumme Situation gebracht. Kein Mann wirft eine Petra einfach mit ein paar Zeilen einer Mail aus seinem Leben raus.

Vorerst werde ich ihn noch etwas testen. Vielleicht kann ich ehrlich zu ihm sein, wenn er mir die Chance dafür einräumt. Ich würde gern ehrlich zu ihm sein wollen. Mal sehen, was ich noch aus ihm herauskitzeln kann. Wenn er sich so rühmt und seine Strenge besonders betont, so soll er mal eine Kostprobe geben.

Die Antwort haut mich fast vom Stuhl, diesmal im positiven Sinne. Der Kerl schreibt ganze Romane. Wer hätte das gedacht?

„Liebe Tatjana,
was ich lese, gefällt mir auch dieses Mal. Vor allem auch, dass du einfach so Spanking genießen kannst, ohne besondere Aufzählungen und Strafmaße, denn der Appetit kommt bekanntlich beim Essen, also beim Spanking. Nur reden ist wirklich öde, da hast du recht. Wenn wir uns sympathisch sind, so können wir gleich zur Tat schreiten. Ich bin schon gespannt. Bis zum Treffen werde ich uns ein Lokal aussuchen, von dem aus wir ganz schnell am Ort des Geschehens sein werden.
Du möchtest eine Kostprobe meiner Strenge? Ich erzähle dir eine wahre Geschichte.
Ich war mal eingeladen auf einer Party mit vielen Leuten. Da viele von außerhalb kamen, gab es eine Preparty. Ich kannte außer dem Gastgeber niemanden. Wir trafen uns in einer Lokalität, die auch am nächsten Tag für die Party dienen sollte. Großer Hauptraum und ein paar Nebenräume. Mir war es etwas langweilig, bis eine Frau, so Mitte dreißig, ankam. Ilona! Ilona hatte blaue Latzhosen an, langes, nicht besonders gestyltes Haar und verhielt sich mal wie eine erwachsene Frau, mal wie ein Kind. Ilona kannte ein paar Leute, unterhielt sich aber immer wieder kurz mit mir, zog kindliche Schnuten, legte die Daumen in die Träger ihrer Latzhose, wackelte mit dem Oberkörper hin und her. Nach einiger Zeit fasste ich mir ein Herz und sagte ihr, wie ich die Signale deutete: ‚Ilona, du wirkst auf mich wie ein Mädchen, das mal wieder was hintendrauf braucht.‘ Die Schnute wurde größer, Ilona leugnete, lief aber auch nicht

entsetzt weg. Das Ganze ging noch eine Weile weiter. Ilona zeigte mir mit Schnute und Seitenblick die kalte Schulter und machte mir klar, dass da mit mir gar nichts laufen würde. Dann war sie für eine ganze Weile verschwunden. Als ich die Örtlichkeiten erkundete, dachte ich manchmal Schläge zu hören und Oh und Au. Neugierig war ich nun geworden. Es dauerte mindestens eine Stunde, dann stand Ilona wieder vor mir. Gesenkter Blick, aber nicht zu mir, sondern in Richtung eines anderen Mannes. ‚Ilona, was hat das zu bedeuten? Wir unterhalten uns, plötzlich bist du weg und als du wiederkommst siehst du aus, als hätte der Typ da drüben – der gar nicht zu ihr passte – das getan, worüber wir vorhin geredet haben.‘ Ilona senkte den Kopf noch tiefer, schaute von unten zu mir hoch und steckte beide Hände in die Gesäßtaschen ihrer Latzhose, rieb leicht die Pobacken und schaukelte mit Po und Oberkörper hin und her. ‚Ilona, das war nicht nett.‘ ‚Was denn?‘ ‚Mich hier stehen zu lassen. Wie kannst du mit dem Typen verschwinden und mich stehen lassen?‘ ‚Ich habe dir nichts getan, und den kenne ich schon so lange. Der tut das immer mit mir.‘ ‚Heute bin aber ich dran. Für deine Unverschämtheit gibt es noch was obendrauf. Los, geh voraus!‘ ‚Einfach so lasse ich mir den Po nicht verhauen und dir habe ich nichts getan, nie ohne Anlass.‘ ‚Ilona, ich spüre es. Dein Po braucht viel mehr. Sonst wärst du nicht so frech.‘ Nun staunte ich nicht schlecht: ‚Ich bin aber bekennendes Weichei, nur mit der Hand auf die Hose.‘ Erfreut über die Offenbarung, wurde ich etwas ungeduldig. ‚So, Ilona, egal wie viel Aua das heute für dich war, für diese Unverschämtheiten gibt es eine extra Abreibung. Los, geh voran!‘ Ilona bockte. Ich nahm sie am Oberarm und zerrte sie sanft ein paar Zentimeter hinter mir her. Ilona bockte immer noch. Ich gab ihr einen sanften Schubs. Wieder ein paar Zentimeter gewonnen. So tasteten wir uns Schubs für Schubs aus dem Gastraum hinaus.

Ich befahl: ‚Gehe du voraus!‘ Ich wusste ja nicht, wohin wir gehen konnten. Sie ging voran. Wir landeten im zweiten Stock in einer Art Vorraum, wo niemand war, aber eine Couch stand. Ilona stand regungslos da. Ich gab Ilona ein paar im Stehen auf die Hose, was sie aber nicht besonders beeindruckte. ‚Hose runter! Du hast es auf den blanken Po verdient.‘ ‚Nicht auf meinen nackten Po.‘ ‚Ich bestehe darauf.‘ Ilona gehorchte, nachdem ich ihr angedroht hatte, dass sie alles nur schlimmer mache. Nach einigem Hin und Her und ein paar Klapsen, inzwischen auf den Slip, lag Ilona auf meinen Knien. Ich haute ihr erst die eine, dann die andere Backe voll, so etwa je zehn Schläge mit der flachen Hand. ‚Das reicht aber, aua.' ‚Ob es reicht, bestimmst nicht du, Ilona. Für Schimpfnamen akzeptiere ich minimal dreißig. Gut, da sind wir noch nicht.' Die restlichen etwa zehn folgten. Ilona wollte aufstehen. ‚Das waren die für die Beschimpfungen. Nun kommen noch die, weil du mich angelogen hast.' ‚Angelogen?' ‚Ja, du sagtest immer nur auf die Hose.' ‚Du bist der Erste, der beim ersten Mal …' ‚Schön, eine Lüge war es trotzdem.' Je fünf Heftige auf jede Seite folgten. Nun kämpfte sie darum, aufzustehen. Ich spürte, dass sie es wirklich ernst meinte. ‚Gut, steh auf.' Ilona erhob sich, fing an, ihre Hose hochzuziehen. Mit sanfter Gewalt zog ich diese wieder runter. Ilona guckte mich erstaunt an. ‚Keine Aua mehr, ich habe sie doch schon zweimal gehabt.' Aber sie wehrte sich nicht mehr richtig.

‚Ilona, du bist so frech gewesen, hast dich gesträubt.' Es gab nun noch ein paar im Stehen. Sie protestierte, zog den Po ein, versuchte sich immer wieder anzuziehen, ließ aber schließlich alles über sich ergehen, mit vielen Aua-Rufen natürlich. Im Stehen verhaute ich ihr den immer noch nackten Po, bis ich spürte, dass es ihr irgendwann wirklich reichte. Interessant: Sie bewegte sich – wieder angezogen – nur vorwärts nach draußen, wenn ich ihr immer wieder einen Klaps auf die Latzhose gab. Ilona war offensichtlich zufrieden und an ihrer Grenze angelangt.

Im Partyraum benahm sie sich wieder halbwegs normal, sagte ab und zu noch „aua", fasste ihr Hinterteil durch die hinteren Hosentaschen an und rieb dieses leicht. Wir unterhielten uns noch ein wenig. Sie meinte nur, dass sie niemals zweimal so was tat und beim ersten Mal mit einem neuen Spanker schon gar nicht so weit gehen wollte.

Ilona hatte genug. An der Preparty hatte sie kein Interesse mehr. Sie verabschiedete sich bei mir und dem anderen Gentleman schnippisch und schon war sie weg.

Ja, Tatjana, es ist vielleicht nicht das, wie du es so magst, aber dafür ist es real. Ich hoffe, du konntest einiges von meiner Strenge und Konsequenz erkennen.

Ich bin gespannt, welche Strenge du provozierst.

Grüße, Michael"

Ja, Michael, diese kleine Einlage war eher für Weicheier. Welche Strenge werde ich provozieren? Offenbar willst du es wissen. Ja, ich werde Michael provozieren, bis es dreizehn schlägt.

Aber bis dahin muss ich erst einen schmerzhaften Weg gehen, muss mich beweisen und ihn zurückgewinnen, bevor er sich beweisen kann. Ja, ich werde ihn noch provozieren und ausgiebig sein Durchsetzungsvermögen und seine strenge Art testen. Er wird jeden Test bestehen. Wird er das? Hat er nicht angegeben?

Doch vorerst würde es ein Treffen geben, welches gar nicht so verlaufen würde, wie ich und er es sich wünschten und ersehnten.

Sein Vorschlag für den ersten kurzen Treff, bevor es dann „zum Ort des Geschehens" gehen soll, ist ein Café am Markt. Das Café befindet sich auf dem Markt von dem Kaff, in dem er wohnt. Entweder ahnt er wirklich nichts oder er ist sich seiner Sache sehr sicher.

Ich fahre wieder mit viel Herzklopfen hin. Diesmal ist neben der Erwartung einer strengen Session eine noch viel größere Spannung unserer Wiederbegegnung zu ertragen. Der Markt und das Café sind schnell gefunden. Intuitiv gehe ich aber nicht ins Lokal hinein. Wenn die Begegnung nun total schiefgehen sollte, dann bin ich dort drinnen peinlich angeleimt.

Da kommt er, ganz in Schwarz, wie vereinbart. Er krempelt sich im Gehen die Ärmel seiner Jacke hoch und so kann er mich nicht sehen. Er geht in das Café hinein, kommt nach wenigen Augenblicken wieder heraus und schaut sich um. Mein Herz schlägt bis zum Hals. Er sieht mich. Nun stehen wir uns gegenüber.

„Ich habe es gewusst", sagt er. Das klingt hoffnungsvoll.

„Nein, so läuft das nicht bei mir", lässt er seinen zweiten Satz los. Was denn nun?

„Ich drehe mich jetzt um und gehe." Drei Sätze, drei Aussagen, die unterschiedlicher nicht sein könnten. Das kann er nicht ernst meinen! Ein Test vielleicht nur?

Er meint es ernst. Er dreht sich um und geht. Ich drehe mich um und gehe in die andere Richtung, bleibe nach einigen Schritten abrupt stehen und gehe zurück. Nicht mit mir! „Michael, bitte warte!" Ich versuche gerade so laut zu rufen, dass er es hören kann und wir dennoch nicht auffallen. Aber er reagiert nicht. Mein Gehirn setzt aus. Panik erfasst mich und ich laufe ihm nach, gerade so schnell, dass ich noch nicht rennen muss.

„Michael, bitte warte!" Er dreht sich nicht um, bleibt nicht einmal stehen, er geht einfach weiter. Hat ihn auch Panik erfasst? Offenbar ja, denn nun will er in eine offen stehende Haustür verschwinden, besinnt sich aber und bleibt doch stehen.

„Was willst du?"

„Lass uns reden, bitte."

„Es gibt nichts zu reden. Es ist vorbei. Was meinst du, wie peinlich das ist? Hier kennen mich doch alle."

Spinner, Angeber, Feigling und noch andere Begriffe kreisen durch mein Gehirn. Sagen kann ich gar nichts. Wut und bittere Enttäuschung schnüren mir die Kehle zu, mein Körper zittert. Ich drehe mich wortlos um und gehe, gesenkten Kopfes. Ich kämpfe mit den Tränen. Fast bin ich wieder am Auto angekommen, da durchzuckt mich ein furchtbarer Gedanke.

Ist dieser Mann etwa derart grausam? Hat er seine Erfüllung in **dieser** Grausamkeit? Sitzt er jetzt zu Hause und befriedigt sich an dem Gedanken seines grausamen Tuns? Kann das denn sein? Wenn es so ist, dann hat mein Bauchgefühl total versagt.

Es soll Menschen geben, denen es eine große Befriedigung verschafft, wenn sie wissen, dass ein anderer Mensch sehr leidet, weil sie ihm eine unglaubliche Demütigung zugefügt haben, mit der dieser andere Mensch nur sehr schwer fertigwerden kann, weil er handlungsunfähig ist. Stellt er sich jetzt genüsslich vor, wie ich leide, und holt sich dabei vielleicht noch einen runter?

Ich muss das wissen! Ich muss wissen, ob ich mich auf mein Bauchgefühl noch verlassen kann. Die Demütigung kann ich vielleicht noch ertragen, aber nicht diese Ungewissheit. Was soll ich tun? Auf dem Markt ist eine Telefonzelle. Dieses Mal hat er mir eine Handynummer gegeben, na, eigentlich hat er sie Tatjana gegeben. „Für alle Fälle", hat er gesagt. Dieser Fall ist ein „alle

Fälle", ist ein Notfall, der Fall aller Fälle, den er wohl nicht gemeint hat. Hoffentlich habe ich noch Kleingeld. Die Nummer? Ja, habe ich.

Mit zitternden Fingern werfe ich Geld ein und tippe die Nummer. Es tutet und dann nimmt er ab. „Bitte nicht auflegen, lass uns reden, bitte." Er legt sofort auf. Noch mal wählen.

„Bitte lass uns reden, es ist wichtig." Wieder wird die Verbindung unterbrochen. Dieses Mal war wohl das Geld alle. Es geht noch einige Male so weiter. Dann kann ich doch zu ihm kommen. Nicht in sein Zuhause, aber in sein Auto.

Da sitze ich nun wie schon beim ersten Mal. Der Beifahrersitz eines Autos ist ein prima Verhörplatz. Dieses Mal schaue ich nicht auf das Armaturenbrett, sondern etwas tiefer. Ich fühle mich elend. Ich wünsche mir, dass er sagen würde: „Fahren wir ein Stück und gehen etwas trinken." Einen Schnaps könnte ich jetzt wirklich gebrauchen. Aber er sagt nichts dergleichen. Stattdessen macht er mir Vorhaltungen. Ich glaube nicht, dass er die Situation richtig einschätzt, aber ich dementiere nichts.

„Vor allem hast du mir den Tag jetzt gründlich verdorben", sagt er schließlich. Ist das wahr? Denkt er wirklich nur an sich? Ist er ein Egozentriker? Sehr viel später werde ich mir diese Frage mit Gewissheit beantworten können.

„Nicht nur deinen Tag. Was meinst du, wie es jetzt in mir aussieht?" Nach dieser Antwort von mir stutzt er doch etwas und scheint tatsächlich meine Befindlichkeit zum ersten Mal wirklich wahrzunehmen.

Was kennt er nur für Frauen? Welche Erfahrungen hat er gemacht? Mir ist das unbegreiflich. Aber ich weiß jetzt, dass er nicht so ein grausamer Mensch ist, wie ich befürchtet hatte. Das zumindest beruhigt mich.

„Sieh mich an!" Das klingt streng, aber ich tue es. Ein Blick in seine Augen genügt. Den folgenden Satz hätte er nicht einmal mehr aussprechen müssen.

„So läuft das nicht bei mir." Ja, gut, das habe ich verstanden. Meine Art ist das auch nicht und so läuft es auch bei mir nicht. Das macht mir gar keinen Spaß.

Aber wie läuft es dann? Ich werde es herausbekommen. Wir werden noch viele schöne und spannende Stunden gemeinsam verbringen. Manchmal wünscht man sich, ein wenig in die Zukunft sehen zu können.

„Gehe jetzt." Ja, das muss ich nun tun.

Ich weiß nicht, wie ich an diesem Tag nach Hause gekommen bin. Jedenfalls darf ich mir nichts anmerken lassen und so gehe ich bald schlafen. Ans Schlafen ist aber nicht zu denken. Ich bin müde, aufgewühlt, traurig, unglücklich, fühle mich bemitleidenswert und alles zusammen, aber vor allem bin ich ganz allein.

Was habe ich früher in solch einem Zustand getan? Mein Plüschteddy aus fernen Kindertagen ist immer mitgereist. Er hat mir immer geholfen, wenn ich einsam und traurig war. Ich drücke das Stofftier an meine Brust und streichle über das abgeschabte Fell. Leise, ganz leise erzähle ich ihm von meinem Kummer und die Tränen benetzen sein Plüschfell. So war es immer. Langsam werde ich ruhiger und irgendwann schlafe ich ein. Er hat mir auch dieses Mal, da ich nun eine erwachsene Frau bin, wieder geholfen.

Am nächsten Morgen geht es mir etwas besser. Nach einigen Tagen habe ich einen Entschluss gefasst. Zuerst einmal will ich wissen, wer dieser Michael wirklich ist. Ah, mein Gehirn beginnt wieder zu funktionieren. Wie bekomme ich das heraus? Das Kaff kenne ich, die Straße und Hausnummer ebenfalls und seinen Vornamen.

„Liebes, gutes Web, schicke mir einen Wink", bete ich. Na bitte! Telefonnummer vom Festnetz. Der Mann heißt also Michael X! Damit kann weitergesucht werden und flugs spuckt die Suchmaschine Details aus.

Oha! Also doch kein Spinner. Wenn ich das vorher gewusst hätte. Was hätte es mir genützt? Ist das Haus in dem Kaff vielleicht nur sein Zweitwohnsitz? Nutzt er das nur für die Bekanntschaften? Hat er noch irgendwo eine richtige Villa und einen S-Klasse-Wagen? Vom Geld her könnte er sich das gewiss leisten bei seinem

Job. Aber ich glaube es nicht. Er ist kein Spinner, kein Angeber und auch kein Feigling. Er hat irgendwie Angst und reichlich wenig Empathievermögen.

Jedenfalls hat mich mein Bauchgefühl nicht getäuscht. Ich kann mich weiterhin drauf verlassen. Das ist sehr wichtig! Wie geht es weiter? Ich will Michael zurückgewinnen. Das ist mir genauso wichtig. Aber wie? Kommt Zeit, kommt Rat. Vorerst muss ich Erfahrungen sammeln. Ich beschließe auf der Weide zu grasen; auf der Weide des Spankings.

3

WEIDEERLEBNISSE

Warum bin ich nicht glücklich? Eigentlich habe ich alles, was ein Mensch braucht. Ich bin für mein Alter ziemlich gesund, habe mir einen gut bezahlten und verhältnismäßig sicheren Job erkämpft, kann auf eine erwachsene und erfolgreiche Tochter stolz sein, liebe meinen braven Ehemann noch immer, lebe in einer wunderbaren Wohnung, kann mir genügend freie Zeit für Hobbys nehmen, muss keiner Bank irgendwelche Kredite abstottern, bin ohne belastende verwandtschaftliche Beziehungen, ein rundum glückliches Dasein sollte mir das Leben versüßen.

Warum bin ich nicht glücklich? Was braucht ein Mensch noch, um glücklich zu sein?

Nun: Der Mensch ist zweifellos ein Herdentier. Herdentiere fühlen sich in ihrer Herde geborgen und aufgehoben. Die Herde gibt Schutz, soziale Kontakte und stärkt das Zugehörigkeitsgefühl. Jede Herde hat ein Leittier, welches quasi die Verantwortung übernimmt und die Herde führt. Die Mitglieder einer Herde vertrauen dem Leittier und folgen diesem in allen Belangen.

Aber Menschen haben keine richtige Herde, der sie sich zugehörig fühlen können, die ihnen Schutz und Geborgenheit gibt. Menschen leben heutzutage weitgehend sozial isoliert. Allein als Single oder in einer Kleinstherde, einer Familie oder familienähnlichen Konstellation fristen sie ihr Dasein. Ihnen fehlen das Leittier, wirkliche Geborgenheit und Schutz gebende Körperkontakte einer Herde. Der Mensch umgibt sich stattdessen mit einer unsichtbaren Mauer aus Misstrauen, Vorurteilen, Schweigen, Angst und Ablehnung. Er ist einsam mit seinen Gefühlen, seinen Ängsten, seinen Zweifeln, seinen Hoffnungen, seinen ganz normalen, weil aus Urzeiten geprägten Erwartungen an das Leben schlechthin. Der Mensch umgibt sich mit Ersatzbefriedigungen, stillt seine Sehnsüchte mit Suchtverhalten und seine Erwartungen mit Aktionismus.

Eine Erklärung ist das freilich nicht, aber ich habe ein kleines Stück meines Herdenbewusstseins erfahren und für wenige Stunden das befreiende Glück erlebt, Verantwortung an ein vermeintlich starkes Leittier abgeben zu können. Freilich war dies alles nur ein Spiel und keineswegs Realität. Wie es aber mit intensiv erlebten Spielsituationen nun einmal ist: Sie wirken in die Realität hinein. Erlebte Gefühle in Spielsituationen können Ängste in der Realität abbauen, Selbstvertrauen stärken und Mut und Zuversicht für die Zukunft geben. Mein Spanker vertrat im Spiel mein Leittier und auf die Rolle der Shiva konnte ich teilweise meine verdrängten Ängste und nie gelebten Verhaltensweisen projizieren.

Warum hat Michael mich einfach rausgeworfen aus dieser kleinen Welt? Warum hat er nicht mit mir darüber reden wollen? Wovor hat er dermaßen große Angst?

Nun, ich muss die Situation nehmen, so wie sie ist, und mich eben umsehen. Schließlich gibt es viele Annoncen von suchenden Männern auf jener Seite, auf der ich diesen Meister kennengelernt habe. Die meisten Suchenden sind freilich viel zu weit entfernt, aber einige befinden sich schon in der näheren Umgebung.

Was sind das für Männer? Was wollen sie erleben? Welche Erwartungen haben sie an eine Frau, die Spanking ebenfalls leben will? Wenn ich nicht den Mut habe, auf die Suche zu gehen, so werde ich niemals Antworten auf die Fragen finden können.

Ich gehe also auf die Weide und werde das Erlebte als Weideerlebnisse zusammenfassen. Die Weide erscheint mir grün und saftig. Bei näherer Betrachtung sind jedoch die wenigsten Pflanzen wirklich wohlschmeckend, meist sogar ungenießbar. Meine Weideerlebnisse im Vorab betrachtet, kommen reichlich zynisch daher. Zynismus hilft, Enttäuschungen zu verarbeiten. Auf der Weide gab es nämlich keine Herde für mich, nur ziellos suchende und einsam umherirrende sonderbare Wesen ohne jegliches Leittiermotiv.

Vielleicht ist es besser, wenn ich mir zuerst Gedanken über mich selbst und über das mache, was ich eigentlich erwarte, bevor mir Kritik an anderen Weidetieren zusteht?

Also: Was erwarte ich eigentlich von diesem Abenteuer und was habe ich bisher erfahren?

Irgendwo habe ich dazu etwas aufgeschrieben. Ach, hier ist es.

„Ich mache Spanking noch nicht lange und bin deshalb selbst noch auf der Suche nach mir."

Na toll! Das ist eine wahrhaft berauschende Erkenntnis. Geht es etwas konkreter?

„Etwas habe ich nun doch schon herausbekommen über mich, meine Vorlieben und auch Abneigungen, die ich hier mal zusammenfassen möchte."

Noch ein nichtssagender Satz. Konkrete Gedanken oder ich lasse es gleich bleiben mit der Kramerei nach tiefschürfenden Antworten.

„Das Ambiente sollte zum Kopfkino für das Vorhaben passen."

Schön, und was sagt mein Kopfkino?

„Mir ist es ganz wichtig, genug Zeit zu haben. Damit steigt die unmittelbare Vorfreude."

Weiter.

„Ebenso wichtig und prickelnd ist die richtige Kommunikation in der Session. Es ist für mich spannend, gefesselt zu werden oder die Augen verbunden zu bekommen."

Viel ist das nun gerade nicht.

Und die Weideerlebnisse? Ziemlich erschreckend das ganze Gefasel. Oder ist doch etwas Wahres dran? Ich versuche eine Zusammenfassung der kleinen Weideerlebnisse.

Der Besitzertyp

Es gibt Männer, die reden viel und können fast nichts. Dafür sollte die Frau dann aber treu sein und keinen anderen mehr ansehen. Sie könnte sonst besseres Gras auf der Nachbarweide finden.

Der vorsichtige Typ

Es gibt Männer, die lassen warten, um sich dann mit den Worten „du hast den Test bestanden, kannst anhalten" an die Fersen zu heften. Erst mal andere vom Gras fressen lassen. Der Leitstier könnte möglicherweise an der nächsten Ecke stehen und gucken.

Der Angebertyp

Es gibt Männer, die schicken Bilder ihrer Handschrift, die harten Typen mit weichem Kern sozusagen. Soll der Kern verfaulen!

Der Geschichtentyp

Es gibt Männer, die suchen nach der Verwirklichung ihrer Geschichte, die sie irgendwo gelesen oder gesehen haben. Sie wären die Helden gewesen, wenn sie es denn geschafft hätten, dass die Frau zum Treff gekommen wäre.

Der Spielertyp

Es gibt Männer, die machen viele schöne Worte und schlagen mit der Tonart genau dann um, wenn sie meinen, dass sie die Frau an der Angel haben. Da geht es mit „ich erwarte …" weiter.

Der selbstzufriedene Typ

Es gibt Männer, die versprechen vor allem geilen Sex und meinen die eigene Befriedigung. Die Frau, deine Sklavin und Dienerin.

Der großzügige Typ

Es gibt Männer, die suchen schon ewig nach der Frau des Lebens. Sie darf dann auch den Haushalt führen und es wird sogar ein Taschengeld in Aussicht gestellt. Für Verfehlungen gibt es freilich die Züchtigung. Dankbarkeit wird uneingeschränkt erwartet.

Der Insidertyp

Es gibt Männer, die kennen angeblich alle Örtlichkeiten und Szenen der Umgegend, nur zum verabredeten Treffpunkt finden sie nicht.

Der chaotische Typ

Es gibt Männer, die laden eine Frau mit schönen Worten ein und vergessen dann selbst den vereinbarten Termin.

Der geheime Typ

Es gibt Männer, die wollen umgehend intime Bilder und Telefonnummern, geben aber von sich selbst nichts preis, weil es ja so viele Spinner in der Szene gibt. Beweise erst mal, dass du kein Spinner bist, dann darfst du vielleicht mal bei mir antreten.

Der Sozialhelfertyp

Es gibt Männer, die geben sich als erfahrener Typ mit riesiger Bandbreite aus. Sobald die Sache aber einen Anflug von Ernsthaftigkeit bekommt, entschuldigen sie ihren Rückzug mit einer anderen Aufgabe, der sie sich selbstverständlich aufopferungsvoll widmen müssen.

Der Frühstartertyp

Es gibt Männer, die verweisen auf mehr Jahre Erfahrung als sie überhaupt auf der Welt sind.

Der Bastlertyp

Es gibt Männer, die geben mit einem hochwertigen Equipment an, welches sich aus ein paar zweifelhaften selbst gebastelten Teilen und Muttis Küchenkram zusammensetzt.

Und schließlich gibt es noch jenes seltene Exemplar:

Der Unsichtbare

Es gibt Männer, die machen viele große Worte und können richtig Appetit machen. Leider verausgaben sie sich auf der Suche schon dermaßen, dass für die Wirklichkeit nichts mehr übrig bleibt. Da nehmen sie bei den kleinsten Anzeichen von Realitätssinn lieber die Beine in die Hand, schicken fix eine letzte schnöde Mailbotschaft, verstecken sich hinter einem anderen Rockzipfel oder hinter unaufschiebbar viel Arbeit, Terminen oder Krankheiten. Je nach Bedarf und Möglichkeiten.

Ja, die Männer heutzutage!

Wie war es doch ehedem mit richtigen Männern so angenehm. Oder?

So schlimm und zynisch sind die Weideerfahrungen nun auch wieder nicht. Jedenfalls gibt es alle diese Typen tatsächlich, denn ich habe sie alle irgendwie kennengelernt. Das gäbe eine bunt gescheckte Herde, wenn alle diese Typen auf der Weide grasen würden. Was würde passieren, wenn diese Einzelgänger plötzlich alle aufeinandertreffen?

In der Natur buhlen die Männchen um die holde Weiblichkeit. Wer gewinnt, der darf ran. Warum spielen Männer lieber Krieg oder üben sich in sportlichen Wettkämpfen, statt sich um die Gunst der Weiblichkeit ins Zeug zu legen? Wer gewinnt, der darf ran.

Es ist ein prickelnder Gedanke. Die Zuschauerloge voller Frauen, die ihren Favoriten anfeuern. Wenn ihr Kandidat gewinnt, dann darf er sie haben. Diese Frau ist dann wahrlich zu beneiden. Der Sieger, noch erhitzt vom Kampf, sein Blut in Wallung, ist garantiert ein toller Liebhaber. Fast jede Frau träumt von solchem Abenteuer und sehnt sich nach männlich kraftvoller Vereinnahmung. Die Natur hat diese Szenerie seit Urzeiten vorbestimmt. Die Weitergabe gesunder und leistungsfähiger Gene garantiert gesunden und lebensfähigen Nachwuchs. Jede Frau wünscht sich mit Hingabe erleben zu dürfen, wie der Sieger aus dem Kampf sie zu ungeahntem Lustempfinden führt.

Ach, wem sollen solche Gedanken nützen?

Das Weideabenteuer lockt mit den Worten:

„Hey, du kleines Luder. Komme her und hole dir die Hiebe ab, die du verdient hast. Bei Interesse versohle ich dir gern den Hintern. Es wird nicht so, wie du es dir vorstellst, aber es wird gewiss. Sollten dir Parameter meines Spiels nicht passen, ich bin für alles offen."

Na, das wird ein Spaß. Noch einige Terminschwierigkeiten sind zu überwinden und schließlich ein Treff. Mit einer Sache hat er unbedingt recht gehabt. Es wird nicht so, wie du es dir vorstellst. Das stimmte. Er gehörte in die Kategorie der Bastlertypen. Das Zimmer winzig, die Nachbarn rechts und links direkt Wand an Wand. „Bist du eigentlich laut?" Was soll man da antworten?

„Warte erst mal noch paar Minuten im Auto, damit uns keiner zusammen sieht." Bin ich eine steckbrieflich gesuchte Bankräuberin? Warum muss er sich für mich schämen? Sollte ich gleich wieder gehen? Nun bin ich aber schon mal hier. Mal sehen, was er noch so an Überraschungen zu bieten hat. „Knie dich mal da hin, mit den Händen im Nacken." Ich betrachte eine Weile in dieser Position die schmucklose Wohnungstür. Rechts daneben steht der Staubsauger, links von mir eine Kommode. Nach einiger Zeit des Wartens wird es mir zu langweilig und ich gebe meine Position auf, betrachte die Titelseiten der auf der Kommode liegenden Zeitschriften. Just in diesem Moment geht die Tür auf.

„Nun bist du doch schon aufgestanden. Es hat etwas gedauert." Genau so habe ich mir prickelnde Kommunikation vorgestellt. Die Beschreibung eines Istzustandes. Ungeheuer prickelnde Kommunikation. Viel mehr Gesprächsthemen gibt es auch später nicht. Auf dem provisorischen Strafbock aus Tisch, Matratze und Decke, der Bastlertyp eben, werde ich noch etwas festgebunden. Muttis Wäscheleine muss herhalten. Noch was Aufregendes? Ach, die Hiebe. Na, die waren schon ordentlich, aber wegen der Lautstärke, wegen der Nachbarn, wegen was auch immer, jedenfalls dudelte das Radio samt Werbung nebenher. Mir war die Lust gründlich vergangen.

Auf dem Heimweg wurde mir klar, dass Michael nicht so leicht zu ersetzen sein würde. Würde er überhaupt zu ersetzen sein? Welches Niveau war das jetzt eben? Guter Durchschnitt oder drüber? Auch wenn mir der gute Bastlertyp noch einige weitere Botschaften mit dem lukrativen Angebot „sichere dir die Hiebe" geschickt hat, ich bin nie wieder zu ihm hin. Ich hatte einfach keine Lust an den Parametern seines Spiels irgendwie zu drehen. Also auf zum nächsten Weideerlebnis.

„Hallo Petra, meine Liebe,
nun möchte ich dir mal von meiner Neigung und Vorliebe berichten. Ich hoffe, du erschrickst nicht. Ich bin eher ein reiner Spanker. Ich mag die klassische Erziehung. Das läuft meistens so ab: Erst bekommst du über-gelegt den Po mit der Hand verhauen, erst auf den Slip, dann muss der

auch runter und der Nackte ist dran. Danach vielleicht in der Ecke stehen, um nachzudenken. Nun musst du dich wieder irgendwo überlegen, meist ein Bock oder ein Tisch, gern festgebunden. Ab nun kommen härtere Sachen zum Einsatz, meist Peitsche, Gerte und Teppichklopfer. Zuletzt kommt der Rohrstock zum Einsatz. Den bekommst du dann so lange, bis ich komme. Ja, du hast richtig gelesen. Wenn es gut gemacht ist und ich mich dabei fallen lassen kann, komme ich sogar zum Höhepunkt. Meist machen wir vorher ein Codewort aus, wenn eine kleine Pause eingelegt werden soll. Meist aber hat dies zur Folge, dass es dafür eine extra Strafe gibt. Die kann unterschiedlich ausfallen. Kann aber auch schon mal vorkommen, dass ich da paar Hiebe auf ausgefallene Stellen verteile. So, nun weißt du Bescheid.
Ich kenne ein kleines Studio. Dort könnten wir uns zum Spielen treffen. Nun bist du dran, meine Liebe. Berichte mir mal deine Vorlieben und Erfahrungen."

Klingt nicht so recht interessant? Doch! Es hat schließlich wirklich Spaß gemacht. Das kleine Studio war gar nicht so klein und brachte schönes Ambiente für die Stimmung. Natürlich war der ganze Text der frohen Botschaft überhöht. Aber ihn würde ich in keine Kategorie der Weidetiere einordnen wollen.

Er ist ein reiner Spanker, wie er sagte, aber kein Angeber. Es ging unkompliziert zu. Mit dem „Kommen" meinte er dann aber doch, dass ich ihn so weit bringen möge. Ich sollte den Rohrstock schwingen? Das hatte ich noch nie getan und mir tat nach der ungewohnten Anstrengung der Arm weh. Vielleicht sollte ich auch mal …? Kommt später dran. Erst mal zum nächsten Weideerlebnis.

„Hallo du,
ich bin kein Mann, der zum Lachen in den Keller geht. Bei mir geht es direkt und unkompliziert zur Sache. Mein Equipment ist nicht sehr umfangreich, aber wirkungsvoll. Welche Positionen bevorzugst du denn? Magst du Rollenspiele? Ich bin nicht der Erziehertyp, aber wenn du es magst, so kann ich das auch."

Er ist groß und kräftig, aber unkompliziert bestimmt nicht. Jedenfalls brauchten wir eine ziemlich lange Anlaufphase, bis es zum ersten Treff gekommen ist. Das Zimmer war schließlich gemietet und eigentlich hätte alles bestens sein sollen. Nur die Stimmung war es nicht. War es die Erwartungshaltung? War es die falsche Umgebung? Es tat weh und sehr weh, war teilweise peinlich, anstrengend, verkrampft und gespielt. Die Kommunikation hätte aus einem Film sein können, drehte sich um die Wiederholung von demütigenden Sätzen und dem Mitzählen der Hiebe. Letzteres kann ganz spannend sein. Später, mit meinem Spanker, werden wir die Spannung beinahe mit Händen greifen können. Hier war es bestenfalls demütigend.

Wir haben uns dann noch einmal in der Natur getroffen, aber auch da ging nichts mehr. Auch ihn will ich nicht in die Kategorie der Weidetiere einordnen. Er war bemüht und ehrlich. Mehr ging mit uns nicht. Auf zum nächsten Weideabenteuer.

„Hallo Petra,
in meinem Haus gibt es viele Möglichkeiten zum Spielen. Ich bin eher von der harten Tour angetan, kann mich aber auch auf Softelemente einstellen. Wenn du kommst, so werden wir erst mal etwas zusammen reden, einen Kaffee trinken und dann geht es los. Ich habe auch einen Strafbock, über den du dich drüberlegen musst. Seile und Ketten zum Fesseln sind auch vorhanden. Vorher heize ich den Kamin an, damit es dir schön warm wird. Wenn du dann am Kamin über meinen Knien liegst, werde ich ordentlich nachlegen. Du wirst nicht frieren. Das ist versprochen.“

Ja, einen Traum konnte ich mir tatsächlich erfüllen. Spanking in einem alten Bauernhaus, abgelegen von der Welt inmitten der Pampas und am Kaminfeuer noch dazu. Das Ambiente passte durchaus und es war kribblig. Niemand wusste, wo ich war, und er war wirklich kein Softie. Sein Strafbock war selbst gezimmert, aber es war ein richtiger Strafbock. Auch die Seile und Ketten hielten, was sie versprachen. Ja, mir war nicht nur heiß vom Kaminfeuer. Zwischendurch habe ich tatsächlich überlegt, wie ich dort wieder unbeschadet rauskomme. Allein sein

Handspanking hat mir schon so zugesetzt, dass es der anderen Instrumente eigentlich gar nicht mehr bedurft hätte. Schließlich war Pause angesagt. In eine Decke gewickelt lag ich auf dem Sofa und war fix und fertig. „Willst du eigentlich noch mehr?" Ganz ehrlich sagte ich: „Nein, es reicht."

Auch er kann meinen Spanker nicht ersetzen. Also noch ein Weideerlebnis.

„Demütige Kleine,
ich mag es, Spanking mit der Hand zu geben. Handspanking ist mein Kernprozess. Das ist aber richtig heftig. Die meisten Frauen halten das nicht durch. Ich freue mich, wenn du da anders drauf sein solltest. Wir werden ja sehen, was du aushalten kannst. Vorher solltest du mir aber das Züchtigungsrecht erteilen. Das besiegeln wir mit einem Glas Wein. Du darfst dann zu keinem anderen Spanker mehr gehen, sondern dich nur von mir züchtigen lassen. Manchmal mag ich es auch, dich einfach so zu schnappen und übers Knie zu legen, ohne besonderen Grund. Wenn dir das gefällt, so komme bald."

Ja, Handspanking kann er wirklich. Und sonst?

„Willst du was trinken?" – „Ja, Wasser." – „Habe ich nicht, nur Fanta." – „Leitungswasser?" – „Ja das geht."

Pause

„Wollen wir anfangen?" – „Ja, fangen wir an."

Pause

„Erzähle mal." – „Was denn?" – „Na, du weißt schon, was." – „Nein." – „Was du angestellt hast." – „Nichts."

Pause

„Komme mal her." – „Nö."

Pause

„Komme her." – „Hier entlang oder um den Tisch herum?" – „Hier lang."

Ich erhebe mich und gehe um den Tisch herum zu ihm hin. Er sitzt im Sessel.

„Ich habe aber nicht gemacht, was du gesagt hast." – „Nicht so schlimm."

Er erhebt sich aus dem Sessel und lässt sich auf das Sofa fallen. Dort saß ich vorher.

„Lege dich über meine Knie."

Ich überlege, ob ich die Sache abblasen soll, denn ich habe überhaupt keine Lust mehr. Er tut mir dennoch irgendwie leid. Außerdem bin ich ein ganzes Stück gefahren und will nicht ganz ohne Erlebnis wieder weg. Also tue ich, wie geheißen. Er gibt sich alle erdenkliche Mühe. Hüllen fallen nicht dabei.

Also auf zum nächsten Weideerlebnis. Es sollte ein einschneidendes Erlebnis werden.

„Liebe Petra,
ich wohne zwar etwas weit weg, aber dafür könnten wir uns in Berlin treffen. Ich lade dich zum Essen in ein indisches Restaurant ein. Für unsere Spiele kenne ich eine geeignete Location, wo wir ungestört unserer gemeinsamen Leidenschaft frönen können. Ich bin sehr erfahren mit Caning und Spanking. Neben Rohrstöcken habe ich auch Peitschen, besonders eine schöne arabische Peitsche. Die ist sehr wirksam. Wenn du also mal eine besondere Session in einer anderen Umgebung mit einem erfahrenen Spanker erleben willst, so komme baldmöglichst, denn später werde ich erst mal für längere Zeit nicht hier sein können.
Freue mich auf dich."

Ja, mit ihm habe ich ein wirklich tolles Erlebnis gehabt, was mir noch dazu indirekt den Kontakt zu meinem Spanker wiedergebracht hat. Zunächst erscheint mir Berlin etwas zu weit weg für einige Stunden zweifelhafter Genüsse. Auch wollte ich keinesfalls mit dem Auto fahren. Diese große und anonyme Stadt machte mir Angst. Ich bin eher der Typ für übersichtliche, kleine, beschauliche Städtchen. Da fühle ich mich wohler und geborgen. Andererseits würde ich nie dieses Erlebnis haben können, wenn ich mich schon mal gar nicht erst dorthin traue. Also bleibt noch die Fahrt mit dem Zug. Die Konsequenz ist, dass ich mich vom Bahnhof abholen lassen müsste. Allein mit einem mir völlig unbekanntem Mann in einer riesigen anonymen Stadt in dessen Auto zu steigen, mit diesem Abenteuer als Hintergrund, erscheint bedrohlich. Was mache ich, wenn er keine ehrlichen Absichten hat? Wem soll ich sagen, wo ich mich befinde? Ich muss geheim halten, was den Inhalt meines Vorhabens betrifft. Eine geheime Mission, sozusagen. Ja, es ist ein Abenteuer. Schließlich ist die Neugier größer als die Angst.

Der Zug fährt pünktlich am Bahnsteig ein. Mein Herz klopft und mit feuchten Händen fummle ich das Handy aus der Tasche. Er geht sofort ran und beschreibt mir sein Auto und wie ich es auf dem Bahnhofsvorplatz finde. Das klingt schon mal gut. Jetzt gilt es wieder, wie damals beim ersten Treff mit Michael, auf mein Bauchgefühl zu achten. Wenn ich mich doch mit Michael hier treffen würde. Das wäre beruhigend.

Seit wann gibt es beruhigende Abenteuer? Die Helden in Abenteuergeschichten bestehen die Gefahren immer allein. Welcher Held läuft Händchen haltend durch seine Prüfungen? Das gäbe eine schöne und langweilige Geschichte. Ich denke wieder an die Spiele meiner Kindheit. Dort in der Wildnis haben wir die Helden unserer Träume gespielt. Damals waren wir Kinder. Jetzt bin ich eine erwachsene Frau. Ich verstehe die Sprache, kenne mich aus hier und kann für mich selbst sorgen. Ich habe nicht irgendeinen illegalen Deal vor, kein verbotenes Treffen, bin nicht in kriminelle Machenschaften oder unkontrollierbare Geschäfte verwickelt. Wenn mir der Typ nicht zusagt, ich ungute Gefühle habe, so kann ich den Tag gut allein in dieser Stadt verbringen.

Mit diesen Mut machenden Gedanken erreiche ich den Ausgang der Bahnhofshalle. Tatsächlich hat er seinen Standort gut beschrieben. Es ist kein Irrtum möglich. Das muss er sein. Ich gehe auf ihn zu, ein „Hallo" mit einigen unverbindlichen Worten und schon sitze ich neben ihm im Auto. Die Fahrt geht los. Bei Michael war das wesentlich komplizierter. Für diesen Mann scheint es keine Frage zu sein, ob wir das tun werden, was wir uns vorgenommen haben. Er redet viel während der Fahrt. Ist er froh reden zu können oder will er mich damit ablenken? Jedenfalls erreichen wir Punkt zwölf Uhr das indische Restaurant und sind vorerst die einzigen Gäste. Eigentlich bin ich viel zu aufgeregt, um essen zu können. Dennoch bestelle ich mir etwas aus der Karte. Mit dem Essen geht die Aufregung zurück. Außerdem redet er fast ununterbrochen weiter, über sich, Indien und noch viele andere Dinge. Ich komme zu dem Schluss, dass er es wirklich genießt mit mir hier zu sein.

Wann kann man ungestört reden? Wer hört einem noch wirklich interessiert zu? Wer gibt nicht bald vermeintlich gute Ratschläge oder beginnt von sich zu erzählen? Ja, ich höre aufmerksam zu, unterbreche ihn nicht und gebe auch keine Ratschläge. Zuhören, das kann ich. Die Zeit vergeht, mein Teller ist leer, was mich erstaunt, denn eigentlich konnte ich gar nichts essen vor Aufregung.

„Wir fahren jetzt zu der Location, die ich ab 14 Uhr bestellt habe." Augenblicklich macht sich ein ungutes Gefühl in der Magengegend breit. Ich bin nicht zum Essen hierhergekommen, durchfährt mich ein Gedanke. Er hat die Rechnung bezahlt. Kann ich jetzt noch kneifen? Sicher kann ich das. Will ich es? Die Frage bleibt unbeantwortet.

Ich sitze wieder in seinem Auto und versuche mir die Stadt anzusehen. Es ist der Westteil, in dem ich mich noch immer nicht auskenne. Na, das ist egal. Es ist gleich 14 Uhr. Wenn wir pünktlich sind, so beginnt in wenigen Minuten der Hauptteil des Abenteuers.

„Wir sind da." Ich steige aus und schaue mich um. Wir befinden uns in einem Wohngebiet. Schon mal beruhigend. Dann fällt mir das Schild an der Wand ins Auge und mein Herz stockt. Da soll ich jetzt reingehen? Die Buchstaben **b i z a r r** verschwimmen mir vor den Augen. Da gehe ich niemals rein!

Wir gehen durch einen Innenhof und durch den Hof hinter dem Innenhof. Was mache ich hier? Wenn mich jemand hier sehen würde … Das ist unmöglich. Das kann nur ein Traum sein. Nicht ich gehe hier, das ist jemand anderes, eine andere Petra. Ich bin eine verheiratete Frau Mitte der Fünfzig. Hier geht eine andere Frau.

Noch ein Schild. „Peitschenhandel" steht drauf. Mir fällt augenblicklich Michael ein. Was hatte er mir damals vor unserem ersten Treff geschrieben?

„Ich war in Berlin und habe einige nette Spielsachen besorgt, die uns bestimmt Freude machen werden." Später hat er mir von einem Peitschenhandel erzählt. Sollte das genau dieser hier sein? Er hat auch von einem Hinterhof gesprochen. Es gibt sicher viele Hinterhöfe in dieser Stadt. Wenn ich doch mit Michael jetzt hier entlanggehen könnte.

Wäre es dann noch ein Abenteuer? Gewiss doch, nur ein klein wenig kalkulierbarer. Wäre es das? Dann sind wir drinnen. Eine Sitzecke, schummrige Beleuchtung, Andreaskreuz und ein Bartresen, fallen mir zuerst auf. Hinter dem Tresen kommt eine ganz normal aussehende Frau hervor, gibt mir die Hand, heißt mich willkommen und stellt sich mit ihrem Vornamen vor. Erst danach wendet sie sich meinem Begleiter zu. Das sind hier ganz normale Leute mit Benehmen. Wer hätte das gedacht?

„Was wollt ihr trinken in der Pause?" „Wie lange wollt ihr bleiben?" „Ich lege dann gleich die Kette vor, damit ihr oben ungestört seid." Ganz normale Fragen und total aufmerksamer Service. Das ist wie im Hotel, denke ich.

Viel später werde ich noch mehr solcher Erfahrungen machen können. Das sind ganz normale Leute, total nett, diskret und doch auch vertrauensvoll. Wo trifft man so was noch? Im Hotel? Unverbindlich nett ist man dort. Aber vertrauensvoll? Eher freundlich distanziert.

Wir wollen für drei Stunden bleiben und irgendwann geht es dann tatsächlich die Treppe nach oben. Was wird mich gleich erwarten? Viel Platz, angenehme Beleuchtung, verschiedene Einrichtungsgegenstände für diverse Spiele. Breites Bett, höhenverstellbarer Bock, Fesselvorrichtungen, Liegen, Käfig, alles sehr sauber, ebenso die Nasszelle mit Dusche und Toilette. In einer kleinen Glasvitrine befinden sich diverse Anschauungsstücke, denen man durchaus den Gebrauch ansieht. An einer Wand hängen gerahmte Fotos, die vom Leben in dieser Räumlichkeit zeugen. Wirklich fast wie im Hotel, in einem sehr speziellen Hotel eben. „Ziehe dich aus. Ich habe nur die kleine Peitsche mitgebracht. Das wird dir reichen für den Anfang."

Will er mich jetzt verarschen? Will er mich drei Stunden nur mit einer kleinen Peitsche beschäftigen? Wieder durchzuckt mich diese Angst von damals bei Michael im Schlafzimmer. Ich hatte Angst, dass etwas geschehen würde, was ich nicht wollte. Bei Michael war ich ganz privat und allein. Hier ist immerhin die nette Dame am Tresen da. Ich kann einfach gehen und er darf mich nicht aufhalten. In so einer großen Stadt ist man schnell verschwunden. Das ist eindeutig ein Vorteil großer anonymer Städte. Dass es auch ein Nachteil sein kann, weil es niemanden interessiert, wenn man verschwindet, überlege ich glücklicherweise nicht.

„Lege dich über den Bock." Ich tue wie geheißen. „Ist das bequem für dich?" Die Frage irritiert mich, aber ich werde bald wissen, warum. Wer bequem liegt, der hält es länger aus. Lange und intensiv bearbeitet er nun mit seiner Peitsche meine komplette Rückseite.

„Du scheinst das richtig zu genießen." Damit hat er nicht ganz unrecht. Ja, ich genieße es wirklich. Zuerst tut es durchaus weh, aber mit der Zeit stellt sich ein angenehmes Wärmegefühl ein. Der Effekt ist ähnlich einer sehr intensiven Massage. Es ist eine leichte Peitsche, die er benutzt. Damit ist das freilich gut auszuhalten. Später, wieder bei Michael, werde ich noch andere, härtere Peitschen kennenlernen. Bis jetzt kenne ich nur Michaels leichte Peitsche und nun diese hier. Mit diesen beiden Bekanntschaften habe ich Peitschen lieben gelernt. Auf diese Art konnte ich später auch andere Peitschen lieben und den ganzen Prozess überhaupt.

Schließlich hat er sich lange genug warm gepeitscht

„Machen wir eine Pause und gehen was trinken." Wieder unten in die Sitzecke gelehnt, erscheint mir dieses bizarre Ambiente gar nicht mehr so gruselig. Ist doch eigentlich alles ganz normal hier. Ganz normal? Spinnst du? Bist du noch normal? Du sitzt als verheiratete Frau in einem bizarren Studio in Berlin, lässt dich von einem unbekannten Mann auspeitschen und findest das alles ganz normal?

Soll ich mein ganzes Leben lang nur ganz stinknormale Dinge tun? Bin ich jemals aus dem erwarteten Alltagstrott herausgekommen? Habe ich die Wüste auf einem Kamelrücken durchquert oder auf einem Windjammer den Ozean bereist? Habe ich einen wirklich hohen Berg bestiegen oder in einem Korallenriff getaucht? Sind solche Dinge normal? Offensichtlich ja. Jede Menge Leute machen so was. Sie setzen sich in ein Flugzeug, um tausende Kilometer weit in ein fernes Land zu reisen. Nach zwei Wochen geht es auf demselben Weg zurück. Ist das normal?

Ich bin hier, um meine körperlichen Bedürfnisse auszuleben. Es ist normal. Verdammt, genau das ist normal! Meine Normalität. Die gesellschaftlichen Normen bestimmen die Normalität. Würde es normal sein, sich nach einem Wochenende die Striemen gegenseitig zu zeigen, so käme kein Mensch auf die Idee, daran etwas bizarr zu finden.

Ich möchte mal mit Michael in so ein Studio gehen. Welcher Held denkt mitten in einem Abenteuer an die Freundin daheim, welche Heldin an den Jüngling im Paradiesgarten? „Trinke aus, wir machen weiter." Äh, was? Ach so, ja. Es geht wieder nach oben, die Treppe hinauf in die zweite Halbzeit. Was wird mich erwarten?

„Wir machen jetzt mal was anderes. Lege dich auf diese Bank auf den Rücken." Diese Bank ist eine Art lederbezogener Tisch und fahrbar. Er fährt ihn unter von der Decke herabhängende, Ketten, Seile und Schlaufen. Bequem auf dem Rücken liegend lässt er mich die Beine durch jene Schlaufen stecken und fixiert die Fußgelenke mit Fußfesseln und Seilen. Die Hände und Arme kann ich frei bewegen und nehme sie erst mal unter den Kopf. Es ist tatsächlich sehr bequem, so zu liegen. Was wird er tun?

Es erscheint unglaublich, ist aber wahr. Die nächste halbe Stunde, oder dauert es gar länger, widmet sich seine Peitsche meiner

Vorderseite und vornehmlich jener intimen Stelle zwischen den Beinen. Zunächst sind die Hiebe ganz leicht geführt, dazwischen immer wieder Streicheleinheiten. Ich fühle mich wirklich gut dabei. Als ich mich gerade mit wonniglichem Seufzer dieser angenehmen Prozedur hingeben will, steigert er die Intensität. Zunächst tut es weh, aber dann ist auch das wieder angenehm. Eine kurze Pause folgt. Ich soll liegen bleiben, kann aber die Beine runternehmen und die Füße aufstellen. So liege ich mit angewinkelten Beinen und unter dem Kopf verschränkten Händen da und studiere die über mir befindliche Zimmerdecke. Sie ist in einem warmen Orangeton gehalten wie die Wände auch. Die ins Rötliche gehende Beleuchtung schafft eine heimelige Atmosphäre.

Warum gestalte ich die häusliche Wohnung nicht auch etwas gemütlicher? Weil ich dort nicht alleine wohne? Weil ich das schon so oft vergeblich versucht habe? Zum Glück werden meine Gedanken schnell wieder unterbrochen, denn es geht weiter. Jetzt ist kein Wellness mehr angesagt.

„Wir machen jetzt eine Sequenz von sechs Dutzend Hieben mit jeweils einer kurzen Pause zwischen jedem Dutzend. Bist du bereit?" Ich nicke nur. Was dann kommt? Ich dachte bisher, das geht gar nicht auszuhalten. Ein Dutzend Hiebe mit der Peitsche auf die empfindlichsten Stellen einer Frau, die Innenseiten der Oberschenkel und den Intimbereich. Da meine Beine wieder in den Schlaufen stecken und die Fußgelenke gefesselt sind, bleibt mir nur diese Prozedur in eben dieser geöffneten Haltung zu erdulden. Kurze Pause, doch bevor ich zum Nachdenken komme, geht es weiter. Das zweite Dutzend folgt. Beim dritten Dutzend bleiben meine Hände nicht mehr hinter dem Kopf verschränkt. Seltsamerweise strecke ich die Arme nach oben, genauer nach hinten, also über meinen Kopf aus, während sich die Beine fast wie von selbst weiter öffnen. Erst später, als ich bereits wieder im Zug auf der Rückfahrt bin, denke ich darüber nach. Hätte ich mich nicht eigentlich mit meinen Armen schützen sollen, um wenigstens den Versuch zu wagen, meine Beine zu schließen?

Wieder eine kurze Pause und das vierte Dutzend, mit immer stärkeren Hieben, folgt. Bisher konnte die nette Dame vom Tresen nur die Geräusche der Peitschenhiebe vernehmen. Nun bekommt sie auch meine Stimme zu hören. Zuerst nur sehr verhalten, gepresst und bemüht darum, leise zu jammern. Beim fünften Dutzend ist mir alles egal. Die sind so was hier doch gewöhnt. Woanders muss man sich benehmen, hier darf ich schreien. Hier gibt es keine Nachbarn Wand an Wand, keine unverhofften, zu Tode erschrockenen, Spaziergänger, keine Benimmregeln, die es verbieten, Emotionen rauszulassen.

„Du willst das. Ich sehe es in deinem Gesicht." Will ich das? Mein Kopf nickt, also wird es stimmen. Ich will das. Ich habe das noch nie erlebt vorher. Woher soll ich also wissen, was ich will? Mein Körper sagt Ja, mein Kopf hat Pause. Beim sechsten Dutzend trifft die Peitsche nur noch meinen Intimbereich mit ganzer Härte. Zwischen jedem Hieb hole ich tief Luft und brülle dann meine Emotionen hemmungslos raus. Noch nie in meinem Leben konnte ich mich so hemmungslos ausleben.

Ich liege erschöpft und glücklich auf dem Rücken, die Augen geschlossen, tief atmend genieße ich seine Streicheleinheiten. Es hat sich alles gelohnt. All die Angst, die Bedenken, die Zweifel waren unbegründet. Jedenfalls bin ich in diesem Moment davon überzeugt. Er hat nur eine leichte Peitsche mitgebracht. Will er mich damit verarschen? Nein, es ist genau richtig und ganz wunderbar. Schließlich darf ich aufstehen. Ich fühle mich gut, auf eine besondere Art lebendig und mit einem neuen Körpergefühl versehen. Ich fühle meinen Körper, besonders jenen Bereich zwischen den Beinen, und alles fühlt sich gut an. Wann habe ich das schon mal erlebt? Ja, richtig. Damals, nach der allerersten Session bei Michael. Als ich auf der Heimfahrt noch mal angehalten habe. Damals war dieses neue Körpergefühl zum ersten Mal da.

„Dein Po ist ganz kalt. Der braucht noch eine Erwärmung. Lege dich auf das Bett." Ich bin nun doch einigermaßen erschöpft. Mit einem Seufzer der Erleichterung strecke ich mich auf dem breiten Bett aus. Er setzt sich neben mich und streichelt mich lange.

„Du sagst, wenn es weitergehen kann." Noch eine Weile genieße ich die Streicheleinheiten, dann kommt ein Kopfnicken. Er begreift ohne Worte. Mit der Hand erwärmt er mein Hinterteil. Zunächst schön gleichmäßig auf die rechte und die linke Seite verteilt und schließlich mit beiden Händen gleichzeitig und kräftiger werdend. Ich genieße, strecke mich, lege den Kopf in die Armbeuge und atme tief ein und mit leisem Stöhnen wieder aus. Es ist kein Stöhnen des Schmerzes, eher der Wonne. Doch dann wird es noch mal ernst.

„Ich ziehe jetzt hundert Hiebe durch. Von jeder Seite fünfzig. Ohne Pause und so heftig ich kann. Bist du bereit?" Wieder nicke ich. Ja, ich bin bereit. Er zählt mit. Nach zwanzig Hieben wechselt er die Seite. Dann noch mal zehn von jeder Seite. Pause.

„Wir haben noch vierzig vor uns. Die zählst du jetzt. Was ich nicht deutlich hören kann, das zählt nicht. Hast du verstanden?" Wieder nicke ich. Es erscheint mir selbstverständlich, dieses Nicken. Er gibt klare Anweisungen. Klare Regeln vermeiden Missverständnisse.

„Achtung, es geht los. Bist du bereit?" Immer fragt er vorher, ob ich bereit bin. Das ist fair. Wieder dieses Nicken als Zeichen des Einverständnisses. Ja, alles geschieht freiwillig und einvernehmlich. So einfach kann das also sein. Kein Stoppwort, kein albernes Rollenspiel, keine Unklarheiten über sein Tun lassen mich unsicher werden. Alles ist klar, deutlich und einvernehmlich.

Die letzten vierzig Hiebe, zwanzig von jeder Seite, zähle ich mit.

Sechsunddreißig!

Siiiebenunddreiiiiißig!

Ahhchtunddreiiiiißiiiig!

Neueununddreißig!

Viiiiierzig!

Geschafft!

Es ist irre. Einfach irre. Er streichelt mich wieder.

„Du bist gut. Das war für den Anfang sehr gut. Das macht nicht jede mit." Ich genieße einfach nur. Dann geht er duschen.

Die Rückfahrt zum Bahnhof verbringe ich wie im Rausch. Wieder in der Bahnhofshalle erscheint mir die Welt anders als heute Mittag. Ich habe noch über eine Stunde Zeit und verspüre Hunger.

Kein Wunder. Im Bistro sitzend beobachte ich die Reisenden. Wie eilig sie es alle haben. Ich könnte hier stundenlang sitzen. In mir hat sich eine wohltuende innere Ruhe ausgebreitet. Ebenso zufrieden und ruhig sitze ich im Zugabteil und lächle in mich hinein. Was würden die anderen Mitreisenden in meinem Abteil sagen, wenn ich von dem eben erlebten Abenteuer berichten würde? Wären sie schockiert? Würden sie es mir überhaupt glauben?

Der junge Mann in der Fensterecke beschäftigt sich schon seit der Abfahrt mit seinem Handy. Warum belegt er einen Fensterplatz? Er hat doch gar nichts davon. Die ältere Frau versucht in einem Buch zu lesen, blickt aber immer wieder auf ihre Armbanduhr. Der andere Mann ist wahrscheinlich Geschäftsreisender. Mit dem Laptop auf den Knien hämmert er auf den Tasten herum. Sein Gesicht ist verspannt, der Rücken gebeugt. Was für eine tolle Story könnten diese Menschen jetzt von mir erfahren! Aber sie haben keine Zeit. Jeder ist nur mit sich beschäftigt. Ich lehne mich im Sitz zurück und schließe die Augen. Es war ein wunderbarer Tag in Berlin.

Aber nun noch ein Erlebnis mit den ganz seltenen Exemplaren auf der Weide, den unsichtbaren Typen.

„Hallo,
du magst es soft bis hart? Ich kann dir das alles geben. Bin auch erfahren in BDSM. Ob Klammern, Nadeln, Knebel, Fesseln, Wachs, Dildos oder andere spezielle Wünsche, es soll dir an nichts fehlen. Wir können uns diskret in einer Location treffen. Gib mir Bescheid über deine Vorlieben und schicke mir auch einige Bilder von dir, damit ich mich auf dich einstellen kann. Ebenso benötige ich deine Telefonnummer. Ich muss wissen, wie du dich anhörst. Melde dich umgehend.“

Eine Sache konnte ich tatsächlich mit ihm erleben. Diskretion. Er war so diskret, dass er niemals auftauchte am verabredeten Treffpunkt. Ich warte zwanzig Minuten. Mir ist kalt. Dann schicke ich ihm eine SMS. „Es dauert mir zu lange, gehe jetzt.“ Kaum sitze ich im Auto, meldet sich das Handy.

„Hast den Test bestanden. Kannst aussteigen. Lasse uns reden." Ich mache das Handy aus und gebe Gas. Unterwegs fällt mir ein, dass er mich vielleicht verfolgt. Wenn man in den Rückspiegel schaut, so hat man ständig das Gefühl verfolgt zu werden. Bloß jetzt nicht gleich nach Hause fahren, durchzuckt es mich plötzlich. Ich steuere einen übersichtlichen kleinen Parkplatz an und bleibe erst mal im Auto sitzen. Wenn er mich verfolgt hat, so muss er sich irgendwie zeigen. Ich denke an Michael. Bei ihm bin ich gleich ausgestiegen. Da hat mich nichts im Auto gehalten.

Immer dieser Michael. Wenn er jetzt hier wäre. Michael ist nicht mein Beschützer. Er ist nicht für mich und meine Sicherheit verantwortlich. Ich bin allein. Ich war immer allein in brenzligen Situationen. Es wird immer so sein. Warum? Es ist so. Gewöhne dich endlich dran! Im Leben ist man immer allein. Ganz allein.

Es tut sich nichts und ich steige schließlich aus. Nur einige hundert Meter weiter befindet sich eine Gaststätte. Dort hinein gehe ich und trinke ein Bier. Allein an einem Tisch sitzend trinke ich mein Bier, beobachte die anderen Gäste und denke an Michael. Vergiss Michael! Nein, das geht nicht. Warum nicht? Er kann mir noch so viel geben. Was kann er mir denn geben? Antworten darauf kann ich erst viel später finden. Jetzt weiß ich es einfach nur aus meinem Bauchgefühl heraus. Später mache ich mir erste philosophische Gedanken dazu. Jetzt weiß ich immerhin besser, was ich will. Zufrieden fahre ich heim.

Die Weideerlebnisse haben mir weitergeholfen, das steht außer Frage. Aber sie haben nicht im Mindesten die Genüsse und genuss-vollen Leidenssequenzen ersetzen können, die ich mit meinem Spanker Michael hatte. Oft habe ich mir noch darüber Gedanken gemacht. Warum es mit Michael so anders ist? Der Versuch einer Erklärung. Später, viel später vielleicht!

Im Moment bewegt mich eine ganz andere Frage.

Wie gewinne ich dieses seltene Exemplar von Spanker, der nicht unsichtbar, sondern ganz und gar real, wahrhaftig und direkt ist, nach dem Desaster mit dieser falschen Tatjana zurück? Wie kann ich meinen Spanker für diese Petra, für mich, begeistern?

Eine Sache ist mir klar: Es geht nur mit Offenheit und Ehrlichkeit. Anders will ich es auch gar nicht versuchen und schon kommt mir eine Idee. Sollten diese Weideerlebnisse mir gleich zwei Zufälle in die Hand gegeben haben?

Zufälle oder Bestimmung, Vorsehung, Schicksal, was auch immer zutreffen mag, es erscheint mir als Fingerzeig, den ich nutzen will. Auf in den Kampf. Nein, es ist eher Diplomatie. In diplomatischen Verhandlungen sind Frauen bekanntlich erfolgreicher als ihre männlichen Mitstreiter. Also ran an die Tasten.

Kenne ich Michael gut genug, um diesmal die richtige Strategie zu fahren?

4

HOFFNUNGEN

Die Begegnungen auf der Weide haben meinen Horizont beträchtlich erweitert und waren durchaus auf ihre Art bereichernd. Was mir all jene Begegnungen nicht liefern konnten, war ein adäquater Ersatz für meinen Meister. Nicht im Entferntesten hatte ich ähnliche Gefühle während und nach einer Session mit den Weidepartnern, wie ich sie bei den ersten drei Sessions mit Michael empfunden hatte. Haben mir dennoch zwei dieser Weideerlebnisse eine Tür geöffnet für einen wirklichen Neubeginn?

Ich kann nicht ernsthaft glauben, dass Michael kein Interesse mehr an mir haben mag. Bedeuteten unsere drei Sessions für ihn nicht auch mehr als irgendeine Begegnung mit einer Ilona oder Tatjana oder Sarah oder wie die sonst alle heißen mögen? Ich werde es testen. Vielleicht war dieser Peitschenladen in Berlin tatsächlich eben genau jener Laden, in dem er sich seine Erstausrüstung für mich zugelegt hat. Ob oder ob nicht, so ist es immerhin eine Anfrage wert und damit ein Sachgrund für die Wiederaufnahme des Kontaktes gefunden. Also ran an die Tasten.

Die Antwort kommt unerwartet schnell und ganz launig daher. Hat er auf meine Botschaft gewartet? Er bestätigt, dass es genau dieser Laden ist und dass der bizarre Schuppen, wie er sich ausdrückt, schon recht krass ist. Dann fragt er noch, ob ich mal drinnen war in dem Peitschenladen. Was hat der Typ für eine Vorstellung davon, was eine Frau beim Betreten solcher Handelseinrichtungen für Empfindungen entwickelt?

Ich habe ihm schließlich geschrieben, warum und mit wem ich dort war. Fragt man da launig zurück, ob ich mir nebenbei die Peitschensammlung angesehen habe? Ich war doch nicht zum Museumsbesuch in Berlin!

Anscheinend sieht er die Dinge viel lockerer als ich. Es ist gut, dies zu wissen, auch wenn es mich gehörig irritiert. Es verschafft mir noch längst keine Begegnung mit ihm, aber es ist ein hoffnungsvoller Anfang. Für den Erfolg ist ein zweites Ereignis von erheblicher Wichtigkeit und es wird mir ebenfalls auf der Weide geliefert. Der Baumstamm im Wald und die kleine anregende Geschichte in seiner Annonce bilden einen weiteren Baustein des Fundaments.

Ach ja: Davon habe ich noch gar nicht berichtet. War es mir nicht der Rede wert? Jetzt benötige ich diese verschollene Erinnerung. Ja, es war ein Baumstamm, ein Outdoor-Erlebnis, sozusagen. Nein, nicht vergessen, nur keine Beachtung geschenkt bisher. Jetzt ist die Sache wichtig geworden.

Die Frage ist nur: Wie stelle ich es geschickt genug an, um sein Interesse zu wecken? Ich fühle, dies ist meine einzige Chance! Ich habe nicht viel Pulver auf der Pfanne und nur eine einzige Kugel. Das Pulver darf nicht feucht werden und die Kugel muss beim ersten Schuss ins Ziel treffen. Ich beschließe, ihn bei der Neugier zu packen. Jeder Mensch ist neugierig. Neugier weckt Interesse. Dann den Bezug zu Erinnerungen hergestellt und mit einer Prise reizvoller Zukunftsaussicht gewürzt. Diese Strategie erscheint mir als richtiges Rezept.

Zutaten:
* der Text aus seiner Annonce,
* ein Baumstamm,
* ein geheimnisvoller Ort mit etwas Magie,
* viel Mut,
* reichlich Verlockung,
* eine kleine Prise Provokation

Alle Zutaten werden gut gemixt, kurz aufgekocht und in mundgerechten Portionen serviert. Schließlich soll es Appetit machen und Michael darf davon nicht schon satt werden.

Leichter gesagt als getan. Ich muss es spannend machen und locker bleiben. Wie soll ich locker bleiben, wenn der einzige

Schuss nicht ins Leere gehen darf? Versuche es, Petra. Ich will ihn wiederhaben. Dann muss alles gewagt werden, aber mit Bedacht und Vorsicht. Eine kurze Mail, an deren Text ich lange gebastelt habe, lautet:

„Hallo Michael,
bestimmt toll, der Peitschenladen. Ich hatte leider keine Zeit reinzuschauen. Aber ich habe noch einen anderen netten Ort entdeckt, der auch viel näher dran ist als Berlin. Erinnerst du dich an deine kleine Geschichte in der Annonce? Ich habe dann die Geschichte um eine Wiese und einen Baumstamm abgewandelt. Das waren unsere ersten Fantasien. Ich habe diesen Ort gefunden. Mitten in der Stadt und doch sehr diskret. Willst du wissen, wo? Wollen wir es nicht doch noch mal versuchen? Was meinst du dazu? LG, Petra“

Das Rezept scheint die richtigen Zutaten in der rechten Menge zu enthalten. Jedenfalls beißt er an und schreibt:

„Willst du wirklich nur Spanking, ohne Schnickschnack? Unter diesen Voraussetzungen könnte ich mich vielleicht noch mal dazu entschließen.“

Abgesehen davon, dass in dieser Antwort noch einige Fluchttüren offen stehen, ist der Inhalt erfreulich. Ich mache gedanklich einen Luftsprung, um mich sofort wieder zu erden und voll zu konzentrieren. Jetzt nur nichts falsch machen! Das Pulver ist trocken, die Kugel befindet sich im Lauf, das Ziel ist anvisiert, die Lunte brennt. Jetzt darf kein Fehler passieren! Volle Konzentration also. Zu langes Zielen verfehlt das Ziel, sagt eine Jägerweisheit. Also kurz und treffend formulierte Zeilen. Scheinbar eine einfache Sache und doch so schwer zu machen.

„Hallo Michael,
es ist erfreulich zu hören, dass du eine positive Einstellung zu meinem Vorschlag hast. Ja, ich will keinen Schnickschnack mehr, sondern pures Spanking. Lasse uns die Fantasie vom Anfang erleben.“

Er hat angebissen! Es folgen noch einige Terminabsprachen und es könnte losgehen.

Aber: Schon kommt ein etwas merkwürdiger Vorschlag von ihm, der mich verwirrt und unsicher werden lässt.

„Wollen wir uns in einem Hotel treffen? So von neun bis elf vor dem Auschecken?"

Was soll das denn jetzt bedeuten? Bekommt er kalte Füße, wenn er über die Sache im Freien nachdenkt? Oder glaubt er, ich spinne nur?

Nun, was ich da vorgeschlagen habe, klingt tatsächlich sehr abenteuerlich, aber es ist dennoch wahr. Alles ist wahr und echt. Genau das sage ich ihm auch.

Schließlich kommen wir überein, uns zunächst in einem Biergarten zu treffen. Von da aus sind es nur wenige Minuten zu Fuß bis zum geheimnisvollen Ort mit dem Baumstamm. Das weiß er aber noch nicht genau, nur so ungefähr. Er soll mir in diesem Punkt vertrauen. Später wird er mir mal von diesem Neubeginn sagen:

„Ja, das war schon ein rechtes Abenteuer mit dem Baumstamm."

Doch zunächst gilt es, das Abenteuer überhaupt zu beginnen. Vorsichtshalber sage ich ihm noch, dass er vielleicht die kleine Peitsche mitbringen könnte. Es ist die Verbindung zum Peitschen-laden, die Garnierung oder der Rahmen, gewissermaßen. Die Antwort darauf ist nun wiederum grandios.

„Keine Sorge, ich bringe was mit."

Verstehe einer diesen Kerl. Meine mundgerechten Portionen lassen sich offenbar gut von ihm schlucken.

Ich bin glücklich und kann es kaum noch erwarten. Der Tag ist nicht irgendein Tag, sondern Freitag vor Pfingsten und es ist wunderbares Wetter dazu. Etwa eine Stunde vor dem vereinbarten Zeitpunkt meldet sich mein Handy. Ja, ich habe inzwischen ein

Handy und er hat meine Nummer bekommen. Auch das ist ein Erfolg, wenn ich an den dilettantischen Anfang zurückdenke. Nun habe ich spontan auch seine Nummer, grins, denn er ruft mich an.

Es wird der einzige Anruf von ihm jemals sein. Allerdings stockt mir sofort der Atem und mein Herz beginnt zu rasen, als er sich meldet. Wird das jetzt eine Absage?, schießt mir der Gedanke durch den Kopf.

„Hier ist Michael." Kunstpause und ich halte den Atem an.

„Ja, Michael? Was ist?" Meine Hände beginnen zu schwitzen, die Knie werden irgendwie weich. Ich setze mich auf das Bett.

„Ich bin hier schon eher fertig. Wir können uns auch schon eher treffen." Es klingt etwas unsicher von ihm. Gerade so, als ob er gar nicht mit meiner Zustimmung rechnen würde.

Ich versuche meine Stimme unter Kontrolle zu bekommen. Mimik und Gestik muss ich jetzt zum Glück nicht kontrollieren.

„Ja, gern. Ich bin ohnehin gerade beim Anziehen." Mehr bekomme ich nicht an Worten zustande. Ja, was soll es? Ausschweifende Antworten konnte ich noch nie aufbringen, wenn er mich was gefragt hat. Warum auch? Nur nicht zu viel reden. Keinen Fehler machen.

Ich bin überglücklich und schwebe der Begegnung entgegen. Halte deine Emotionen im Zaum, hämmert mein Bewusstsein mir ein. Die Lunte brennt, aber die Kugel ist noch im Lauf. Ich darf keinen Fehler machen! Er wird mich testen wollen. Wenn ich wie „durch den Wind" wirke, dann war alles umsonst. Volle Konzentration und Selbstbeherrschung jetzt!

Da kommt er. Er hat sich tatsächlich genau so angezogen, wie er es dieser vermeintlichen Tatjana damals versprochen hat. Nein, er hat sich besser angezogen als damals für Tatjana. Für mich, für Petra hat er das getan! Ich registriere es, lasse mir aber nichts anmerken. Der Kerl sieht einfach toll aus. Schwarzes Hemd, schwarze Hose und Cowboyhut. Umwerfend toll!

Ich möchte ihn umarmen, meinen Kopf an seine Brust lehnen und ihm einen Kuss auf die Wange geben. Das wäre eine Begrüßung, die meinem Gemütszustand entsprechen würde.

Es wäre eine völlige Pleite! Reiße dich zusammen, Petra! Jetzt gilt es wirklich!

Also die Begrüßung, herzlich und förmlich zugleich, Standardbegrüßung eben.

Irgendwie meint er nun, sein Auto stehe nicht ganz gerade in der Parklücke. Ob er das so stehen lassen könnte? Ist das eine Verlegenheitsgeste von ihm? Ist er genauso unsicher und aufgeregt?

„Wo ist denn nun dieser Biergarten?" Wieder eine Verlegenheitsfrage von ihm? Wir stehen schließlich fast davor. Auf den paar Metern bis zum Biergarten mustert er mich plötzlich intensiv von der Seite. Ich spüre den Blick und wende mich ihm zu, schaue ihm direkt in die Augen, offen, ehrlich, entspannt. Er ist zufrieden. Das Eis ist gebrochen. Die Kugel hat ihr Ziel gefunden!

Nein, diese Kugel hat keine Zerstörung angerichtet. Es war ein Schuss, um das Eis zu zerkleinern, welches sich zwischen uns aufgetürmt hatte. Ich bin nun sehr erleichtert, sitze ihm entspannt gegenüber und genieße sein Gesicht und seine Ausstrahlung. Ein paar Tische weiter sitzen einige Kerle, die schon reichlich betrunken sind. Ekelhafte Gestalten. Der Biergarten ist insgesamt gut besucht. Freitagabend vor Pfingsten eben. Während er Bier und Essen an der Selbstbedienungstheke für uns holt, schaue ich mich um. Was für Leute sitzen noch hier? Sind sie irgendwie interessant? Ich komme ganz schnell zu dem Schluss, dass ich an keinem anderen Tisch sitzen möchte. Er kommt mit dem Tablett zurück und ich bin stolz. Er kommt an meinen Tisch! Sollen alle neidisch sein oder auch nicht. Ich bin einfach nur glücklich. Die Zeit vergeht und er holt sich ein zweites Bier. Soll er doch. Habe ich das Vergnügen noch mal. Dann gehen wir los.

Er scheint tatsächlich ziemlich verunsichert zu sein, denn es kommen allerlei Ausflüchte. „Man kann wirklich nicht irgendwo gehen, ohne dass einen jemand kennt."

Nun, er ist nicht gerade prominent, aber doch ein Mann, den durchaus einige Leute kennen werden. Aber warum ist ihm das so unangenehm? Ich bin keine bunt gescheckte Kuh, mit der man sofort auffällt.

„Du kannst doch sicherlich tun, was du willst, und gehen, wohin du willst und mit wem du willst?" Diese Frage von mir scheint ihn in seinen Überlegungen zu erleichtern.

„Ich bin ein freier Mann und kann gehen, wohin ich will."

Mit dieser Erkenntnis scheint das Eis nun auch bei ihm völlig getaut zu sein.

„Wohin entführst du mich?" Diese Frage ist wirklich berechtigt. Wir gehen auf einem Radweg entlang, rechts Wiesen und der Fluss, links Wiesen und geradeaus Fluss und Wiesen. Wo soll man da den geheimnisumwitterten Baumstamm finden?

„Sehr weit kann ich nicht laufen. Dafür habe ich nicht die richtigen Schuhe an." Ich grinse in mich hinein. Das klingt ganz nach Ausflüchten, wie sie auch mein Mann gebraucht, denke ich. Viel später werde ich erfahren, dass es noch mehr Parallelen gibt zwischen diesen beiden Männern, obwohl sie in ihrem Wesen grundverschieden sind. Oder sind Männer irgendwie alle ähnlich gestrickt? Zwei rechts, zwei links eben?

Na, egal, vorerst genieße ich den kurzen Spaziergang neben ihm und bin stolz wie eine Spanierin. Er ist ein stattlicher Mann. Damit kann man sich schon sehen lassen. Was er in seinem unscheinbaren Beutel mitführt, sehr viel später werde ich mir denken, dass es ein Beutel von einem Erotikladen war, aber jetzt kenne ich solche neutralen Beutel noch nicht, eben einfach nur schwarz, dezent und edel, schwarzes Hemd, schwarze Hose, schwarzer Cowboyhut und schwarzer Beutel, also das, was da drinnen ist, das würde manchen gemütlich vorbeiradelnden Pedalritter vermutlich schneller strampeln lassen.

Nun biege ich vom Radweg ab, bedeute ihm mir zu folgen und finde fast den Eingang zum Geheimpfad nicht mehr wieder. Damals waren die Blätter noch im Wachsen begriffen, jetzt ist alles zugewachsen. Uns kann die üppige Natur nur recht sein. Je geschützter uns die Natur umgibt, umso launiger kann das Abenteuer werden.

„Wir sind da." Da liegt nicht nur ein Baumstamm, vielmehr bilden mehrere Stämme eine Art Viereck. Unser Stamm befindet sich auf Hüfthöhe, auf zwei anderen Stämmen liegend.

Der Stammdurchmesser beträgt etwa vierzig bis fünfzig Zentimeter und die Rinde ist bereits abgeschält. Beste Bedingungen also. Er scheint ehrlich beeindruckt zu sein.

„Komm her!"

Mir wird plötzlich ziemlich heiß. Verlegen schaue ich auf den Boden und tarne meine Bodenhaftung mit dem vorsichtigen Übersteigen von kleinen Ästen. Er soll nicht sehen, dass ich mich sammeln muss. Meine Selbstbeherrschung hat schließlich Grenzen. Dann stehe ich vor ihm und schaue in sein Gesicht. Ja, das schaffe ich tatsächlich. Er nimmt meinen Kopf in beide Hände, streicht mir über die Haare, die Stirn und die Wangen. Ich schließe die Augen. Automatisch gehen meine Hände nach oben in Richtung seiner Hüfte. Ich habe das Gefühl mich irgendwie festhalten zu müssen. Er deutet diese Geste anders.

„Ja, du hast es dir doch verdient." Dann schließt er mich in die Arme. Ich atme tief ein und bin glücklich, still, leise, zufrieden, glücklich eben. Von der anderen Flussseite klingt Musik herüber. Diese Musik wird uns die ganze Zeit begleiten. Es ist Freitag vor Pfingsten, Biergartenwetter und wir!

Dann geht es los. Ja, was geht eigentlich los? Wirklich erinnern kann ich mich erst wieder an das Ende und daran, dass es auf einem runden, geschälten Baumstamm in Bauchlage erheblicher Gleichgewichtsübungen bedarf, um sich längere Zeit darauf zu halten, zumal die Peitsche und Stöcke aus dem Wald ihren Tanz vollführen.

Was ist alles dazwischen geschehen? Ich bin wie in Trance. Vielleicht weiß der Meister mehr? Was hat er für Erinnerungen an dieses Abenteuer? Welche Gefühle hatte er dabei? Schließlich war es seine Fantasie vom Anfang, Spanking in der Natur, nun ist es Wirklichkeit geworden.

Wie war das Erlebnis für dich, Meister?

Dieses Weibsstück hat doch nur eines im Sinne. Sie träumt, dass ich ihr mal wieder den Arsch verhaue. Warum sollte der Meister das tun? Bei allen anderen Frauen ist es leichter als bei dieser Petra.

Die wollen ein intensives Erlebnis, die Lust am Schmerz spüren, vielleicht noch etwas Sex und dann sind sie wieder weg. Meistens auf Nimmerwiedersehen. Die sind jung und schön, zickig oder launisch, schüchtern oder frech und häufig kommen sie gar nicht erst zum Treff oder lassen den Kontakt nach einigen Mails mit mehr oder weniger dünnem Inhalt einschlafen. Das macht die Kontakte unverbindlich, die Sessions leicht und nachhaltig frei.

Aber diese Petra! Was ist das für eine Frau? Mitte fünfzig mit Mann und erwachsener Tochter. Ich soll ihr erster Spanker sein? Sie hat das angeblich vorher noch nie gemacht? Glaube das, wer will. So viel, wie die schon beim ersten Mal vertragen und still-gehalten hat! Beim ersten Mal wollen die Weiber etwas Haue auf den Po. „Aber nur auf die Hose und nur mit der Hand." Die wollen nicht in meinem Garten sitzen, Wein schlürfen, Kaffee trinken und sich unterhalten.

Mist! Vielleicht ist das gar eine von der Sittenpolizei, die mich testen will? Ich bin schließlich leicht erpressbar mit meinem Job. Oder sucht die nach einem reichen Mann, um sich endlich ins gemachte Nest setzen zu können? Dafür lassen Frauen freilich viel über sich ergehen.

Das könnte eine Erklärung sein. Petra sieht allerdings nicht so aus, als ob sie einen reichen Mann suchen würde. Da hätte sie mir ihren Familienstand verheimlicht. Aber Mitte fünfzig und dann solche Sehnsüchte? Die ist mein Geburtsjahrgang. Wir hätten theoretisch dieselbe Schulklasse besuchen können. Wie peinlich ist allein dieser Gedanke. Petra, eine alte Schul-kameradin. Hilfe! Dann wüsste sie, was ich für ein schüchterner Junge war. Da hätte die jetzt null Respekt vor mir. Überhaupt ist eine Frau in diesem Alter doch nur noch eine alte Wachtel. Ein Mann ist Mitte fünfzig in den besten Jahren mit Karriere, Haus, Geld und beliebt bei den Frauen. Aber eine Frau? K – K – K! Kinder – Küche – Kosmetik!

Na, mit Kosmetik ist bei Petra nicht viel los. Nicht nur, dass sie nicht rasiert ist, das Wort „Kosmetik" scheint für sie ein Fremdwort zu sein. Andere Frauen verwenden Lippenstift, Wimperntusche, Puder, lassen sich liften, massieren, frisieren, sogar operieren, halten Diäten, gehen zur Fitness oder Wellness, kaufen teure Fummel, tragen Absatzschuhe, Netzstrümpfe und saumäßig teure Dessous. Klar, das geht ins Geld. Dafür darf der Mann täglich zwölf Stunden im Job ackern. Ich kann mir so eine Frau leisten.

Welche Ausgaben habe ich für diese blöde Petra gehabt? Peanuts! Eine Peitsche, einige Rohrstöcke und ein Glas Wein. Auch heute hat sie nur ein einziges Bier in der Selbstbedienung vom Biergarten gewollt. Bescheidener geht es kaum noch.

Was mache ich eigentlich hier? Diese Frau hat sich inzwischen komplett ausgezogen und liegt auf dem Baumstamm. Die kann sich tatsächlich auf diesem beschissen runden Baumstamm halten, ohne runterzufallen. Himmel, macht diese Session Spaß.

Ach du heilige Kuh! Die Peitsche ist nun gleich voll im Arsch. Die kann ich nur noch wegschmeißen. Ich habe tatsächlich meine erste eigene Peitsche nur an dieser Frau abgearbeitet. Ja, es war ein Billigprodukt. Warum habe ich für diese Petra überhaupt eine Peitsche gekauft? Hätten nicht auch ein paar Kochlöffel und Kleinkram aus dem Haushalt gereicht? Ich habe damals gedacht, dass ich mich scheußlich blamiere, wenn ich kein ordentliches Equipment vorweisen kann. Dabei kannten wir uns noch gar nicht. Dieses Weib hat mir damals schon, mit sehr dürftigen Zeilen einiger Mails, ihren Willen aufgezwungen. Wegen diesem Weibsbild bin ich nach Berlin gedüst, um mir eine Erstausrüstung zu kaufen. Nun ist eben diese Peitsche im Eimer. Überall liegen die Lederstreifen auf dem Waldboden herum. Werde ich nachher aufsammeln und ihr mitgeben. Wahrscheinlich wird sie diese Streifen in Folie einschweißen und als Andenken an besonders romantische Stunden für die Ewigkeit aufbewahren. Weiber sind so sentimental.

Verdammt, ist mir heiß. Ich könnte mir das Hemd vom Leib reißen. Dann stehe ich mit nacktem Oberkörper da. Das würde diesem Weib erst recht gefallen. So weit kommt es noch, dass ich der den Gefallen tue und meinen muskulösen Oberkörper zur Ansicht präsentiere. Am Ende bekommt die noch einen Orgasmus nur vom Sehen meines Muskelspiels. Lieber schwitze ich mich tot.

Der Wald bietet genügend Stöcke. Stöcke strengen nicht so an wie Peitschen und bringen dennoch fleißig Wirkung. Ich werde doch wohl dieser Frau den Hintern noch so verhauen können, dass sie genug hat. Verdammt! Das will sie gerade. Ach, scheißegal jetzt. Mir macht es Spaß. Natürlich darf sie das nicht wissen. Eigentlich möchte ich der jetzt den Arsch so vehement verhauen, dass sie vor Schmerz nur noch winselt. Einfach immer weiter draufhauen, ohne die Hiebe zu zählen, ohne Pause zwischendurch, ohne Streicheleinheiten, ohne jegliches Erbarmen. Hiebe, immer gleichmäßig in Wirkung und Schlagfrequenz. Immer weiter, bis **ich** genug habe. Dann packe ich das Weib mit festem Griff am Oberarm, zerre das Luder ohne jegliches Wort unsanft vom Stamm runter, fasse das Biest fest im Genick und drücke ihren Oberkörper über den Baumstamm. Schön stillhalten. Nachdem ich den Anblick eine Weile genossen habe, ohne dass sie weiß, was weiter geschehen wird, nehme ich die herrlich verzierten, roten, heißen Hinterbacken mit festem Griff in meine Hände. Ich spüre die Hitze ihrer Haut, die Verhärtungen der Muskeln, die durch die Hiebe entstanden sind, und meine Lust steigt.

Warum rasiert die sich nicht für mich? Eine richtige Sub macht das ohne Aufforderung. Wenn die zu ihrem Spanker kommt und ist nicht ordentlich sauber rasiert, na, das gibt Hiebe. Vielleicht hat die in Wirklichkeit weder Mann noch Tochter? Oder die Tochter ist adoptiert? So unerfahren, wie das Weib tut? Oder sie tut nur so, als ob sie keine Erfahrung hätte. Ich könnte sie einfach nehmen jetzt. Das wäre ein Spaß, wenn ich das jetzt einfach so machen würde. Leider hat mein kleiner Freund in der letzten Zeit ziemliche Probleme einen hochzukriegen. Das liegt nur daran, weil ich in letzter Zeit zu viel um die Ohren hatte und dazu das Gezeter mit meiner Expartnerin. Statt still und friedlich zu gehen, macht sie Geschrei und Szenen ohne Ende und der ganze Kleinkrieg ums Geld kommt sowieso noch dazu. Immer hat man Ärger mit den Weibsbildern.

Ein geiler Fick über dem Baumstamm, das ist schon ein Traum.

Ob ich sie erst noch etwas mit der Peitsche kitzle? Scheiße, die ist völlig kaputt. Nie wieder kaufe ich solchen Billigkram. Dann muss eben eine andere Lösung gefunden werden. Was hat der Vater früher genommen, wenn Sohnemann eine Tracht Prügel verdient hatte? Den Ledergürtel aus der Hose, die er gerade anhatte. Klar, der Gürtel! Wenn ich den jetzt aus der Hose ziehe, dann rutscht mir die Hose. So ein Mist.

Eine tolle Frau. Die hätte ich fast sausen lassen. Ich bin ein Idiot.

Ich muss pinkeln! Mist! Die Fantasie hat mich tatsächlich angeregt, aber nicht so, wie es einem Mann geziemt. Bloß gut, dass es niemand weiß. Was mache ich jetzt? Ich kann nicht einfach sagen: Ich muss mal. Bleibe derweil schön liegen. Wie bescheuert ist das denn? Ich schwitze wie Sau, ich muss mal und der zweite Stock ist auch abgebrochen. Ich muss die Sache hier wenigstens einigermaßen dominant beenden.

„Du stehst jetzt auf und ziehst dich an." Hoffentlich klang das einigermaßen streng. Immerhin tut sie es. Ich muss jetzt wirklich dringend.

Was machen all die anderen Frauen da draußen derweil? Sie haben Männer, Kinder, Freunde, Nachbarn und frönen ihren Hobbys. Sie würden sich niemals am Freitag vor Pfingsten mit einem Typen in einem Waldstück treffen, damit der ihnen den Arsch verhaut. Was hat diese Petra, was andere nicht haben? Eigentlich nichts. Gar nichts und doch bin ich jetzt hier und mache genau das, was **sie** will.

Sie hat sich „Shiva" genannt und ich bin ihr Erzieher geworden. Dabei hasse ich Rollenspiele. Sie hat sich „Tatjana" genannt und mir voll einen Mailkontakt aufgezwungen, den ich eigentlich gar nicht mit Frauen machen will. Ich schreibe nie per Mail über meine Erlebnisse mit anderen Frauen. Was hat mich bewogen, ihr von meinem Erlebnis mit dieser „Ilona" zu schreiben? „Gib mir mal eine kleine Kostprobe deiner Strenge." Das hat sie geschrieben und ich Depp erzähle einen ganzen Roman. Dann macht sie mir die Szene auf dem Markt. Sie wusste schließlich, dass sie mich verarscht. Ich habe es nur geahnt. Kann sie dann nicht still und leise gehen? Mich kennen dort alle in dem Kaff und die rennt mir mitten über den Markt hinterher. Jetzt stehe ich hier im Wald und pinkle vor dieser Petra wie ein Schuljunge. Wenigstens hat sie sich weggedreht. Ich muss meine Dominanz wahren. Vielleicht frage ich etwas zu ihren Weideerlebnissen. Dann kann sie schwatzen und mir verkürzt es den Rückweg bis zum Auto. Ich bin voll wieder drauf eingestiegen auf die Masche dieser Frau.

Nein, Sex wird sie nicht bekommen. Das war so peinlich, als sie mir nach dem ersten Mal angeboten hat, mir einen runterzuholen, und ich bekomme den kleinen Freund noch nicht mal etwas hoch. Nein, das tue ich mir auf gar keinen Fall noch mal an. Ich bin ein toller Mann. Ich kann locker Frauen haben, die zwanzig Jahre jünger sind als ich. Vielleicht geht es mit denen besser. Bestimmt geht es besser. Petra ist nicht mein Typ. Das liegt nur an der Frau, wenn der Mann Probleme mit seinem kleinen „Er" hat. Nur an der Frau liegt das.

Aber Spanking mit ihr ist wirklich geil. Die zickt nicht rum und verträgt eine Menge. Bei ihr bin ich der Meister. Ich werde mir eine neue Peitsche kaufen. Diesmal kein Billigprodukt und mehr Bums muss die haben. Ich werde dieses Weib doch dazu bringen können, dass sie sich unter den Peitschenhieben windet, stöhnt und schreit. Ich bin der Meister. Bevor die wieder bei mir antritt, muss ich eine ordentliche Peitsche haben.

Ist mir heiß. Verdammt! Das Smartphone habe ich im Auto liegen lassen. Auch noch auf dem Armaturenbrett. Für jeden potenziellen Dieb gut sichtbar. Bin ich verrückt? Das ist grob fahrlässig. Alles wegen diesem Weibsstück. Ich muss schon wieder pinkeln. Nix wie weg jetzt. Die denkt sonst noch, dass ich keine halbe Stunde das Wasser halten kann. Miststück, Luder, Scheiß-Frauen!

Petra ist ein Phänomen! Mir ist heiß. Bloß weg jetzt. Uff! Geschafft! Bis mal wieder, hat sie gesagt. Oh ja! Bis mal bald wieder. Aber das darf sie nicht wissen.

So war das also in des Meisters Erinnerung.

Als er weg ist, genieße ich noch ein Bier ganz allein für mich und bin glücklich, glücklich, glücklich. Noch später treibt es mich, diesen neuen Anfang festzuhalten und ganz für mich allein aufzuschreiben. Die erste Seite des „Tagebuchs der Gefühle" füllt sich.

„Pfingstfreitag und Sternstunden. Ein Traum erfüllt sich. Eine Fantasie vom Anfang wird wahr. Ein Tag von historischer Tragweite. Die Hände, die Peitsche, der Baumstamm, die Stimmung, die Umarmung, die Musik, der Biergarten und sogar das Wetter stimmte. Es war so wichtig, so ersehnt, so darum bemüht und endlich DER RICHTIGE ANFANG! Es war das beste Date, weil mit richtig viel Mühen erarbeitet und zurückgewonnen, was verloren schien."

Besonders viel ist es nicht und die Formulierungen sind wahrlich keine rhetorisch gute Leistung. Aber es ist authentisch. Damals war mir genau nach diesen Zeilen zumute. Ich darf Hoffnungen hegen. Ich werde wieder mein Auto in dieses Kaff lenken, in genau jene kleine Straße, die den Namen einer Blume trägt und an deren Ende ein kleines Einfamilienhaus steht. Mein Asyl für bestimmte Stunden.

Ich schwöre mir, diese Chance nie wieder zu verspielen. Ich muss später erfahren, dass ich gar keine wirklich reale Chance hatte. Dieser Mann ist ein Spieler. Spieler sind nicht kalkulierbar. Ich werde noch viel mehr Selbstbeherrschung brauchen als nötig ist, um physischen Schmerz zu ertragen. Selbstbeherrschung, um wirklich schlimmere Enttäuschungen zu überwinden, sodass es noch viel schwerere Anfänge geben wird als diesen, dass …

Ach was! Später, zu gegebener Zeit, bitte. Jetzt bin ich glücklich, voller Hoffnung und in einem tranceähnlichen Zustand.

Jetzt nur genießen dürfen. Wieder zuhause, schenke ich mir ein Glas Wein ein, die beste Sorte, die ich finden kann.

PROST auf die Zukunft!

5

NEUGIER UND GÄNSEHAUT

Wie oft hat man schon in seinem Leben auf die Zukunft angestoßen? Warum kann man nicht einfach im Jetzt und Hier leben und genießen? Immer erwartet man etwas von der Zukunft, ist einerseits voller Neugier, Tatendrang und Optimismus und andererseits voller Unsicherheit, Hemmungen und Angst.

So ergeht es mir auch dieses Mal. Ich freue mich riesig auf die nächsten Sessions mit Michael, bin neugierig auf die Dinge, die mich erwarten werden, und fühle gleichzeitig die Gänsehaut im Nacken bei dem Gedanken an eben jene unbestimmten Zukunftsvisionen. Seine erste Peitsche ist futsch. Er will einen Neueinkauf machen und sich diesmal etwas „Richtiges" zulegen. Was wird er damit gemeint haben? Ich könnte mal nachschauen im Internet und mich auf der Seite für den Onlineeinkauf von Peitschen inspirieren lassen. Was würde ich an seiner Stelle kaufen? Welche Kaufentscheidungen wird er dann wirklich treffen? Ob sich unsere Interessen decken? Das ist ein spannender Gedanke und verschafft etwas Gänsehaut.

Natürlich gibt es eine Menge an Auswahlmöglichkeiten. Zunächst die Oberkategorien Bondage, Peitschen, Rohrstöcke, Gerten und Paddle. Schaue ich also unter Peitschen nach. Da gibt es die Kategorien Flogger, Bullwhips und Katzen. Diese sind wieder unterteilt in Preisklassen. Die kleinste preisliche Einheit fängt bei bis 10 Euro an. Dann staffelt sich die Sache in die Klassen bis 30 Euro, bis 60 Euro, bis 120 Euro und über 120 Euro. Wahrscheinlich war seine erste Peitsche in der Kategorie bis 10 Euro angesiedelt.

Mir erscheinen die Kategorien bis 60 Euro und bis 120 Euro ansehenswert. Darin gibt es jede Menge Peitschen zur Auswahl. Wohin zieht es mich? Welchen Flogger würde ich nehmen? Den hier?

Lady Flogger – softe Variante, schwarz

Superschöner und filigraner Flogger mit dünnem Griff, wie die Damen es lieben! Länge 75 cm, 36 weiche und flache Tails. Auch im Intimbereich anwendbar!

Oder besser den hier?

PEITSCHE – Suede Flogger, rot-schwarz

Ledergriff in Schwarz geflochten. Länge ca. 75 cm ohne Griffschlaufe. Weiches Wildleder in Rot-Schwarz, bestens geeignet zum „Warmmachen", für das Intim-Play oder für Leute, die einfach sanfter spielen wollen. Ein echter Renner.

Der ist schon eher etwas für mich. Oder der hier?

PEITSCHE – Heavy Flogger, rot

Sehr schwerer Flogger, Glattleder, eine Seite rot, andere Seite schwarz. Gewicht ca. 500 g, Länge ca. 75 cm, 1A-Qualität. Empfehlung für alle, die bis an die Grenzen gehen möchten.

Will ich an meine Grenzen gehen? Irgendwann schon. Aber jetzt noch nicht. Vielleicht kauft er den Suede Flogger?
Was gibt es denn bei den Bullwhips? Oh nein, das ist schrecklich.

Ungarische Short Whip – Kurze Bullwhip-Peitsche, rot – schwarz

Sehr schöne Peitsche aus Ungarn. Länge ca. 85 cm ohne Aufhänger, Griff ca. 20 cm. Sehr schöne Flechtung. 2/3 eher steif, 1/3 flexible – dadurch sehr gutes Handling. Auch für Einsteiger geeignet.

Klingt nach Gänsehauteffekt. Aber es kommt schlimmer.

Lady Bull Whip 160 cm, braun

Tschechische Qualitätsarbeit von einem langjährigen Meister des Peitschensports! Diese Peitschen sind jeden Cent wert, einfach genial – für den Peitschensport und für das Spanking geeignet. Material: Rindsleder, 10 Tails, hochwertig geschichteter Kern. Die Peitsche zum Knallen und für hartes Spanking. Durch den kleineren Handgriff sehr gut für Damen geeignet und zum Einstieg in die Welt der „Knall-Peitschen".

Peitschensport gibt es also auch. Das könnte mir gefallen. Ob es Peitschensportclubs auch bei uns gibt? Muss ich bei Gelegenheit mal nachschauen. Aber erst mal hier bei den Peitschen weitergeschaut. Oh, die ist heftig.

Hunde-Peitsche – DogWhip – 100 cm, rot/schwarz

Tschechische Qualitätsarbeit von einem langjährigen Meister des Peitschensports! Material: Rindsleder, 10 Tails, hochwertig gepolsterter Kern.

Auch wenn der Kern hochwertig gepolstert ist, so möchte ich diese Bullwhips nicht kennenlernen. Er wird sich hoffentlich so etwas nicht kaufen wollen? Vielleicht eher eine Katze? Was gibt es da im Angebot?

Leder-Peitsche – Katze Corona

Geflochtene Peitsche aus Rindsleder, Handgriff in Fischschuppen-Optik. Handgriff ca. 16 cm, Dicke des Griffs ca. 3 cm, verjüngend, Länge der Peitsche über alles: 63 cm ohne Griffschlaufe.

Mittelhartes Leder – eher mittel bis hart in der Wirkung! Achten Sie bitte auf die Flechtung. Die Peitsche wurde von „unten" geflochten und kann damit nicht „aufgehen".

Das ist beruhigend. Also, dass die nicht aufgehen kann. Ansonsten klingt es nicht beruhigend. Und diese hier? Geht die auch nicht auf?

Strenger Verweis – 90 cm

Tschechische Qualitätsarbeit von einem langjährigen Meister des Peitschensports! 90 cm lang. Der Name ist Programm! Die Peitsche splittet sich in drei Abschnitte auf – hartes und gemeines Leder! Material: Rindsleder, 10 Tails, hochwertig gepolsterter Kern.

Nein, danke! Einen strengen Verweis möchte ich mir damit nicht einhandeln. Vielleicht eher diese hier?

Cats-o-nine black/red

Länge 750 mm, Gewicht: 150–170 g. High-End-Qualität zum Spitzenpreis. Diese Qualität ist wirklich außergewöhnlich und mit den Spitzen-Peitschen bekannter Peitschenhersteller vergleichbar!

Viel steht nicht dazu beschrieben, aber das braucht es auch nicht. Der Preis spricht für sich. 245 Euro! Das ist wahrlich spitze. Damit geschlagen zu werden, das ist schon wieder eine Ehre. Hoffentlich kauft sich Michael einen Flogger. Vielleicht auch eine solche hochwertige Katze? Wahrscheinlich nicht, obwohl er das Geld dafür sicherlich hätte. Aber wer es sich leisten kann, der ist nicht automatisch großzügig. Hoffentlich kauft er sich keine Bullwhip. Bald werde ich es wissen.
    Wagen wir mal einen kleinen Blick in die Zukunft? Was habe ich nach der Session mit der neuen Peitsche dazu im Nachgang festgehalten?

„Danke, Michael, für die schöne Session. Hast mich diesmal gemein verziert. Deine krasse Peitsche hat Gänsehauteffekt. War geschockt zu Beginn. Mit der weichen Peitsche könnte ich mich stundenlang genussvoll auspeitschen lassen. Respekt vor deinen Rohrstöcken habe ich nicht, eher lerne ich diese lieben. Woran mag das liegen? Bedenklich, dass ich mich am Schluss bei den harten Schlägen eher hätte blutig schlagen lassen als aufzugeben?"

Das lässt einige Erwartungen zu. Er hat sich also gleich zwei Peitschen gekauft. Wer hätte das gedacht? Den Kerl muss ich ganz ordentlich inspiriert haben mit dem Abenteuer auf dem Baumstamm. Ja, der war glücklich am Schluss und heiß drauf, endlich wieder richtig loszulegen. Ob ich gleich mal frage wegen eines Termins für die nächste Session? Nein, das sieht so aus, als könnte ich es nicht erwarten. Kann ich eigentlich auch nicht, aber das muss er nicht so offen wissen.

Außerdem: Vielleicht hat er noch keinen Einkauf getätigt? Etwas Zeit soll er schon haben dafür. Ach, ich schaue derweil noch mal in den Onlineshop. Es gibt dort auch krasse Sachen, die man sich niemals kaufen würde. Diese hier zum Beispiel:

Classic Bull Whip (Black)

Länge 1700–1900 mm, Gewicht 700–900 g, High-End-Qualität zum Spitzenpreis.

Ja, die kostet stolze 440 Euro! Oder diese hier:

Snake Flogger

Länge 750mm, Gewicht 150–170 g, High End Qualität zum Spitzenpreis. 235 Euro!

Aber es gibt nicht nur richtig teure, sondern auch richtig böse Sachen.

Spezial-Serie – Gummi extrem vierkant 10 mm

Sehr schmerzhaft! SEHR „EXTREM" durch Gummi vierkant.
Nichts für Einsteiger! Wer Hämatome haben will, ist hier richtig!

Da bleibt kein Auge trocken. Wer will denn so etwas wirklich?
Hoffentlich nicht Michael. Aber es geht auch am anderen Ende
der Skala, in die softige Richtung, weit.

PEITSCHE – Mini Fur Flogger, rot-schwarz

Peitsche mit Fell und Lederstreifen, Ledergriff in Rot-Schwarz.
Für die kuschligen Subs! Ein echter Renner von sanft bis soft, von
zärtlich bis anschmiegsam, besonders für die erotische Massage
geeignet oder auch zum „Heranführen" an die Materie.

Diese Peitsche kostet nur 39 Euro, aber die wird sich Michael
wohl leider trotzdem nicht kaufen.
    Jetzt ist genug gestöbert. Jetzt wird erst mal geschlafen. Hoffent-
lich träume ich nicht von Peitschen. Warum eigentlich nicht?
Wieso habe ich keinen Respekt vor seinen Rohrstöcken? Warum hätte ich mich eher blutig schlagen lassen? Wie passt das
zusammen? Das gibt bestimmt genug Gänsehaut pur. Was ist in
dieser Session alles geschehen?
    Ich muss noch warten. Erst soll Michael überhaupt einkaufen
gehen. Sonst geschieht gar nichts. Welche Gedanken wird er bei
dem Einkauf im Peitschenladen haben?

Diese Petra ist schon ein Rasseweib. Nein, eigentlich ist sie eine
völlig unscheinbare Frau. Aber ich habe meine Peitsche an ihr
über den Jordan gejagt. Mit dieser Frau habe ich richtig Lust
am Peitschenschwingen bekommen. Ich müsste dafür in diesen
Laden düsen, denn ohne Peitsche geht es nun mal nicht. Eigentlich habe ich gar keine Zeit jetzt, um nach Berlin zu fahren. Aber
diese Petra wird sich bestimmt bald melden und dann stehe ich

ohne neue Peitsche da. Wie sieht das denn aus? Vielleicht kann ich meinen Einkauf gleich in Berlin ausprobieren? Schließlich kenne ich einige Tussis dort, die auf solche Sachen stehen. Die sind alle nicht wie Petra, die sind eher zickig, aber besser als nichts sind die allemal.

Heiliger Strohsack, ist das eine riesige Auswahl in dem Laden. Hier kann man die Peitschen anfassen und probieren. Das ist ganz wichtig, denn schließlich ist so eine Peitsche ein ganz persönliches Handwerkszeug. In der oberen Etage liegen die guten Sachen für ein paar Hundert Euro. Wenn man solche exquisiten Peitschen in die Hand nimmt … Himmel und zurück noch mal. Dabei bekommt man Fantasien. Diese Frau, völlig nackt und aufrecht stehend, mit im Nacken verschränkten Händen, nicht gefesselt oder angebunden, sondern völlig frei beweglich, bleibt sie dennoch stehen, nimmt alle Hiebe hin, stolz, aufrecht, einfach krass. Ich spüre die Hitze in mir aufsteigen, wie die Gänsehaut über meinen Rücken hinabrieselt, wie die Handfläche feucht wird, die den Griff der Peitsche fester umfasst, wie sich mein ganzer Körper spannt, die Konzentration ist jetzt nur noch auf die Hand mit der Peitsche gerichtet, alles andere um mich herum versinkt wie im Nebel, nur noch diese Peitsche in meiner Hand und der Rücken dieser stolzen, aufrecht stehenden Frau existieren wirklich, ihr gerader Rücken, die Hände im Nacken, die Beine schulterbreit gespreizt, so steht sie ganz ruhig da, erwartet meinen ersten Hieb, ruhig und gefasst. Ich konzentriere mich, hole aus und ziehe die Peitsche einmal kräftig durch.

Kein Schrei? Warum? Ach, ich bin hier im Laden. Warum gibt es hier nicht wenigstens einen Dummy, an dem man die Peitschen ausprobieren kann? Ach, das ist völlig albern. Eine Gummipuppe auspeitschen. Das nimmt jegliche Lustgefühle.

Ja, so eine Peitsche möchte ich haben. Was kostet die denn? Oh Gott! Schnell wieder in die untere Etage wechseln, bevor ich hier noch schwach werde. Dort unten ist die Auswahl auch nicht gerade klein, nur preisgünstiger. Nicht, dass ich es mir nicht leisten könnte. Aber was soll diese Petra denken, wenn ich mir ein solches teures Stück kaufe? Die flippt glatt aus vor Entzücken. Das fällt aus, Petra.

Was kaufe ich mir denn nun wirklich? Ich habe vor einiger Zeit mal einen Mann gesehen, das war in Hamburg, der hatte so eine lange Peitsche. Mit der konnte er meisterlich umgehen. So ein Exemplar will ich auch haben. Das wird der Petra nicht gefallen. Warum soll es Petra gefallen? Mir muss es gefallen. Das Weib ist meine Sub. Die muss erdulden, was ich bestimme. Wenn Petra hier wäre, zu welchem Kauf würde sie mir raten? Würde sie mich überhaupt beraten wollen? Quatsch! Das Weib ist noch völlig unkundig. Die fällt vielleicht in Ohnmacht beim Anblick dieser vielen krassen Dinge hier.

Überhaupt: Seit wann lasse ich mich von einem Weib beraten? Was ist los mit mir? Verdreht mir diese Petra etwa den Kopf? Das fehlte noch. Ich bin hier, weil **ich** mir eine Peitsche kaufen will, nicht weil Petra das von mir erwartet.

Übrigens haben diese Tussis nun doch plötzlich alle keine Zeit. Keine einzige hat zugesagt. Blöde Kühe alle. Sobald es ernst wird, kneifen diese Weiber. Sobald ein paar härtere Hiebe dabei sind, schreien diese Damen gleich „Halt" und „Stopp" und „nicht so heftig" und verderben den Spaß.

Petra ist anders drauf. Warum geht mir diese Petra nicht aus dem Sinn? Warum habe ich mich überhaupt wieder breitschlagen lassen und mich mit ihr erneut eingelassen? Wieso lasse ich mich bei dieser Frau auf Dinge ein, von denen ich gar nicht weiß, ob ich die überhaupt so will? Warum? Weil ich auch gern mal auf der Seite des Sub wäre?

Der beste Test für die richtige Peitschenwahl wäre der, dass der Käufer die Peitsche selbst spüren kann. Wie soll das aber bitte gehen? Die sollten keinen Dummy anschaffen, sondern eine Dummyna. Eine Domina kann man sich schließlich finanziell nicht leisten. So eine Dummyna im Peitschenladen? Das ist ein geschäftsfördernder Gedanke. Die Männer würden kommen, um von der Dummyna … und würden kaufen. Wer nichts kauft, der muss den Testeinsatz bezahlen. So kommt in jedem Fall Geld rein und es ist ein bezahlter Arbeitsplatz geschaffen. Ich bin ein

Genie. Bei mir würde die Wirtschaft florieren. Natürlich sollte der Test diskret erfolgen, nicht so offen im Ladenbereich. Wenn man sich ein Kleidungsstück kauft, so geht man auch zur Anprobe in die Umkleidekabine und zieht sich nicht neben dem Regal um. Wenn dann die Verkäuferin noch nett berät, vielleicht sogar ein Glas Sekt anbietet, da kann der Mann sich endlich mal als Mann fühlen, wie er sich das wenigstens ab und zu wünscht. Umsorgt von einem schönen Weib das Leben genießen. Solchen Service bekommt man freilich nicht im Discounter geboten.

Das hier ist aber auch kein Discountladen, jedenfalls nicht in der oberen Etage. Wenn so eine Dummyna mir jetzt bei einem Glas Sekt diese saumäßig teure Peitsche schmackhaft machen würde …

Warum steht die Verkäuferin so teilnahmslos rum? Die scheint nur zum Abkassieren da zu sein. Bestimmt kotzt sie dieser Job total an. Dabei könnte sie sich ihren Arbeitsplatz so abwechslungsreich gestalten. Was geht mich das an? Ich manage nicht diesen Laden hier. Was kaufe ich denn nun wirklich? Diese hier und diese Peitsche nehme ich mit. Das macht zusammen so viel wie die eine aus der oberen Etage. Mit zwei Peitschen kann ich mehr anfangen als mit einer sauteuren Edelpeitsche. Diese Petra wird ordentlich einstecken müssen. Mal sehen, was die wirklich aushält. Ich kann es kaum erwarten. Hoffentlich schreibt sie bald. Ich melde mich jedenfalls nicht bei ihr. Etwa so? *„Hey Petra! Ich habe zwei neue Peitschen gekauft. Bin ganz heiß drauf, diese auszuprobieren. Wann kommst du?"* Das fehlte noch, dass dieses Weib denkt, ich hätte es nötig. Kann mir auch in Berlin eine Tussi nehmen.

Ach, Scheiß! Diese elenden Weiber.

Mir kreist derweil die Frage im Kopf: Was wird dieser Michael machen? Ob er sich schon eine neue Peitsche angeschafft hat? Ich kann ja mal vorsichtig anfragen.

„Hallo Michael,
wie sieht es denn aus bei dir? Hast du dir schon eine neue Peitsche zugelegt? Melde dich doch mal wieder.
LG, Petra"

Die Antwort kommt umgehend.

„Hallo Petra,
wie passt es dir am Mittwoch? In der kommenden Woche könnte es bei
mir knapp werden. Mittwoch um 15 Uhr. Geht das bei dir?
LG, Michael"

Na, hallo aber! Dieser Kerl brennt Feuer und Flamme. Er hat zwar nicht gesagt, dass er einen Neuerwerb hat, aber wenn es schon übermorgen sein soll, dann läuft bei ihm der Motor ordentlich heiß. Natürlich wird es knapp in der Woche drauf. Da ist seine Sicherung vielleicht schon durchgebrannt. Soll ich ihn schmoren lassen? Nein, das bekomme **ich** wiederum nicht fertig. Also Mittwoch um 15 Uhr.

Was für ein Exemplar wird er sich gekauft haben? Bei dem Gedanken an die riesige Auswahl im Onlineshop wird mir heiß und kalt. Bestimmt einen schönen Flogger und hoffentlich keine Bullwhip, bete ich.

Als ich endlich bei ihm bin, kann ich es vor Neugier kaum erwarten, aber das obligatorische Glas Bier vor der Session muss schon sein. Er hat nichts bereitgelegt. Nirgendwo ist eine Peitsche zu sehen. Ist das ein fieser Kerl. Ich sitze wie auf Kohlen, versuche Konversation und möchte eigentlich nur sagen: „Fange endlich an!"

Dann steht er wirklich auf und geht ins Wohnzimmer. Wohnküche und Wohnzimmer bilden einen gemeinsamen großen Raum. Das finde ich sehr praktisch und zugleich gemütlich. Auch ist dadurch genug Platz für Spanking vorhanden. Es muss sich keinesfalls alles nur am großen Esstisch abspielen.

„Ziehe dich aus", sagt er und kramt derweil in einer Tasche herum. Ich stehe auf und beginne mich langsam auszuziehen. Zuerst die Hose und die Strümpfe. Dann streife ich mir das Shirt über den Kopf. Dabei merke ich, wie sich irgendetwas um meinen Oberkörper windet. Ich reiße das Shirt erschrocken vom Kopf und meinen ganzen Körper durchfährt augenblicklich ein riesiger Schreck. Wie erstarrt bleibe ich in der Bewegung gebannt.

„Ziehe dich aus", wiederholt er und langt spielerisch mit der Peitsche nach mir, lässt diese sich um meine Oberarme schlingen und wieder abgleiten. Der Rest meiner noch beweglichen Gehirnzellen registriert: Das gibt blaue Flecke an den Oberarmen. In drei Tagen ist der Abiball meiner Tochter. Ich werde ein ärmelloses Kleid tragen. Alarm rot an Sprachzentrum: „Keine blauen Flecke an den Oberarmen, bitte. Ich habe am Samstag Abiball." Er wendet sich ab, als ob er enttäuscht wäre.

Das war doch nur ein Notruf. Es geht mir doch nur um die Oberarme. Nein, er ist nicht von mir enttäuscht. Es ist sein großes Defizit, was ihm zu schaffen macht. Er hätte auch gern eine Tochter oder einen Sohn, die oder der Abiball hat, aber er hat kein eigenes Kind. Es tut mir augenblicklich leid, aber ich musste es doch sagen.

Er fängt sich schnell wieder, unbedingt ein Vorteil von ihm, macht mir sogar ein kleines Kompliment und dann legt er los. Inzwischen habe ich mich komplett ausgezogen.

„Stelle dich hier frei auf und nimm die Hände über den Kopf." Ich tue wie befohlen und bin immer noch halb starr vor Schreck. Er beginnt vorsichtig. Trotzdem tut es erheblich weh, vor allem auf der Körpervorderseite. Dann zieht er die Peitsche heftiger über den Rücken. Jeder Hieb macht ein dumpfes Geräusch und brennt wie Feuer. Ich schreie, bleibe aber stehen. Es ist schwer, die Hände freiwillig über dem Kopf zu behalten. Das erfordert richtig viel Selbstbeherrschung. Es folgen noch zwei oder drei Hiebe und dann knallt es.

Er hat eine Bullwhip gekauft – eine Sport- und Knallpeitsche! Er hat bereits geübt, wie es geht, damit zu knallen. Es klappt nicht immer, aber ab und an schon. Er bringt eine Bullwhip an und spielt sofort zu Beginn der Session damit auf. Jeder andere Kerl hätte sich dieses Event wahrscheinlich für das Ende der Session oder zumindest für später aufgehoben. Michael beginnt damit. Ist das ein krasser Kerl. Später bemerke ich dazu: *„Deine krasse Peitsche hat Gänsehauteffekt. War geschockt zu Beginn."*

Knappe Worte für einen furiosen Beginn. Wäre ich überhaupt gekommen, wenn ich gewusst hätte, dass er sich eine Bullwhip, noch dazu eine Knallpeitsche, gekauft hat? Ja, ich wäre dennoch gekommen. Mit wie viel mehr Gänsehaut als ohnehin schon?

Welche Peitsche hat er sich noch gekauft? Womit möchte ich mich stundenlang auspeitschen lassen? Ja, es ist ein wirklich schöner Flogger. Ist es der Suede Flogger, rot-schwarz? Das weiß ich nicht genau, aber rot-schwarz ist er und mit weichen Lederstreifen. Es ist meine Traumpeitsche. Dafür nehme ich sogar die Bullwhip in Kauf.

Was schreibe ich im Nachgang dazu?

„Mein unumstrittener Favorit ist: von dir ausgepeitscht zu werden! Einfach grandios! Gänsehaut pur. In diesen Minuten, wenn du die Peitschen führst, da gehören wir zusammen.
In dieser Situation liebe ich dich wirklich.“

Ja, dazu gibt es nicht viel zu sagen. Das spricht für sich. Wenn ich es doch dabei belassen hätte. Aber ich sentimentales Weib muss noch weitere Sülze verbreiten. Wie hört sich das nun an?

„Also, ganz dick unterstrichen: Die Session war klasse!!!!!! Absolut alles – mit allem dran und drum herum!!! Was denn sonst? Mein Rücken sieht vielleicht aus – und tut weh. Aber mir geht es sehr gut heute. Bin happy.“

Das geht vielleicht gerade noch so durch. Aber weiter:

„Was du machst, ist spitze!!! Unbezahlbar gut! Danke!!! Da ist Herzblut bei. Kein Profi kann mir das bieten und dazu noch einen Garten Eden mit so viel liebevoller Versorgung. Neben mir sollten dir eigentlich noch eine Menge Leute dankbar sein – eben alle, die was davon haben, wenn ich gut drauf bin.“

Das ist schon zu dick aufgetragen und nun noch der dicke Rest hinterher.

„Deine Peitschen passen so gut zu dir. Ich konnte dich in den Glasscheiben des Schrankes im Wohnzimmer sehen, als du mit der Bullwhip gearbeitet hast. Dieses Bild hat sich bei mir eingeprägt. Du trägst keinesfalls grausame oder sadistische Züge. Auf mich wirkst du sehr vertrauenerweckend, interessant, erotisch anziehend und respektgebietend. Du bist ein ganz lieber Mann und du verstehst dein Handwerk ausgezeichnet! Das ist absolut ehrlich gemeint."

Oh, Hilfe! Werde ich sentimentale Tasse nie lernen, dass man einem Kerl niemals so viel Honig ums Maul schmieren darf?

Was hätte ich denn besser schreiben sollen? Vielleicht so?

„Hey Michael,
da hast du endlich zwei einigermaßen anspruchsvolle Peitschen gekauft. Es ist noch nicht die ganz große Klasse, aber du lernst eben noch. Ein Geigenschüler bekommt auch nicht gleich die Stradivari in die Hand gedrückt. Wenn du fleißig übst, so kannst du ein ganz brauchbarer Spanker werden. Auf jeden Fall bleiben noch Wünsche offen. Eine ordentlich prickelnde Kommunikation gehört unbedingt dazu. Derzeit peitschst du still vor dich hin. Vor deinen Rohrstöcken würde ich auch gern mehr Respekt bekommen. Also, zeige demnächst, was du draufhast!"

Ja, das passt besser. Vielleicht noch ein P.S.: *„Bist du impotent oder tust du nur so?"*

Nein, das ist zu gemein. P.S. ist gestrichen.

Aber verdammt: Was war denn nun mit den Rohrstöcken? Wieso schreibe ich: *„Respekt vor deinen Rohrstöcken habe ich nicht, eher lerne ich diese lieben"*?

Er hat ganz ordentlich damit losgelegt. Er hat aber auch damals schon gemeint, dass er auch aus dem Rohrstock ein Wohlfühlinstrument machen kann. Ja, das kann er. Kleine Hiebe, die nicht sehr wehtun, dafür am ganzen Körper und schnell hintereinander, das Streichen mit der Stockspitze, was eher ein Kitzeln bewirkt, die Geräusche, wenn der Stock durch die Luft saust und eine Gänsehaut erzeugt, dann aber nur sanft zwickt, all das lernt man nur zu schnell lieben. Ja, das kann Michael meisterlich.

Ist das gut, wenn ich keinen Respekt vor den Rohrstöcken habe? Ist es gut, wenn man keinen Respekt vor dem Hofhund hat, nur weil der einem nicht immer gleich an den Hals springt? Was soll aber dieser Satz bedeuten?

„Bedenklich, dass ich mich am Schluss bei den harten Schlägen eher hätte blutig schlagen lassen als aufzugeben?"

Später habe ich mal vermerkt: *„Eine Session mit ‚Stopp' abzubrechen, das werde ich nur im wirklichen Notfall tun."*

Was ist demnach geschehen? Es war am Schluss, unser Ritual, wie wir es mal nennen werden, sollte die Session beenden. Das Ritual besteht aus einer vorher festgelegten Anzahl wirklich harter Rohrstockhiebe.

Dieses Mal hat er gemeint: „Du sagst Stopp, wenn ich aufhören soll."

Ich stimmte in meiner Unwissenheit zu. Unwissend in dem Punkt, dass ich nicht wusste, dass ich nicht „Stopp" sagen kann. Ich stand völlig frei, es tat höllisch weh, ich hätte jederzeit mit zwei oder drei Schritten nach vorn oder zur Seite aus dem Schlagbereich treten können oder eben „Stopp" sagen sollen. Ich konnte es nicht. Irgendwie habe ich dann so eine Handbewegung gemacht, die er als Ende gedeutet hat.

Warum konnte ich nicht „Stopp" sagen? Ich weiß es nicht. Es hat irgendetwas mit absoluter Hingabe und grenzenlosem Vertrauen zu tun. Das geht nur mit ihm. Warum? Er ist ein Lumpenhund und ein großer Häuptling in einer Person. Ja, in einer früheren Gesellschaftsform, in der eine Gruppe Menschen noch einen Häuptling nach seiner Eignung und Persönlichkeit wählte, da hätte er eine gute Chance auf diesen Posten gehabt. Einem Häuptling vertraut man blind.

Was sagt das „Tagebuch der Gefühle", mein ganz privater Kummerkasten, zu dieser Session?

„Spanking pur, ohne Rollen, Strafen, aber auch ohne prickelnde Kommunikation. Reden ist wichtig, mit der nötigen Strenge und Bestimmtheit! Zwei neue Peitschen erwarteten mich. Der Beginn mit einer Bullwhip ist deftig. Diese Peitsche kann schon Angst erzeugen. Der Flogger sieht gewaltig aus, macht aber ganz angenehme Empfindungen. Fesseln mit Lederbändern und Ketten, leider etwas symbolisch nur, ist prickelnd. Richtig feste Fesselung wäre besser. Auch die neue Peitsche lässt schon wieder Haare."

Na, das ist wenigstens kein solcher Schmus wie oben. Ja, ich habe tatsächlich einen Streifen vom neuen Flogger ins Tagebuch eingeklebt.

Er wird doch nicht wieder so ein Billigprodukt gekauft haben?

6

VON WÜNSCHEN UND ÄNGSTEN

Nun ist die Fantasie erwacht und mein Körper verlangt mit jeder Faser nach Erfüllung. Es ist Sommer, eine Zeit, in der Körperlichkeit durch leichte Kleidung, Wärme und Urlaubsgedanken ohnehin beflügelt wird. Ich kann und will mich nicht mit Warten quälen müssen. Also ran an die Tasten.

Vielleicht fragt sich jetzt der Leser: Warum ruft diese Frau nicht einfach an? Ja, das ist so ein ungeschriebenes Tabu, welches ich mir selbst auferlegt habe. Anrufe kommen meist zur unpassenden Zeit für den Angerufenen. Außerdem können Anrufe schnell lästig werden. Eine SMS oder Mail kann man lesen und beantworten, wenn Zeit und die entsprechende Stimmung dafür passen. Außerdem lassen sich schriftliche Dinge nachlesen und vermeiden Missverständnisse. Du hast gesagt, du kommst um 14 Uhr. Nein, ich habe 15 Uhr gesagt. Wer hat recht? Ärgernisse beginnen immer mit kleinen Dingen. Also, ran an die Tasten.

„Michael,
ist nächste Woche der Paradiesgarten geöffnet? Vielleicht am Mittwoch
ab 14 Uhr?
Sag an! Ich liebe Regelmäßigkeit und klare Regeln.
LG, Petra"

Seine Antwort:

„Aber Petra,
ist das nicht etwas zu früh dafür? Da sind doch noch Spuren vom letzten
Mal da. Eine gute Woche Abstand nur. Ist das nicht zu viel?
LG, Michael"

Ich mache einen Scherz aus seinem ungewollten Wortspiel, welches Zweideutigkeit zulässt.

„Ja, Michael,
eine Woche Abstand ist wirklich zu viel Zeit, um die Sehnsucht nach deinem Flogger auszuhalten. Du bist zum Glück nicht der Typ, der nur mit dem Rohrstock draufhaut. Du hast so viele kreative Ideen und ich hab kreative Wünsche, wirklich schöne Wünsche! Die brennen nach Erfüllung. Lasse uns den Sommer genießen.
LG, Petra"

Seine Antwort ist ziemlich dienstlich angehaucht. Es beschleicht mich ein ungutes Gefühl.

„Zu den Wünschen:
Du kannst diese gern vor der Session äußern. Was ich davon realisieren werde, das werden wir von Mal zu Mal sehen. Ich verstehe auch, wenn deine Wünsche wachsen. So ist es manchmal im Leben, wenn einem etwas Gutes widerfährt. Ich kann dir aber nicht versprechen, dass du alle oder die meisten deiner Wünsche erfüllt bekommen kannst von mir.
LG, Michael"

Was ist dieser Michael nur für ein Mensch? Einerseits agiert er so selbstbewusst und nun scheint er fast Panik vor meinen Wünschen zu haben. Dabei habe ich noch keinen einzigen Wunsch ausgesprochen. Warum fragt er nicht einfach danach? Warum wehrt er schon ab, wenn er noch nicht einmal weiß, was ich mir wünsche? Irgendwas stimmt mit diesem Mann nicht. Ich muss vorsichtig vorgehen.

„Michael,
meine Wünsche möchte ich vor dem Hinkommen zu dir äußern dürfen. Weil: Du kannst besser drüber nachdenken, ich hab mehr Erwartungsspannung und wir könnten etwas ‚Knistern' im Vorfeld aufbauen. Es ist ja alles nur ein Spiel – das schönste Spiel, was ich kennengelernt habe. Dein Spielzeug ist ganz nett und die Spielregeln sind recht abwechslungs-

reich. Habe keine Sorge! Ich kann das Können meines Gegenübers ganz gut abschätzen. Da baue ich mir nicht selber eine Falle für Enttäuschung.
Allerdings: Ich gehöre zu der seltenen Spezies von Frauen, die einem Mann eigenen Willen zugestehen und diesen sogar akzeptieren! Es wäre fatal, wenn Wünsche immer, sofort und in vollem Umfang erfüllt würden. Wo bliebe da die Spannung?
Das ‚Wollenkönnen‘, das überlasse ich ganz dir. Hoffe, du bist damit einverstanden.
LG, Petra"

Eigenartigerweise kommt keine Antwort.

Warum meldet der sich plötzlich nicht mehr? Ich habe doch wahrlich nichts geschrieben, was ihn in Abwehrhaltung versetzen sollte. Was ist los mit diesem Mann? Er hat irgendein tiefes Problem. Wenn eine langjährige Partnerschaft auseinandergeht, auch ohne Trauschein und ohne gemeinsame Kinder, das tut immer weh und wirkt auf das Leben danach. Freilich ist man dann bei jeder neuen Bekanntschaft vorsichtiger, hat Angst vor erneuten Enttäuschungen. Sicherlich hat er das Gefühl, die Erwartungen seiner Ex nicht erfüllt zu haben. Nun stellt eine Frau mit ihren Wünschen neue Erwartungen. Das macht Angst. Was soll ich tun?

Ich wage noch einen vorsichtigen Versuch.

„Hallo Michael,
du möchtest eine weiße Leinwand, sprich: eine Haut ohne Spuren für deine Spankingkünste? Auch möchtest du nicht durch Wünsche oder Erwartungen in deinem Tun dominiert werden? Das verstehe ich durchaus. Warum habe ich nicht einfache Wünsche? Ein Haus am Meer, eine weiße Jacht, eine Weltreise, im offenen Wagen gefahren zu werden oder wenigstens einen Kleiderschrank voller Designerklamotten. Dafür braucht es lediglich Geld. Für einen Mann mit Geld ist eine Frau mit diesen Kleinigkeiten an Wünschen eine beruhigende Partie. Sie ist relativ leicht zu haben und bequem zufriedenzustellen.
Meine Wünsche sind leider, oder glücklicherweise, nicht käuflich und sie wachsen, besser erwachen, mit den nunmehr geahnten Möglichkeiten. Wann treffen wir uns denn nun?
LG, Petra"

Ob das die richtige Strategie ist, weiß ich nicht. Auf jeden Fall ist es ehrlich. Vorerst antwortet er auf philosophischem Weg, warum auch immer.

Will er Zeit gewinnen? Will er mich testen?

Er spricht über **These und Antithese**, die aus seiner Sicht lauten:

„These:
Die Sub ist die Gebende und schenkt dem Dominus etwas, weil sie sich für seine Bedürfnisse mit ihrem Körper und ohne finanzielle Gegenleistung zur Verfügung stellt.
Antithese:
Der Dom ist der Gebende und schenkt der Sub etwas, weil er sich um sie kümmert und ihr genau das gibt, was sie sich schon immer gewünscht hat und nirgendwo kaufen kann. Was stimmt?"

Es ist ein interessanter Gedanke, den er äußert. Beim Nachdenken komme ich zu dem Schluss: Beide Thesen treffen zu und bedingen einander. Schließlich formuliere ich meine Antwort auf seine Frage „Was stimmt?" mit einem Gedankenspiel.

„Michael,
lasse mich auf deine interessanten Thesen so antworten:
Die Antithese sagt Petra so viel zu oder nicht zu wie die These. Warum? Als Sub stelle ich mich nicht dem Dom ‚zur Verfügung'. Mir ist es wichtig, dem Dom ebenso erfüllte Stunden zu schenken, wie er mir schenken mag. Nur dann kann er mir meine Wünsche wahrhaftig erfüllen und erfüllte Stunden schenken. Geben und Nehmen sollen sich auf beiden Seiten die Waage halten. Dann erfüllen sich Wünsche wie von selbst und alles, was dabei passiert, ist richtig, weil wahrhaftig und ehrlich. Das macht den Unterschied aus zu jeglichen, wie auch immer gestalteten, geldwerten Leistungen. These und Antithese bedingen einander.
LG, Petra"

Die Antwort scheint für ihn akzeptabel zu sein. Vielleicht ist sie auch nur verwirrend? Jedenfalls kommt es zu einer weiteren Session. Die Spuren von Bullwhip und Rohrstock sind inzwischen gänzlich weg. Er wird eine weiße Leinwand für sein Sommerbild vorfinden.

Er ist in bester Stimmung! Das Wetter passt, die Umgebung ist toll und ich bin weg von der Bildfläche der Alltäglichkeiten. Ja, es weiß niemand, wo ich bin und was ich mit wem tue. Das ist mir ganz wichtig. Die Sessions sind eine Auszeit vom wirklichen Leben. Die Umgebungsbedingungen sollen dazu passen. Für mich passt es. Für ihn ist es sein Zuhause, was sich später als ungünstige Situation herausstellen wird. Aber für einen Sommer lang ist sein Garten mit den Schatten spendenden Bäumen, sogar ein kleiner Apfelbaum ist dabei, schlichtweg der Paradiesgarten für mich. Und er malt sein Sommerbild auf meiner Haut mit allerlei Highlights. Weil er so gut drauf ist, beschließe ich spontan, ihn während der Session etwas zu provozieren. Warum soll ich immer nur die gehorsame Frau sein? Er ist ein selbst ernannter Meister. Soll er beweisen, was er draufhat. Und er beweist es meisterlich.

Später fasse ich die Ereignisse in die Schlagzeilen:

* Ein leichtes Sommerbild
* Provokation elegant vernichtet
* Warmer Lufthauch in der Oase

Ja, stellen wir uns doch mal vor, es gäbe eine Spanking-Zeitung. Vielleicht gibt es so etwas tatsächlich? Petra schreibt für dieses amouröse Blättle drei Artikelchen zur kurzweilig heiteren Lektüre als Anregung in gewissen Stunden. Stelle man sich vor, der Leser relaxt mit seinem Zeitungsblättle auf der Sonnenliege unterm Sonnenschirm am kühlen Swimmingpool, zuckelt am Strohhalm eines sommerlichen Getränks und genießt.

Ein leichtes Sommerbild

Die Sonne scheint von einem blauen Himmel mit einigen weißen Schäfchenwölkchen herab. Wir beschließen, diesen herrlichen Tag nicht nur im Garten zu verbringen. Nicht weit weg und doch recht einsam gelegen, gibt es ein schattiges Tal mit einem klaren Bächlein, das sich über Steine und Sand seinen verschlungenen Weg bahnt. Eine kurze Autofahrt bringt uns abseits der Straßen zu eben jenem idyllischen Ort. Ich erinnere mich an die kleine Geschichte in seiner Annonce, eben jene Zeilen, welche uns vor einem guten Vierteljahr zusammengebracht haben. Darin hat er von einer Autofahrt ins Grüne und von einem Spaziergang gesprochen.

„Wollen wir es gleich hier vollenden, hier in der Sonne?" Das hat er damals geschrieben, als er mich noch nicht kannte. Soll es jetzt vielleicht Wirklichkeit werden?

Wir gehen Hand in Hand jenes schattige Tal entlang und plaudern über dies und das, über lauter leichte und belanglose Dinge. Es ist erhebend, so unbekümmert und frei neben diesem stattlichen Mann zu gehen. Wie oft habe ich mir gewünscht, einfach Hand in Hand neben einem Mann durch die Natur zu wandern, ohne tief greifende Problemdiskussionen, ohne bestimmtes Ziel, einfach nur Sommer, Sonne, Natur und IHN genießen zu können. Die Bäume, vorwiegend Buchen, spenden angenehmen Schatten und das Wasser des Baches verspricht wohltuende Kühle. Ich trage nur ein ärmelloses und kniefreies leichtes Sommerkleid. Darunter habe ich nichts Störendes oder Einengendes, keinen BH und auch keinen Slip. Ja, der Sommer ist eine wunderbare Jahreszeit. Wann, wenn nicht im Sommer, kann sich eine Frau diese Freiheit gönnen? Auch er ist nur mit einer kurzen Hose und einem T-Shirt bekleidet. Na, wahrscheinlich hat er noch einen Slip unter der Hose an, denke ich mir.

Trotzt der leichten Bekleidung wird uns langsam warm vom Laufen. Aus einem Seitental kommt ein kleiner Zufluss herunter. Wir beschließen spontan, diesem geheimnisvollen Bächlein zu folgen, und verlassen den bisherigen Weg. Es geht etwas bergan, wir klettern über Steine und Wurzeln, weichen bemoosten glitschigen Stellen aus und entfernen uns weiter und weiter vom Weg, steigen höher und höher hinauf. Plötzlich kommen wir an eine kleine Lichtung. Sand und feuchter Lehm bedecken den Boden. Über einem Felsen sprudelt der Bach als kleiner Wasserfall hervor. Ich ziehe spontan die Sandalen aus, streife das Kleid vom Körper und lasse das Wasser über meine Haut rieseln. Huh, ist das kalt. Doch schon bald erlebe ich die Kühle des Wassers als ausgesprochen belebend.

„Ziehe dich auch aus. Es ist herrlich hier." Wie Männer nun mal so sind, reagiert er unentschlossen, redet sich mit „zu kalt" und „wenn Leute kommen" heraus. Ich bin inzwischen von der kühlen Dusche so belebt, dass ich übermütig werde. Es ist herrlich befreiend, einfach wie ein Kind sein zu dürfen, übermütig und unbeschwert. Ich setze meinen Fuß in den kühlen Lehm, betrachte den Abdruck und male ein Bild aus Fußspuren in den Lehm. Michael steht immer noch rum und schaut belustigt zu. Plötzlich rutsche ich auf dem glitschigen Untergrund aus. Nun sind nicht nur meine Füße, sondern auch die Hände und Knie lehmverschmiert. Er lacht. Jetzt werde ich restlos übermütig.

„Ziehe dich aus, wenn du deine Sachen vor dem Lehm retten willst", drohe ich ihm mit fröhlichem Lachen. Dann beginne ich sein Gesicht mit meinen Lehmfingern zu verzieren, male Streifen gelber Lehmfarbe auf seine Stirn und Wangen. Immer noch steht er unschlüssig rum. Männer können eine so furchtbar lange Leitung haben, bis sie begreifen, dass hier gerade ein Stück pures Leben an ihnen vorbeiläuft. Dann muss es eben die harte Tour sein, denke ich und wälze mich, nackt, wie ich bin, in dem Lehm-Sand-Gemisch, bis mein ganzer Körper damit bedeckt ist. Von Kopf bis Fuß mit Lehm eingeschmiert, gehe ich auf ihn zu, als ob ich ihn umarmen wollte. Nun endlich fällt der Groschen und er zieht seine Sachen ebenfalls schnell aus. Wir umarmen uns. Ich verreibe den Lehm auf seiner Brust. Er spürt die angenehme Kühle und jetzt hält ihn auch nichts mehr. Wir wälzen uns auf dem Boden herum, beschmieren uns gegenseitig, bis wir wie Lehmfiguren aussehen. Atemlos liegen wir schließlich auf diesem kühlen Untergrund und schauen durch die Blätter der Bäume in den blauen Sommerhimmel. Der Lehm trocknet, bröckelt ab und die Haut beginnt zu jucken. Schnell unter den Wasserfall zum Abwaschen der Kunstwerke. Mit viel Prusten und Gekicher waschen wir uns gegenseitig einigermaßen sauber. Dann merken wir, dass wir Hunger haben. Pures Leben kann unglaublich hungrig machen. Also zurück in die Zivilisation mit ihren einengenden Dogmen und komplizierten Regelwerken, aber es lassen sich dort Hunger und Durst stillen.

Das war die erste kleine Geschichte. Nun die zweite amouröse Lektüre hinterher.

Provokation elegant vernichtet

Wir stranden in einem kleinen, an eine südländische Taverne erinnerndes Gartenlokal. Unter schattigem Weinlaub sitzen wir an einem rustikalen Holztisch und bestellen uns je einen großen Salat mit Oliven, Schafskäse, Puten- und Hähnchenstreifen, gekochtem Ei und gerösteten Weißbrotwürfeln. Dazu noch eine Flasche leichten trockenen Sommerwein genießen.

Der Kellner ist ein südländischer Typ und entsprechend locker und gesprächig bei seinem Job. Man hat das Gefühl, dass er nicht nur des Geldes wegen hier tätig ist, sondern auch die Gesellschaft seiner Gäste zu genießen versteht. Vielleicht ist ihm auch einfach angenehm, dass hier nicht zwei Menschen sitzen, die sich nichts zu sagen haben und nur Ausschau danach halten, worüber sie sich ärgern und beschweren könnten. Jedenfalls ist das ganze Ambiente ausgesprochen anregend, sodass ich schon wieder übermütig werden könnte. Wahrscheinlich trägt auch der Wein seinen Anteil dazu bei, dass meine Zunge und meine Hände sommerliche Lustgefühle entwickeln.

Ohne dass ich es recht will, beginne ich Michael etwas zu provozieren. Es ist spielerisch, leicht, lustig, spaßig, heiter und sinnlich gemeint und diesmal versteht er es auch gleich richtig. Ich zupfe ihn am Ohr, kitzle seine Nasenspitze, mache allerlei neckische Bemerkungen über seinen haarlosen Körper, ja, er rasiert sich komplett und sehr sorgfältig, und ich wünsche mir, dass er irgendetwas in der gleichen Art mit mir macht.

Männer haben sich aber nun mal im Griff oder eine lange Leitung. So werde ich mutiger und setze meine kleinen Angriffe unter dem Tisch fort. Mein Fuß ohne Sandale streicht mit der Sohle über sein Schienbein, rauf und runter, und bleibt schließlich auf seinem Fuß ruhen. Meine Hand rutscht zu seinem Knie und arbeitet sich langsam auf dem Oberschenkel vorwärts. Diese

Attacken bleiben nicht gänzlich ohne Wirkung. Jedenfalls hält er meine Hand am Handgelenk fest und beginnt mich mit Salat und Fleischstücken von seinem Teller und mit seiner Gabel zu füttern. Nun tue ich das Gleiche bei ihm. Auch er bekommt von meinem Teller mit meiner Gabel etwas zugeschoben. Das macht unglaublich Spaß. Zwischendurch trinken wir von dem Wein, prosten uns zu, stoßen auf was auch immer an und sind durchaus etwas albern dabei. Jedenfalls würde ein gutbürgerlicher Mensch ohne Humor unser Tun so bezeichnen, bin ich mir sicher.

Michael vernichtet all meine kleinen Provokationen mit elegantem Charme, großmütigen Gesten und weiteren Häppchen von seinem Salat. Ich schaue mich unauffällig um. Es sind nur wenige Tische besetzt. So glücklich wie wir sind die Leute an keinem anderen Tisch. Zumeist schauen sie nur stumm vor sich hin, tippen auf ihren Smartphones herum, machen ernste bis gelangweilte Gesichter oder schaufeln angestrengt ihr bestelltes Essen in sich hinein.

„Willst du noch etwas?" Mir ist vom Wein ein wenig benebelt im Kopf und die Lehmreste jucken auf der Haut. So antworte ich: „Jetzt würde eine Abkühlung guttun. Vielleicht könnten wir an einen Badesee fahren?" Michael ist einverstanden. Heute will er wohl alles so machen, wie es mir gefällt. Vielleicht merkt er, dass diese Unbeschwertheit auch ihm guttut?

Er bezahlt und der Kellner schenkt mir nach südländischer Manier mit großer Geste eine dunkelrote Rose, die er von dem Rosenspalier abgebrochen hat, welches den Eingang zum Garten umrankt. Ich bin von so viel höflicher Aufmerksamkeit fast zu Tränen gerührt und hoffe nur, dass es sein Chef nicht bemerkt hat.

Wann hat mir ein Mann je eine einzelne Rose geschenkt, die auch noch geklaut war?

Ja, es gab mal so einen Mann in meinem früheren Leben. Er zog eine einzelne rote Rose aus seinem Ärmel und wir verbrachten eine unvergessliche Mondfinsternisromanze miteinander. Ich war damals Mitte zwanzig, unerfahren und ledig. Er war mindestens zehn Jahre älter, verheiratet, und ich war für ihn ein Seitensprung. „Warum hast du gerade mich angesprochen?", habe ich damals gefragt. „Weil ich dachte, dass du leicht rumzubekommen bist", hat er mir ehrlich geantwortet.

Jetzt bin ich verheiratet und Michael ist ledig. Ist er leicht rumzubekommen? Wohl kaum. Was bedeutet das überhaupt? Jemanden rumbekommen wollen? Das klingt irgendwie abfällig. Dieser Begriff ist ganz und gar nicht zutreffend für pures Leben.

Warum denke ich jetzt darüber nach? Es ist viel zu schön für philosophische Gedanken.

Die dritte Geschichte.

Warmer Lufthauch in der Oase

Der Badesee ist ein ehemaliger Baggersee mit wunderbar klarem Wasser. Auch hier sind wir nicht die einzigen abkühlungswilligen Gäste. Auf dem kurz gehaltenen, gepflegten Rasen tummeln sich eine Menge Leute. Wir gehen in den hinteren Bereich, dahin, wo der wilde Teil des weitläufigen Geländes beginnt. Freilich gelangt man hier nur über größere Steine ins Wasser, aber es gibt lauschige Flecken, die mit kleinen Eichen und anderem Strauchwerk umwachsen sind. In solch einer Oase ist Badebekleidung nicht nötig. So lassen wir uns auf dem warmen Sand-Kiesgemisch nieder und legen unsere spärliche Kleidung ab.

Irgendwie haben der Wein, die Wärme und diese innere heitere Stimmung eine ermüdende Wirkung auf mich. Ich liege auf der Seite und spüre, wie ein warmer Südwind meine Haut streichelt. Das Wasser plätschert ganz leise an die Uferkante, irgendwo piepst ein Vogel, Schmetterlinge, Libellen und Hummeln fliegen über uns hinweg. Alle Sinneseindrücke vermischen sich zu einer angenehm einschläfernden Melodie.

Nach einer Weile krabbelt es an meiner Nase. Ich blinzle und sehe in Michaels lächelndes Gesicht. „Dein Meister hat dich jetzt eine ganze Stunde schlafen lassen. Das reicht. Jetzt gehen wir schwimmen." Ja, das wollten wir wirklich tun.

„Wir schwimmen bis zu der kleinen Insel rüber", sagt er bestimmt. Er sagt das ganz ohne jeden Zweifel, aber bis zu der Insel bin ich noch nie geschwommen. Sicher wollte ich dort gern mal hin, aber ich bin kein guter Schwimmer. Allein habe ich mich das jedenfalls nie getraut. Ob ich es mit Michael zusammen schaffen kann? Ich erkläre ihm vorsichtshalber meine Bedenken.

Er lächelt und meint: „Ich werde dich schon nicht unterwegs absaufen lassen. Außerdem schaffst du das locker." Woher will er wissen, ob ich bis zur Insel schwimmen kann? Ist das nicht leichtsinnig dahingesagt? Er kennt meine Schwimmfähigkeiten gar nicht. Seine Worte tun mir dennoch gut. Endlich jemand, der mir Mut zuspricht und an mich und meine Fähigkeiten glaubt. Ja, das tut wirklich gut. Ich schwimme langsam und gleichmäßig und habe nur das Ziel, die Insel, vor Augen. Ich denke nicht daran, dass der See mehrere Meter tief ist, dass ich einen Krampf bekommen könnte, dass mich die Kraft verlässt, dass ich Wasser schlucken könnte, dass ich Panik bekomme oder sonstige ängstigende Vorstellungen. Ich schaue zu der Insel, spüre Michael neben mir, er macht für seine Verhältnisse anscheinend eine Art Spazierschwimmen, und schaffe es tatsächlich problemlos, wenn auch etwas erschöpft, hinüberzukommen. Im Stillen bin ich ihm dankbar dafür, dass er mir nicht gezeigt hat, wie gut er schwimmen kann und was für eine lahme Ente ich bin.

Auf der kleinen Insel ist richtiger Sand, fast wie am Meer. Wir lassen uns in den, von der Sonne aufgeheizten, warmen Sand fallen. Michael liegt lang ausgestreckt auf dem Rücken. Ich male mit dem Mittelfinger der rechten Hand eine Spirale auf seiner Brust. Ganz langsam bewegt sich mein Finger vom Brustbein spiralförmig nach außen, bis er die Brustwarzen berührt, gleitet dann in Richtung Bauchnabel und mit der ganzen Handfläche weiter in Richtung seiner Männlichkeit. Dort bleibt meine Hand eine kleine Weile ganz ruhig liegen, um sich mit der anderen Hand zu vereinen. Beide Hände wandern nun über jeweils ein Bein in Richtung seiner Füße, wo sie den Körper über die großen Zehen verlassen. Ich genieße den Anblick seines Körpers. Wie er daliegt, ausgestreckt in der Sonne, die ehemals durchtrainierten Muskeln erahnend, ist er ein Bild reinsten Genusses für mich.

Nein, ich habe keine sexuellen Regungen, möchte ihn nicht nehmen, nicht diesen Anblick mit Aktivität zerstören. Es ist, als ob man eine sehr schöne Statue oder ein sinnliches Aktbild ansehen würde. Nur schauen und genießen. Ich wünsche mir, er bliebe noch eine Weile einfach nur so ruhig liegen, mit geschlossenen Augen, den warmen Lufthauch des Sommerwindes auf der Haut nachspürend.

Wir müssen diese Strecke wieder zurückschwimmen, fällt mir plötzlich ein. Der Gedanke macht mich unruhig. Nun breitet sich doch Angstgefühl in mir aus. Einmal habe ich es geschafft. Aber dieselbe lange Strecke wieder zurück? Jetzt haben wir Gegenwind, fällt mir augenblicklich auf. Der warme Lufthauch, der sich so angenehm auf der Haut anfühlt, gegen diesen Luftstrom müssen wir anschwimmen. Er kommt genau aus Süden und dahin wollen wir, müssen wir zurück.

„Michael, lasse uns wieder ans sichere Ufer schwimmen." Er lächelt mit geschlossenen Augen. Hat er meine Angst in der Stimme erkannt? Egal. Mit ihm zusammen schaffe ich alles. Mit ihm würde ich überallhin gehen. Wenn er dabei ist, habe ich keine Angst. Das ist dumm, denn natürlich muss ich alles allein tun, bin für mich allein verantwortlich. Trotzdem wäre es ausgesprochen hilfreich, einen Menschen zu haben, an den man denken kann, wenn man allein ist und Angst hat, weil man sich sicher ist, dass dieser Mensch an einen glaubt, einen wertschätzt und einem vertraut. Dann fällt es vielleicht etwas leichter, seinen Weg zu gehen und sich selbst zu vertrauen? Zu wissen, dass ein anderer Mensch an einen glaubt, kann das helfen? Für den Weg zur Insel und zurück zum Ufer hat es auf jeden Fall geholfen.

Diese hier beschriebenen einfachen Dinge puren Lebens in drei Teilen eines möglichen Tages sind nur Wünsche, Träume, Sehnsüchte, Hoffnungen von mir. Nichts von alledem ist wirklich geschehen. Wir sind keinen einzigen Meter von seinem Zuhause weggekommen. „Du kannst so viele Wunschträume haben, wie du willst, das ist mir egal. Wir werden nichts davon leben." Das hat er mir einmal gesagt.

Warum wollte er absolut nichts von meinen Wünschen und meinen Ängsten wissen? Was hat er über mich gedacht? Sind meine

Wünsche so furchtbar, dass man sie gar nicht erst wahrhaben will? Welches Problem hat dieser Mann? Er ist frei und ungebunden. Er muss sich nicht mehr in den täglichen Tretmühlen von Arbeit, Familie und Kreditabzahlungen zermürben lassen. Er kann leben, wie es ihm gefällt, finanziell abgesichert, gesund und frei. Diesen Wunschtraum haben so viele Menschen und nur ganz wenige erreichen ihn in der Realität. Wer aber diesen Wunschtraum zur Realität werden lassen konnte, der hat plötzlich keinen Gefallen daran. Wer diesen Zustand vollkommener Freiheit wirklich erreicht hat, der versucht umgehend wieder in sein vorheriges Leben, in dieselben eingefahrenen Gleise, in die gleichen Zwänge und Abhängigkeiten zurückzukommen, wieder die gleichen Fehler zu machen. Wie viel Mut braucht es, um aus diesen Schranken auszubrechen? Schranken der Angst hindern uns am puren Leben.

Dennoch hatten wir nicht nur eine schöne Session miteinander. Zumindest die Angst der – das darf man doch nicht tun – Gedanken haben wir für eine Weile besiegen können. Wir hatten einen Sommer lang einige erfüllte Stunden im Paradiesgarten.

Und wie ging es Michael dabei? Was für Erinnerungen hat er an diesen Sommer?

Wow, das waren tolle vierundzwanzig Stunden! Nein, nicht dass ich mich mit dieser Petra so lange beschäftige. Das hätte die gerne, aber daraus wird nichts. Nicht mit mir. Nein, vor ziemlich genau vierundzwanzig Stunden bin ich mit drei solchen lockeren Mädels Mitte zwanzig in ein Berliner Nachtlokal verschwunden. Eigentlich war ich halb dienstlich in Berlin und wollte nur noch etwas Abendbrot essen und dann mein Hotelzimmer aufsuchen. Aber dann komme ich mit diesen drei jungen Mädels ins Gespräch. Schwatzen mich voll und geben vor, sich für mich zu interessieren. Schließlich lassen sie die Katze aus dem Sack.

„Wir gehen jetzt in eine Nachtbar. Wenn du mitkommen willst, so musst du uns dort einen Drink spendieren." Diesen plumpen Trick habe ich natürlich gleich durchschaut. Die wollen einen vergnüglichen Abend und haben kein Geld. Warum soll ich mir diesen Spaß entgehen lassen? Wenn ich mit drei Fünfundzwanzigjährigen im Schlepptau wo auch immer einrücke, das macht bestimmt Eindruck und neidische Blicke sind mir garantiert. Ich gönne mir den Spaß, beschloss ich spontan.

„Na los. Wo ist euer Schuppen? Gehen wir." Dazu lassen sich die Mädels nicht zweimal auffordern. Das ist wirklich ein Schuppen, in den die mich führen. Ich möchte nicht wissen, was da alles über die Theke geht. Bestimmt nicht nur die Getränke, die auf der Karte stehen. Egal, sie haben ihren Drink bekommen und auch noch einen zweiten dazu. Danach wird das eine von den drei Hühnchen mutig. Sagt mir, sie wäre in den Barkeeper verliebt. Der ist ein rechter Schönling und könnte jede Frau haben. Fragt sie mich unumwunden, was sie machen soll, damit er auf sie aufmerksam wird.

„Mache ihn doch etwas eifersüchtig", sage ich. „Wie soll ich das machen?" Oh nee, diese Hühnchen! Ich wittere meine Chance. Die Drinks waren nicht umsonst ausgegeben. Dafür habe ich noch meinen Spaß.

„Tue so, als seiest du in mich verliebt. Vielleicht wird er eifersüchtig." Das Mädel findet meinen Vorschlag gut. Wie leicht kann man so ein Hühnchen bekommen? Ist fast enttäuschend. „Fasse mir aber nicht an den Hintern", meint sie noch. Ich muss grinsen. Das ist praktisch eine Aufforderung, bei ihr überall hinfassen zu dürfen, nur nicht an den Hintern. Bei dem kurzen Röckchen, was sie anhat, dazu keine Strumpfhose, vielleicht noch nicht mal einen Slip?

Also, das wäre nur zu einfach, wenn meine Hand mal prüfen würde, ob dieses Mädel ordentlich rasiert ist. Schließlich spielt sie „Verliebt-in-den-Typ". Da kann der Liebhaber durchaus mal beherzt unter das Röckchen fassen, um den Fortschritt seiner Bemühungen zu prüfen. Schließlich will man nicht auf dem Trockenen surfen. Ein erfahrener Mann prüft den Zustand der Damen seines Harems, bevor er seine Auswahl trifft. Dafür sollte das Mädel bereitwillig von ihrem Barhocker rutschen, sich in ansprechend offener, aber dennoch diskreter Stellung an meiner Schulter anlehnen, damit der spendable Mann bequem die entsprechende Prüfung vornehmen und gegebenenfalls das Prüfergebnis korrigieren kann.

In diesem Schuppen ist dieses Geschehen zur vorgerückten Stunde sicherlich nicht allzu ungewöhnlich. Andererseits könnte es sein, dass mir diese wenig diskrete unreife Schachtel durchaus eine runterhauen würde. Heutzutage nehmen diese Weiber alles, ohne selbst etwas dafür zu geben. Das dürfte ich nicht durchgehen lassen. Wenn die mir hier eine watscht, dann müsste ich ihr zeigen, wer das Sagen hat. Meine Hand macht ihr dann sehr viel forscher und schmerzhafter klar, als ihr lieb sein kann, dass sie **meine** Gespielin ist und nicht umgekehrt. Dann würde ich sie an den Haaren fassen, über meine Knie legen, das Röckchen hochschlagen und ihr kräftig den Hintern verhauen. Dafür müsste ich den Hintern noch nicht mal anfassen, griene ich. Sie hat mir schließlich nur das Anfassen untersagt, diese dumme Ziege. Wahrscheinlich macht die Ziege aber schrecklich viel Theater. Andere Kerle mischen sich vielleicht ein und bei der aufgeheizten Stimmung kann das schnell zur schönsten Schlägerei ausarten. Dann verbringe ich, im ungünstigsten Fall, den Rest der Nacht nicht im Hotelbett, sondern auf einer anderen Liege, hinter einer Tür, die man nicht selbst öffnen kann. So viel ist der Drink nun auch nicht wert.

So verabschiede ich mich rasch, ziehe das Hotelbett der Knastpritsche vor, um noch ein paar Stunden zu schlafen und dann heimzufahren.

Kaum zu Hause, noch fix was gegessen und dann kommt auch schon Petra. Ja, ich bin richtig gut drauf nach dem Berlinabenteuer und Petra macht alles mit. Auf die Frage:

„Soll ich noch weitermachen?", und ich meine damit das Spanking, nickt Petra nur. Das Nicken ist mir zu wenig Zustimmung. Ich will auch ihre Stimme hören. Eine Sub soll ihrem Meister ordentlich antworten. Das muss sie lernen. Die Stimme kann so viel über die Befindlichkeit eines Menschen verraten.

„Dann sage: Bitte mache weiter." Sie wiederholt diese Worte sofort und mit fester Stimme. Kaum zu glauben, und so frage ich nach: „Ist das auch ehrlich gemeint?" Wieder nickt Petra und sagt: „Ganz ehrlich." Bei mir steigt der Adrenalinpegel augenblicklich.

„Dann musst du heute was aushalten", sage ich nur. Sie scheint damit sehr zufrieden zu sein. Nun lege ich mit dem Flogger los, bis mir der Schweiß in Strömen vom Körper rinnt. Diese Petra sagt nicht einen Mucks dabei. Nicht einen Mucks hat die von sich gegeben, nur still genossen. Nun provoziert sie auch noch. Als ich sage, sie soll auswählen, mit welchem Instrument sie die nächste Sequenz bekommen will, sagt das freche Stück tatsächlich: „Mit der Hand." Als ob sie nicht wüsste, dass ich kein so guter Handspanker bin. Mit meinen Akademikerhänden kann ich bei Petra nicht allzu viel ausrichten. So beziehe ich die Rückseite der Oberschenkel mit ein und nun muss sie doch stöhnen. Ja, der Meister kriegt das auch mit der Hand hin.

Aber dann will sie die Rohrstöcke kontrollieren. Es ist praktisch für mich, wenn die drei Rohrstöcke neben der Sub immer griffbereit auf dem Tisch liegen. Nimmt dieses Weib nun einfach die Stöcke in die Hand und hält sie fest. Der Meister steht da und kann seine Stöcke nicht benutzen. Ich bin richtig irritiert über so viel Frechheit. Das hat noch keine Frau gewagt. Ich mache erst mal eine Kaffeepause und beschließe: Bei Petra muss ich andere Saiten aufziehen, sonst tanzt sie mir auf der Nase herum. Die will mit aller Konsequenz und Strenge behandelt werden. Einen kleinen Vorgeschmack soll sie immerhin umgehend bekommen. Fängt diese Frau in der Kaffeepause tatsächlich an, über die „Geschichte der O" zu plaudern. Denkt dieses Biest, sie ist hier zum Kaffeekränzchen geladen? Das Thema inspiriert mich freilich. Eine wunderbare Fantasie entsteht in meinem Kopf. Soll sie gleich mal richtig spüren, wie eine Sub behandelt wird.

Wie sie nun wieder auf dem Rücken auf dem Tisch liegt, die Beine angestellt, Knie auseinander, die ausgestreckten Arme über dem Kopf und die Hände mit einer Kette zusammengebunden, so sollte sie in dieser Position schon ein Gefühl des Ausgeliefertseins bekommen. Wenn sie nur noch rasiert wäre, so könnte das jetzt der perfekte Anblick für den Meister sein.

Erst mal lasse ich den Rohrstock durch die Luft sausen. Sie zuckt nicht bei diesem Geräusch. Hat die Frau Nerven! Oder Selbstbeherrschung? Oder Ahnungslosigkeit? Na, das vergeht dir gleich, meine kleine tapfere Sub, bin ich mir sicher.

„So, Petra. Einmal muss es sein. Hiebe da, wo es am meisten wehtut. Auf die Innenseiten der Oberschenkel." Meine Worte zeigen Wirkung in ihrem Gesicht. Ein Ausdruck von Demut legt sich über ihre Züge. Ich lasse sie aber nun erst recht noch etwas zappeln und heize die Spannung an.

„Weißt du, wie es in der ‚Geschichte der O' war? Die ‚O' war festgebunden und wurde blutig geschlagen." Ich lasse die Worte wirken, dann sage ich: „Das mache ich nicht." Wieder lasse ich die Worte wirken. Bei der Kommunikation ist wichtig, dass man nicht zu viel redet und vor allem nicht zu schnell. Jeder Satz, jedes einzelne Wort muss bis in die letzte Faser des Körpers vordringen können. Dort löst es jenes Kribbeln aus, was die eigentlichen Aktionen so spannend macht. Dazu müssen die Worte konsequent streng und ohne jeglichen Zweifel gesprochen werden. Was ich sage, das wird genau so auch eintreffen.

Auch bei Petra hat dies Wirkung, richtige Tiefenwirkung hat das. Sie schließt die Augen. Ihr Atem geht spürbar tief und beschleunigt. Ich könnte wetten, dass sie zumindest feuchte Hände hat. Ich könnte prüfen, ob sie noch an anderer Stelle feucht ist. Nein, das würde sie wahrscheinlich sogar genießen. Das tue ich nicht. Nun nehme ich die Spannung ein Stück zurück. Sie soll genießen dürfen, nur anders.

„Die ‚O' wurde zwischen den Hieben nicht gestreichelt. Ich werde dich zwischendurch streicheln." Ich weiß, dass sie die Berührung meiner Hände liebt. Die Aussicht auf diese Belohnung wird sie alles ertragen lassen. Sie wird stillhalten. Sie wird die Beine nicht schließen. Sie könnte sich sonst um die Belohnung bringen.

Als ich spüre, dass Petra die aufgebaute Spannung kaum noch aushalten kann, beginne ich. Mit den Händen drücke ich ihre Knie weit auseinander.

„Ganz weit aufmachen", sage ich dazu. Sie gehorcht. Dann gibt es drei Hiebe und danach streicheln und noch mal drei Hiebe und streicheln. Sie zuckt, hält aber ansonsten ganz still. Genau wie ich es erwartet habe. Dann gehe ich um den Tisch herum auf die andere Seite. Auch hier dasselbe, drei Hiebe, streicheln, drei Hiebe, streicheln.

„Du zitterst?" Petra nickt stumm. Zittert sie vor Schmerz, vor Ergriffenheit, vor Anspannung oder alles zusammen? Ich lasse sie die Beine ausstrecken. Soll sie das eben Erlebte nachwirken lassen. Sie wird sich diese Szene für immer merken. Immer wenn sie an die „Geschichte der O" denkt, so wird sie an diese Spankingszene denken müssen.

Ja, diese Petra war tapfer und hat eine Belohnung verdient. Ich lege eine CD von Rammstein ein. Dann lasse ich sie aufstehen.

„Wir kommen jetzt zum Abschlussritual. Sechs kräftige Hiebe im Stehen. Du wirst diese Hiebe einfach so hinnehmen. Ich will keinen Mucks hören." Wieder lasse ich eine kurze Pause für die Wirkung der Worte. Dann wiederhole ich ganz leise und sehr eindringlich: „Keinen Mucks … keinen Mucks!"

Ich hole kräftig aus. Sie muss sich sehr zusammennehmen, aber sie hält durch. Nur ein hörbares Ausatmen nach jedem Hieb, sonst bleibt sie stumm und unterdrückt den Schrei in ihrer Kehle.

Sie hat eine Belohnung wirklich verdient. Ich genieße ihren Körper mit meinen Händen von oben bis unten, von hinten und vorn, derweil Petra ganz still dasteht und Rammstein aus den Lautsprechern den musikalischen Rahmen liefert.

„Du bleibst noch stehen, bis der Musiktitel zu Ende ist. Dann ziehst du dich an." Ich brauche Zeit für mich, will den Genuss in mir nachwirken lassen. Dabei soll sie mir nicht dazwischenkommen. Sie steht einfach da, bewegungslos. Was denkt sie jetzt? Was fühlt sie jetzt? Würde sie jetzt Sex mit mir wollen? Wahrscheinlich, aber das bekommt sie nicht.

Ja, das waren tolle vierundzwanzig Stunden. Ich könnte jetzt noch etwas Sex haben und dann schlafen. Ob ich mal Doris anrufe? Diese Frau habe ich neulich erst kennengelernt. Nicht schlecht, aber wer weiß, ob das was wird mit ihr. Etwas Sex wäre gut mit ihr. Sie ist rasiert und gepflegt. Aber wenn ich sie jetzt anrufe, dann will sie mehr als nur etwas Sex. Dann will sie mit mir reden, will Pläne für das Wochenende machen. Wenn ich ihr sage, dass ich nur Sex mit ihr möchte und dann schlafen und morgen früh gemeinsames Frühstück, dann ist sie enttäuscht. Frauen können nie verstehen, dass ein Mann eben nur mal Sex will und nicht noch einen Rattenschwanz an Verpflichtungen dazu. Es wäre schön, jetzt mit Doris etwas Sex zu haben. Ich könnte ihren Körper mit meinen Händen erkunden, ihre Brustwarzen mit der Zunge verwöhnen, ihre intimste Stelle in meiner Hand erblühen lassen und mich schließlich mit genussvollem Stöhnen in ihr entspannen. Dann könnte ich gut schlafen. Vielleicht gleich auf ihrem Körper liegen bleiben, die Wärme spüren und einschlafen dabei. Das wäre schön jetzt. Ich bin ein toller Mann. In vierundzwanzig Stunden kann ich mehrere Frauen haben. Einfach so. Welcher Mann Mitte der Fünfzig kann das von sich sagen? Ich lasse das heute mit Doris. Ich bin müde. Vielleicht wird es doch mehr mit dieser Frau und dann versaue ich mir die Chancen wegen etwas Sex. Warum sind Frauen so kompliziert? Eigentlich ist Petra nicht kompliziert. Sie ist nur zu alt und verheiratet und nicht rasiert. Und sie liebt mich. Das macht die Sache kompliziert. Viel zu kompliziert und viel zu gefährlich. Ich bin müde.

Was schreibe hingegen ich in Erinnerung an diese Session an meinen Meister?

„Hallo Michael,
das Positive zuerst: Von der Härte war es ganz ordentlich. Geht doch, Meister! Dass ich die Rohrstöcke kontrollieren kann, der Gedanke gefällt mir ausgezeichnet. Die Kommunikation könnte prickelnder sein, aber das mit der ‚Geschichte der O‘ war richtig gut. Ich gebe dir mal eine 1,7 auf die Session, damit der Meister sich noch steigern kann. Aber danke auch für die Würde, mit der du mich behandelst. Das ist unglaublich toll. Trotzdem könntest du es mal mit Demütigung versuchen. Ich würde es durchaus erleben wollen, wie sich das anfühlt. Ob du das kannst, Meister? Vielleicht prahlst du auch nur damit?
LG, Petra“

Oh, Petra! Das werde ich noch bereuen dürfen.
    Den Meister provoziert man nicht. Warte es ab!

7

KLEINE PROVOKATIONEN

Demütigungen willst du also erleben, Petra?

Will ich das wirklich? Es geht mir doch sehr gut mit diesem Spanker Michael. Er macht, was ich will, hält ein, was er verspricht, kann meine Grenzen einschätzen, überfordert mich nicht, geht sogar für uns zum Bäcker, um Kuchen einzukaufen, und kocht Kaffee für mich. Was will ich mit Demütigungen?

Aber so ist es immer. Wie sagte meine Oma in solchem Fall? „Wenn es dem Esel zu wohl wird, so geht er auf das Eis tanzen."

Wie will ich ihn überhaupt provozieren?

Was stelle ich mir unter Demütigungen vor? Habe ich überhaupt eine Ahnung davon?

Welche Wirkungen verspreche ich mir?

Will ich ihn testen?

Ja, das trifft es. Petra will ihren selbst ernannten Meister testen. Wie weit kann ich mit meinen kleinen Provokationen gehen? Wie reagiert er darauf? Wie konsequent und streng ist er wirklich? Ist alles nur gespielt und Angabe oder hat er es tatsächlich drauf, mich zu dominieren und nach seinen Regeln das Spiel zu gestalten?

Wie will ich das Vorhaben angehen?

Zuerst einmal versuche ich die Provokationen rein verbal über Mail, also aus der Ferne. Wenn man noch weit weg ist vom Rohrstock, geht es besonders leicht, das Mundwerk locker laufen zu lassen. Noch ist viel Zeit, bis die Wirkungen zur Realität werden könnten.

Also gebe ich meinem Affen Zucker! Etwa so:

„Hast du selbst ernanntes Meisterlein jemals richtig Handspanking hinbekommen? Hat sich eine Frau dabei schon mal gefordert gefühlt? Hast du mit der kleinen Ilona damals nicht nur vor dieser ahnungslosen Petra

angeben wollen? Mit diesem Anwärmprogramm kannst du bestenfalls im Kindergarten Eindruck machen. Ohne dein Paddle bist du ein Krüppel auf dem Gebiet des Handspanking.

Wo waren die Streicheleinheiten in der letzten Session versteckt? Du sollst Petra streicheln und nicht die Peitschen und Rohrstöcke!

Kann das kleine Meisterlein eigentlich eine richtig strenge Kommunikation? Bis jetzt habe ich nicht viel davon gehört. Ich soll ‚Stopp' sagen, habe ich mehrfach vernommen. Aber sonst? Soll ich etwa ‚Stopp' sagen, weil du nicht mehr kannst?

Wieso benutzt du solche gewöhnlichen Wäscheklammern? Wenn du schon an meiner tollen Brust dich zu schaffen machen darfst, so sollten edlere Dinge diese zieren. Oder bist du ein gewöhnlicher Hausmann?"

Verdammt! Diesen Mist habe ich geschrieben? Alles ohne einen Tropfen Alkohol im Blut verfasst? Ob ich damit überzogen habe? Es gibt keine mildernden Umstände. Mal sehen, was Michael für Antworten auf diese kleinen Gemeinheiten parat hat.

Warum meldet er sich nicht? Ist er beleidigt? Das wäre wirklich albern. Ist doch klar, dass diese Bemerkungen nicht ernst gemeint sein können. Oder reicht ihm das einfach nicht? Soll ich noch eine Kohle auflegen? Ich probiere es.

„Haben dich meine Worte neulich ins berühmte Bockshorn gejagt oder suchst du noch nach Worten? Du bist ein ziemlich kleiner Meister. Was kannst du schon mit deinen Rohrstöcken wirklich anfangen? Wedelst etwas in der Luft herum damit und meinst, ich sollte beeindruckt sein. Das ist lächerlich.

Welcher Meister lässt sich einfach die Rohrstöcke wegnehmen? Du verlierst ziemlich an Respekt. Von jedem Gejammer lässt du dich beeindrucken. Meine simple Kommunikation aus ‚Aua' und ‚Nein' könnte um einige Wohllaute erweitert werden. Bekommst du das hin? Weißt du überhaupt, was ich damit meine? Hast du jetzt etwa feuchte Hände und Kniezittern, ob der gestiegenen Anforderungen?

Lässt sich der kleine Michael von der charismatischen Petra beeindrucken? Dann müssten wir mal die Rollen tauschen. Da könntest du etwas liegen und dich ausruhen, während ich dir das Fell gerbe. Geht schließlich nicht an, dass du nach jedem Dutzend Hiebe erst mal einen Energydrink brauchst. Na, wie ist es?"

Was wird mein Meister dazu für eine Meinung haben? Hat diese freche Petra mit ihren zügellosen Worten bei ihm eingeschlagen?

Hat dieses Weib ein Rad ab? Diese Frechheiten hat sich überhaupt noch nie eine Frau mir gegenüber geleistet. Meistens gehen diese Weiber gleich in die Knie, lassen sich lieber von einem halben Dutzend Kerlen vögeln oder begnügen sich mit einigen Hieben, wonach sie schnell das Weite suchen. Das ist einfach und bequem. Was mache ich nun?

Ich könnte Petra ignorieren. Wenn sie nicht mehr zu mir kommen darf, dann wird sie augenblicklich handzahm reagieren. Damit hätte ich sie sofort im Kasten. Aber will ich das wirklich? Es ist eigentlich unfair.

Seit wann frage ich mich, ob ich fair bin? Nein, dieses Weib muss ich anders in den Griff bekommen. Ich werde diese freche Frau in den Griff bekommen.

Nein, sie ist eben keine freche Frau. Das würde die Sache eben so leicht machen. Petra ist eine reife Frau mit genug Verstand und Charisma. Hat sie das nicht selbst gesagt?

„Lässt sich der kleine Michael von der charismatischen Petra beeindrucken?"

Das schlägt dem Fass den Boden aus. Diesen Satz kann ich mir nicht bieten lassen. Was mache ich nun aber? Zuerst muss eine passende Antwort her. Ich will Zeit gewinnen. Dann werde ich mir genau überlegen, was ich in der nächsten Session machen werde. Sie soll machen, was ich will, sofort und ohne jegliche Diskussionen. Sie soll spüren, was es bedeutet, den Meister zu provozieren. Aber zuerst muss ich diese verdammte Antwort formulieren.

Zwingt mich dieses Weib zum Nachdenken? Frechheit! Also los.

„Liebe Petra,
*du bist mir zu frech. Das wirst du büßen! Für deine Frechheiten gibt es
eine Note 5 minus.*
*Handspanking ist nicht meine auserwählte Spezialität. So kratzt mich dein
Vorwurf nicht. Du musst froh sein, dass du meine Hände überhaupt spüren
darfst. Ich bin auf Instrumente spezialisiert. Einem Musiker, der mehrere
Instrumente spielt, wirft man auch nicht vor, dass er nicht singen kann.
Außerdem: Bei dem, was du erträgst, kann ich nach einer von dir als ganz
ordentliches Handspanking eingeordneten Session ein paar Wochen im Gips
gehen. So viel wie deine Trefferfläche hält meine Akademikerhand nicht aus.
Suche dir dafür einen Bauarbeiter, der schon Schwielen an den Händen hat!
Wünsche kannst du äußern, so viele du willst. Was realisiert wird, ent-
scheide ich.*
*So freue dich auf das nächste Mal und sei dankbar, dass ich ein paar
Instrumente habe!"*

Na, ich lese mir die Zeilen lieber morgen noch mal durch, bevor ich diese auf den Weg zu Petra schicke. Seit wann mache ich
so sorgfältige Recherche meiner Worte? Diese Frau bringt mich
um meine Nachtruhe.

Am nächsten Tag stelle ich fest: Die Entscheidung war gut. Mit
diesen Zeilen würde mich Petra glatt den Weicheispankern, wie
sie es nennt, zuordnen. Vielleicht als Oberochse? Das fehlte noch.
Ach du zum Himmel schreiende Blödheit! Das kann ich niemals
dieser charismatischen Petra schicken.

Scheiße! Womit habe ich diese Petra verdient? Das geht so nicht.
Ich kann das. Ich kann diese Frau in die Knie zwingen. Ich muss hart
und konsequent sein. Aber wie schreibe ich das denn nun? Wenn ich
mich nicht bald äußere, schickt sie mir noch so eine provozierende
Mail. Das halte ich nicht aus. Oh, Mist, was schreibe ich nur?

„Petra,
*wie ich die Leinwand verziere, das entscheide ich. Du bringst das Fass
zum Überlaufen. Weißt du eigentlich, wie wenig anstrengend die Rohrstöcke sind? Mit der Bullwhip arbeite ich bei kaum mal zwanzig Pro-*

zent. Weißt du, was da noch geht? Zügle dein loses Mundwerk. Warte es ab, denn du hast die nächste Session noch nicht hinter dir. Sei brav zu deinem Spanker, sonst gibt es etwas extra. Willst du wirklich, dass ich dir auf dem Marktplatz unter den Augen der Passanten und Touristen deinen Körper verziere? Nach deinen nicht enden wollenden Provokationen hast du freilich noch mehr verdient. Vielleicht auf der Opernbühne als Vorprogramm von La Bohème? Ich habe keine Angst vor meinen Werken. Du kommst um 14 Uhr am nächsten Mittwoch. Sei pünktlich, denn du weißt, dass der Meister Unpünktlichkeit nicht ausstehen kann.
LG, Michael"

Oh, das habe ich geschafft. Nun gilt es zu überlegen, was ich machen und wie ich die Session gestalten werde. Dieses Weib fordert mich heraus. Mich, den Meister! Unverschämtheit!

Und Petra? Ich lese die Worte mit Genuss! Offenbar waren meine Provokationen erfolgreich. Er will mich gleich öffentlich verzieren. Sicher hat er diese Bemerkung nicht ernst gemeint, aber welche Fantasien hat dieser Mann? Würde er das gern tun, wenn es ginge?

Er hat mir mal angedeutet, dass er in Studios geht. Ist das eine gewisse Form von Öffentlichkeit? Möchte er sein Tun bewundert wissen? Er kann eine große Bandbreite bedienen, hat er mal gesagt. Was meint er damit? Soll ich ihn etwas herausfordern? Aber wenn ich an die nächste Session denke und an meine Provokationen, dann geht mir schon der Arsch auf Grundeis, wie man so sagt. Was wird er mit mir machen? Ich kann jederzeit „Stopp" sagen und die Session abbrechen. Will ich das? Definitiv nein. Das wäre gemein von mir. Damit mache ich ihm seine Session kaputt. Nein, das wäre ganz feige von mir.

Ich kann ihn auch noch weiter provozieren, wenn ich vor Ort bin. Ich werde sehen, wie sich die Sache anlässt und dann spontan entscheiden.

Noch vier Tage. Oh, mir kribbelt es überall.

Noch drei Tage. Himmel, ich habe die Provokationen überzogen. Das wollte ich gar nicht so heftig.

Noch zwei Tage. Ich werde ihm eine versöhnliche Mail schreiben. Etwas Demut im Voraus kann nicht schaden.

„Prima, Michael,
lieber eine Note 5 minus, als immer nur brav sein. Es hat mir Spaß gemacht, dich zu provozieren und ich freue mich schon tierisch auf die Buße. Brav kann ich ohne deine Hilfe nicht sein. Dafür macht es viel zu viel Spaß. Auf ein Bier und den Flogger komme ich gern zu dir in den Garten Eden. So ein warmer Lufthauch fühlt sich wunderbar auf der Haut und der Seele an. Ich habe eine empfindsame Seele. Vergiss das bitte nicht. Denke auch an Streicheleinheiten. Ich will mich bessern. Das sind keine leeren Versprechungen. Ehrensache!
Damit du merkst, dass es mir ernst ist, fasse ich, höchst unwissenschaftlich, meine eigene Sichtweise in den Satz: Gewisse sprachproblematische Unklarheiten, auf geduldig weißem Papier verewigt, zu deiner Erbauung oder Missdeutung, im Hinblick auf weitsichtige Ereigniswahrscheinlichkeiten zu philosophisch schwerwiegenden Betrachtungen unter Anwendung nachhaltig wirkender Methoden, welche die Begriffsstutzigkeit bestimmter Personengruppen günstig beeinflussen könnten, erwarte ich des Meisters Weisheit in Erziehungsfragen zu erleben. Kurz: Freue dich oder mache was draus.
LG, Petra“

Noch einen Tag. Er hat mir nicht geantwortet. Warum sollte er das auch tun?

Ob ich schreibe, dass ich nicht kommen kann? Warum sollte ich das tun? Um Zeit zu gewinnen, um Abstand zu bekommen, den Rauch verwehen zu lassen? Warum sollte ich das tun? Ich will es doch erleben.

Es ist acht Uhr. Noch ganze sechs Stunden. Mir ist etwas schlecht. Ich werde nicht krank werden? Quatsch. Es ist fast so wie beim ersten Mal. Will ich das wirklich erleben? Was wird er tun? Was würde ich denn tun? Das hilft mir jetzt auch nicht weiter. Es ist ein Abenteuer. Welche Überlegungen wird Michael derweil anstellen?

Was mache ich mit diesem Weib? Sie kommt in zwei Stunden. Ich brauche jetzt den Kopf frei. Klare Zielvorstellungen helfen immer.

1. Ich mache die Spielregeln und nur meine Spielregeln gelten.
2. Ich entscheide vom Anfang bis zum Ende alles. Sie hat sich zu fügen.
3. Sie soll mir gehorchen. Sofort und auf jedes Wort, nicht irgendwann und mit Diskussion.
4. Provokationen jeglicher Art werden gnadenlos und konsequent hart bestraft.

Gut! Vier Punkte kann ich mir merken. Wie mache ich das aber nun?

Was und wie sind keine guten Fragewörter. Also: Ich werde ein Spiel mit ihr machen. Sie wird scheinbar entscheiden dürfen, aber merken, dass ich immer gewinne. Doch zuerst werde ich ihr unmissverständlich klarmachen, wer das Sagen hat. Die Session wird gnadenlos streng und konsequent begonnen. Dann setze ich Strafmaße an, die sie sich gar nicht vorstellen kann. Bei mir beginnt es mit hundert Hieben aufwärts.

Was noch? Ich kann sie fesseln, ihr die Augen verbinden. Das will sie doch nur. Eher nicht fesseln. Augen verbinden vielleicht. Ich werde sie warten lassen in unbequemer demütigender Haltung. Sie will Demütigung. Soll sie es erleben. Das sollte reichen für den Anfang.

So, nun kannst du kommen, du kleines Luder. Du wirst deinen Meister heute von ganz anderer Seite erleben. Bereust du es schon? Spürst du schon den Schmerz? Wie geht es dir jetzt? Deine große Klappe ganz still? Mit gesenktem Kopf stehst du vor meiner Tür, demütig und klein?

Überhaupt: Was die sich einbildet! Provoziert einen Meister. Allein dafür müsste man sie schon eine Woche lang fesseln und knebeln und ihr dreimal täglich den Arsch mit hundert Rohrstockhieben verzieren. Das wäre eine Gaudi. Das Weib wird die ganze Woche nackt in einem leeren Raum gehalten, wo nur eine harte Pritsche und ein Strafbock drinstehen. Sie hat immer Handfesseln und ein Halsband zu tragen. Wenn sie ins Bad geht, so muss sie die Tür offen lassen. Ich werde ihr niemals sagen, was ich wann tue, komme und gehe, wie ich will, kann alles von ihr verlangen und sie nach Herzenslust nehmen oder bestrafen. Vielleicht würde ich sie zu meinem Vergnügen am Abend im Wohnzimmer als Dekoration halten? Sie könnte auf der Liege liegend, mit weit gespreizten Beinen, mir zur vergnüglichen Ansicht dienen. Vorher würde ich das Weib rasieren. Sonst ist das Vergnügen im Eimer. Ab und zu greife ich zur Peitsche oder zum Rohrstock, lasse sie im Ungewissen darüber, ob ich schlagen werde oder nur mich ihrer Angst erfreue. Vielleicht lade ich mir auch diesen Karl ein? Das ist zwar ein schräger und fieser Typ, aber der hätte seinen Spaß dran. Der würde dieses Weib auch richtig festhalten, wenn ich mich an ihr erfreue. Aus seinem Griff kommt niemand raus, hat er mal gesagt. Dann hat er sehr anschaulich erklärt, wie er so eine widerspenstige Sub in den Klammergriff nimmt.

In diesem Fall würde er tun, was **ich** will! Das macht noch viel mehr Angst, wenn die Sub im eisernen Klammergriff festgehalten wird und ihr Dom tut, was **er** will, indem er seinem Gehilfen sagt, was er tun soll. Der Gehilfe hält sie fest, hat aber selbst keinen eigenen Willen zu haben. Nur ich entscheide, was geschieht. Ich könnte eine Ingwerwurzel schnitzen für eine delikate Sache.

Vielleicht frage ich Karl zwischendurch, wie ihm mein Kunstwerk gefällt? Nur damit er sagt: „Mache es nicht zu dünn." Oder: „Der sollte nicht zu kurz werden." Oder: „Ist das auch richtig frisch noch? Sonst wirkt es nicht." Klar antworte ich dann: „Der ist dick wie eine Gurke und länger als dein Schwanz." Und: „Der ist so frisch, dass mir die Finger davon brennen."

Es ist nicht angenehm, wenn man nicht weiß, worüber gerade gesprochen wird. Vielleicht befestige ich zum Schluss noch schmerzhafte Klammern an Klitoris und Brustwarzen? Ja, schließlich hat sich das Luder über meine Wäscheklammern lustig gemacht. Das machst du nie wieder! Du machst dich nie wieder über deinen Meister lustig.

Ich werde dieses Weib zu meiner Lust quälen, Tag und Nacht von vorn und hinten nehmen, werde sie zu meiner gehorsamen

Dienerin zwingen, werde sie kaltblütig demütigen, werde ihr alle Gedanken an Provokation gnadenlos hart austreiben, werde dieses Weib …

Mir ist verdammt heiß. Sollte ich noch mal unter die Dusche springen?

Es klingelt? Wer klingelt jetzt? Das passt mir gar nicht. Ich will duschen und mich für Petra frisch machen.

Wie spät ist es? 14 Uhr! Mist! Diese Petra ist da und ich sehe aus wie eine Vogelscheuche. Warum habe ich mir nicht ein neues T-Shirt angezogen? Duschen geht jetzt auch nicht mehr. Dieser Karl hat mir meine Vorbereitungen auf die Session versaut. Nein, der Karl ist ein Scheißkerl. Scheiß-Karl! Mieses Schwein! Der kommt mir nicht mehr ins Haus. Säuft nur mein Bier weg und quatscht angeberisch rum. Dieses miese Schwein legt seine dreckigen Pfoten nicht an meine Petra. Soll er sich eine Nutte nehmen. Dafür hat der aber kein Geld. Meine Petra ist dafür zu schade, die gehört mir allein, jedenfalls dann, wenn sie hier bei mir ist.

Verdammt, Petra steht vor der Tür und wartet! Warum habe ich meine Peitschen und Rohrstöcke noch nicht bereitgelegt? Ich hätte die Rohrstöcke wässern müssen. Ich bin ein Dussel.

„Komm rein, Petra. Möchtest du ein Bier?"

Was ist dieser Michael nur für ein Mensch? Ich werde nicht schlau aus ihm. Der verhält sich so, als ob er zwei völlig kontroverse Seiten in sich vereint. Mir scheint, er verarbeitet irgendein Trauma und wird damit nicht fertig. Was hat er mir erzählt? Er war mal kurz verheiratet und diese Partnerin war echt krass drauf. Was versteht er unter „echt krass"?

Seine langjährige Lebenspartnerin hat er hingegen nie geheiratet und er wollte auch kein Kind von ihr. Warum? Nachwirkungen der ersten kaputten Beziehung? Hat er diese zweite Frau je geliebt? Hat sie ihn geliebt? Wie muss sich diese Frau gefühlt haben an der Seite eines nach Karriere strebenden Mannes, der sie nie ganz annimmt, nur duldet? Zuerst wird sie dennoch sehr stolz gewesen sein. Auf den Events und Firmenpartys hat sie sich von den anderen Frauen bestimmt beneiden lassen. Ihr dürft gern mit diesem tollen Mann flirten, aber nur mit mir geht er nach Hause. Später wird sie eher neidisch und mit heimlichem Groll auf die unvermeidlichen Flirts geschaut und sich im Stillen gedacht haben, dass diese Geschäftsfrauen ihn täglich und von der erfolgreichen Seite haben, während sie ihn fast nur noch abgeschlafft und müde zu Hause bedienen kann. Was wird er treiben mit diesen gestylten Geschäftsfrauen?, hat sie womöglich gedacht. Kommt er in letzter Zeit nicht öfters sehr spät heim? Hat er jetzt nicht mehr Dienstreisen als früher? Warum geht er niemals mit mir ganz privat aus? Bin ich nur noch seine Begleitung für offizielle Anlässe? Bin ich sein kostenfreier Begleitservice geworden, bequem und unkompliziert?

Sie ist dieser Art des Zusammenseins inzwischen längst überdrüssig. Stundenlang sitzt sie herum und hört die langweiligen Gespräche dieser Erfolgsmenschen an, macht gute Miene dazu und möchte viel lieber mit ihm allein und möglichst weit weg sein. Bedeutet sie ihm überhaupt noch etwas?

Dann komme ich, Petra. Habe ich das, was er schmerzlich vermisst? Familie! Wenn ich von meiner erfolgreichen Tochter, von meiner Ehe, von den gemeisterten Problemen meiner Beziehung, von den Erfolgen im täglichen Kleinkampf erzähle, so trifft ihn das anscheinend bis ins Mark. Ich will nur, dass er mehr über mich erfährt, will mich ihm offenbaren, damit er nicht nur die Sub in mir sieht, sondern eine selbstständige Frau mit einem eigenen erfolgreichen Leben. Fasst er das vor seinem privaten Hintergrund als gnadenlose Provokation auf? Fühlt er sich vor mir als Verlierer, als Versager?

Das wäre fatal, aber sein Verhalten deutet zumindest in Ansätzen darauf hin. Jetzt provoziere ich ihn als meinen Spanker im Spaß und als Spiel um Dominanz und Gehorsam. Wenn er das vor dem Hintergrund seiner privaten Erfahrungen nun falsch verstanden hat?

Bei mir beginnen sich Spiel und Wirklichkeit zu vermischen. Wenn das nun bei ihm auch so ist? Das wird sehr gefährlich für uns beide. Ich habe ihn auf eine sehr eigenwillige Art sehr gern. Ich würde aber niemals mit ihm mein tägliches Leben teilen wollen, selbst wenn ich frei wäre. Das stelle ich mir zu anstrengend vor auf Dauer. Ich bin kein Partymensch, mag keine Events, fühle mich unsicher, wenn ich repräsentieren soll. Nein, ich mag diesen Michael als Spanker, möchte mit ihm Sessions und Abenteuer erleben und gemütliche Stunden bei Wein und Bier verbringen.

Nun stehe ich vor seiner Tür. Was erwartet mich heute? Warum macht er nicht gleich auf? Gehört das schon zum Spiel?

Welche Spiele haben wir eigentlich gespielt?

Nun: Eigentlich ist Spanking an sich ausschließlich ein Spiel zwischen Erwachsenen, um sich unerfüllte Bedürfnisse nach Dominanz und Unterwerfung, nach Macht und Gehorsam, nach Schmerz und Lust, nach Ausleben von Wünschen, Träumen, Sehnsüchten, Begierden und Defiziten in geschützter Umgebung und mit freiem Willen zu erfüllen. Dennoch gibt es Spiele in diesem Spiel, die ein extra Erlebnis repräsentieren. Die meisten Spiele, die Michael mit mir gemacht hat, gefielen mir gut. Einige andere Spiele haben zunächst Enttäuschung bei mir ausgelöst, bis ich später deren Sinn besser verstand. Dann fand ich sie zwar immer noch fies, aber mit Respekt. Er macht schließlich die Regeln.

Da gab es Spiele mit Essen:

Nahrungsaufnahme ist ein elementares Grundbedürfnis und rührt durchaus an Erinnerungen aus der Kindheit. Einmal, es war gleich zu Anfang, hat er mir drei Erdbeeren auf einem kleinen Teller gereicht. „Diese steht für die Ehrlichkeit, diese für Respekt und diese für Achtung", hat er dazu gesagt und jeweils auf eine Erdbeere gezeigt. Dann habe ich die Erdbeeren gegessen, langsam und genussvoll, Ehrlichkeit, Respekt und Achtung in mich aufgenommen. Ich habe dabei etwas an Schokolade oder Bonbons als Belohnung gedacht. Damals war es durchaus üblich, Schokolade als Belohnung für eine Leistung zu erhalten. Die hat stets wunderbar geschmeckt.

Ein anderes Mal hat er mich mit Eis gefüttert. Ich hatte die Augen verbunden und die Hände gefesselt, wusste also nicht, was kommen würde. Das Eis an meinen Lippen zu spüren, den Mund zu öffnen und gefüttert zu werden, man kann nichts selbst dabei tun, erzeugt ein unglaublich intensives Gefühl von „Versorgtwerden". Natürlich hatte er auch seinen Spaß, denn danach musste ich mich erst mal duschen.

Einmal hat er einen Pudding gekocht und ich durfte dabei zusehen. Das war eigentlich gar kein Spiel, dennoch habe ich diese Momente intensiv genossen. Es war nach einer sehr harten Session, aber noch vor dem Abschlussritual, als er mir diese Pause gönnte. „Du bleibst hier liegen und kannst es dir bequem machen. Ich koche derweil einen Pudding", hat er gesagt. Es war mir, wie bei meiner Oma dereinst in der Küche. „Setze dich schon mal, ich mache derweil das Essen", sagte sie damals, wenn ich in die Küche kam. Dann habe ich zugeschaut, wie sie am Herd, der mit Kohlen beheizt wurde, mit den Töpfen hantiert hat. Manchmal hat sie auch einen Pudding gekocht. „Extra für dich einen Schokoladenpudding", meinte sie dann und hat mir verschwörerisch zugezwinkert. Das war für mich wie ein Feiertag. So viele Jahre später nun wieder ein ähnliches Erlebnis, gänzlich unerwartet. Michael weiß nichts davon. Ich genieße und schweige.

Hat man schon mal Kuchen gegessen und Kaffee getrunken mit gefesselten Händen? Wohl kaum, denn es ist schon ein merkwürdiges Gefühl, sich nur eingeschränkt frei bewegen zu können. Zwischendurch musste ich plötzlich lachen, als mir das Groteske an der Situation in den Sinn kam. Diese Art des „Kaffeekränzchens" hatte eine sehr besondere Note. „Mache bloß nicht die Handfesseln ab", bemerkte er plötzlich ganz erschrocken, als ich mir die Dinger etwas bequemer zurechtrücken wollte. Hat er tatsächlich gedacht, dass ich derart unverfroren bin? „Sich selbst entfesseln, oh, das gibt Hiebe", setzte er noch nach und sah dabei gar nicht glücklich aus. Fürchtet er, er hat mich nicht wirklich im Griff? Oder hat er das schon mal selbst gemacht und an jene Folgen für sich gedacht? Bei Michael weiß man nie, wie er etwas genau meint. Hätte ich mich selbst entfesselt, hätte er dann vielleicht die Session abgebrochen? Nein, Michael, das hätte ich niemals getan. Irgendwie erfühle ich meine Grenzen durchaus ziemlich gut.

Es gibt auch Spiele mit Worten:

Michael beherrscht es wie kein anderer, seine Worte so zu setzen, dass diese unter die Haut gehen. Ja, darin ist er wirklich ein Meister. Seine Stimme ist leise, aber sehr eindringlich und duldet keinen Widerspruch. Seine Sätze sind kurz und einprägsam, mit Pausen dazwischen für das „Sich-setzen-Lassen".

„Die Hände" meint, ich soll meine Hände ausstrecken.

„Keinen Mucks", und schon beiße ich mir lieber auf die Zunge, als einen Laut von mir zu geben.

„Runter" bedeutet, dass ich auf die Knie gehen soll. Werde ich das tun? Er lässt keinen Zweifel aufkommen. „Soll ich dich gleich zu Beginn auf die Knie zwingen?" Das ist keine Frage, sondern eine Ankündigung. Genau das wird er jetzt tun. Es ist egal, welche Meinung ich dazu habe. Er erwartet in diesem Fall keine Antwort von mir. Er handelt sofort und lässt keinen Zweifel aufkommen. Ich werde augenblicklich genau das tun, was er eben angekündigt hat … und bin zufrieden so. Er hat seinen Willen durchgesetzt. Ganz einfach durchgesetzt.

„Wie viele Hiebe?" ist allerdings schon eine Frage, die ich möglichst nicht zögerlich beantworten sollte.

„Die Hände über den Kopf" lässt sich zunächst leicht befolgen, aber schwer einhalten, sobald es wehtut. In diesem Punkt habe ich viel Ehrgeiz, weil es den eigenen Willen herausfordert. Manchmal muss er diese Aufforderung dennoch wiederholen. Er tut es konsequent, aber ohne drohenden Unterton. Er weiß, dass diese Aufforderung schwer einzuhalten ist.

„Schaue mir in die Augen" ist auch so eine Aufforderung, die Überwindung bedarf. Für diese Art von Herausforderungen bin ich ihm dankbar. Er hat mir die Möglichkeit gelassen, mich seinem Tun mit Würde zu stellen. Das ist wirklich großartig.

„Du bleibst so stehen" ist hingegen nicht unbedingt an Würde gekoppelt. Meistens verlangte er von mir unbequeme und teils demütige Haltungen. Diese Aufforderungen habe ich deshalb fast nie auf Anhieb eingehalten. Ich habe sofort eine bequemere Haltung eingenommen, sobald seine Aufmerksamkeit nicht mehr ganz bei mir war. Da musste er stets hart nachlegen. Aufmerksamkeit, das habe ich von ihm erzwungen. Mit dieser Petra konnte er sich nicht so einfach sein Glas Sekt zwischendurch reinschütten. Diese Augenblicke waren meine kleinen Triumphe, wenn er mit dieser unartigen Petra zusätzliche Arbeit und etwas Stress hatte.

„Halte still", „lege dich hin", „den Kopf runter", alles sehr kurze und knappe Anweisungen, die wiederum ihre Wirkung sofort entfaltet haben.

Hatte es etwas mit Würde zu tun? Oder mit Demut? Ich kann nicht sagen, warum ich diese Anweisungen immer befolgt habe. Ich hatte kein Bedürfnis, es nicht zu tun oder Widerstand zu leisten. Vielleicht war es auch einfach nur, dass ich wollte, dass jetzt gleich geschieht, was geschehen sollte. Später reichten sogar nur Gesten dafür aus. Der lockende Zeigefinger als Aufforderung, die kleine Handbewegung mit dem Finger nach unten zeigend, das wortlose Naheherantreten, die leichte Berührung im Rücken oder am Arm, das vorgestellte Bein oder einfach gar nichts und ich bin trotzdem wie angewurzelt stehen geblieben oder habe genau das getan, was die Geste mir bedeutete.

Wie hätte ich diese Gesten missdeuten können? Er hatte mir längst beigebracht, dass ich letztlich immer tun werde, was er bestimmt, beigebracht mit Konsequenz, mit Strenge, mit Unnachgiebigkeit und manchmal auch mit einer gehörigen Portion Härte. Genau diese knappen Gesten und Worte gingen tief unter die Haut und erzeugten auf deren Oberfläche pure Gänsehaut. Ein kalter Schauer rieselt den Rücken herunter, während innerlich gleichzeitig ein Feuer entfacht wird. Nicht, dass danach etwas sehr Schlimmes passiert wäre. Nein, es waren die Gesten und Worte an sich und die Wirkung seiner Persönlichkeit, die tief in einem drinnen genau jenes kribbelnde Gefühl aufkommen ließen. Es war, als ob große Schauspieler auf einer leeren Bühne mit kleinen sparsamen Gesten ergreifende Wirkungen beim Zuschauer erzielten. Großes Kino auf weißer Leinwand, beeindruckend, grandios, unvergesslich.

Wahrscheinlich ist es genau diese Gabe, die Michael so unverwechselbar macht und unterscheidet von anderen Spankern, die ich kenne. Es ist genau das Unbeschreibliche, was ich schon immer gesucht habe und immer und immer wieder erleben möchte. Es ist das gewisse Etwas, wofür ich ihn liebe. Ich bin ein ausgesprochen emotionaler Mensch und berührende Szenen gehen mir tief unter die Haut. Es ist gefährlich und ergreifend schön gleichzeitig. Bei diesen Spielen ist Michael wahrhaftig kein Angeber. Dabei spielt er ein Stück von sich selbst aus, wirklich und wahrhaftig. Das kommt rüber, besser als jeder Schauspieler spielen könnte. Und er geizt mit diesem Potenzial, setzt es sparsam und gezielt ein. Weiß er um diese Wirkung? Es ist sehr wahrscheinlich.

Schön sind auch Spiele mit Materialien:

Mit Materialien sind alle jene Gegenstände und Zubehörteile gemeint, die nicht zum Standard gehören, also nicht die Rohrstöcke, Peitschen und Paddle. Es sind Materialien gemeint, die auf der Haut sehr verschiedene Empfindungen auslösen und die Sinne auf ganz andere Art anregen. Welche Materialien sind gemeint? Was hat er damit gemacht? Wie habe ich die Wirkung empfunden?

Einmal hat er drei Teelichter angezündet und auf einem kleinen Tablett vor mir abgestellt. Das war ein anheimelnder Anblick, hatte aber einen tieferen Sinn. Nach einer Weile wird das **Wachs** in dem kleinen Behältnis komplett flüssig, und genau dieses Wachs brauchte er. Wenn man die Fingerspitze in das flüssige Wachs taucht, so ist das ziemlich heiß. Wie fühlt es sich an, wenn dieses Wachs auf dem Körper, genauer gesagt auf der Brust, auftrifft?

Es ist sehr angenehm warm. Die Wärme geht in die Haut über und erzeugt ein wohliges Gefühl. Leider erkaltet das Wachs sehr schnell und muss dann wieder irgendwie von der Haut runter. Idealerweise kommt dafür der Flogger zum Einsatz. Allerdings durfte Michael sich danach eine Weile als Hausmann mit dem Besen abmühen. Deshalb hat er wohl auch nur einmal Wachs auf meinem Körper verteilt. Leider!

Weniger arbeitsintensiv, zumindest das Aufräumen betreffend, ist **Eis**. Damit ist nicht das Speiseeis gemeint, sondern Eiswürfel aus dem Gefrierfach des Kühlschranks. Auf der erhitzten Körperrückseite ... Ja, wovon ist die denn erhitzt? ... fühlt sich solcherart Kühlung, zumal an ohnehin heißen Sommertagen, fantastisch an. Jedenfalls für mich war dieses kühlende Element eine Wohltat.

Ein recht bizarres Instrument hingegen ist der Einsatz eines **Nudellöffels**. Eigentlich ist so ein Teil da, um Nudeln aus dem Topf zu löffeln. Drückt man seine abgerundeten Zacken jedoch auf die Muskulatur des Rückens, so entsteht ein schönes Muster. Das Muster konnte ich nicht sehen, aber die Wirkung spüren. Es erzeugt Druck, aber keinen wirklichen Schmerz, und hinterlässt ein angenehmes Wärmegefühl an der jeweiligen Stelle. Wenn Michael mich damit ärgern wollte, so ist ihm das jedenfalls nicht gelungen.

Ein weiteres kribbliges Teil ist das **Nadelrad**, auch Wartenbergrad genannt. Es ist ursprünglich ein medizinisches Instrument für neurologische Untersuchungen zur Schmerzwahrnehmung. Auf dem Rad sind sternförmig angeordnete spitze Stifte befestigt, die systematisch mit unterschiedlichem Druck über die Haut gerollt werden. Es gibt Räder mit einer, drei oder sieben Reihen Stiften nebeneinander. Es tut nicht wirklich weh, erzeugt aber eine ziemliche Reizung der unter der Hautoberfläche befindlichen Nervenzellen. Abhängig von der Körperstelle, auf der das Rad entlanggerollt wird, kann das angenehm bis kribblig unangenehm werden.

Ich habe Michael ein Nadelrad mit drei Reihen Nadeln geschenkt. Natürlich war das kein ganz uneigennütziges Geschenk. Er sollte es ausprobieren. Hat er auch. Allerdings war er mit meinen Reaktionen nicht so ganz zufrieden. Ich liebe nun mal Berührungen jeglicher Art und bin nicht übermäßig kitzlig. Mir haben alle Berührungen damit sehr gut gefallen. Vielleicht hätte ich mehr jammern sollen? Wäre ich dann öfter in den Genuss gekommen? Manchmal muss man wohl ein wenig schwindeln.

Ganz klassische Materialien hingegen sind **Seile** und **Ketten**. Sie dienen hauptsächlich zum Fesseln, fühlen sich aber auch richtig gut auf der Haut an. Die Ketten sind nicht nur kühl, sie machen ein Geräusch, was durchaus sich die Körperhaare aufrichten lässt. Man denkt unwillkürlich an Kerker und … Ketten können mächtig drücken … und machen schöne Abdrücke. Mit Ketten hätte Michael noch viel mehr experimentieren können und auch mit Seilen. Nur einmal hat er mich bewegungsunfähig gefesselt. Ich habe es genossen und hätte gern mehr davon gehabt.

Gefesselt zu werden, das braucht seine Zeit. Während dieser Zeit kann man einfach genießen. Bondage ist ein weites Feld und unsere Anfänge waren keine richtigen Fesselungen. Das habe ich erst später erleben dürfen. Es ist fesselnd im wahrsten Sinne des Wortes, dieses Spiel mit Seilen und Ketten. Aber das gehört nicht hierher und muss ein anderes Mal erzählt werden, in einer anderen Geschichte, in einer anderen Welt. Hier geht es um Spanking. Michael ist ein Spanker. Mein Spanker! Mein bester Spanker!

Halte die Klappe, Petra!

Besonders gemocht habe ich die Spiele mit den Händen:

Ja, die Hände! Ich liebe die Berührung mit den Händen. Hände können so viele verschiedene Empfindungen auslösen. Sie können zart und sanft streicheln, können berühren, halten, führen und Schmerz auslösen.

So wie ich mal seine Rohrstöcke kontrollieren wollte, habe ich auch versucht seine Hände zu kontrollieren. Ich habe eine Hand von ihm in meine beiden Hände genommen und fest gehalten. Er hatte noch die andere Hand frei, aber er konnte nicht weggehen. Gefühlt war es eine Mischung aus Dankbarkeit, Geborgenheit, Kontrolle und Neugier auf das, was er nun tun würde.

Wie hat er die Situation gemeistert, mein Meister? Zunächst mit einem Spiel, was mir gut gefiel. Er hat zu zählen begonnen, langsam, aber nicht gleichmäßig. Bis drei hatte ich Zeit zum Loslassen. Danach gab es für die Zähleinheiten entsprechend viele Hiebe mit dem Rohrstock. Leider hat er nach der Zahl drei immer sehr schnell weitergezählt und diese Anzahl verdreifacht. Habe ich bei der Zahl sechs losgelassen, so gab es schon neun Hiebe. Das war gemein. Dennoch habe ich das schöne Spiel immer wieder begonnen. Loslassen, Hiebe und wieder seine Hand nehmen. Ich hatte jedenfalls den längeren Atem oder die längere Geduld bei diesem Spiel. Irgendwann hat es ihm gereicht. Er hat meine Hand am Handgelenk haltend fest auf den Tisch gedrückt und mit dem Rohrstock sehr hart zugeschlagen, ohne zählen freilich. Das war gemein. Das war so gemein, dass ich es mit der anderen Hand auch provoziert habe. Was sollte er tun? Das gleiche Spiel noch mal. Die gleiche Szenerie noch mal. An dieser Stelle war er wohl wirklich etwas böse auf mich. Was hätte er sonst tun sollen? Hätte es andere Optionen gegeben, das Spiel zu beenden? Gewiss doch. Aber auch ein Meister in Erziehungsfragen, wie er sich genannt hat, damals beim Spiel mit Petra als Shiva, hat seine Grenzen.

Es war auf jeden Fall eine Grenze gesetzt, die ich niemals mehr versucht habe zu überschreiten. Ich habe dieses schöne Spiel später wiederholt, aber diese gesetzte Grenze verdammt genau eingehalten.

Irgendwie fies sind Auswahlspiele:

Das sind die eigentlichen Spiele, die ich zunächst ziemlich fies fand, weil ich keine echte Chance hatte. Er besitzt drei Rohrstöcke, die aufgrund ihrer Beschaffenheit unterschiedliche Wirkungen entfalten. Ich bezeichne sie hier einfach mit den Nummern „eins", „zwei" und „drei". Die Nummer „eins" ist der angenehmste, die „Zwei" lässt sich noch aushalten und die „Drei" ist richtig fies.

„Wähle einen Rohrstock aus", hat er zu mir gesagt. Nichts Schlechtes ahnend, wähle ich die Nummer „eins". Petra ist eben von Grund auf ehrlich und reinen Gewissens. Nicht so der Michael. Schließlich macht er die Regeln.

„Gut, dann lege ich die ‚Eins' schon mal zur Seite." Das war total fies. Später ist mir klar geworden, dass er nie gesagt hat, was er damit machen wird. In dem Moment habe ich begriffen, dass ich gar keine Wahl hatte. Hätte ich nun die „Zwei" gewählt, so hätte er diesen ebenso weglegen können. So habe ich zum Trotz die „Drei" gewählt. Natürlich hat er den genommen. Es war seine Regel. Den ersten weglegen, den zweiten nehmen. Oder den dritten? Oder den ersten?

Beim zweiten Auswahlspiel dieser Art bin ich scheinbar schlauer. Ich frage vorher, ob er diesen Rohrstock dann auch nehmen wird, den ich wählen werde. Das bestätigt er. Also alles bestens? Ich wähle wieder die Nummer „eins", doch so leicht gibt sich Michael nicht zufrieden.

„Diesen Rohrstock hast du also gewählt. Mal sehen, ob du den auch sicher wiedererkennen kannst." Er legt die Rohrstöcke im Nebenzimmer, für mich unsichtbar, parallel nebeneinander. Auf den Tisch vor mir legt er drei verschiedene Gegenstände nebeneinander. Diese symbolisieren die Rohrstöcke. Ich soll einen Gegenstand auswählen. Natürlich möchte ich meinen Favoriten, die Nummer „eins", wiedererkennen. Aber welcher ist es? Ich schließe die Augen und versuche mit Logik der Problematik beizukommen. Michael ist Rechtshänder. Er wird keinesfalls wollen, dass ich meinen Favoriten treffe, eher will er, dass ich bei dieser Auswahl die Nummer „drei" treffe. Hat er also die „Drei" rechts hingelegt? Ich bin Linkshänder. Ich greife eher mit der linken Hand zu. Hat er das berücksichtigt? Also liegt die „Drei" links? Hat er überhaupt schon bemerkt, dass ich Linkshänder bin? Eher nicht. Die meisten Menschen werden ohnehin die Mitte wählen. Also keinesfalls die Mitte, denke ich. Dann fasst meine linke Hand zu dem rechts liegenden Teil.

„Diesen wählst du aus?" Ich nicke. Habe ich richtig gewählt? Er macht es spannend.

„Ich sage dir jetzt, welcher von den beiden anderen, also links und Mitte, nicht dein Favorit ist." Er legt das mittlere Teil zur Seite. Darin habe ich also schon mal richtig vermutet. Es liegt nicht mein Favorit in der Mitte und wahrscheinlich auch nicht die Nummer „drei". Er will nicht, dass ich richtig, dass ich meinen Favoriten wähle. Bei dieser Überlegung bin ich mir jetzt sicher.

„Du kannst jetzt bei deiner Entscheidung bleiben, also rechts, oder dich noch mal anders entscheiden, also für links. Was machst du?", fragt er. Jetzt habe ich die „Fünfzig-fünfzig-Chance" bekommen. Was bezweckt dieser Kerl damit? Warum zeigt er sich scheinbar so großzügig? Das passt nicht zu ihm und seinen fiesen Spielregeln. Er will doch gar nicht, dass ich meine Nummer „eins" bekomme. Hat er beobachtet, dass ich Linkshänder bin? Will er mich auf die linke Spur bringen, weil dort die Nummer „drei" liegt? Habe ich richtig getippt, richtig aus meiner Sicht, meinen Favoriten auf Anhieb gewählt? Warum sollte er sonst wollen, dass ich mich ein zweites Mal entscheiden kann? Ich habe schon richtig gewählt, nur ihm passt diese Wahl nicht. Ich bleibe bei meiner ersten Entscheidung, beschließe ich. Nun muss er zähneknirschend die Nummer „eins" auch nehmen. Diesmal habe ich ihn durchschaut. Ich bin stolz.

Was schreibe ich später im „Tagebuch der Gefühle" über diese Spiele?

„30° im Schatten vom Garten Eden, ein wirklicher Paradiesgarten! Sogar ein kleiner Apfelbaum steht darin. Das Paradies ist genau dort, wo zwei Menschen sich miteinander rundherum glücklich fühlen können, für Stunden, ohne Vergangenheit und Zukunft, Stunden, in denen nur die Gegenwart zählt. Was braucht es dafür? Eigentlich wenig und doch unbezahlbar viel, nämlich einen Menschen, dem man sich anvertrauen kann. Damit werden so alltägliche Dinge wie Bier, Wasser, Kaffee, Eis, im Garten sitzen zu genussvollen Kostbarkeiten. Die Führung im Garten mit verbundenen Augen, Eis füttern, was ein Nudellöffel bewirken kann."

Wunderschöne Erinnerungen an unvergessliche Stunden. Was geschah mit den kleinen Provokationen? Welche Wirkungen hatten diese Nettigkeiten im Vorfeld auf Michael?
 Im Tagebuch steht:

„Meine reizenden verbalen Nettigkeiten im Vorfeld wurden nicht zur Strafexpedition genutzt. Ganz große Hochachtung! Welcher andere Spanker hätte diese Steilvorlagen nicht für seine Session ausgenutzt? Michael hat das nicht nötig."

Ja, so gut denke ich über diesen Michael, meinen Meister. Ich himmle ihn an. Egal, was er tut oder nicht tut, es ist immer genau richtig. Ich finde schon den Glitzerfaden im Büßergewand dieses Angebers. Wie rosa ist diese Brille, die ich mir aufgesetzt habe? Alles ist gut und richtig, verdient Hochachtung und Wertschätzung, verdient meine Dankbarkeit; alles, was er sich für mich abringt, nehme ich an, als ob es ein Hochzeitsgeschenk wäre.

Der Typ ist ein Schweinehund! Der sieht zu, wie **er** mit dem Arsch an die Wand kommt.

Nun ja, er ist auch ein guter Kerl. Er müsste das schließlich alles nicht machen mit mir.

Ja, was macht er denn mit mir? Schließlich ist es auch zu seiner Freude. Warum ist er nicht auf die verbalen Nettigkeiten mit entsprechenden Aktionen eingegangen? Vielleicht kann er es gar nicht? Vielleicht ist er doch nur ein Angeber, ein Spinner? Ich hatte ihn schon mal zu Anfang in genau diese Kiste gesteckt. Der erste Eindruck ist meistens richtig. Welche Eindrücke habe ich von diesem Kerl bisher gesammelt?

Der allererste Eindruck war auf dem Parkplatz, als er aus dem Auto gestiegen ist und sich an dieser Litfaßsäule aufgestellt hat. Nein, nicht dieser Mann, nicht gerade der, habe ich kurz gedacht. Warum? Vielleicht finde ich die Begründung später. Was kam unmittelbar danach? Der erste Eindruck war Vertrauen, als er auf mich zugekommen ist und ich ihm ins Gesicht gesehen habe. Sein Gesicht sagte etwas anderes als sein Körper. Weiter nun.

Ich habe ihn näher kennengelernt. Welchen Eindruck hatte ich jetzt?

Er ist ein Spinner, denn von seinen guten Absichten, die da lauteten, ich gebe einer Frau, was sie sich wünscht, war plötzlich nichts mehr wichtig. Er hat mich einfach rausgeworfen und mit dieser Tatjana weiter gesponnen.

Der nächste Eindruck? Mit mir macht der Kerl das nicht! Und: Ich will ihn zurückerobern! Ich brauche ihn.

Wieder der nächste Eindruck war: ein toller Mann. Er kam an meinen Tisch im Biergarten und ich war stolz auf ihn. Er sah gut aus und gehörte für diese Stunden nur zu mir.

Mit jeder Session hat er diesen Eindruck bei mir verstärkt. Er musste eigentlich gar nichts selbst dazutun. Er ist ein Meister, ein guter Kerl und er hat nicht zu viel versprochen. Diese Lobeshymne habe ich ihm immer wieder ins Ohr gesungen.

Ist er wirklich so gut? Wahrscheinlich stimmt das sogar. Jedenfalls ist er besser als all die anderen Möchtegerne. Und was denke ich nun? Er ist großmütig, denn er bestraft mich nicht so, wie ich es eigentlich verdient hätte.

Was ist wahr von allen diesen Eindrücken, die dieser Mann bei mir hinterlässt? Alles zusammen oder nichts davon? Was hat er noch am Schluss, als wir schon wieder beim Bier saßen, gesagt?

„Ich kann das. Aber da muss ich bei dir sehr hart vorgehen." Das hat er gesagt und meinte damit, dass er mich schon in den Griff bekommen könnte, wenn er es nur richtig wollen würde. Dafür müsste er aber etwas tun, was er gar nicht tun wollte. Oder doch?

Hat er gesagt, dass er es nicht tun will? Keine Spur davon. Hat er jetzt schon wieder angegeben? „Ich kann das!" Kann er das wirklich? Was soll dieses „DAS" überhaupt bedeuten? Hat er darüber konkrete Vorstellungen? Warum habe ich ihn nicht danach gefragt?

Soll er es beweisen! Reden könnte er viel, nur Handeln zählt. Ich werde ihm Gelegenheit geben, sich zu beweisen. Die kleinen Provokationen gehen weiter. So einfach bekommst du diese Petra nicht in den Griff.

Angeber? Spinner? Toller Mann? Meister? Vertrauter? **Was und wer bist du wirklich, Michael?**

8

ES SCHLÄGT DREIZEHN

Wie kommt mein Meister mit seiner Petra zurecht? Was denkt er über diese Frau?

Petra wird ihn weiter provozieren. Sie hat inzwischen Blut geleckt und will wissen, was dieser Michael für ein Kerl ist. Sie will wissen, wie er tickt, wie er sich in verschiedenen Situationen verhält, welche Optionen er noch in seiner Trickkiste versteckt hält und vor allem, was er mit diesem „DAS" meint.

Aber wie geht es Michael inzwischen? Ist nach einer Session für ihn alles sofort vorbei? Widmet er sich umgehend anderen Dingen? Würde er diese Petra glatt vergessen, wenn sie sich nicht wieder melden sollte?

Wie geht es ihm?

Was ist Petra nur für eine merkwürdige Frau? Es scheint so, als ob sie gar keinen Respekt vor mir und meinen Künsten hat. Klar, es ist alles nur Spiel und sie kann jederzeit dieses Spiel mit einem einzigen Wort beenden. Aber sie macht keinen Gebrauch davon. Sie provoziert einfach weiter. Ich komme aus dem Konzept dabei. Das darf sie nicht bemerken, aber sie hat bestimmt irgendwie Wind bekommen davon. Das geht so nicht weiter. Ich muss diese Frau in den Griff bekommen.

Vielleicht sollte ich sie zunächst wirklich etwas besser kennenlernen und mal irgendwas mit ihr unternehmen? Wenn ich ein Cowboy wäre wie in den Westernfilmen, so ein harter Kerl eben, dann könnte ich mit ihr in die Prärie reiten. Der Cowboy sattelt sein Pferd, schwingt sich auf dessen Rücken, schnappt sich seine Lady, zieht sie vor sich auf den Sattel hoch und reitet in wildem Galopp in die Prärie hinaus. Mit der einen Hand hält er die Zügel und mit dem anderen Arm das Mädel fest im Griff. Er hat seine

Lady und das Pferd unter Kontrolle, bestimmt den Weg und das Ziel, ist frei und unabhängig. Irgendwann lässt er das Pferd vom Galopp in leichten Trab übergehen und schließlich hält er an. Um ihn herum ist nur Prärie, über ihm der weite Himmel, er ist allein mit Pferd und Lady und frei.

Das habe ich gerade eben schon gedacht. Was machen diese Kerle dann in den Filmen? Wahrscheinlich bauen sie ein Lager auf, wo sie später am Lagerfeuer und unterm Sternenhimmel ihre Lady nach Herzenslust lieben. Und wie?

Meistens kommt im Film an dieser Stelle ein Schnitt und es geht irgendwie anders weiter. Wenn es sehr romantisch sein soll, so heult noch irgendwo in der Ferne ein Wolf. Das ist Kitsch.

Trotzdem: Welche Erkenntnis bringt mir dieser Gedanke? Was würde der moderne Mann an Stelle des Cowboys tun? Statt Pferd vielleicht Motorrad? Statt Prärie der Highway? Statt Wolf ein Düsenflugzeug? Hat Petra mir nicht mal erzählt, dass sie mit so einem Typen manchmal eine Motorradausfahrt macht? Ja, das hat sie erzählt und daran ist nicht der geringste Zweifel, dass sie das wirklich macht. Wer ist dieser Typ? Er baut alte Motorräder wieder auf, Baujahr 1930 oder so, hat sie gesagt. Anscheinend gefällt ihr das.

Sollte ich vielleicht mal so etwas Ähnliches mit Petra tun? Wieso kommt dieser gewöhnliche Typ dazu, diese Petra mit seinem alten Schlitten auszufahren? Was hat der, was ich nicht habe? Ich habe kein Motorrad und ich kann mir nur deswegen auch nicht gleich einen Feuerstuhl kaufen. Vielleicht ein Trike? Diese Schlitten machen wirklich was her. Außerdem kann man sich ein Trike einfach ausleihen und die Ausrüstung gleich dazu. Dann fahre ich mit meinem heißen Schlitten vor und kurve mit dieser Petra die Serpentinen irgendeines Gebirgspasses hoch und runter. Der Wind, die grandiose Landschaft und der geile Sound des Motors machen bestimmt irre Spaß. Dabei vergisst Petra diesen Typen mit seinem lahmen Schlitten schnell. Dann brauche ich noch ein kleines Zelt, um das Lager für die Nacht zu richten. Unterm Sternenzelt im Zelt wäre Petra nur meine Road-Lady, ganz für mich allein. Ich bin frei und unabhängig und mache, was ich will. Nur ich kenne den Weg und das Ziel und das, was kommen wird.

Was machen die Cowboys mit ihrer Lady eigentlich, wenn im Film der Schnitt erfolgt? Warum wird an den spannendsten Stellen immer weggeblendet? Was mache ich mit Petra im Zelt? Ich habe noch nie in einem Zelt übernachtet. Bestimmt unbequem, eng, stickig und hart. Vielleicht sitzen wir lieber am Lagerfeuer? Neben uns steht der heiße Ofen, die Flammen spiegeln sich in den blank geputzten Chromteilen, während der Vollmond sich langsam über die Berggipfel schiebt. Irgendwo schreit ein Waldkauz seinen geheimnisvollen Schrei, der unwillkürlich Gänsehaut erzeugt. So ein Kitsch, aber Petra kuschelt sich bestimmt an mich bei dieser Kulisse. Irgendwie muss es ihr nun doch unheimlich werden. Der Schein des flackernden Feuers malt gespenstische Schatten an die Bäume. Dahinter ist nichts als schwarze Finsternis.

Ich würde bei dieser Kulisse Petra zum Reden bringen. Diese romantische und gleichzeitig gruselige Stimmung muss ihr die Zunge lösen. Frauen sind immer romantisch veranlagt und Petra besonders. Ich würde von ihr alles erfahren können, was ich wissen will, und ohne einen einzigen Hieb noch dazu. Sie würde mich zukünftig bestimmt nie mehr provozieren, weil sie wollen würde, dass diese Stunden sich wiederholen.

Genau darin liegt das Problem. Frauen wollen immer noch mehr. Warum können die nicht einfach zufrieden sein, wenn etwas schön war? Warum wollen die das immer wieder haben? Begreifen die nicht, dass es im wirklichen Leben keine Wiederholungen gibt? Das Leben spielt nicht so, wie es in den Endlosserien vorgegaukelt wird. Sie würde sich aber endlos in mich verlieben und ich hätte nur noch Scherereien danach. Warum ist das Leben mit Frauen immer so kompliziert?

Wenn ich über meine romantische Fantasie nachdenke, so würde ich sogar gern mit dieser Petra ein Mal so einen Ausflug machen. Sie wäre genau die richtige Frau dafür. Die Betonung liegt dabei auf „ein Mal". Vielleicht könnte ich sie in dieser Nacht sogar lieben und ihr geben, was sie sich von mir wünscht. Vielleicht würde ich meinen Arm um ihre Schultern legen, sie an mich ziehen, ihr einen Kuss geben und genussvoll die Sachen ausziehen. Ich könnte mit meinen Händen über ihren nackten Körper streicheln, ihren tollen Rundungen nachspüren, die Weichheit und Wärme ihrer Haut aufnehmen, ihr mit einer Hand fest ins Haar fassen, während die andere Hand sich in den anderen Haaren zu ihrer warmen Mitte vorantastet. Vielleicht ist das gar nicht so schlecht, wenn dort einige Haare sind? Vielleicht ist das sogar sinnlich, über diese weichen Haare zu streichen? Ich mag den Anblick behaarter Frauenkörper nicht. Aber wenn es fast dunkel ist, wenn es sich gut anfühlt, was stört mich das dann noch? Der Schein des Feuers taucht ihren Körper in rötliches Licht und malt Schatten auf der Haut, bewegliche, gespenstische Schatten aus Lust und Begierde, die sich mit ihren begehrlichen Bewegungen vereinen.

Wenn sich dann ihr Körper streckt und windet, sich dem meinen entgegenreckt und öffnet, merke ich, wie sich mein kleiner Freund aufrichtet. Er will teilhaben an dieser Szenerie unterm Sternenzelt. Sie wird jetzt ganz stillhalten und mich willig annehmen, wenn ich ihre Beine anwinkle und mich schließlich auf sie lege. Wird sie mich vielleicht sogar richtig begehren? Bestimmt wird sie das. Sie wird ihre Arme um meine Schultern legen, ihre Beine um meinen Körper schlingen und mich an sich ziehen. Ihr heißer Atem an meinem Hals, ihr wohliges Stöhnen in meinem Ohr bringen mich schließlich zu ungeahnten Höhenflügen.

Es ist um so vieles berauschender, wenn eine Frau wirklich begehrt und nicht nur duldet und Begehren vorspielt. Das kommt rüber. Petra könnte mich richtig lieben, leidenschaftlich und rückhaltlos. Schließlich werde ich erschöpft und glücklich auf ihr liegen und den Geräuschen der Nacht lauschen. Schreit nicht tatsächlich ein Kauz in der Dunkelheit? Hat nicht eben im Busch etwas geknackt? Oder war es das Holz im Feuer?

Wenn ich wieder zu Atem gekommen bin, so werde ich Petra einfach rumdrehen und ihr kräftig mit der Hand den Hintern verhauen. Sie wird bestimmt ganz stillhalten und glücklich sein. Sie will genau das. Ich weiß es. Es gibt nichts Schöneres, als sich nach einem erschöpfenden Liebesspiel noch kräftig auf den Rundungen austoben zu können, zu zeigen, wer Herr über alles ist.

Ja, das wäre mal richtig schön, die Ausgaben allemal wert und Petra würde mitmachen. Aber es gibt ein Problem dabei. Petra würde es wieder wollen. Frauen wollen immer wieder und immer mehr, wenn etwas schön war für sie. Habe ich auch schon mal gedacht eben.

Der Mann kommt sich schließlich wie ein Leistungsbulle vor. Die Frau erwartet Romantik, Zärtlichkeit, Abwechslung, erwartet einen Mann, einen richtigen Kerl, einen Helden wie aus den Westernfilmen und vergisst, dass man im Leben keinen Schnitt machen kann wie im Film. Wenn er dann diesen Schnitt macht, weil es eben nur ein Abenteuer war und keine Endlosliebe, so ist sie sofort endlos enttäuscht und macht nur Scherereien. Alles, was man für sie getan hat, ist sofort vergessen und nichts mehr wert. Der edle Liebhaber und Held ihrer Träume mutiert in ihrem Puppenstubenhirn umgehend zum gemeinen Kerl, der alles nur deshalb getan hat, weil er immer nur Sex will und die Frau nur sein Objekt dafür ist. Dabei wollte sie es doch ebenso. Ist das fair?

Was geschieht im Film nach dem Schnitt an spannender Stelle?

Ganz einfach: Die Lady bekommt nach neun Monaten völlig unspektakulär ein Kind und kümmert sich fortan um Mann, Kind und Haus in treu sorgender Weise. Der Held derweil sorgt ebenso unspektakulär für seine Familie, zeugt noch weitere Kinder mit ihr und lebt ansonsten so, wie ein Mann zu leben hat. Hin und wieder bekommt sie von ihm Hiebe, was ihr zeigt, dass ihr Mann ein richtiger Kerl ist. Mit diesem Leben ist sie zufrieden und macht ihn glücklich.

Diese einfache Weisheit bekommen aber die Frauen von heute nicht auf die Reihe in ihrem kleinen Hirn, welches mit Emanzipationskram vollgestopft ist. Warum können Männer und Frauen nicht so leben, wie es die Natur für ihre Rollen vorgesehen hat? Warum müssen heute Frauen unbedingt tun, was naturgemäß Männern vorbehalten ist? Das ginge ja gerade noch an. Um diese Weiber brauchte man sich einfach nicht zu kümmern und fertig. Aber warum verlangen die Frauen heutzutage von Männern, dass sie tun, denken und fühlen, was natürlicherweise den Frauen vorbehalten ist? Außerdem sollen Männer aber auch noch bitte schön „richtige" Männer sein, sonst sind sie nicht attraktiv genug für die Frau von heute. Egal, was ein Mann für eine Frau tut oder nicht tut, es ist immer nicht genug und nie richtig gut genug.

Nein, so schön der Gedanke an eine Ausfahrt mit Petra ist, eine Nacht unterm Sternenhimmel mit ihr kommt nicht infrage. Ich werde das Weib anders zu bändigen wissen. Neulich hat sie mir aus der Geschichte „Der kleine Prinz" vorgelesen. Wo habe ich dieses Buch eigentlich hingekramt? Hier, diese Stelle war es. Der kleine Prinz sucht Freunde und trifft auf den Fuchs. Der Fuchs will, dass der kleine Prinz ihn zähmt, denn man kennt nur die Dinge, die man zähmt, sagt er. Der Fuchs meint damit, dass man sich miteinander vertraut machen soll. Ich habe gesagt, dass dies ein Unterwerfungsverhältnis ist. Wenn man ein beseeltes Wesen zähmt, so unterwirft man sich dieses Wesen. Petra hat dagegen gemeint, dass es eine Begegnung auf gleicher Ebene bedeutet. Ein gezähmtes Wesen hat Vertrauen zu dir, hat sie gemeint. Dieses Vertrauen sei die Basis einer wirklichen Freundschaft.

Petra sieht solche Dinge ganz anders als ich. Wenn man es so sieht wie Petra, sind Menschen eigentlich richtig fies. Sie zähmen sich ein Wesen, um sein Vertrauen zu gewinnen, um es schließlich irgendwie zu benutzen oder auszunutzen. Der Zweck heiligt die Mittel, heißt das dann.

Habe ich Petra gezähmt? Was würde sie antworten auf diese Frage? Ja, weil sie es im Sinne des Fuchses als ein Sich-vertraut-Machen meint? Ja, weil sie es im Sinne der Unterwerfung unter ihren Meister meint? Oder würde sie mit „Nein" antworten? Nein, weil ich ihr nicht vertraue? Nein, weil sie sich mir nicht unterwerfen wird, höchstens ihrem Meister im Spiel? Sie will, dass wir Freunde werden, und sie will mein Vertrauen erlangen. Eigentlich ist das schön, aber Frauen sind heimtückisch. Warum sollte Petra anders sein? Sie ist schließlich verheiratet. Misst sie Vertrauen mit zweierlei Maß? Heiligt auch bei ihr der Zweck die Mittel? Mit mir schafft sie das nicht. Ich habe Erfahrung im Umgang mit Frauen.

Warum hege ich plötzlich solche Gedanken? Diese philosophische Tiefe beim Nachdenken über Weiber ist mir noch nie passiert. Ich denke darüber nach, was ich mit einer Frau anstellen kann, wie ich mit ihr Spaß haben kann und wie ich sie schnell wieder loswerde, wenn ich ihrer überdrüssig bin. Das sind vernünftige Gedanken.

Seit wann denke ich über Beziehungskram nach, wenn ich mir eine Frau nur für gewisse Spielereien halte? Ist Petra dabei, mich zu zähmen? Na, das fehlte noch. So weit kommt es nicht. Eher werfe ich diese Frau unverzüglich raus. Soll sie nur provozieren. Ich, der Meister, werde ihr dieses Spielchen schon austreiben.

Ja, Petra, wann schreibst du deine nächste Mail mit den kleinen Gemeinheiten? Du wirst dich wundern, was dann passiert. Das nächste Mal geht die Post hier ganz anders ab. Da lernst du deinen Meister kennen. Vielleicht willst du ihn gar nicht so genau kennenlernen? Oder traust du dich jetzt schon nicht mehr her? Das wäre allerdings sehr schade.

Los, Petra, ich kann es kaum erwarten, dich klein und demütig zu erleben!

Diesem Michael werde ich gehörig auf den Zahn fühlen, beschließe ich. Irgendwas stimmt mit diesem Kerl nicht. Am Ende ist der Typ auch nur ein kleiner, mickriger Hüpfer, der sich mit dem Rohrstock in der Hand zum starken Typen aufbläst?

Wann hat er denn Zeit für mich?

Aha, prima! Das passt super. Am Mittwoch um 15 Uhr also.

Erst mal werde ich dem Kerl ein wenig Honig ums Mäulchen schmieren. Soll er sein Spatzenhirn langsam in Gang setzen. Bevor er Petra das Wasser reichen kann, braucht der lahme Kerl eine Anlaufkurve. Gebe ich ihm eine Denkaufgabe.

„Michael,
ich gestatte mir dann mal aus gegebenem Anlass am Mittwoch zu unserem Treff eine Flasche Sekt mitzubringen!"

187

Mehr schreibe ich vorerst nicht. Mal sehen, ob der Kerl sein Gehirn überhaupt schon irgendwie hochgefahren hat. Was ist seine Antwort auf diese simple Ankündigung?

„Okay, und stelle die kalt zu Hause! Die Flasche. Bis Mittwoch!"

Ein Deutsch hat der Junge drauf. Bekommt er keine ganzen Sätze auf die Reihe? Das kann ein durchschnittlicher Grundschüler besser. Warum fragt er nicht nach dem Anlass für den Sekt? Diese Frage stellt doch jeder vernünftige Mensch, wenn er den Anlass nicht kennt, oder er geht darauf ein. Na gut, dann bekommst du eben die passende Antwort drauf.

„Lieber Michael,
danke für den tollen Hinweis. Ich hätte sie, die Flasche, glatt erst mal ins heiße Wasserbad gestellt! Geht schließlich der Korken viel besser durch die Decke.
Ich habe noch eine Bitte: Fange sanft an! Ich bin seit Wochen entwöhnt! Und: Keine Hiebe auf die Fußsohlen. Das macht mir zu viel negativen Stress. Alles klar?"

Na, jetzt bin ich aber gespannt, was er darauf antworten wird. Hoffentlich habe ich ihn mit so vielen Informationen nicht geistig überfordert.

„Botschaft angekommen. Ich gebe mir Mühe!
Eine Frage hätte ich: Könntest du mich eventuell mit deinem Auto mit in die Stadt nehmen nach der Session?"

Oh nein! Ist der Junge reif für den Einzug in eine Seniorenresidenz? Entweder hat er eine neue Durchlauffreundin, die ihm ständig den Kopf unter Wasser drückt, oder er wandelt in geistiger Umnachtung durch sein Gelände.

Also haue drauf, Petra. Der Typ soll sich fit machen. Pennen kann er mit einer anderen Tussi. Bei Petra soll er voll auf Leistung fahren.

„Willst du mich ausführen in der Stadt? Dann fahre ich meinen Edelspanker natürlich gern mal durch die nächtliche Landschaft. Leider ist kein Vollmond an dem Abend. Aber dieses romantische Szenario würde dich wahrscheinlich ohnehin mental überfordern."

Ob ich nun Sekt mitbringen soll oder lieber Wein, das weiß ich immer noch nicht so genau. Er hat schließlich nur gesagt, ich solle die Flasche kalt stellen. Wenn der nicht bald auspennt, dann werde ich **ihn** kaltstellen in der Session am Mittwoch.

Große Klappe, aber wie würde ich das machen wollen? Ihn kaltstellen? Wie?

Bei seiner Ehre packen? Das wirkt bestimmt. Ehrgeizig ist der Kerl. Vorerst mache ich verbal Nägel mit Köpfen und provoziere, bis er aus den Schuhen fährt. Schade, dass ich ihn nicht beobachten kann, wenn er meine nadelspitz pikenden Bemerkungen liest.

„Gnädiger Spanker, lieber Michael,
was ist nun? Kannst du dein Gehirn mal kurz einschalten und mir eine präzise Antwort geben? Sekt oder Wein? Oder gar nix? Oder nur ich?"

Wahrscheinlich überfordern ihn diese vielen Fragen schon wieder. Männern muss man einfache Fragen stellen, in kurzen Sätzen formuliert, sonst begreifen die nicht, was man will. Na, kurze Sätze sind es und auch einfach formuliert. Ah, der Typ ist echt schlecht drauf. Er bekommt es nicht auf die Reihe. Ich wusste es.

„Nicht drängeln! Bringe Sekt mit und noch einen schönen Abend!"

Das ist es doch. Ein Wort – (k)ein Mann!

Wie soll ich bitte einen schönen Abend mitbringen? Den können wir uns nur gemeinsam machen. Der Kerl ist voll durch den Wind. Wahrscheinlich ist ihm seine spontane Tussi weggelaufen oder er hat sich in Berlin mal wieder von ein paar Teenies die Brieftasche aus der Arschtasche ziehen lassen. Ach, ich provoziere so gern. Das muss er aushalten. Der Schmerz kommt schließlich erst später.

„Michael,
ich drängle gar nicht. Ich weiß doch, dass du schon älter bist und für alle Entscheidungen länger brauchst … und auch nicht mehr so viel schreiben kannst, weil es schwer ist mit zitternden Fingern die richtigen Tasten zu treffen. Habe volles Verständnis für die Altersbeschwerden dahinsiechender Männer. Vielleicht machst du etwas Gehirnjogging?"

Aua, das wird wohl wieder wehtun oder der Lümmel ist tatsächlich ein altes Wrack geworden, was man sich bestenfalls als Abziehbild auf den Arsch kleben kann. Nun wird es ihm wohl doch zu bunt? Die Antwort lässt es jedenfalls vermuten.

„Also Sekt. Bringe Sekt mit. Habe mich auch schon im Kraftraum gestylt für dich. Es wird, es wird wehtun! Verlasse dich drauf. Du bist schließlich keine 21 mehr. Sonst hätte ich es bei einem ‚Frechdachs' belassen. Nun geht die Post ab. Du wirst sehen."

Er bekommt echt keine ordentlichen Sätze hin. Das deutet auf Altersdemenz hin. Sein Gehirn läuft nicht mehr stolperfrei.

Ja, das hätte er gern, eine 21-Jährige. Mit der Tussi wäre er schnell fertig, auch wenn die ihm die Brieftasche aus der Hose zieht, bevor sie auf Nimmerwiedersehen verschwindet. Das würde der Kerl noch eher verkraften als diese provokante Petra. Aber da muss er nun durch. Noch eine hübsche Antwort auf sein Gestammel und damit kommt der ersehnte Mittwoch in greifbare Nähe gerückt.

„Ich schätze es, wenn du in Übung bleibst, alter Michael. Auch ein Meister darf durchaus
sein Können noch perfektionieren. Ich weiß es doch: Ältere Männer brauchen bei allen Dingen etwas länger, vor allem, bis sie kommen. Die Gedanken natürlich. Oder was soll sonst noch kommen bei dir?"

Oh, verdammt, das wird diesmal heftig werden. Wenn nicht, dann kriegt der Kerl selber den Rohrstock auf seinem Hintern zu spüren.

Oh, wie ich diesen Mittwoch herbeisehne! Diesmal habe ich kein Kribbeln. Doch! Es kribbelt gewaltig, aber auf eine völlig neue Art. Es ist nicht Angst, nicht Unterwerfung, nicht Kleinmut oder Artigkeit, die das Kribbeln im Bauch verursacht. Dieses Mal kribbelt es bei dem Gedanken daran, den Kerl auf Herz und Nieren zu prüfen.

Was heißt es, wenn er sagt: „Ich kann das"? Was hat er wirklich drauf? Dieses Mal muss er beweisen, ob er ein wirklicher Meister ist. Sonst ist er bei mir „unten durch". Dann kann er auf meiner Weide den Oberhammel spielen und die anderen Möchtegerne in der Koppel herumscheuchen.

Ich wünsche mir, dass er sein Wort hält, dass er beweist, dass er der Meister ist. Das würde wehtun, aber ich will es so. Ich will es diesmal erleben!

Was will ich eigentlich erleben? Was heißt DAS?

Ich kann DAS.

Ich will DAS erleben. Welche Bedeutung hat dieses unbestimmte DAS?

Zeige es mir, Michael! Bitte zeige es mir!

Mit welchen Worten habe ich später diese Session in Erinnerung festgehalten?

„Michael,
ich bin sehr froh über deine eindeutige Entscheidung zum Spanking mit mir! ‚Du kannst wiederkommen.' Dieser Satz, ohne ‚vielleicht' und ‚mal sehen', ist für mich enorm wichtig. Ich sage ehrlich, dass mich diese ständigen Ungewissheiten über all die Zeit sehr belastet haben. Noch länger hätte ich dieses Gefühl, in der Warteschleife mit permanenter Abschussgefahr zu kreisen, nicht aushalten mögen. Auch wenn es mir unendlich schwergefallen wäre, aber dann hätte diese Mail einen anderen Inhalt gehabt."

Na, das klingt hoffnungsvoll, wenn auch etwas verwirrend. Was noch?

„Was wir zusammen tun, das ist wirklich absolut nichts, was gemischte Gefühle oder schlechtes Gewissen hervorrufen sollte. Wir machen nichts Verbotenes oder ethisch Bedenkliches und fügen auch niemandem Schaden zu. Wer dies nicht versteht, dem werden wir es aber auch nicht vermitteln können.“

Musste ich dem Kerl diese simple Erkenntnis extra verklickern? Wahrscheinlich ja. Habe ich auch noch irgendwelche brauchbaren Bemerkungen zu dieser Session gemacht?

„Auf meine Verschwiegenheit kannst du dich absolut verlassen. Auch werde ich mich in Gehorsam üben.“

Das klingt gerade so, als hätte der Kerl mich tatsächlich überzeugt.
    Ah, hier steht endlich was Brauchbares zur Session selbst geschrieben.

„Nun noch zur Session: Wie schon oben erwähnt, genau so stelle ich mir Spanking vor. Auch der ‚Bestrafungsaspekt‘, der ja durchaus reizvoll ist, mich aber bisher immer reichlich irritiert hat, bekommt damit seinen Sinn. Es ist gut, dass ich indirekt Einfluss darauf nehmen kann.
Der Wunsch, dich zu berühren, wächst bei mir im Laufe der Session. Es ist aber absolut kein sexuelles Verlangen. Eher trifft schon ‚Zuwendung aus Dankbarkeit‘ als Begründung zu. Es ist deshalb gut, dass du mir dies ein Stück weit gewährt hast und dann konsequent bestrafst. Sonst würde es zum Streichelspanking werden und das ist absolut nicht das, was ich will.
Dass du schließlich sehr hart und mit Festhalten vorgegangen bist, ist auch völlig in Ordnung und notwendig. Das muss auch sein und ich will das wirklich so streng und hart! Was die Spuren betrifft: Es tut noch etwas weh, aber die Spuren sind sehr moderat. Was wir machen, ist nicht gefährlicher als Radfahren oder Skilaufen. Da brauchst du dir keine Sorgen zu machen. Das kleine Risiko einer möglichen Hautverletzung geh ich ein. Das ist mir die Sache allemal wert. Auch weil ich dir und deinem Können vertrauen kann.“

Oh, Petra! Ich bin ein ewiger Sülzkopp. Der Typ hat wahrscheinlich grade mal so bewiesen, dass er mehr draufhat als kleinen Teenies den Popo rot anzufärben, und ich hebe ihn schon in den Himmel.

„Zuwendung aus Dankbarkeit" und „kein sexuelles Verlangen" ist doch völlig bekloppt. Entweder ticke ich nicht richtig oder der Kerl hat irgendwelche hypnotischen Fähigkeiten, die er in der Session einsetzt.

Letztere Vermutung ist reichlich unwahrscheinlich. Also bin ich bekloppt. Bin ich das?

Wie war das nun, als ich Punkt 15 Uhr an dem besagten Mittwoch auf den Klingelknopf an seiner Tür gedrückt habe, die Flasche mit gekühltem Sekt in der Hand?

„Komme rein, Petra. Du bist ja heute ganz pünktlich. Was gibt es denn zu feiern? "

Ein guter Anfang?

Ein guter Anfang allemal. Und dann?

Er öffnet unverzüglich die Flasche Sekt und schenkt zwei Gläser ein. Wir stoßen auf meinen Geburtstag an. Er hat es tatsächlich nicht mehr gewusst und reicht mir die Hand zum Glückwunsch. „Für mich ist Geburtstag nicht so wichtig", sagt er dabei etwas verschämt. Ist es wirklich für ihn nicht wichtig?

Das ist jetzt egal, denn irgendwie wird er meine Provokationen hoffentlich entsprechend aufgreifen und seine Meisterschaft unter Beweis stellen.

So direkt vor ihm sitzend kommen mir plötzlich meine Provokationen doch sehr gewagt vor. Hat der Kerl tatsächlich irgendwas Hypnotisierendes an sich?

Ich erinnere mich an das erste Mal. Auch damals hat er mir Sekt angeboten. Ich habe abgelehnt, wollte nur Wasser trinken. Meine Hand zitterte damals mit dem Wasserglas. Zittert sie heute mit dem Sektglas? Ja, ein wenig, und ich versuche es zu verbergen.

Der Sekt entspannt wirklich, denn inzwischen ist das Glas zum zweiten Mal gefüllt. Fange bitte endlich an, denke ich. Ich merke, wie die innere Anspannung von Minute zu Minute wächst. Was habe ich bloß getan mit meinen Provokationen? Er scheint die Ruhe in Person zu sein. Ist es die Ruhe vor dem Sturm?

Ich halte es nicht mehr aus, trinke mein Glas leer und entschuldige mich mit einem Gang ins Badezimmer. Dort lasse ich kaltes Wasser über meine Handgelenke laufen und wasche mir auch das Gesicht mit kaltem Wasser. Im Spiegel schaut mir eine etwas unsichere Petra entgegen. Was ist los? Ich wollte doch wissen, was es mit diesem „DAS" auf sich hat. Ich kann schließlich die Session immer abbrechen. Ein einziges Wort dafür genügt. „Stopp!", dann ist sofort Schluss für heute.

Was sind das für feige Gedanken? Ich habe mir drei Kriterien gesetzt für einen Abbruch der Session.

Ich rufe mir die Kriterien in Erinnerung.

Wenn es mir schlecht geht, innere Schmerzen auftreten, mir schwindlig ist oder so was körperlich Unbestimmtes eben auftritt.

Wenn ich merken sollte, dass er die Kontrolle über sein Verhalten verlieren könnte, etwa in Schlagrausch gerät.

Wenn er etwas machen will, was sich nicht mit meinen ethischen Gefühlen vereinbaren lässt.

So! Diese drei Kriterien zählen und sonst nichts. Jetzt gehe ich da wieder rein und warte ab. Ich brauche gar nichts tun, als das, was er mir sagt. Ich bin die Sub. Genau diese Rolle werde ich jetzt einnehmen. Ich werde ihn nun nicht mehr provozieren.

Los, rein jetzt. Ich kann hier nicht ewig vor dem Spiegel stehen und innere Monologe halten.

Nun geht es wirklich los.

„Ziehe dich aus und stelle dich dorthin."

Er verbindet mir die Augen mit einem Tuch und fesselt meine Hände mit Lederarmbändern auf dem Rücken. Diese Szenerie senkt nicht unbedingt meine innere Aufregung.

So stehe ich nun, atme tief ein und schon trifft mich die Bullwhip. Sie schlingt sich um meinen Körper und das Ende mit den Knötchen verziert mir die Vorderseite.

Das tut fies weh. Ich kann die Arme nicht nach vorn nehmen, um mich zu schützen, und ich kann auch nichts sehen. Wieder und wieder spüre ich diese Hiebe, nicht heftig, aber schmerzhaft.

Er bekommt mich jetzt schon klein, schießt es mir durch den Kopf. Es sind noch keine fünf Minuten vergangen! Er hat noch keinen einzigen richtigen Hieb geführt!

Wie soll ich zwei Stunden überstehen, wenn mich jetzt schon die Panik befällt?

Er steht hinter mir und geht nun langsam um mich herum. Ich fühle etwas Hartes unter meinem Kinn. Automatisch hebe ich den Kopf. Dabei wird mir bewusst, dass ich mit gesenktem Kopf dagestanden habe.

Will er mich jetzt mit der Bullwhip von vorn schlagen, quer über die Brust etwa? Das ist fies. Sehen kann ich nichts. Ich stehe da und bin nahe dran, um Aufschub, Gnade oder sonst was zu bitten. Meine Nerven liegen irgendwie blank.

Unerwartet trifft mich etwas Weiches. Es tat nicht weh, war eher angenehm.

Wieder etwas Weiches, diesmal von der anderen Seite. Ich realisiere, dass dies Ohrfeigen sind, sein müssen. Nochmals links und rechts, jetzt etwas heftiger, aber angenehm.

In mir steigt ein Gefühl von Stolz auf. Ich stehe aufrecht, mit verbundenen Augen, auf dem Rücken gefesselten Händen und mit erhobenem Kopf vor ihm und nehme seine Ohrfeigen an wie ein stolzer Krieger. Vor meinem inneren Auge tauchen Bilder aus Indianerfilmen auf.

Wie habe ich als Kind diese stolzen Krieger bewundert! Für den Indianerhäuptling galten Taten und Worte waren Versprechen. Hugh, ich habe gesprochen, so wollte ich leben. Ehrlich, tapfer, klug, mutig und selbstbewusst wollte ich sein. So haben wir es nachgespielt, damals, als wir Kinder waren, die Wildnis unsere Prärie und Kirschbäume unsere Pferde.

Die nächsten Ohrfeigen sind heftiger. Trotzdem drehe ich nach jeder Ohrfeige meinen Kopf wieder in jene aufrechte Haltung, den nächsten Schlag erwartend. Dieser ist nun so heftig, dass ich fast etwas den sicheren Stand verliere und sich ein leises Stöhnen meiner Brust entringt.

Dennoch: Wieder stehe ich mit erhobenem Haupt und erwarte den gleichen Schlag auf der anderen Seite. Er bleibt aus. Stattdessen nimmt er mir die Handfesseln und die Augenbinde ab. Ich bin etwas enttäuscht. Ich hätte dieses stolze Spiel gern länger mitgemacht. Doch in mir ist der Krieger erwacht. Nichts ist von meiner anfänglichen Nervosität geblieben.

Ich bin bereit für den Meister!

Diese Wirkung hat Michael bestimmt nicht mit seinen Ohrfeigen bezweckt. Ja, so ist das manchmal. Auch ein Meister kann nicht alles voraussehen. Schon macht er den nächsten Fehler. Wer nervös oder unsicher ist, der macht Fehler.

„Ich will, dass du machst, was ich sage. Du denkst, du kannst mich provozieren? Für deine Frechheiten bekommst du 240 Hiebe."

Das ist eine ordentliche Zahl, denke ich mir. Hat er sich überlegt, wie das gehen soll? Der Krieger in mir lächelt. Damit wird er reichlich zu tun haben.

Wie auf Kommando rudert mein Meisterlein auch gleich unsicher herum.

„Um um Gnade zu bitten, bist du wohl zu stolz?"

Hat der Kerl etwa gedacht, dass ich mich bei dieser Ankündigung sofort auf die Knie werfe und um Gnade flehe? Was kennt der denn für Frauen? Da musst du jetzt durch, Meisterlein, denke ich und lasse seine Suggestivfrage unbeantwortet.

„Baue das Lager auf und lege die Rohrstöcke bereit."

Das ist eine klare Anweisung. Ich breite also die Decke auf dem Tisch aus und lege die Rohrstöcke darauf. Zuerst den dicken Stock, fein parallel daneben den dünneren Stock und … Ja, verdammt! Ich mag den dünnen ungeschälten Stock nicht. Der tut fies weh. Bei 240 Hieben muss dieser Stock nicht zum Einsatz kommen. Ich schiebe ihn unter die Decke und weg ist er. Es war eine Spontanhandlung. Aus den Augenwinkeln bemerke ich, dass er mich beobachtet. Ich habe es trotzdem gemacht und auch nicht an die möglichen Folgen gedacht. Es war ehrlich und spontan. Dann lege ich mich auf die Decke und warte. Der Häuptling liegt in der Deckung des Präriegrases und beobachtet seine Feinde.

Nein, dieses Bild passt nun wirklich nicht. Hier ist nichts von Deckung und mein Feind ist mein Spanker schließlich auch nicht.

Er stärkt sich zunächst mit einem weiteren Glas Sekt. Oder trinkt er sich Mut an?

„Diesen Rohrstock hast du unter die Decke gelegt? Den willst du also nicht?"

Der Meister hat eine Kombinationsgabe, denke ich noch, dann trifft mich die Ankündigung wie ein Blitzschlag.

„Dann werde ich für die 240 Hiebe genau diesen Rohrstock nehmen."

Das kann er doch nicht ernst meinen! Genauso meint er es aber. Das ist ein so fieses Schwein, geht es mir durch den Kopf. Der Kerl gehört an den Marterpfahl. Mich kriegt der nicht klein, mich nicht!

Zuerst soll ich mitzählen, aber das geht ziemlich schnell nicht mehr. Natürlich macht er Pausen. In denen kommt der Flogger als Entspannungsübung zum Einsatz, bevor es weitergeht mit der Zählerei. Ich habe derweil längst vergessen, bei welcher Zahl wir aufgehört hatten. Das Gehirn ist nicht auf Rationalität eingestellt, wenn es Emotionalität verarbeiten soll. Immerhin nimmt er diese Sache gelassen und zählt selbst weiter.

Irgendwann darf ich mich umdrehen. Wie ich so auf dem Rücken liege und ihn ansehe, wird mein Drang, seine Hände zu halten, immer stärker. Ich fasse schließlich nach seiner Hand und halte sie fest. Seine andere Hand mit dem Rohrstock ist inzwischen weiter aktiv.

Er versteht meine Geste nicht oder will sie nicht entsprechend verstehen. Ich soll seine Hand loslassen. Das tue ich zunächst auch, fasse dann aber wieder zu. Es ist wie ein Rausch. Schmerz schaltet alles andere ab und verschafft einen Trancezustand. Diesen Zusammenhang kann er wohl nicht verstehen. Irgendwann hat er die Nase voll von diesem Spiel.

Er hält mein Handgelenk fest und platziert mindestens ein Dutzend Hiebe schnell hintereinander auf die Handfläche. Ich schreie jetzt unkontrolliert vor Schmerz. Gleichzeitig steigt Wut in mir auf. Der bekommt mich nicht klein. Eher nagele ich ihm seine Pfote auf der Tischplatte fest.

Vorerst geht er auf die andere Seite vom Tisch. Jetzt bin ich voll auf Aggression, auf „ich werde es dir zeigen" eingestellt. Ich nehme wieder seine Hand, drehe mich auf die Seite und drücke sie mit meinen beiden Händen an meine Brust. Das muss er doch verstehen!

Fehlanzeige! Der Kerl ist ein emotionaler Eisblock. Er versteht nichts. Im Gegenteil, er wird jetzt richtig wütend. Wieder drückt er meine nun andere Hand am Handgelenk auf die Tischplatte. Was jetzt kommt, kann man sich denken. Irgendwann fühlt sich die Hand taub an, als ob sie eingeschlafen wäre.

Er braucht eine Pause. Ich auch. Wie fühlt der Kerl sich jetzt? Das möchte ich zu gern wissen. Er wird es mir nicht verraten. Immerhin macht er derweil Kaffee und stellt Kuchen auf den Tisch! Wer hätte das gedacht? Eine Versöhnungsgeste? Ist er sich unsicher in seinem Tun?

Nun sitzen wir uns an jenem Tisch gegenüber, auf dem ich eben noch meinem Leid im Spiel gefrönt habe, zwischen uns liegen die drei Rohrstöcke, wir trinken Kaffee und essen Kuchen.

Ich muss plötzlich lachen, als mir die Szenerie bewusst wird. Er macht ein Gesicht wie Regenwetter. War es zu hart? Ist er sich tatsächlich unsicher?

Wir sind irgendwie bis 130 oder 140 mit der Zählerei vorangekommen. Macht er sich Gedanken, wie er den Rest „hinbekommen" soll? Ich würde gern irgendwas sagen, aber ich traue mich nicht. Nicht, dass ich Angst hätte, es ist mehr so ein Gefühl von Gewitterstimmung. Man traut sich nicht recht raus. Schließlich räume ich unaufgefordert Tassen und Teller weg. Es ist nur ein Gefühl. Vielleicht sollte ich ein paar Pluspunkte sammeln, eine nette Geste, die einen Bonus verschafft? Nun, es war jedenfalls wirkungslos. Keine Pluspunkte, kein Bonus, keine Erleichterungen. Es geht weiter. Runde zwei wird eingeläutet. Der Meister betritt den Ring, respektive er erhebt sich von seinem Sitz und greift zum Rohrstock.

Ich stehe im Raum herum. Weil ich somit frei beweglich bin und mir die Anzahl der vorangegangenen Hiebe doch irgendwie in den Knochen steckt, mache ich das, was man instinktiv in einer solchen Situation tut. Ich weiche aus.

„Ausweichen nützt dir nichts. Ich bin immer da." Das nennt man Logik. Wie angewurzelt bleibe ich stehen, auch für die darauf folgenden Aktionen, die wahrlich heftig sind. Ich bleibe einfach stehen.

Was hat der Kerl mit diesen paar Worten bewirkt? Natürlich hätte ich weiter ausweichen können, aber ich tue es eben nicht. Das nennt man eine mentale Fessel. Ohne jegliche körperliche Bewegungseinschränkung verharrt man in genau dieser Position. Dieses Verhalten kennt man sonst nur aus einem Schockzustand. Bewegungsunfähig verharren ist eine Abwehrstrategie gegen Feinde. Es verunsichert diese oder der Angreifer nimmt seine Beute durch deren Bewegungslosigkeit nicht wahr. In diesem Fall trifft nichts davon zu. Er ist nicht mein Feind, noch nimmt er mich deshalb nicht wahr oder ist verunsichert. Im Gegenteil. Er kann zielgerichtet treffen und tun, was er will.

Warum wirkt eine solche mentale Fessel? Weil ich es eigentlich doch will, was gerade geschieht? Ich meine, in diesem Fall trifft es eher nicht zu, jedenfalls nicht im weiteren Verlauf, dass ich will, was geschieht, wie man gleich sehen wird.

Mentale Fesselung ist ein unergründetes Phänomen. Es hat etwas Hypnosuggestives. Er schlägt nun zu, als gelte es **sein** Leben zu verteidigen, und ich bleibe wie angewurzelt stehen.

Immerhin: Nach einigen Hieben mache ich eine eindeutig unterwürfige Geste.

„Das nützt dir nichts", sagt er nur und macht weiter. Ich bin bestürzt, dass er meine eindeutige Geste zwar verstanden hat, aber völlig ignoriert. Ist er im Schlagrausch? Soll ich die Session abbrechen? Mir liegt das „Stopp" auf der Zunge.

Vorher schaue ich ihm ins Gesicht. Nein! Er hat sich eindeutig unter Kontrolle. Punkt zwei meiner drei Kriterien trifft nicht zu. Also kein Stopp.

Inzwischen tun die Hiebe so weh, dass ich schreie, „Michael …
Höre auf!“

Keine Reaktion. Er macht weiter. Ich bin kurz davor nun
doch mein „Stopp“ herauszuschreien. Vorerst schreie ich aber:
„MICHAEL!“

Nun hört er auf und stellt sich vor mich hin.

„Das waren ungefähr sechzig Prozent. Da geht schon noch
was.“ Ich nicke.

„Bitte tue es nicht.“ Mehr Worten bedarf es nicht, aber er hat
mich nicht kleinbekommen.

Die nächste Pause ist angesagt. Ich glaube, es macht ihn auch
ganz schön fertig, so hart vorzugehen. Wahrscheinlich habe ich
ihn doch an seine Grenzen gebracht. Hatte er so eine Frau überhaupt schon mal? Ich bezweifle es.

Wir sitzen jetzt im Garten und trinken Bier. Ich habe nichts
anderes an als meine Haut. Er hat meinen Respekt dafür. Schließlich könnten die Nachbarn doch irgendwie durch die Hecken
lugen. Nachbarn haben einen sechsten Sinn für Unanständig-
keiten jeglicher Art. In dieser verträumten Siedlung am Rande
des Kaffs inmitten der Pampas passiert sonst nichts. Da bekommen
Hecken schnell Augen und Ohren. Mir ist es egal. Ich sitze gern
hier in der Sonne ohne jegliche Kleidung. Die Hiebe brennen
etwas nach. Das ist ein eher angenehmes Gefühl.

Vielleicht hat er längst das lästige Zählen vergessen und jetzt
kommt nur noch Entspannung? Ich wünsche es mir. Hat er sein
DAS erfüllt? War es für mich jenes DAS, was ich wollte?

Darüber denke ich aber jetzt nicht nach. Ich genieße einfach.
Irgendwann geht er rein und ich lege die Füße auf den gegenüber
stehenden Stuhl. Das ist ein Verhalten für eine Sub, was eigentlich gar nicht geht. Nein, er hat mich nicht kleinbekommen. Er
wird mich niemals kleinbekommen. Jedenfalls nicht mit Härte
allein. Da muss er sich schon noch etwas anderes einfallen lassen.
Wahrscheinlich weiß er es auch.

Er hat die Bullwhip geholt, verbindet mir wieder die Augen und führt mich mitten auf seine Wiese. Ist es sein tiefer Drang nach Öffentlichkeit? Nun, den kann er hier nicht ausleben. Da stehe ich nun in der Sonne und warte. Er tritt von der Seite an mich heran.

„Hier darfst du nicht schreien." Ich nicke stumm. Dann verpasst er mir einige Hiebe mit der Bullwhip. Mein Mund öffnet sich, doch kein Laut entringt sich meiner Kehle. Ich bleibe stumm, ersticke den Schrei. Das ist pure Beherrschung. In diesem Moment bewundere ich sein Vertrauen. Schließlich wohnt **er** hier, nicht ich. Aus welchem Grund er bereit ist, dieses Risiko einzugehen, werde ich nie erfahren. Er hat jedenfalls damit wieder mein volles Vertrauen erworben. Das braucht er auch, denn es geht weiter.

Er tritt direkt vor mich hin und sagt leise: „Gehen wir wieder rein."

Weil ich immer noch mit verbundenen Augen dastehe, fühle ich mit meinen Händen nach seinem Kopf. Mit leichtem Druck versuche ich, ihn an mich zu ziehen. Er leistet Widerstand. Da belasse ich einfach meine geöffneten Arme einladend oben haltend. Er zögert einen Moment, dann nimmt er mich in die Arme und ich lege meine Hände um seinen Nacken. Da stehen wir nun in seinem Garten auf der Wiese in der Sonne und umarmen uns. Wenn doch ein Nachbar lüstern schauen würde, so wäre er oder sie in diesem Moment einfach nur neidisch auf uns. Da gehe ich jede Wette ein. Neid ist leider eine reichlich nagende Eigenschaft, weshalb ich ihm wünsche, dass es keine heimlichen Zuschauer dieser Szenerie gibt.

Nun geht es drinnen weiter. Ich darf mich wieder hinlegen, diesmal gleich auf den Rücken.

Jetzt mache ich eine kleine Spannungspause und schaue, was Michael im Nachhinein über diese Session, in der es dreizehn schlug, für Gedanken und Gefühle hatte.

Warst du immer Herr der Situation? Warst du der Meister? Hast du dein DAS erfüllt? War es schwer oder schön, erregend oder anstrengend?

Das war eine tolle Session. Hätte nicht gedacht, dass ich mit Petra so viel machen kann. Ich habe aber auch ein gutes Equipment und kann damit umgehen. Jedes Instrument hat seinen eigenen Charakter.

Hier, mit dem herrlichen Flogger zum Beispiel: Damit kann man sanft streicheln oder moderate Schmerzen bereiten. Die Haut rötet sich gleichmäßig auf dem gesamten Rücken. Außerdem haben ahnungslose Zuschauer ziemlichen Respekt davor. Weil sie die Wirkung nicht kennen, glauben sie, es muss furchtbar wehtun. Allein das Geräusch bringt vermutlich Gänsehaut bei Zuschauern. Wenn die sehen, wie ich mit aller Kraft aushole … das muss einfach furchtbar wehtun. Sollen sie es glauben. Während die Frau sich bei den wohldosierten Schlägen gerade saumäßig gut fühlt, verziehen die unkundigen Zuschauer schmerzvoll das Gesicht, weil sie mitleiden.

Anders wirkt eine Peitsche mit ein oder zwei breiten Lederzungen. Die macht schöne Streifen auf der Haut. Man kann den ganzen Körper mit Striemen verzieren, wie man es möchte. Man kann sich vorher ein Muster ausdenken oder von Herzenslust drauflos arbeiten. Das wird dann sozusagen moderne Kunst. Besonders erfreut es mich, wenn sich auch die Sub über jeden „Pinselstrich" freut, der die Haut erwärmt, die Leinwand verziert und ihre Körpersäfte in Wallung bringt.

Bei Petra habe ich die Verzierungen mit dem Rohrstock vorgenommen. Das war heute nötig. Reichte schon, dass sie den Flogger ab und an zur Entspannung genießen durfte. Sonst hätte das freche Weib meine Strafexpedition freilich nicht durchgehalten.

Aber die Bullwhip erst! Die habe ich heute reichlich eingesetzt, denn diese Peitsche ist ein anderes Kaliber. Bei einer Bullwhip sieht die Wirkung ganz anders aus. Da dürften Zuschauer getrost mitleiden. Das ist berechtigt.

Meine Bullwhip hat vorn noch eine mit Knoten geflochtene Schnur befestigt und ist eigentlich eine Knallpeitsche. Damit richtig zu knallen macht allein schon Gänsehaut. Die Schnur bekommt beim Knall Überschallgeschwindigkeit. So einen Effekt muss man üben. Am Anfang war das Knallen recht schwierig, aber jetzt kann ich es ziemlich gut. Der Frau muss das Herz stehen bleiben, wenn sie bedenkt, dass sie diese Peitsche gleich zu spüren bekommt.

Mich regt das Knallen vor dem eigentlichen Spanking unglaublich an. Wenn diese Peitsche sich dann scheinbar sanft um den Körper schlingt … Allerdings sollte man schon gut aufpassen, dass dabei keine ernsthaften Verletzungen entstehen. Diese Peitsche ist eine Sportpeitsche, könnte sogar wie eine Waffe verwendet werden und bedarf höchster Aufmerksamkeit. Ich kann das! Möchte schließlich nicht aus Dummheit oder Unaufmerksamkeit meiner Lady ein Ohr abschneiden.

Diese Peitsche bedarf Übung im Umgang, ist für Meister gemacht. Die Spuren auf der Haut, welche die Schnur mit den Knoten verursacht, sind grandios. Außerdem wird es fies wehtun. Wenn sie dann noch die Augen verbunden bekommt und die Hände auf dem Rücken fixiert werden …

Sie kann nichts sehen und sich nicht schützen! Auf diese Ideen kommt nur der Meister. Ich verstehe es wahrlich, eine Delikatesse gekonnt zu zelebrieren.

Ich bin mir sicher, Petra hatte ich gleich zu Beginn mit diesem Szenario weichgekocht. Ich hätte das nur noch fünf Minuten durchzuziehen brauchen und sie hätte wahrscheinlich aufgegeben. Danach hätte ich sie verbal demütigen können, bis sie völlig am Boden gewesen wäre. „Was denn? Du wagst es, den Meister zu provozieren? Dabei kannst du keine fünf Minuten Vorspiel durchhalten! Ich konnte dir nicht mal deine eigentliche Strafe verkünden. Willst du jetzt gleich wieder gehen?" Oh, diese Fragen hätten Petra hart getroffen. Sie soll froh sein, dass ich ein milder Spanker bin, mit ihr so nett und rücksichtsvoll umgehe. Das vorlaute Weib kann meine Güte gar nicht ermessen. Aber wenn ich richtig loslegen würde, dann würde die mir glattweg die Ohren vollheulen. Die hält mental nicht viel aus. Außerdem wollte ich mir nicht gleich zu Beginn den Spaß vermasseln.

Na schön, kleine Petra. Ich habe dich trotzdem fertiggemacht. Mit dem Rohrstock!

Ja, die Peitschen sind ganz nette Spielzeuge, aber es geht nichts über den Rohrstock, das ursprünglichste aller Instrumente. Mit dem Rohrstock zu schlagen, das sieht ganz einfach aus, aber man muss schon richtig gut damit umgehen können. Natürlich kann man damit auch streicheln und angenehme Gefühle erzeugen. Das macht besonders Wirkung, bevor es richtig hart zur Sache geht.

Heute hat Petra keine Streicheleinheiten bekommen. Wenn das Weib so frech und provozierend ist, so soll sie merken, dass damit keinerlei angenehme Gefühle verbunden sind. Sie hätte schließlich um Streicheleinheiten betteln können. Vielleicht hätte ich ihr ein wenig dieser Gnade gegönnt? Vielleicht? Aber ein solcher Gedanke fällt dieser Frau nicht ein.

Ja, so geht das beim Meister zu. Petra, du wirst noch schmerzhaft lernen müssen. Du lernst nur auf die ganz harte Tour. Soll mir recht sein, denn richtig toll ist es schließlich auch für mich, wenn sich auf ihrem Hintern Schwiele an Schwiele reiht von vielen mittleren und starken Hieben. Dazu hatte ich heute jedenfalls sehr viele Gelegenheiten. Das hat Spaß gemacht.

Ach, wenn ich bedenke: Wie war das früher einfach mit der Erziehung und der Beziehung. Klar, ich bin durchaus ein aufgeklärter Mann, aber es war früher einfacher. Das ist Fakt.

Die Frau oder die Kinder sind frech gewesen oder haben gar etwas angestellt und es kommt heraus. Er fackelt nicht lange und greift zum Rohrstock. Sie wissen Bescheid und präsentieren ihm mehr oder weniger freiwillig ihren nackten Hintern. Nun ja, die Kinder dürfen die Hose anbehalten und werden vielleicht auch nur über das Knie gelegt. Aber das Weib nicht. Sie hat sich mit nacktem Po über die Tisch- oder Bettkante zu beugen. Zumindest das Weib hat eine ordentliche Tracht Hiebe freiwillig zu akzeptieren, welche ihre Lenden zum Kochen bringt. Insgeheim freut sie sich schon auf eine nachfolgende Versöhnung mit ihm, bei der er sich alles von ihr nimmt, was und wie er es möchte. Klar genießt sie diesen Versöhnungsakt. Sie kommt „auf ihre Kosten" dabei, weil sie sich auf alles insgeheim freuen kann. Sie freut sich auf die kleinen Frechheiten, auf die fälligen Hiebe, auf die liebevolle Versöhnung und vor allem freut sie sich auf den Mann, der genau das mit ihr immer wieder tun wird. Insgeheim denkt sie schon bei der Versöhnung an die nächste kleine Frechheit, wenn da nur nicht der Rohrstock wäre.

Jedenfalls ist diese Welt in Ordnung für beide. Es gibt keine Scheidungsdrohungen, kein nervendes Gequatsche über tiefenpsychologische Mann-Frau-Beziehungen, keine Safer-Sex-Diskussionen und was sonst noch alles dem Mann die Lust an der Frau zu nehmen vermag. Wahrscheinlich nimmt es auch der Frau die Lust am Mann, wenn der Kerl einen Touch auf Frauenversteher macht und als softiger Langweiler durch ihr Leben schleicht.

Für mich wäre es besonders spannend und erregend, wie lange sie warten würde, bis sie ihn wieder zu provozieren wagen dürfte. Bis dahin wartet der Rohrstock geduldig und der Mann widmet sich seinen Angelegenheiten, für die er somit auch seine Ruhe hat.

Bei Petra musste ich bisher nie lange warten. Sie hätte mich glatt jede Woche wieder provozieren wollen. Mal sehen, ob das nach dieser Strafexpedition anders geworden ist. Ich wette, die schreibt mir noch heute eine lange Mail und schwärmt von der Session. Dieses Weib bekommt anscheinend nie den Hintern voll genug, als dass sie nicht noch mehr vertragen könnte. Heute hat es hoffentlich gereicht.

Eine harte Session erfordert schließlich höchste Konzentration. Ich mag es „das Ei auf den Punkt weich zu kochen". Das erfordert besonders viel Konzentration. Danach bin ich erst mal angespannt.

Ob das Weib überhaupt daran denkt, wie anstrengend gute Erziehung ist? Warum schickt sie all die anderen Spanker auf ihre dämliche Weide, wie sie sagt? Weil die nicht draufhauen können? Bestimmt können die mit dem Rohrstock draufhauen. Aber mehr können die eben nicht. Ich schon! Petra weiß das. Weiß sie es zu schätzen? Warum provoziert sie mich dann?

Ach so, ja, das ist eben genau der Punkt. Sie ist eigentlich ein ideales Weib für mich. Warum hat sie diesen anderen Kerl, der nichts auf dem Kasten hat? Warum bekommen immer die falschen Männer die richtigen Frauen? Das Leben ist ungerecht. Entspannung beim Sex würde mir jetzt guttun. Ich könnte diese Petra nehmen, wie es mir passt. Sie würde das wollen. Da liegt das Problem.

Hatte ich solche Gedanken nicht schon mal? Scheiße! Warum dreht sich alles im Kreis? Als Gott die Frauen schuf, hat er den Männern versprochen, dass sie an jeder Ecke eine tolle Frau finden werden. Leider hat Gott einen Fehler gemacht. Er schuf die Erde rund. Außerdem gab er den Frauen zwar einen tollen Körper, aber eben auch genauso viel Gehirnmasse wie dem Manne. Damit soll der Mann nun fertig werden. Nichts ist perfekt in dieser Welt. Selbst die Weinflaschen sind zu klein. 0,75 Liter. Da ist doch so gut wie nichts drin.

Ach, Petra. Ich wünschte, ich könnte dich jetzt einfach nehmen, deine tollen Brüste, deine Schwielen am Hintern, deine mit Striemen verzierten Oberschenkel. Alles bekommt dieser andere Kerl. Der hat gar nichts dafür getan. **Ich** habe diese Petra zwei Stunden lang auf den Punkt weich gekocht. Dieses perfekte Ei steht mir zu! Warum ist dieses Weib verheiratet? Warum ist diese Petra nicht zwanzig Jahre jünger? Warum habe ich dieses Weib nicht vor zwanzig Jahren getroffen?

Dann wäre jetzt alles vorbei. Bestimmt wäre das so. Ist doch immer so.

So war DAS also für dich? Na gut. Wie geht es weiter?

Ich liege also auf dem Rücken und mein Meister offeriert mir: „Wir haben 180 Hiebe von den 240 angekündigten Hieben weg." Ich nicke nur. Was sollte ich sonst tun? Den Überblick über die Zählerei habe ich längst verloren. Außerdem gilt ohnehin das, was er sagt. Dann mache mal, denke ich und schließe die Augen.

„Die nächsten zwanzig bekommst du auf die Oberschenkel, auf jeden zehn." Hurra, er kann zwanzig durch zwei teilen. Das Lächeln fällt mir bei dem Gedanken allerdings etwas schwer. Ich winde mich, beiße die Zähne zusammen und versuche ansonsten relative Gleichgültigkeit vorzutäuschen. Das wird Striemen geben, die ich noch drei Wochen lang bewundern kann. Wenigstens kann man sich auf den Oberschenkeln die Striemen bequem ansehen.

Nun, 180 plus zwanzig sind immerhin 200. Irgendwie habe ich den Überblick jetzt wieder und darf mich umdrehen.

„Also noch vierzig und die ziehe ich jetzt durch." Was immer das auch heißen mag, denke ich noch, dann ist bei mir Schluss. Der Schmerz betäubt jedes andere Gefühl und jeden Sinn für Rationalität. Mein Körper ist nur noch gefühlter Schmerz.

„Ich bitte um Gnade!"

Er hält inne, stützt seine Hände auf die Tischplatte und scheint überrumpelt. Diese Geste der Unterwerfung hatte er jetzt nicht mehr von mir erwartet?

„Wie stellst du dir das vor?" Der Meister fragt seine Sub, wie sie sich Gnade vorstellt? Der Typ braucht echt Nachhilfeunterricht. Wenn mir nicht alles so wehtun würde und es mir mit der Gnade nicht so verdammt wichtig geworden wäre, würde ich ihn jetzt provozieren.

So denke ich kurz nach und sage dann: „Erlasse mir zwanzig Hiebe."

Eigentlich hätte ich gewollt, dass er mir alle noch offenen Hiebe erlässt, aber das empfand ich als zu hoch gepokert. Doch auch zwanzig erlassene Hiebe sind für ihn zu viel Gnade.

Stattdessen sagt er: „Ich biete dir einen Tausch an. Vier Hiebe auf die Fußsohlen und alles ist abgegolten."

Ist das ein fieses Schwein! Dem nagle ich nicht nur die Pfote auf der Tischplatte fest, den binde ich an den Marterpfahl und lasse ihn stundenlang in der heißen Sonne braten, ohne Wasser, versteht sich. Ich habe ihm die Fußsohlen entzogen, weil mir das furchtbar wehtut! Dieses miese Schwein will genau diese Körperstelle zurückerobern und mit einem Tausch scheinbar seine Gnade anbieten. Er betrachtet Hiebe auf meine Fußsohlen als seine Gnade!

„Nein", quäle ich mir ab.

„Also, dann doch noch dreißig Hiebe? Oder sind es noch vierzig?" Es klingt ungläubig verwundert. Ja, du dummer Kerl. Jetzt stehe ich das auch noch durch. Du schaffst mich nicht. Der Rest gestaltet sich in einer Form von milder Folter. Ich nehme noch wahr, aber wie durch einen Nebel.

Irgendwann nehme ich wahr, dass er sagt: „Na gut. Ich kann ja mal den anderen Rohrstock nehmen. Das ist auch eine Form von Gnade."

Ja, ICH habe ihn kleinbekommen, obwohl ich so viel schlechtere Karten hatte. Er wird es nie mehr wagen, mir ein derart hohes Strafmaß zu verpassen.

Später wird er sagen: „Ich musste dir schon mal zeigen, was Konsequenz bedeutet."

Ja, lächle ich in mich rein. Deine Konsequenz ist dir beinahe auf die eigenen Füße gefallen. Es schlug dreizehn! Für uns beide!

Dennoch fühle ich mich jetzt sauwohl. Ich weiß jetzt, dass ich alles aushalten kann. Das ist **mein** „DAS"! Mein Wille hat über seine Konsequenz gesiegt.

Wie fühlst du dich, Meisterlein?

Dieses kleine „DAS" des Meisterleins werden wir nie erfahren. Es ist ihm einfach zu peinlich, vermutet Petra.

Welche Erinnerungen habe ich meinem „Tagebuch der Gefühle" zu dieser Session anvertraut?

„Die Session begann furios. Klare Verhältnisse von Beginn an. Hiebe und Liebe - besser streicheln mit dem geliebten Flogger -, die angebeteten Hände halten dürfen, die Bullwhip zu spüren, die Umarmung im Garten, der Stolz bei den Ohrfeigen und auf die durchgehaltenen gigantisch vielen Hiebe. Das macht mich froh und erfüllt. Versteckst den Rohrstock und machst freche Bemerkungen, forderst deinen Meister heraus und erwartest einen rücksichtsvollen Umgang? Wärst du damit zufrieden? Bestimmt nicht. Wie wäre es mit einigen guten Vorsätzen für die Zukunft? Zum Beispiel diese:

- *Lasse die kleinen Provokationen stecken. Dein Meister kann damit umgehen.*
- *Verstecke nie mehr einen Rohrstock. Dein Meister hat dir die Konsequenz gezeigt.*
- *Was der Meister von dir verlangt, das mache sofort und vollständig.*
- *Sei gegenüber deinem Meister gehorsam, demutsvoll und dankbar."*

Oh, Petra! Geht es noch?

Welche Idealismustropfen habe ich genommen, die mir das Gehirn derart erweichen?

Es schlägt dreizehn! Jawohl! Aber anders, als mein angehimmelter Meister es mit mir gemacht hat. Es schlägt dreizehn für meine hirnerweichte Dämlichkeit. Es wird noch ein weiter Weg sein und viel mehr wehtun als diese 240 Hiebe, bis ich zu Erkenntnissen komme. Erkenntnisse über mich, über den Meister, über das Leben überhaupt. Es wird lange dauern, bis ich diese anderen Vorsätze fassen kann, die ich dann allerdings nicht mehr umsetzen kann. Jedenfalls vorerst nicht.

Lasse die kleinen Provokationen stecken, stelle konkrete Forderungen. Dein Meister muss wissen, dass diese Petra eine ernst zu nehmende Partnerin ist.

Lasse dich nie abwimmeln oder mit Kleinigkeiten abspeisen. Dein Meister muss wissen, dass die Konsequenzen für ihn sehr unangenehm werden.

Was ich von meinem Meister verlange, das soll er gewissenhaft und zuverlässig erfüllen. Sonst wird es sehr schmerzhaft für ihn werden. Reue kommt nach dem Fall.

Sei gegenüber deinem Meister fordernd, konsequent und hartnäckig.

Benutze die „Brechstange", wann immer es nötig ist.

Solche Vorsätze bringen mich weiter! Petra! Denke an dich! Nur an dich!

Lasse ich meine Gedanken noch etwas abschweifen. Wie wurden die Themen Härte und Demut in dem bekannten Buch „Die Geschichte der O" verarbeitet?

Zuerst unterwirft sich „die O" selbst und schöpft daraus ihren Stolz. Es macht sie stolz, weil sie sich von jemandem angenommen, anscheinend sogar geliebt fühlt und scheinbare Beachtung findet. Sie spiegelt ihren eigenen Wert im Tun der Männer, die sie benutzen und misshandeln. Sie verbindet Härte mit hohem eigenem Wertstatus und übt Demut als Ausdruck von Dankbarkeit. Später merkt sie sehr bald, dass dies nicht so ist, ist aber bereits im Käfig der Abhängigkeit von den Männern und ihrem eigenen Verlangen nach Beachtung durch Misshandlung gefangen. Noch später wird sie selbst Teil im Spiel dieser miesen Strategien.

Die „Geschichte der O" ist ein Roman. Die „O" ist nur eine erfundene Figur, wie ihre Peiniger.

Diese Geschichte hier basiert auf wahren Begebenheiten. Petra und Michael sind real existierende Personen. Nun kommt es zuweilen vor, dass eine real existierende Person irgendwann ihrer Rolle im Spiel nicht so gerecht wird, wie ihr ebenso real existierender Spielpartner es sich vorstellt. Es kann sein, dass sich Petra von ihrem Spielpartner mehr wünscht, als dieser zu geben bereit ist. Es kann sein, dass sie den Menschen hinter ihrem Spanker sieht und mit diesem Menschen auch außerhalb der Spielbeziehung kommunizieren will. Woher soll Petra aber wissen, was Michael ihr für eine Rolle vorbestimmt hat und wie sie dieser unausgesprochenen Anforderung gerecht werden kann? Darf außerdem der devote Partner nicht auch etwas vom dominanten Partner wollen und dies äußern? Tritt der selbst ernannte Meister dann aus seiner Rolle heraus und verlagert das Spiel flugs in die Wirklichkeit, von der freiwilligen körperlich gelebten Spielebene in die aufgezwungene mentale Ebene der Machtdemonstration?

Ist das für ihn ein einfacher Ausweg, weil man nur die Striemen von Hieben sehen kann? Die Verletzungen der zurückgewiesenen Seele sieht man nicht. Nun unterwirft er die ihm vertrauende Frau nicht mehr körperlich, sondern seelisch. Diese Wunden heilen meist nie ganz, schmerzen ein Leben lang. Opfer seelischer Grausamkeiten haben keinen Anwalt, ihnen wird keine Aufmerksamkeit geschenkt.

Warum diese Abschweifung jetzt?

Es schlug dreizehn und das mag manchem Leser sehr hart oder gar grausam erschienen sein. Sind diese geschilderten Aktionen tatsächlich geschehen, wie es beschrieben wurde? Ist an dieser Stelle die Frage nach Gewalt und Körperverletzung nicht doch berechtigt?

Unfreiwillige körperliche Misshandlungen sind ohne allen Zweifel grausam und sadistisch und stellen eine Straftat dar. Die Betonung liegt auf unfreiwillig. Alle Aktionen zwischen beiden Partnern in diesem Spiel sind freiwillig und einvernehmlich geschehen. Beide Partner hatten jederzeit die Möglichkeit, das Spiel abzubrechen. Ein einziges Wort hätte dafür genügt. „Stopp!"

Wenn ich nun schon mal beim Thema Gewalt bin, so wage ich noch kurz einen Seitenblick. Was ist mit Entzug von Liebe, mit Zurückweisung, mit gesellschaftlicher Isolation, mit Mobbing, Stalking oder was für neues Wortgut eingezogen ist in unsere moderne körperlose Welt. Wie geht es Mobbingopfern? Welche Ängste müssen Stalkingopfer ausstehen? Welche Ängste mussten sie vorher aushalten? Wer hat sie angehört?

Ist das keine Form von Gewalt? Alle diese Menschen leiden vielleicht ihr Leben lang an den Folgen, aber sie haben keinen Anwalt. Diese Misshandlungen sind schwer zu beweisen. Irgendwann meldet sich ihr Körper auf unwiderstehliche Weise, verlangt nach Aufmerksamkeit. Gehen sie vielleicht zu einem Spanker, weil der ihnen scheinbar Aufmerksamkeit und Zuwendung schenkt? Besser körperliche Zuwendung durch Schmerz erfahren als gar keine Zuwendung, sagen sie sich.

Es gibt auch Menschen, die brauchen ab und zu nahezu totalen Kontrollverlust, um sich vom Alltag abzugrenzen und zu entspannen. Sie wollen keine Entscheidungen treffen, wollen geführt werden, wollen sich hingeben können. Es gibt auch Menschen, die unserer unkörperlichen Welt entfliehen und ihren Körper real erleben und fühlen wollen. Ja, es sehnen sich so viele Menschen nach etwas Liebe, Zuwendung, Körperlichkeit, Umarmung, ohne diese Sehnsüchte jemals wirklich und wahrhaftig erfüllt zu bekommen.

Nein, Spanking ist kein Ersatz für Zärtlichkeit und auch kein Ersatz für fehlende emotionale Zuwendung. Spanking ist eher ein Ventil für angestaute Emotionen, vielleicht sogar nur ein Notprogramm des Körpers. Schmerz ist normalerweise immer negativ besetzt. Starken Schmerz beim Spanking zu erleben, betäubt für eine Weile alle anderen Gefühle und Bedrängnisse. Starken Schmerz von einer geliebten Hand zu erfahren, kann sogar ein Türöffner zu seelischer Befreiung sein. Die geliebte und vertraute Person, der Spanker, räumt mit seinem konsequenten Tun zunächst alle anderen Ängste, Zweifel und Belastungen aus dem Weg. Es ist eine mögliche Art, seine eigenen Grenzen zu erweitern und die innewohnenden Kräfte zu mobilisieren. Nicht mehr und nicht weniger.

Es schlug dreizehn! Manchmal muss das sein. Hierbei war keine Gewalt im Spiel!

9

WARUM

„Aufrichtigen Dank meinem Haus- und Garten-Eden-Spanker Michael, dem Meister der altehrwürdigen Handwerkskunst der schlagenden Zunft, die den durch Emanzipation und Demokratie geschädigten Frauen die Chance gibt, würdevoll ‚ganz Frau sein zu können', und es überdies ermöglicht, den Glauben an die Wahrhaftigkeit naturgegebener Rollenverteilung und verlorenes Werteverständnis zu stärken."

Ach du heiliger Strohsack! Wer hat diesen ungeheuren Scheiß von sich gegeben? Doch nicht etwa diese Petra, diese emanzipierte Frau, diese charismatische Person?

Doch, genau diese Petra war das!

Wie kann eine aufgeklärte Frau diesen hohntriefenden Schmus von sich geben?

Ja, es ist eine Karikatur, ein Hohn- und Spottgesang. Anders kann das gar nicht gedeutet werden, was da zu lesen ist.

Oder habe ich das wirklich dereinst ernst gemeint? Dann muss mein Gehirn ordentlich von diesem Edelganoven mit Namen Michael durchweicht gewesen sein.

Ob nun das eine oder das andere oder von beiden Annahmen etwas stimmt, das werde ich nie erfahren. Nicht einmal jetzt kann ich mit Bestimmtheit sagen: So war das und genau so habe ich es gemeint. Ebenso wenig lassen sich Fragen nach dem „Warum" unseres Tuns konkret und schlüssig beantworten. Gestellt habe ich mir diese Fragen aber schon. Da ich mit niemandem über meine Erlebnisse reden konnte, haben sich Fragen über Fragen angehäuft, wie etwa diese hier.

Warum tue ich mir dieses sadomasochistische Geschehen freiwillig an?

Warum finde ich Gefallen an Schmerz, Demut und Gehorsam im Spiel um Macht, Hingabe und Unterwerfung?

Warum will ich diese Szenerie genauso immer wieder erleben, erfühlen, erdulden, erleiden? Warum reicht mir kein Streichelspanking mit Rollenspielchen und moderaten Hieben? Warum wird eine tiefe innere Zufriedenheit nur in einer Session mit harten Schlägen, Konsequenzen, Strenge, Strafe und körperlicher Erschöpfung erreicht?

Ich habe auf sachliche Art nach Erklärungen gesucht und emotionale Aspekte bemüht. Völlig durchweicht kann mein Gehirn offenbar doch nicht gewesen sein. In langen Nächten und einsamen Tagen habe ich recherchiert, protokolliert, kommentiert, dementiert und schließlich resigniert. Es gibt keine schlüssigen Antworten. Vielleicht weiß der Herr Edelspanker mehr? Diese erwartungsvolle Hoffnung wird wahrscheinlich nicht erfüllt werden. Der Kerl hat für solche Überlegungen zu wenig Grips in seiner Birne, zu wenig Interesse an den Hintergründen seines Tuns, zu wenig Gefühl für wirklich tief gehende Emotionen und hauptsächlich hat der Kerl keine Lust darauf. Wozu sich das Gehirn mit Fragen zermartern, wenn dabei nichts rauskommt? Quäle ich derweil lieber eine neue willige Frau und mache sie zur Sub. Das hat wenigstens Sinn und macht Spaß. So ähnlich wird er denken, dieser Edelganove.

Petra denkt anders. Sie denkt nach und vor und überhaupt.
Auf jeden Fall spielen Emotionen und Gefühle eine Rolle, die dieser Edelgauner schon mal nicht hat. Na, jedenfalls hat er sie nicht im ausreichenden Maße.
Gefühle, welche durch Erwartungen auf das mögliche Geschehen sowie während und nach einer Session durch die erlebten Handlungen und durch Reflexion von Situationen ausgelöst werden, spielen eine wichtige Rolle. All das ist Männern absolut suspekt oder zu anstrengend? Die trinken ein Bier, besser noch mehrere Biere, und spülen damit jegliche Gefühle in den Rinnstein.
Lasse ich sie in ihrem Unglück allein und denke selber nach. Was sind schließlich Emotionen und Gefühle?

- **Emotionen** [lat.: *movere* – bewegen – Zusammenspiel von chemischen und neuronalen Reaktionen]
- **Gefühle** [franz.: *sentiment* – empfinden und *sensation* – erregen]

Na bitte! Da habe ich es schwarz auf weiß. Solche chemischen Prozesse laufen bei einem Mann bestimmt anders und nicht in der rechten Dosierung ab. Männer sind keine Frauen in Männerkörpern. Männer sind Männer! Na, lasse ich das lieber. Es geht schließlich um wichtige Fragen, wie etwa diese:

Welche Emotionen und Gefühle sind im Kontext des Spanking eigentlich überhaupt relevant? Mal sehen, was sich in der Emotionskiste dazu finden lässt.

Kribbeln, Erwartung, Spannung, Vorfreude, Aufregung, Fantasien, physischer Schmerz, Neugier, mentale und körperliche Erregung, Erwartungsangst, Anspannung, Mut, Demut, Stolz, Überwindung, Glück, Zufriedenheit, Wärme, Nähe, Geborgenheit, Entspannung, Ruhe.

Nein, solche Dinge kennt ein Mann nicht. Der kennt bestenfalls die Worte, ohne deren tiefere Bedeutung jemals zu begreifen freilich.

Oder? Was sagt mein Edelspanker dazu?

„Ja, der Spanker ist eine Maschine, wie könnte er anders funktionieren. Männer sind allgemein funktional. Also Petra, kein Kommentar von mir zu deinen Vermutungen."

Oh, jetzt ist er beleidigt und gekränkt! Hätte ich glatt von ihm erwartet. Empfindlich sind diese Kerle, sobald es um ihre zarten Gefühle geht.

Also ich bin hingegen eine Frau. Ich denke nicht nur nach, ich fühle auch entsprechend intensiv. Ach, nun kommt doch ein Kommentar von Michael!

„Klar, Petra! Du fühlst und handelst freilich so, wie es alle Frauen tun. Du spielst Komödie. Stimmt es?"

Oh ja, er hat es gemerkt! Nein, Komödie will ich nicht spielen. Weiter im Text jetzt.

Nachdenken bringt leider unvermeidlich weitere Fragen mit sich.

Warum können diese Emotionen und Gefühle, die offenbar sehr verlangend daherkommen, nicht auch mit weniger oder keinem Schmerz, mit mehr spielerischem Geplänkel und weniger harten Hieben erreicht werden?

Warum lassen sich nicht auch ohne Peitschen und Rohrstöcke, nur mit der Hand solche angestrebten Wirkungen erzielen?

Warum ist diese Liebe zu Peitschen und zum Ausgepeitscht-werden so groß?

Warum müssen die eigentlich gefürchteten Rohrstöcke mit noch dazu dieser Härte geführt werden?

Warum tritt dieses wohlige Gefühl bei Handspanking, Ohrfeigen und fest angefasst zu werden auf?

Warum ist gefesselt zu werden und die Augen verbunden zu bekommen ein dermaßen reizvolles Szenario?

Warum ist eine strenge verbale Kommunikation bei den Aktionen so wichtig?

Fragen über Fragen. Wer soll das jemals beantworten? Genießen und Schweigen ist jedenfalls viel einfacher. Vielleicht sind Männer in dieser Hinsicht tatsächlich besser dran?

Aber ich will wenigstens etwas Licht ins Dunkel des Fragendschungels bringen, zuerst einmal mal in einer rationalen Kategorisierung. Irgendwo muss schließlich angefangen werden. Rationalität und Kategorisierung haben mir früher letztendlich auch geholfen, wenn ich mich in einer scheinbar ausweglosen Lage befunden habe. Damals zum Beispiel, als ich mir in einem riesigen Schulgebäude völlig verlassen vorgekommen bin und beinahe wieder weggerannt wäre. Aber wohin hätte ich rennen sollen? Ich wäre überall genauso verlassen und allein gewesen wie dort. Also konnte ich auch bleiben. Oder als ich ganz allein war, nachdem meine Mutter gestorben war. Wie gern hätte ich mich in die Arme eines Menschen geflüchtet, der mir wenigstens etwas Trost und Geborgenheit vermitteln würde. Es gab keine offenen Arme und keine hilfreiche Hand. Ich musste ganz allein diese Lebenssituation bewältigen. Oder als ich im dritten Monat schwanger war und der werdende Vater und Lebenspartner sich erst einmal auf unbestimmte Zeit zu seinem Sohn aus erster Ehe verflüchtigt hatte. Wie viel Angst habe ich ausgestanden in dieser Zeit mit den anderen Lebensumständen und der Einsamkeit …

Ich könnte noch einige ähnliche Situationen aufzählen. Was soll es aber? Immer hat mir der rationale Weg, haben mir Gedanken über die nächsten Schritte weitergeholfen. Heute bin ich eine Frau im Herbst des Lebens. Wenn man derweil bis über fünfzig an Lebensjahren zählen muss, so sind der Frühling und der Sommer des Lebens bestimmt vorbei. Der Herbst ist eine bedeutungsvolle Jahreszeit. Es ist die Zeit der Reife, Zeit der Ernte, Zeit der wärmenden Sonnenstrahlen am Mittag, der geheimnisvollen Nebeltage, der kühlen Nächte, aber auch Zeit des Bedankens und der Feiern. Der Frühling des Lebens ist geprägt vom Überfluss, von immer neuen Blüten, berauschenden Düften, Verlockungen aller Art, von süßen Klängen, Leichtigkeit, Unbeschwertheit und Gefühlstaumel. Den Sommer prägt die wahrlich heiße Phase. Das Leben hat bestimmte Strukturen angenommen, die durch ständiges Wachsen und Werden Veränderungen erfahren, Schwüle und Gewitterstimmung wechseln sich mit heiteren Sonnentagen und lauen Sommerabenden ab.

So schön jene Lebensabschnitte auch sein mögen, ich möchte sie nicht nochmals durchleben. Jetzt ist Erntezeit. Jetzt gilt es, all die Dinge zu bestellen, welche in jene Lebensphase hinein reichen sollen, für die Geduld und langer Atem gefragt sind, für den Winter des Lebens. Wer im Herbst nicht die Speicher und Keller reichlich und überlegt füllt, wer nicht jetzt für Wärme- und Lichtvorräte Sorge trägt, dem wird es später bitter Reue tun. Jetzt ist die Zeit gekommen, sich um sich selbst zu kümmern, seinen allzu oft vernachlässigten und unterdrückten Bedürfnissen nachzuspüren und Raum für Erfüllung zu geben.

Ach, warum schweife ich ab mit meinen Gedanken? Wie komme ich auf die Jahreszeiten und wieso vergleiche ich diese mit den Lebenszeiten? Tut sich eine Frau meist schwer mit der rationalen Kategorisierung? Denken Frauen ungern rational?

Sobald sich eine Fluchtmöglichkeit ergibt, schon machen die Gedanken einen Schwenk und gleiten in emotionale Träumerei ab? Kann schon sein. Ich versuche es trotzdem. Wenigstens versuchen muss ich es. Nun mal los!

Die Liebe zu Peitschen

Eine einfache Frage? Eine leichte Antwort?

Die erste Bekanntschaft mit einer Peitsche verbinde ich mit einem angenehmen Gefühl körperlicher Wohligkeit. Eine leichte Streichelpeitsche, ein kleiner Flogger, war meine erste Liebesbekanntschaft dieser Art. Einfühlsam geführt, vermittelte dieser kleine Flogger eher Massage- als Schlagwirkung. Fertig!

Nein, diese Begründung wäre viel zu leicht, zu einfach und oberflächlich. Bestenfalls lässt sich damit die „Liebe auf den ersten Blick" zu leichten Streichelpeitschen begründen, nicht aber die Affinität zum Flogger schlechthin und schon gar nicht zu härteren Peitschen. Die Ursachen für diese Liebe müssen zweifellos tiefer liegen.

Peitschen sind urig, ehrlich, gewaltig, grandios … und verlangen gekonnte Führung. Letzteres muss ich meinem Spanker durchaus zugestehen. Damit umgehen, das kann er wirklich gut.

Wie könnte eine metaphorische Beschreibung von Peitschen und dem Gepeitscht-werden in Landschaftsbildern aussehen? Schon wieder schweife ich ab von rationalen Erklärungen, aber vielleicht hilft es trotzdem. Also:

Blauer Himmel mit weißen Wolken. Sonnendurchglühte weite Steppe mit hohem Gras, uralte Weiden am verschlungenen Bachlauf mit Steinen, tiefe dunkle Schluchten zwischen hohen Bergkämmen, zerklüftete Felsen am rauen Meeresufer, uralte Bäume auf düsterer Lichtung, vom Wind getriebener Sand, donnernde Brandung des Ozeans, sanfter Wellenschlag am Ufersaum, warmer Wind über glitzerndem Wasserspiegel, Regen und Sonne über gepflügtem Acker, Schmetterlinge und Insekten auf sonniger Wildwiese, Raureif auf den Ästen der Bäume, schneeweiße Landschaft in glitzernder Sonne, eisige Starre eines gefrorenen Wasserfalls, überraschende Hagelschauer auf sattgrüner Wiese, ängstigendes Gewitter eines heißen Sommertages.

Ja, das trifft es. Konkrete Bilder voller Emotionen, direkt, natürlich, urwüchsig, wahr, voller Bewegung, Kraft und Leben. Alle diese Dinge mag ich … und Peitschen, geführt von einem Meister seines Handwerks mit Sinnlichkeit und Leidenschaft. Peitschen im Kontext mit Spanking sind keine Bestrafungsinstrumente. So intensiv und direkt das Leben zu spüren, ist Lebensgefühl pur auf besondere Art.

Gut, aber wie geht es weiter? Habe ich die Peitschen in Landschaftsbilder gefasst, sind die Rohrstöcke keinesfalls darin enthalten. Diese Dinger gehören in eine andere Landschaft.

Die Affinität zu Rohrstöcken

Rohrstöcke sind eindeutig Bestrafungsinstrumente! Sie erzeugen ebenfalls Schmerz und Brennen, aber sehr anders als Peitschen. Der Einsatz von Rohrstöcken erzwingt irgendwann immer Demut, Respekt und Gehorsam. Liegt vielleicht in genau diesen Gegensätzen ein Geheimnis? Welche Emotionen bewirken Rohrstöcke bei mir selbst dann, wenn nur die Gedanken daran aufkommen?

Ausleben zu können, was sonst nicht auszuleben erlaubt ist, weil es als Gewalt eingeordnet wird, nicht gesellschaftskonform ist oder die entsprechenden Gegebenheiten nicht vorhanden sind? Darin besteht zweifellos ein wesentlicher Reizfaktor. Ungehorsam sein zu dürfen, Grenzen auszuloten, gesellschaftlichen Normen zu entfliehen und Grenzen aufgezeigt zu bekommen, sind prickelnde Gedanken, die mich mein Leben lang begleiten. Gehorsam und Respekt zunächst zu verweigern und angemessene Konsequenzen zu erfahren, welche auf kontrollierten, selbstsicheren Aktionen basieren, dafür schließlich aufrichtigen Respekt und freiwilligen Gehorsam zu geben, das ist ein extrem tief verinnerlichter Wunsch. Es ist ebenso eine seit Jahrtausenden gelebte Beziehung sozialer Wesen innerhalb einer verschworenen

Gemeinschaft. Dieses elementare Bedürfnis mit einem adäquat agierenden, selbstbewussten Spanker ausleben zu können, dies entfaltet eine unwahrscheinlich selbstbefreiende Wirkung tief in mir drinnen. Es werden naturgegebene elementare Bedürfnisse angesprochen. Sich fallen lassen zu können, Sicherheit, Zuwendung und Vertrauen zu spüren, Leichtsinnigkeit leben und Verantwortung abgeben zu können, Grenzen auszutesten und Grenzen mit Bestimmtheit zu erfahren, dabei immer mit der Gewissheit zu agieren, nicht wirklich zu enttäuschen, keine Gewissenskonflikte aushalten zu müssen, abschätzbare Risiken und Nebenwirkungen, wie Striemen, zuzulassen, Zufriedenheit, Körperwahrnehmung, Lebensenergie zu spüren. Es klingt einerseits banal, andererseits ungeheuerlich und ist schwer zu begreifen. Doch genau so möchte ich leben!

Lassen sich diese unbegreiflichen Erfahrungen in Landschaftsbildern beschreiben? Einen Versuch ist es allemal wert. Schnurgerade endlose Straße, Sandsturm in der Wüste, Windstärke zwölf auf tosendem Meer, donnernder Lawinenabgang, Wassermassen, die metertief in eine schmale Schlucht stürzen, kalbende Eisberge, Warten auf den Sonnenaufgang nach langer dunkler Nacht, schmaler schwindelerregender Grat entlang eines Bergrückens, risikovoller Abstieg in eine unheimliche Höhle, bedrohliche Gewitterwolken, aber auch Regenbogen vor schwarzer Wolkenwand, Glitzern tausender Tautropfen in der Wintersonne, Abendrot an einer Felswand und der Nachthimmel mit Millionen von Sternen, unerreichbar fern und doch vertraut.

Alle diese Landschaften kann Michael mit seinen Rohrstöcken in meinem Kopf zaubern, entstehen und vergehen lassen. Es macht einerseits Angst und fühlt sich gleichzeitig so grandios an, dass ich es irgendwann und immer wieder erleben will, erleben, durchleben, durchleiden und auf ewig in der Erinnerung bewahren möchte.

Aber frage ich erst mal den Meister selbst. Wie geht es dir mit den Peitschen und den Rohrstöcken, Michael? Hast du auch Gefühle, Träume, Bilder, Visionen dabei? Wie ist das bei dir, wenn du deine Instrumente in den Händen hast und sie nach deinem Willen führst?

Ach, immer diese Fragen. Warum stellen Frauen ständig nervige Fragen? Rede doch mal über deine Gefühle. Was empfindest du dabei, wenn du mich auspeitschst oder mir den Po mit dem Rohrstock verhaust? Warum hast du dir diese Peitsche gekauft? Hast du sie extra für mich gekauft? Fragen über Fragen und kein Ende in Sicht.

Es gibt nun mal Dinge, die mir echt schwerfallen. Über meine Gefühle zu reden, gehört auf jeden Fall dazu. Wenn man sich dann irgendwann doch dazu nötigen lässt, sind die Weiber von den Antworten erst recht enttäuscht.

Sagen wir mal, ich würde antworten: Ich habe diese Peitschen gekauft, weil die Verkäuferin eine tolle Frau ist und ich mich in dem Laden einige Stunden verdammt gut mit ihr amüsieren konnte. Wenn ich dich auspeitsche, habe ich die Bilder von den Frauen vor meinen Augen, die mir mal irgendwann wehgetan haben. Ich reagiere meinen Frust ab und gewinne dafür Lustempfinden, welches ich ganz für mich allein auskosten möchte. Schließlich darfst du deine Lust am Ausgepeitschtwerden auch ganz für dich behalten.

Was fangen die Frauen mit diesen Antworten an? Sie sind enttäuscht und beleidigt und bis ins Mark getroffen. Sie wollen angenehme Antworten hören. Sie wollen hören, dass ich nur an sie gedacht habe, als ich die Peitsche, natürlich nur für sie, gekauft habe. Ja, Lust darf ich wohl empfinden, wenn ich sie auspeitsche, aber nur deshalb, weil ich genau diese Frau auspeitsche. Wenn ich das nicht so präzise formuliere, so will sie bestimmt sofort wissen, wie es mit anderen Frauen ist. Natürlich muss ich dann antworten, dass es keinesfalls so einzigartig ist wie mit ihr.

So geht es immer weiter. Ich werde niemals wieder Fragen dieser Art beantworten, jedenfalls nicht für andere Leute und schon gar nicht für Frauen. Zu oft bin ich in meinem früheren Leben genötigt worden, peinliche Fragen zu beantworten und noch peinlichere Reaktionen auf meine ehrlichen Antworten zu bekommen. Ich selbst weiß durchaus, was ich will, und ich nehme mir, was ich will. Je öfter ich das tue, umso leichter fällt es mir, meistens jedenfalls. Mein Wesen ist genial, einmalig, aber keineswegs vollkommen oder vollendet.

Warum ich so über mich denke?

Mein Vater war ein streng katholisch gläubiger Mensch und schleppte mich regelmäßig als Kind und heranwachsenden Jugendlichen in den Gottesdienst, damit ich einmal ein vollkommener und vollendeter gläubiger Christ würde, der Schöpfung verpflichtet. Die offenen, unschuldigen Fragen eines denkenden Kindes, die sich automatisch mit der Vermittlung einer Religion einstellen, konnte man mir dort nur allzu oft nicht beantworten. Stattdessen fühlte ich mich gezwungen zur Beichte zu gehen und an all den anderen Ritualen teilzunehmen, die ein junger Mensch über sich ergehen lassen muss, damit er ein guter Christ werden kann. Wie soll man aber ein guter Christ werden, wenn diese Lehren den Hauptzweck unseres Daseins verleugnen? Wie soll aus einem Jungen jemals ein Mann werden, rein und unschuldig, wenn er bereits mit der Erbsünde von Geburt an beladen ist? Wie soll ein Mann eine Frau guten Gewissens lieben und mit ihr Kinder zeugen können, wenn dieser Akt an sich schon eine Sünde im vermittelten Glauben darstellt? Ja, wenn er zuvor diese Frau vor dem Altar jener Kirche ehelicht, dann wird er für diesen sündigen Akt zum Zwecke der Zeugung gerade mal so begnadigt. Lebenslängliche Bindung für etwas vergebene Sünde zum Zwecke der Zeugung? Aber wehe, du empfindest noch Lust dabei.

Dann schon lieber die Frau schlagen. Dieser Akt ist anscheinend keine Sünde. Da gibt es sogar eine Stelle im neuen Testament, die ausdrücklich Züchtigung als gute Tat lobpreist.

Hier steht es.

„Wen der Herr liebt, den züchtigt er; er schlägt mit der Rute jeden Sohn, den er gernhat. Haltet aus, wenn ihr gezüchtigt werdet. Gott behandelt euch wie Söhne. Denn wo ist ein Sohn, den sein Vater nicht züchtigt? Würdet ihr nicht gezüchtigt, wie es doch bisher allen ergangen ist, dann wäret ihr nicht wirklich seine Kinder, ihr wäret nicht seine Söhne."
Brief an die Hebräer, 12,6 FF.

Mit der Züchtigung einer Frau, so sie dieses Vorgehen freiwillig von mir verlangt, begehe ich nicht nur keine Sünde, ich handle sogar gottgefällig, handle obendrein noch der neuzeit-

222

lichen Gleichberechtigung angepasst, weil ich mit der Züchtigung dieser Frau sie in den Stand hebe, sein Kind und seine Tochter zu sein. Gottes Kind!

Wenn man diesen Spruch so auslegt, und Bibel und Testament werden schließlich immer irgendwie ausgelegt, dann darf ich sicherlich etwas Lust dabei empfinden. Gottgefällig handeln sollte auch lustvolles Handeln einschließen.

Diese Frau, diese Petra, will das so. Ich tue ihr nur Gutes mit Peitsche und Rohrstock. Sie bedankt sich dafür regelmäßig und dieser Dank scheint ehrlich zu sein. Ist mit dieser guten Tat jenes sündige Verhalten kompensiert, falls der Mann anschließend Sex mit ihr haben will? Darf der Mann eine Frau, die er vorher züchtigt, danach ohne sündhaft belastetes Gewissen lieben? Sie will es doch selbst so haben. Aber wer fragt sich schon so etwas?

Ach, Fragen über Fragen und keine Antworten. Mir schwirrt der Kopf von allen Überlegungen. Ich bin genauso unfertig wie diese sagenhaften kirchlichen Religionen. Manchmal hoffe ich, dass die modernen Denkweisen es schaffen, dieses Werk ein Stück weiter voranzubringen, und manchmal hoffe ich, dass ich es schaffe, mein eigenes Lebenswerk vorher zu vollenden. Schließlich träumte schon mein Urgroßvater davon, dass wenigstens eines seiner vierzehn Kinder in einem fertigen Gotteshaus getauft werden würde. Ich habe noch nicht mal ein einziges eigenes Kind.

Lasst mich in Ruhe mit allen diesen Fragen. Ich werde keine Antworten geben. Fertig!

Ja Michael, da hast du jetzt einen ganz weiten Umweg gemacht, hast **dein** „Warum" befragt. Komme ich lieber zurück zum Thema.

Warum benutzt du diese elenden **Haushaltsgeräte** und diversen anderen Instrumente? Dazu zählen Lineale, Kochlöffel, Pfannenwender, Badeschuhe, Haarbürsten, Riemen, Seile, Teppichklopfer, Wäscheklammern und was sonst noch an scheinbar geeignetem Instrumentarium im Spanker-Single-Haushalt zu finden und greifen ist.

Es gibt Spanker, die agieren nur mit solchen Helfern. Diese Herren Spanker glauben ernsthaft, mit ihrer Haushaltsausstattung einer Frau Respekt, Demut und Gehorsam vermitteln zu können? Wahrscheinlich können sie das tatsächlich bei einigen Frauen erreichen. Bei mir machen sie sich damit nur lächerlich. Diese Herren sind in meinen Augen Dilettanten, Möchtegerne, Hausmännchen, Sofaklopse, Warmduscher, Bettwärmer, Fitnesshampler, Automatikgetriebekutscher, Maustreiber, Smartphoner, Sitzpinkler und was der modernen Frau sonst noch für nette Bezeichnungen für die heutige büroverzärtelte Männerwelt einfallen könnten. Fertig! Schon fast zu viele Worte dafür verwendet? Es musste jetzt raus aus mir! Sorry!

Michael hat ein einziges Mal einen Kochlöffel verwendet und dann nie wieder. Ist Michael deshalb ein Warmduscher? Klar ist er das. Der Kerl ist so eine Frostbeule. Der zieht sich noch im März Handschuhe an.

„Handschuhe dienen nicht nur zum Wärmen", sagte er mir auf meine Bemerkung hin. Wozu noch? Wird er nicht verraten wollen.

Apropos Haushaltsgeräte: Irgendwie hatte ich damit mal einen Traum, der gar nicht so übel daherkam. Natürlich ist es warm in meinem Traum. Ich liege, nur mit einem weit schwingenden, knielangen, ärmellosen Sommerkleid bekleidet auf der bequemen Relaxliege hingestreckt und lausche den Geräuschen aus dem Garten, die durch die geöffnete Tür hereindringen. Alles ist gemütlich, friedlich, entspannt, die Augen sind halb geschlossen und ich beginne fast einzudösen. Plötzlich geht die Tür auf und Michael kommt herein. Er hatte wohl einen stressigen Tag oder sonstige Kümmernisse, die mich aber in meinem entspannten Zustand wenig kümmern. Jedenfalls bekommt er auf seine Bemerkung zwecks Abendbrot lediglich einen freundlichen Hinweis auf die Inspektion des Kühlschranks. Mir geht es sauwohl und ich habe keine Lust meine angenehme Ruheposition aufzugeben. Zunächst scheint er etwas pikiert zu reagieren, kramt schließlich in einem Schrank herum und ich frage mich, was er da suchen mag, denn das ist nun mal nicht der Kühlschrank. Er kommt mit zwei Küchenhandtüchern daher? Was soll das denn jetzt bitte werden? Wortlos wickelt er ein Handtuch um mein rechtes Handgelenk, winkelt mein rechtes Bein an, zieht das Handtuch durch die Kniekehle und verbindet Handgelenk und Bein mit einem festen Doppelknoten. Die gleiche Prozedur erfolgt nun mit der linken Seite. Dabei macht er ein Gesicht wie ein Pokerspieler. Noch blicke ich eher belustigt als bestürzt drein. Einen Besenstil als Spreizstange zu missbrauchen, finde ich jedoch weit weniger lustig. Das ist jetzt reichlich unbequem und demütigend noch dazu. Soll er doch seine Sekretärin auf diese Art anbinden. Aber wahrscheinlich macht die ihm seine Schnitten und alles, was er wünscht, sofort und verweist nicht auf den büroeigenen Kühlschrank oder die Kantine. Lässt der Lumpenhund mich jetzt so liegen? Scheint so, denn nun widmet er sich dem Innenleben des Kühlschranks. Das war nicht abgemacht. Das ist nicht fair. Ich kann mich noch nicht mal selbst befreien. Na, das wäre auch keine gute Idee. Bin ich die Lustbarkeit zu seinem Abendbrot? Hey, das geht zu weit. Ich will auch was essen. Ich zerre wie besessen an meinen Fesseln, versuche mich irgendwie zu befreien. Oh diese beschissenen Küchengeräte. Er will doch nicht etwa Gebrauch davon machen? In meiner hilflosen Lage? Das ist extrem gemein. Das tut furchtbar weh an der empfindlichsten Stelle einer Frau. Eine Frau braucht dort liebevolle Zuwendung, Streicheleinheiten und sanfte Berührungen. Das geht zu weit, entschieden zu weit. Jetzt fiept die Eieruhr. Dein Kühlschrank ruft nach dir. Mache wenigstens das nervige Fiepen aus. Verdammt ist mir heiß. Wieso das jetzt? Hat er auch noch eine Decke auf mich gelegt? Soll ich ersticken? Das Fiepen ist jetzt direkt neben meinem Ohr. Ich greife unwillkürlich in die Richtung, aus der das nervige Geräusch kommt. Wieso kann ich meine Hände bewegen? Warum kann ich die Beine ausstrecken?

Ach, es ist der Wecker, der so widerlich fiept. Ich liege in meinem Bett und habe geträumt. War es ein Albtraum? War es ein schöner Traum? Es war ein schöner Traum, wenngleich etwas fies. Wie wäre der Traum weitergegangen? Schade, dass ich diese Neugier nicht befriedigen kann. Michael würde so etwas nie machen. Bestenfalls benutzt er die Küchengeräte, um Essen für uns zu kochen. Ein Hausmännchen ist er trotzdem nicht. Manchmal wünschte ich mir, er wäre ein Warmduscher und zärtlicher Liebhaber. Dafür würde ich sogar das Essen selbst machen. Leider nur ein Traum. Nun ja, schade. Was gibt es sonst noch?

Ich will nicht träumen! Ich will sachlich nachdenken! Diese Frauen!

Also, es gibt noch andere Instrumente, die durchaus edlerer Natur, in Fachgeschäften erworben, möglichst qualitativ hochwertig, im beachtenswerten Preissegment angesiedelt und entsprechend nicht unbedingt haushaltsnah sind. Dazu gehören Paddle verschiedenster Art, Ledergürtel, Seile, Ketten, Armbänder, Fesseln, Klammern, so was eben.

Der Besitz dieser Dinge ist eine Sache. Ob der Spanker damit wirkungsvoll umgehen kann, ist eine andere Frage. Der Besitz dieser Dinge allein garantiert noch nicht das gute Niveau einer Session. Zumindest kann man es aber als einen ernst zu nehmenden Versuch gelten lassen, ein ordentlicher Spanker werden zu wollen. Zumindest dann, wenn der Herr nicht mit seinen zarten Akademikerpfötchen arbeiten will. Denn nichts geht über die Hände.

Damit bin ich beim **Handspanking**.

Auf den ersten Blick könnte es unter „Haushaltsgeräte" eingeordnet werden. Das kann durchaus auch zutreffen. Schließlich sind die Hände das, was immer zur Verfügung steht. Hände können aber ungleich viel mehr, als jedes andere Gerät, sei es noch so teuer oder edel, leisten kann. Hände und deren Gebrauch sagen etwas über den Menschen aus. Hände sind so flexibel einsetzbar wie kein anderes Instrument.

Die Hände sind vergleichbar mit dem Einsatz der Stimme, die schließlich ebenso viel über die betreffende Person und ihre Stimmung aussagt. Der Stimme werde ich deshalb in einem weiteren Abschnitt extra Aufmerksamkeit widmen. Hier geht es um die Hände.

Michael hat weiche Hände, Akademikerpfötchen, wie er selbst mal gesagt hat. Sind seine Hände deshalb uninteressant?

Nein! Hierbei kommt es halt sehr auf „das Wie" des Szenarios an. Stimmt das Szenario? Ist es spannend, prickelnd, zuwendend, bestimmt, konsequent?

Oder geht die Szene in Richtung „hilfloser Partner oder überforderte Eltern"? In diesem Fall ist es Haushaltskram und für mich wenig begeisternd, meist sogar erniedrigend und nur demütigend. Geht die Szene jedoch unter die Haut, so ist es unwahrscheinlich schön, respektvoll, urwüchsig, prickelnd, von Händen berührt und im wahrsten Sinne des Wortes getragen zu werden. Nicht der physische Schmerz, sondern der direkte, unmittelbare, ursprüngliche, greifbare, körperliche Einsatz wird in meinem Fühlen unglaublich eindrucksvoll erlebbar. Die Hände meines Spankers sind das eindrucksvollste, wandelbarste und vielseitigste Instrument. Von zart bis fest, von sanft bis derb, streicheln, berühren, halten, dirigieren, fesseln, schlagen, auffangen, wärmend, bestimmend, drohend, tröstend, fordernd, erregend, beruhigend und noch so viel mehr Gefühle können seine Hände bei mir bewirken.

Doch welche Voraussetzungen sind nötig, damit eine solche Szene unter die Haut geht?

Respekt, Persönlichkeit, Bestimmtheit, Zuwendung, akzeptierte Dominanz, aufrichtiges Vertrauen, Selbstbeherrschung? Keine leichte Aufgabe für Michael!

Ich erinnere mich an eine Szene, die eigentlich gar nicht mehr richtig zur Session zu gehören schien, eher eine kleine Szene am Rande des Geschehens, eine Nebenrolle, würde man am Theater sagen. Dennoch ist mir genau diese kleine Szene in Erinnerung geblieben.

Ich stehe ganz ruhig da und er erkundet mit seinen Händen meinen Körper von oben bis unten, von vorn und hinten. Es sind nur leichte Berührungen. Er macht es anscheinend nur für sich, ist ganz versunken in sein Fühlen und Wahrnehmen. Für mich waren diese Momente unerwartete Sternstunden. Ich wünschte mir, er würde noch lange diesem, seinem Genuss frönen wollen. Danach sollte ich noch eine Weile nur ruhig stehen bleiben. Ich habe es gern getan. Ich hätte noch lange so stehen und den eben gefühlten sanften Berührungen nachspüren wollen.

Seine Hände zu küssen, war eine andere erregende Szenerie. Leider war diese prickelnde Sequenz gleich am Beginn unserer gemeinsamen Zeit. Seine Aufforderung „küsse mir die Hände" hatte bei mir zunächst für Verwirrung gesorgt. Ich musste mich etwas überwinden damals und konnte es nicht so genießen, wie ich es später gern getan hätte. Leider kam diese Aufforderung nie wieder.

An dieser Stelle will ich eine Betrachtung am Rande einfügen. Können die Hände ein Fetisch sein?

Damit einher geht zweifellos die Klärung der Frage: Was ist ein Fetisch überhaupt?

Es ist eine Bezeichnung für eine Situation, ein Körperteil oder auch eine Sache, die einen besonderen sexuellen Reiz auf eine Person ausübt. Nun?

Die Antwort: unbedingt! Die Hände sind ein Fetisch! Leider ist dieser Fetisch so schwer zu haben. Hände sind schließlich angewachsen. Bestenfalls kann man davon träumen.

Oh ja, träumen!

Alles, was mir wirklich bleibt, sind jene süßen Träume aus erlebten und ersehnten Szenarien. All jene wirklichen Berührungen nähren die Sehnsucht und die Hoffnungen auf weitere ähnliche Gefühlserlebnisse.

Berührungen sind die Nahrung meiner Seele, eigentlich sogar die Grundnahrung. Essen und Trinken habe ich glücklicherweise im Überfluss. Mein Körper bekommt oft mehr Nahrung, als ihm wirklich guttut. Meine Seele hingegen hungert. In einer nahezu körperlosen, materiell bestimmten Welt, in der jede Berührung als Angriff auf die Person gewertet werden könnte, sind absichtslose Berührungen, Berührungen, die vom Herzen kommen, die gleichzeitig Geben und Nehmen in sich vereinen, ein unbezahlbarer Schatz.

Peitschen, Rohrstöcke, Leder- oder Holzpaddle, Küchengeräte und Hände, unvergleichlich praktische Utensilien für den gepflegten Spanker.

Warum sind aber alle diese Szenarien so fesselnd? Schließlich bin ich noch gar nicht beim Fesseln selbst angekommen. In einem Meisterwerk der Erotik habe ich folgende Passage gefunden:

„Danke mir, sagte Anne-Marie und O dankte ihr. Sie wusste genau, warum Anne-Marie sie vor allem erst einmal hatte auspeitschen lassen … O hatte das starre Geflecht ihrer widersprüchlichen Gefühle nie begriffen, aber sie hatte gelernt, es als eine unleugbare und wichtige Tatsache zu akzeptieren. Sie liebte den Gedanken an die Marter, wenn sie sie erlitt, hätte sie die ganze Welt verraten, um loszukommen, wenn es vorbei war, war sie glücklich, sie erlitten zu haben, umso glücklicher, je grausamer und je ausdauernder diese Marter gewesen war. Anne-Marie hatte sich weder durch Os Gefügigkeit noch durch ihre Auflehnung täuschen lassen und wusste genau, dass ihr Dank keine Farce war.“[1]

Ja, das stimmt. Leider ist genau das in diesem Klassiker der Erotik Gesagte auch für mich zutreffend. Wann habe ich angefangen, Spanking an sich und schließlich den Mann, der mir diese Marter antut, zu lieben? War es schon beim ersten Mal?

Ja, Spanking hatte ich schon nach der ersten Session zu lieben gelernt. Besonders die Sequenz ganz am Ende, als ich eigentlich schon gehen wollte und er mich wie ganz selbstverständlich über den Tisch legen ließ, um noch fünf harte Hiebe mit dem Rohrstock zu verabreichen. „Diese Hiebe wirst du dir merken. Jetzt habe ich richtig zugeschlagen“, hat er damals gesagt.

Verdammt. Ich habe sie mir gemerkt und ich habe immer noch die gleiche Sehnsucht danach. Genau diese Sehnsucht, die auch nach seinen Peitschen in mir brennt.

„Willst du, dass ich noch weitermache? Dann sage: Bitte schlage mich.“

Auch das war so ein merkenswerter Satz. Genau diesen einfachen Satz habe ich wiederholt und es war ehrlich gemeint.

„Dann musst du was aushalten können.“ Diese Worte waren mir wie ein Versprechen. Ich war glücklich.

Wann ist aber nun das Gefühl der Liebe zu diesem verdammten Kerl in mir erwacht? War das auch damals schon?

---

1 Pauline Reage: Geschichte der O, Herbig-Verlag München, 2001, S. 180

Nein. Ich hatte Respekt und Achtung für ihn übrig und die Liebe zu den Peitschen und zum Geschlagenwerden entdeckt. Die Liebe zu ihm erwachte erst später. Ich bat ihn, härter vorzugehen, strenger zu sein, mich zu demütigen und ich provozierte ihn, um seine Autorität und Souveränität zu testen. Ich begann ihn zu lieben, als er mir Ohrfeigen verpasste, mich auf die Knie zwang, ohne Gnade und mit aller Konsequenz die ausgesprochenen Strafen ausführte, als ich mich winden und schreien musste und er dennoch, scheinbar ungerührt davon, seine Hiebe konsequent und präzise setzte, als er mich den Rohrstock mit aller Härte spüren ließ, als er meine Gnadengesuche nicht einfach annahm, sondern mich Konsequenz lehrte, und als ich mir bei allen diesen scheinbaren Grausamkeiten dennoch sicher war, dass er mich in diesen Momenten mochte, dass es ein Spiel war und keine wirkliche Bestrafung.

Ich liebte diesen Mann dafür, dass er all das getan hat und mich auf diesem Weg mitgenommen hat, den allein zu gehen ich nicht vermocht hätte. Ich liebte diesen Mann, weil er mich durchaus zärtlich in die Arme genommen, mir aber niemals das demütigende Gefühl von Mitleid gegeben hat. Ich liebte diesen Michael für alle jene Stunden der Wahrhaftigkeit, der Ehrlichkeit und des Vertrauens.

Ich hasste diesen Mann, weil er mir in schweren Stunden des Abschieds nicht seine Hand vergönnt hat, mich nicht aufgefangen hat, als ich in den Abgrund der Verzweiflung gestürzt bin. Konnte er nicht besser handeln? Wollte er mir nicht den Weg zurück weisen? Wusste er den Weg selbst nicht? War ich ihm plötzlich egal geworden? War er doch nur ein elender Schweinehund? Oder handelte er so, weil er unglaublich viel Angst vor sich selbst und seinem Tun hatte? Fragen und Vermutungen, die mich immerfort quälen werden.

In Anlehnung an die oben zitierten Worte aus dem Klassiker der erotischen Literatur kann ich für mich bestätigen:

Ich liebe den Gedanken an Hiebe und den damit verbundenen Schmerz. Ich durchleide dabei Qualen und wünsche mir, dass es vorbei sein möge. Ich bin zufrieden, wenn ich durchgehalten habe, und umso härter und unerbittlicher die Hiebe waren, umso glücklicher bin ich danach, erwarte die nächste Session mit noch mehr Sehnsucht, fürchte mich davor und will es dennoch erleben.

Ja, auch Michael hat sich weder durch meine scheinbare oder echte Gefügigkeit noch durch Provokationen aus seinem Konzept bringen lassen.

Mein „Danke für alles" am Schluss jeder Session war immer ehrlich und aus tiefstem Herzen gemeint. Er hat meinen Dank niemals eingefordert. Es ist ein Phänomen und es geht nur mit ihm. Für mich war es Glück und Segen, diesen Spanker zur rechten Zeit getroffen zu haben.

Ja, nun habe ich genug gefaselt. Er wird sich meine Liebeserklärung hinter den Spiegel stecken, hinter jenen Spiegel, in den nur er allein hineinschaut. Sonst wird es unweigerlich Neider geben. Denn welcher Mann kann schließlich eine derartige Liebeserklärung von einer Frau sein Eigen nennen?

Ach, ich wollte sachlich nach Antworten auf das „Warum" suchen!

Ich wollte hier keine Liebeserklärungen schreiben. Immer schweifen meine Gedanken ab und lassen den Emotionen freien Lauf. Statt Erklärungen kommen dabei Liebeserklärungen heraus. Wem soll das Geschwafel nützen? Denke lieber nach, Petra.

Was hat dieser Michael noch gemacht? Die harten Hiebe und seine Konsequenz allein haben unmöglich solchen Eindruck machen können, dass Liebeserklärungen dabei herauskommen. Gab es noch mehr? Ja, gab es.

Fesseln und Augen verbinden

Diese Szenarien bieten mir gleich drei prickelnde emotionale Höhepunkte, nämlich Vertrauen, Genuss und Macht.

Fesseln bedeutet Bewegungseinschränkung bis hin zur Möglichkeit völliger Unbeweglichkeit. Wer gefesselt wird, muss seinem Spanker noch mehr vertrauen können als dies ohnehin für eine gute und harte Session Voraussetzung ist. Gefesselt zu sein bedeutet aber auch, dass man sich fallen lassen kann. Wer sich nicht bewegen, nicht wehren, nicht weglaufen kann, der muss vertrauen, der gibt die Verantwortung für alle Aktionen nahezu vollständig in die Hände seines Spankers ab. Die Abgabe von Verantwortung ist ein grundlegender Aspekt dieser Spiele für mich. Fallen lassen können und Hingabe pur!

In der eigentlichen Aktion, gefesselt zu werden, liegt ebenfalls ein enormer Reiz. Das Anlegen von Armbändern, Handschellen, die Verknotung von Seilen, das Klirren von Ketten und deren Befestigungen dauert seine Zeit. Mir bereitet es unglaublich viel Gänsehaut, Michael bei seiner Arbeit zuzusehen, die Dinge auf der Haut zu spüren, die allmähliche Bewegungseinschränkung bewusst wahrzunehmen und gleichzeitig noch das sichere Gefühl zu genießen, gehalten zu werden und das Objekt seiner Begierde zu sein.

Nach diesem Genuss, der seine Zeit dauert und keine Schmerzen bereitet, kommt der eigentliche Höhepunkt, die zu erwartenden Schläge in genau jener gefesselten Position auszuhalten! Es ist fatal und nur das halbe Vergnügen, ja, ich empfinde es sogar als demütigend, wenn aus gut gemeintem Mitleid oder aus Unsicherheit alle Hiebe nur mäßig geführt werden und folglich angenehm auszuhalten sind. Wenn ich nicht gezwungen bin mindestens moderat an meinen Fesseln zu ziehen, dann ist der Spaß daran bald verleidet und der Respektpegel sinkt. Vielmehr ist es sogar so, dass sich harte Hiebe durch diese Einschränkung der Bewegungsfreiheit wirklich gut aushalten lassen. Die Macht des Spankers über meinen Körper und gleichzeitig die eigene Ohnmacht der aktiven Einflussnahme zu spüren, bringt mir eine äußerst brisante Gefühlsmischung zustande. Fesseln sollte darum nicht zur Gewohnheit werden. Jede Fesselungsszene bleibt so als etwas ganz Besonderes dauerhaft in Erinnerung!

Eine andere Möglichkeit der Bewegungseinschränkung ist das Festhalten. Festgehalten zu werden hat zwangsläufig mit Anfassen und Körpernähe zu tun, was die Sache besonders pikant macht, denn ich liebe es, Hände auf der Haut zu spüren. Nicht die große Peitschenszene oder der harte Rohrstockeinsatz stehen dabei im Mittelpunkt. Dieses Szenario wird durch den Einsatz körpernaher

Instrumente begleitet. Die Macht des Spankers, seine physische Kraft zu spüren, wird direkt und sehr intensiv erlebbar. Eindringliche verbale Kommunikation, ohne dabei einen einzigen Hieb anzudrohen, geht mir unvergesslich unter die Haut, wenn dies in Kombination mit Festhalten geschieht. Michael hat nicht oft von dieser Variante der Dominanz Gebrauch gemacht. Ich fand es schade. Andererseits kann diese Szenerie auch enorm demütigend sein. Er hat mir stets viel Würde gelassen. Darauf angesprochen, hat er gemeint: „Das bestimmst du selbst, wie viel Würde du gestattest." Ja, dann wollte ich es so selbstbestimmt haben.

Ein noch viel tiefer gehendes Erlebnis ist es, wenn die Augen verbunden werden. Über den Gesichtssinn werden etwa neunzig Prozent der Umwelteindrücke wahrgenommen. Wird das Sehen ausgeschaltet, so übernehmen automatisch die anderen vier Sinne eine höhere Aktivität.

Die Wahrnehmung des Umgebungsgeschehens wird deutlich durch Hören und Fühlen verschärft. Es stellen sich automatisch Fragen, wie: Was macht der Spanker jetzt? Wohin bewegt er sich? Welche Aktion wird er sogleich ausführen? Wann trifft der nächste Schlag? Wohin und womit? Wohin und womit … und wohin?

Mit welcher Intensität wird er geführt werden? An welcher Körperstelle werde ich vielleicht gleich berührt werden? In welcher räumlichen Entfernung von mir befindet sich mein Spanker? Wohin wird er mich führen? Was erwartet mich dort? Spannende Fragen, wenn alle Wahrnehmungen nur über die Sinne Hören und Fühlen aufgenommen werden können.

Neben den Umgebungsbedingungen wird aber auch die Wahrnehmung des eigenen Körpers geschärft. Automatisch horcht man in sich hinein.

Wie fühlt sich meine Haut an? Wie empfinde ich die Temperatur der Umgebung? Wie fühlt sich der Schmerz wirklich an? Wie empfindlich bin ich an verschiedenen Körperstellen? Wie fühlt sich der Untergrund an, auf dem ich stehe oder liege? Welche Muskeln sind angespannt oder entspannt? Zittere ich vielleicht sogar etwas?

Es gibt in solcher Situation unglaublich viel an sich selbst zu entdecken! Die Augen verbunden zu bekommen, das war mein erster Wunsch. Diesen Wunsch habe ich geäußert, noch bevor ich überhaupt Michael kennengelernt hatte.

„Vielleicht mit verbundenen Augen? Dann kann ich mich besser konzentrieren", waren die Worte meiner ersten Kommunikation mit ihm. Ich kannte diesen Mann noch gar nicht, habe ihm dennoch schon so vertraut, dass ich meinen wichtigsten Sinn ausgeschaltet wissen wollte? Vielleicht gerade deshalb? Wollte ich auf mein Bauchgefühl lauschen? Nichts sehen, nur fühlen können? Vielleicht war es ein Wink des Unterbewussten.

Aber warum reicht es nicht aus, einfach die Augen zu schließen? Es ist definitiv nicht dasselbe, wie die Augen verbunden zu bekommen.

Ganz einfach. Ersteres ist ausschließlich selbst gesteuert und kann jederzeit unterbrochen werden. Es liegt nur in meinem eigenen Willen begründet, ob ich etwas sehen will oder nicht. Der Mensch ist nun mal von Natur aus neugierig, will sehen, was um ihn herum geschieht. Auch ist der Mensch etwas schnell ängstlich. Dann will er sehen, was auf ihn zukommt. Das ist ein Schutzreflex. Mit verbundenen Augen ist es der Wille meines Spankers, dem ich im wahrsten Sinne des Wortes blindlings vertrauen muss. Allein er entscheidet, wann und was ich wie wahrzunehmen habe. Zärtlichkeit, Schmerz, Stille, Geräusche, die Neugier darauf und die Angst davor werde ich aushalten können, wenn mir dieser Genuss wichtig ist.

Wie viel Gänsehaut erzeugt das Pfeifen des Rohrstocks? Dann trifft der Hieb nur mit einem sanften Streicheln auf die Haut. Welche Wonne! Nicht zu vergessen ist der sogenannte sechste Sinn, auch „das innere Auge" genannt. Sind erst einmal die Gliedmaßen gefesselt und die Augen verbunden, dann läuft der sechste Sinn zu wahrer Hochform auf. Welche Fähigkeiten zu spüren dabei entfacht werden, daran glaubt man in seinen kühnsten Träumen nicht. Oder haben Sie sich schon mal verlaufen und sind bei einsetzender Dunkelheit im Wald herumgeirrt? Dann haben Sie eine schwache Ahnung von den Fähigkeiten des sechsten Sinns.

Bevor ich das spannende Thema Kommunikation und Einsatz der Stimme näher beleuchten will, einige Gedanken zu **Körperpositionen**.

In irgendeiner Körperhaltung wird man sich immer befinden und jede Position hat ihren ganz eigenen Reiz.

Ob stehend, sitzend, liegend, kniend oder irgendwo überlegt, allein mit dieser Position, ja, bereits mit dem Einnehmen der geforderten Haltung, gehen emotional aufgeladene Vorgänge im Körper einher. Es gibt Spanker, die vornehmlich die Sub über ihren Knien liegen haben wollen. Das ist sicherlich recht bequem für beide Akteure. Der Spanker kann sitzen und hat seine bevorzugte Fläche in Arbeitshöhe vor Augen. Bequem, niedlich, friedlich, kuschelig, etwas an jene kindliche Zeit erinnernd, als schlagkräftige Argumente dann und wann noch zur guten Erziehung gehörten. Das ist ein schöner und reizvoller Gedanke und durchaus ein wirkungsvoller Auftakt einer Session. Ja, ich mag auch das Kuschlige sehr.

Aber ob das alles ist, alles sein kann? Für mich jedenfalls nicht.

Dann gibt es Spanker, die bevorzugen den Strafbock oder eine andere demütige Körperhaltung, ermahnen eindringlich zum Stillhalten, schlagen intensiv und hart. Das kann sehr schnell anstrengend werden. Was machen die eigentlich, wenn man nicht stillhält? Egal, denn nach nur wenigen Minuten ist ohnehin alles vorbei. Der Genuss an der Sache kommt vielleicht später? Möglich oder auch nicht. Das Brennen, der Schmerz, die Striemen wirken eine Weile nach. Es ist eine Variante für den Typ mit wenig Zeit. Alles muss schnell gehen. Für Genuss bleibt wenig Muse. Eine Züchtigung hat früher auch nicht Stunden gedauert. Das ist eher nicht meine bevorzugte Variante. Ich möchte Zeit haben können.

Bei Michael durfte ich meist frei stehend oder bequem liegend dem Genuss frönen. Dafür bin ich ihm schon mal dankbar. Hat er intuitiv gespürt, was ich mag? Hat es ihm selbst gefallen? Wahrscheinlich beides. Unsere Sessions zogen sich jedenfalls über zwei Stunden hin. Dabei muss schon etwas Bequemlichkeit sein.

Richtig, aber nicht das einzige Argument. Gerade die beiden Positionen Stehen und Liegen bieten unglaublich viel Spielraum für mögliche Freiheitsgrade und Gefühle. Schaue ich mal näher hin? Was hat mir welche Position an Gefühlsnuancen beschert?

Im Stehen, mit den Händen hinter dem Kopf verschränkt, fühlte es sich für mich würdevoll an. Egal was geschah, ich fühlte Stolz und Respekt. Stehen ist anstrengend, aber es lässt alle Freiheitsgrade der Bewegung zu. Liegen ist wesentlich entspannender. Da kamen auch Gefühle von Demut, Angst, Erwartung und der Bestrafungsaspekt dazu. Aber auch Streicheln und den geliebten Flogger hätte ich stundenlang so liegend ertragen können. Diese Minuten des Glücks wollte ich um keinen Preis missen.

Doch ein guter Spanker lässt nicht umsonst die Sub warten, genießt den Anblick und zögert die eigentlichen Aktionen geschickt hinaus. Erst wenn die Spannung durch eben dieses Nichtstun auf einen gewissen Höhepunkt gestiegen ist, erst dann wird er aktiv. Irgendwann wünscht man sich förmlich, dass es endlich losgehen mag. Der erste Hieb ist wie eine Erlösung. Die aufgestaute Energie bricht sich mit jenem ersten Schlag Bahn in einem befreienden Schrei. Ein Zittern geht durch meinen Körper! Alle Angst, aller Frust, alle mühsam zurückgehaltenen Emotionen verlassen in diesen ersten Momenten meinen Körper. Ich fühle mich plötzlich selbst, bin bereit für alle Herausforderungen.

Ich nehme dieses Gefühl ein Stück weit mit in meinen Alltag hinein, denn ich werde es gewiss brauchen. Es ist nie ein Spanker da, der die Angst mit einem Schlag nimmt, wenn man es am meisten brauchen würde. Erst recht ist keiner da, der seine Hand reicht, damit man nicht den Halt verliert. Sorge für eine sichere Körperposition, sage ich mir manchmal halb ernst und halb im Scherz! Doch weiter!

Was unterscheidet angeblich den Menschen vom Tier?

Sprache und Kommunikation!

Nicht alles, was wir an sprachlichen Lauten von uns geben, ist Kommunikation, und Kommunikation beinhaltet nicht automatisch gesprochene Worte. Schließlich gibt es zwei Ebenen der Kommunikation. Die nonverbale und die verbale Ebene. Soviel zur Theorie. Und die Praxis?

Es ist schon ein Unterschied, ob gesagt wird: „Stelle dich hierhin." Oder: „Du stellst dich jetzt hierhin!"

„Bleibe ruhig stehen." Oder: „Bleibe stehen!" Oder: „Stehen bleiben!"

Es wurde in den Sätzen nur die Wortwahl geändert. Es lässt sich keine deutliche Aussage über Eindringlichkeit und die gesamte Umgebungssituation daraus ableiten.

Ja, die Umgebungssituation beeinflusst wesentlich die Kommunikation, ebenso die emotionale Beziehung zum Partner, die eigene momentane Stimmung und schließlich auch die Prägung durch Kultur, Normen und Wertvorstellungen.

Wie wirkt das?

„Komm mal her." „Was hast du angestellt?" „Wie viele Hiebe? Sage an!" „Ist dir das recht so?"

„Nee, mache ich nicht." „Keine Lust dazu." „Zeige mal, was du kannst." „Das mag ich nicht." „Ist unbequem. Lasse das."

Kommt dabei Freude auf? Jedenfalls nicht bei mir. Nein, es kommt überhaupt keine Freude auf, nur Frust.

Also: Welche Kommunikation geht mir unter die Haut?

Ganz einfach gesagt: Es sind hauptsächlich die leisen und dennoch eindringlichen Töne, die sparsamen und doch so unwiderstehlich fordernden Gesten!

Wie viel Wirkung erzeugen ein ernster Blick, eine sparsame und dennoch fordernde Geste, ein lockender Zeigefinger, ein schweigend Voreinander-Verharren, ein sanft bestimmender Druck an Arm, Schulter, Rücken, Knie, die leichte Berührung unter dem Kinn, der Hauch einer Bewegung, die den Kopf sinken lässt, die gelenkte und kontrollierte Kraft ruhevoller sinnlicher Bewegungen, die gefühlte Bestimmtheit von Unausweichlichkeit ohne körperliche Berührung?

Wie könnte ich diesen Worten widerstehen?

„Ganz stillhalten." „Keinen Mucks jetzt." „Umdrehen." „Knie nieder." „Sieh mich an." „Loslassen." Worte, ausgesprochen, so leise, so eindringlich, so bestimmt, so körperlich greifbar, dass mir unwillkürlich ein Schauer über den Rücken läuft.

Es lässt sich eigentlich gar nicht beschreiben, welche Gefühle derart sinnliche und prickelnde Kommunikation auslöst, denn es gibt keine geeigneten Worte dafür, die das Szenario annähernd beschreiben könnten. Vielleicht hat man eine Idee davon, wenn man sich vorstellt, was man fühlt, wenn man scheinbar einen Zauber erlebt, sei es ein Sonnenaufgang, eine unberührte Winterlandschaft oder was immer bezaubernd wirken mag. Ergreifend, einnehmend, unwiderstehlich, sinnlich, entrückend, mystisch, berauschend, beherrschend, dämonisch, lustvoll, erotisierend, alles vergessend, traumhaft … Wie gut, dass die Sprache so viele treffende Attribute besitzt.

Wie verhält es sich mit anderen Gesten und Worten?

Damit meine ich einerseits die eher laute, herrschende, kommandierende, demütigende Kommunikation. Auch das kann wirkungsvoll sein, wenn diese Form der Kommunikation äußerst sparsam eingesetzt wird, Akzente setzend sozusagen. Andernfalls kann es leicht „ins Auge gehen" und lediglich Widerstand hervorrufen. Dann hat der dominante Partner ein ernstes Problem. Die Session wird zur Dressur, wenig erotisierend und unbefriedigend auf beiden Seiten.

Andererseits meine ich aber auch, dass in einer Spankingsession nicht an zärtlicher, zuwendender, lobender, anerkennender, ja auch liebevoller Kommunikation gespart werden sollte. Das ist immer dann wirkungsvoll, wenn nach einer wirklich harten Aktion ein mentaler Ausgleich geschaffen werden sollte, Balance herstellend sozusagen. Die Bestätigung, angenommen zu sein, zur Ruhe zu kommen, Zuwendung zu spüren, Kraft zu sammeln, gemocht zu werden, öffnet, bildlich gesprochen, das Fenster für die Aufnahme der leisen eindringlichen und so unter die Haut gehenden Kommunikation und verschafft mir Gänsehaut pur.

Ach, grau ist alle Theorie, bunt das wahre Leben!

Manchmal könnte man allerdings meinen, es sei umgekehrt. Ich bemühe hier ein wenig ausführlicher die graue Theorie, damit ich das bunte Leben anschließend besser genießen kann. Die Fragen:

Warum überhaupt Spanking? Was passiert im Körper? Wie gehen Spanking und Gefühle zusammen? Diese Fragen beschäftigen mich seit der ersten Session. Hat es einfach etwas mit den Hormonen zu tun? Lasse ich die Hormone sprechen. Was sagen sie mir?

Unser Körper produziert einige raffinierte Cocktailmischungen. Wie das aber mit Cocktails nun mal ist, die Wirkung setzt leicht verzögert ein und kann nie genau vorausgesagt werden.

Eine Auswahl aus der Cocktailkarte:

Glückshormone

Gehört habe ich davon schon mal. Aber welche Wirkung haben diese Cocktails?

Dopamin – das Glückshormon

Schon beim ersten Streicheln beginnt das menschliche Gehirn, vermehrt Glückshormone auszuschütten, zuerst Endorphine und daraufhin auch Dopamin. Diese körpereigenen Stoffe sorgen dafür, dass man sich entspannt und wohlfühlt. Aaaaaahhhh!

Serotonin – das Siegerhormon

Serotonin beeinflusst Appetit und Schlaf, steuert den Sexualtrieb, die Körpertemperatur und hat Auswirkungen auf die Gemütslage. Ausreichend Serotonin im Körper macht ruhig und ausgeglichen, extremer Serotoninmangel dagegen führt zu emotionaler Überempfindlichkeit oder sogar zu aggressivem Verhalten. Innere Bilder beeinflussen die Produktion dieses Hormons. Wer mit dem, was er tut, und dessen Bedeutung zufrieden ist, fühlt sich glücklicher und erlebt sein Leben als erfolgreicher. Uuuaaahhh!

Endorphin – das Opioid

Das Wort Endorphin ist eine Kreuzung aus **nd**ogenes**Morphin**. Endorphine steuern die Schwelle für Empfindungen. Unangenehme Empfindungen wie Schmerz werden gedämpft. Andererseits stehen sie in Verbindung mit der Produktion vonSexualhormonen und der Erzeugung von Euphorie. Auch können gewollte körperliche Anstrengungen und Schmerzen durch die Ausschüttung von Endorphinen Glücksempfinden hervorrufen, bei sportlichen Aktivitäten und härteren körperlichen Spielen etwa. Diese Wirkungen sind inzwischen medizinisch anerkannt. Individuell werden sie allerdings höchst unterschiedlich erlebt. AHA!

Oxytocin – das Liebeshormon

In Zeiten großen Glücks – und eine Spankingsession sollte so eine Zeit sein – schüttet der Körper vermehrt Oxytocin aus. Das Liebeshormon wird bei sanfteren oder einfach auch nur angenehmen Berührungen und vor allem bei sexueller Erregung in größeren Mengen wirksam, lese ich noch wissenschaftlich angehaucht. Hihiiiiih!

Was gibt es noch auf der Coctailkarte?

Stresshormone

Adrenalin – das Aufmerksamkeitshormon

Bei Gefahr, Stress, Schmerz und allgemeiner Erregung schüttet unser Körper dieses Hormon in großen Mengen in die Blutbahn aus. Es löst erhöhte Aufmerksamkeit und auch Angstempfindungen aus und versetzt den Körper in Kampfbereitschaft oder Abwehr- und Fluchtbereitschaft. Chhhhhh! Ich glaube, bei mir kreist in jeder Spankingsession eine Menge Adrenalin im Blut.

Cortisol – das Antistresshormon

Cortisol ist das körpereigene aktive Cortison. Es schützt den Körper vor den negativen Folgen von starkem Stress und sorgt für eine sinnvolle Anpassung an aktuelle Umgebungssituationen. Alles praktisch eingerichtet von Mutter Natur! In Stressphasen lassen sich nur vermindert oder gar keine Gefühle von Glück, sexueller Erregung oder Wohlgefühl erzeugen. Habe ich deshalb keine sexuelle Erregung bei hartem Spanking? Auch Glücks- und Wohlgefühl stellen sich erst einige Zeit danach ein. Außerdem neigen Menschen mit wenig Cortisol zu niedrigem Blutdruck und schwächerer Immunabwehr, fühlen sich müde und erschöpft. Ups! Ja, seit ich Spanking mache, fühle ich mich viel weniger erschöpft, bin kaum noch erkältet und mein Blutdruck stimmt. Das war in meinem Leben keinesfalls Normalität.

Oh, sorry! Alles ziemlich trocken!

Außerdem: Was nützt mir dieses Wissen? Spanking soll Spaß machen!

Dennoch: Wie geht dieses Wissen mit Spanking zusammen? Eine ferne Ahnung?

Vielleicht hilft eine Unterteilung in Lust- oder Streichelspanking, Genussspanking und Strafspanking? Ich kann es probieren. Also los! Weiter durch die graue Theorie vorangekämpft.

Diesem „Warum" muss doch irgendwie auf den Grund zu kommen sein. Es quält mich nun mal. Ich bin eben ein wenig wissenschaftlich durchseucht. Das muss auch raus und nun komme ich mit meinen Gedanken zurück zum Spanking.

Lust- oder Streichelspanking

Schaue ich erst mal auf den physiologischen Hintergrund zum Streicheln. Für das Empfinden sanfter Berührungen gibt es in der Haut speziell darauf ausgerichtete Sinneszellen und Nervenanbindungen. In den verschiedenen Körperregionen sind diese Zellen unterschiedlich stark vertreten. Erogene Zonen sind empfänglicher als andere Bereiche. Ja, das ist klar.

Generell wirken Streicheleinheiten beruhigend und aktivieren die Oxytocin-Produktion im Körper. Streicheln kann sogar Schmerzen lindern. Alles fühlt sich einfach viel besser an. Na, das habe ich ausreichend gemerkt. Als Michael mich nicht mehr streicheln wollte, war alles kaum noch halb so schön. Warum ist das so?

Die speziellen Streichelzellen reagieren auf langsame, gleitende, sanfte Berührungen. Diese Signale werden über eine eigene Direktverbindung zu Gehirnarealen, welche für die Verarbeitung positiver Sinneswahrnehmungen zuständig sind, gesendet. Es mag kurios erscheinen, aber dieser Weg der Signale sanfter Berührungen bleibt auch dann frei, wenn aus dem gleichen Hautareal Schmerzsignale ans Gehirn gesendet werden. Im Idealfall wird dadurch sogar das Lustempfinden des empfangenden Partners gesteigert, was zur Ausschüttung von Endorphinen führt. Mit Streicheln und sanften Schlägen am ganzen Körper kann der Gebende also Lustempfindungen beim Partner auslösen, steigern und längere Zeit aufrechthalten. Oh, das kenne ich gut und es geschah viel zu selten.

Na, Michael? Diese Weisheiten hätte ich dir in deine Gehirngänge träufeln sollen, statt um Streicheleinheiten zu bitten. Du bist schließlich ein Mann der Fakten. Theorie ist doch zu etwas gut!

Was gibt es dazu aus der Cocktailkarte an Beimischungen?

DOPAMIN und OXYTOCIN in Mengen, bitte!

Kommt die Empfindung von stärkerem Schmerz hinzu, so kann es trotzdem sein, dass das Lustempfinden erhalten bleibt. Der Endorphinpegel ist dann konstant höher als der Adrenalinpegel. Die Wirkungen beider Hormone addieren sich.

AHA: Euphorie und Glücksgefühl versus Angst und Fluchtbereitschaft.

Genussspanking

Werden die Schläge etwas härter als beim Lustspanking geführt und wird dabei ein noch gut verträglicher Schmerz ausgelöst, scheint die Hormonwaage im Gleichgewicht zu sein. Eh, wirklich? Die Session wird in dieser Phase durchaus als intensiv, aber gleichzeitig auch entspannend erlebt. Na, ich bin mir dabei nicht so sicher! Die Haut ist gut durchblutet, der ganze Körper fühlt sich warm an, Geborgenheit, Zuwendung, Vertrauen, Nähe, entspannte Körperhaltung, beruhigende Musik, gedämpftes Licht, Schweigen oder leises Erzählen angenehmer Dinge verstärken den Genuss erheblich.

Na, mein lieber Michael? Da siehst du mal, was möglich ist. Ich will mich wohlfühlen! Ja, bei der zweiten Session auf seinem Bett liegend, da waren diese Bedingungen wohl perfekt.

DOPAMIN, SEROTONIN, ENDORPHINE, OXYTOCIN in Mengen und einen kräftigen Schuss ADRENALIN bitte beigeben.

Strafspanking

Wie schon der Name sagt, es ist nun mit dem reinen Genuss an der Sache vorbei. Warum wollen die Subs denn ausgerechnet bestraft werden? Das Wort „Strafe" spielt jedenfalls eine bedeutsame Rolle beim Spanking. Ich wollte eigentlich nie bestraft werden.

Allerdings sei ehrlich gesagt: Eine Session, bei der die Komponente des Strafspankings nicht ausgiebig bedient wird, ist nur die halbe Wahrheit und folglich bestenfalls halb befriedigend. Diesen Effekt habe ich bei meinen Weideerlebnissen verzeichnen müssen. Deshalb waren diese Weidetiere wohl nicht befriedigend für mich. Nein, das stimmt auch irgendwie nicht richtig. Egal! Ich wollte Michael!

Nun aber zurück zum Thema: Der Aspekt der Bestrafung ist allein in seinem Szenario schon sehr reizvoll, auch wenn ich es nie wirklich wollte. Wollte ich das wirklich nie? Warum habe ich dann Michael provoziert? Ach, das ist wieder eine andere Frage. Also: Warum? Warum ist der Bestrafungsaspekt reizvoll? Keine Ahnung! Das ist ein anderes Thema und wird vielleicht ein anderes Mal betrachtet werden. Ich kann hier nicht alles klären wollen.

Schaue ich lieber noch auf die Zutaten aus der Cocktailkarte.

Kräftige Dosis ADRENALIN und CORTISOL beigeben und dazu eine Prise SEROTONIN. Gern auch die ENDORPHINE, die noch im Mixbecher sind.

Sonst noch Fragen?

Ja, ich weiß. Das ist kein Lehrbuch, sondern ein Roman. Träume ich noch etwas zum Schluss dieses trockenen Teils.

Eine Geschichte? Ein Märchen? Eine mögliche wahre Begebenheit? Wie es gefällt!

Sagt eines Tages mein Spanker zu mir: „Es gibt gewisse Veranstaltungen von Zeit zu Zeit, wo Spanking als eine Art Kultur gelebt wird. Allerdings ist das nicht in der Nähe. Wir müssten ein Stück fahren und auch übernachten. Aber das wirst du wohl nicht wollen, so in der Öffentlichkeit gepeitscht zu werden."

Diese verlockenden Worte mit jener Unschuldsvermutung oder einem Appell an meinen Mut gehen mir im Kopf herum. Was wollte er damit sagen? Will er wirklich mit mir irgendwo in eine Spankingszene abtauchen? Irgendwie mal ein ganzes Wochenende nur mit ihm zusammen? Geht das?

Träumen kann ich schließlich davon.

Wir nehmen ein Zimmer im zehnten Stock eines Hotels mit Blick über die abendliche Stadt. Klar werden wir diese Stadt erkunden, aber erst am morgigen Tag. Heute Abend haben wir etwas anderes vor. Was, das weiß ich nicht so genau. Mir ist reichlich mulmig beim Gedanken daran, dass aus diffusen Träumen gelebte Realität werden könnte. Seine gemütliche Wohnung in dem kleinen, verträumten Kaff ist mir schließlich ein vertrauter Ort geworden. Hier in dieser großen und fremden Stadt ist mir nichts vertraut. „Ich gehe mal eben ins Bad", sage ich möglichst unbekümmert daher. Irgendwie müsste ich mich erst mal regenerieren können und ein paar Minuten mit mir allein verbringen. Welche belebende Wirkung warmes Wasser und wohlriechende Seife doch haben können. Jetzt fühle ich mich gleich besser.

Nun trete ich nackt durch die Tür vom Bad, stehe unschlüssig im Raum herum, überlegend, was ich wohl anziehen soll. Sollte ich ihn danach fragen? Wir haben schließlich für die nächsten Stunden kein ganz so gewöhnliches Ziel im Visier. Doch noch ehe ich einen Entschluss fassen kann, lässt er mich das Fenster öffnen. Ja, warum nicht? Frische Luft schafft klare Gedanken und die Aussicht hier oben ist herrlich. Hat er meine Unsicherheit etwa bemerkt? Also gehe ich zum Fenster und öffne es, genieße die Aussicht und lausche auf die fremden Geräusche der geschäftigen Stadt. Nun steht er direkt hinter mir. Will er auch den Ausblick genießen? Ich spüre seine nackte warme Haut an meinem Rücken, seine weichen Hände mit festem Griff um meine Taille gelegt, seine feuchte Zunge an meinem linken Ohrläppchen kitzelnd und mir schwinden augenblicklich die Sinne. Ich schließe die Augen, lasse mich nach hinten fallen, Gänsehaut überzieht meinen ganzen Körper und in mir drinnen steigt ein loderndes Feuer aus der Tiefe auf, wärmt bis in jede Fuß- und Fingerspitze. Ein leichter warmer Wind streicht mir durch das geöffnete Fenster über Haar und Gesicht, während im Flur Schritte und Wortfetzen zu hören sind. Die Geräusche vom Flur und von der Stadt dringen an mein Ohr, fühlen sich aber gleichzeitig an, als ob sie von ganz weit weg herüberkommen. Seine Hände gleiten nach vorn und berühren den Teil meiner Weiblichkeit, welcher am intensivsten erregbar ist. Wieso weiß dieser Kerl so gut über mich Bescheid?

Ich drehe langsam den Kopf und schaue sehnsüchtig nach dem Bett. Hat er meinen Blick bemerkt? Jedenfalls zieht er mich, so eng umschlungen, rückwärts in eben jene Richtung. Er schubst mich mit sanftem Druck quer auf das Bett, legt sich selbst neben mich und schaut mich belustigt von der Seite an. Seine Hände gleiten über meine Brüste, zwei Finger umkreisen die Brustwarzen. Das hat immer gleich verdammt wehgetan, durchzuckt mich die Erinnerung und lässt meine Muskeln unwillkürlich verkrampfen. Doch dieses Mal gleiten seine Hände ohne Schmerzen zu verursachen weiter. Eine Hand wandert abwärts über meinen Bauch und ruht schützend über meiner warmen Mitte, während die andere Hand in Richtung Kopf wandert und sich in meinen Haaren festkrallt. Es tut nicht weh, fühlt sich sehr bestimmt an und ist unglaublich schön. Ich fühle mich plötzlich vollkommen beschützt, so ganz und gar vor allen Gefahren behütet. Ja, es ist egal, wo wir sind, wohin wir gehen werden und was dort geschehen wird. Solange ich mit diesem Mann zusammen bin, wird mir nichts geschehen. Seine Hände beschützen mich.

„Michael, ich möchte, dass du als mein Meister den ganzen Abend bei mir bleibst und mich keinem anderen ausliefern wirst. Nur du sollst mit mir tun können, was du willst. Ich vertraue dir", murmle ich vor mich hin. Zwei Finger dringen in meine warme Mitte ein, während der Griff in den Haaren etwas fester wird. Diese Hände lassen meinen Körper erzittern und lösen ein leises Stöhnen aus. Dann zieht er seine Hände zurück, gibt mir ein paar leichte Ohrfeigen, begleitet von den Worten: „Los, ziehe dich endlich an. Das Taxi wird gleich da sein."

Das war jetzt hart in die Wirklichkeit zurückgeholt. Ja, wir sind nicht hier, um uns den ganzen Abend auf dem Hotelbett zu amüsieren. „Was soll ich denn anziehen?" Die Frage kommt ohne Überlegung aus mir heraus und ist mir im gleichen Augenblick furchtbar peinlich. Aber gesagt ist gesagt und kann nicht zurückgenommen werden. Ich erwarte eine demütigende Standpauke, doch er zeigt nur wortlos auf den Stuhl.

Dort liegen: Ja, meint er das ernst? Dort liegen schwarze halterlose Strümpfe mit edlem Muster, ein kurzes schwarzes ärmelloses Kleid mit tiefem Ausschnitt und schwarze Schuhe mit moderaten Absätzen. Kein BH, kein Slip, keine Jacke oder was sonst für straßentaugliche Bekleidung.

Ich streife mir zuerst genüsslich die halterlosen Strümpfe über die Beine, stelle dazu jeweils einen Fuß auf die Sitzfläche des Stuhles. Dann streife ich das Kleid über. Das muss ein toller Stoff sein. Es fühlt sich wunderbar auf der Haut an. Wahrscheinlich hat es ein für mich gefühltes kleines Vermögen gekostet. Ja, ich fühle mich sauwohl in den Klamotten und auch die Schuhe passen sich sehr bequem an den Füßen an. Das ist alles keine Billigware für einen Abend. Meine Güte! Feinster Zwirn und weiches Leder! Bin ich dem Kerl so viel wert? Oder hat er den teuren Fummel gekauft, weil er sich nicht mit mir blamieren will? Ach, das ist doch völlig egal jetzt, Petra. Wahrscheinlich ist es eine Mischung aus beiden Vermutungen. Die Kerle sind eitel und schmücken ihre Frauen mit teurem Fummel, weil sie selbst wenig Auswahl in ihrer eigenen Garderobe haben.

Trotzdem: Auf etwas eigener Ausstattung bestehe ich dennoch. Ich habe mir ein schönes weiches rot und schwarz gemustertes Schaltuch in die Reisetasche gepackt. Das will ich mir umlegen und tue es auch unverzüglich und sehr bestimmt. Wird er meine Eigenmächtigkeit billigen oder schelten? Er schaut mich etwas amüsiert an. Es scheint ihm zu gefallen, konstatiere ich aus diesem Blick.

Gut, dann kann es losgehen. Nein, kann es nicht, denn er wird wohl kaum im Slip auf die Straße gehen wollen. So viel Mut traue ich ihm keinesfalls zu. Hat er auch nicht. Er wirft sich in die für Männer immer gleiche Garderobe, streift sich eine schwarze Hose und ein weinrotes Hemd über. Ja, diese Farbkombination mag ich. Wieso weiß der Kerl so gut Bescheid über meine Vorlieben? Irgendwie passen wir jetzt schon rein optisch zusammen, schwarz und rot, die klassische Farbkombination. Ich will zur Tür gehen, habe bereits die Hand auf der Klinke, als er mich an der Schulter fassend zurückzieht. In seiner Hand hält er eine kleine Schachtel. „Öffne den Deckel!" In der Schachtel liegt ein schwarzes Lederhalsband mit einem metallischen Ring an der Vorderseite. „Nimm es heraus und gib es mir", fordert er mich auf. Ich tue wie gesagt und er legt mir das Halsband um. „Damit du heute Abend nicht deine Rolle vergisst."

Es ist mir etwas peinlich mit diesem unverkennbaren Zeichen einer Sub unter die Augen anderer Leute zu treten. Jedenfalls auf der Straße ist mir das peinlich. Ich gratuliere mir still zu meiner mutigen Entscheidung mit dem Schaltuch. So kann ich das Halsband gut vor allzu neugierigen Blicken verbergen. Nun kann es wirklich losgehen.

Der Fahrstuhl bringt uns abwärts in die Hotellobby. Michael verhandelt kurz mit der Dame hinter dem Empfangstresen. Diese nickt nur und weist auf einen Herrn im Eingangsbereich. Es ist der Taxifahrer. Sein Blick mustert mich begehrlich. Würde er gern mit meinem Begleiter tauschen wollen? Immerhin hält er mir die Autotür auf, sodass ich einsteigen kann. Michael setzt sich neben mich auf die Rückbank. Mir wäre es lieber, wenn der Typ ein kleineres Auto fahren würde. So könnten wir näher zusammenrücken. Ich wage es nicht meinen Arm in Michaels Richtung auszustrecken. Gern hätte ich seine Hand genommen. Ich erinnere mich an das beschützende Gefühl auf dem Hotelbett eben noch vor wenigen Minuten. Es gibt mir etwas Sicherheit. Nun beginnt also das Abenteuer einer fremden Stadt wirklich. Jetzt gibt es kein Zurück mehr.

Leise Musik begleitet unsere Fahrt, während die Lichter der Stadt am Fenster vorübergleiten. Der geile Taxifahrer schaut mehrmals in den Rückspiegel. Ich bezweifle, dass er nur den Verkehr beobachtet, bin versucht die Zunge rauszustrecken, lasse es aber bleiben. Was geht mich dieser Typ an? Michael schweigt die ganze Fahrt über. Was soll er auch sagen oder gar tun? Dem geilen Typ noch ein kostenloses Vergnügen bereiten etwa? Das fällt bei Michael aus.

Schließlich hält das Taxi, etwas außerhalb der Stadt vor einer reichlich elegant wirkenden Villa. Michael bezahlt, steigt aus und öffnet mir selbst die Wagentür. Wir warten, bis das Taxi wieder weggefahren ist. Dann bedeutet er mir, ihm zu folgen. Wir treten durch eine große Eingangstür, die von einem tadellos gekleideten Portier geöffnet wird. Michael überreicht ihm irgendeine Karte und wir treten ein. Hinter dem Tresen in der Lobby blinzelt mir eine kleine Frau freundlich zu, während Michael sich ein kurzes Lederband geben lässt, was er unverzüglich an dem Ring meines Halsbandes befestigt. „Damit du mir nicht abhanden kommst." Das klingt gut. Ich bin glücklich. Ich folge dem sanften Zug des Seiles. Wir gehen auf eine Tür zu. Die Tür öffnet sich, wir gehen hinein, Stimmengewirr, sanfte Musik und anheimelnde Beleuchtung empfangen uns. Es ist eine Art Ballsaal. An den

Wänden sind wunderbare Wandgemälde stilvoll in Szene gesetzt. Vielleicht sind es Zeichnungen aus dem Kamasutra? Wo sich in einem Ballsaal das Tanzparkett befindet, ist eine kleine Bühne aufgebaut, überspannt von einem weißen Baldachin. Ringsum stehen Tische und Bänke. Herren in eleganten Smokings oder Anzügen, andere nur in Hemd und Hose oder gar in einem besonderen Kostüm, Damen in Lack und Leder oder in eleganten Kleidern sitzen an den Tischen oder stehen in kleinen Gruppen zusammen. Aber es gibt offenbar auch Sklavinnen und Sklaven, die nackt oder in Lederkorsetts zu Füßen ihrer Herren oder Herrinnen knien, gehalten von Seilen, so wie Michael das meinige Seil hält.

Ein Diener kommt mit einem Tablett voller Sektgläser auf uns zu. Michael nimmt sich ein Glas Sekt vom Tablett. Auch ich greife gewohnheitsmäßig zu, also, ich will zugreifen. Ein ziemlicher Schmerz durchzuckt meine Hand. Er rührt von einem kleinen kurzen und sehr dünnen Rohrstock her. Wo hat Michael dieses fiese Stöckchen so plötzlich hergezaubert? Na dann: Prost, Michael! Das kann noch heiter werden. Hoffentlich?

Wie geht es weiter? Woher soll ich das wissen? Es ist nur ein Wunschtraum. Ich war niemals in einem solchen Ambiente. Michael schon, aber eben nicht mit mir. Vielleicht erzählt Michael davon, wie es weitergehen könnte? Stillst du die Neugier?

Ach, das können wir glatt vergessen! Dieser Kerl erzählt garantiert nichts. Es ist nur eine Geschichte und Männer haben wenig Lust, sich Geschichten mit amourösen Inhalten auszudenken. Sie werden diese Geschichten lieber erleben wollen und schweigen. Vielleicht war Michael aber auch niemals an einem solchen Ort? Männer lügen oft das Blaue vom Himmel herunter, wenn sie sich damit groß und wichtig machen können.

Habe ich keine eigene Fantasie? Wie stelle ich mir den Fortgang des Abends vor? Was würde mir gefallen?

Ja, ich spinne einfach selbst diesen schönen Faden der Fantasie weiter! Wozu braucht es diesen Michael? Ja, ich spinne den Faden weiter.

Nach dem schmerzhaften Hieb auf die Hand reicht mir Michael sein Sektglas und nimmt sich selbst ein weiteres Glas vom Tablett herunter. Der Diener schaut mich verwundert und vielleicht auch etwas respektvoll an. Ich zwinkere zurück. Eins zu eins, registriere ich heimlich.

In der einen Hand das Sektglas, in der anderen Hand das Seil, so zieht Michael in Richtung eines noch freien Tisches mit mir im Schlepptau quer durch den Saal. Gegenüber all den anderen Sklavinnen fühle ich mich reichlich privilegiert. Mit Sektglas in der Hand in meiner teuren Robe von diesem attraktiven Mann durch den Saal geführt zu werden, das macht irgendwie stolz.

Michael nimmt auf einem bequemen Stuhl seinen Platz gegenüber der Bühne ein und bedeutet mir, mich zu seinen Füßen niederzulassen. Auf dem harten Parkettboden möchte ich aber nicht sitzen. So angele ich mir flugs ein weiches Kissen von einer nebenstehenden Bank. Michael lässt mich gewähren. Ist das ein lieber Herr und Meister. Oder möchte er kein Aufsehen erregen? Oder hebt er sich meine gar nicht unterwürfigen Freiheiten für eine spätere Bestrafung auf? Ach, sei es drum. Mir ist das jetzt egal.

Es dauert nicht lange und auf der Bühne werden ein weinroter Stuhl mit bequemen Armlehnen, ein kleiner runder Tisch und eine rustikale Stehlampe aufgebaut. Die Deckenbeleuchtung verlischt, sodass nur noch die an den Wänden befindlichen Lampen einen schummrigen Schein auf die erotischen Gemälde werfen. Nun betritt eine ganz in einen weißen, durchsichtigen Umhang gekleidete Frau den Saal und schreitet auf die Bühne zu. Ihre Bewegungen sind weich und dennoch stolz. Sie erinnert mich mit ihrer Erscheinung etwas an göttliche Statuen. Nun nimmt sie Platz und schlägt ein großes Buch auf, welches auf dem Tisch liegt. Die Musik und auch die Gespräche der Gäste sind verstummt. Es liegt eine erwartungsvolle Spannung im Raum.

„Das stille Wasser, eine orientalische Geschichte um Liebe, Macht, Ohnmacht und die Klugheit einer Frau", beginnt die göttliche Statue zu lesen. Ihre Stimme trägt mich bald hinweg in eine ferne, exotische Welt voller Leben, Werben, Liebe, Sehnsucht, Begehren, Verlangen, Warten und Hingabe. Meinen Kopf an

Michaels Knie gelehnt, meine Arme um sein Bein geschlungen, so lausche ich dieser Stimme, die mir wohlige Geborgenheit und traumhafte Fantasien vermitteln kann. Der Diener macht noch einige Male still und unauffällig seine Runde mit dem Tablett voller Sektgläser. Auch ich bekomme von Michael ein weiteres Glas gereicht.

Wie durch einen rötlichen Nebel vernehme ich die Worte: „Ich möchte nicht in den Palast als deine Gemahlin einziehen. Ich möchte so weiterleben wie bisher, frei und unabhängig, Gewürze verkaufen und niemandem zu Diensten sein."

„Ja, deinen Willen muss ich akzeptieren. Gegen die stürmischen Wogen war ich stets gewappnet, aber die stillen Wasser haben mich besiegt. So sprach der Kalif und senkte sein Haupt vor der vielleicht einzigen Frau, die ihn jemals aus tiefstem Herzen geliebt hat."

Meine schöne Göttin klappt ihr Buch zu, erhebt sich majestätisch und schreitet durch den Saal dem Ausgang entgegen. Erst jetzt brandet Beifall auf. Oh, wie gern würde ich dieser Göttin folgen. Es war eine wunderbare Geschichte mit viel weiblicher Weisheit und Klugheit.

Doch wie geht es hier weiter?

Ein Vorhang wird von den Dienern geöffnet. Dahinter ist ein Büfett aufgebaut. Michael weist auf den Stuhl neben sich.

„Setze dich hierhin und warte." Nichts, was ich lieber machen würde. Es war richtig schön auf dem Boden zu seinen Füßen zu sitzen, aber für uns Schreibtischtäter eine ungewohnte Haltung. Ein Stuhl mit Armlehnen! Ich könnte den Rest der Nacht hier sitzen. Michael schlägt derweil für uns die Schlacht am kalten und warmen Büfett, so hoffe ich jedenfalls. Wer hätte das gedacht. Bei allen anderen Lustbarkeiten mit Büfett musste ich mich immer selbst ins Getümmel stürzen. Wenn ich hier von meinem Herrn und Meister bedient werde, bin ich liebend gern Sklavin. Bei diesem Leben werde ich niemals einen Aufstand machen.

„Sind die beiden Plätze noch frei?" Mich fragt eine Frau in etwa meinem Alter, ob sie an unserem Tisch Platz nehmen darf. Na, darf ich das jetzt entscheiden? Michael kämpft an vorderster Front am Büfett. Da werde ich wohl das Hinterland verwalten können.

Diese Frau macht den Eindruck einer angenehmen Tischnachbarin und sie scheint noch eine weitere weibliche Person im Schlepptau zu haben. Michael mit drei Frauen am Tisch? Da wird er wohl nichts gegen einzuwenden haben, entscheide ich spontan.

Nun kommt Michael zurück und balanciert tatsächlich zwei Teller mit allerlei Leckereien. So gut und so aufmerksam bin ich noch nie bedient worden.

„Lasse es dir schmecken. Du wirst die Kalorien noch brauchen." Was immer auch er damit meinen könnte, ich lasse es mir schmecken. Irgendwann kommen noch ein Dessert und eine weitere Runde Sekt und Wein an unseren Tisch.

Plötzlich ist Schluss mit Schlemmen und Vergnügen. Ein muskulöser Mann mit nacktem Oberkörper schlägt drei Mal einen großen Gong an. Der Ton hallt lange nach. Als der dritte Gongschlag verklungen ist, wird wieder das Licht bis auf die Wandleuchten gelöscht. Der Bühne, in helles Scheinwerferlicht getaucht, wendet sich alle Aufmerksamkeit zu. Ein Mann mit Mönchskutte und eine Frau in Nonnenkleid betreten die Bühne. Was nun folgt, ist eine Art Verlosung.

Ich erinnere mich, dass Michael am Eingang einen Umschlag von dem Portier erhalten hat. Ich habe diesen Umstand nicht weiter zur Kenntnis genommen. Jetzt scheint der richtige Moment gekommen zu sein, denn er öffnet seinen Umschlag.

„Wir haben die Nummer dreizehn", raunt er mir zu. Ich kann damit nichts anfangen, aber es soll mir schon bald klar werden. Der Mönch und die Nonne machen eine Verlosung, indem sie sechs Umschläge aus einem Behälter ziehen und die Nummern verlesen. Ein Diener schreibt diese Nummern an einer nebenstehenden Tafel an. Die Reihenfolge lautet: sechs, elf, acht, zehn, sieben, vier.

Die Nummer dreizehn ist nicht dabei. Ist das nun gut oder schlecht?

Vorläufig bin ich einfach nur gespannt auf das weitere Geschehen. Die Gäste an den Tischen beginnen sich leise auszutauschen. Einige Sklavinnen und Sklaven werden zunehmend unruhig. Nochmals ertönt der Gong. „Wir ziehen den Joker", verkündet der Mönch. Die Nonne zieht einen Umschlag aus dem Kasten und reicht ihn dem Mönch. Der öffnet ihn mit großer Geste. Es folgt ein Moment angespannter Stille.

„Der Joker ist die Nummer dreizehn!"

Ich schaue Michael an. Er wirkt etwas blass, aber irgendwie auch stolz und zufrieden.

„Wir sind der Joker", raune ich ihm zu. „Was bedeutet das?"

„Warte es ab", antwortet er nur.

Mein Herz beginnt plötzlich heftig zu schlagen. Er wird sich hoffentlich an unsere Abmachung erinnern? „Du kannst mit mir machen, was du willst, außer mich anderen auszuliefern." War das eine Abmachung? Hat er sie überhaupt registriert? Soll ich ihn fragen? Er bedeutet mir, dass ich mich wieder auf den Boden setzen soll. Mir ist mulmig zumute.

Gar bald schon soll ich erfahren, was es mit den Nummern auf sich hat. Die in dominanter Rolle erschienenen Gäste haben willkürlich eine Losnummer bekommen. Sie dürfen nun, in der Reihenfolge der Auslosung, mit ihrer Sklavin oder ihrem Sklaven die zuschauenden Gäste mit einer eigenen kleinen Nummer unterhalten. Mir sagt die ganze Show nicht besonders zu. Die Vorführungen erinnern mich etwas an Zirkus und Dressur. Meine schöne Göttin mit ihrer weisen Geschichte hat mir wesentlich besser gefallen. Trotzdem bekommen alle Nummern artig Applaus. Manchmal sind auch mitleidvolles Seufzen oder ein „Ah und „Oh" zu vernehmen.

Die Nummern sechs, elf, acht, zehn und sieben sind durch, es bleibt noch die Nummer vier.

Ein bulliger Typ mit Glatze, wulstigem Nacken und einer Art Tunika bekleidet betritt die freie Fläche in der Mitte. Anscheinend ist er allein hier. „Ich fordere den Joker", ruft er mit eigenartig hoher Stimme. „Wer hat die Nummer dreizehn?"

Ein Moment gespannter Stille und Michael hebt, lässig in seinem Stuhl zurückgelehnt, den Umschlag mit der Dreizehn hoch. Der Typ kommt auf uns zu.

„Ich fordere deine Sklavin. Sie scheint keinen Respekt zu kennen. Beim Essen hat sie am Tisch gesessen. Das gehört sich nicht."

Ich grinse in mich rein. Michael müsste dem Typen gleich die Leviten lesen, freue ich mich insgeheim.

„Bitte!"

Habe ich da eben richtig gehört? War das alles, was mein Herr und Meister dazu zu sagen hat? Das ist nicht abgemacht zwischen uns! Von dem schmierigen Kerl lasse ich mich nicht mal mit dem kleinen Finger berühren.

Er greift mit seinen wulstigen Fingern mein Seil und zerrt mich hoch. Ich schaue zu Michael. Der lümmelt mit undurchdringlichem Gesicht auf seinem Stuhl. Mich ergreift Panik.

„Rühre mich nicht an!" Der Typ grinst nur und wickelt das Seil fester um seine Hand. Jetzt muss Michael etwas unternehmen.

Fehlanzeige! Null Reaktion von ihm!

Jetzt ist mir alles egal. Kochend heiße Wut steigt in mir hoch. Immer muss ich mich selbst verteidigen. Das sind alles perverse Leute hier. Ich stehe kurz davor, ebenso dazuzugehören. Aber nicht mit mir! Der Kerl zerrt mich am Halsband vorwärts. Jetzt ist bei mir Schluss mit lustig. Ich fühle nach dem Verschluss, öffne das Band und der Kerl hat nur noch die Leine mit dem Band in seiner Pfote.

Einen Augenblick schaut er verdutzt, dann holt er aus. Ich ducke mich schnell weg, hole meinerseits aus und verpasse ihm mit aller Kraft eine Ohrfeige. Wenn der mich noch mal anfassen will, trete ich ihm in seine Mitte, mit aller Kraft. Das habe ich noch nie getan, aber jetzt bin ich wild entschlossen. Es ist Notwehr.

Tatsächlich kommt das Schwein wieder auf mich zu. In seinen Augen blitzt es gefährlich. Ich nehme Maß.

Eine Hand legt sich auf meine Schulter. Michaels große Gestalt schiebt sich zwischen mich und diesen Kerl. Uff! Das wurde aber auch Zeit.

Er schaut diesem widerlichen Kerl in die Augen, sagt aber kein einziges Wort. Der schmierige Typ kann den Blick nicht lange halten, schaut auf den Boden und macht zwei Schritte rückwärts.

„Meine Sklavin ist für dich einige Nummern zu groß, fürchte ich. Geh!" Michaels Arm zeigt in Richtung Ausgang und der elende Kerl zieht tatsächlich wortlos ab.

Als er raus ist, brandet Beifall auf. Wem gehört jetzt dieser Beifall, denke ich? Wahrscheinlich klatschen sie einfach aus Verlegenheit.

„Jetzt wollen die aber von uns was sehen", raunt mir Michael zu. Er winkt einen Diener heran, spricht leise mit ihm, der livrierte Mensch verbeugt sich vor uns und eilt davon. Wenige Minuten später kommt er mit einem großen Tablett zurückgeeilt, welches mit einem olivgrünen Tuch abgedeckt ist.

„Ziehe dein Kleid aus und das hier über." Michael reicht mir ein mausgraues wollenes Kleid mit groben Nähten. Hier vor den Leuten soll ich mein schönes Kleid ausziehen und diesen Kartoffelsack überhängen? Na, das ist hier eh alles pervers. Ich wollte es schließlich mal erleben. Nun muss ich da auch durch, fürchte ich.

Außer dem mausgrauen Ungetüm hat der Diener noch eine Bullwhip gebracht. Es ist eine ähnliche Peitsche wie sie Michael besitzt, nur noch ein Stück länger. Jedenfalls kommt es mir so vor.

Der Diener entfernt sich wieder, nicht ohne sich vorher zu verbeugen. Michael knallt mit der Bullwhip drei Mal und jeder Versuch ist ein Erfolg. Die Umstehenden sind beeindruckt. Ich ahne, was jetzt kommen wird. Ob jetzt eine der Sklavinnen mit mir den Platz tauschen möchte? Wahrscheinlich eher nicht.

Michael legt seine Hand auf meine Schulter und führt mich in die Mitte. Nun stehe ich im vollen Scheinwerferlicht, welches mich blendet. Er geht drei Mal langsam um mich herum, bleibt vor mir stehen, wendet mir aber dabei den Rücken zu. Plötzlich dreht er sich ruckartig um, fasst dieses Sackkleid und reißt es mit einem einzigen Ruck vom Körper. Aha, denke ich. Das ist wie im Film. Die Nähte gaben ganz leicht nach. Das Kleid ist wohl extra dafür gemacht worden.

Nun bindet er mir die Hände mit dem Seil, was der schmierige Typ vorhin auf den Boden geworfen hat. Ein Diener musste es auf Michaels Wink hin aufheben. Mit dem grünen Tuch verbindet er mir die Augen. Das ist ganz gut. So blendet mich das Scheinwerferlicht nicht mehr. Dann kommt das Spiel mit der Peitsche.

Ich stehe mit erhobenen Händen und leicht gespreizten Beinen aufrecht da und die Peitsche schlingt sich um meinen Körper, immer und immer wieder. Ich höre, wie Michael dabei um mich herumgeht. Er spielt mit der Peitsche, mit meinem Körper, mit den Zuschauern oder mit sich selbst. Es dauert und dauert. Wahrscheinlich bin ich schon reichlich verziert von den Striemen. Dann tritt er an mich ganz dicht heran. Ist es jetzt vorbei?

„Jetzt wird es gleich ernst." Es ist also nicht vorbei.

„Zwölf Hiebe über den Rücken bekommst du jetzt. Du kannst schreien, aber du wirst dich keinen Millimeter hier wegbewegen." Ich nicke stumm.

„Zwölf Hiebe nur. Du kannst viel mehr aushalten", fügt er noch hinzu. Das bezweifle ich, aber den Beweis bleibe ich gern schuldig.

„Ganz ruhig stehen bleiben. Nimm die Arme runter." Das ist ein guter Vorschlag. Wahrscheinlich hätte ich die Arme sonst von selbst runtergenommen.

„Es geht los." Ja, und dann geht es los. Die Bullwhip macht ein dumpfes Geräusch bei jedem Schlag. Wahrscheinlich jagt das allein den Zuschauern schon Schauer über den Rücken. Bis zum dritten Hieb kann ich den Schrei unterdrücken, aber dann geht es nicht mehr. Nach dem sechsten Hieb kommt Michael wieder dicht zu mir heran.

„Die Hälfte hast du schon weg." Schon?, denke ich. „Erst" hätte besser gepasst. Die Hiebe brennen auf dem Rücken. Jeder einzelne Striemen fühlt sich wie ein heißer, brennender Strich an. „Dir gilt jetzt schon die Bewunderung der Gäste. Enttäusche sie nicht", raunt er mir ins Ohr. Worauf habe ich mich eingelassen?

Die dreizehn ist eigentlich meine Glückszahl. Soll ich glücklich sein oder mich verfluchen?

„Es geht weiter. Bist du bereit?" Ich nicke nur. Was soll ich sagen?

Die nächsten Hiebe sind grandiose Minuten für alle. Der ganze Saal zählt vielstimmig mit.

„Sieben" – Pause.

„Acht" – Pause.

„Neun" – Pause.

Ich krümme mich, bleibe aber stehen.

„Zehn" – Pause.

Michael kommt zu mir heran.

„Die sind alle von den Plätzen aufgestanden. Schaue selbst."
Er nimmt mir das Tuch von den Augen.

Tatsächlich! Standing Ovations! Das Gefühl einer solchen
Huldigung hatte ich noch nie. Da kann man sich im normalen Leben
sonstwie anstrengen. Bestenfalls kommt mal ein „Danke" rüber,
meist nicht mal das. Hier huldigen sie uns für diesen scheinbaren
Blödsinn! Die Welt ist verrückt. Aber grandios ist es trotzdem.

„Noch zwei", höre ich seine vertraute Stimme. Ich nicke nur
stumm. Wahrscheinlich würde ich sogar noch mehr vertragen,
denke ich.

Warum hat Michael immer recht mit seinen Prognosen? In
mir rauscht ein unglaublicher Hormoncocktail durch die Adern.
Wirklich unglaublich, wie das wirkt. Ich spüre kaum noch den
Schmerz der zehn Hiebe. Dann holt Michael zum Finale aus.

„Elf", zählt das Publikum.

„Da geht noch was", höre ich Michaels Stimme.

„Zwölf", zählt ein vielstimmiger Chor und Beifall brandet gleichzeitig auf.

Ich habe von der Wucht des letzten Hiebes einen Schritt vorwärts
gemacht und stehe nun gerührt da. Tränen schießen mir in die
Augen. Es sind Tränen der Rührung. Es ist ein großartiger Moment.
Völlig irrsinnig, aber ein großer Moment ist es.

Von dem Mönch bekomme ich eine wunderschöne türkis-
blaue Papageienfeder zur Erinnerung geschenkt.

Nachdem sich die Wogen wieder geglättet haben, zeigt mir Michael noch die anderen Räume der Villa. In der oberen Etage sind kleine Separees eingerichtet, jedes in einer anderen Farbe gehalten. Im Souterrain gibt es den Folterkeller zu bewundern. Es ist so ziemlich alles da, was man sich vorstellen kann.

Wahrscheinlich beginnt das Leben hier erst jetzt richtig. Die Vorstellung im Saal war nur der Auftakt.

Oder war das doch schon alles? Mir reicht das Erlebte.

„Ich möchte zurück ins Hotel", flüstere ich leise. Michael nickt wortlos.

„Ja, wir fahren zurück. Hier passiert nichts Aufregendes mehr."

Nun, es ist nur eine Fantasiegeschichte. Ich hätte sie gern so oder so ähnlich erleben wollen. Aber das gibt es doch gar nicht? Ist doch irre?

Oder doch nicht irre?

10

SPANKING VIRTUELL

Jetzt kommt ein kleiner Abstecher in die virtuelle Welt. Ich habe mit Michael aufregende Stunden erlebt und ich habe schöne Fantasien. Doch mein Spanker scheint ein zwiespältiger Mensch zu sein. Manchmal ist er „Feuer und Flamme" und beim nächsten Mal voller Zweifel über unser Tun. Warum ist das so? Welche Erlebnisse hatte er mit anderen Frauen bei Spankingabenteuern? Er hat mir nie viel davon erzählt und es ist auch allein seine Sache, was er mit wem und wie macht. Mir würde es auch nicht gefallen, wenn er von unseren Abenteuern anderen Frauen detailliert berichten würde. Mich interessiert viel mehr: Was sind das für Frauen, die Spankingerlebnisse suchen? Wie ticken diese Frauen? So wie ich? Oder ganz anders? Ich gehe also wieder auf die Weide, diesmal auf die Suche nach Weiblichkeiten.

Welche Abenteuer erwarten mich dort?

Eine Anzeige auf jenem bekannten Portal, welches mich mit meinem Spanker Michael damals auf so wunderbare Art verbunden hatte, machte mich neugierig.

Da stand doch tatsächlich geschrieben:

„Hannah, eine 56-jährige Switcherin sucht Kontakt zu ebensolcher ‚Sie'. Im Vordergrund sollte die Rohrstockerziehung nach alter englischer Art stehen. Da ich zeitlich und beruflich sehr eingespannt bin, sollte sich die Kommunikation auf reine Mailebene beschränken. Ich wünsche mir also eine schreibfreudige Frau mit den oben genannten Attributen, die bereit ist und Lust dabei empfindet, einen lebendigen Mailaustausch über unsere Fantasien und Erfahrungen zu führen. Darüber hinaus schreibe ich sehr gern Geschichten über unser Thema, was mir ebenfalls große Lust bereitet. Es wäre also schön, wenn es eine Frau gäbe, die auch gern schreibt und bereit ist, eine Geschichte mit mir abwechselnd wachsen zu lassen.

Das Alter spielt für mich eine untergeordnete Rolle, nur sollte sie nicht zu jung sein. Am liebsten wäre es mir, eine Sie in etwa meinem Alter zu finden. Nun freue ich mich auf viele Zuschriften.
LG, Hannah"

Geht das? Nur auf Mailebene eine Geschichte wachsen zu lassen? Virtuelles Spanking gewissermaßen? Es tut nicht weh. Das steht fest. Aber macht so etwas Spaß? Ich habe es probiert.

Zunächst stellte ich mir die Frage: Was bedeutet virtuell überhaupt? Mal schauen. Wikipedia liefert meistens eine Antwort.

„Unter dem Begriff Virtualität versteht man die Eigenschaft einer Sache, nicht in der tatsächlichen Art und Weise zu existieren, aber in ihrem Wesen oder ihrer Wirkung einer in dieser Form existierenden Sache zu gleichen."

Äh, wie jetzt? Erst mal weiterlesen.

„Der Ursprung des Wortes virtuell entspringt der französischen Sprache und bedeutet so viel wie – fähig zu wirken. Auf den lateinischen Wortstamm *virtus* zurückgeführt, bedeutet es Tüchtigkeit, Kraft. Virtualität ist also eine gedachte oder über ihre Eigenschaften konkretisierte Daseinsform, die objektiv nichtphysisch existiert, aber dennoch in ihrer Funktionalität und Wirkung vorhanden ist."

Ich glaube, das kann ich noch dreimal lesen, um es doch nicht zu verstehen. Weiter!

„Der Begriff virtuell kann damit jedoch nicht als Gegenteil von real verwendet werden, sondern lediglich als Opposition von physisch."

Ob nun real oder physisch, mir ist es zu theoretisch. Trotzdem bleibt die Frage: Geht Spanking virtuell überhaupt?

Dieser Text von jener unbekannten Hannah hatte mich sofort angesprochen. Es war fast wie damals mit Michael. Hinter jedes

Wort könnte ein Haken gesetzt werden. Doch nicht nur das. Es war auch noch ein Bild eingestellt. Und was für ein Bild! Mich überkam eine Gänsehaut und in mir drinnen regten sich ganz neue und unbekannte Gefühle. Waren es neue Gefühle? Waren es nur verdrängte Gefühle? Ich werde später noch auf die Wirkung des Bildes und auch weiterer Bilder zurückkommen. Jetzt galt es, in die Tasten zu greifen. Sie wollte nur schreiben und ich wollte meine Gedanken loswerden. Wie ging das besser zusammen als mit Schreiben? So begann die virtuelle Geschichte von Hannah und Petra.

Nun kann es auch schon losgehen mit der Geschichte. Die beiden Frauen lernen sich kennen.

Der Anfang –
Wie ihn sich Hannah vorgestellt hat

Sie sitzt gemütlich auf der Couch und nippt am Rotweinglas, äußerlich ruhig und entspannt, doch innerlich völlig aufgewühlt und sogar ein wenig nervös. Immer wieder schaut sie auf die Uhr. Nun ist es 21.45 Uhr, also noch eine Viertelstunde. Was sollte in einer Viertelstunde passieren?

Dazu muss von dem Morgen des heutigen Tages berichtet werden, von der Begegnung beim Bäcker. Was war geschehen? Gerade als Hannah die Brötchen eingepackt hatte und nach Kleingeld kramte, da öffnete sich die Ladentür und eine Kundin betrat den Laden. Sie lächelte sie freundlich an. Als sie sich die Frau etwas genauer anschaute, geriet ihr Blut augenblicklich in Wallung, denn sie trug tatsächlich einen Ring, nicht irgendeinen, sondern den „Ring der O". Sie musste handeln, schnell handeln, nestelte einen leeren Notizzettel aus der Tasche und notierte etwas darauf.

„Erwarte heute Abend um genau 22 Uhr deinen Anruf unter 0123/9816xx!"

Ja, so stellt sich Hannah unseren Beginn vor. Was denkt sie jetzt?

Nun sitzt sie also auf der Couch und nippt am Rotweinglas. Wird die Unbekannte anrufen? Der Sekundenzeiger springt auf 58 … 59 … 22 Uhr … Und?

Das Telefon klingelt. Wie könnte der erste persönliche Kontakt am Telefon sich in Hannahs Vorstellung abspielen? Etwa so? Lasse ich sie sprechen also.

„Mit zitternden Fingern nehme ich den Anruf entgegen.

‚Ja, hallo‘, kommt eine leise, schüchtern wirkende Stimme aus der Leitung.

‚Sie, also Sie haben mich gebeten Sie anzurufen. Darf ich den Grund Ihrer Bitte erfahren?‘

‚Ja das darfst du‘, antwortet Hannah und versucht ein wenig Strenge in ihre Stimme zu bringen. ‚Ich habe heute beim Bäcker deinen Ring an deiner linken Hand gesehen. Und da ich mit der Materie mehr als vertraut bin, möchte ich von dir wissen, was dieser Ring für dich persönlich zu bedeuten hat.‘ Einige Sekunden herrscht absolute Stille.

‚Darf ich eine Gegenfrage stellen, bevor ich Ihre berechtigte Frage beantworte?‘

‚Bitte, du darfst.‘

‚Nun, auf welcher Seite fühlen Sie sich heimisch? Wissen Sie, die Beantwortung Ihrer Frage wird mir leichterfallen, wenn ich die Gewissheit habe, dass Sie sich auf der aktiven Seite befinden.‘ Damit ist eigentlich Hannahs Frage schon beantwortet.

‚Nun, ich fühle mich auf der aktiven Seite beheimatet. Wie mir scheint, ist es bei dir genau das Gegenteil. Ist das richtig?‘

‚Ja, das ist vollkommen richtig, ich bin passiv, Herrin! Wie darf oder soll ich Sie nennen?‘ ‚Nenne mich einfach Mistress Hannah.‘

‚Sehr wohl, Mistress Hannah. Sie möchten also wissen, was es mit meinem Ring auf sich hat? Das ist eine lange Geschichte. Um es kurz zu machen: Ich hatte in der Vergangenheit einige Spielpartner, die mich streng und konsequent rangenommen haben. Mit dem letzten war ich ein Jahr zusammen, aber der hat mich dann wegen einer Jüngeren verlassen. Von ihm habe ich auch diesen Ring. Dass er mich hat alleingelassen, hat mich schwer getroffen. Eigentlich wollte ich den Ring entsorgen, aber irgendetwas in meinem Inneren hielt mich davon ab. So trage ich ihn trotz allem ständig an meinem Finger.'

,Das ist gut so. Du siehst, so ein Ring kann sich auszahlen. Sieh nur unsere Begegnung heute am Morgen. Ohne den Ring hätte ich dir keinen Zettel zugesteckt. Wie heißt du?'

,Ich heiße Petra, verehrte Mistress Hannah.'

,Hast du dir schon einmal Gedanken darüber gemacht, von einer Frau dominiert und erzogen zu werden? Pass auf, Petra. Wir machen Folgendes. Ich gebe dir meine Mailadresse und du schreibst mir kurz deine Bedürfnisse und wie du dir eine Verbindung zu einer strengen Dame vorstellst.'

,Sehr wohl, Mistress Hannah.'"

Irgendwie hat Hannah das Gefühl, dass diese Petra keine Zeit verlieren würde, ihr die gewünschte Mail zukommen zu lassen. Nach 45 Minuten öffnet sich eine Meldung: Tatsächlich, Petra kann es nicht abwarten, ihre Aufgabe schnell zu erledigen.

„*Sehr geehrte Mistress Hannah,*
demütig und mit Freude sitze ich hier, Ihrer Anweisung nachzukommen, Ihnen einiges über mich preiszugeben."

So demütig geht das noch eine Weile weiter. Drei Mal liest Hannah diese Mail vor wonniglichem Entzücken. Aber jetzt schnell antworten, denkt sie. Alles oder nichts ist die Devise, sagt sie sich und macht folgendes Angebot:

„*Hallo Petra,*
mit großem Wohlwollen habe ich deine Mail gelesen. Ich habe es als Mistress Hannah zwar nicht nötig dir bei irgendetwas recht zu geben, aber in diesem Fall tue ich es mal. Wir scheinen uns tatsächlich in vielerlei Hinsicht zu ergänzen. Gerne werde ich mich deiner Erziehung annehmen und bin bereit, dich zu einer ,feinen Dame' zu erziehen. Dabei sei dir allerdings im Klaren darüber, dass es kein

263

leichter Weg für dich sein wird. Es werden Tränen fließen, du wirst wimmern und um Gnade betteln. Doch sei dir versichert, dass es dir nichts nützen wird. Wenn du es also tatsächlich ernst meinen solltest, dann sollten wir uns am nächsten Samstag um elf Uhr unverbindlich im Café am Marktplatz treffen. Allerdings erwarte ich Pünktlichkeit, wenn das Treffen auch unverbindlich ist. Jede Minute, die ich auf dich warten sollte, wird mit fünf strengen Durchziehern mit dem Rohrstock geahndet.

Was deine Kleidung betrifft, habe ich lediglich eine Einschränkung. Die Wahl deiner Kleidung überlasse ich dir selbst. Nur sollte sie so gewählt sein, dass niemand der Außenstehenden deinen Status als Untergebene erkennen kann. Aber doch so, dass Eingeweihte sofort erkennen, wer oder was du bist. Ich weiß, das ist ein schwieriger Balanceakt und ich bin wirklich gespannt, wie du diese Aufgabe lösen wirst. Auch wirst du dir bis Samstag keine sexuelle Erfüllung verschaffen, das verbiete ich dir hiermit. Solltest du dich diesem Verbot widersetzen, glaube mir, ich habe genügend Mittel, es herauszubekommen.

Sollte sich bei dem unverbindlichen Treffen herausstellen, dass die berühmte Chemie zwischen uns stimmt, wirst du mir unverzüglich in mein Domizil folgen, wo wir dann mit den ersten Lektionen deiner Erziehung beginnen. Teile mir kurz mit, ob du mit meinem Vorschlag einverstanden bist.

Mit dominanten Grüßen, Mistress Hannah"

Sie wartet noch Petras Antwort ab, denn sonst könnte sie niemals einschlafen vor Neugier.

„Sehr geehrte Mistress Hannah,
voller Freude habe ich Ihre Mail bekommen. Ich werde Samstag pünktlich um elf Uhr im Café sein.
Mit demütigen Grüßen, Petra"

Oh, wie wird sich Hannah über diese Mail freuen!

Doch welche Vorstellungen hat Petra vom Anfang?

Der Anfang –
In Petras Vorstellung

Es ist wunderbar, morgens nackt im Bett zu liegen, wenn die Sonne durch das Dachfenster auf die Bettdecke scheint. Ich drehe mich auf den Bauch und angle nach der Fernbedienung vom Radio. Da ich nun schon mal so liege, treibt die Fantasie gleich kleine hübsche Blüten.

Das ist meine bevorzugte Position beim Spanking, bequem und gemütlich auf dem Bauch zu liegen, den Kopf in die Armbeuge gelegt und mit allen Sinnen seinen Körper spüren.

Was wird der aktive Partner gleich tun? Wo befindet er sich jetzt? Welches seiner erzieherischen Hilfsmittel hält er in der Hand? Was wird er als Nächstes tun? Wie warm seine Hände sind. Wie sicher und fest der Griff im Nacken sich anfühlt. Wie der Hieb nachbrennt. Welches angenehme Wärmegefühl durch den Körper strömt.

Puh, es ist warm. Also weg mit der Bettdecke und die Sonne auf die Haut scheinen lassen. Wenn jetzt doch jemand da wäre, der zur Tür hereinkommt und rufen würde: „Petra, aufstehen! Es ist längst das Frühstück fertig."

Ich antworte: „Nein, ich will noch nicht aufstehen."

Darauf er: „Dann muss ich dich etwas munter machen mit dem Rohrstock."

„Nein, nicht damit. Der tut so weh. Nimm den weichen Flogger oder nur deine Hände."

„Seit wann bestimmst du, was ich tun soll?"

„Ich sage nur meine Wünsche."

Ach, ich liege da und träume. Petra, du bist eine Träumerin. Wenn ich nicht eine strenge Hand spüre, dann treibe ich einfach so dahin. Also noch diesen Musiktitel hören und dann aufstehen. Los!

So ein Mist. Kein einziges Brötchen mehr da. Ich hasse es, wenn ich vor dem Frühstück aus dem Haus gehen muss. Soll ich wie ein Kaninchen Knäckebrot knabbern? Also los. Auf zum Bäcker.

Ein angeleinter Köter am Zaun und drinnen zwei Kunden. Eine davon ist eine Frau, die gerade bezahlt. Wie hat die sich denn angezogen? Eigentlich ganz normal, aber irgendwie irritierend. Jetzt schaut sie mich auch noch an und dann auf meine Hand. Ja, da ist ein Ring. Na und? Wieso interessiert mich diese Frau? Was ich will? Wieso? Ach so, Brötchen natürlich. Große Brötchen, ja. Wie viele? Vier Stück und ein Stück Kuchen. Man gönnt sich ja sonst nichts. Ob der Frau dieser Köter draußen gehört? Ach, das Wechselgeld. Danke! Hätte ich glatt vergessen. Ja, die Tüte nehme ich auch mit. Danke!

Wieso bin ich so durcheinander? Ich gehe nicht gern vor dem Frühstück aus dem Haus. Daran liegt es. Wieso ist die Hundetöle noch da? Ach, die Frau ist auch noch da. Was will die denn von mir? Ich brauche vor dem Frühstück meine Ruhe. Quatsch mich bloß nicht an. Sie gibt mir einen Zettel. Eine Telefonnummer und der Vermerk, am Abend anzurufen. Was soll das? Spinnt die irgendwie? Ich lasse mich doch nicht vorm Frühstück anmachen. Wie die mich angeguckt hat. Ich schmeiße den Zettel gleich in den Papierkorb und fertig damit.

Endlich kann ich mein wohlverdientes Frühstück einnehmen und in meinem Kopf lichtet sich der Nebel. Was ist mit dem Ring? Ein Geschenk von meinem ersten und besten Spanker. „Die Geschichte der O" und diesen Ring hat er mir geschenkt.

Das Buch ist gut, vor allem, wenn man auch zwischen den Zeilen zu lesen versteht. Eine Frau, die nach Liebe sucht, sich aus Liebe zu einem Mann zu allem hingibt und unterwirft, die benutzt, verraten, missbraucht, geschlagen, gedemütigt wird und schließlich allein ist.

Allein und frei. Alleinsein hat Vorteile. Allein, frei und einsam. Was hat das mit dem Ring auf sich? Ich muss mal nachlesen. Aha! Wow! Ist diese Frau etwa …? Deshalb hat mich ihr Blick so irritiert. Quatsch. Petra, du lässt dich doch nicht davon einschüchtern! Mein Unterbewusstsein hat gesprochen. Mein Unterbewusstsein soll gefälligst die Schnauze halten. Meinem ersten und besten Spanker habe ich mein ganzes Vertrauen geschenkt.

Nun sind mir hauptsächlich der Ring, das Buch und viel Sehnsucht geblieben. Wie bei der „O". Sehnsucht, Enttäuschung, Alleinsein. Männer sind nun mal so. Deppen sind die alle!

Wo ist der Zettel? Verdammt! Wo ist der blöde Zettel mit der Telefonnummer? Ich hatte ihn doch eingesteckt! Ach, im Papierkorb. Zerknüllter Zettel mit Nummer und der Aufforderung zum Anruf. Wieso Aufforderung? „Ich erwarte …" „Bitte" – vielleicht. Eine Bitte kann man gewähren. Ich werde dieser Frau die Bitte gewähren und ihr das kleine Vergnügen bereiten und sie anrufen. Wann? Punkt 22 Uhr! Na gut. Ich werde das akademische Viertel abwarten und dann anrufen. Soll sie ruhig erst mal etwas schmoren in ihrem eigenen Saft. Wieso Saft? Ist sie nun Sub oder Dom? Als Domina würde sie mich interessieren. Als Sub eher nicht. Noch so ein Weichei und auch noch weiblich.

Eh, Petra! Spinnst du? Ich bin selbst hauptsächlich devot und masochistisch! Wieso gestehe ich das nicht auch anderen Frauen zu? Wegen der dämlichen Möchtegerne von Männern. Die bringen einen völlig vom Weg ab. Jetzt lasse ich mich mit einer Frau ein. Wo soll das anfangen? Wo wird es enden? Soll es überhaupt enden? Petra, du spinnst. Ich werde jetzt dein Tagewerk beginnen und diese Episode vergessen. Sofort! Heute Abend kann ich ja mal anrufen. Vielleicht. Wenn ich es bis dahin nicht vergessen habe.

Vergessen? Wie denn? Es ist 20 Uhr. Es folgen die Nachrichten. Erst 20 Uhr. Noch zwei ganze Stunden warten. Wieso warten? Was werde ich eigentlich sagen? Hallo, Sie haben mich gebeten … Quatsch! Ich werde mich in den Sessel setzen, die Füße hochlegen und lässig die Nummer wählen. Hallo, mein Name ist Petra. Sie haben mir heute beim Bäcker einen Zettel zugesteckt mit der Bitte um Anruf. Was kann ich für Sie tun? Fertig!

21.38 Uhr – noch so viel Zeit. Hallo, ich möchte sie anrufen, um mich bei ihnen nach dem Hund zu erkundigen. Eh, was hat der Hund hier zu suchen? Hat die denn diese Töle überhaupt mitgenommen? Hängt der noch immer vorm Bäcker an der Leine? Quatsch, ich gehe nicht nachsehen.

21.59 Uhr – noch eine Minute. Ich werde keinesfalls pünktlich anrufen. Ich warte bis Viertel nach. Ich bin doch nicht hier auf Abruf für eine fremde Frau.

22.10 Uhr – na, jetzt kann ich schon mal die Nummer wählen. Vielleicht nimmt sie gar nicht ab. „Hallo, mein Name ist Petra. Sie wollten mich sprechen? Wir haben uns beim Bäcker getroffen. Heute früh. Geht es ihrem Hund gut?"

„Hallo mein Name ist Hannah. Ich habe keinen Hund, aber ich habe Ihren Ring gesehen und da dachte ich … Wissen Sie um die Symbolik?"

„Ach, darum geht es. Na, so in etwa weiß ich drum. Mein Spanker hat ihn mir geschenkt."

„Dann sind Sie also Sub?"

„Ich wüsste nicht, was Sie das angeht, solange wir uns nicht wenigstens duzen."

„Oh ja, gern. Also: Bist du Sub?"

„Ich bin Switch. Was willst du von mir? Wollen wir uns treffen?" Na, das hätte ich nicht sagen sollen. Nun geht bei dieser Hannah die Schleuse auf und das Mädel macht mir ein Fass auf. Ich soll sie Mistress nennen und sie will mich erziehen. Sie hätte Rohrstöcke und noch andere Helferlein, die mir das gute Benehmen beibringen würden. Sie ist sehr streng und das sollte ich niemals vergessen und so weiter und sofort.

Ob wir uns Samstag pünktlich um elf Uhr am Café am Markt treffen wollen. Ich soll bis dahin keusch bleiben. Tickt die nicht richtig? Das kann sie ihrem Opa erzählen. Na jedenfalls kriege ich das Mädel wohl nicht los, wenn ich nicht in den Vorschlag zum Treff einwillige. Warum auch nicht? Interessante Leute kennenzulernen, ist doch gar nicht so übel. Sie wird mir von ihren Problemen erzählen, und der Schlechtigkeit der Welt. Ich werde mich berieseln lassen und dann nach einer knappen Stunde mich mit unaufschiebbaren Terminen höflich verabschieden. Das war's.

„Ja, Hannah. Ich freue mich, dich am Samstag zu treffen. Mal sehen, wie wir uns verstehen werden. Wässere schon mal den Rohrstock, falls ich doch nicht pünktlich bin."

„Na, das hört sich ja gut an. Wie ist es mit fünf Hieben für jede Minute Verspätung?"

„Dann nehmen wir die Kirchturmuhr als Zeitmesser. Aber nur fünf angedeutete Hiebe, bitte. Ich bin empfindlich. Bis dahin."

„Freue mich auch, dich treffen zu dürfen, Petra. Ein schöner Name. Und denke daran, dich entsprechend zu kleiden. Gute Nacht." Uff. Geschafft! Ich schwitze. Fenster auf und schöne kühle Nachtluft. Jetzt aufs Bett gelegt, nackt natürlich, und die Kühle genießen. Herrlich!

Diese Hannah ist schon eine Maus. Alles nur Mache mit dem dominanten Part. Keiner kann das wirklich leben. Alles nur Kino.

Nein doch! Michael ist eine dominante Persönlichkeit. Der braucht das nicht zu spielen. Der hat meinen Respekt wirklich verdient. Der hat ihn sich erarbeitet. Bei dem konnte ich nie machen, was ich wollte.

Nun warte ich auf Samstag. Vielleicht ist diese Hannah doch ganz gut drauf? Ich werde sie testen. Wenn sie meine Herrin sein will, dann muss sie sich das verdienen. Respekt muss verdient werden. Nur Vertrauen bekommt man geschenkt.

Ich möchte dieser Hannah sagen, was ich gerne will. Aber so einfach mache ich es ihr nicht. Soll sie es herausbekommen. Sollte sie sich als stark erweisen, dann könnte ich ja mal eine Spankingsession mit ihr vereinbaren.

Nun wird mir kalt. Ordentliche Peitschenhiebe könnte ich jetzt brauchen. Am ganzen Körper gepeitscht zu werden, das ist stolz, grandios, gewaltig, urig. Ach ja, das wäre schön.

So, so um elf Uhr am Samstag am Markt. Sie hat mir noch eine Mail mit Anweisungen geschrieben. Was meint die mit der Kleidung? Keine Ahnung, was die meint. Ich bin doch keine Untergebene. Soll ich mich darüber jetzt kundig machen? Nö. Ich ziehe eine Hose und ein T-Shirt an und fertig. Den Ring lasse ich auch zu Hause. Kommt der nun rechts oder links auf die Hand? Alles nur Mache. Na, genützt hat er mir aber doch was.

Wieso? Weiß ich doch noch gar nicht. Wäre das schön. Mal wieder eine Session zu haben mit einer wirklich dominanten Person, die noch dazu eine Frau ist.

Warum nicht? Warum nicht mal eine Frau?

Die zweite Session war schön. Auf dem Rücken liegend, die Hände über dem Kopf gefesselt, die Beine angewinkelt und gespreizt, leichte Peitschenhiebe am ganzen Körper. Oder die Session, als er plötzlich sagte: „So, Petra, einmal muss es sein. Hiebe da, wo es am meisten wehtut. Weißt du, wie das bei der O war?" Und dann hat er mich festgehalten und … Oder die Session, als ich mit verbundenen Augen und auf den Rücken gefesselten Händen geohrfeigt wurde. Da war so viel Stolz und Würde dabei, trotz alledem. Ach ja. Warum mag ich so was? Ist das nicht pervers?

Samstag 10.30 Uhr und die entscheidende Frage: Was ziehe ich an? Ganz in Schwarz mit Hut. Fertig. Ich muss los. Wie viele Minuten Verspätung gönne ich mir? Eine Minute ist nicht unhöflich und fünf Hiebe sind nicht die Menge.

Obwohl: „Stelle dich hierhin und lehne dich mit den Händen an den Türpfosten. Du bekommst jetzt fünf Hiebe." Och, nur fünf Hiebe. Ist der heute aber gnädig. Hat er schlecht gefrühstückt? Das denke ich gerade, als der Nachsatz wie eine Bombe bei mir einschlägt. „Fünf Hiebe, so toll wie ich kann. Richtige Durchzieher erlebst du jetzt." Vor Schreck nehme ich die Arme wieder runter, was mir eine strenge Rüge und einen recht ordentlichen Hieb als Warnung einbringt. Da stehe ich nun am Türpfosten und mir ist heiß. Gleichzeitig kräuselt sich Gänsehaut auf meinen Armen und das Herz pocht fühlbar heftig. Der gießt sich in aller Seelenruhe erst mal ein Glas Sekt ein. Genüsslich an den Tresen gelehnt, trinkt er den Sekt und betrachtet mich dabei. In mir kommt Wut hoch und vermischt sich mit den anderen Gefühlen. Dann geht es los.

Der erste Hieb und ich höre bereits die Englein singen. Wieso sagt man das eigentlich? Wenn die Engel so singen, dann will ich nie in den Himmel kommen. Fünf Hiebe können furchtbar viel sein, wenn jeder einzelne wie Feuer brennt.

Wieso denke ich jetzt an Hiebe? Petra! Selbstbewusstsein üben. Fester Schritt, lässige Haltung, schwungvoll um die Kurve und dann ein „Hallo, hier bin ich." Bloß nicht zu spät kommen, obwohl diese Hannah wahrscheinlich eher mir kühlen Wind mit ihrem Stöckchen zufächeln würde.

Obwohl: Frauen können grausam und gnadenlos sein. Aber die? Außerdem gehe ich nach einer Stunde wieder. Unaufschiebbarer Termin. Leider.

„Guten Tag, Mistress Hannah. Schön, dass du gekommen bist. Habe mich schon auf den Treff gefreut. Gehen wir ins Café? Ich würde dir gern etwas spendieren. Suche dir was aus."

Was wird Hannah antworten? Werden die beiden Frauen lange bleiben?

Wird Petra Hannahs Domizil kennenlernen? Oder geht sie nach einer Stunde wieder?

Wird es gar schon zu einer ersten Begegnung mit Hannahs Erziehungshelfern kommen? Oder bekommt Petra erst mal weitere Aufgaben? Oder ist diese Hannah so verunsichert, dass Petra die Führung übernehmen muss? Vorübergehend natürlich nur.

Nein, Petra wird nie eine Frau schlagen. Oder irgendwann doch? Das ist ganz ferne Zukunft. Wie geht es jetzt weiter? Natürlich mit dem ersten Treff.

Der erste Treff –
Wie ihn sich Hannah vorgestellt hat

Vor dem Café baut sich Hannah, von Kopf bis Fuß als Domina gekleidet, auf und wartet auf Petra. Sie schaut auf die Uhr. Genau elf. Sechzig Sekunden später bleibt eine Frau vor ihr stehen. Ihr Gesicht hat sie gleich erkannt, aber was diese Frau an Klamotten trägt, kann unmöglich Petra sein, jedenfalls keine devote, keine unterwürfige Petra. Und erst ihre Begrüßung! Das schlägt dem Fass den Boden aus.

„Guten Tag, Mistress Hannah. Schön, dass du gekommen bist. Ich bin leider eine Minute zu spät. Nun, es war Absicht, denn ich habe mich schon auf den Treff gefreut. Gehen wir ins Café?"

Hannah schaut diese Petra von oben bis unten an. Ihr Mund steht dabei fassungslos weit offen wie ein Scheunentor. Soll sie mit der da ins Café gehen? Zum Nachdenken bleibt keine Zeit. Schnell beruhigt sie sich ein wenig und sagt leise, wobei die Absicht, Strenge in ihre Stimme zu legen, zu misslingen scheint: „Komm rein, Petra, ich freu mich auch, dich zu sehen. Lasse uns an einen diskreten Tisch setzen, damit wir uns in Ruhe unterhalten können."

Welche Gedanken macht sich Hannah derweil? Etwa diese?

„Na ja, der Hut steht ihr tatsächlich, schick, aber so zu erscheinen? Eine bodenlose Frechheit. Was mach ich denn jetzt? Mein ganzer Plan ist dahin. Das Luder hat alles durcheinandergebracht. Am liebsten hätte ich ihr gleich hier links und rechts eine gescheuert. Aber jetzt war erst mal ‚mich sammeln' angesagt. Aber wie? Wie, ohne meine Dominanz aufs Spiel zu setzen? Ich muss erst mal allein sein. Da kommt mir die rettende Idee. Ich sage ganz gefasst zu Petra: ‚Okay, du sagst, ich soll mir was aus der Karte bestellen? Dann tue das mal für mich. Bestelle mir ein ordentliches Frühstück mit frischem, heißem Kaffee. Deine Mistress ist noch nicht zum Frühstücken gekommen. Und jetzt muss ich mal für kleine Mädchen. Bis gleich und du bleibst hier sitzen, Fräulein!' Ich stehe auf und mache mich klackernd auf den Weg zur Toilette. Ich blinzele kurz zurück und sehe noch, wie Petra mir breit hinterhergrinst.

Im Vorraum bleibe ich erst einmal fassungslos vor dem Spiegel stehen, schaue mir lange ins Gesicht, denke darüber nach, wie es jetzt weitergeht. Ich komme zu keinem Ergebnis, brauche etwas mehr Zeit. So schließe ich mich in eine Kabine ein und setze mich mit meinem Lederrock auf den sauberen Toilettendeckel. Was tue ich denn nun? Wie kann ich das Biest in den Griff bekommen? Sie zu mir nach Haus zerren und ihr so den Arsch versohlen, bis sie drei Wochen nicht mehr sitzen kann? Wäre eine Lösung, aber mit Sicherheit die falsche. Natürlich lechzt sie nach Schlägen, nach kräftigen Hieben, das zeigt ihre ganze Reaktion, ihre frechen Worte und ihr Äußeres, welches ja nun nach allem aussieht, nur nicht nach Demut.

Nein, ich muss die Sache ganz anders angehen. Ja, sie wird ihre Hiebe, ja strenge Durchzieher, bekommen, aber nicht jetzt,

jetzt noch nicht. Langsam werde ich ruhiger, fange an, klare Gedanken zu fassen. Ich spüre, wie Petra möchte, dass erst einmal eine Vertrauensbasis aufgebaut wird. Natürlich weiß ich selbst, dass Spanking ohne Vertrauen nicht möglich ist. Mir wird schlagartig klar, dass wir erst einmal Freundinnen werden sollten. Auch ich möchte ja keine Sub, die alles widerstandslos über sich ergehen lässt, obwohl ich dies schon oft genug hatte. Und wo sind die jetzt? Weg, meilenweit weg. Mit Petra muss das anders werden. Ja, ich werde sie erst einmal als Freundin gewinnen. Trotzdem darf ich meine Dominanz ihr gegenüber nicht gleich in eine Schublade verschließen. Ich will einen ausgewogenen Weg beschreiten und ich weiß auch schon, wie."

Ja, so etwa könnte Hannah denken. Und was tut sie nun?

Sie atmet tief durch. Erleichtert verlässt sie die Kabine und geht zurück in den Gästeraum. Auf dem Tisch stehen schon zwei üppige Gedecke mit einem ausgiebigen Frühstück und Kaffee, registriert sie freudig. Sie setzt sich, schaut Petra lange und schweigend an. Sie sieht ihr direkt in die Augen. Petra hält dem Blick nicht lange stand. Ihr Kopf senkt sich und sie schaut auf ihren Teller. Ist da etwa doch so etwas wie Schuldbewusstsein? Hannah würde es bestimmt freuen. Wie auch immer.

Und was hat Petra zu dem ersten Treff für Gedanken? Wie läuft das in ihrer Vorstellung ab?

Der erste Treff –
In Petras Vorstellung

Nun gilt es also: „Guten Tag, Mistress Hannah. Schön, dass du gekommen bist. Ich bin leider eine Minute zu spät. Nun, es war Absicht, denn ich habe mich schon auf den Treff gefreut. Gehen wir ins Café? Ich würde dir gern etwas spendieren. Ich muss nämlich gleich beichten, dass ich nicht so ganz keusch geblieben bin in der Zeit zwischen unserem Treff am Bäckerladen und heute. Als kleine Abbitte, damit es nicht so wehtun möge. Suche dir etwas aus."

Ohne viel Luft zu holen, spule ich meine Begrüßungssätze herunter. Nur nicht ins Stottern kommen, nicht den Blickkontakt verlieren und keine demutsvollen Gesten. Das hat geklappt. Erst jetzt habe ich den Blick frei für Hannahs Aufzug.

Da kommt das Mädel mit dem Taxi vorgefahren. Na gut. Aber wie die sich angezogen hat! Die Schuhe! High Heels! Kann man in so was überhaupt laufen? Deshalb das Taxi, griene ich in mich rein. Die Bluse lässt auch mehr sehen als ahnen. Aber der Lederrock ist toll.

Mit dem Mädel soll ich jetzt in das Café gehen? Da fallen wir doch total auf. Nur gut, dass um diese Zeit noch wenig Leute drinsitzen. Nur erst mal weg von der Straße und rein in eine möglichst unauffällige Ecke.

Na, den Vorschlag macht das Mädel schon selbst. Ist sich wohl selbst auch ein wenig peinlich. Sie schaut mir bei ihrer Begrüßung in die Augen. Wenn ich jetzt nicht wegsehe, bekommt sie das Stottern und wird rot. Nun soll ich ihr ein Frühstück aus der Karte aussuchen. Sie müsse mal aufs Klo. Kann die nicht zu Hause gehen? Was macht das den für einen Eindruck, wenn man gleich nach der Ankunft auf die heimliche Örtlichkeit verschwindet?

Die Speisekarte macht es mir leicht. Es gibt Frühstück Nummer eins, zwei oder drei. Ich bestelle das üppigste Frühstück für uns beide. Können wir uns wenigstens eine Weile dran aufhalten, falls wir sonst nichts miteinander anzufangen wissen.

Da kommt sie wieder. Meine Frühstückswahl scheint ihr zu gefallen. Vielleicht hat sie zu Hause nur Knäckebrot? So wie ich neulich. Mit Knäckebrot hat alles angefangen. Das ist ein spannender Titel für einen Krimi. Ich will ja immer mal Krimis schreiben. Das hier wird bestimmt kein Krimi.

Wie förmlich sie den Dank für die Einladung ausspricht. Das kennt man sonst nur von älteren Damen. Ich senke den Kopf und griene in mich rein. Wir sind ältere Damen auf dem Selbstfindungstrip. Die Situation ist schon etwas grotesk.

Am Nebentisch hat jetzt ein wirklich älteres Ehepaar Platz genommen. Der Mann setzt sich so, dass er einen guten Blick auf

Hannah hat. Der Frau scheinen wir nicht aufzufallen. Männer sind Augentiere.

Nun versucht mein Mädel Domina zu spielen, macht aber gleich wieder den Rückzieher. Sie schlägt mir vor, sich ganz normal zu unterhalten und das Thema Spanking nicht anzusprechen. Ach du heiliger Strohsack! Ich habe es geahnt. Small-Talk über Wetter, Urlaub und Politik. Da bin ich nach einer Stunde wieder draußen oder ich nehme das Gespräch in die Hand.

Das scheint dem Mädel recht zu sein. Also erzähle ich einige Erlebnisse aus meiner bisherigen kurzen, aber intensiven Spankingzeit. Irgendwann legt sie ihre Hand auf meine Hand. Ich will wegziehen, lasse es aber doch geschehen. Dem Opa vom Nebentisch fallen fast die Augen raus. Seine Frau merkt es nun auch und versucht intensiv auf ihren Gatten einzureden. Unsere Unterhaltung scheint ihn aber mehr zu interessieren. Der würde am liebsten seine Ohren zu uns rüber hängen.

Na, mich lässt es auch nicht so ganz kalt, was ich erzähle. Es hängen Erinnerungen und Gefühle dran und die Sehnsucht spricht wohl aus meinem Gesicht. Es ist angenehm, die warme Hand zu spüren und eine wirklich interessierte Zuhörerin zu haben.

Wem konnte ich bisher davon erzählen? Niemandem! Wer den tiefen Sinn von Spanking nicht nachfühlen kann, für den ist man pervers und abwegig gepolt. Spott und Demütigung, bestenfalls mitleidige Bemerkungen sind die einzigen Reaktionen der Mitmenschen. Also schweigt man lieber.

Aber hier kann ich erzählen. Selbst wenn aus unserer Bekanntschaft nichts weiter wird als nur dieser Austausch von Gedanken und Gefühlen, so ist das schon ein großer Gewinn. Ich fühle mich erleichtert, verstanden und irgendwie auch angeregt. Wenn ich nicht aufhöre damit, kriege ich hier noch so heftige erotische Gefühle, die selbst der Opa merken müsste. Also essen wir erst mal schweigend weiter.

Der Opa mustert diese Hannah, als ob er in einer Peepshow wäre. Ja, der Rock ist gut. Was hat sie wohl für einen Slip drunter? Hoffentlich schwarz. Ich mag schwarze Unterwäsche. Das macht einen guten Kontrast zur hellen Haut. Ob sie einen

Tanga trägt? Ein String und das Leder auf der blanken Haut. Das muss ein schönes Gefühl sein.

Warum trage ich so was nicht? Ich sollte mir mehr Weiblichkeit gönnen. Ich würde den Rock gern mal anfassen. Ob ich ihr die Hand auf den Oberschenkel legen kann? Das könnte sie missverstehen. Lieber nicht. Sollte ich ihr den Vorschlag machen, dass wir zu mir nach Hause gehen? Ich könnte sagen, dass ich ihr mein Equipment zeigen möchte. Wenn sie dann auf meiner Liege in Bauchlage ausgestreckt daliegt und sich ihr Hintern unter dem Lederrock abzeichnet, dann könnte ich mit der Hand darüberstreichen. Nur ganz leicht zuerst und dann etwas fester zufassen. Die Form ihres Hinterns unter dem Leder erspüren. Nun ziehe ich die Reißverschlüsse auf – das ist sehr praktisch von dem Designer gedacht – war bestimmt ein Mann – manchmal sind Männer doch zu gescheiten Gedanken fähig. Ich ziehe also ganz langsam die Reißverschlüsse auf – dieses Geräusch dabei –, schlage den Rock zurück und bedecke ihren Körper damit. Nun kann sie mich nicht mehr sehen, nur fühlen. Sie hat einen schwarzen Slip an. Tatsächlich. Meine Hände streichen über ihren Po und die Oberschenkel. Praktisch, solche Halterlosen. Einfach runterrollen bis in die Kniekehlen. Vorsichtig schlage ich mit meiner Hand auf ihren Hintern. Sie zuckt nicht, scheint es zu genießen. Ich werde heftiger mit meinen Aktionen. Man sieht es meinen schmalen Händen nicht an, aber ich kann damit ordentlich loslegen. Es ist eine Frage der Technik. Nun ziehe ich den Slip herunter. Meine Hände ruhen auf ihrem blanken Hintern. Sie atmet hörbar ein und aus und streckt sich vorsichtig. Ja, Mädel, ich weiß, das ist wonniglich, wunderschön, himmlisch, herrlich. Ich werde sie mit dem Lederpaddle verwöhnen und dann vielleicht die kleine schwarze Peitsche einsetzen. Dieser kleinen Schwarzen sieht man ihre Wirksamkeit nicht an. Die kann ziehen! Der Anblick ist so schön.

„Haben sie noch einen Wunsch?" Oh ja, viele Wünsche. Aber diese Wünsche kann ich der Bedienung nicht sagen.

„Nein, danke, wir bleiben nur noch etwas hier sitzen." Hannah meint: „Ich möchte gern noch was trinken." Oh, sorry. Ich bin ein schlechter Gastgeber. „Was möchtest du trinken? Ein Glas Wein vielleicht?" Hannah strahlt mich an. Hat sie gedacht, ich biete ihr Wasser an? „Trockenen Rotwein, bitte. Aber nur, wenn du auch ein Glas mittrinken würdest."

„Ja, ich mag auch trockenen Wein und werde gleich mal an die Theke gehen und bestellen." Wenn ich nun schon mal aufgestanden bin, dann nutze ich die Gelegenheit, um elegant und unauffällig in die heimliche Örtlichkeit zu verschwinden. Ich habe das Gefühl, dass ich mich erst mal wieder sammeln sollte.

Was ist los mit mir? Ich habe in meiner Fantasie die Hannah auf mein Sofa gezaubert.

Ich bin als Sub hier. Ich will doch eigentlich Hiebe und meine devote Seite ausleben können. Warum passiert es mir immer wieder, dass ich gedanklich in die dominante Rolle rutsche? Diese Rolle macht mir doch eigentlich gar nicht so viel Spaß.

„Der Sub führt eigentlich durch die Session", hat mein Spanker gesagt. Das mag ja gut und schön und auch irgendwie richtig sein, aber nicht so.

Vielleicht sollte ich diese Hannah optisch etwas motivieren, damit sie aus ihrer Schockstarre erwacht? Ich habe doch immer ein kleines pikantes Bild in meiner Brieftasche dabei. Sollte ich ihr das zeigen? Ich versuche es einfach. Der Opa vom Nebentisch wird Stielaugen machen. Soll er doch.

Ich komme an unseren Tisch zurück, auf dem inzwischen zwei Gläser mit funkelndem Wein stehen. Sogar eine Kerze hat die Bedienung angezündet. Der einzige Tisch mit einer brennenden Kerze im ganzen Lokal. Ob die Kellnerin etwas ahnt? Oder ist es einfach nur üblich zum Wein die Tischkerze anzuzünden? Nur eine gelernte Handlung aus vielen Berufsjahren?

Jedenfalls sieht es in unserer lauschigen dunklen Ecke jetzt sehr gemütlich aus. Ich bleibe am Tisch stehen mit dem Rücken zum Gastraum. Es muss nicht jeder sehen, was ich Hannah jetzt zeigen will, und schon gar nicht die mögliche Reaktion darauf. Mir klopft etwas das Herz dabei. Schließlich offenbare ich mich ihr von einer sehr delikaten Seite. Das Bild hat mal mein Spanker nach einer sehr schönen Session gemacht und es mir geschenkt. Allerdings musste ich ihn dazu auffordern. Männer eben. Bisher habe ich das Bild niemandem gezeigt. Wem auch und warum? Nun soll es also sein.

„Hannah, ich möchte dir etwas zeigen, was ich immer bei mir trage und bisher noch keinem anderen Menschen gezeigt habe. Es ist ein Vertrauensbeweis. Wenn du meine Mistress sein willst, so sollst du dieses Bild von mir kennen. Hier ist es."

Hannah schaut auf das Bild, als ob darauf ein schwarzer Kater mit weißer Fliege, auf den Hinterbeinen stehend und ein Tablett mit zwei gefüllten Sektgläsern in der Pfote haltend, abgebildet wäre. Sie schaut und schaut. Mir kommt es wie eine Ewigkeit vor und ich habe das Gefühl, dass alle Gäste im inzwischen gut gefüllten Lokal hinter meinem Rücken zu uns hinschauen. Mir wird heiß. Ich möchte mir das Shirt vom Leibe reißen, diese Hannah am Arm fassen und von ihrem Stuhl hochziehen, ihr die verführerische Bluse aufknöpfen und mit meiner linken Hand ihre üppigen Brüste kneten, während mein rechter Arm sie um die Hüfte fasst, die Handfläche auf dem Lederrock. Wenn sie dann anfängt mit geschlossenen Augen leise zu stöhnen, so werde ich ihre Brustwarzen mit Daumen und Zeigefinger drücken und ziehen. Es tut weh, aber mit den Händen ist das unglaublich viel intensiver als mit Klammern. Reizvoller, abwechslungsreicher, auf- und abschwellend ist dieser Schmerz, in Lust übergehend, durch den ganzen Körper strömend, bis in die Mitte des Körpers vordringend.

Jetzt stehe ich hier im Lokal vor unserem Tisch und warte wie das Schulmädchen auf die Ansage der Note nach einer mündlichen Leistungskontrolle. War das immer peinlich. Heute dürfen die Lehrer das gar nicht mehr machen. Heute ist alles geheim und vertraulich zu behandeln. Gut und schön, aber bestimmt nicht immer zum Besten für die Kinder und Lehrer. Früher hatten wir Respekt vor den Lehrern.

Habe ich Respekt vor Hannah? Vertrauen? Ich habe ihr mein geheimes Bild gezeigt. Nimmt sie den Vertrauensbeweis an? Sag doch irgendwas, Hannah, bete ich stumm vor mich hin. Bitte, sage doch was.

„Setze dich hin. Lasse uns anstoßen, sonst wird der Wein noch warm." Uff! „Ja, natürlich. Auf was wollen wir trinken?" Meine Stimme klingt belegt und gepresst und doch bin ich erleichtert. Warum legt sich das Gefühl immer so verräterisch auf die Stimme? Das ist irgendwie gemein.

„Trinken wir auf die glücklichen Umstände unserer Bekanntschaft und dass daraus eine gute Spankingfreundschaft wird." Ich bin unendlich froh und wir lassen die Gläser klingen. Der Opa schaut herüber und lächelt mir zu. Seine Frau hat es plötzlich eilig und will bezahlen. Aber jetzt wird der Opa mutig und will noch nicht gehen. Er möchte auch ein Glas Wein. Seine Frau missbilligt diesen Wunsch mit einem vorwurfsvollen „um diese Zeit, Herbert". Herbert heißt er also.

Herbert, Hannah, Michael, Petra. Namen sind Schall und Rauch, so nicht Menschen mit Persönlichkeit und eigenem Willen dahinterstehen. Wie wird wohl seine Frau heißen? Liesbeth? Else? Frieda? Elfriede? So hieß meine Mutter. Wenn sie wissen würde, dass ich jetzt hier sitze mit dieser Hannah und Wein trinke. Mitten am Tag. Was würde sie dazu sagen? Um diese Zeit? Wie diese Frau aussieht? Was denkst du dir dabei? So etwas macht eine anständige Frau nicht? Was sollen die Leute sagen? Willst du dich zum Gespött machen? Denke an deine Zukunft?

„Wollen wir zu mir gehen?" Das hätte meine Mutter nicht gesagt, aber diese Hannah sagt es zu mir. Ich zögere mit der Antwort. Gedanken schießen mir durch den Kopf. Du hast diese Hannah provoziert. Sie wird dich dafür bestrafen wollen. Hier ist sie zurückhaltend und nett, aber daheim? Sie hat Rohrstöcke und die zieht sie hart durch. Jedenfalls hat sie das gesagt. Ich habe mich noch nie von einer Frau schlagen lassen. Frauen können gnadenlos sein.

Mein Spanker hat derzeit in seiner Annonce geschrieben: „*Ich bin zwar sehr streng, doch keinesfalls grausam oder sadistisch. Ich werde dich gefühlvoll einführen und dein Maß finden.*"

Das klang vertrauensvoll. Aber was weiß ich von dieser Frau hier neben mir? Nichts, an dessen Fakten ich irgendwas festmachen könnte.

Ja, gut. Sie darf mir nichts tun, was ich nicht will. Spanking beruht auf dem einvernehmlichen freien Willen beider Partner. Aber wo fängt dieser freie Wille an und wo hört er auf? Was tue ich, wenn die Situation aus dem Ruder läuft?

„Hannah, ich möchte schon gern mit dir kommen, aber ich will es offen gestehen. Ich habe Angst." So, nun ist es raus. Jetzt muss sie etwas tun oder sagen. Spanking ist Vertrauenssache. Jetzt muss sie sich outen.

Der Opa am Nebentisch sieht plötzlich um zwanzig Jahre jünger aus. Er ist ganz bei der Sache. Verstehen kann er die zwischen uns gewechselten Worte nicht, aber unsere Gestik und Mimik muss beredt genug sein. Spannend wie ein Krimi. Ach was. Viel spannender noch. Spannender als jeder Porno. Live ist live.

Das war so ein beliebter Schlager, als ich damals als Betreuer mit der ungarischen Studentengruppe an der Ostsee war. Jeden Abend haben sie diesen Titel mehrmals gespielt und dabei den Refrain mitgesungen. Live ist live, nanaa naa nana. Wie lange ist das her? Bestimmt fast dreißig Jahre. Wie jung man damals war. Jung und unerfahren.

Und jetzt? Ich habe Angst. Darf man so was überhaupt zugeben? Wird sie mich jetzt verachten? Macht sie mir Vorhaltungen wegen meiner provokanten Art? Wird sie mich demütigen? Hier im Lokal vor allen Leuten?

Man muss sich immer einen Rückzugsweg offenhalten, immer absichern, eine schützende Mauer um sich herum errichten. Ich habe Angst. Das ist eine Offenbarung ohne Rückzugsmöglichkeit. Ja, gut. Ich könnte noch sagen: Das war ein Test. Natürlich habe ich keine Angst. Aber das wäre Lüge. Beginnt eine Freundschaft mit Lügen? Nein, ich stehe zu meiner Aussage. Egal was sie sagt oder tut.

Warum sagt sie nichts? Erst jetzt bemerke ich, dass ich die ganze Zeit auf mein Weinglas schaue und es am Stiel hin und her drehe. Im Wein liegt Wahrheit. Ich habe Angst, Hannah. Ich habe Angst, dass unsere zarte Pflanze einer beginnenden Freundschaft wieder verwelkt, bevor sie wachsen und gedeihen konnte. Ich habe Angst, dass mein Vertrauen wieder durch Demütigung und Enttäuschung zerstört wird. Ich habe Angst vor dem, was kommen wird. Ich habe Angst vor deiner Antwort.

All das denke ich nur, ohne etwas zu sagen. Auch Hannah schweigt. Die Frau von dem Opa geht jetzt zum Ausgang. Sie hat wohl gemerkt, dass sie hier nichts mehr an Einfluss auf ihren Gatten ausrichten kann. Vielleicht hat auch sie Angst? Wie viele Jahre werden diese beiden Leute schon zusammen sein? Mindestens ein halbes Leben lang. Und noch immer hat sie Angst. Hört das nie auf? Hannah, sage doch was.

„Petra, du brauchst keine Angst zu haben. Ich werde dir nichts tun. Ich bin so froh, dich gefunden zu haben. Auch ich hatte Angst, dass du gar nicht anrufen würdest, dass du nicht kommen könntest, dass du mich nicht mögen würdest."

Sie legt wieder ihre Hand auf meine Hand. Wie das guttut.

„Ich will mit zu dir kommen. Ich will dir vertrauen. Du sollst meine strenge und konsequente, aber auch gütige Herrin sein in den Sessions und eine vertraute Freundin im wirklichen Leben. Ich glaube, ich habe noch viel nachzuholen in meinem Leben. Ich glaube, ich könnte in dir eine wirkliche Meisterin und kompetente Beraterin finden. Willst du das für mich sein?"

In diesem Moment lichten sich die Wolken am Himmel und ein Sonnenstrahl scheint durch das Fenster genau auf unseren Tisch. Ein gutes Omen? Hoffentlich. Hannah sagt nichts, aber sie wischt sich verstohlen eine Träne aus dem Augenwinkel. Ich tue so, als hätte ich es nicht bemerkt. Es sagt mir mehr als alle Worte, die Hannah nicht gesagt hat. Die sie vielleicht hätte sagen können, die aber immer nur Worte geblieben wären. Diese Geste ist wahrhaftig und sagt mir mehr als Worte über meine neue Freundin. Auch der Opa hat verstanden. Er trinkt sein Glas leer und bezahlt. Dann verlässt er das Lokal und geht seine Frau suchen.

Auch wir zahlen und gehen hinaus auf den Marktplatz. Hatte ich mich vor einer reichlichen Stunde noch geschämt neben dieser Frau hier zu stehen? Warum nur? Weil sie anders gekleidet ist? Auffälliger und eigenwilliger als der Durchschnitt der Leute in dieser Stadt. Wie dumm von mir, nur nach der äußeren Erscheinung zu urteilen.

„Mein Auto steht um die Ecke. Steige ein. Gib mir den Weg vor, zunächst mal den Weg zu deinem Domizil." Den letzten Satz sage ich mit einem verschmitzten Lächeln und Augenzwinkern.

Als meine kleine Domina gerade die Beifahrertür öffnet, kommt das Ehepaar vom Nebentisch Hand in Hand um die Ecke. Der Mann schaut interessiert zu, wie Hannah sich mit ihrem langen Lederrock ins Auto bemüht, dann kurzerhand den Reißverschluss an der Seite hochzieht, sodass ihr halterlos bestrumpftes linkes Bein sichtbar wird. Der Opa würde wohl jetzt gerne mit mir den Platz tauschen, denke ich noch. Doch dann sehe ich im Rückspiegel, wie er seiner Frau einen Kuss gibt. Einfach so. „Aber Herbert. Mitten auf der Straße. Was sollen die Leute denken." Vielleicht sagt sie das ihrem Herbert? Hören kann ich es nicht. Vielleicht sagt sie aber auch: „Herbert, du warst schon früher ein toller Hecht. Sollen die Leute denken, was sie wollen." Vielleicht sagt sie auch noch: „Ich liebe dich noch immer." Und Herbert antwortet: „Ich dich auch, Hertha."

Aber das ist nun wirklich zu viel Schnulzenkino. Auch so ist es ein schöner Schluss und ich bin zufrieden.

Reiße dich jetzt erst mal zusammen, Petra! Ich fahre meine Domina, meine Herrin, meine Mistress Hannah, meine neue Freundin in ihr Domizil, grinse ich in mich rein und bin stolz.

Verdammt. Dieser aufreizende Lederrock und nun auch noch das halterlos bestrumpfte Bein neben mir. Ich könnte die Hand mal kurz vom Ganghebel abgleiten lassen!

Blödsinn! Das ist die plumpe Anmache eines Mannes, wenn er eine reizende Frau neben sich im Auto sitzen hat. Willst du dich so tief herabgeben, Petra? Meine männlichen Aspekte wollen sich auch mal durchsetzen.

Warum bekomme ich immer gleich männliche Gefühlsanwandlungen, wenn ich mich als Frau in einer vermeintlich typisch männlichen Rolle befinde? Das ist beim Tanzen auch so. Auch dort in der Tanzgruppe bin ich Switch. Beim Squaredance ist das völlig normal. Auch Herren könnten die Damenposition einnehmen, ohne dass daran Anstoß genommen würde.

Nur machen die Männer das meistens nicht. Frauen tanzen dagegen sehr häufig beide Positionen. Wenn ich also den Herrenpart einnehme, fühle ich so ganz anders und es kommen mir auch andere Gedanken. Einmal hatte ich sogar in der Herrenposition einen Herrn in der Damenposition. Das war lustig und sorgte für einige Verwirrung. Zum Glück nimmt man das beim Squaredance nicht so ernst wie beim Gesellschaftstanz.

Mit dieser Hannah mal tanzen, das könnte ich mir durchaus gut vorstellen. Einen lockeren Discofox mit ein- und ausdrehen der Dame. Oder eine Rumba.

Bin ich verrückt? Rumba ist der erotischste Tanz! Dabei geht es um das getanzte Werben der Partner, um das Spiel aus Nähe und Distanz. Ein Cha-Cha-Cha wäre noch gut. Da gibt es viele Figuren, in denen man die Spannung von Nähe und Abstand, Eleganz und Lebensfreude zum Ausdruck bringen kann, ohne so erotisch zu tanzen wie bei einer Rumba. Oder Samba? Oder Salsa?

Ob Hannah tanzen kann? Ob sie tanzen mag? Ob sie mit mir tanzen würde? Soll ich nun mal meine Hand rüberrutschen lassen? Und wenn sie mir dann bei sich zu Hause dafür auf die Hand schlägt mit dem Rohrstock? Fünf Hiebe auf jede Handfläche für deine freche Geste bei der Autofahrt?

Michael hat diese Hiebe auf die Handflächen immer ordentlich durchgezogen. Das tat furchtbar weh. Er hat dafür einen kurzen Rohrstock mit fünf Millimeter Durchmesser verwendet. Überhaupt hat er mir gern die technischen Daten seiner Erziehungshelfer genau mitgeteilt. Männer eben. Bei solchen Dingen sind sie exakt.

Einmal haben wir ein schönes Spiel gemacht, bei dem seine und meine Hände die Hauptrollen besetzt haben. Ach, das ist schon wieder eine andere Geschichte. Vielleicht spiele ich dieses Spiel mal mit Hannah. Jetzt bleiben beide Hände erst mal ordentlich am Lenkrad, wie ich es in der Fahrschule gelernt habe, auf einem Trabant mit einer Fahrlehrerin. Wie lange ist das her? 1988! Da lebte ich noch in einer ganz anderen Welt. Niemand hat da schon geahnt, wie schnell sich das ändern würde.

Wie viel von diesen emotional heißen Wochen der Wende haben die eigentlich im Westen wirklich erlebt?

Ich konzentriere mich auf den Straßenverkehr. Wie damals bei den Fahrstunden. Basta!

Und nun wird es ernst in den virtuellen Träumen der beiden Frauen.

Die Vorbereitung –
In Petras Vorstellung

Wir sind da. „Du hast einen sehr ausgeglichenen Fahrstil. Es ist richtig entspannend, mit dir im Auto mitzufahren. Kompliment", sagt Hannah.

Na prima. Dann habe ich offenbar nichts von meinen heimlichen Gedanken während der Fahrt mir anmerken lassen. Vorerst besser so. Was wird mich jetzt erwarten? Die Gegend ist schön, aber ein ganzes Stück weg von dem Bäckerladen. Eigentlich hätten wir uns dort gar nicht treffen können. Was wird sie in diese Ecke getrieben haben? Schicksal? Vorsehung? Zufall? Egal. Jetzt sind wir hier und gleich erwartet mich ein Abenteuer. Jede Session ist ein Abenteuer. Aufregend, mit unvorhersehbaren Wendungen, mit Spannung und mit dem immer wieder berauschenden Gefühl tiefer Zufriedenheit danach und mit der verzehrenden Sehnsucht auf das nächste Abenteuer. Was wird mich also erwarten?

In meinen Beinen macht sich nun doch ein weiches Gefühl bemerkbar. Von jetzt ab werde ich nichts mehr sagen oder tun, wenn ich nicht dazu aufgefordert werde. Ich werde jetzt ganz Sub sein und mich schon mal mental auf diese Rolle einstimmen.

„Komm rein. Hier kannst du deine Sachen ablegen." Wie jetzt? Soll ich mich hier im Flur komplett ausziehen? Warum gibt sie mir keine konkreten Anweisungen? Ich will Sub sein und nun muss ich schon gleich selbst nachdenken. Gut. Schuhe aus und den Hut an den Haken gehängt. Das reicht erst mal. Soll sie doch sagen, was sie will.

Hannah geht in die Küche und ich folge unaufgefordert. Sie mixt in zwei Gläser Wasser mit Saft und einen kleinen Schuss irgendwas aus einer recht interessant aussehenden Flasche. Dazu noch Eiswürfel und Trinkhalme.

„Willkommen bei mir daheim. Domina ist lateinisch und bedeutet: die Dame des Hauses. Durst gehört bei mir nicht zur Strafskala. Also trinke erst mal etwas und dann fangen wir an." Ich bemühe mich um ein möglichst festes „Danke" und versuche meine Hand nicht zittern zu lassen. Der Anfang erscheint mir fast genauso gestaltet wie damals zur allerersten Session mit Michael. Ist das ein Standardauftakt?

Mir fällt ein, dass ich vielleicht „Danke, Mistress Hannah" hätte sagen sollen.

Warum soll ich perfekt sein? Sie will mich erziehen. Dann soll sie doch ihre Arbeit und ihren Spaß damit haben. Das Getränk schmeckt gut und kühlt angenehm. Ja, das kann ich jetzt wirklich gebrauchen.

„Setze dein Glas ab und dann stelle dich hierhin." Mitten im Raum soll ich mich hinstellen? Ringsum nichts als Luft? Sie holt ein Tuch und verbindet mir die Augen damit. Das ist ein unangenehmes Gefühl. Ich weiß, dass ich mich nicht irgendwo festhalten oder abstützen kann und sehen kann ich auch nichts.

„Ziehe deine Hose aus." Hat die eine Ahnung, wie schwierig das frei stehend und dazu noch mit verbundenen Augen ist? Ich konzentriere mich auf meine innere Mitte, um das Gleichgewicht einigermaßen zu halten. Ich will doch hier nicht rumhüpfen wie ein Affe. Wohin jetzt mit der Hose?

„Gib mir die Hose und ziehe den Slip auch noch aus." Es ist wie damals!, geht es mir durch den Kopf. Fangen wirklich alle Spankingabenteuer so an? Gibt es etwa ein Drehbuch dafür? Der Slip geht leichter auszuziehen und den lasse ich auch einfach neben mich auf den Boden fallen. Ich bin froh, dass mein T-Shirt die Länge eines Minirocks hat und meinen Po vollständig bedeckt.

Da stehe ich nun. Was jetzt? Hannah geht langsam um mich herum, doch ich höre es nur. Sie hat noch ihre High Heels an und jeder Schritt macht ein aufreizendes Geräusch. Jetzt fängt sie mit ihrer Strafpredigt an, dabei immer klack, klack, klack – Schritt für Schritt um mich rum und hinter mir hin und her. Ich würde am liebsten sagen: Bleibe stehen oder ziehe wenigstens diese Dinger von Schuhen aus. Aber das darf ich als Sub nicht. Also konzentriere ich mich auf meinen Körper. Mit halbem Ohr höre ich ihrer Predigt zu und nur einzelne Worte davon dringen bis in mein Gehirn vor. Das ist kein Ungehorsam. Ich bin so aufgeregt, so angespannt, so mit mir und der Situation beschäftigt, dass ein starker Filter vor der mentalen Aufnahmefähigkeit vorgeschaltet ist.

Ungehorsam, provozierend, verdiente Strafe, Einsicht, Erziehung, hinnehmen, aushalten, dankbar sein, Respekt, eigenen Willen, verdienen …

„Wirst du diese Strafe annehmen?" Äh, was jetzt? Soll ich jetzt fragen, was sie gerade gesagt hat? Das muss ihr wie eine ungeheuerliche Provokation vorkommen. Das kann ich nicht machen.

„Ja, Mistress Hannah", antworte ich. Das erscheint mir im Augenblick die einzig richtige Antwort zu sein.

„Dann will ich mit deiner Erziehung beginnen. Vorher möchte ich aber wissen, was du für einen Po hast. Dafür habe ich eine besonders feine Methode."

Du heiliger Strohsack. Was kommt jetzt?

„Erst kannst du noch was trinken. Ich gebe dir dein Glas." Das tut gut. So kühl und fruchtig. Wie fühle ich mich? Eigentlich gar nicht so unangenehm. Das Zittern und die weichen Knie sind weg. Der Herzschlag leicht beschleunigt. Auf der Haut ein prickelndes Gefühl, wie wenn jemand mit einem Grashalm oder einer Feder sanft darüberstreicht. In der Magengegend ballt sich ein kleiner Klumpen zusammen. Ein Stück weiter unten zieht es mächtig in der Lendengegend und ein warmer Glutherd wird zwischen meinen Beinen entfacht.

Nun stehe ich hier mit verbundenen Augen mitten im Raum. Meine Arme hängen am Körper runter und ich empfinde sie als irgendwie überflüssig. Ich möchte die Hände in die Hüften stemmen oder die Arme vor der Brust verschränken. Wie wirkt das denn? Provokation hoch drei ist das! Das darf ich nicht tun.

„Strecke deine Hände vor mit den Handflächen nach oben." Augenblicklich verstärken sich die körperlichen Gefühle. Der Klumpen ballt, die Haut prickelt, das Ziehen wird stärker und der Gluterd mächtig angefacht. Diese Aufforderung klingt nach Hieben auf die Handflächen. Hat sie etwa meine Gedanken erraten, die mir eben durch den Kopf gingen? Vielleicht hat sie auch meine geheimen Wünsche vorhin im Auto mitbekommen? Kann diese Herrin etwa Gedanken lesen? Das wäre ja gruselig hoch drei. Will sie mir jetzt für diese Abschweifungen Hiebe auf die Handflächen geben? Das ist echt gemein. Sie darf nur meinen wirklichen Ungehorsam bestrafen, nicht meine heimlichen ungehorsamen Gedanken. Das ist nicht fair. Ich spüre schon das Brennen auf den Handflächen.

Die Hiebe von Michael sind mir noch in guter Erinnerung. Ich konnte nicht hinsehen, wenn er mir auf die Hände geschlagen hat, wenn ich es doch getan habe, habe ich weggezogen.

Na, hinsehen kann ich jetzt sowieso nicht, mit verbundenen Augen. Doch was geschieht nun? Statt Hiebe fühle ich etwas, was ganz leicht über meine Handflächen streicht, die Linien nachzieht, kleine kreisende Bewegungen auf dem Handteller ausführt, jeden Finger bis zur Spitze und zurück entlangfährt und schließlich auf den Innenseiten der Unterarme bis zu den Armbeugen hoch und wieder runter wandert.

Ist es die Spitze eines Rohrstocks? Es ist ein geiles Gefühl vor den Hieben gestreichelt zu werden. Wenn dann nur die Hiebe selbst nicht so wehtun würden. Nur leichte Hiebe, das wäre schön. Oder doch nicht?

Es ist nicht die Spitze eines Stockes, denn was mich berührt, strahlt Wärme aus. Nun merke ich es genau, denn sie legt ihre Handflächen auf die meinigen. Meine Muskeln in Beinen, Po und Bauch spannen sich an. Es ist keine Anspannung von Angst oder Erwartung, sondern die der Lust. Mein Körper streckt sich, der Brustkorb hebt und senkt sich unter der jetzt tiefen Atmung, der Kopf hebt sich wie von selbst in den Nacken. Ich stehe und spüre, wie die Glut durch meinen Körper lodert und bis in die entfernten Ecken meines von Lustgefühlen gepackten Wesens ausströmt. Ich kann ein leises Stöhnen nicht unterdrücken. Wenn meine Herrin ein Mann wäre und mich jetzt nehmen wollen würde, ich hätte nichts dem entgegenzusetzen. Ich würde mich hingeben, was immer er auch tun würde.

Genießt Hannah meine Erregung? Ist sie selbst auch erregt? Ich glaube, ich bin nicht schmerzgeil. Stark erotisch erregen können mich vor allem diese leichten Berührungen, auch wenn ich es dann im eigentlichen Spiel lieber kräftiger haben will und unnachgiebige Dominanz spüren möchte. Harte Hiebe und das ganze Drumherum haben eher eine andere Wirkung, auch sehr erregend, aber völlig anders, sehr schwer mit Worten zu beschreiben.

Ich möchte die Arme über den Kopf strecken und einen Wonneschrei ausstoßen.

„Ich gebe dir jetzt ein Tuch. Es ist zwei Meter lang und einen Meter breit. Das legst du dir wie ein Badetuch um die Lenden, steckst das Ende fest und danach ziehst du das T-Shirt aus." Das war endlich eine genaue Anweisung. Das Tuch fühlt sich angenehm weich an. Ich würde es gern erst mal an mein Gesicht halten und mir damit über die Brust streichen. Aber dafür müsste ich das T-Shirt vorher ausziehen. Macht das Biest so exakte Anweisungen, weil sie weiß, wie das wirkt? Oder ist es Zufall? Ich tue wie geheißen. Will eine brave Sub sein.

Was ist das für ein Stoff? Wahrscheinlich Seide. Seide kann sich auf der Haut wunderbar anfühlen. Wenn das die Strafe ist, dann ist die ausgesprochen angenehm.

Das glaubst du doch selbst nicht. Sie wollte erst mal deinen Po erkunden, hämmert es in meinem Kopf. Warum sagt sie nichts? Oder habe ich schon mal wieder was überhört? Hoffentlich nicht.

„Lege dich hin. In Bauchlage, damit ich deinen Po prüfen kann." Hinlegen ist gut und noch dazu in meiner Lieblingsposition. Aber worauf soll ich mich hinlegen? Ich stehe mitten im Raum und kann nichts sehen. Konkrete Anweisungen sehen anders aus.

„Wo soll ich mich bitte hinlegen, Mistress Hannah?"

„Hier."

„Was heißt hier?"

„Petra, du bist zur ersten Erziehungsstunde hier und deshalb erkläre ich es dir. Später würde es für solche Rückfragen eine Strafe geben. Also: Du machst genau das, was ich dir sage. Hier heißt auch hier."

„Du meinst also mit hier das Hier auf dem Boden?"

„Ist das so schwer zu verstehen? In der nächsten Session werde ich erst mal eine Schulstunde abhalten, in der wir das korrekte Fragen, Antworten und Ausführen von Anweisungen üben werden. Lege dich hier auf den Boden in Bauchlage hin." Gar nicht so schlecht, denke ich. Nur etwas ungewohnt. Hatte ich noch nie zu machen. Hinknien ja, aber auf den Boden legen nicht.

Ich liege und meine Mistress geht um mich herum. Ganz leise ist es auf einmal. Sie hat die Schuhe ausgezogen! Wunderbar! Nun entfernt sie sich von mir. Aus welchem Material besteht der Fußboden? Glatt und hart. Parkett? Es klappert etwas und dann erklingt leise Musik. Angenehme Musik. Nun kommt Hannah wieder zurück und legt so etwas wie eine weiche Decke über meinen Rücken. Sie setzt sich darauf. Nun bin ich am Boden festgehalten und warm ist es auch, zumindest von oben. Es klappert wieder. Irgendwelche Gegenstände werden rechts und links von mir auf dem Boden abgelegt. Was dann kommt?

Ich weiß es nicht. Ich kann ja nichts sehen, aber es ist himmlisch und höllisch zugleich. Es ist etwas, was ich noch nie erlebt habe, wovon ich nichts wusste, aber was ich genau schon immer gewollt habe.

Was macht meine Domina? Niemand könnte es besser erzählen als sie selbst.

Ja, was macht Hannah? Welche Träume hat sie?

Das erste Spiel –
Wie es sich Hannah vorgestellt hat

Langsam klären sich die Fronten. Für einen etwaigen eingeweihten Beobachter wäre sofort klar, wer in diesem Moment welche Stellung einnimmt. Es ist angenehm warm im Raum. So zieht Hannah sich die Bluse aus, entledigt sich des Büstenhalters und streift auch den Rock ab. Einen Slip trägt sie so gut wie nie, außer es ist bitterkalt.

Die Musik taucht den Raum in eine ruhige und entspannte Atmosphäre. Noch einmal schaut sie sich um und zündet einige Kerzen an. Die flackernden Kerzen zaubern bizarre Lichtspiele an Wände und Decke. Wirkt fast ein wenig gespenstisch, ist aber genau die richtige Atmosphäre für das, was gleich geschehen wird, meint sie.

Sie sieht hinunter zu Petra. Und was macht Hannah mit Petra in den nächsten Minuten?

Lasse diese Petra zappeln! So stellt Hannah sich Dominanz vor? Lasse ich sie selbst zu Wort kommen.

„Da ich mir Zeit lasse, sehr viel Zeit, in der ich sie allein liegen lasse, entsteht natürlich eine Spannung in ihrem Körper. Dazu kommt, dass sie ja nichts sehen kann, sondern nur Geräusche wahrnimmt, die sie nicht einordnen kann. Es klappert, es raschelt, mehrere Gegenstände lege ich neben sie auf den Boden. Was muss nun in ihrem hübschen Köpfchen vorgehen? Sicher stellt sie sich vor, wie ich alle möglichen Strafinstrumente neben sie gelegt habe, was ja auch zum Teil stimmt. Doch die Ungewissheit, dieses Warten, dieses Untätig-auf-dem-Bauch-Liegen zerrt sicher sehr an ihrem Nervenkostüm. Sie versucht aber, so ruhig wie möglich zu wirken. Gleichmäßig geht ihr Atem, wenn auch etwas schneller als gewohnt.

Noch einmal schaue ich mich im Raum um, ob ich auch nichts vergessen habe. Nein, alles ist in Ordnung. Die Atmosphäre passt, die Musik beruhigt, das Kerzenlicht lädt geradezu ein zu einem bizarren Spiel. Nur Petra hat ja gar nichts von dem Kerzenlicht. Aber von der Musik, die ihr zu gefallen scheint, sie wenigstens ein wenig beruhigt.

Sie hört meine Schritte, wie ich im Raum auf dem Parkettboden umherlaufe. Meine Heels habe ich von meinen Füßen gestreift. Einerseits mag ich ja dieses angsteinflößende Klackern meiner Absätze, andererseits würde ich es in diesem Moment der Vorbereitung und der Ausführung unseres ersten Spiels als unpassend empfinden, eher störend."

Ja, sie lässt Petra zappeln. Doch wie geht es in Hannahs Vorstellung weiter? Sie wird auch irgendwann etwas tun wollen.

„Jetzt ist es Zeit, die Spannung etwas zu entschärfen. Oder zu steigern? Ich stelle mich breitbeinig über Petras Rücken. Dann gehe ich langsam in die Hocke. Petras Atem wird schneller, unruhiger. Mein Becken berührt die Decke, die sich auf ihrem Rücken befindet. Meine Beine knien links und rechts neben ihrem Körper. Ich hocke erst mal so auf ihr, dass ich ihren Kopf vor mir habe. Die Decke bedeckt nicht ihre makellosen Schultern. Die Decke habe ich gewollt, damit Petra nicht gleich meine nackte Haut auf ihrem Körper spürt. Mich in natura zu spüren, zu fühlen, zu schmecken, das muss sie sich erst mal verdienen.

Sanft gleiten meine Hände durch ihr Haar. Ein wohliges Schnurren kommt über Petras Lippen. Nun lege ich meine Hände auf ihre Schultern und fange an sie sanft zu massieren. Gänsehaut bildet sich auf ihrem ganzen Körper. Ganz schön verspannt, die Kleine, denke ich und verstärke meine Massage leicht. Ihr Schnurren wird verlangender. Aha, das Biest will mehr. Na ja, ein wenig mehr gönne ich ihr, so als kleine Vorbereitung für die Hölle später. Dann rappele ich mich leicht hoch, drehe mich und lasse mich wieder auf Petras Rücken nieder. Nun habe ich ihren herrlichen Hintern vor mir. Noch ist ihr Hinterteil mit einem hauchdünnen Seidentuch bedeckt.

Sanft lege ich meine Hände auf die Seide. Als ob ich sie einmassieren wollte, rutscht die Seide sanft auf der strammen Haut und muss Petra himmlische Gefühle vermitteln, wenn nur nicht mein verdammtes Schweigen wäre. Das macht Petra schwer zu schaffen.

Nichts sehen, keine Worte, nur Geräusche, das alles lässt ihre Nerven vibrieren. Aber das sanfte Streicheln des Seidentuchs ist geil, absolut geil, einfach der Himmel für sie. Langsam gleitet der Rand des Tuches über die Haut von Petras Oberschenkel und weiter über ihr Hinterteil. Mehr und mehr ihrer noch makellosen Haut wird sichtbar. Ein paar Mal wiederhole ich dieses Spiel, indem ich immer wieder das Seidentuch wie eine Feder über ihre Haut gleiten lasse. Gänsehaut, überall Gänsehaut, die sich auf Petras Körper gebildet hat. Zumindest auf den Stellen, die ich sehe, aber ich bin sicher, dass es unter der Decke nicht anders aussieht. Deutlich spüre ich Petras Atem unter mir, welcher immer unruhiger wird. Ihr Rücken senkt und hebt sich mehr oder weniger unregelmäßig bei jedem Atemzug. Sogar ihr heftig pochendes Herz meine ich unter mir zu spüren. Dann lege ich das Tuch beiseite. Jetzt wird es Zeit, mich eingehender und intensiver mit ihrem Prachthintern zu beschäftigen.

Ich beginne damit, diesen kräftig durchzukneten. Petra versucht sich unter mir zu winden, doch mein Körpergewicht weiß dies weitestgehend zu verhindern. Mein Zustand bei der ganzen Behandlung, dazu Petras herrliches Hinterteil dicht vor mir, lässt meine Erregungskurve bedenklich in die Höhe schnellen. Ich möchte nun Petras nackte Haut spüren. So erhebe ich mich leicht und ziehe die Decke unter mir von ihrem Rücken. Dann hocke ich mich wieder mit vollem Gewicht auf sie. Ihre Pobacken walke ich weiter durch. Wieder versucht Petra sich zu winden, sie möchte mehr, möchte alles. Ein feuchter Film meiner Lust bildet sich unter mir auf Petras Haut. Natürlich spürt sie es und weiß nur zu genau, was diese warme Feuchtigkeit auf ihrem Rücken zu bedeuten hat. Ihre Mistress ist geil, ja voller unbändiger Lust. Ich glaube zu wissen, dass sich sogar etwas Stolz in ihrem Inneren aufbaut. Schließlich ist sie es, die meine Lust und, ja, meine Geilheit entfacht.

Ob sie auch schon so geil ist? Ich werde es bald herausfinden, obwohl ich sicher bin, dass sie es ist. Ihr Schnurren wandelt sich langsam zu einem leichten Stöhnen. Ja, so liebt Petra es, kräftige Hände auf ihrem Hintern, die verlangend wissen, was sie wollen.

Wieder ihr Winden unter mir. Ich lege noch mehr Gewicht auf ihren Rücken. Ich beuge mich vor, greife nun ihre Fußknöchel, winkele ihre Beine an und ziehe diese weit auseinander. Sanft führe ich ihre Füße wieder zurück auf den Boden. Noch einmal knete ich Petras Backen kräftig durch. Sie scheint sich in Sicherheit zu wiegen. Ich erhebe meine Hand und lasse sie mit voller Wucht zweimal auf ihre Hinterbacken klatschen. Das Geräusch zerfetzt geradezu die Stille im Raum. Petra zuckt und wimmert leicht. Wieder knete ich ihre Backen durch. Wie beiläufig fährt meine Hand durch ihren Schritt. Meine Schläge wandern nun von ihrem Hinterteil weiter nach unten und lassen nun auch die Innenseiten von Petras Oberschenkeln erglühen. Ihr Hintern brennt wie Feuer und nun lodern auch noch ihre Oberschenkel. Petra wird immer unruhiger, fängt leise an zu wimmern. Ihre Füße schlagen unkontrolliert auf den Boden. Ihre Hände sind zu Fäusten geballt. Doch meine Hand schlägt weiter, fester und schneller. Bald fängt meine Hand an zu schmerzen. Sollte ich eine kleine Peitsche nehmen? Nein, noch nicht, das kommt später. So ignoriere ich das Brennen meiner Handfläche und schlage weiter, immer weiter, fast in einen Rausch hinein.

Petra atmet tief durch, als meine Schläge aufhören. Während sie verträumt an meinen Fingern nuckelt, macht sich meine andere Hand daran, ihre Schamlippen zu durchpflügen. Mit zwei Fingern stoße ich tief in ihr nasses Inneres. Wie heiße Lava fühlt sich ihr Lustschleim an. Ihre Lustperle ist schon recht hart und geschwollen. Mit dem Zeigefinger fange ich an, diese sanft zu umkreisen. Ein heftiges Stöhnen kommt über Petras saugende Lippen. Wieder bewegen sich ihre Beine, jedoch wollen sich diese nicht schließen, sondern vielmehr noch weiter öffnen, um meinen verwöhnenden Fingern tieferen Einlass zu gewähren. Längst ist ihre Scham verschwunden, sich so offen zu präsentieren. Pure Lust und Geilheit strömen nun auch durch ihren Körper, lassen sie heftiger atmen und lauter stöhnen. Am liebsten würde sie schreien, dass ich es ihr endlich ganz besorgen soll. Aber das, was sie noch gerade soeben klar denken ließ, veranlasst sie, besser ihren Mund zu halten. Zu sehr hallen noch meine unnachgiebigen Klatscher in ihrem Kopf nach. Das Kreisen meines Zeigefingers wird schneller und heftiger. Petras Becken beginnt ein Eigenleben zu führen. Blitze entstehen in ihrem Kopf. Sie spürt, wie sich ein gewaltiger Orgasmus in ihr aufbaut. Aber leider nehme ich dies auch sehr deutlich wahr. Petra hält die Luft an, will sich voll und ganz dem Orgasmus hingeben."

Das versteht Hannah also unter Dominanz? Wird sie damit Petra in den Griff bekommen?

Was tut sie nun? Nein! Kann Hannah so grausam sein?

„In diesem Moment ziehe ich meine Hand von ihrem Lustzentrum weg. Wie ein Luftballon zerplatzt ihr Orgasmus, verflüchtigt sich ins Nirwana. Petra hätte mir bestimmt am liebsten die Augen ausgekratzt, da bin ich mir ganz sicher. Sie war so nah dran, so nah. Aber was tue ich? Ich lasse sie vom Gipfel der Lust herabstürzen, einfach so in die Tiefe des Nichts fallen. Ich möchte nicht wissen, welche Titulierungen sie für mich in diesem Moment in ihrem Kopf hat. Ich lächele. Vielleicht sollte ich sie in einer Art Beichte gleich mal danach fragen, ist sicher ein großer Spaß für mich.“

Frauen können grausam sein! Und was erlebte Petra in ihrer Vorstellung?

Die erste Züchtigung –
In Petras Vorstellung

Ja, ja, diese Mistress Hannah! Habe ich es nicht schon geahnt? Es könnte fast schon etwas gruselig sein, wie meine Domina in mein Innerstes sehen kann. Oder ist es nur Zufall? Nein, ganz sicher nicht.

Ja, das ist verdammt schön, so auf dem Boden zu liegen, die warme Decke auf dem Rücken und von meiner Mistress festgehalten und die Schultern eine halbe Ewigkeit massiert zu bekommen. Dabei kann man glatt alles vergessen.

Wozu bin ich eigentlich hier? War vor einer reichlichen Stunde alles nicht noch ganz anders? Oder ist das schon eine Ewigkeit her? Wie lange kennen wir uns? Ja, ich war ganz ordentlich verspannt. Wie sich die Erwartungsspannung, die Aufregung, das Ungewisse in die Muskulatur verlagern, besonders in die Schultern. Kann diese Frau gut massieren. Was nun?

Ich war beinahe eingeschlafen. Ach so. Die andere Seite ist dran. Ja, da ist es genauso nötig. Du weißt wirklich, was ich brauche. Unwillkürlich streckt sich mein Körper und der Atem geht tief in die Lunge und hebt den Brustkorb an. Aahhh, das tut gut. So kräftige und wissende Hände zu spüren. Hände, die genau wissen, was sie tun und warum sie das tun. Hände, die Geborgenheit vermitteln, Sicherheit, Bestimmtheit und Vertrauen. Genau die Bedingungen, damit ich mich fallen lassen kann. Endlich mal nur hingeben können. Nichts denken, keine Entscheidungen treffen, nur hingeben und genießen.

Ich merke, wie eine wohlige Wärme durch den ganzen Körper strömt, wie die Lust auf mehr in mir zu wachsen beginnt. Nun nimmt sie die Decke weg und ich kann ihre Haut auf meiner Haut spüren. Es fühlt sich warm und weich und doch so bestimmt an. Ich atme bewusst tiefer ein und aus und hebe und senke meinen Brustkorb mit etwas Muskelspannung noch zusätzlich. Ich möchte diese Frau mit meinen Bewegungen spüren und ihr auf diese Weise mein Wohlbefinden vermitteln. Mir scheint, als ob sie ihre Schenkel noch etwas fester an meinen Körper drückt und mehr Gewicht auf meinen Rücken verlagert. Will sie mich auch deutlicher spüren?

Was jetzt? Die Beine anwinkeln, etwas spreizen und dann wieder ablegen. Ja, auch keine schlechte Lockerungsübung. Auch noch mal tut das gut. Warum macht sie jetzt einen festeren Griff? Will sie etwa, dass ich so gespreizt liegen bleibe? Na ja, ich mag das eigentlich. In meinen Träumen macht es mich sehr an, wenn ich mit weit geöffneten Beinen meine intimste Stelle präsentieren soll. Es macht mich sehr an, zu wissen, dass der Partner bei diesem Anblick Lust empfindet und mich hoffentlich bald dort berühren wird. Es ist unglaublich lustvoll, wenn er mich dann noch weiter öffnet und ich vor Erregung zu zittern beginne. Ich fühle mich dann sehr offen und bereit, den Partner in irgendeiner Weise aufzunehmen. In meinen Träumen gehe ich sogar noch weiter und wünsche mir, dabei festgehalten oder bewegungslos gefesselt zu werden. Aber das möchte ich, glaube ich, nur in meinen Träumen. In der Wirklichkeit ist man dabei zu sehr der Willkür ausgeliefert. Es ist ein physisches Verlangen nach Unterwerfung und auch ein Verlangen nach Erfüllung und der Situation, ausgeliefert zu sein.

Bisher war der Partner aber immer ein Mann. Männer mögen den Anblick weiblicher verborgener Körperstellen. Meine Mistress ist eine Frau. Will sie das denn auch? Wenn sie es nicht will, dann ist es mir peinlich, so gespreizt dazuliegen.

Freilich denke ich das nicht alles so ausführlich. Es geschieht in weniger als einer Sekunde, dass ich die Beine wieder schließe. Denken tue ich eher: Warum bist du so blöd, Petra? Du versaust dir hier eine wunderbare Situation selbst. Wenn sie das Manöver nun nicht noch mal wiederholt?

Aauuu! Ach so. Auch nicht schlecht. Jetzt geht sie zum Handspanking über. War also doch ganz gut, die Beine zu schließen. Habe ich meine Mistress damit etwas provoziert?

Aua, auu. Die ersten Schläge tun immer ziemlich weh. Der Körper braucht eine Weile, bis er sich an die Schläge gewöhnt hat und die Lust den Schmerz überlistet. Sage mir einer, Frauen könnten nicht schlagen. Diese hier kann es auf jeden Fall.

Ich mag Handspanking unglaublich gern. Das ist so direkt, unmittelbar, himmlisch und höllisch zugleich. Ich lasse mich wieder fallen und spüre die Lust in meinem Körperinneren steigen. Wahnsinn! Sie macht es noch mal. Sie will es wirklich. Grandios! Ja, Hannah, spreize mich und genieße. Meine Güte. Diese Frau weiß gut Bescheid. Das habe ich noch nie erlebt. Sie findet genau den Punkt in mir, wobei alles sooo schön werden kann. Das gibt es also wirklich!

Warum habe ich das noch nie erlebt? Nur Frauen wissen, was Frauen wirklich guttut.

Oh, Hannah! Ja, ja … tue es. Du kannst das. Ooooch!

Hey! Was soll das jetzt? Was macht das Luder? Warum hört sie auf? Das ist so gemein! Ich war kurz davor hinter jenes Tor zu kommen, hinter dem man für einen kurzen Moment alles vergessen kann. Warum tust du das, du Biest? Ich war dort noch nie ganz und gar. Du hättest es beinahe geschafft.

Das hast du mit Absicht getan. Du hast mich mit Absicht abstürzen lassen. Frauen können grausam sein. Du bist so ein Luder, so ein gemeines Luder. Bringst mich in den siebten Himmel, um mich in einer Sekunde von dort einfach abstürzen zu lassen. Ohne Fallschirm, ohne Netz, einfach aufschlagen lassen. Ich könnte dich ohrfeigen, ans Kreuz binden und auspeitschen, dich gefesselt liegen lassen, bis dir die Gliedmaßen einschlafen, deine Brustwarzen mit meinen Fingern martern, bis du schreist.

Ich bin so frustriert, dass mir Tränen in die Augen kommen. Nur gut, dass ich die Augenbinde habe. So was von peinlich, wenn sie auch noch sehen würde, dass ich heule. Selbst bei den härtesten Hieben mit dem Rohrstock habe ich noch nie Tränen vergossen. Das hier eben, dieser verweigerte Orgasmus, das ist eine solche Demütigung, das ist so unglaublich gemein. Das ist wie ein Grand Hand und die Ankündigung: Falsch ausgegeben, das Spiel zählt nicht.

Ja, ich soll mich umdrehen. Ja, ich mach schon alles so, wie du es verlangst. Ich bin nun mal eine brave Sub. Jetzt ist die Brust dran. Na prima. Ja, das mag ich auch. Wenn du Luder nur nicht so gemein wärst. Verdammt, tut das weh. Aber ich mag es. Wieso weißt du so genau darüber Bescheid, was ich mag? Es steht mir doch nicht auf der Stirn geschrieben.

Wie oft will ich mir diese Frage noch stellen? Nimm es einfach hin. Diese Frau hat Ahnung von dem, was sie tut und wie sie es tut.

Ja, Ohrfeigen mag ich auch und diese Fragerei. Das ist spannend. Kommunikation ist spannend. Stimmt! Bisher hat meine Mistress noch gar kein Wort zu mir gesagt. Ist mir gar nicht aufgefallen. Ja, ich mag das ganz genau so, Hannah. Ohrfeige mich, bringe aus mir heraus, was du hören willst.

Beugung nennt man das, hat mein Spanker mal gesagt. Der kann das auch ganz gut. Du machst das aber noch viel besser. Der konnte mich nur mit wirklich harten Hieben beugen. Bei dir ist in dieser Hinsicht noch nicht wirklich etwas geschehen. Die Ohrfeigen sind alles andere als sanft und du kannst mir auch an der Brust sehr wehtun. Du weißt aber auch ganz genau, dass ich das alles mag. Du kannst streicheln, massieren, sanft sein und mir so unglaublich viel Lustgewinn schenken und dann wieder so hundsgemein sein. Dennoch will ich alles sagen, was du von mir hören willst, und ich will dir gehorchen.

Dennoch? Oder gerade deswegen?

Ach, die Strafpredigt. Kassensturz! In meiner Kasse ist meist nicht viel drin. Denkst du!

Hey, du hast aber Strafmaße! Du bist wie Michael. Der hat auch so drastische Strafmaße. Denkst du nicht, dass du lieber eine Null am Ende der Zahl weglassen solltest? Ich hatte mit fünf Hieben für eine Minute Verspätung geliebäugelt. Na, ich habe nicht nur Miststück gedacht. So viele Hiebe für so eine nette Bezeichnung? Soll ich darauf jetzt stolz sein? Wenn du wüsstest, was ich alles gedacht habe. Alle Gedanken kannst du zum Glück doch nicht lesen. Oder ist das deine Form von Gnade? Dann danke ich dir dafür.

Was sagt Hannah da? „Also insgesamt zwanzig strenge Durchzieher."

Leise, ganz leise sagt sie zu mir: „Bist du bereit?"

Eine harte Strafe für das allererste Mal. Meine strenge Mistress wird sie gnadenlos und konsequent ausführen. Daran habe ich nicht den geringsten Zweifel. Aber sie streichelt mich. Das hat Michael nie getan. Niemals zuvor wurde ich vor der Ausführung einer Strafe gestreichelt. Das hat irgendwas Vertrauensvolles.

Ja, ich bin bereit. Ich lüge nicht. Es kommt nur so leise daher, weil ich so ergriffen bin und ich werde gleich noch viel ergriffener sein.

Wie meine Mistress diese Strafe ausführt, das beweist ihre wirkliche Meisterschaft. Hier ist keine Frau, die gern mal die Domina spielen will, die ihren Frust über Gott und die Welt an einer wimmernden, selbstunsicheren und verschüchterten Sub abreagieren will. Hier ist eine Frau, die mit einer selbstbewussten und provozierenden Sub umzugehen versteht, die um die physischen und psychischen Wirkungen einer Spankingsession genau weiß und diese gezielt und punktgenau einzusetzen versteht.

Da stehe ich also nun und erwarte die allerersten Hiebe. Natürlich sind es nicht die allerersten Hiebe für mich, aber von der Hand einer Frau ausgeführt schon. Diese Hand kann unglaublich viel Genuss schenken, kann zart streicheln, fordernd massieren, wahnsinnigen Lustgewinn erzeugen und lustvoll zuschlagen. Der Rohrstock in der Hand dieser Frau wird eine andere Sprache sprechen. Dessen bin ich mir ganz gewiss.

Es ist aufregend. Diese Frau hält die Spannung bis an meine Grenzen aufrecht. Der Bolero, eines meiner liebsten Musikstücke, bringt allein schon Spannung und Gänsehaut. Ich kenne die Musik, aber wie wird Hannah sie in meiner Strafe umsetzen? Wird sie mit relativ sanften Hieben beginnen und sich zum Ende der Musik in der Intensität steigern? Ich hoffe es, aber ich glaube nicht daran. Alles, was ich bisher mit dieser Frau erlebt habe, es ist noch gar nicht viel und doch auch wieder sehr viel, sagt mir, das wird keine Strafe ohne Überraschungen werden. Noch nie habe ich in Erwartung einer harten Strafe und in einer relativ unbequemen Position, mit den Händen an der Wand abgestützt, die Beine gespreizt, Lustgefühle empfunden. Gänsehaut, Spannung, gespannte Muskeln, bewusst tiefe Atmung, ein Ziehen irgendwo in mir drinnen, all das, ja. Das hier ist irgendwie mehr und dann geht es los.

Nein, doch nicht. Hannah, bitte fange an, bete ich. Bitte fange endlich an. Soll ich darum bitten? Nein. Die ganze Stimmung sagt mir, dass Hannah genau weiß, was sie wann und wie tun wird. Sie kommt wieder zu mir und stellt sich hinter mich. Viel zu dicht, um mit dem Rohrstock zu schlagen, denke ich. Aaauuuu! Darauf war ich nun ganz und gar nicht gefasst. Ist das ein Biest, ein Luder. Eine hundsgemeine Aktion war das eben. Das ist so fies. Mir derart hart und unvorbereitet an die intimste Stelle zu fassen. Ich könnte nach hinten austreten und meiner Mistress einen ordentlichen Tritt vor ihr bestrumpftes Schienbein versetzen. Damit sie merkt, dass sie so was mit mir nicht machen kann. Nicht mit mir! Nicht mit mir?

Ich bin Sub. Sie darf das tun. Außerdem habe ich noch keinen einzigen Hieb meiner drakonischen Strafe erhalten. In dieser brenzligen Lage mache ich mir solche Gedanken? Besser gesagt: Sie kommen mir einfach in den Kopf und ich kann mich gerade noch bremsen. Na, Hannah, du hast Arbeit mit mir. Ich will es doch so. Dann, endlich, geht es wirklich los. Der erste Hieb brennt wie Feuer. Das halte ich niemals aus. Nicht zwanzig Stück von dieser Sorte. Nie und nimmer!

Reiße dich zusammen, Petra. Konzentriere dich, schreie, lasse die ganze Anspannung aus dir raus, kralle dich in die Tapete, spanne deinen Körper an, aber halte durch. Ich bin kein Weichei. Ich habe das oft genug bewiesen. Sogar Komplimente hat mir Michael dafür gemacht. Ich werde jetzt nicht bei einer Frau aufgeben. Ich habe es gewollt.

Hinterher fühlt es sich so leicht, so beruhigend, wunderbar an. Nein, weinen kann ich nicht. Auch die sexuelle Erregung ist weg. Ich trauere ihr jetzt nicht nach. Das habe ich immer so erlebt bisher. Harte Hiebe lösen bei mir keine sexuellen Erregungen aus. Dabei werden ganz andere Prozesse in meinem Körper in Gang gebracht. Das ist schwer mit Worten zu beschreiben. Es ist unglaublich gut und befreiend, die Anspannung der letzten Stunden in diesen zwanzig Hieben zu entladen.

Kurze Pause und das Finale des Bolero wird zu meinem Triumph. Ich habe durchgehalten! Ich bin erschöpft und glücklich.

Nun nimmt mich Hannah in die Arme. Ist sie stolz auf mich? Ist sie stolz auf sich?

Egal. Sie nimmt mich in die Arme und ich darf nun endlich auch weinen. Manchmal hat mich Michael nicht in die Arme genommen. Mit vorgehaltenem Rohrstock hat er mich abgewiesen. Ich habe nicht geweint. Diese Schmach habe ich mir nicht angetan. Aber es war sehr schwer und bitter. Meine Mistress ist streng, aber auch mitfühlend und herzlich. Ja, genau das brauche ich. Unnachgiebige Strenge und Konsequenz, dominante Führung und so viel liebevolle Zuwendung und das Gefühl, angenommen und geachtet zu werden.

In jedem Menschen wohnen zwei Seelen. Beide wollen beachtet, gelebt und geliebt werden. Bei mir nicht anders als bei Hannah. Auch Michael hat zwei grundverschiedene Seiten. Schwarz und weiß sind seine Lieblingsfarben. Schwarz und weiß, wie die Figuren im Schachspiel. Er ist leidenschaftlicher Schachspieler. Spanking ist wohl auch so etwas wie ein Schachspiel für ihn.

Für mich ist es viel mehr. Für mich ist es ein Stück lang verdrängtes und endlich ausgelebtes Leben. Die Erlebnisse haben mich regelrecht überschwemmt. Jetzt kann ich mit dieser Frau, mit meiner Mistress Hannah, alles viel bewusster und intensiver genießen. Wie schön sie es hier gemacht hat mit all den Kerzen. Erst jetzt fällt mir das auf. Diese Frau hat Stil.

Es gibt ein virtuelles Wiedersehen der beiden Frauen. Schon sehr bald, denn beide können es kaum erwarten. Es ist nur ein virtuelles Spiel. All die Situationen sind nur in den Gedanken der beiden Frauen geschehen und aufgeschrieben. Es ist nur Leselust. Dennoch hilft dieses virtuelle Spiel mir sehr, Enttäuschungen zu verarbeiten und Sehnsüchte zu artikulieren. Wie geht es weiter?

Vorbereitungen –
Wie Hannah sie in ihren Gedanken erlebt

Zunächst hat sich Hannah einige Gedanken zu dem bisherigen Geschehen gemacht.

„Die letzten drei Tage seit Petras Zusage zogen sich wie Gummi dahin. Endlich ist der Samstag gekommen. Es ist jetzt neun Uhr. Höchste Zeit, mich zurechtzumachen. Gefrühstückt habe ich schon ausgiebig. Auch mit reichlich Kaffee habe ich mich versorgt, um meine Nervosität einigermaßen in den Griff zu bekommen.

Was denn, Mistress Hannah und nervös? Ja, Mistress Hannah und nervös. Schließlich bin ich in erster Linie ein Mensch, ob nun als Hannah oder auch als Mistress Hannah. Menschen werden nun einmal nervös, wenn etwas Aufregendes bevorsteht. Ich bin sicher, dass es Petra nicht anders ergeht.

Ich begebe mich also ins Schlafzimmer und kleide mich an. Ja, dominant soll es schon wirken. Da ich beim letzten Treffen schon den Eindruck hatte, dass mich Petra in meinem Outfit respektierte und auch als Herrin sah, wähle ich heute dieselbe Kleidung. Schnell richte ich meine Haare und lege dezentes Make-up auf. Ich erinnere mich daran, wie Petra so fasziniert von einem ganz bestimmten Bild gewesen ist. Das Bild zeigt ganz einfach meine Hand, die schlicht auf meiner Hüfte liegt. Ja, auch ich liebe dieses Bild. Eigentlich ein ganz normales Bild, aber es drückt etwas aus, was viele Menschen wahrscheinlich nicht verstehen oder nachvollziehen können. Wie beschrieb es Petra so schön?"

Na, was schrieb denn Petra so schön?

„So kräftige und wissende Hände zu spüren. Hände, die genau wissen, was sie tun und warum sie das tun. Hände, die Geborgenheit vermitteln, Sicherheit, Bestimmtheit und Vertrauen. Genau die Bedingungen, damit ich mich fallen lassen kann. Endlich sich mal nur hingeben können. Nichts denken, keine Entscheidungen treffen, nur hingeben und genießen. Ich merke, wie eine wohlige Wärme durch meinen ganzen Körper strömt, wie die Lust auf mehr in mir zu wachsen beginnt."

Und welche Inspiration liefert Petras Poesie Hannah?

„Da uns beiden dieses Bild so gut gefällt, habe ich mich entschlossen, eine Art Galerie an die Wand zu hängen. Diese Bilder werden mit drei Spots wunderschön in Szene gesetzt. Was die Bilder zeigen? Dazu kommen wir später.

So, nun mache ich es mir auf meiner Couch im Wohnzimmer gemütlich und betrachte noch einmal entzückt die drei Bilder an der Wand. Gedankenverloren sitze ich da und bekomme fast nicht mit, dass es geklingelt hat. Vom Flur her höre ich, wie Petra leise die Wohnungstür hinter sich schließt. Dann höre ich es rascheln und eine Weile absolute Stille. Petra steht jetzt sicher vor dem kleinen Tisch und überlegt fieberhaft, für welchen Gegenstand sie sich entscheiden soll. Zwei Dinge habe ich ihr zur Wahl bereitgelegt. Leise klopft Petra nun an die Wohnzimmertür.

Die Tür öffnet sich. Petra tritt in den Raum, nur in schwarzen Halterlosen und eleganten Pumps gekleidet. Hinter sich schließt sie die Tür ebenso leise, wie sie diese geöffnet hat. Dann kommt sie langsam auf mich zu, überwindet sich zu einem leichten Knicks und sieht mir gerade in die Augen."

Gut! So denkt Hannah also über diese Petra und ihre neuerliche Begegnung. Doch wie erlebt Petra die Vorbereitungen?

Vorbereitungen –
In Petras Vorstellung

Endlich ist das schönste Wochenende meines Lebens in greifbare Nähe gerückt. Es ist Freitag und Feierabend.

Das schönste Wochenende meines Lebens? Greift das nicht ein wenig zu hoch? Ich habe fast gar keine Ahnung von dem Inhalt der zwei bevorstehenden Tage. Es ist wie eine Fahrt ins Blaue, eine Reise ins Ungewisse mit nicht kalkulierbaren Abenteuern, Gefahren und nie geahnten Gefühlen und unbekannten Erlebnissen, die auf mich warten.

Ich lege die Sachen, die ich anziehen werde, bereit. Nein, ich ziehe sie probeweise schon mal an. Es fühlt sich gut an. Alles bestens also. Nun wird eine Flasche Wein entkorkt, dazu gibt es Käse, Baguette und Schinken, noch eine Kerze angezündet und sanfte Musik, Leben wie Gott in Frankreich ist angesagt.

Mitternacht? Es läutet Mitternacht! Noch elf Stunden? So lange noch!

„Es ist sechs Uhr. Sie hören die Nachrichten." Mist, ich habe vergessen den Wecker auszuschalten. Jetzt kann ich bestimmt nicht wieder einschlafen. Ich höre jetzt bis sieben Uhr Radio, dann stehe ich auf und mache mir ganz gemütlich Frühstück mit Tee, Brötchen, Ei, Schinken, Käse, Marmelade und Honig. Es kann nichts schaden, eine gute Grundlage zu schaffen. Wer weiß, was auf mich zukommt.

Neun Uhr erst? Ich muss mindestens noch eine ganze lange Stunde rumbringen. Ach, die Zeitung! Leider kann ich mich nicht konzentrieren auf das, was da geschrieben steht. Aber die Zeit vergeht dabei. Ich ziehe mich an und beschließe einen kleinen Umweg zu machen. Das Wetter ist schön. Ich genieße also den Vormittag und das ungewohnte Gefühl, ohne Slip und BH auf der Straße zu spazieren. Hannah wollte es so. Wenn jemand kommt und erkennt, was ich hier tue, so lächle ich ihn oder sie freundlich an. Aber es bemerkt niemand meinen Aufzug. Niemand will mein Lächeln geschenkt bekommen.

Super! 10.50 Uhr und ich könnte in ein paar Minuten da sein. Also werde ich ganz pünktlich um elf Uhr an der Haustür klingeln.

Warum macht das Mädel nicht gleich auf? Ah, jetzt. Nun bin ich plötzlich doch sehr aufgeregt. Meine Knie zittern und im Magen ist ein sehr flaues Gefühl spürbar. Was wird sie für Gegenstände zur Auswahl bereitgelegt haben? Sie hatte so etwas angekündigt. Gleich werde ich es wissen. Die Wohnungstür ist angelehnt. Okay, das klappt schon mal.

Oh, Schietkram, ich sollte die Jacke vor dem Haus ausziehen. Dann mache ich das jetzt fix, noch den Hut an den Haken und die Schuhe aus. Das tut gut an den Füßen. Noch mal Schietkram hinterher. Eine lange Straußenfeder und ein dünner Rohrstock liegen zur Auswahl bereit. Kennt die Mistress meine Erfahrungen mit den Wähle-aus-Spielen und dünnen Rohrstöcken? Die kann das gar nicht wissen. Das ist unmöglich. Bleibe ruhig, Petra.

Nimm die Feder. Die tut nicht weh, flüstert mein Gewissen.

Will die mich veralbern? Das ist eine Falle. Die ist so offensichtlich, dass man schon drinnen steht, ohne es überhaupt zu merken.

Nimm den Rohrstock, sagt meine Vernunft.

Meine rechte Hand umklammert fest den Stock. Ich schließe die Augen. Es ist keine ehrliche Entscheidung. Ich will den Stock doch gar nicht wirklich nehmen.

Aber die Feder ist eine Falle, sagt meine Vernunft.

Der Stock ist eine Falle, flüstert mein Gewissen. Wähle ehrlich. Lasse dein Gefühl sprechen. Höre in dich rein.

Da ist nichts! Keine innere Stimme, die mir die richtige Entscheidung zuflüstert.

Nimm den Stock. Du bist kein Weichei. Sie erwartet es von dir, sagt meine Vernunft. Die Feder ist eine feige Entscheidung.

Sie wird deine Feigheit grausam bestrafen, wird dich demütigen, sagt meine Angst.

Hannah ist nicht grausam. Die spielt kein unfaires Spiel mit mir. Nimm die Feder. Entscheide dich ehrlich, sagt mein Gewissen. Entscheide endlich! Ich kann hier nicht ewig stehen. Sie wird die Minuten stoppen und mich für jede Minute Unentschlossenheit bestrafen.

Nimm den Stock! Meine verkrampfte Hand öffnet sich ganz langsam und der Stock fällt hörbar auf die Tischplatte. Die andere Hand greift zur Feder und dann geht alles ganz schnell. Ich klopfe flüchtig an die Tür und drücke im gleichen Moment dagegen. Dann stehe ich wie gebannt in Hannahs Wohnzimmer und Hannah steht mittendrin. Jeder Zoll eine Domina. Und ich?

Mir wird schlagartig bewusst, dass ich fast alles falsch gemacht habe. Jacke im Flur, Schuhe aus, Kleid noch an. Dazu die Feder in der Hand, die mich zum Weichei stempelt. Zu allem Überfluss starre ich auf drei Bilder an der Wand, jedes von einem Spot beleuchtet. Die Bilder verschlagen mir die Sprache. Ich bin mir noch nie so dumm vorgekommen. Am liebsten würde ich sagen: Schnitt und die Szene noch mal von vorn. Wir sind aber hier nicht beim Film. Ich muss was tun. Hannah muss mein Verhalten wie eine riesige Provokation vorkommen. Reiße dich zusammen, Petra!

Wenn nur die Bilder nicht wären. Die gehen unter die Haut. Die gehen bis ins Mark.

Das Bild mit der Hand und den roten langen Fingernägeln kenne ich schon. Damals war es aber vom Kerzenlicht beleuchtet. In dieser Galeriebeleuchtung wirkt das Bild noch viel intensiver. Diese Hand ist sehr interessant, eigentlich schmal und doch ausgesprochen dominant. Natürlich vermitteln die Fingernägel ein prickliges Gefühl von Erotik und Verführung, aber eben auch von Schmerz und Pein.

Das linke Bild lässt meine Hände unwillkürlich über meine Hüften streichen. Ich möchte diesen Po berühren, streicheln, liebkosen, mit meinen Händen und meinen Lippen. Erst auf den zweiten Blick sieht man die Gerte, die wie eine Schranke den

Zugang zu jeglicher Lustbarkeit verwehrt. Die Hände umfassen diese Gerte fest. Keine Chance zur Verführung. Das rechte Bild erscheint zunächst harmlos. Aber schon bald erkennt man den Riemen, scheinbar locker und lässig gehalten. Doch die Hand hat sich fest um den Griff gelegt. Diese Hand wird den Riemen konsequent und gnadenlos zu führen wissen. Und dieser Riemen tut furchtbar weh. Wenn es der Mistress gefällt, wird sie aufstehen, nicht eher und nicht später, genau zum richtigen Zeitpunkt. Bis dahin schaut die Sub immer nur auf diese Hand mit dem Riemen, die Hand, die sich so lässig auf der Lehne ausruht, bis …

Petra, reiße dich endlich zusammen! Wenn ich nicht die Situation wenigstens etwas rette, dann wird das für mich ein ganz furchtbares Wochenende. Ich schlucke und gehe einige Schritte auf meine Domina zu. Etwa einen Meter vor ihr gehe ich auf ein Knie. Der andere Fuß bleibt auf dem Boden aufgestellt. Meinen Rücken versuche ich gerade zu halten, was mich einige Anstrengung kostet. Ganz kurz schaue ich ihr ins Gesicht, aber nicht in die Augen. Dann geht mein Blick geradeaus an die Wand.

„Mistress Hannah, da bin ich. Entschuldige mein Auftreten, es ist keine Provokation, ich bin nur ganz furchtbar aufgeregt, durcheinander und verwirrt. Danke, dass ich hier sein darf. Ich freue mich auf alles und will gehorsam und demütig sein, so gut ich dies vermag. Ich bin nicht mehr ganz unwissend auf dem Gebiet von Dominanz und Unterwerfung, aber bedenke bitte, dass ich auch noch sehr viel lernen muss. Ich will dir für dieses Wochenende ganz gehören dürfen. Tue mit mir, was du für richtig und angemessen befindest."

Dann senke ich den Blick auf den Boden und neige den Kopf etwas nach unten. Es ist nur eine winzig kleine Bewegung, aber Hannah hat sie ganz bestimmt bemerkt. Auf den ausgestreckten Handflächen biete ich ihr die Feder dar.

„Mistress Hannah, ich habe die Feder gewählt. Es ist eine ehrliche Entscheidung. Nimm diese Feder als Zeichen meiner Aufrichtigkeit und auch meiner Neugier." Dann warte ich in dieser von mir selbst gewählten Demutshaltung, bis meine Mistress mich erlösen wird. Diese Haltung kann ich nicht selbst auflösen. Das würde meine Worte Lügen strafen. Ich hoffe nur, sie erlöst mich bald, bevor meine Hände zu zittern beginnen.

Ich stehe unter unglaublicher Spannung und würde gern auf die Feder sehen, welche die kleinste Regung der Hände erkennen lassen wird. Ich getraue mich aber nicht, aufzublicken.

Was wird meine Mistress tun?

Was würde ich an ihrer Stelle vielleicht tun? Das ist schwer zu sagen. Ein Versuch?

Nun, ich würde der Petra die Feder von den Händen nehmen und diese scheinbar achtlos irgendwo hinlegen. Nun weiß sie nicht, ob ihre Domina diese Wahl missbilligt oder würdigt. Dann würde ich der Petra unters Kinn fassen und sie mit festem Griff und bestimmter Geste hochziehen. Ein paar Ohrfeigen schließen sich an. Ach was, ein halbes Dutzend mindestens, begleitet von den Worten: „Ziehe" – klatsch – „sofort" – klatsch – „dieses" – klatsch – „aufreizende" – klatsch – „Kleid" – klatsch – „aus!" – klatsch.

Das Kleid nehme ich ihr mit gespielter Empörung aus der Hand und werfe es achtlos auf den Boden. „Umdrehen, die Beine schulterbreit auseinander und die Hände hinter dem Kopf verschränken. Du bleibst so stehen. Wehe, du nimmst die Hände runter oder bewegst dich gar von der Stelle!"

Dann würde ich dieser Petra den Riemen mehrmals über den Rücken ziehen, bis sie wirklich gepeinigt aufschreit. Nun lasse ich sie so stehen und fülle, für sie nicht sichtbar, zwei Gläser mit Sekt. Danach gehe ich zu Petra, stelle mich vor sie hin, löse sanft ihre verschränkten Hände und lege sie um meine Hüften. Mit meiner einen Hand fasse ich ihr bestimmend aber nicht hart in den Nacken und die andere lege ich auf ihren brennenden Rücken. Ich ziehe ihren Kopf an meine Schulter.

„Geht es dir jetzt besser?" Petra nickt stumm. „Dann komm mit." Ich fasse ihr Handgelenk und führe sie zu den Sektgläsern. Ich gebe ihr ein Glas in die Hand und nehme mir selbst das andere Glas.

„Willkommen zum bittersüßen Wochenende. Du hast eine gute Wahl getroffen mit der Feder. Und du wirst deine Strafe für den unmöglichen Auftritt bekommen. Und du wirst noch viele andere Dinge erleben. Wenn du am Sonntag hier rausgehen wirst, so bist du eine andere Petra. Bist du damit einverstanden?" Petra schluckt und nickt. Etwas zu sagen, ist sie jetzt nicht in der Lage. Dann klingen die Gläser.

Ja, so etwas wünscht sich Petra in ihrer Fantasie. Was wird weiter geschehen? Wie wird Hannah diese Situation auflösen?

Ein bittersüßes Wochenende – Wie es Hannah sich erträumt

Lasse ich Hannah also unverzüglich zu Wort kommen.

„Die Zeit vergeht wie im Fluge. Geschlagene zwei Stunden sitzen wir im Wohnzimmer. Ich hatte einige Snacks vorbereitet, die Petra aus der Küche holen durfte. So sind wir auch in dieser Hinsicht gut gestärkt. Wir unterhalten uns über Gott und die Welt, aber auch über unsere dunkle, geheimnisvolle Welt. Viel habe ich über Petra erfahren dürfen. Das ist auch wichtig für mich, denn ich will sie gut einschätzen können. Vor allem will ich wissen, wie weit ich bei ihr gehen kann, wo ich Grenzen setzen und wann ich Grenzen überschreiten kann. So ist es nun an der Zeit, mit unserem Spielchen zu beginnen.

Ich schaue Petra von oben herab direkt in ihre Augen. Die Spannung ist mittlerweile gelöst, sodass sie meinem Blick standhalten kann.

‚Gehe ins Schlafzimmer, das ist die Tür gleich nebenan. Du streifst deine Pumps ab und legst dich mit dem Rücken aufs Bett. Deine Beine erwarte ich weit geöffnet, deine Arme nach hinten ans Kopfende des Bettes weit ausgestreckt. In dieser Position wartest du auf mich', sage ich zu ihr."

Was glaubt Hannah, welche Reaktion Petra auf diese Einstimmung zeigen wird? Lasse ich Hannah weiter träumen.

„Es ist angenehm warm im Schlafzimmer. Wenn Petra fröstelt, so bewirkt das die Ungewissheit, was gleich geschehen wird. Werde ich mit dem Rohrstock kommen, mit der Feder oder mit sonst irgendwas? Das Warten setzt ihr zu. Aber das Wartenlassen, genau das ist eine Spezialität von mir.

Das ist kein einfaches Spiel, bedeutet es auch für mich viel Geduld aufbringen zu müssen, was weniger meine Spezialität ist. Aber im Moment habe ich viel Geduld. Es war bis jetzt ein herrlich subtiles Spiel mit Petra.

Dann gehe ich ins Schlafzimmer und setze mich auf die Bettkante. Sanft streichele ich über ihre Wangen, beuge mich hinunter und küsse ihre Lippen. Petra zuckt zusammen, wurde sie doch noch niemals von einer Frau geküsst, zumindest nicht in dieser Form und in einer solchen Situation. Aber es scheint ihr angenehm zu sein, meine Lippen zu spüren. Gerade will sie sich meinem Kuss hingeben, da sind meine Lippen auch schon wieder weg.

‚Na dann wollen wir dich mal vorbereiten für ein nettes Spielchen‘, flüstere ich ihr zu. Doch erst einmal halte ich ihr ein Glas kühlen Sekts hin. Schließlich greife ich zu weichen Stricken und binde Petras Fußknöchel links und rechts an die unteren Bettpfosten. Nun binde ich ihre Handgelenke an die Seitenpfosten des Kopfendes. Petra atmet wohlig tief durch. Meine Finger umkreisen ihre Nippel. Sie schließt ihre Augen und genießt nur noch.

Leise flüstert sie: ‚Danke, Mistress Hannah.‘ Zuerst einmal greife ich zu einem Seidentuch und verbinde Petras Augen. So kann sie nicht sehen, wie ich zur Feder greife. Diese streicht, besser fliegt nun unsagbar zärtlich über ihren Oberkörper. Ein wohliges Seufzen kommt über die Lippen. Die Feder umkreist ihre Brüste. Der Kreis zieht sich enger und umkreist nun ihre Vorhöfe. Ein paar Mal stupse ich mit der Feder auf ihre Nippel, die nun noch härter zu werden scheinen. Petras Seufzen weicht einem leisen Stöhnen. Weiter wandert die Feder über ihren Bauch, zum Schamhügel und kurz, nur ganz kurz, durch ihren Schritt. Doch das reicht, dass sich Petra aufbäumt und versucht, gegen die Fesseln anzukämpfen. Jetzt verwöhnt die Feder ihre Oberschenkel. Keinen Millimeter lässt sie aus. Dann geht es weiter über ihre Unterschenkel und, um sie zu necken, ein paar Mal über ihre Fußsohlen. Schlagartig wird der Kampf gegen die Fesseln heftiger. Sie versucht, sich mit ihren Füßen der fordernden Feder zu entziehen,aber die Fesseln sind unerbittlich.

Die Feder wandert wieder aufwärts. Petra atmet durch. Doch als die Feder wieder durch ihren Schritt streicht, reißt sie abermals heftig an den Fesseln. Und diesmal lasse ich mir mehr Zeit an der empfindlichsten Stelle. Ihr Stöhnen wird lauter und verlangender. Die Feder verwöhnt nun ihre Brüste. Bald atmet Petra wieder ruhig und regelmäßig.

Doch ich bin Mistress Hannah und nicht irgendeine Liebhaberin. So mag ich es nicht lange dabei belassen. Wieder wandert die Feder nach unten, das Spiel beginnt von vorn und wiederholt sich mehrmals. Irgendwie scheint die ganze Sache jetzt unangenehm für Petra zu werden. Sie ist bei der Wahl des Gegenstands im Flur tatsächlich in eine Falle getappt. Es tut nun wirklich weh. In ihrem Dämmerzustand erinnert sie sich, irgendwann einmal etwas von Orgasmusfolter gelesen zu haben. Und genau in solch einer Folter steckt sie nun, gefesselt, wehrlos, ausgeliefert, aussichtslos.

Petra versucht sich mit allen Mitteln zu wehren. Ein Orgasmus ohne Erregung? Gibt es so etwas? Petra kommt zu der Überzeugung, dass es das tatsächlich geben muss. Endlich lasse ich von Petra ab und lege die Feder zur Seite. Ich beuge mich über ihr Gesicht und küsse sie sanft.''

Oh ja, diese Hannah kann, zumindest in ihren Vorstellungen, verdammt grausam sein. Hat Petra auch solche gräulichen Vorstellungen?

Nachdenken –
In Petras Vorstellung

Na, das war ein Tag! Eigentlich ist dieser Tag auch noch nicht zu Ende. Wer kann wissen, was noch geschieht?

Wie aufgeregt ich war und dabei so ziemlich alles falsch gemacht habe. Schnitt und noch mal von vorn, habe ich gedacht und

Hannah hat mir tatsächlich die Chance dazu gegeben. Konnte sie meine Gedanken lesen? Immer wieder kommt mir diese Frage in den Sinn. Es ist einfach Erfahrung, viel Erfahrung und Können, meine ich zu wissen. Wie sie die Spannungen aufbauen kann. Eigentlich einfache, kleine und scheinbar bedeutungslose Szenen, die sie mit so viel Hingabe und Präzision bis zur Neige mich auskosten lässt. Ganz langsam und mit allen Sinnen lässt mich Hannah diese Szenen genießen. Wie sie den Rohrstock aus der Vase genommen hat, ach was, zelebriert hat. Ich hatte ganz furchtbare Angst vor diesem dünnen gewässerten Stock und im nächsten Moment schickt sie mich aus dem Haus. Wieder hatte ich Angst, dass sie mich wegschicken wird. Hätte ich dann lieber den Rohrstock gewählt?

Nichts von beiden Übeln musste ich wählen. Sie hat mir die Chance gegeben, meine Fehler zu korrigieren und die frische Luft vor dem Haus tat mir sehr gut. Warum haben es die Leute nur immer so eilig, machen blöde Bemerkungen oder dumme Gesten, wenn sie etwas nicht verstehen? Ich hätte mich gern mit der Frau etwas unterhalten, die gerade vorbeikam. Egal. Ach, ist das schon lange her. Eigentlich erst ein paar Stunden.

Viel aufregender waren die nachfolgenden Erlebnisse, festgebunden am Bett. In meinen Träumen finde ich das geil, in der Realität will ich das nicht. Man fühlt sich viel zu ausgeliefert. Jedenfalls bis heute wollte ich das nicht. Und was macht Hannah? Sie nutzt mein Ausgeliefertsein aus. Sie küsst mich. Sie bringt mir einen nie gekannten Lustgewinn und sie foltert mich auf eine so subtile Art, dass ich es nie glauben würde, wenn ich es nicht selbst erlebt hätte.

Ist das nicht grausam? Wenn ja, warum habe ich mich dafür bedankt? Warum habe ich ihr sogar die geforderte Lust verschafft? Nur weil ich es versprochen hatte? Es ist ein freiwilliges Spiel. Ich hätte es durchaus verweigern können. Ich mag keine oralen Aktionen. Ist meine Abneigung gegen oralen Sex nur auf Männer beschränkt?

Warum muss ich immerzu Fragen nach dem Warum stellen?

Reiße dich zusammen, Petra! Es hat mir Spaß gemacht. Nein, das ist falsch. Das war nicht nur Spaß. Es war Begehren, Verlangen nach dieser tollen Frau, nach Leben, nach Glücksgefühlen und auch nach Dominanz und Unterwerfung. Ich habe dieses Verlangen einfach ausgelebt, weil Hannah mir dazu die Gelegenheit gegeben und mich entsprechend geführt hat. Warum war dieser Kuss so anders, so viel inniger als Küsse sonst? Weil ich ihn selbst gewollt habe und nicht nur geduldet? Warum hat es mir so viel Lust bereitet, Hannah mit meiner Zunge glücklich zu machen? Bei Männern habe ich jegliche oralen Aktionen stets abgelehnt. Bei Hannah hatte ich noch nicht einmal ein unangenehmes Gefühl dabei. Im Gegenteil. Keine Sekunde habe ich gezögert. Weil ich sie begehre, diese Frau. Ist es so?

Bin ich etwa …? Na und? Wenn es so ist, dann ist das jetzt der beste Zeitpunkt für diese Entdeckung. Ich habe ein konservatives Eheleben hinter mir und meine tolle erwachsene Tochter ist mein ganzer Stolz. Welcher Zeitpunkt könnte besser für diese Entdeckung geeignet sein?! Und welche Frau könnte besser geeignet sein als Hannah? Es ist ein grandioses Erlebnis.

Die Entdeckung Amerikas steht in allen Geschichtsbüchern. Was ist aber die Entdeckung Amerikas gegen meine Entdeckung heute?

Oh ja, ich will diese tolle Frau glücklich machen, weil es mich selbst sehr glücklich macht. So einfach ist das. Heute wollte ich Hannah einfach nur glücklich machen. Gern habe ich das Essen bereitet. Eigentlich koche ich nicht so gern, aber heute war es ein Genuss. Weil Hannah die ganze Zeit dabei war und mir zugeschaut hat? Ich habe mich sehr geborgen und glücklich in ihrer Anwesenheit gefühlt. Den ganzen Abend lang. Danach habe ich mich so oft gesehnt. Das einfach jemand da ist. Nicht nur rein körperlich anwesend, sondern wirklich da ist.

Nun ja, leider ist die, die da ist, nicht nur für mein Vergnügen da. Beinahe hätte ich vergessen, dass Hannah meine Mistress ist und es ihr beliebt, den Fortgang der Dinge zu lenken.

In dieser Kammer mit dem Strafbock war es keinesfalls so gemütlich wie auf dem Bett. Auch wenn ich jetzt wusste, was gleich auf mich zukommen würde, so wollte ich die Zeit für mich allein in diesem Raum doch irgendwie genießen. Ich wanderte erst mal im Zimmer umher und betrachtete mir die Dinge genauer. Das ist alles nicht sehr ermutigend, dachte ich. Wie war das gleich in diesem Raum? Was tat ich? Oh, ja! Ich fühle genau, als ob ich jetzt dort wäre.

Meine Hände streichen über die glatte Lederoberfläche. Langsam gehe ich um den Bock herum, dabei diesen immer mit der Hand berührend. Da soll ich mich drüberlegen? Bei Michael war es immer nur die Tischkante. Hoffentlich wird sie mich nicht auch noch festbinden auf diesem gemeinen Teil.

Auf dem Bett zu liegen und gefesselt zu sein, war sogar gut. Ich brauchte mir keine Gedanken zu machen, ob ich irgendwas tun sollte, ob das richtig oder falsch sein würde oder ob ich meinen Körper unter Kontrolle bringen müsste. Ohne gefesselt zu sein, hätte ich die Orgasmusfolter nicht ausgehalten. Ich weiß nicht, ob es so etwas wirklich gibt. Wahrscheinlich schon. Trotzdem habe ich die richtige Wahl mit der Feder getroffen. Es gibt keine falschen Entscheidungen, wenn man seine Entscheidungen ehrlichen Herzens trifft. Und das tat ich. Klar, man kann so was bestimmt auch mit dem Rohrstock machen. Aber dann wäre es ganz anders geworden. Es hätte wehgetan, furchtbar weh. So war es ein unglaubliches und sehr beeindruckendes Erlebnis.

Klar, bei dem Kuss und als ich Hannah mit meiner Zunge glücklich machen durfte, da hätte ich gern mehr Bewegungsfreiheit gehabt. Ich hätte gern ihr Haar und ihre Haut gespürt. Nur ganz sanft und mit den Fingerspitzen Hannah dabei berühren zu können, hätte ich super gefunden. Andererseits brauchte ich nichts zu tun, weil ich nicht konnte, und so habe ich mich ganz und gar auf das konzentrieren können, was Hannah mit mir getan hat.

Ja, gut – im Bett! Aber was geschah danach? Diese Hannah ist grausam.

Hier auf dem Bock möchte ich wenigstens nicht gefesselt werden, denke ich. Und wie will ich darauf Einfluss nehmen? Ich lege meine Hände und die Stirn auf das kühle Leder und bete stumm um diese Gnade. Lange und ohne Worte bete ich. Hannah weiß doch immer alles, bete ich. Dann rutsche ich langsam vor, bis mein Oberkörper das Leder berührt und weiter, bis ich über dem Bock zu liegen komme. Bitte nicht fesseln, denke ich noch. Dann geht die Tür auf.

Was dann folgt, ist wie ein heißes Bad bei minus dreißig Grad Lufttemperatur. Wie Hannah diese Strafe inszeniert hat, das ist ganz großes Gefühlskino mit sparsamsten Mitteln. Wie sie sich die Ärmel der Bluse hochgekrempelt hat! Nein, da war ich schon nicht mehr ich selbst.

Würde ich jetzt nicht hier knien und mir der Schmerz der Striemen die Wirklichkeit vor Augen halten, so müsste ich das Geschehene dementieren. Das geht gar nicht. Das kann man gar nicht aushalten. Das ist nur Kino. Das ist alles nur gespielt und dann zusammengeschnitten.

Nein, das war kein Kino. Das war Wirklichkeit. Es war grausame, schmerzhafte, demütigende und doch so ersehnte und von Verlangen genährte Wirklichkeit. So etwas kann man nicht verstehen, nicht erklären, nur erleben.

Ja, ich möchte so ein Spiel erleben!

Wie lange soll ich hier eigentlich noch knien? Das wird ziemlich anstrengend. Ich würde es mir gern etwas bequemer machen. Nun merke ich plötzlich auch, wie müde ich bin. Eigentlich möchte ich jetzt nur noch ins Bett und schlafen dürfen. Kann ich das sagen? Darf ich Hannah darum bitten? Eine Sub darf Wünsche äußern. Also tue es, Petra! Was soll schon passieren?

„Mistress Hannah, ich möchte bitte etwas sagen dürfen. Es war ein grandioser Tag und ich bin sehr dankbar für alles. Ich bin jetzt aber auch sehr müde. Ich möchte bitte schlafen dürfen."

Na, klingt doch sehr freundlich und höflich obendrein. Wie erlebt Petra diese besondere Nacht? Wovon träume ich? Ja, wovon?

Eine bittersüße Nacht – In Petras Vorstellung

Nun liege ich tatsächlich neben Hannah im Bett, warm und weich eingebettet in Kissen und Decke. Doch wie das so ist nach einem aufregenden Tag, man ist müde und der Schlaf findet sich dennoch nicht gleich ein. Vielmehr zieht nochmals der Tag in

Streiflichtern an meinen geschlossenen Augen vorbei. Als ich zu dem Raum mit dem Strafbock komme, merke ich meine Striemen trotz der weichen Matratze deutlich. Ich drehe mich auf die Seite und betrachte Hannahs Profil im fahlen Licht der Nacht. Auch sie liegt auf dem Rücken. Kann auch sie noch nicht schlafen?

Ist meine Rolle als Sub jetzt eigentlich ausgesetzt? Darf ich jetzt etwas tun, ohne das Hannah mir die Erlaubnis oder eine entsprechende Anweisung erteilt? Ich versuche es einfach. Ich stütze meinen Oberkörper mit dem Ellenbogen von der Matratze hoch und berühre ganz sanft Hannahs Haar mit der Hand. Sie rührt sich nicht. Behutsam nähere ich mein Gesicht dem ihren und gebe ihr einen leichten Kuss auf den Mund. Es ist kein inniger Kuss. Unsere Lippen berühren sich nur ganz wenig. Ich könnte einfach sagen, das ist ein Gute-Nacht-Kuss. Sie lässt es geschehen. Nun wandern meine Lippen zu ihren Brustwarzen und küssen diese ebenfalls ganz sanft. Mit der Hand schiebe ich die Decke herunter und mein Mund wandert abwärts in Richtung Bauchnabel, der von meiner Zunge liebevoll umkreist wird. Dann geht die Wanderung weiter in Richtung Hannahs süßeste Stelle. Auch dort küsse ich sie vorsichtig und meine Zunge macht einen Kurzbesuch in der für sie heute so neuen Umgebung.

Hannah hat ihre Beine geschlossen und lang ausgestreckt. Hannah ist ganz rasiert. Das ist schön, finde ich. Andererseits mag ich selbst so einen kleinen Flaum an der Vorderseite. Wenn ich mich im Spiegel anschaue, so gefällt mir mein Körper besser mit etwas Behaarung. Auch mag ich es, wenn ich mit der Hand darüber streiche und an den Haaren etwas ziehen kann. Wenn Hannah dort Haare hätte, es würde mir ebenso gefallen, denke ich.

Vorsichtig ziehe ich die Bettdecke wieder über Hannahs Körper. Ich bin viel zu müde für jedes Mehr. „Gute Nacht, Hannah, und danke für alles." Dann schlafe ich bald ein.

Doch wenn man schläft in der Nacht, so schläft der Körper eigentlich nicht wirklich. Vor allem das Gehirn, dieses wundersame Organ, leistet erhebliche Aufräumarbeit. Die Eindrücke des Tages verknüpfen sich auf wundersame Weise mit unmöglichen

Erscheinungen, mit Wunschträumen und auch mit Ängsten, Enttäuschungen und Zerwürfnissen. Alle erdenklichen Gefühle werden auf diese Weise zumindest etwas aufgearbeitet. Das Ganze nennt man Traumarbeit.

Schon bald – oder nach Stunden – lag ich in einem zunächst schönen Traum gefangen. Mein Kleid hat weite Ärmel, die als Flügel dienen. So fliege ich über Dächer, Bäume, Straßen, Plätze in ein weit geöffnetes Fenster und mit einer eleganten Landung direkt in Hannahs Wohnzimmer. Hannah sitzt auf dem Sofa. Sie freut sich über mein Erscheinen, hat schon gewartet und wir fliegen gemeinsam durch das Fenster wieder in den blauen Himmel hinein, direkt auf den Wald zu. Auf einer Lichtung voller Blumen landen wir. Eine Blume ist besonders groß, so groß wie ein kleiner Baum mit einer roten Blüte in Form einer Glocke. Wir fliegen in diese Blüte hinein und fühlen uns wie zwei Bienen beim Honigsammeln. Immer tiefer in die Blüte hinein geht es. Bald haben wir die Außenwelt vergessen, denn hier drinnen ist es ganz wundersam.

Wir wandern einen Weg entlang auf eine Art Schloss zu, dessen Tor offen steht. Ein Pförtner nimmt uns die Kleider ab. Nackt und frei gehen wir weiter. Im Schloss gibt es wieder einen Gang mit vielen Türen. Manche stehen offen, manche sind geschlossen. Schließlich betreten wir einen Raum, der sehr wundersam eingerichtet ist. In der Mitte befindet sich ein weißer, flauschiger Teppich, der einer Wolke ähnlich sieht. Sonst ist keine andere Einrichtung vorhanden. Aber einige bunte Vögel bevölkern noch den Raum. Ein schöner Pfauenhahn, ein anmutiger Straußenvogel, bunte Papageien, grüne Sittiche und Vögel, die aus irgendeinem Märchen zu stammen scheinen.

Ich versuche mit dem Pfau Kontakt aufzunehmen und bitte um eine seiner Federn. Anmutig beugt der Pfau seinen glänzenden Hals und zupft sich eine schöne Schwanzfeder aus dem Gefieder. Ich nehme die Feder feierlich entgegen und bedanke mich höflich für das Geschenk. Auch Hannah hat bei ihrem Strauß Erfolg gehabt und von dem Vogel eine wunderbare Straußenfeder erhalten.

Wir gehen um den Wolkenteppich herum und setzen schließlich einen Fuß darauf. Dann geschieht etwas sehr Seltsames. Auf der Teppichwolke ist die Schwerkraft aufgehoben. Man fühlt sich wie im Wasser oder sogar noch leichter. Zunächst fühlt sich das etwas seltsam an und wir machen einige ungeschickt aussehende Bewegungen. Doch schon bald wissen wir das Vergnügen zu schätzen und treiben ein schönes Spiel mit Drehungen, Sprüngen, Umarmungen. Wir machen ein Scheingefecht mit unseren Federn, kitzeln uns gegenseitig, lachen und sind ausgelassen wie Kinder im Spiel. Irgendwann werden unsere Bewegungen ruhiger und schließlich halten wir uns nur noch in den Armen. Sobald wir uns nicht mehr bewegen, sinken wir ganz langsam auf den Wolkenteppich hinunter. Uns in den Armen haltend, schlafen wir ein. Wie lange? Minuten, Stunden, Tage, Lichtjahre? Irgendwann wache ich auf, weil mir kalt ist.

Die Umgebung hat sich total verändert. Der Wolkenteppich ist noch da, aber die Schwerelosigkeit hat keine Wirkung mehr. Die Vögel sind verschwunden. Der Raum ist in einem Dämmerlicht, welches von den Wänden zu kommen scheint. Die Wände sind aus Steinen und schimmern in Gelb, Rot, Grün, Blau und Violett.

Sind wir unter der Erde in einem Bergwerk? Auch Hannah ist wach geworden. Wir tasten die Wände ab, aber nirgends scheint ein Ausgang zu sein. An einer Stelle leuchtet die Wand nicht. Vielleicht eine Tür? Zentimeter für Zentimeter tasten wir diese Stelle ab, doch da ist nichts. Panik kriecht in mir hoch. Sind wir eingeschlossen?

Nur nicht die Panik gewinnen lassen! Irgendwas tun! Wir tasten die Wand neben der dunklen Stelle sorgfältig ab, doch da ist nichts. Vielleicht helfen die Federn? Es ist ein absurder Gedanke, aber er hilft gegen die aufkommende Panik. Wir berühren die Wand mit unseren Federn. Nichts! Es tut sich gar nichts! Ich schaue Hannah von der Seite her an. Sie sieht jetzt auch nicht gerade dominant aus.

Wir stehen vor dem schwarzen Fleck in der Wand uns gegenüber. In den Augen spiegelt sich die Angst des anderen. Ich halte meine Feder in der linken Hand, Hannah ihre Feder in der rechten Hand. Im Dämmerlicht sehen wir die aufsteigende Panik im Gesicht des jeweils anderen. Wir fassen uns ratlos an den Händen. Dabei berühren wir zufällig mit unseren Federn die Wand. Nun geschieht etwas sehr Eigenartiges.

Das schwarze Rechteck wird durchsichtig. Es ist wie dichter Nebel und ein Lichtschein dahinter. Hannah legt mir den Arm um die Schulter und ich lege meinen Arm um ihre Hüfte. Die Hände mit den Federn halten wir gefasst. So gehen wir vorsichtig auf das neblige Viereck zu. Es ist durchlässig. Schritt für Schritt tasten wir uns durch den Nebel und gelangen in einen seltsamen Raum. An der Wand ein Kreuz, Ketten, Streckbank, ein schwarzes Ledersofa, Untersuchungsstuhl, Käfig, diffuse Beleuchtung. Wir wissen etwa, was diese Einrichtung bedeuten könnte, haben aber nicht die geringste Lust darauf, sie zu nutzen. Wir wollen nur weg von hier. Gegenüber scheint eine Tür zu sein. Auf diese Tür gehen wir zu. Als wir kurz davor sind, geht die Tür auf und ein Mann steht im Türrahmen. Er trägt nur eine schwarze Lederhose. Sein Oberkörper ist nackt und haarlos, seine Füße barfuß, sein Kopfhaar fast völlig abrasiert. Er ist größer als Hannah, mindestens einen Meter achtzig, und er hat eine Peitsche in der Hand.

„Michael", entfährt mir ein Schrei. Für einen Moment glaube ich wirklich daran, dass wir nun gerettet sind. Doch als ich in seine Augen sehe, nimmt mir das jegliche Hoffnung.

Er drängt uns in den Raum zurück. Dann macht er eine ganz kleine Handbewegung nach unten. Diese Bewegung gilt nur mir und ich weiß, was sie bedeutet. Ich gehe auf die Knie. Wie eine Marionette muss ich dieser Bewegung folgen. Das hat er mir sehr schmerzhaft beigebracht. Ich kann nicht anders.

Nun bindet er Hannah am Kreuz fest und greift zur Peitsche. Er peitscht Hannah aus und ich muss zusehen. Einerseits hält mich diese kleine Handbewegung hier fest, andererseits bin ich fasziniert von dem Anblick.

Schließlich wirft er die Peitsche auf das Ledersofa. Ja, so ein Bild, die Peitsche auf schwarzem Untergrund, hat er mir mal geschickt. Er bindet Hannah los und steckt sie in den Käfig. Dann kommt er zu mir und bedeutet mir aufzustehen.

„Das wolltest du doch immer mal sehen. Nein, du nicht. Mit dir habe ich abgeschlossen. Du gehst." Dabei weist er mit dem Arm zur Tür.

Hatte ich einen Moment lang geglaubt, er würde auch mich auspeitschen? Wie töricht du bist, Petra! Ja, ich wollte es sehen, wie dieser Mann die Peitsche führt. Es ist ein sehr erotisches Bild für mich. Aber nicht mit Hannah! Sie ist meine Mistress! Hannah würde bestimmt nie von einem Mann geschlagen werden wollen.

Meine Mistress Hannah bekommt dieser Mann nicht in seine Hände, beschließe ich! Ich weiß, dass dieser Michael nicht so selbstsicher ist, wie er gern erscheinen mag. Das hatte ich mehrfach rein zufällig bemerkt.

Ich baue mich vor ihm auf und mache mich so groß, wie ich kann. Kaum zwei Handbreit Luft sind zwischen unseren Körpern. Obwohl er so viel größer ist, schaue ich ihm direkt in die Augen.

„Ich gehe nicht ohne Hannah. Diese Frau ist meine Domina. Die bekommst du nicht!"

In seinen Augen flackert es. Das ist meine Chance, doch ich muss schnell sein. Dieser Mann kann sich rasch wieder fassen. Das weiß ich ebenso gut. Dennoch erscheinen mir ruhige und bedachte Bewegungen erfolgversprechender als hastige Aktionen. Ich muss mich dazu zwingen, aber gerade Selbstbeherrschung hat er mir beigebracht.

Ich trete noch einen ganz kleinen Schritt auf ihn zu und wende mich dann zu dem Käfig, in den er Hannah hineingesperrt hat. Ich öffne die Tür und flüstere Hannah zu: „Schnell raus und zu der Tür." Dann folge ich ihr und greife dabei noch die Peitsche vom Sofa. Als ich im Türrahmen bin, hat er sich gefasst.

„Halt!" Ich drehe mich um und halte die Peitsche mit beiden Händen und ausgestreckten Armen quer vor meine Brust.

„Diese Frau bekommst du nicht! ICH habe mit DIR abgeschlossen!"

Dann tue ich etwas, was man nie tun sollte, aber es ist Notwehr in meiner Situation. Ich hole aus und ziehe ihm die Peitsche mit aller Kraft über die nackte Brust. All meine Wut und Enttäuschung lege ich in diesen einen Hieb. Dann renne ich Hannah in dem dunklen Gang hinterher. Im Laufen werfe ich die Peitsche weg, als ich seinen markerschütternden Schrei hinter mir höre.

Ich renne und renne den finsteren Gang entlang. Hört der Gang nie auf? Die Beine werden mir schwer und ich bekomme kaum noch Luft. „Hannah", keuche ich. „Hannah, wo bist du?"

Hat sie mich verlassen? Eine Hand fasst mich an der Schulter. „Neiiiiiin!"

„Wache endlich auf. Du hast einen Albtraum. War es denn so schlimm heute?" Irritiert blinzle ich.

„Du bist da, Hannah?"

„Nun ja, es ist schließlich mein Domizil." Langsam komme ich zu mir und mein Atem beruhigt sich. Ich liege in Hannahs Bett und Hannah ist neben mir. Es war nur ein Albtraum. Aber am Anfang war er sehr schön, denke ich.

Dann fasse ich Hannahs Hand und atme tief durch. „Bist du eigentlich schon mal ausgepeitscht worden?" Hannah antwortet nicht und ich erwarte auch gar keine Antwort. Bald bin ich wieder eingeschlafen, diesmal fest und traumlos.

Ein Sonnenstrahl kitzelt mich an der Nase. Oder war es Hannah mit ihrer Feder?

„Das Frühstück ist fertig! Deine Mistress möchte nicht länger warten." Das ist ein schöner Tagesbeginn. Schnell gehe ich ins Bad und mache mich etwas frisch.

Was soll ich anziehen? Ich habe nur das Kleid und das erscheint mir jetzt unpassend zum Frühstück. Auf dem Bett liegt ein weißer Bademantel. Etwas erinnert er mich an die Wolke aus meinem Traum. Ich ziehe ihn an und tapse barfuß in die Küche. Hannah hat einen wunderbaren Frühstückstisch gedeckt. Sogar für etwas bizarre Dekoration ist gesorgt, ein Halsband und zwei Armbänder aus schwarzem Leder liegen auf dem Tisch. Ich darf Hannah gegenüber Platz nehmen. Glücklich schaue ich sie an.

Da steht Hannah auf. Habe ich etwas falsch gemacht? Erschrocken blicke ich sie an. Hannah nimmt das Halsband und legt es mir um. Auch die Armbänder legt sie mir um.

„Damit du deine Rolle nicht vergisst." Sie sagt es streng, aber sie lächelt dabei. Ob sie denkt, der Albtraum hatte etwas mit ihr zu tun? Nun ja, es kann nicht schaden, wenn sie etwas beeindruckt ist. Wenn sie nicht danach fragt, so werde ich nichts erzählen, aber wenn sie fragt, so werde ich sie nicht belügen.

Ja, es ist alles nur ein Traum, nur Fantasie. Petra und Hannah haben noch immer Fantasien. Die Geschichte geht weiter und es treten ungeahnte Wendungen auf. Schon wieder Wendungen. Ich beginne diese Hannah zu mögen. Liebe ich sie etwa schon etwas?

Petra, passe bloß auf dich auf!

Was war eigentlich in meinem Traum mit Michael los? Träume sind seltsame Vorboten.

Ich bin dabei, mich in Hannah zu verlieben. Dabei kenne ich sie gar nicht. Nichts weiß ich von ihr. Wir schreiben uns nur. Vielleicht ist sie noch nicht einmal eine Frau?

Doch! Ein Mann würde anders schreiben. Gut, sie ist eine Frau. Und was weiß ich noch?

Es muss nichts von all dem stimmen, was sie schreibt. Michael ist wenigstens echt. In Michael kann ich mich verlieben. Kann man sich in eine virtuelle Person verlieben? Es scheint fast so. Ich möchte diese Frau, diese Hannah, real kennenlernen. Vielleicht ist Hannah endlich eine wirkliche Freundin für mich?

Vergiss es, Petra! Bleibe allein. Allein, frei und unabhängig. Und wenn es doch **die** Chance ist? Vorerst schreiben Hannah und Petra erst mal weiter an der Geschichte.

Geständnisse –
Wie sie Hannah sich eingestehen mag

Ich lasse wieder Hannah erzählen.

„Du hattest einen Albtraum heute Nacht. Erzähle mir darüber", sagt Hannah zu Petra. So erzählt Petra den ganzen Traum und auch die Stelle, in der ich von diesem fiesen Typen ausgepeitscht werde. Als sie das mit dem Auspeitschen erzählt, bin ich es, die glänzende Augen bekommt. Ich versuche es zwar zu verbergen, Petra weiß sicher nicht, dass ich genauso wie sie selbst die passive Seite genießen kann, aber es ist zu offensichtlich.

Innerlich bin ich augenblicklich aufgewühlt, weiß nicht so recht, was oder ob ich überhaupt etwas sagen soll. Lange schaue ich Petra schweigend an. Dann versuche ich eine diplomatische Aussage zu formulieren.

Hannah versucht nun sich als Sub bei Petra anzupreisen, ohne dabei ihre dominante Rolle zu verlassen. Das wird ein schwieriger Part. Mal sehen, ob Hannah dies hinbekommt.

„Wenn es so wäre, dass ich auch manchmal ausgepeitscht werden möchte, welche Auswirkungen hätte das für dich und deine Gefühle mir gegenüber?"

Was glaubt Hannah, wie Petra darauf reagieren würde? Ebenso diplomatisch gar? Hannah vermutet es jedenfalls.

Nun ist es Petra, die eine Antwort sucht. Schnell denkt sie wohl darüber nach, dass sie sich fest vorgenommen hat, heute nicht provokativ auftreten zu wollen. Aber wie könnte sie in dieser Hinsicht provozieren? Es ist eine einfache Frage, nicht mehr und nicht weniger. So versucht sie es ebenfalls mit Diplomatie.

„Nun, Mistress Hannah. Es ist keine leichte Frage. Ich möchte dich glücklich wissen. Wenn es dir Glück bereitet, selbst gezüchtigt oder gepeitscht zu werden, so werde ich die Letzte sein, die dem Glück im Wege steht", sagt sie.

So viel zu Hannahs Erkenntnissen. Wie hat Petra das verwirrende Szenario genossen?

Offenbarung –
In Petras Vorstellung

Diese Hannah, so ein Mädel. Ich will nicht provozieren, aber sie hat Worte verwendet, die mich nun mal reizen. „Verzieren" und „schmücken" erinnerten mich augenblicklich an harte Hiebe. Michael hat damit Striemen gemeint, nichts anderes. Umso erstaunter war ich über das, was Hannah meinte, nämlich ein Ledergeschirr.

Nun wusele ich durch die Wohnung mit dem Ledergeschirr am Körper und soll keine provozierenden Gedanken haben? Wie soll das gehen? Erst recht, wenn ich an Hannahs „Geständnis" denke. Sie hätte mich schließlich nicht nach meinem Traum zu fragen brauchen. Ich bin nun mal ehrlich. Daran muss sich Hannah gewöhnen. Wenn ich etwas zu beichten habe, so bin ich ehrlich und nehme dafür auch die Strafe hin. Und wenn sie mich nach meinen Träumen fragt …? Nein, Hannah, ich lüge nicht. Daran musst du dich gewöhnen.

Nicht, dass ich immer alles sagen werde, so ist es nicht. Ich liebe das Spiel mit der verbalen Spannung, dem Herauskitzeln von Antworten genauso. Aber Lügen werde ich nie.

Was hat sie denn nun gleich gesagt?

„Und wenn es so wäre, Petra, welche Auswirkungen hätte das für dich und deine Gefühle mir gegenüber?" Nun, ich denke, ich würde Hannah nur noch mehr achten und respektieren, als ich das ohnehin schon tue.

Warum? Eine strenge Domina sollte um die Wirkungen ihres Tuns wissen. Nur wenn sie selbst erfahren hat, wie die Wirkung der Instrumente sich anfühlt, kann sie auch wirklich richtig und wirksam damit umgehen. Nur wenn sie selbst die Gefühle einer Sub erlebt, kann sie in der dominanten Rolle wirksam die Akzente setzen. Das kann Hannah unglaublich gut. Ich hatte es schon geahnt, dass Hannah beide Seiten dieses wunderbaren Spiels von Dominanz und Unterwerfung kennt. Nun habe ich Gewissheit.

Was hat sie noch gesagt? „Ich drücke es mal so aus, Petra … Ich erleide keine Schmerzen, ich genieße sie."

Wow! Was für ein Geständnis! Allergrößter Respekt! Einer Sub gegenüber so etwas zugeben zu können, das ist wahre menschliche Größe.

Hey, Petra, krieg dich ein, aber schnell, bitte! Dennoch ist es grandios, dass sie das einfach so sagt.

Ist Schmerz ein Genuss für mich? Genieße **ich** Schmerzen? Nein, das ist es definitiv **nicht**. Nur dann, wenn es nicht sehr wehtut, kann ich Schmerzen genießen. Bei jedem wirklich harten Hieb bete ich, es möge der letzte sein. Aber ich will diese Hiebe dennoch. Gleich nach der zweiten Session mit richtig harten Rohrstockhieben am Ende hat mich Michael gefragt: „Willst du eigentlich so harte Hiebe überhaupt?" Mein „Ja" kam ohne zu zögern und hat ihn sehr verwundert. „Definitiv ein klares Ja, denn diese Hiebe sind das Salz in der Suppe", habe ich gesagt.

Was hat aber Hannah noch gemeint? Sie hat doch noch mehr gesagt. Was war das gleich noch mal? „Und ja, es fällt mir sehr schwer, darüber zu reden, zumindest dir gegenüber." Ja, klar, das verstehe ich. Eben deshalb ist es so grandios, weil sie es mir dennoch sagt. „Ich möchte nicht, dass unser noch zartes Band der Verbundenheit zerrissen wird, dazu bist du mir viel zu kostbar." Oh, Hannah, wenn du wüsstest! Nein, das will ich auch nicht und das wird es auch nicht. Auch mir ist diese wachsende Verbundenheit unglaublich kostbar. Ich entdecke mich gerade so ganz neu und anders. Das ist eine sehr zarte und noch schutzbedürftige Pflanze, die auch ich keinesfalls durch zu wenig Achtsamkeit gefährdet wissen möchte.

Dieser Scheiß-Gurt. Ich soll einen beschissen drückenden Ledergurt tragen. Fantasien hat diese Hannah! Meine Selbstbeherrschung hat Grenzen. Ich verschaffe mir Respekt auf meine Art und Weise. Ich muss nachdenken.

„Aber du sollst wissen, dass ich mich niemals von einem Mann züchtigen lassen würde", hat sie auch gesagt. Na, darüber bin ich sehr froh. Ich kann es auch nicht mit gutem Gewissen empfehlen. Einerseits möchte ich ihn am liebsten selbst zur Hölle schicken, andererseits ist der Kerl zu feige dazu. „Ich teile lieber aus, als dass ich einstecke", hat er gesagt. Das ist nur Feigheit. Männer sind einfach feige und angeberisch dazu!

Ich bekomme richtige Wut jetzt. Am liebsten würde ich den Lederkram jetzt abmachen. Was würde Hannah dann sagen oder tun? Unglaubliche Provokation wäre das. Beherrschung, Petra! Der Vorzug der Sub. Sie braucht nichts zu entscheiden. Liefere dir selbst einen Beweis deiner Beherrschung!

„Dir wird klar sein, dass du niemals die aktive Rolle über mich einnehmen wirst. Wahrscheinlich würdest du das auch gar nicht können." Ja, das ist richtig, Hannah. Das hast du gesagt.

Bei dir würde ich das nicht können. Würde ich es auch nicht wollen?

Ja, es ist gut so, wie es ist.

Nee, das ist es nicht, verdammt! Scheiß-Riemenkram! Wer denkt sich so was aus? Scheiß-Kerle bestimmt. Immer diese Scheiß-Kerle. Ich könnte die alle mit dem Staubwedel kitzeln, festgebunden natürlich.

Ich befinde mich in einem ziemlichen Gefühlschaos. Kein Wunder, bei den tief gehenden Erlebnissen. Was war noch?

„Denke darüber nach und lasse mich später wissen, wie du genau darüber denkst", hat sie auch gesagt. Was werde ich ihr antworten, wenn sie mich fragen wird? Kurz und bündig muss meine Antwort sein. Klar und deutlich und vor allem ehrlich. Nichts ist schwerer, als so eine wichtige Antwort mit genau diesen Attributen auszudrücken. Versuchen will ich es jedenfalls. Jetzt habe ich Zeit dafür. Ich muss nachdenken, **wie** ich es ihr sagen werde. Das Wie der Formulierung erscheint mir ganz wichtig zu sein.

Ich wusele mit dem Staubwedel durch die Wohnung, was mir eigenartigerweise sogar Spaß macht, übe mich stumm in Formulierungen und vergesse dabei das Lederzeug fast ganz. Nach einer endlichen Weile scheint mir die kernige Aussage gelungen. Bevor ich diese schöne Formulierung wieder vergesse, will ich sie meiner Mistress lieber gleich sagen. So lege ich das Haushaltsgerät zur Seite und gehe in demütiger Haltung vor meiner Mistress auf die Knie. Scheiß-Lederriemen! Das tut weh. Ich sammle mich und schaue ihr von unten her in die Augen.

„Mistress Hannah, du hast gesagt, ich soll dich wissen lassen, was ich über deine Äußerungen zu meiner Traumsequenz denke, in der du ausgepeitscht wirst. Bitte lasse mich jetzt antworten."

„Nun, Petra, hast du auch gut nachgedacht? Ich will eine klare und ehrliche Antwort von dir hören."

„Ja, Mistress Hannah. Ich habe sehr gut nachgedacht und werde klar und ehrlich antworten." Scheiße, ich muss aufstehen. So wird das nichts.

„Gut, Petra. So lasse mich hören, wie du darüber denkst. Was immer du jetzt sagen wirst, du wirst dafür nicht bestraft werden."

„Nun, Mistress Hannah, danke und höre also, was ich zu sagen habe." Ich stehe unaufgefordert auf und schaue ihr nun gerade in die Augen. Besser so, viel besser!

„Es macht mich glücklich und stolz, dass du mir so viel Vertrauen schenkst und von deiner anderen, deiner devoten Seite mir so offen erzählt hast. Du hast meinen allergrößten Respekt für diese Offenheit. Ein größeres Lob und einen innigeren Vertrauensbeweis konntest du mir gar nicht geben. Ich will dich glücklich machen und dir deine Wünsche erfüllen."

Durchhalten jetzt! Sie kann mir das Wasser reichen und ich ihr und ich habe meine Hand nicht auf Kniehöhe dabei. Weiter jetzt.

„Ich erlaube mir zu sagen, dass ich im Umgang mit Peitschen und Rohrstock nicht ganz unkundig bin. Ich erlaube mir auch zu sagen, dass ich durchaus in der Lage bin, diese wunderbaren, edlen Instrumente mit gewisser Spannung und vor allem mit viel Einfühlungsvermögen und auch Kreativität zu führen. Ich erlaube mir auch zu sagen, dass ich selbst im Besitz eines durchaus vorzeigbaren Equipments bin."

Durchhalten, der Schluss ist ganz wichtig noch!

„Wenn Mistress Hannah es für würdig befindet, meine Aussagen zu prüfen, und wenn sie mich für würdig befindet, dass ich sie mit meinen bescheidenen Künsten glücklich machen darf, so will ich ihr gern dafür zur Verfügung stehen."

Eiskalt bleiben jetzt! Ich kann das aushalten. Etwas Pokerface bitte für den Schlussakkord.

„Es wird die Zeit kommen, zu der ich dazu in der Lage sein werde, meine Domina auch auf diese ganz besondere Art glücklich zu machen. Meine Mistress wird mit ihrer Erfahrung den richtigen Zeitpunkt dafür zu erspüren wissen und mich führen."

Uff, das war eine lange Rede unter erschwerten Bedingungen. Das ist fast genauso anstrengend, wie eine Züchtigung durchzustehen. Aber ich habe es geschafft, Hannah dabei die ganze Zeit hindurch anzusehen. Hätte ich gelogen oder auch nur etwas geflunkert, dann … Meine Mistress weiß das nur zu genau. Ja, Hannah, ich bin immer ehrlich. Vielleicht wird das manchmal unbequem sein, auch für dich. Denke stets dran. Ich bin immer ehrlich. Und wenn du jetzt noch bedenkst, Hannah, dass ich diese lange Rede in der recht ungewöhnlichen Aufmachung deiner Riemengurte durchgezogen habe …

Verzeih, dass ich unerlaubt aufgestanden bin, aber sonst hätte ich das nicht geschafft. Auf Knien mit den Gurten um den Leib, die ganze Zeit von unten dir in die Augen sehen, die Worte mit Bedacht wählen, nicht stottern, nicht wegsehen, was als Unwahrheit hätte gedeutet werden können, keine Füllwörter, kein Ähm, Hmm, Ähh, keine schnörkelhaften, nichtssagenden Phrasen, das wäre nicht möglich gewesen. Du hast gerade einen Beweis meiner Fähigkeit zur Selbstbeherrschung erlebt, Hannah.

Ich wünsche mir im Stillen, dass meine Domina dies erkennt und zu würdigen weiß. Wird sie es? Warum sagt sie nichts? Ich kann diese Situation nicht mehr lange aushalten.

Na toll, Petra. Ich trete hier auf Hannahs Bühne auf, halte eine erhebende Rede und vergesse den Abgang. Soll das jetzt meine Mistress für mich richten? Was soll sie denn machen? Sie müsste mich demütigen. So, wie ich dastehe, das kann sie nicht akzeptieren. Denke dir jetzt gefälligst einen gescheiten Abgang aus, sonst war mein schöner Auftritt Schietkram, Petra!

Ich beginne plötzlich ziemlich zu schwitzen. Auch das noch. Doch dann agiere ich, ohne eigentlich nachzudenken. Ich trete einen Schritt zurück und senke zuerst den Blick und danach den Kopf. In dieser Haltung, geschlossene Füße und gesenkter Kopf, bleibe ich stehen. Damit kann ich mich gut konzentrieren und es lange aushalten. Und ich gebe Hannah damit die Möglichkeit, sich auch zu sammeln. Meine Rede wird sie nicht ganz kalt-gelassen haben. Darin bin ich mir sicher.

Erlebt Hannah ihren kleinen Triumph?

Offenbarung –
Wie Hannah sich den Fortgang der Szene wünscht

Sie ist Petras Domina, aber gleichzeitig will sie als Sub selbst ihre devoten und masochistischen Träume in ihrer Fantasie ausleben. Oh, Hannah! Ob das gut geht? Was meint sie selbst dazu?

Ich schaue diese Petra durchdringend an. Es fällt mir nicht leicht, Worte zurechtzulegen, die ich ihr nun meinerseits übermitteln will.
„So, liebe Petra, zuerst einmal danke ich dir für deine Offen-heit und Ehrlichkeit mir gegenüber. Du weißt, dass ich das sehr schätze, und du weißt auch, dass ich genauso offen und ehrlich zu dir bin. Nun zu deinen Äußerungen. Ich bin froh, dass du den Respekt mir gegenüber nicht verlieren würdest, wenn ich hart ausgepeitscht, gezüchtigt oder sonst wie hart rangenommen werden würde. Das macht mich sehr froh und glücklich und ich freue mich jetzt schon darauf, wenn es bald mal wieder so sein wird, auch wenn ich eine Scheiß-Angst davor habe. Aber dann sagtest du etwas, was ich in keiner Hinsicht akzeptieren kann und auch nicht werde. Auf der einen Seite willst du mich nicht wirklich dominieren, auf der anderen erzählst du mir irgend-etwas davon, dass auch du gut mit diesen wunderbaren, edlen Instrumenten umgehen kannst", sage ich zu Petra.

Diese lange Rede finde ich toll. Was folgt darauf?

– Lange Pause –

Aha! Und weiter?

‚Sag mal, sind bei dieser Aussage deine Gehirnzellen durchgeschmort? Ich sage dir, du wirst mich niemals züchtigen!' Ihr Ton wird härter und strenger, dann folgt ein wahres Gewitter an Ohrfeigen.

‚Es wird niemals den richtigen Zeitpunkt geben, an dem ich dir die Gelegenheit biete, dein ach so tolles Equipment an mir, deiner göttlichen Mistress, auszuprobieren'.

Außerdem: ‚Du hast ja gar keine Ahnung, was es heißt, eine richtige Züchtigung durchzustehen. Mit dir bin ich als Mistress noch in einer Art Testphase und ich habe bei den Züchtigungen mit dir noch längst nicht mein ganzes Potenzial ausgereizt. Eigentlich wollte ich ja noch damit warten, aber ich glaube, es wird Zeit, dir zu demonstrieren, wie eine richtige harte Züchtigung aussehen kann.'

Oh, jetzt ist Hannah aber richtig in Fahrt gekommen!

Es folgt eine Pause, eine lange Pause. Und dann? Macht sie jetzt auf Domina in sanfter Manier? Ist Hannah in ihren Gefühlen hin und her gerissen? Ist sie sich der Dominanz bewusst und sucht die Ablenkung im Schmerz ihres eigenen Körpers? Es wird geradezu grotesk.

Ich streiche sanft über Petras Haar.und sage: „Weißt du, meine Kleine, ich habe da eine Freundin, die wohnt sogar ganz in der Nähe. **Sie** ist diejenige, die ich ab und zu an mich ranlasse und die mir entsprechend die Flötentöne beibringt. Wenn ich sie jetzt anrufe und sie Zeit hat, dann habe ich heute noch zwei Fliegen mit einer Klappe geschlagen. Erstens wird meine Sehnsucht nach dem herrlichen Rohrstock gestillt, zweitens darfst du dabei zuschauen. Zuschauen, wie eine **richtige** Züchtigung aussieht. Möchtest du das?"

Ich ahnte es. Aber die Post geht gleich noch richtig ab.

Petras Gedanken und Gefühle scheinen Purzelbäume zu schlagen. Verzweifelt ringt sie nach einer Antwort. Sie wirft alle Bedenken über Bord und antwortet schließlich: „Es liegt nicht in meiner Befugnis zu entscheiden, ob, wann und wie die Mistress gezüchtigt wird. Wenn es sie glücklich macht, ihre Sehnsucht nach dem Rohrstock gestillt zu bekommen, so wird sie ihr Recht ausüben, ihre Freundin anrufen und sie zu sich bitten. Ich werde demütig dabei zusehen und lernen, wie eine richtige Züchtigung auszusehen hat", was Hannah wohl sehr erfreuen dürfte.

Was hat Hannah nur für Fantasien? Es ist grausam. Was ist das für eine Frau? Lebt sie wirklich nur in der virtuellen Welt diese Dinge aus? Scheint so. Für die Realität ist das untauglich, was gleich kommen wird.

Lady Soraja – Wie Hannah sich eine richtige Domina vorstellt

Mit übereinandergeschlagenen Beinen sitze ich auf der Couch. Mein Rocksaum ist wieder mal weit hochgerutscht und lässt die Ansätze meiner Halterlosen aufblitzen. Petra steht währenddessen immer noch wie angewurzelt da und scheint meine Gardinenpredigt von eben immer noch zu verarbeiten. Aber meine Beine, von denen ich jetzt schonungslos viel zeige, scheinen ihr zu gefallen. Ich spüre, wie sich ihr Blick förmlich auf meine Oberschenkel einbrennt. Ich lasse es geschehen, schließlich genieße ich es sehr, wenn andere, besonders Frauen und ganz besonders Petra, mich begehrlich finden. Doch mir ist ganz anders zumute. Bin ich bescheuert, jetzt Soraja anzurufen? Ich überlege einen Augenblick, ob ich die Nummer wirklich wählen soll. Doch unter meinem Rock juckt es so fürchterlich, dass mein Verstand einfach aussetzt. Mit zitternden Fingern greife ich zum Telefonhörer und wähle tatsächlich Sorajas Nummer. Schnell drücke ich noch das Lautsprechen, sodass Petra alles mit anhören kann.

Nun kommt ein fiktives Telefongespräch, in welchem Hannah eine, ihrer Meinung nach, richtige Domina anruft.

„Hallo Soraja, schön, dass du zu Hause bist."

„Hallo Hannah, schön, dass du mal wieder anrufst. Was kann ich denn für dich tun?"

„Also, Soraja … ääähm … es ist so … ich weiß nicht recht, wie ich es sagen soll." Soraja unterbricht mich.

„Hör auf zu stammeln. Sag doch gleich, dass du eine Abreibung brauchst."

„Ähm ja … du hast ja recht. Nur ist es diesmal etwas komplizierter als sonst."

„Na dann mal raus mit der Sprache, meine kleine Delinquentin."

Hannah beginnt Soraja von Petra zu erzählen und berichtet ihr, dass sie ihr mal demonstrieren will, wie eine richtige Züchtigung aussieht. Auch wie es dazu kam, berichtet sie bis ins kleinste Detail. Dann ist sie fertig mit ihren Darlegungen. Soraja antwortet lachend: „Na, da muss ich wohl ein Pfund Heilsalbe mitbringen, damit sich der Auftritt lohnt. Es wird mir ein Vergnügen sein, dieser Petra zu zeigen, wie eine Domina richtig züchtigt. Und jetzt höre gut zu. Du wirst nackt in deinem Spielzimmer kniend auf mich warten. Deine Stirn hat sich auf dem Boden zu befinden, deine Beine weit auseinander und deine Hände im Rücken verschränkt. Hast du mich verstanden?"

„Ja, Lady Soraja, ich habe verstanden", antwortet Hannah.

„Deine Petra wirst du auf einen Stuhl binden und diesen so stellen, dass sie alles gut verfolgen kann. So, ich schnappe mir mal dann deinen Hausschlüssel und bin gleich bei euch."

Nun ist Hannah an einer Stelle angekommen, in der sie nicht mehr zurückkann. Jetzt muss sie als Domina den Weg der Sub gehen und ich, Petra, ihre eigentliche Sub, soll zuschauen. Wenn dieses Szenario mal gut geht! Wie bewältigt Hannah diese Doppelrolle in ihrer Vorstellung?

Jetzt heißt es sich beeilen mit den Vorbereitungen.

Die Tür öffnet sich und Soraja, nein, Lady Soraja schreitet mit graziösen Schritten in den Raum. Sehen kann ich sie nicht, ich bin ja gezwungen auf den Boden zu schauen. Dafür kann Petra sie sehen und die bekommt sicher ihren Mund vor Staunen und wohl auch Bewunderung bald nicht mehr zu. Soraja steht da in einem leicht geöffneten Mantel. Diesen hat sie sicherlich erst im Haus geöffnet. Auf der Straße kann sie unmöglich so angezogen herumlaufen, denn darunter hat sie wenig bis fast nichts an. Außer einer brustfreien, sorgfältig geschnürten Korsage ist ihr Oberkörper unbekleidet. Die enge Schnürung drückt ihre von Natur aus schon herrlichen Brüste noch um einiges hervor und bringt sie so unsagbar erotisch zur Geltung. Ihre Beine sind in schwarze Halterlose gehüllt. Auf einen Slip oder ähnliches hat sie verzichtet. So ist ihre sorgfältige Intimrasur sichtbar. Ihre Füße stecken in hohen Pumps.

Ohne ein Wort greift Soraja in meine Haare und zerrt mich grob in die Höhe.

„Begrüße deine Lady", ist Sorajas kurzer Befehl. Mein Gesicht drückt sich sofort auf Sorajas Heels, die ich nun mit voller Hingabe küsse. Nach einiger Zeit meint Soraja, dass es nun genug sei.

„So als kleine Aufwärmübung", ist ihr nächster Kommentar. Kaum hat sie diese Worte ausgesprochen, landet eine fiese Peitsche quer über meinen Brüsten. Wieder und wieder landet die Peitsche kreuz und quer auf meiner empfindlichen Haut. Verbissen versuche ich mit schwindender Kraft durchzuhalten. Meine Schreie werden immer lauter. Längst ist mein Gesicht mit Tränen überzogen, und das ist erst die Aufwärmphase. Oh Gott, was soll denn noch kommen? Und das alles vor der gezwungenermaßen zuschauenden Petra. Verschwommen sehe ich, wie sie bei jedem Hieb, der auf meinen Brüsten landet, zusammenzuckt und an ihren Fesseln zerrt. Ob sie mir jetzt gern helfen würde? Sicher bin ich mir dabei nicht.

Nein, sicher muss sich Hannah wahrlich nicht sein! Sicher nicht! Hannah kann nicht zurück und so zieht sie die Szene durch.

Endlich ist Soraja zufrieden mit der Zeichnung meiner Brüste. Sie lässt die Peitsche fallen. Miststück, denke ich. Kaum zu Ende gedacht, drückt Soraja meinen Oberkörper wieder auf den Boden.

Jetzt greift sie zu einer arabischen Peitsche und lässt diese unzählig viele Male auf meinem Rücken tanzen. Und wieder stoße ich laute Schreie aus. Völlig erschöpft und verschwitzt kauere ich auf dem Boden und wimmere nur noch vor mich hin.

„Leg dich auf den Rücken! Ich will dich verwöhnen", befiehlt Soraja. Schnell befolge ich Sorajas Befehl und liege nun auf meinem brennenden Rücken. Im selben Moment verspüre ich einen grausamen Schmerz in meinem Schritt. Das hat Soraja also mit Verwöhnen gemeint. Eine kleine Peitsche mit voller Kraft durch mein empfindlichstes Körperteil zu ziehen, nennt sie verwöhnen.

Irgendwann schleudert sie die Peitsche durch den Raum, wo sie irgendwo auf dem Boden landet. Ich habe das Gefühl, mein Intimstes würde nicht mehr zu mir gehören. Es dauert eine Weile, bis auch Soraja wieder zu sich kommt. Erleichtert atme ich tief durch.

Erschrocken sehe ich aus den Augenwinkeln, wie sich Soraja einige Rohrstöcke aus meiner Vase fischt.

„Kommen wir nun zur Krönung. Jetzt zeigen wir Petra mal, wie man einen Rohrstock richtig benutzt. Das möchtest du doch, oder?"

„Ja, Lady Soraja, das möchte ich", lüge ich drauflos.

„Und du, Petra?", fragt Soraja und schaut zu Petra hinüber. Nickt sie bejahend, schüttelt sie den Kopf oder sagt sie gar nichts?

Nein, Hannah, du kannst dir wahrlich nicht sicher sein, mit dem, was ich tun würde! Was soll Petra in dieser virtuellen Szene machen?

Was soll ich real machen? Den Mailkontakt abbrechen? Einfach diese Geschichte beenden? Es ist alles nur Schreibarbeit. Andererseits wollte ich Frauen kennenlernen, die Spanking betreiben. Wenn ich jetzt den Rückzieher mache, so verpasse ich vielleicht wichtige Erkenntnisse. Schließlich habe ich nichts zu verlieren. Soll Hannah weitererzählen.

„Dann lege dich mal brav über den Strafbock", sagt Soraja streng zu mir. Schon bin ichfixiert. Was dann geschieht, das werde ich nicht mehr vergessen. Gefühlte einhundert Mal schneidet sich der Rohrstock tief in meine gespannte Haut. Irgendwann bin ich fix und fertig, lasse einfach alles über mich ergehen. Doch dann geschieht etwas, was unwahrscheinlich klingt. Ich sammele meine letzten Kräfte und feuere Soraja an. Soraja befolgt meinen Befehl.

Immer härter zieht sie den Stock durch. In meinem Körper zieht sich alles zusammen. Lust und Wollust vermischen sich mit Schmerz und Scham, werden zu einem undefinierbaren Gefühlschaos. Mit einem lauten Schrei entlädt sich schließlich alle Anspannung in einem unsagbar wilden Orgasmus. Wie besessen zerre ich dabei an den Fesseln. Es dauert mehrere Minuten, bis ich wieder einigermaßen zur Realität zurückfinde. Wie durch einen Nebel habe ich irgendwie vernommen, dass Soraja mich losgemacht hat. Trotzdem ich mich nun bewegen könnte, bleibe ich wie versteinert auf dem Leder liegen. Soraja indessen zieht sich ihren Mantel über, nimmt eine Dose mit Heilsalbe und wirft sie Petra hin.

„Hier! Kümmere dich um deine Mistress. Tschüss! Ruft an, wenn ihr mich mal wieder braucht", und mit diesen Worten schließt sich die Tür von außen und Soraja ist verschwunden.

Uff! Das war heftig. Wie soll ich darauf reagieren?

Trost –
In Petras Vorstellung

Was soll ich sagen? Zu viel für uns beide? Hannah wollte es so. Sie wollte, dass ich meinen Traum erzähle. Sie wollte, dass ich ihr meine Gedanken zu der Traumsequenz mit Hannahs Auspeitschung sage. Sie wollte mich nicht bestrafen, was ich auch immer sagen würde. Sie hat ihr Wort gehalten.

Den Grund für die Ohrfeigen und die Strafpredigt habe ich nicht verstanden, aber es war trotzdem in Ordnung. Hannah war einerseits meine Mistress, aber sie war auch schon ein Stück weit in der anderen Rolle als Sub, denke ich. Sie wollte gezüchtigt werden, aber sie konnte es nicht von mir erwarten. Alles richtig. Aber dann?

Als Hannah diese Soraja angerufen hat, da wollte ich eigentlich sagen: „Hannah, ich gehe jetzt lieber." Aber zu diesem Zeitpunkt war ich noch in der Rolle der Sub und habe mich nicht getraut ihrer Anweisung zu widersprechen. Was dann geschah, das war einfach zu viel für mich.

Ich hätte von mir aus gehen **müssen**. Hannah hatte mich auf dem Stuhl festgebunden. Weise Voraussicht oder auf Anweisung dieser Soraja? Ich weiß nicht, was ich getan hätte, wenn ich nicht festgebunden gewesen wäre. Ich wollte gehen. Ich wollte nicht mit ansehen müssen, wie ich Zeuge einer grausamen Misshandlung werde. Ja, Hannah wollte das und es war demzufolge wohl in Ordnung so. Für mein Empfinden war es eine unglaublich grausame Misshandlung.

Wie lange macht Hannah das schon? Einige Jahre, Jahrzehnte gar?

Ich habe viel erlebt in meiner kurzen Zeit mit Michael. Ich bin durchaus kein Weichei. 240 Rohrstockhiebe waren das Maximum in einer Session. Es waren freilich nicht alles Durchzieher, aber auch kein einziger Hieb war nur so geschenkt. Alle taten weh. Michael weiß auch die Bullwhip sehr gut zu führen und die anderen Peitschen sowieso. Die Instrumente haben bestimmt ihre ganze Wirkungsvielfalt auf meinem Körper entfalten können. Ich habe die Rohrstöcke fürchten und die Peitschen lieben gelernt. Ja, das ist richtig! Michael hat mir Respekt gezollt, mehr als einmal „Respekt"! Mit diesem Wort hat er bestimmt nicht großzügig um sich geworfen.

Auch habe ich mal gesagt: „So viel Würde, wie du mir bei alldem lässt, das ist unglaublich. Ich hätte nie gedacht, dass so was überhaupt möglich ist." Er hat darauf gemeint: „Das machst du selbst. Es liegt an dir, wie viel Würde du in der Session beibehalten willst." Ich habe das nicht ganz verstanden, aber es war eine schöne Aussage, die mich stolz gemacht hat. Er hat mir gegenüber nie demütigende Worte benutzt. Ich habe mal gesagt, dass ich solche Worte nicht will, weil sie mich beleidigen würden. Er hat gesagt, dass das auf mich auch nicht passt, dass ich anders behandelt werden möchte. Auch das habe ich damals nicht verstanden, aber es war auf jeden Fall richtig so.

Was hätte ich nun getan, wäre ich nicht festgebunden gewesen? Regulär hätte ich nur gehen können, ja, gehen müssen. In eine Session darf man sich als Zuschauer nicht einmischen, solange keine echte Gefahr für die Sub besteht.

Was hätte ich also getan, wäre diese Situation real gewesen? Schwer zu sagen. Dieser Soraja in den Arm zu fallen geziemt sich nicht. Sie anschreien, sie solle meine Mistress gefälligst anständig behandeln? Ihr sagen, dass sie keine Domina, sondern eine grausame Sadistin sei?

Es macht keinen Sinn, darüber nachzudenken. Hannah hat es selbst so gewollt. Es ist ihre Fantasie gewesen.

Irgendwann ist diese elende Soraja gegangen und ich hätte ihr meine Stricke hinterherwerfen mögen, damit sie sich mit ihren dämlichen Heels darin verfangen und jämmerlich auf die Schnauze fallen würde. Immerhin konnte ich dann noch etwas für meine Mistress tun. Ich habe ihr Badewasser eingelassen und ich habe sie eingecremt. Endlich konnte ich ihren Körper, ihre Haut fühlen, genießen und streicheln. Ich hätte es lieber ohne diese fürchterlichen Striemen an ihrem Körper getan. Wie man sich so etwas antun kann? Ich agierte in einer Art Schockzustand.

Irgendwann bin ich mir sicher, dass es Hannah gut geht und ich nichts mehr für sie tun kann. „Hannah, ich möchte jetzt nach Hause gehen. Ich brauche dringend Ruhe und will allein sein. Das war zu viel für mich. Du hörst wieder von mir." Ich warte Hannahs Antwort nicht ab. Ich ziehe mein Kleid an, die Jacke, Strümpfe und Schuhe und bin froh, dass ich den Hut mitgenommen habe.

Die frische Luft und der Fußweg zu mir nach Hause tun mir gut. Mein eigenes Heim erscheint mir als ein traulicher Zufluchtsort, eine Oase, eine Insel, Asyl, neutraler Boden, Heimat. Da sitze ich nun und trinke schon das zweite Bier. Irgendwann lege ich mich ins Bett. Dann kann ich nicht mehr anders. Ich muss weinen, weinen, weinen. Warum?

Einerseits löst sich die ganze Spannung der vergangenen Erlebnisse. Das ist gut so. Aber da ist noch mehr. Tue ich mir selbst leid? Tut mir Hannah leid? Letzteres ist sicherlich Unsinn, aber kann ich es für mich ausschließen? Es ist ein Gefühl für Hannah bei mir entstanden, welches von Zuneigung erfüllt ist. Habe ich Hannah jetzt schon wieder verloren? Ich möchte niemals so eine Session real erleben, wie diese Soraja es mit Hannah in deren Fantasie gemacht hat.

Ich schluchze in mein Kissen, verbrauche Pakete von Taschentüchern und kann mich nicht beruhigen. Ich habe diesem Michael vertraut, möchte ihm so viel von mir erzählen.

Ich möchte Hannah vertrauen, möchte ihr gern von mir erzählen, möchte mit ihr lachen können, lieben, weinen und natürlich auch irgendwann real Spanking leben können. Aber niemals so wie in Sorajas Sequenz!

Ich bin völlig überreizt. Meine Nerven sind am Ende. Ich sollte jetzt endlich schlafen, denn morgen früh kann ich auf Arbeit nicht verheult und verstört herumlaufen. Ich werde diese unglaublichen Fantasien erst mal zwei bis drei Tage sacken lassen und dann mit etwas Abstand die Erlebnisse reflektieren. Es ist eine Erfahrung, dass mit etwas zeitlichem Abstand die Geschehnisse eine andere Färbung und Wertigkeit bekommen. Dann werde ich dieser Hannah schreiben. Eine lange Mail wird es werden. Vielleicht schreibe ich auch einen Brief und hänge diesen der Mail an. Das ist noch besser. Ich werde über meine Erfahrungen, Gefühle und Bedürfnisse, aber auch über meine Beweggründe für Spanking schreiben. Ich werde ihr von meinen zwar noch wenigen, aber dennoch aufschlussreichen Sessions als dominanter Part schreiben. Ja, das werde ich tun. Jetzt muss ich schlafen.

Ob Hannah auch schlafen kann?

Dann tue ich noch etwas, was für eine über fünfzigjährige Frau sehr albern erscheinen mag, aber es sieht mich schließlich keiner.

Ich habe ein Plüschtier aus fernen Kindertagen aufbewahrt. Immer wenn ich einsam und traurig war, so habe ich es in den Arm genommen und an mich gedrückt, bis ich damit eingeschlafen bin. Es hat mir immer geholfen. Es hilft mir auch jetzt wieder bei den Nachwehen.

Nachwehen –
In Petras Vorstellung

Mein Brief an Hannah – 1. Versuch

Mit etwas Abstand zu den sagenhaften Ereignissen setze ich mich an den Computer, um an Hannah zu schreiben. Ja, ich schreibe an Hannah, nicht an Mistress Hannah. Ich will Hannah von mir erzählen. Ob sie dann noch weiter meine Mistress sein möchte, das muss sie selbst entscheiden. Wünschen würde ich es mir, sehr sogar. Ob sie es kann? Kann sie ihre Sub Petra so akzeptieren, wie Petra es sich wünscht? Will Hannah das überhaupt? Wir werden sehen.

Der Brief

„Liebe Hannah,
es war ein langes und anstrengendes Wochenende für mich und vielleicht auch für dich. Ich habe mich sehr wohlgefühlt bei dir bis auf den letzten Teil am Sonntag, als diese Lady Soraja da war. Das fand ich sehr gemein von dieser Soraja, wie sie dich behandelt hat. Wie soll ich es sagen?"
…

Ja, wie soll ich es sagen? Das wird so nichts. Das ist ausschließlich Hannahs und Sorajas Sache, was die beiden Frauen miteinander gemacht haben. Trotzdem ist mir das sehr tief gegangen und erfüllt mich mit Gefühlen, die nicht gut sind für die beginnende Beziehung zwischen Hannah und mir.

Reicht es nicht schon, dass dieser Michael in den Eingeweiden meiner Gefühlswelt herumwühlen darf? Soll jetzt auch noch diese Soraja, mit der ich überhaupt nichts gemeinsam habe, in meiner Gefühlswelt ein Chaos anrichten dürfen?

Nein, das darf nicht sein! Aber was soll ich tun?

Geraume Zeit bringe ich mit unguten Gedanken und verschiedenen Szenarien zu, dann habe ich eine Idee. Es scheint mir eine sehr gute Idee zu sein. Ich werde dieser Lady Soraja eine Lektion in Sachen Demütigung erteilen, natürlich nur in meiner Fantasie. In der Wirklichkeit habe ich mit dieser Frau nichts zu tun und es ist sicher weder meiner noch Sorajas Wunsch, diesen Fantasien Realität zu verleihen. Auch darf Hannah nichts davon wissen, denn das würde sie bestimmt beleidigen. Das gäbe ein schönes Durcheinander. Soraja dominiert Hannah. Hannah dominiert mich und ich dominiere Soraja. Am Ende liegen wir alle drei in unserem Blute röchelnd am Boden. Nach drei Tagen findet uns dann die Putzfrau.

Ha, das wäre ein guter Krimistoff.

Nein, das ist nicht meine Idee. Aber meine Idee nimmt Gestalt an und ich brenne jetzt darauf, diese Lady Soraja aus meiner Welt zwischen Hannah und mir zu verbannen.

Frisch ans Werk!

Meine Wut

Ich werde jetzt in meiner Fantasie diese feine Lady Soraja demütigen, wie sie es sich nie vorstellen würde. Erst mal ran an den Kleiderschrank und die Country-Klamotten rausgeholt. Nicht die Sachen für die Country-Lady, sondern jene für den Country-Boy. Hemd mit feiner Stickerei, Lederhosen, Cowboyhut und barfuß. Jetzt noch eine CD mit der passenden Musik eingeschoben. „Greatest Country Hits", darauf sind tolle Titel wie „Blue Bayou", „High Noon", „Ring of Fire" oder „Green Green Grass of Home".

In den Lehnsessel gelümmelt und die Füße auf den Tisch gelegt, lässt es sich gut träumen. Wie die Cowboys in den Westernfilmen erwarte ich im Geiste meine Lady Soraja zur Demütigung. Da kommt sie auch schon hereingeweht. Wie war sie gleich noch mal angezogen?

„Soraja steht da in einem leicht geöffneten Mantel. Darunter hat sie wenig bis, na ja, sagen wir nichts an. Außer einer brustfreien, sorgfältig geschnürten Korsage ist ihr Oberkörper unbekleidet. Die enge Schnürung drückt ihre von Natur aus schon herrlichen Brüste noch um einiges hervor und bringt sie so unsagbar erotisch zur Geltung. Ihre Beine sind in schwarze Halterlose gehüllt, bei denen hinten kerzengerade eine Naht über ihre gesamten Beine läuft. Auf einen Slip oder ähnliches hat sie verzichtet. So ist ihr sorgfältig rasierter Schritt offen und für jedermann gut sichtbar. Ihre Füße stecken in mörderisch hohen Pumps mit spitzen Bleistiftabsätzen."

Aha, so oder ähnlich hatte sich das Mädel in Hannahs Gedanken angefummelt. Das passt prima. Nun steht Lady Soraja also da wie bestellt und nicht abgeholt in ihrem unzüchtigen Aufzug. Ich lasse sie mitten im Raum stehen und gieße mir erst mal ein Bier ein. Warum den Anblick nicht eine Weile genießen? Sieht ja gar nicht so übel aus, die Kleine, aber das lasse ich mir nicht anmerken.

Langsam wird Soraja unruhig und ich genieße mein Bier. Nun stehe ich ganz langsam auf, gehe einmal rechts und einmal links um sie herum. Mit offensichtlich interessierten, aber auch abfälligen Blicken betrachte ich meine feine Lady von oben bis unten. Schließlich greife ich zu einem kurzen Rohrstock. In ihren Augen blitzt es.

„Na, meine feine Lady! Wollen wir dich mal etwas schmücken? Du siehst ja zum Fürchten aus!" Ich tappe mit dem Stock an die Innenseiten ihres Mantels. „Los, runter mit dem Fummel! Die Halterlosen und diese unmöglichen Schuhe auch runter. Und alles etwas fix, bitte." Soraja weiß nicht, wohin mit dem Mantel. Ich nehme ihn auf die Stockspitze und werfe das Teil achtlos über einen Stuhl.

„Schon besser, aber was soll diese Rasur? Willst du ein Mann sein? Weil oben nichts wächst, rasierst du unten? Das ist unmöglich." Wieder gehe ich um sie herum.

„Ich habe einen feinen Fummel für meine kleine Lady." Von meiner Oma, schon sehr lange ist sie tot, bewahre ich eigenartigerweise immer noch einige Teile Wäsche auf. Darunter befindet sich ein wunderbarer Liebestöter, eine Unterhose aus herrlich kratzender Baumwolle, die bis über den Bauchnabel geht und halblange Beine mit Borte hat. Alles schön angegraut von der langen Lagerzeit, versteht sich.

„So Lady Soraja. Das ziehst du jetzt mal an." Soraja steht wie begossen da und ich betrachte sie ausgiebig.

„Da fehlt noch einiges, meine liebe Soraja." Erst mal lege ich Armbänder um, nicht die weichen, sondern welche mit Noppen innen. Auch ein Halsband bekommt sie. Die Noppen drücken nach einer Weile ganz herrlich, besonders wenn man in der Fesselung noch daran zieht. Nun noch zwei dicke Ketten aus dem Baumarkt über die Schultern gelegt, an der Brust gekreuzt, durch ihren Schritt geführt und auf dem Rücken mit Karabinerhaken zusammengehalten.

„Runter jetzt." Ich warte nicht erst, ob sie auf die Knie geht. Ich helfe gleich nach mit den Fingernägeln in ihren Brustwarzen. Das habe ich von Michael gelernt. Nein, ich habe keine langen Fingernägel, aber es wirkt dennoch höllisch. Ich kenne die Wirkung nur zu gut. Damit hat er mich auch auf die Knie gezwungen. Es funktioniert auch bei Soraja. Dazu ein harter Griff in die Haare und sie befindet sich auf allen vieren.

„Was braucht ein Cowboy? Er braucht ein Pferd." Soraja wird mein Pferdchen sein, was ich an der Longe immer schön im Kreis herumtraben lasse. Wenn sie aus dem Tritt kommt, so helfe ich mit der Gerte nach. Das geht wohl eine halbe Stunde so. Ihre Knie müssen schon ganz wund sein. Nun gut, ich gönne ihr eine Pause. Pferdchen festgebunden und mein Bier wartet.

Ich bin kein Unmensch, also darf Soraja nun erst mal aufstehen. Schon sind ihre Hände auf dem Rücken festgebunden.

„Die Brüste haben auch eine Behandlung verdient. Nein, nicht mit der Peitsche." Ich will Soraja schließlich demütigen. Dazu eignet sich wunderbar ein kleines Lineal aus Plastik. „Und immer auf dieselbe Stelle", hat Michael damals gesagt. Das ist unglaublich demütigend. Es tut sehr schnell sehr weh, aber man möchte keine Miene verziehen bei so einem kleinen Lineal.

Soraja geht es ebenso. Ich genieße es. Jetzt haben ihre Brüste eine schöne Farbe. Einmal beherzt zugekniffen noch … ein spitzer Schrei … die verträgt nicht viel, denke ich.

„Wollen wir mal was anderes spielen?", frage ich zuckersüß. „Ich habe da noch hübsche kleine Helferlein." Soraja schluckt. Sicher denkt sie an Stöcke, Peitschen und Co., doch ich will sie schließlich demütigen.

„Hier mein Sortiment Kochlöffel in vier Größen und feinster Qualität." Dabei halte ich ihr die Löffel wie ein Kartenspiel gefächert vor die Augen. Ob sie weiß, wie so was wehtun kann?

„Was ist dir lieber, Süße? Brust oder Keule?" Ich warte die Antwort nicht ab.

„Beine spreizen." Nun steht sie da mit den Liebestötern, gespreizten Beinen und keiner kann ihre feine Intimrasur bewundern. Wie peinlich ist das denn? Außerdem noch die Hände auf dem Rücken gefesselt. Ich lasse sie warten. Vielleicht erwartet sie von mir irgendwelche Kraftausdrücke?

„Wie hast du meine Mistress genannt? Los, ich höre." Soraja sagt nichts und mein erster Kochlöffel, Größe eins, kommt zum Einsatz, überall da, wo sie es gerade nicht erwartet. Das gibt herrlich blaue Flecken.

„Erinnere dich mal etwas schneller, liebes Kind." Immerhin erinnert sie sich nun an „dumme Kuh" und „Dreckstück".

„Was machen wir denn da?", frage ich honigsüß.

„Sind das Worte, die eine feine Lady in den Mund nimmt? Diese Worte gehören eher in die Gosse, Kindchen." Soraja will den Kopf senken, doch der Halsring drückt augenblicklich heftig. „Dann gehen wir jetzt mal fein ins Bad und du wirst dich über den Rand der Badewanne legen." Der Rand drückt auch schon nach ganz kurzer Zeit herrlich.

„Lasse die Füße zusammen. Deine Liebestöter bringen mich sonst noch zur Geilheit." Ich lasse Soraja liegen und dusche mich erst mal ausgiebig. Eigentlich könnte sie mich jetzt mit einer feinen Massage verwöhnen, aber von dem Luder möchte ich nicht mal mit dem kleinen Finger berührt werden.

„Wie viele Hiebe möchtest du für die beiden Kraftausdrücke freiwillig annehmen?"

„Nun? Wenn ich nichts höre, so bekommst du auch keine Hiebe. Wahrscheinlich verträgst du auch gar keine richtigen Durchzieher." Oh, ist das peinlich für Soraja. Sie muss jetzt was sagen, aber meine Zeit ist abgelaufen.

„Stehe auf und gehe wieder rüber." Ich fasse ihr hart ins Genick und lege sie über den Strafbock. „Du bekommst für jeden Kraftausdruck zehn Hiebe und für die nicht gegebene Antwort noch mal zwanzig. Das macht zusammen vierzig schöne Hiebe auf deine hübschen Liebestöter." Oh, ist das peinlich. Noch nicht mal auf den nackten Hintern. Doch schon kommt die nächste Demütigung. „Ich kann unmöglich meinen wertvollen Rohrstock für deinen Arsch riskieren. Dann geht der noch kaputt dabei. Du bekommst die Durchzieher mit dem Gürtel. Ich möchte keinen Mucks dabei hören. Keinen Mucks, sonst fange ich von vorn an zu zählen. Verstanden?" Soraja nickt. Doch das reicht mir noch nicht an Demütigung.

„Du wirst nicht festgebunden bei der Kindergartenhaue. Wehe, du zappelst oder versuchst gar aufzustehen. Dann bekommst du noch mal vierzig Hiebe mit dem Teppichklopfer oder der Haarbürste oder dem Pfannenwender oder, oder, oder. Verstanden?" Wieder nickt Soraja.

Ich lasse sie erst noch etwas warten und dann geht es los. Soraja hält durch. Kein Mucks und kaum ein Zappeln kommen von ihr.

„Aufstehen, meine feine Lady. Schnappe dir deine Sachen und verdunste fix. Ich habe durchaus noch freie Kapazitäten in Sachen Demütigung." So schnell habe ich Soraja noch nie sich bewegen sehen, kaum dass ich die Ketten entfernt habe. Als sie schon in der Tür ist, rufe ich: „Halt!" Soraja erstarrt förmlich. „Ach, liebes Kind, die nostalgische Unterhose steht dir so gut. Ziehe sie bitte erst bei dir zu Hause aus. Morgen bringst du sie dann frisch gewaschen meiner Mistress zurück. Verschwinde!"

Oh, ist das peinlich. Jetzt muss sie ihrer Sub Hannah die gewaschene Unterhose meiner Oma überreichen und Hannah diese mir geben. Letzteres ist mir peinlich, aber es geschieht ja nur in meiner Fantasie. Hannah weiß glücklicherweise nichts davon.

Oh, jetzt geht es mir viel besser. Die Musik ist auch zu Ende. Passt prima. Diese Soraja bin ich los. Die steht nicht mehr zwischen mir und Hannah. Die kommt nie wieder, wenn ich da bin. Mit Michael ist das schwieriger. Er steht zwar nicht zwischen mir und Hannah, aber er beherrscht meine Gefühle. Ich will ihn ja gar nicht vergessen. Die Sessions mit ihm waren sehr schön und ich habe unglaublich viel gelernt dabei. Ich möchte nur, dass er nicht über meine Gefühle herrschen kann.

Kommt Zeit, kommt Rat. Morgen schreibe ich den Brief an Hannah.

Mein Brief — 2. Versuch

„Liebe Hannah,
es war ein langes und anstrengendes Wochenende für mich und vielleicht auch für dich. Ich habe mich sehr wohlgefühlt bei dir bis auf den letzten Teil am Sonntag, als diese Lady Soraja da war. Das fand ich sehr gemein von dieser Soraja, wie sie dich behandelt hat, aber das ist allein Sache zwischen euch und geht mich nichts an. Ich kann sehr gut verstehen, dass du diese Hiebe gebraucht hast, und auch, dass du danach gern Liebe mit mir gemacht hättest. Wenn ich eine Session mit einem Sub hatte, so kenne ich genau dieses Verlangen danach nur zu gut.
Ich will dir nur sagen, dass ich aber von dir nie so behandelt werden möchte, wie Soraja es getan hat, und deshalb will ich dir von mir und meinen Wünschen und Bedürfnissen etwas mehr mitteilen. Eine ganze Menge hast du auch schon selbst herausbekommen.“
…

Was soll das jetzt bitte werden? Will ich mich bei Hannah ausheulen? Ich bin kein Weichei. Ich habe schon so viel erlebt in so kurzer Zeit. Mein Spanker kannte keine Gnade. Alles bla, bla,

bla. Das trieft förmlich vor Hohn. Ich habe doch **nur** bei einer sehr harten Züchtigung **zugesehen**! Ich muss das mit mir selbst abmachen, diese Eindrücke verarbeiten und einen selbstbewussten Brief an Hannah schreiben, nicht so ein Gejammer. Raus mit dem Selbstbewusstsein! „Ich will aber nicht raus", jammert mein Selbstbewusstsein in mir drin. Dann werde ich dich eben etwas füttern, denke ich. Womit? Ja, gut! Das wird gehen.

Meine dominante Ader

Erst mal schiebe ich wieder eine CD ein, denn mit Musik geht alles besser. Welche nehme ich denn gleich? Die Musik soll mich inspirieren, aber nicht von meinen Gedanken ablenken. Ja, das hier wird gut passen, kraftvoll und doch getragene Klänge. Loreena McKennitt: „The Mask and Mirror" und „The Book of Secrets".

Ich habe mich erst seit ein paar Monaten in der dominanten Rolle versucht und inzwischen drei Subs gefunden, die sich ab und an bei mir melden. Alle drei sind ganz grundverschieden in ihrem Wesen und auch in ihren Vorstellungen von einer Spankingsession. Ich werde einfach die Sachen anziehen, mit denen ich die Sessions mit ihnen mache. So kann ich mich noch besser einfühlen und mein verunsichertes Selbstbewusstsein stärken. Hi, hi … dominant mit verunsichertem Selbstbewusstsein. Na, lasse ich das. Ran an den Kleiderschrank.

Mein erster Sub steht auf Frauen in Gummistiefeln und Spanking in der Natur. Das macht schon Spaß im Wald. Mal habe ich ihn Feldsteine aufschichten, mal eine kleine Laubhütte bauen lassen. Ich bleibe angezogen, er muss arbeiten, wird entsprechend mit meinem Stock korrigiert und muss sich dabei immer mehr entkleiden. Zuletzt bekommt er ordentliche Hiebe zur Belohnung oder Bestrafung oder für beides. Das ist schon etwas kurios, aber es entspricht einem Teil meines Wesens. Ich bin gern draußen und verbringe halt einen angenehmen Nachmittag auf diese Art. Sexuelle Gefühle oder entsprechende Handlungen kommen dabei nicht vor.

Mein zweiter Sub steht auf ganz andere optische Eindrücke und andere Umgebungen. Der will in ein Studio. Dieses Ambiente finde ich anregend. Ja, was denn sonst, Petra! Natürlich brauche ich dafür ein anderes Outfit. Also umziehen. Unter dem Outfit trage ich BH und Tanga. Das erste Mal war der Kerl total aufgeregt. Ich war dagegen ziemlich ruhig und souverän. Machte das Ambiente diese Wirkung oder weil ich wusste, was ich tun wollte? Nun, eigentlich wusste ich es nicht, jedenfalls nicht sehr genau. Ich habe die Session fließen lassen. Der hat gedacht, ich mache das schon jahrelang. Da war ich stolz. Ich habe die Session aufgebaut vom leichten Handspanking auf dem Sofa über Kreuz, Bock, Streckbank und schließlich Hiebe vor dem Spiegel. Er musste zusehen, wie ich ihn schlage, mit Peitschen und Stock. Während der Session habe ich mich immer mehr ausgezogen bis auf den Tanga. Nun ja, ich habe ihm schließlich die Peitsche in die Hand gedrückt und er durfte auch mal mich verwöhnen. Es war nur Entspannung für mich, kein wirkliches Spanking und keine sexuelle Erregung dabei. Natürlich hatte ich was auszusetzen und es gab Hiebe für ihn. Ja, seine Belohnung hat er auch noch bekommen. Danach!

Und der dritte Sub? Der ist mir eigentlich am liebsten. Er will zwar auch ein besonderes Ambiente, aber ein Studio muss es nicht sein. Er mag es etwas feuriger. Rot und schwarz und etwas sexy passen gut dazu. Darunter trage ich nichts, keinen BH, keinen Slip. Er steht auf meine gut gewachsenen Brüste. Irgendwann tue ich ihm dann auch den Gefallen mit „oben ohne", was ihn unglaublich anmacht. Eigentlich verträgt er nicht viel Spanking. Den bringe ich schon mit der Hand zum Jammern. Die Gerte ist das Maximum, was ich einsetzen kann. Beim Anblick des Rohrstocks kriecht er förmlich unter den Tisch. Eigentlich würde ich gern mehr Wirkung entfalten und meine Delinquenten mehr jammern und sich winden lassen. Ich weiß ja, was er will. Er will Sex mit mir. Bisher habe ich das bei ihm, und nur bei ihm, zugelassen, weil er halt irgendwie mein Typ ist. Dafür muss er aber ordentlich leiden vorher. Mit ihm erlebe ich schon gewisse sexuelle Erregung während der Session. Es ist aber keinesfalls wirkliche Erfüllung für mich. Eher sind diese Sessions nette Abwechslungen im Alltag und etwas Exotik vielleicht noch dazu.

Nun, viel ist es nicht, was ich meinem Selbstbewusstsein zu futtern geben kann. Es muss reichen. Ich bin wohl eine rechte Softspankerin. Mir liegt halt mehr die devote Seite.

Nein, jetzt ziehe ich gar nichts mehr an. Jetzt leiste ich mir noch ein Bier, höre ganz entspannt die Musik zu Ende und dann „ab in die Koje", Petra. Schön, so nackt im Bett zu liegen. Wie würde denn so ein Liebesspiel mit Hannah aussehen? Keine Ahnung, wie das zwischen zwei Frauen ablaufen könnte. Will ich das überhaupt? Wenn ich mir Hannah jetzt neben mir im Bett vorstelle? Wenn sie mich streichelt, mich berührt, mich küsst? Wenn ich das Gleiche bei ihr tue? Wenn sie bei mir – ja das kann sie bestimmt gut –, besser als ich bestimmt! Und ich bei ihr? Schönes Gefühl. Irgendwie ganz neu und auch richtig geil. Ich würde das gern mal erleben. Es ist ganz anders als mit einem Mann.

Logisch, Petra. Ich träume schon ganz anders davon. Schönes Gefühl, einerseits sehr fremd und andererseits doch irgendwie vertraut! Und aufregend! Schlafen jetzt! Es wird ein schöner Traum werden diese Nacht. Kein Albtraum wieder.

Zwiegespräch mit meinem Selbstbewusstsein

Am nächsten Tag will ich den Brief an Hannah endlich schreiben. Sie wird warten. Am Ende denkt sie noch, dass ich nie wieder kommen will. Das stimmt natürlich nicht, denn es hat mir doch ausgezeichnet gefallen.

v. S. (verunsichertes Selbstbewusstsein): Hat dir das wirklich gefallen? Also, diese harte Züchtigung, die diese Soraja mit deiner Mistress Hannah durchgezogen hat?

P.: Natürlich nicht! Aber alles andere war sehr schön und ich war ausgesprochen glücklich. Das will ich wieder erleben.

v. S.: Und wenn sie dich nun auch mal so behandelt? So, wie diese Soraja es mit Hannah gemacht hat?

P.: Das wird Hannah nicht tun.

v. S.: Woher willst du das denn so genau wissen? Frauen können grausam sein. Wenn sie nun ihre Selbstbeherrschung verliert?

P.: Du bist unmöglich. Wie soll ich jemals was Aufregendes erleben, wenn du mir immer Selbstzweifel einredest? Das will ich nicht hören.

v. S.: Du solltest aber wenigstens eine Handlungsstrategie parat haben. Denke nach. Was hättest du denn gemacht, wenn sie dir den Rohrstock in die Hand gedrückt hätte? Die war doch ganz nah dran damit.

P.: War sie nicht. Außerdem wird es nie dazu kommen. Sie hat doch Soraja dafür. Die kann das viel besser.

v. S.: Siehst du, da haben wir es. Du hast kein Selbstvertrauen.

P.: Jetzt mache aber mal einen Punkt. Wenn Hannah will, dass ich sie auspeitsche oder ihr es mit dem Rohrstock besorge, so werde ich das tun. Basta.

v. S.: Du kannst das aber gar nicht. Nicht bei Hannah.

P.: Und ob ich das kann. Das würdest du schon merken.

v. S.: Wie willst du denn in diesem Fall vorgehen? Überlege es dir doch wenigstens mal in deiner Fantasie.

P.: Du kannst aber nervig sein. Mit Soraja, das war was anderes. Das war wirklich nur Fantasie. Mit Hannah kann es Realität werden.

v. S.: Und dann stehst du da und machst eine bedepperte Figur.

P.: Ich werde jetzt nicht darüber nachdenken, wie ich Hannah züchtige, wenn es mal wirklich so weit kommen sollte.

v. S.: Aber bei Michael hast du auch darüber nachgedacht.

P.: Das war nur theoretisch. Außerdem hat er es mit seinen Äußerungen selbst provoziert. Wenn jemand sagt, dass ihn nie jemand anderes dominieren kann … Da denkt man halt darüber nach, wie es gehen könnte.

v. S.: Siehst du. Hannah hat das auch gesagt, dieses „nie", und dich dabei sogar noch geohrfeigt. Ist das nicht ein ganz sicheres Zeichen, dass sie es von **dir** will? Die brennt doch drauf.

P.: Pass auf! Ich werde jetzt nicht darüber nachdenken. Wenn der Zeitpunkt dafür gekommen ist, so werde ich wissen, was ich zu tun habe. Es wird ganz bestimmt ganz anders werden, als es diese Lady Soraja getan hat. Das ist nicht mein Stil. Vielleicht gefällt es Hannah sogar besser mit mir oder wenigstens genauso gut. Auf jeden Fall wird es nicht schlechter sein. Alle Subs waren in meinen Sessions bei mir zufrieden bisher. Ich bin eine sinnliche Frau. Ich kann mich auf mein Gefühl verlassen. Ich tue das Richtige im rechten Moment. Hannah würde zufrieden sein! Und außerdem würde es noch richtig schön erotisch und sexuell befriedigend werden.

v. S.: Wenn du das so selbstbewusst sagst …

P.: Ja, das sage ich so selbstbewusst. Und nun halte die Klappe oder hilf mir dabei, endlich den Brief an Hannah zu schreiben.

v. S.: Na gut, ich helfe dir. Ich bin schließlich dein Selbstbewusstsein.

Mein Brief – Finale

Jetzt fühle ich mich endlich in der Lage, einen Brief zu schreiben, der Hannah würdig ist. Also, ran an die Tasten.

„Liebe Hannah,
es war ein langes und anstrengendes Wochenende für mich und vielleicht auch für dich. Ich habe mich aber sehr wohlgefühlt bei dir. Als du mir am Sonntag nach meinem Geständnis die Ohrfeigen gegeben hast und mir dann mit festem Griff in den Haaren die Strafpredigt gehalten hast …
Nun, was meinst du, wie es mir da erging? Ich war ganz schön geil und hätte mir eine ordentliche Züchtigung gewünscht.
Ich kann aber auch sehr gut verstehen, dass du diese Hiebe von Lady Soraja gebraucht hast wie eine Pflanze das Wasser. Auch, dass du danach gern Liebe mit mir gemacht hättest, kann ich gut nachempfinden. Wenn ich eine Session mit einem Sub hatte, so kenne ich genau dieses Verlangen danach auch nur zu gut.

Deine Züchtigung von Lady Soraja hat mich als Zuschauerin aber sehr mitgenommen. Das hast du sicher gemerkt. Das war irgendwie zu grausam für mein Gefühl und du bist ja auch noch meine Mistress.

Weißt du, Hannah, ich brauche eine Züchtigung etwas anders, damit ich dabei richtig gut abfahren kann. Bei mir kann sich das gern über zwei bis drei Stunden hinziehen. Wichtig sind mir eine langsam steigende Intensität der Hiebe und wechselnde Instrumente. Dazwischen sollten Phasen der Zuwendung liegen. Ich brauche dieses Wechselspiel zwischen Zuckerbrot und Peitsche. Mir ist es wichtig, zwischendurch immer wieder das Gefühl zu bekommen, dass meine Mistress mich eigentlich gernhat. Strafe aus Liebe oder so ähnlich. Das lässt sich schwer in Worte fassen, aber du wirst schon wissen, was ich meine.

Klar, nach dem furiosen Finale einer Züchtigung möchte ich schon auch ,richtig fertig' sein, mich winden und quälen müssen. Ja, ich mag es auch, wenn ich die Spuren danach noch richtig lange merke, aber ich möchte nicht blutig geschlagen werden.

Was ich gar nicht abkann, sind solche Worte, wie sie Lady Soraja für dich benutzt hat. Ich reagiere extrem empfindlich auf Beleidigungen. Das macht mich nicht an. Aber streng sollte meine Mistress schon mit mir reden, sehr streng. Bisher ging es mir am meisten unter die Haut, wenn die Kommunikation streng, eindringlich, aber dabei relativ leise und mit ruhiger Stimme erfolgte.

Hannah, ich will hier nicht zu sehr abschweifen. Ich mag meine Mistress so, wie sie ist. Ich kann die nächste Session mit dir schon kaum erwarten. Hoffentlich geht es dir auch so?

Ach ja, und da regt sich doch schon wieder was in mir drin. Ein leises, provozierendes Gefühl. Oh jaaa. Meine Mistress ein wenig provozieren dürfen und dann …

Aber bitte, bitte nicht so wie Lady Soraja.

Ich freue mich auf dich, Hannah, und fürchte mich gleichzeitig etwas vor meiner Mistress Hannah, vor allem, wenn ich an das Zimmer mit dem Strafbock denke.

Oh, es regt sich ein angenehmes Ziehen. Du weißt schon, wo.

Herzliche Grüße,

deine Petra"

Noch mal durchgelesen. Ja, so ist es gut geschrieben.

Was werden diese beiden Frauen noch erleben dürfen?

Nachwehen –
Wie sie Hannah erlebt hat

Lange sitze ich vor dem PC und lese immer wieder Petras Brief. Ich bin verwirrt. Sehr verwirrt sogar. Ich habe das Gefühl, mit dieser Soraja in Verbindung mit Petra alles falsch gemacht zu haben. Jetzt muss ich mir etwas überlegen, damit die zarten Bande zwischen Petra und mir nicht zerstört werden. Aber was? Auf jeden Fall steht schon mal fest, dass ich Soraja in die Wüste schicken werde. Ja, ihre Züchtigung hat mir gefallen, sie war hart, gnadenlos und auch sadistisch. Aber Petra hat es alles andere als gefallen und das zählt in diesem Moment. Ich möchte eigentlich nur Dinge mit ihr erleben, die uns beiden gefallen und Befriedigung schenken. Wenn ich darüber nachdenke, was alles mit uns beiden möglich ist, so kribbelt es überall auf meiner Haut und in mir drin.

Wie schrieb Petra so schön?

Nun, meine Worte scheinen bei Hannah viel Eindruck zu machen. Sie erinnert sich daran.

„Es war ein langes und anstrengendes Wochenende für mich und vielleicht auch für dich. Ich habe mich aber sehr wohlgefühlt bei dir. Als du mir am Sonntag nach meinem Geständnis die Ohrfeigen gegeben hast und mir dann mit festem Griff in den Haaren die Strafpredigt gehalten hast … Nun, was meinst du, wie es mir da ging? Ich war ganz schön geil und hätte mir eine ordentliche Züchtigung gewünscht. Ich kann aber auch sehr gut verstehen, dass du diese Hiebe von Lady Soraja gebraucht hast wie eine Pflanze das Wasser. Auch, dass du danach gern Liebe mit mir gemacht hättest, kann ich gut nachempfinden. Wenn ich eine Session mit einem Sub hatte, so kenne ich genau dieses Verlangen nur zu gut."

Sie kommt zu den richtigen Überlegungen. Gut, dass ich den Mailkontakt mit ihr nicht abgebrochen habe. Soll sie mal ihre neuen Gedanken äußern.

‚… ich, eine Session mit einem Sub …‘ Das bedeutet ja wohl nichts anderes, als dass Petra auch als Domina die Peitsche schwingt. Geahnt hatte ich das ja, nein, ich bin mir sicher, dass Petra das kann.

Eigentlich war ich strikt dagegen, dass Petra diejenige sein würde, die mich streng rannimmt. Aber nun haben sich die Ereignisse überschlagen. Nun denke ich ganz anders darüber und werde Mittel und Wege finden, Petras schlagende Künste einer intensiven Prüfung zu unterziehen. Ja, der Zeitpunkt wird bald kommen. Vielleicht nicht gleich beim nächsten Treffen, aber bald. Mal schauen, wie viel Führung Petra noch braucht, um die Peitsche oder den Rohrstock ordentlich zu schwingen. Bestimmt nicht viel, da bin ich mir ziemlich sicher.

Hannah kommt aus ihrer Rolle als Domina nicht raus. Es wird spannend werden. Eine Domina zu dominieren, kann ich mir nicht wirklich vorstellen. Andererseits wohnen in jedem Menschen zwei Naturen. Ich bin selbst der beste Beweis dafür. Also berichte weiter, meine liebe Hannah! Wie geht es dir als Domina, die eine Sub sein möchte?

Total verschlafen, aber absolut zufrieden stehe ich auf und gehe erst mal in die Küche, um Kaffee aufzusetzen. Dann mache ich mich im Bad einigermaßen alltagstauglich. Nackt setze ich mich an den Küchentisch. Jetzt aber erst mal den Kaffee genießen. Langsam erwacht neues Leben in mir.

Ach ja, Petra, ich hatte doch vor, ihr eine Mail zu schreiben. Schließlich setze ich mich vor den PC. Ich schaue auf meinen Drehstuhl. Der ist ja viel zu weich, denke ich.

Zuerst einmal entferne ich das Kissen und lege ein Spezialbrett auf den Sitz. Scheinbar bin ich heute auf dem ‚Schmerzenstrip‘. Speziell an diesem Brett ist, dass die Fläche mit Kronkorken versehen ist, natürlich die Innenseite der Kronkorken nach oben zeigend.

Was würde ich von Petra verlangen? Klar, sie hätte sich zu setzen. Also gleiches Recht für alle. Ich nehme all meinen Mut zusammen und lasse mich förmlich auf die scharfen Kronkorken plumpsen. Oh Gott! Tief bohren sich die scharfen Zacken in meine Haut und in meine Striemen. Ein leises Wimmern kommt über meine Lippen. So, jetzt wird's aber Zeit für die Mail an Petra. Ich beginne zu schreiben.

Dieses Mal wird die Mail bestimmt einen anderen Wortlaut haben als jene Zeilen, die Hannah dieser Petra am Anfang geschickt hat.

„Liebe Petra,
zuerst einmal danke ich dir für deine ehrliche und offene Mail. Ja, auch ich habe das Wochenende sehr genossen und freue mich riesig auf das nächste Treffen, welches hoffentlich bald stattfinden wird.
Was mir allerdings sehr große Sorgen bereitet, ist die Sache mit Soraja. Ich habe deutlich gespürt, wie du sie innerlich ablehnst, auch wenn du mir den Genuss ihrer Züchtigung zugestanden hast. Vor allem bedanke ich mich für deine Zuwendung danach, als du liebevoll meine Striemen versorgt hast. Aber die Züchtigung als solches hast du alles andere als genossen. So habe ich entschlossen, die Sache mit Soraja zu beenden. Ich möchte, dass wir uns nur noch um uns beide kümmern, sodass unsere zarten Bande wachsen können.
So habe ich mich, entgegen meiner letzten Äußerung, dazu entschlossen, dass du bald auch mal die Führung über mich übernehmen darfst. Viel lieber hätte ich die Striemen von dir kassiert, dann wäre es ein Teil von dir und würde uns ganz allein gehören. Ich wäre stolz auf die Spuren und du könntest dich hoffentlich nicht satt daran sehen. So, nun bin ich gespannt auf deine Antwort.
Liebe und strenge Grüße,
deine Mistress Hannah"

Oh, wusste ich es doch! Diese Hannah habe ich so locker rumbekommen, dass mir fast schwindlig wird von der Drehzahl. Was treibt das Mädel noch für Scherze mit mir? Hannah, was schreibst du nur alles noch?

Noch einmal lese ich alles durch und klicke schließlich auf ‚Senden‘.

Ich will aufstehen, nein, sitzen bleiben, nein, aufstehen. Ach, ich weiß auch nicht. Dann kommt mir ein Wahnsinnsgedanke. Warum soll ich auf Petras Antwort warten? Ich werde sie einfach anrufen. Mein Verstand setzt aus, ich will von Petra streng behandelt werden. Sie soll mich demütigen, beschämen, mich schlagen, sie soll mit mir machen, was sie will. Mit zitternden Fingern greife ich zum Telefonhörer und wähle Petras Nummer.

Na, das ist wirklich toll. Nun will sie mich auch noch anrufen. Meint Hannah, ich wäre wie diese Lady Soraja auf Abruf zur Stelle? Anrufe kommen immer ungelegen, besonders wichtige Anrufe. Was macht demnach Petra inzwischen?

Petra feiert –
In Petras Vorstellung

Na, was wird meine Mistress wohl jetzt machen? Sie wird meinen Brief inzwischen gelesen haben. Nur gut, dass ich mir Zeit damit gelassen habe. Wenn ich so aufgewühlt vom Wochenende geschrieben hätte …? Nein, es bewahrheitet sich immer wieder, erst mal die Erlebnisse sich setzen lassen und darüber nachdenken. Nach einigen Stunden oder Tagen kann man wieder klare Gedanken fassen. Hannah wird das bestimmt auch so machen. Schließlich ist sie meine Mistress mit viel Erfahrung.

Na, ich kann ja trotzdem mal sehen, ob schon Post von Hannah da ist.

Eh, tatsächlich! Die hat sich aber beeilt. Was schreibt Hannah denn? Sie hat das Wochenende ebenso genossen und freut sich auf das nächste Treffen. Prima. Ich auch. Was noch?

Sie macht sich Sorgen? Warum denn? Wegen Soraja? Eh, Hannah hat das doch genossen! Warum will sie denn Soraja in die Wüste schicken? Da kommt diese Soraja auf Anruf umgehend bei Hannah hereingeschneit und veranstaltet eine Session, die sich gewaschen hat, wie man so schön sagt, und Hannah will Soraja in die Wüste schicken. Das verstehe einer.

Ach so! Sie meint, dass Soraja zwischen Hannah und mir steht. Ach, Mädel! Ich bin doch nicht neidisch auf Soraja und auch nicht eifersüchtig. Von mir aus kannst du doch dich weiter von Lady Soraja „verwöhnen" lassen. Ich will nur nicht dabei zusehen müssen. Ich glaube, zusehen müssen ist vielleicht sogar schlimmer, als wenn man es selbst aushalten soll.

Ich habe noch nie bei einer Züchtigung zugesehen und nun gleich so hart. Auch wenn es nur virtuell war, es hat geschmerzt.

Vielleicht brauchen wir diese Soraja noch mal? Die ist bestimmt eine ganz interessante Figur. Ich hätte nichts dagegen, mit ihr und dir mal einen kleinen Plausch in Sachen Erfahrungsaustausch zu machen. Das könnte ich mir richtig gut vorstellen. Ganz privat bei Kerzenschein, Knabberei und Wein auf dem Sofa zu sitzen und über alles unbeschwert plaudern zu können, was man auf dem Herzen hat. Nein, ich bin wirklich neugierig auf Soraja privat. Sie ist doch auch eine tolle Frau. Nur so eine Züchtigung möchte ich nicht und schon gar nicht von ihr.

Aber was schreibt Hannah noch? Hannah wäre stolz auf die Spuren, wenn sie von mir wären. Ja, das kann ich sehr gut verstehen. Ich war auch stolz auf meine Spuren, weil sie von Michael waren. Von einem anderen Mann wollte ich so was nicht. Es ist nicht nur wichtig, dass es ein anderer tut, sondern auch, wer der andere, hier die andere, ist. Man will eine persönliche Beziehung zu seinem Spanker, zu seiner Mistress haben, die erfüllt ist von Vertrauen, Zuneigung und wohl auch Liebe.

Offenbar hat Hannah diese Beziehung zu Soraja nicht. Sonst würde sie Soraja nicht in die Wüste schicken. Na, egal. Wie schon erwähnt: Das ist ausschließlich eine Sache zwischen den beiden Frauen. Aber, eh! Das ist ja geil, eh! Sie schickt Soja wegen **mir** in die Wüste.

Hannah will mich!!!

Wie schreibt sie gleich?

„So habe ich mich entgegen meiner letzten Äußerung dazu entschlossen, dass du bald auch mal die Führung über mich übernehmen darfst.“

Ist **das** geil, eh! Jippiyaaaayh!

Doch wie das so ist, wenn man sich freut. Schon bald meldet sich der Zweifel in mir drinnen.

v. S. (verunsichertes Selbstbewusstsein): Da hast du die Bescherung. Habe ich das nicht vorausgesehen? Sie ist ganz wild auf dich.

P.: Ja und? Ist doch geil, eh! Sie will **MICH**. Ich habe meine Mistress in der Tasche! Sie will **von mir** gezüchtigt werden.

v. S.: Und: Kannst du das denn? Willst du es überhaupt?

P.: Klar, eh! Blöde Frage.

v. S.: Hannah ist deine Mistress. Willst du wirklich so schnell den Spieß umdrehen? Sie hat doch noch nicht viel von ihren Künsten gezeigt. Da bist du bei Michael aber mehr drangenommen worden.

P.: Ja, ja, da hast du recht. Sie hat wahrscheinlich lange auf Züchtigung warten müssen. Vielleicht wäre diese Lady Soraja gar nicht gekommen, wenn Hannah ihr nicht von meinem Besuch erzählt hätte. Das muss Soraja wohl gereizt haben, zu zeigen, wie eine richtige Züchtigung aussieht. Vielleicht ist zwischen den beiden Frauen auch nicht alles so, wie es sein sollte. Vielleicht ist Hannah doch sehr allein.

v. S.: Kann schon sein. Du kennst dich ja aus mit solchen Gefühlen. Die sind schwer zu ertragen.

P.: Hannah schreibt aber noch mehr. Das beunruhigt mich etwas.

„Aber bis es so weit ist, werde ich mich weiter um deine Erziehung kümmern. Schließlich hast du noch achtzig Durchzieher offen, und die werde ich dir beim nächsten Treffen verabreichen. Ich hoffe doch sehr, dass du damit einverstanden bist.“

Das klingt nicht sehr angenehm. Warum schreibt sie nicht achtzig Hiebe? Das klingt besser. Hiebe, das kann alles sein, Peitsche, Paddle, Riemen und was sonst noch. Durchzieher klingt nicht sehr angenehm. Ob ich damit einverstanden bin?

Nö, eigentlich nicht. Verschlimmert das jetzt meine Situation? Eh, Hannah, ich bin immer ehrlich. Damit musst du leben. Das hat dir eben schon mal Soraja beschert. Und nun? Was machst du mit meinem ehrlichen „Nö"? Was soll jetzt bitte dieser Satz noch sein?

„Übrigens sitze ich hier mit vollem Gewicht auf unzähligen Kronkorken, was durch meinen ganzen Körper geht. Möchtest du auch mal auf meinem Spezialbrett sitzen dürfen?"

Also Hannah! Du kannst dich ja selber quälen, wie du willst, aber bitte nicht mich.

Oder doch? Wie soll ich denn wissen, ob ich so was will, wenn ich noch nicht mal Ahnung von der Wirkung habe. Vielleicht probieren? Nur probieren! Oder?

Nö, will ich nicht. Oder doch? Probieren?

Scheiß drauf. Was mache ich mir für Gedanken? Soll ich jetzt Hannah antworten? Ach was. Lasse sie ruhig etwas auf ihren Kronkorken sitzen. Das geht doch so schön durch und durch, hi, hi. Schmore mal, Hannah, bis morgen.

Petra, Petra, denke an die achtzig Hiebe. Quatsch. Ich gönne mir jetzt einen kleinen genüsslichen Imbiss. Das ist diese Mail allemal wert. So ein Erfolg muss gefeiert werden.

Yippiyaaaahh und yippiyeeeeh!

Nun erst mal unter die Dusche, dann fein den ganzen Körper mit Massageöl eingerieben. Das duftet so herrlich, kräftigt und wärmt. Die Haut wird ganz glatt und fühlt sich wie Seide an. Herrlich!

Das würde ich gern mal mit Hannah machen und sie mit mir, sich gegenseitig mit dem feinen Öl massieren. Das wäre supergut!

Ob sie so was will? Werde sie danach fragen. Oder ich weise sie einfach an, es mit mir zu tun. Ist doch jetzt meine Sub, diese Hannah. Eh, welchen herrlichen Zeiten gehe ich entgegen!

Wenn nur nicht die achtzig Durchzieher wären. Vielleicht kann ich verhandeln? Mal sehen. Kommt Zeit, kommt Rat. Was ziehe ich jetzt an? Gar nichts? Das ist zu kühl nach dem Duschen.

Hey, ich habe einen feinen Kimono aus Seide. Den hat mir mal eine thailändische Studentin zum Abschied geschenkt. Ja, das fühlt sich gut an.

Was esse ich? Ich könnte mir was kommen lassen. Wo habe ich denn den Prospekt?

Asia-Gourmet-Pavillon mit Sushi-Bar und Partyservice: Was bieten die an?

Ich bestelle mir ein Menü. Heute wird gefeiert!

Suppe:	Gemüsesuppe mit Glasnudeln
Vorspeise:	Frühlingsrolle
Vegetarisch:	Gebratener Tofu
Hauptgericht:	Gebratene Hummerkrabben mit Thaigemüse und Duftreis
Nachspeise:	Mit Seealgen umwickelte Reisrolle, mit gegrilltem Aal gefüllt
Abschluss:	Salat aus Meeresfrüchten und Tomaten
Süßes:	Schokoladenmousse
Getränke?	Wasser und Weißwein und zum Abschluss einen Kaffee!

Das wird ein Festessen. Was mir Hannah für Genüsse beschert. Würde gerne mit ihr zusammen essen wollen. Vielleicht, nein, bestimmt ein anderes Mal.

Es klingelt? Das wird die Bestellung sein. Ging richtig schnell. Ja, danke, alles bestens so.

Noch ein paar Kerzen angezündet und eine passende Musik dazu, dann lasse ich es mir schmecken.

Es klingelt? Schon wieder? Ach, das Telefon klingelt. Das passt jetzt gar nicht. Soll es klingeln. Ich feiere.

Wer ist es denn? Die Nummer von Hannah? Was will die denn? Mit mir essen? Das hätte ich ein paar Minuten eher wissen sollen.

Hört gar nicht wieder auf mit Klingeln, dieses Mädel. Was hat sie denn? Muss wohl dringend sein. Sie wird doch nicht eine Züchtigung von mir wollen? Quatsch! Die hat doch noch Spuren am ganzen Körper. Das dauert Tage, bis die einigermaßen weg sind. Mal sehen, was sie wirklich will. Vielleicht ist es wichtig. Vielleicht geht es ihr nicht gut? Manchmal können diese ganzen modernen Kommunikationsmedien einfach nur nerven.

„Hallo Hannah! Wo drückt der Schuh? Ich diniere gerade fein."

„Ich habe hier ein kleines Problem, bei dem du mir behilflich sein musst." Ich wusste es. Hannah geht es nicht gut.

„Gern, Hannah, aber das kann doch hoffentlich noch etwas warten. Ich esse gerade ganz fein. Worin besteht dein Problem?"

„Was es ist, möchte ich jetzt am Telefon nicht sagen. Komm einfach schnell her. Die Wohnungstür wird angelehnt sein. Komme einfach ohne Bedingungen ins Wohnzimmer und lass dich überraschen. Der Rest wird sich ergeben." Dann legt sie einfach auf. Ist das nett? Ich rufe zurück.

„Hannah, das klingt mir sehr nach einem Lady-Soraja-Anruf. Ich bin aber PETRA! Ich habe hier ein feines Essen stehen. Du kannst gern herkommen. Das reicht für uns beide. Soll ich mal aus der Menüfolge vorlesen?"

„Komm schnell, es eilt." Ist Hannah wirklich krank? Dann kann sie es einfach sagen.

„Hannah, ich habe grade deine Mail gelesen, vor etwa einer Stunde. Das war für mich ein Anlass zum Feiern. Verstehst du? Wenn es dir nicht gut geht, so sage es jetzt direkt."

„Was du anziehst, ist mir völlig egal, nur keinen Jogginganzug. Komm schnell, es eilt." Diese Antwort macht mir nun wirklich Sorgen. Steht das Mädel unter Drogen? Das würde mir gar nicht gefallen.

„Hannah, du stehst unter Strom. Pass auf: Ich packe jetzt den ganzen Kram an Essen ein und komme umgehend damit zu dir gerauscht. Du legst derweil eine feine Tischdecke auf, möglichst etwas asiatisch angehaucht, machst einige Kerzen an, stellst zwei Gedecke mit allem Drum und Dran auf den Tisch, Gläser für Wein und für Wasser und Tassen für Kaffee zum Abschluss des Festmahls. Ich esse viel lieber mit dir als allein. Ein prima Gedanke von dir, mich anzurufen. Und ziehe irgendwas Leichtes über, etwas asiatisch Angehauchtes eben. Verstanden?" Wenn sie unter Drogen steht, dann wird sie das jetzt nicht begriffen haben.

Keuchen und leises Stöhnen ist in der Leitung zu hören, dann Pause.

„HANNAH, du machst fein, was ich gesagt habe. WIR ESSEN ZUSAMMEN! Wenn ich nicht meine Anweisungen auf das Genaueste befolgt vorfinde, so kannst du dir eine Session mit mir für längere Zeit in den Wind schreiben. Das würdest du bereuen. Mit mir würdest du nämlich eine Session erleben, wie du sie dir noch nie erträumt haben wirst." Ich grinse in mich rein. Wie wird sie das jetzt verstanden haben? Ich lege lieber noch mal nach.

„Ich erwarte von meiner Mistress, dass sie ihre Gefühle beherrschen kann. Verstanden? Wiederhole, was ich von dir erwarte. Wie sollst du das Zimmer herrichten? Wie sollst du mich empfangen?" Hannah stottert reichlich herum, aber ihr Gehirn scheint doch irgendwie zu funktionieren. Jedenfalls wiederholt sie meine Anweisungen ziemlich korrekt. Offenbar steht sie doch nicht unter Drogen.

„Gut, Hannah. Ich nehme das Auto und bin in ein paar Minuten bei dir. Die Tür kannst du angelehnt lassen. Ich erwarte dich am gedeckten Tisch sitzend. ICH möchte UNS bedienen."

„Danke, Petra. Ich bereite alles so vor, wie du wünschst. Ich freue mich auf dich."

Ich freue mich auch, aber diese Bemerkung schlucke ich herunter. Ich bin jetzt Hannahs Domina! Oder ihre schnelle Hilfe? Oder ihr Notnagel?

Wahrscheinlich auch, aber das widerspricht Hannahs Mail. Nein, sie will mich wirklich. Hat sie schon jemals erlebt, dass sie als Sub von ihrer Domina bedient wird, am Tisch sitzen darf und ganz fein mit ihr essen darf? Das muss eine Gefühlsverwirrung geben bei ihr. Sie soll lernen, sich beherrschen zu können. Dann wird es umso schöner.

Ja, Hannah, das ist meine Art! Wenn mich mein Gefühl nicht täuscht, so wird das noch eine ganz besondere Nacht. Muss ich morgen eigentlich zeitig raus? Nö. Ist ganz gut, so ein Job, bei dem man sich die Zeit einteilen kann. Man hat eine Menge Freiheiten, solange die Arbeit läuft und der Chef seine Ruhe hat.

Auf zu Hannah, yippiyaaaah und yippiyeeeeh! Ich ziehe einfach nur den langen Mantel über den Kimono drüber und ab ins Auto. Ach, schnell noch das Massageöl eingesteckt. Wird Hannahs malträtiertem Körper guttun und meinem auch, grinse ich. Das wird eine feine Massage. Die Feier geht erst richtig los!

Das Essen –
In Petras Vorstellung

Lustvoll schwebe ich die Treppen hinunter. Mit kühnem Schwung ins Auto und in den siebten Himmel gestartet. Heute macht Hannah, was ich will! Keine achtzig Durchzieher erwarten mich. ICH führe das Zepter!

Sogar die Haustür ist offen. Hannah hat wirklich an alles gedacht. Artig sitzt sie am gedeckten Tisch, etwas verunsichert vielleicht, aber erwartungsvoll mich anblickend.

„Da bin ich, Hannah! Wie ich sehe, hast du meine Anweisungen befolgt. Wir werden jetzt fein miteinander essen und dann erzählst du mir, was für ein Problem dich genau bedrückt."

„Petra … es ist … ähm … ich weiß nicht, wie ich es sagen soll."

„Später, Hannah. Jetzt lassen wir es uns schmecken. Heute ist Thailand angesagt." Ich erwärme uns die einzelnen Gänge etappenweise in der Mikrowelle und serviere. Auch Wein und Wasser schenke ich uns ein, ganz stilgerecht.

Eigentlich sollte Hannah glücklich sein, aber irgendwas bedrückt sie.

„Hannah, stehe mal auf." Vorsichtig und zögerlich erhebt sich Hannah und schaut mich dabei unsicher an. „Was sehe ich denn da? Habe ich gesagt, dass du auf einem Brett sitzen sollst, das mit Kronkorken gespickt ist? Das hat noch Folgen, aber nicht jetzt. Jetzt ist Thailand angesagt. Dort sitzt man eher auf weichen Kissen."

Ich nehme das Brett weg und schiebe ihr ein Sitzkissen unter. Hannah scheint erleichtert, aber sie wirkt auch zunehmend unruhiger. Eine Weile lasse ich Hannah noch auf dem nun zwar weichen, aber für sie wohl dennoch heißen Stuhl schmoren. Nach dem letzten Gang, dem Salat, beschließe ich, Hannah etwas zu erlösen.

„Erzähle mir, was dich bedrückt. Ist es Soraja?"

„Ähm … ich … ich …"

„So ein Gestotter kann ich nicht vertragen. Ich kann es mir denken. Du willst hart gezüchtigt werden. Daraus wird nichts, jedenfalls vorerst nicht. Das musst du dir bei mir verdienen." Beschämt schaut Hannah zu Boden. Möchte sie ihr Telefonat jetzt gern rückgängig machen? Doch nun bin ich einmal hier und mir kommt eine glänzende Idee. Warum nicht?

Themenabend Thailand!

Hannah als Dienerin —
In Petras Vorstellung

Noch versucht sich Hannah zu beherrschen. Doch ich merke, dass es ihr immer mehr schwerfällt. Bewegung schafft Entspannung. Sie hat es verdient.

„Hannah, du wirst mir eine Dienerin für die nächsten zwei Stunden sein. Wir machen Themenabend Thailand. Was das bedeutet, wirst du sehen. Zuerst räume den Tisch ab und mache uns einen anständigen Kaffee. Mir ist nach süßem Nachtisch." Artig räumt Hannah ab, braut Kaffee und deckt das Kaffeegedeck auf.

Ich versuche das Gespräch noch mal auf Soraja zu lenken, aber Hannah druckst nur herum. Es ist also wirklich so. Hannah will mich! Diese Erkenntnis macht mich stolz und glücklich. Damit wird mein Vorhaben gleich noch mal so schön.

„Hannah, Thailand bedeutet Entspannung, Erholung, Wellness, und du wirst mir als meine Thai dienen. Machst du es gut, so wirst du belohnt. Was das bei mir heißt? Du wirst es erfahren. Bin ich aber mit dir unzufrieden … nein … dann bekommst du **keine** Hiebe. Willst du mir eine Thaidienerin für mein Wohlbefinden sein?" Hannah nickt.

Eine Antwort wäre mir lieber, aber ich will jetzt nicht darauf herumreiten.

„Zuerst möchte ich die Haare gewaschen bekommen und dann trägst du mir ein Mittel auf, was ich mitgebracht habe." Was soll ich sagen? Ich liebe es, wenn mir die Haare gemacht werden. Die Massage der Kopfhaut, Kämmen, Föhnen, einfach verwöhnt zu werden, das erzeugt bei mir ein wonnigliches Gefühl. Ich habe maronenbraune Pflanzenhaarfarbe mitgebracht. Endlich ist die Gelegenheit da, sie auch anzuwenden. Hannah gibt sich alle erdenkliche Mühe und macht die Sache wirklich gut. Das Produkt muss mindestens eine halbe Stunde einwirken. In dieser Zeit lasse ich Hannah meine Körperrückseite von den Schultern bis zu den Fußsohlen mit dem herrlich entspannenden Öl massieren. Keine Hiebe, keine schmerzhaften Griffe, einfach nur Wohlfühlprogramm für mich. Es ist himmlisch. Nach der Massage lasse ich mich mit einer Decke zudecken. Hannah läuft derweil etwas unruhig in der Wohnung herum. Irgendwann habe ich das Gefühl, ich müsste mal nach ihr schauen.

Da versucht doch das Mädel den Inhalt meines Beutels zu erkunden!

„HANNAH!" Erschrocken zuckt Hannah zusammen.

„Du bist wie ein kleines Kind. Wenn man mal nicht aufpasst, gehst du stiften. Das hat Folgen. Aber zuerst mache mir die Haare fertig." Artig wäscht mir Hannah das Haarfärbemittel aus, föhnt, frisiert und bedient mich. Ich habe inzwischen nach einem Glas Wein verlangt. Schließlich bin ich fertig frisiert und habe Lust auf etwas Ausarbeitung. Hannahs Belohnung oder Bestrafung ist an der Reihe.

„Machen wir mal ein Resümee, Hannah. Positiv steht zu Buche: Du hast meine Anweisungen befolgt und alles so hergerichtet, wie ich es verlangt hatte. Du warst mir auch eine gute Dienerin. Ich fühle mich jetzt sehr wohl. Dass du mich Lady Soraja vorziehst, erfüllt mich mit Stolz. Negativ steht zu Buche: Du hast mich mit deinem Anruf beim Essen gestört. Du kannst dich nur schlecht selbst beherrschen. Du bist neugierig. Ich habe beschlossen, dich heute für die positiven Seiten zu belohnen. Die Bestrafung erfolgt ein anderes Mal."

Hannah schluckt. Sie will doch Hiebe, das weiß ich, aber eben deshalb bekommt sie diese heute nicht. Aber ich werde ihr auch etwas von ihrer Anspannung nehmen. Mal sehen, wie das Hannah gefällt.

Die Belohnung –
In Petras Vorstellung

Trotzdem ich ihr noch keinen einzigen Hieb verpasst habe, scheint Hannah entspannter und innerlich gefasster zu sein. So wie ihr Körper noch von Sorajas Züchtigung aussieht, kann ich sie nicht hart rannehmen. Das wäre verantwortungslos. Erst muss ihre Haut wieder makellos glatt sein.

Ich beginne mein Kunstwerk nur auf einer weißen, unbeschädigten Leinwand, wie es mein Spanker mal gesagt hat. Scheiße! Immer kommt dieser Scheißkerl Michael dazwischen.

Egal, jedenfalls will ich auf den Spuren von Lady Soraja nicht arbeiten. Aber Hannah hat eine Belohnung verdient. Sie schaut ohnehin schon mehrmals neugierig auf den kunstvoll bestickten Beutel, den ich mitgebracht und vorerst achtlos an den Kleiderhaken im Flur gehängt hatte. Was wird drin sein, Hannah? Deine Belohnung vielleicht?

Ich habe auf dem Weg zu Hannah kurz angehalten und einige Kräuter und Pflänzchen vom Feldrand gesammelt. Da ist was Nettes dabei. Nun lüfte ich nach und nach das Geheimnis meines ominösen Beutels.

Ich lege Hannah ein Halsband und Armbänder um, freilich die mit den Noppen innen. Das schafft bestimmt nicht die Wirkung von Kronkorken, aber etwas schmerzt es schon. Nun lasse ich Hannah in Bauchlage auf ihr Bett legen und kette die Hände zusammen und dann am Bett fest. Die Beine darf sie schulterbreit spreizen, mehr nicht. Zuerst reibe ich die Striemen von Sorajas Behandlung mit der Heilsalbe ein. Dann geht es los. Der weiche Flogger kommt zum Einsatz. Damit kann ich mich herrlich ausarbeiten. Immer und immer wieder saust die Peitsche auf Hannahs

Rücken nieder. Dabei wechsle ich ständig Intensität, Schlagfrequenz und Schlagart. Mal lasse ich die Lederstreifen sanft über ihre Haut gleiten, im nächsten Moment erfolgen heftige, harte Schläge schnell hintereinander, um von langsamen, mittelharten Hieben gefolgt zu werden. Ich zähle nicht mit. Sind es 200 oder 300 oder gar 400 Schläge?

Irgendwann habe ich das Gefühl, dass ich genug Ausarbeitung hatte. Hannah hat alles ohne Wimmern oder Stöhnen hingenommen. Das hatte ich erwartet. Mir gefällt das auch. Der Flogger ist einfach himmlisch.

„Es scheint dir zu gefallen, Hannah. Etwas Abwechslung gefällig?" Hannah antwortet nicht, aber das hatte ich auch nicht erwartet. Ich hole meinen Kräuterstrauß, den ich am Wegesrand gepflückt habe.

„Schau mal, was ich extra für dich gesammelt habe. Damit wirst du jetzt verwöhnt." Ich weiß nicht, ob Hannah begriffen hat, was da drinnen versteckt ist. Es sind Gräser, Strohhalme, Weidenzweige, aber auch Brennnesseln. Spätestens jetzt merkt es Hannah. Sie zuckt, windet sich etwas und will ausweichen. Aber mein Kräuterstrauß lässt keine Partie von Hannahs Rückseite aus. Sogar die Fußsohlen werden bedacht. Wir haben Wohlfühlprogramm, Hannah!

Irgendwann ist ihre Haut schön rot und ich weiß, die Wirkung der Brennnesseln hält eine Weile an. „Pause! Lasse es nachwirken, Hannah." Ich genieße ein weiteres Glas Wein und betrachte Hannahs Körper dabei genüsslich.

Danach ist die Vorderseite dran. Dafür habe ich das Lederpaddel und die kleine schwarze Peitsche mitgebracht. Ich binde ihr wieder die Hände am Bett fest. Ihre Beine stelle ich angewinkelt und spreize sie an den Knien auseinander. Bei dem Anblick werde ich plötzlich ziemlich geil. Nicht jetzt, denke ich. Das ist zu viel Belohnung für Hannah. Ich bearbeite ihre Vorderseite, einschließlich der Brüste und Innenseiten der Oberschenkel, bis alles schön rot eingefärbt ist. Den Anblick will ich noch eine Weile genießen. Sie wird es auch genießen, vermute ich.

Ich muss mich arg beherrschen. Gern würde ich Hannah jetzt verwöhnen. Sie ist ziemlich geil und dieser Anblick macht auch mich an. Nichts da, befehle ich mir.

„AUFSTEHEN!" Hannah erhebt sich vom Bett. Ist sie enttäuscht, zufrieden oder beides irgendwie? Noch etwas Strenge zum Abschluss wird das Mädel richtig geil machen. Aber heute erfolgt die Entspannung nicht, Hannah.

„Das war Belohnung, Hannah. Strafe sieht bei mir anders aus. Du bekommst jetzt einen Auftrag und eine Bitte von mir. Knie nieder!" Artig geht Hannah auf die Knie. Ich fasse ihr in die Haare und biege ihren Kopf leicht nach hinten.

„Höre gut zu. Du wirst bis zu unserem nächsten Treffen ganz enthaltsam leben. Keine Selbstbestrafungen, keine Selbstbefriedigungen. Verstanden? Ich bekomme heraus, wenn du dich nicht daran hältst oder mich gar belügen willst. Wiederhole!"

„Ent…Enthalt…Enthaltsam…Enthaltsamkeit …? Ich will es versuchen."

„Nichts mit versuchen. DU WIRST ES TUN! Versprich es mir."

„Ja, ich versuche es." Oh, dieses Mädel. Ist denn so was möglich? Ich lasse ihre Haare los.

„Hör zu, Hannah. Nächste Woche habe ich Geburtstag. Ich würde gern den Tag mit dir gemeinsam verbringen. Wir machen eine kleine Wanderung. Ich möchte gern etwas mehr von dir erfahren, von dir ganz privat. Das ist eine Bitte. Wir gehen essen. Du bist eingeladen. Und danach? Lass dich überraschen, Hannah! Gib mir bald Bescheid, ob du meiner Bitte nachkommen willst. Ich würde mich freuen. Nun stehe auf." Ich umarme Hannah, streichle ihr übers Haar und gebe ihr einen Kuss, zuerst in die Halsbeuge, dann auf den Mund. Dann nehme ich meine Sachen, verstaue alles in meinem Beutel und verabschiede mich schnell.

Es musste so schnell gehen, sonst wäre ich noch schwach geworden, aber das hätte meine ganze Aktion gefährdet. Hannah soll lernen, sich zu beherrschen. Ich muss es leider auch tun.

Wird Hannah meine Einladung annehmen? Sie würde es nicht bereuen. Aber sie kennt meine Überraschung noch nicht.

Hannah ist neugierig. Damit spiele ich. Ich bin jedenfalls sehr glücklich jetzt. Eine wunderbare Feier war das! So ganz anders.

Toll! Yippiyaaaahh und yippiyeeeeeeh!

Natürlich nimmt Hannah meine Einladung an.

Die Wanderung –
In Petras Vorstellung

Mit Schwung starte ich in meinen Geburtstag. Ein paar Vorbereitungen will ich noch treffen. In den Rucksack kommen einige Sachen für die Wanderung. Die Kleidung für den Nachmittag stecke ich in eine andere Tasche. In diese Tasche kommt auch mein Schatz. Nun ja. Ich habe mir selbst ein Geschenk gekauft. Das war ein Spaß, obwohl ich mir für diesen Einkauf erst Mut antrinken musste. Aber dann war es lustig und ich habe meine Errungenschaft wie einen Schatz heimgetragen, in einem Beutel, fest an meinen Körper gedrückt. Heute wird er ausprobiert. Dafür habe ich meine Dienerin. Aber dazu später. Sonst vertrödele ich mich noch. Noch ein Brötchen mit Marmelade und einen Tee, dann ab ins Auto.

Pünktlich um zehn Uhr klingele ich bei Hannah. Unwillkürlich muss ich an das Wochenende denken, als ich so völlig durcheinander war. Und jetzt? So schnell hat sich das Blatt gewendet. „Hallo", schallt es aus der Türsprechanlage.

„Was heißt hier Hallo? Wieso steht Hannah noch nicht **vor** der Tür? Etwas mehr Pünktlichkeit, meine Dame, erbitte ich mir zu meinem Geburtstag."

„Oh ja, natürlich. Komme sofort." Luder, denke ich. Warte nur ab. Nach einiger Zeit erscheint Hannah tatsächlich. Sehr wandermäßig sieht sie nicht aus. Aber schick ist es, was sie anhat.

Ich habe meine Lederhose angezogen, eine schwarze Bluse, ein buntes Seidentuch um den Hals geschlungen und eine Wanderjacke. Wir umarmen uns und Hannah haucht mir einen Geburtstagswunsch ins Ohr. Dann geht es los. Ich habe mir eine kleine

Wanderung durch einen bizarren Felsengrund ausgesucht. Der Weg ist gut begehbar, leicht zu bewältigen und sehr romantisch. Maler und Dichter haben diese Landschaft schon in ihren Bildern und Versen festgehalten und es passt zu meinem Vorhaben.

„Wie geht es dir, Hannah? Hast du gut gefrühstückt?"

„Danke, bestens."

„Wie hast du denn meine Anweisung zur Enthaltsamkeit ausgehalten? Das war doch bestimmt schwer?"

„Ja, das war schwer."

„Aber du warst stark? Meine starke Mistress. Ein Vorbild für mich. Ich wusste es. Du schaffst das." Hannah wird sehr verlegen. Ich grinse in mich rein. Ich will ja gar nicht, dass sie jetzt die Wahrheit sagt. „Hast du es ausgehalten? Sag es mir."

„J…Jaaa, … schon … irgendwie …" Bevor Hannah es sich doch noch anders überlegt, wechsle ich schnell das Thema. Ich erzähle einige Dinge über mich und meine Geburtstage von früher. Dann sind wir auch schon da und wandern los. Hannah war noch nie in dieser Gegend. Ich glaube, sie geht nicht so gern wandern. Wir gehen Hand in Hand, betrachten einzelne Felsgebilde, lassen unsere Fantasie schweifen. Ich erzähle ihr etwas über die Gegend, die Landschaft und über eine alte Sage.

Dieser feuchte Grund hat den Namen Teufelsgrund. An seinem Ende befindet sich die Teufelskammer, ein großer, offener Felsendom mit einem „Opferstein" in der Mitte, und die Teufelshöhle, eine etwa zehn Meter in den Fels hineingehende natürlich entstandene Höhle. Dorthin will ich mit Hannah. Die Sage erzählt, dass in früheren Zeiten Frauen und Mädchen hierhergebracht wurden, um ihre Ehrlichkeit und Keuschheit zu prüfen. Ich schweife noch etwas ab von der Sage, dichte etwas dazu und halte Hannah bei Laune. Laufen scheint wirklich nicht ihre starke Seite zu sein, sie hält aber tapfer mit. Dann sind wir da, also da, wo ich als erstes Etappenziel hin will, die Höhle. Die Teufelshöhle ist für die Öffentlichkeit frei zugänglich, gut begehbar und nach einigen engeren Stellen bildet sie an ihrem hinteren Ende einen größeren Raum, „die Teufelsküche" genannt. In der Mitte befindet sich ein relativ flacher Stein, der den Namen „Steinerner

Tisch" trägt. Dort will ich hin. Ich krame die Taschenlampe aus dem Rucksack. Nach der ersten engeren Stelle ist es nämlich stockdunkel drinnen.

„Wir gehen jetzt da rein", sage ich zu Hannah. Sie schaut mich unsicher an. Ist etwas Angst in ihren Augen? Ich nehme sie einfach bei der Hand und ziehe sie hinter mir her. Am Ende der Höhle angekommen, stelle ich den Rucksack ab. Ich entzünde zwei Teelichter, lösche die Taschenlampe und stecke mir diese in die Hosentasche. Dann fülle ich zwei Becher mit dampfendem Glühwein aus der Thermosflasche und dazu gibt es gefüllte Lebkuchenherzen.

„Stoßen wir an auf meinen Geburtstag! Prost!" Wir stoßen mit den Bechern an und lassen es uns schmecken. Die Teelichter flackern und werfen bizarre Schatten an die Felsendecke der Höhle. Das ist schon ein recht schauriger Ort hier. Wie nebenbei erzähle ich weiter von der Sage. In dieser Höhle wurde die Prüfung auf Ehrlichkeit und Keuschheit durchgeführt. Es heißt, dass die erstaunlichsten Dinge an diesem dunklen Ort – nun ja – ans Licht kamen? Das kann man schlecht sagen hier. Sie wurden wohl eher gestanden.

Die Thermosflasche mit dem Glühwein ist leer, die Becher leer getrunken, die Lebkuchen verzehrt. Ich merke, dass Hannah gern wieder raus möchte. Ich packe die Sachen in den Rucksack zurück, schalte die Taschenlampe ein und lösche die Teelichter. Mit der Lampe leuchte ich die Felswände ab. Dabei entferne ich mich ein Stück von Hannahs Standort. Plötzlich mache ich die Lampe aus. Augenblicklich ist es stockdunkel. In diese Ecke kommt nicht der kleinste Lichtschein von außen herein. Diese plötzliche vollkommene Dunkelheit erzeugt augenblicklich ein Angstgefühl. Wie wir doch auf unsere Sinneseindrücke reagieren. Ich halte wenigstens die Lampe in der Hand, die einzige Quelle des Lichtes. Unwillkürlich fasst meine Hand fester zu. Jetzt nur nicht die Lampe fallen lassen. Wie wichtig die Taschenlampe jetzt plötzlich geworden ist.

Hannah hat nichts in der Hand! Sie steht im Dunkeln, hat nichts zum Festhalten, nichts zum Lichtmachen und auch ich bin ein Stück weit weg. Ich lasse die Dunkelheit einen Moment wirken. Dann beginne ich.

„Hannah?"

„Ja."

„Wie sollst du mich nennen?"

„Petra, mache das Licht wieder an, bitte."

„Antworte auf meine Frage, Hannah!"

„Mephisto … Bitte mache das Licht wieder an." Sie hat mich gefragt, wie sie mich nennen solle. Beim Gedanken an die Höhle kam ich auf diese Idee. Nenne mich Mephisto!

„Warst du keusch, Hannah?"

„Ja. Mache das Licht wieder an, bitte, bitte." Ich schweige. Irgendwo fällt ein Wassertropfen zu Boden. Wie laut diese Geräusche plötzlich sind. Vorher haben wir das gar nicht wahrgenommen.

„**DU LÜGST!** Die **WAHRHEIT**, Lügnerin!!! Ich will die Wahrheit hören." Wieder warte ich schweigend. Auch Hannah bleibt stumm. Muss ich zum äußersten Mittel greifen? Mir graut es davor. Noch warte ich eine Weile. Aber Hannah bleibt stumm. Ich muss es tun.

In der Innentasche meiner Jacke habe ich eine kleine Pfeife. Mit dieser Pfeife kann man den Schrei eines Käuzchens täuschend echt nachahmen. Nun ist so ein kleiner Waldkauz völlig harmlos, aber er ist nachtaktiv. Sein Schrei in der Nacht … bei völliger Dunkelheit … mir gefriert schon bei dem Gedanken das Blut. Und Hannah weiß nicht, was ich vorhabe.

Ich fühle nach der Pfeife und drehe sie vorsichtig in der Tasche in die richtige Lage zwischen meinen Fingern. Nur nicht runterfallen lassen. Warum denkt man dauernd daran?

Weil du sie dann nicht wiederfinden kannst, du Dussel.

Soll ich es tun? Hannah schweigt weiter. Ich setze die Pfeife an den Mund, hole Luft und …

Plopp. Ein Wassertropfen fällt.

Dann … – … – witt … Es klingt entsetzlich laut und gruselig.

Ein Schrei! Hannah stößt einen spitzen Schrei aus.

„Petraaaaaahhhh! Was war das?"

„Das war Mephisto. Die WAHRHEIT, Hannah. Die **WAAAHHRHEIT!!!!!**"

„Ich habe es mir … ich habe … ja … ich war schwach."

„Wie oft?"

„Einmal nur."

„Du lügst!"

„Neiiiiiiin!!!! Ich schwöre! Nur einmal."

„Und das Brett, du masochistisches Weib?"

„Das war Heiiiilung. Wegen der Brenn… schnief …nesseln. Mache das Licht bitte aaaan."

„Wie heiße ich, du jämmerliche Trantute?"

„Petra … ähm … Mephi…phist… schluchzz … schniefff … phistooooo."

Hannah scheint am Ende ihrer Nerven zu sein und ich bin es auch. Ich mache die Lampe wieder an und atme erst mal heimlich tief durch. Welche Wirkung Dunkelheit und Alleinsein haben können. Hannah fällt mir in die Arme und schluchzt.

„Wirst du mich jetzt bestrafen?"

„Ich werde dich an den Felsen ketten, du Wimmertante, und eine halbe Stunde allein lassen. Ohne Licht, freilich! Angsthase!" Hannah schaut mich mit großen, angstvollen Augen an. Eine halbe Stunde in völliger Dunkelheit ganz allein kann wie eine Ewigkeit erscheinen. Dazu vielleicht noch unbestimmte Geräusche. Tiere? Es gibt Tiere, die in völliger Dunkelheit leben. Sie kommen aus den Ecken und kriechen über den Boden auf Hannah zu. Oder Fledermäuse? Gibt es hier Fledermäuse oder Ratten, Spinnen, Insekten, Käfer, Eulen?

„Neiiiiiin!" Hannah fällt vor mir auf die Knie, umklammert meine Beine mit beiden Armen und krallt sich in meiner Hose fest. Dazu schluchzt sie hemmungslos.

„Ich bin Mephisto, aber kein grausamer Mensch. Du wirst deine Strafe bekommen, für die Lüge und für den Ungehorsam. Teuflische Strafen wirst du dafür hinnehmen müssen. Aber nicht hier." Dann nehme ich Hannah bei der Hand und taste mich in Richtung Ausgang vor. Wie hell und freundlich uns plötzlich der eigentlich graue Novembertag vorkommt. Alles ist relativ.

Wir genießen das Tageslicht, bauen bei der Bewegung den Stress der Angst ab und erreichen, wieder einigermaßen das Adrenalin runtergeregelt, die traulich rustikale Gaststätte, deren erleuchtete Fenster uns Wärme, Licht und gutes Essen versprechen.

Wir nehmen an einem Tisch am Fenster Platz und lassen uns die Speisekarte kommen. Die Auswahl ist übersichtlich, dafür wird das Essen frisch zubereitet und schmeckt vorzüglich. Nach einiger Beratung entscheiden wir uns für ein kleines Menü bestehend aus:

Vorspeise: Putenpastete im Blätterteig
Suppe: Klare Wildkraftbrühe mit Leberknödel
Hauptgericht: Wildschweinbraten mit Rotkohl und Klößen
Nachspeise: Preiselbeeren in Vanilleschaumcreme mit Schoko-
              praline
Dazu eine Flasche „La Crox" und zur Nachspeise Kaffee.

Ich schaue auf die Uhr. Es ist genau dreizehn Uhr. Wir liegen prima in der Zeit, denke ich. Für sechzehn Uhr habe ich eine Überraschung vorbereitet. Davon weiß Hannah noch nichts. Wir können also in aller Ruhe uns das Geburtstagsmenü schmecken lassen, denn bis zum Auto zurück sind es nur etwa zwanzig Minuten Fußweg.

Bis das Essen gereicht wird, erzähle ich Hannah noch einige Dinge von mir. Mir ist es wichtig, dass der andere Mensch auch etwas von mir persönlich erfährt. Was ich beruflich mache, wie ich lebe, welche Hobbys ich bevorzuge und vielleicht auch, was ich nicht so mag oder worüber ich mich ärgern würde. Schließ-lich ist Spanking ein „Sich-auf-den-anderen-einlassen-und-ver-trauen-Können" im ursprünglichsten Sinn. Schließlich frage ich Hannah, ob sie mir auch etwas von sich berichten möchte. Frei-lich ist das nur eine Bitte. Jetzt sind wir zwei *Frauen*, die sich ver-trauen, sich kennengelernt haben, gemeinsam ihren Neigungen und Fantasien Raum geben wollen und zusammen einen schönen und besonderen Tag verbringen.

Für mich ist es das Wunderbarste, was man sich zwischen zwei Menschen vorstellen kann!

Wird Hannah von sich erzählen wollen? Auch bin ich sehr neugierig zu wissen, wie sich Hannah in der dunklen Höhle gefühlt hat. Werde ich es bald erfahren?

Werde ich es erfahren? Die Antwort lässt auf sich warten. Wir sind schließlich nur virtuell dort gewesen. Was hat sie aus meiner Geschichte herausgelesen? Vielleicht war es doch ein Schock für sie? So wie für mich diese Lady Soraja ein Schock war?

Derweil spinne ich meine Gedanken weiter. Geht es nach ihrer Antwort umso schneller über zum gemütlichen Teil des Tages, denke ich.

Die Überraschung – In Petras Vorstellung

Langsam habe ich das Gefühl, dass Hannah immer nervöser wird und auch bei mir steigt die Spannung mit jeder Minute. Ich habe ihr noch nichts verraten und so fahren wir schweigend dahin. Dann sind wir da. Auf dem Eingangsschild steht „Villa Bizarro Roso".

Ob sich Hannah schon einen Reim drauf machen kann? Was wird sie, was wird uns erwarten? Auf der Website steht: „Der SM-Keller ist ausgerüstet mit Andreaskreuz, Slings, Streckbank, Liege, Strafbock, Kniepranger, Käfig und Bondageelementen."

Wir treten ein und sind beeindruckt. Alles ist sehr stimmungsvoll, sauber, warm und für uns ganz allein, jedenfalls für die nächsten Stunden. War Hannah schon mal in so einem Ambiente? Welchen Eindruck macht es auf meine Mistress, wenn ich, Petra, ihre eigentliche Sub, die Hannah selbst zu ihrer eigenen Meisterin erbeten hat, mit ihr, mit Hannah als Petras Dienerin, in diesem Studio der Lust und Leidenschaft frönen und von Petra, alias Mephisto, wenn Mistress Hannah also von Mephisto gedemütigt und gezüchtigt wird?

Ziemlich verwirrende Gedanken in einem ziemlich verworrenen Satz. Egal. Dazu wird später Gelegenheit sein, diesen

Gedanken und Gefühlen Ausdruck zu verleihen. Jetzt frisch ans Werk. Zuerst ziehe ich mich um. Ich habe lange überlegt, was für ein Outfit dem Anlass und der Stimmung angemessen sein dürfte. Schließlich habe ich mich für genau jenes Kleid entschieden, welches mir bei meinem ersten Auftritt in Hannahs Domizil so viel Schamgefühl eingebracht hat. Das schwarz-weiße Kleid mit Schlangenmuster und dem tiefen Ausschnitt ist sehr bequem und dazu schwarze halterlose Strümpfe mit Muster. Mehr nicht. Nichts drunter sonst. Ziehe ich eh aus, griene ich in mich hinein. Was wird meine Mistress als Dienerin fühlen, wenn ich genau in diesem Kleid auftrete? Nun geht es los.

Hannahs erste Züchtigung –
In Petras Vorstellung

Hannah hatte sich ganz ungefragt auf das schwarze Ledersofa gegenüber der Spiegelwand gesetzt. War sie so ergriffen oder hat sie ihre Rolle noch nicht verinnerlicht, die sie hierher geführt hat? Sie wird es gleich merken.

„Wer hat dir erlaubt, dich zu setzen? Stehe auf und komme her zu mir. Ziehe sofort deine Sachen aus, alle Sachen, und dann stelle dich hierhin." Von der Decke hängen Ketten, an die ich meine Dienerin zunächst einmal festbinden will. Handfesseln um die Handgelenke, Arme hoch und in die Ketten eingehängt. Nun straff gezogen, sodass Hannah gerade noch den Boden mit den Füßen berühren kann, aber sehr gestreckt stehen muss. Zur Aufwärmung greife ich nach einer Peitsche mit Glattlederstreifen. Die zieht sicher heftiger als mein Flogger, denke ich. Mal sehen, was Hannah verträgt. Lustig lasse ich die Peitsche auf ihrem Körper tanzen, mal vorn, mal hinten, mal von oben, mal von unten, mal heftig, mal sanfter, mal schnell hintereinander, mal mit unbestimmter Pause, mal stumm und gleichmäßig, mal begleite ich meine Hiebe mit anfeuernden Rufen, wie hey, hoo, jaaaa, guuuut, braaav …

Als mir genug warm geworden ist, werfe ich die Peitsche auf das Sofa und binde Hannah los.

„So, du feine Lügenlady. Musste ich der Wahrheit erst auf die Sprünge helfen? Warum … belügst … du … mich? Auf die Knie! Küsse mir die Füße, dalli!" Artig geht Hannah runter. Als sie wieder hochkommen will, drücke ich ihr den Kopf mit der Hand runter.

„Ist das etwa alles an Verehrung? Küsse mich die Beine hinauf, du faules Luder!" Hannah küsst mit Inbrunst Waden, Knie und Oberschenkel. Dann lasse ich Hannah knien und halte eine Strafpredigt, immer im Raum und um sie herumlaufend.

„Du bringst mich um meine Mistress, lässt dich zur demütigen, unterwürfigen Sub herab, bettelst um Hiebe, störst mich beim feinsten Essen mit einem Notanruf, belügst mich, hast nicht die geringste Selbstbeherrschung, missachtest meine Forderungen und was weiß ich noch alles. Was glaubst du, was da für eine Strafe zusammenkommt? Sage es selbst." Hannah sagt nichts. Sie schaut mich nur von unten her an. Das reicht für einige weitere Ohrfeigen. Dann ziehe ich sie an den Haaren hoch und unsanft zum Strafbock, drübergelegt und festgebunden, alles in einer fließenden Bewegung integriert. So flott hat Hannah das vielleicht noch nie erlebt.

„Für die Lüge. Wie viele Hiebe? Reicht dir ein halbes Dutzend?"

„Du sagst nichts? Also drei halbe Dutzend für die Lüge."

Ich habe rein gar nichts gesagt, womit ich ihr die Hiebe geben will. Vorerst greife ich zu einem Lederpaddle. Schon tanzt das Paddle lustig auf Hannahs strammen Hinterbacken und auch die Innen- und Rückseiten der Oberschenkel bekommen herrlich Farbe.

„Das war Anwärmübung. Ich bin nämlich keine Lady Soraja. Ich bin Mephisto. Meine Strafe ist teuflischer Natur. Die Hölle muss vorgewärmt werden."

Ich lasse Hannah etwas schmoren und gehe erst mal zur Requisitenecke. Dort entscheide ich mich für einen Rohrstock zehn Millimeter, eine Ledergerte und eine teuflische Peitsche. Die Peitsche besteht aus etwa drei Millimeter dicken runden Lederstriemen. Ich zähle die Streifen laut durch. Eins, zwei, drei, vier, fünf, sechs, sieben, acht. Hannah kann nicht sehen, was ich zähle.

Vorsichtig ziehe ich mir die teuflische Peitsche über meinen Oberschenkel und ziehe hörbar die Luft ein. Verdammt, damit muss ich vorsichtig umgehen. Die ist echt höllisch. Bevor das Luder auskühlt, kommt das Paddle noch mal zum Einsatz und dann geht es los.

„Achtzehn Hiebe und du zählst laut mit. Aber, feine Lady, es gibt die achtzehn Hiebe mit drei verschiedenen Instrumenten!" Dabei zeige ich Hannah meine ausgewählten Helfer. „Auch wirst du diese Prozedur drei Mal genießen dürfen. Dazwischen kannst du dich dem Genuss des Wartens hingeben."

Mit der Gerte geht es los, dann kommen Rohrstock und Höllenpeitsche zum Einsatz. „Du bekommst immer ein halbes Dutzend von jeder Sorte. Du zählst also von eins bis sechs, dann noch mal von eins bis sechs und ein drittes Mal von eins bis sechs. Verstanden? Was ich nicht höre, zählt nicht." Ich warte Hannahs Antwort nicht ab. Es geht sofort los.

Die ersten sechs gleichmäßigen Hiebe mit der Gerte zählt Hannah artig mit, immer drei von jeder Seite. Beim Rohrstock zuckt und windet sie sich schon erheblich, schreit auch schon mal „aua, au", zählt aber auch noch ordentlich mit. Nun kommt die Peitsche. Ich lasse sie zunächst ein paar Mal durch die Luft sausen und dann ganz unvermittelt auf Hannahs Hintern. Statt zu zählen gibt Hannah einen mörderischen Schrei von sich.

„Zähle, du kleines Luder! Das war Nummer eins! Aus Gnade lasse ich den Hieb gelten." Ich weiß jetzt, dass ich nur weniger hart damit schlagen darf, aber das sage ich nicht. Hannah jammert und windet sich, möchte die Fesseln zerreißen, wimmert, heult auf und schluchzt mehr, als das sie zählt. Ich übernehme das für sie. „FÜNF" … „SECHS" … PAUSE.

Ich binde Hannah los und sperre sie in den Käfig. Decke drüber, sodass sie nichts sehen kann. Ich gönne mir auch eine Pause auf dem Sofa. Es ist ganz still, nur Hannah wimmert leise im Käfig vor sich hin. Denkt sie an die dunkle Höhle? Was mache ich nur mit ihr? So hart hält die das nicht wirklich lange durch. Außerdem bin ich nicht Soraja. Ich brauche sie noch als Liebesdienerin und dabei soll Hannah durchaus bei Kräften sein. Sie soll noch weitere Hiebe mit jedem Instrument bekommen. Wie mache ich das nur? Ja, so wird es gehen!

„Raus, du jämmerliche Figur. Die nächsten Teufeleien bekommst du am Kreuz." Bevor sich Hannah versieht, ist sie festgebunden. Die Gerte tastet mit je drei Hieben rechts und links ihren Rücken ab. Dann folgt der Rohrstock den Spuren. Drei rechts und drei links.

„Siehst ja aus wie eine abgenagte Fischgräte. Da fehlen noch paar Längsstreifen." Schon saust meine teuflische Peitsche auf ihren Rücken herab. Ich mache vorsichtiger, aber Hannah windet sich dennoch. Zu zählen hat sie längst vergessen und ich habe vergessen, sie daran zu erinnern.

„FÜNF, SECHS! Du hast nicht mitgezählt. Weißt du, was das heißt?" Hannah erschrickt sichtlich. Alles noch mal von vorn?

„Das ist meine zweite Gnade, die ich dir gewähre. Du hast noch eine dritte Gnade frei, aber überlege gut. Bei mir ist noch lange nicht Schluss. Das ist erst die Strafe für die Lüge. Der Ungehorsam wird später bestraft." Wieder binde ich Hannah los und mache kurzen Prozess, indem ich sie sich sofort in einen Sling legen lasse.

„Deine Oberschenkel sehen noch ganz blass aus. Das geht so nicht." Die Gerte und der Rohrstock kommen jetzt gleichzeitig zum Einsatz. Je ein Hieb auf die Ober-, Außen- und Innenseite mit Gerte und Stock. Dann die Peitsche, rechts – links – rechts – links – rechts – links. Hannah zählt tapfer mit.

„Du hast es gleich geschafft. Für die letzten zwei Hiebe kannst du das Instrument auswählen. Was willst du? Gerte, Rohrstock oder Peitsche? Wähle schnell."

„Geehhhhhrte", haucht Hannah. So ein Luder, denke ich. Aber verstehen kann ich sie.

„Na gut. Dann weiß ich jetzt, dass du die Gerte magst, und brauche sie für weitere Strafen nicht mehr zu verwenden." Diesen Scheiß-Satz habe ich von Michael gelernt. Das mir so ein Mist mal nützlich sein könnte, grinse ich in mich rein.

Hannah ist einigermaßen geil und ich stimuliere sie mit der Hand noch etwas weiter. Ich ziehe ihre Schamlippen auseinander, führe drei Finger in ihre nasse Höhle und treibe sie zur Lust. Doch bevor sie ganz vergisst, dass hier nicht Jahrmarkt der Lustbarkeit herrscht, sondern Mephisto regiert, ziehe ich meine Hände weg, hole mit der Gerte aus und knalle diese zweimal gezielt in ihre sinnliche Mitte. Das geschieht so unerwartet, dass Hannah erst danach begreift, was geschehen ist. Aber ich lasse ihr keine Zeit.

„Hoch, du faules Mädel. Das ist kein Schlafsalon hier. Ab in die Ecke und niedergekniet. Nein, nicht die Hände in den Nacken! Habe ich davon was gesagt, du kleine Lügnerin? Denke über deine Strafe für den Ungehorsam nach. Nicht, dass du wieder keine Antwort weißt, wenn ich dich nachher fragen werde." Denke schön nach, Hannah, denke ich. Erst mal wirst du ganz was anderes für mich tun. Aber das wirst du vielleicht auch nicht so mögen, wie du es gern hättest. Ich bin schließlich Mephisto. Teuflisch gut!

Hannah als Liebesdienerin – In Petras Vorstellung

Vor Hannahs zweiter Züchtigung habe ich ein schönes Zwischenspiel eingeplant. Mein selbst gekauftes Geburtstagsgeschenk soll eingeweiht werden. Allein der Kauf war schon ein Erlebnis der besonderen Art. Etwas abseits der Hauptmagistrale, in der Fußgängerzone, befindet sich der delikate Laden, dem ich bisher nie Beachtung geschenkt hatte. Nun wollte ich dort also reingehen. Wirklich? Wollte ich das?

Nein, nicht ohne Vorbereitung. Erst mal auf die gegenüberliegende Straßenseite geschwenkt und in der dortigen Bar einen doppelstöckigen Whisky bestellt. Mit der Wirkung des Whiskys gelingt mir der direkte Angriff auf die Eingangstür des gegenüber befindlichen Ladens besser. Mit Anlauf sozusagen erstürme ich das mir unbekannte Territorium und bleibe abrupt stehen. Kein anderer Kunde befindet sich im Laden. Nur ich ganz allein und genau gegenüber, hinter der Ladentheke, die Verkäuferin.

Eine Frau, denke ich. Wenigstens kein Mann. Wahrscheinlich hätte ich sonst sofort kehrtgemacht. Was nun tun? Ich kann doch nicht hier einfach durch die Regalreihen schlendern. Das ist schließlich kein Buchladen. „Angriff", flüstert mein verunsichertes Selbstbewusstsein mir zu. „Einfach weiter in die Richtung vorwärts stürmen."

So setze ich meine unterbrochene Bewegungsrichtung fort und lande genau vor der Ladentheke. „Kann ich ihnen behilflich sein?" Äh, was? Jetzt gilt es. Rückzug unmöglich. Also los.

„Ja, sehr gern. Ich möchte einen Vibrator kaufen. Sie können mich sicherlich beraten." Für die Verkäuferin war das die Aufforderung hinter ihrem Bollwerk hervorzukommen. Mit elegantem Hüftschwung kurvt sie um die Ecke der Ladentheke und bedeutet mir, ihr zu folgen. Zielgerichtet verschwinden wir zwischen den Regalreihen. Dann entwickelt sich ein sehr entspanntes Gespräch. Die Verkäuferin ist offenbar nicht nur kompetent, sondern auch geschult für den Umgang mit verunsicherten Kunden. Schließlich entscheide ich mich für ein von ihr empfohlenes Modell und das Gleitgel gibt es gratis dazu. Die Verkäuferin verstaut meinen Neuerwerb in einer neutralen Tüte, die ich fest an mich drücke und mit der ich in Richtung Ausgang starte.

An der Tür pralle ich fast mit einem Typen der Marke „Türsteher in der Disko" zusammen. Er versperrt mir den Weg und guckt irritiert. Als die sich automatisch schließende Tür ihm in den Rücken stößt, scheinen Reste seines Kleinhirns in Bewegung zu kommen. Er murmelt ein „Sorry" und hält sogar die Tür auf. Ein echter Türsteher, griene ich. Was wird der wohl kaufen wollen?

So, jetzt aber die Vorbereitungen für meine ganz persönliche Geburtstagsfeier treffen. Schnell entledige ich mich meines Kleides. In der Mitte des Raumes steht eine große, quadratische Liege unter einem Ring aus roter Beleuchtung. Ich decke mein rot-schwarzes, großes Badelaken darüber und drapiere mich in entspannt erotischer Pose, nur mit den Halterlosen bekleidet, darauf. Auf der Seite liegend, stütze ich den Kopf mit der rechten Hand ab. Das rechte Bein liegt leicht angewinkelt auf der Unterlage, den linken Fuß aufgesetzt hinter die Kniekehle. Meine linke Hand liegt lässig auf der Hüfte, mein Neuerwerb und das Gel vor mir auf dem Badetuch.

So hingehaucht betrachte ich noch einige Momente Hannahs Rücken. Ein wunderbarer Anblick. Ich liebe ihren Körper, ihr Haar und die Striemen der Züchtigung. Der optische Eindruck macht mich fast schon geil, aber Hannah soll ihre Kunst zeigen. Was wird sie draufhaben als meine Liebesdienerin?

„Hannah! Bevor du für deinen Ungehorsam bestraft wirst, sollst du mir zu Diensten sein. Du wirst mich als meine Liebesdienerin in die Geheimnisse und die Kunst im Umgang mit den Hilfsmitteln der Lustbarkeit einführen. Da du in dieser Hinsicht mehr Erfahrung haben dürftest als ich, überlasse ich dir jegliche Handlungsfreiheit. Nur zwei Dinge sind dir strengstens untersagt. Erstens: Du darfst mich nicht schlagen. Zweitens: Du darfst dich nicht selbst berühren." Ich mache eine Kunstpause, um meine Worte wirken zu lassen. Unerwartet ertappe ich mich bei dem Gedanken, dass ich eigentlich genau das mal gern hätte. Eigentlich würde ich gern mal zuschauen, wie sich Hannah selbst berührt und sich Lust bereitet. Aber nun ist das Verbot ausgesprochen und dabei bleibt es jetzt.

„Hannah! Ich bin jetzt nur Petra. Mephisto bin ich nur, wenn ich dich züchtige. Stehe jetzt auf, komme zu mir und zeige, was du kannst als meine Liebesdienerin." Hannah erhebt sich. Was dann geschieht? Nun, das kann nur Hannah selbst erzählen.

Hannah als Liebesdienerin –
Wie Hannah sich ihre Rolle als Sexdienerin vorstellt

Ich warte auf Hannahs Antwort. Sie schreibt mir nicht. Ist sie krank geworden? Ich kann ja mal nachfragen.

„Hallo Hannah, wie geht es dir? Alles in Ordnung? Melde dich doch mal."

Die Antwort kommt prompt. Es ist eine automatisch generierte Mailantwort. Sie sagt mir, dass diese Mailadresse nicht existiert.

Zuerst bin ich von einem Fehler im System überzeugt. Ich werde es einfach später noch mal versuchen.

Wieder das gleiche Resultat. Hannah hat sich einfach abgemeldet! Warum?

Hat ihr die Szene in der Höhle so zugesetzt? Will sie nichts von sich selbst preisgeben?

Es ist doch alles nur virtuell geschehen. Warum meldet sie sich einfach ab? Ohne ein einziges Wort! Das ist gegen alle guten Sitten!

Gegen meinen Willen habe ich diese Hannah irgendwie lieb gewonnen. Ja, ich wollte gern irgendwann einmal mit ihr real zusammen sein. Was ist schlimm daran? Was hat Hannah zu verbergen?

Ich werde es nie erfahren. Wirft mich einfach raus, indem sie virtuell verschwindet. Soll ich doch verrecken. Meldet sich ab, ohne ein letztes Wort, ohne Gruß. Einfach weg und vorbei. Soll ich doch verrecken?

Sollen sie doch verrecken! Alle! Vertraue niemandem! Vertraue keinem Menschen! Niemals! Du wirst immer enttäuscht werden. Ich heule wie ein Schlosshund.

Die härtesten Hiebe haben mich nicht zu Tränen gebracht. Was sind schon Hiebe? Die gehen schnell vorbei. Dann ist alles wieder gut. Aber die Verletzungen der Seele heilen nie. Es bleiben immer Narben zurück. Für das ganze Leben.

Was habe ich getan? Nichts. Ich wollte nur meine Träume und Neigungen ausleben. Ich war immer ehrlich. Ich habe vertraut. Ich habe niemanden verletzt, keinem wehgetan!

Es sind Träume. Es sind Spiele. Es ist ein Spiel um Vertrauen in einer Welt, die jenseits der wirklichen Welt existiert.

Warum ist Hannah weggegangen? Ich werde es nie erfahren!

11

DIE PEITSCHE

Diese Hannah! Sie ist weggelaufen. Dabei war alles nur in unserer Fantasie geschehen.

Dennoch hätte ich gern meinen Geburtstag mit dieser Hannah real verbracht. Mit dieser virtuellen Geschichte hatte ich diese seltsame Frau irgendwie lieb gewonnen. Spanking virtuell kann durchaus bis tief in die emotionale Ebene hineingehen und ganz reale Gefühle für den völlig unbekannten Menschen erzeugen.

Ganz real war jedenfalls die Jahreszeit, in der die Geschichte vom virtuellen Spanking angesiedelt ist. Der graue November geht schließlich in den erwartungsbeladenen Dezember über. Es weihnachtet allerorten. Entsprechende Märkte, Feiern, Dekorationen und das mehr oder weniger feierlich angehauchte Gedudel von heiligen Nächten, dem Christkind, Heimelichkeit und Familientraulichkeit verfolgen einen auf Schritt und Tritt.

Klar machen Petra und Michael auch eine zünftige Weihnachtssession mit Rute, Sack und Wünschen. Ist das so klar?

Ja, wir hatten eine Session im Dezember. Sie hatte aber weder etwas Weihnachtliches an sich, noch war uns sonst irgendwie sinnlich-festlich zumute. Immerhin hatte Michael, auf meinen Wunsch hin, eine Nikolausrute gebastelt. Da er nun wirklich nicht der handwerklichste Typ ist, war das sehr nett von ihm. Ansonsten gab es keine vorweihnachtlichen Dekorationen oder andere anheimelnde Besonderheiten, nicht einmal Kerzenschein. Auch ich habe keinen gesteigerten Wert auf Heimelichkeit zur Weihnachtszeit gelegt.

Was wird Michael tun in diesen besonderen Tagen?, frage ich mich. Dabei denke ich an jenes Jahresende zurück, als ich ganz allein mit mir selbst war. Es war eine merkwürdige Zeit mit sonderbaren Gedanken und Gefühlen. Ich ließ die Frage nach seinen Jahresendplänen deshalb diskret unausgesprochen.

Zunächst nehme ich ihn nach unserer Session im Auto mit in die Stadt, weil er sich mit ehemaligen Kollegen treffen will, wie er sagt. Die üblichen Grüße für ein frohes Fest fallen bei unserer Verabschiedung eher wie das Aufsagen einer eingelernten Strophe aus einem Weihnachtsgedicht aus. Nichts kommt von Herzlichkeit, Freude oder wenigstens Hoffnung rüber. Als ich ihn schließlich am Zielort in der Stadt abgesetzt habe, erscheint er mir recht verloren und traurig im kalten Licht der Straßenlaterne zu stehen. Ich muss mich zwingen loszufahren und nicht aus dem Auto auszusteigen. Aussteigen und ihn fest umarmen, das hätte ich ganz spontan viel lieber getan. Warum durfte ich diesem Gefühl nicht nachgeben? Vielleicht hätte es ihm gutgetan? Ja, vielleicht, aber er hätte es wahrscheinlich völlig falsch gedeutet.

Ach, was sollen diese Gedanken? **Ich** habe schließlich Familie und werde mich meinen eigenen Befindlichkeiten zuwenden. Nicht, dass wir uns Einkaufs- oder Besuchsstress schaffen würden vor den Feiertagen. Das Jahresende ist traditionell eine Zeit der Ruhe für uns. Am Weihnachtstag geht es raus in die Natur. Abends wird in der heimischen Wohnung dem Essen und Trinken gefrönt. Traditionell gibt es bei uns gefüllten Schweinebraten mit Klößen und Bohnen. Danach folgt das obligatorische Stück Stollen und Kaffee dazu. Schließlich wird noch eine Feuerzangenbowle bereitet, die bald ihre Wirkung zeigen und den so unheiligen Abend beschwingt ausklingen lassen soll.

Irgendwann ist es schließlich spät geworden an diesem besonderen Abend.

Ich denke an Michael. Wo wird er jetzt sein? Was wird er gerade tun?

Ich habe plötzlich wieder dieses Bild seiner einsamen Gestalt unter der Straßenlampe vor Augen und beschließe, ihm einen kurzen Gruß per SMS zu senden. Eine Antwort erwarte ich zu dieser späten Stunde nicht mehr. Doch Michael ist immer für eine Überraschung gut. Umgehend kommt eine Antwort, deren Inhalt mich für den Rest der Tage des Jahres gedanklich beschäftigen soll. Wie immer schreibt er kurz und bündig.

„Habe was für die Session gekauft. Wird dir nicht gefallen. Oder doch?"

Verdammt! Kann der Typ sich nicht klar ausdrücken? Ich vergehe jetzt vor Neugier. Was hat der Kerl für die Session gekauft? Ich muss das unverzüglich wissen. Sonst kann ich nicht ruhig schlafen.

„Was hast du gekauft, Michael? Warum sollte es mir nicht gefallen?"

Ich starre das Handy an und warte auf die erlösende Antwort wie das Kind auf den Weihnachtsmann.

Ob der alte Mann am Weihnachtsabend zu dem artigen Kind kommen wird, ist ungewiss. In dieser kindlichen Hoffnung bin ich früher mehrmals enttäuscht worden. Für mich hat der gute alte Mann mit langem Bart und rotem Mantel immer „nur" die Geschenke abgegeben. War ich damals zu artig? Für ein Kind kann der Umstand sehr prägend sein, wenn es zu artig war und deshalb übergangen wird in der Besuchsabfolge.

Das ist lange her, aber ich muss jetzt wieder daran denken. Michael würdigt mich ebenfalls keiner weiteren Information über seine gekaufte Heimlichkeit für die Session, die mir noch dazu nicht gefallen könnte. Oder doch? So neugierig ich auch bin, an diesem Abend ist es mir ausnahmsweise peinlich, ihn mit weiteren Fragen per Kurznachricht zu löchern.

So vergehen die Feiertage für mich mit verhaltener und quälender Neugier. Dann halte ich es schließlich nicht mehr länger aus.

„Michael, was hast du für die Session gekauft? Sage es mir bitte. Ich platze vor Neugier."

Seine Antwort? Einfach fies! Das kann er doch nicht mit mir machen! So ein mieser Sadist! Er schreibt nur:

„Warte es ab."

Das ist gemein, mich so schmoren zu lassen. Meine Gedanken kreisen.

Was für eine Peitsche wird Michael gekauft haben? Warum sollte sie mir nicht gefallen?

Halt mal! Hat er überhaupt eine Peitsche gekauft? Es ist mit keiner Silbe die Rede davon in seinen kargen Sätzen.

Aber wenn es keine Peitsche ist, was meint er dann mit diesem „Etwas"? Was könnte er nur damit meinen, wenn es keine Peitsche ist?

Einen Lederriemen vielleicht? Ein gemeines Holzpaddle? Gerätschaften zum Fesseln?

Das passt alles irgendwie nicht wirklich zu Michael. Um diese Dinge würde er nicht ein solches Geheimnis machen. Es muss eine Peitsche sein!

Was für eine Peitsche wird er sich gekauft haben? Warum sollte sie mir nicht gefallen? Ich mag doch Peitschen!

Meine Gedanken kreisen quälend um diese Fragen. Dieser Kerl quält mich sogar noch in seiner Abwesenheit. Ist das fies! Er weiß das bestimmt ganz genau.

Wo wird dieser fiese Kerl sich jetzt amüsieren, während ich hier vor Neugier vergehe?

Kann man drei Tage vor dem Jahresende schon Grüße zum Jahreswechsel senden?

Ob das nun zu früh ist oder nicht, ich nehme es zum Anlass, einen weiteren Versuch zu starten. Also die üblichen Wünsche und dann:

„Michael, was hast du gekauft für die Session? Ist es eine Peitsche oder etwas anderes? Bitte sage es mir."

Die Antwort ist so befriedigend wie unbefriedigend und zu kurz sowieso.

„Eine Peitsche."

So ein fieser Kerl! Kann der nicht etwas genauer werden mit seiner Antwort?

Gut, ich hatte diese Antwort vermutet. Insofern hat er meine Vermutung bestätigt.

Doch: Welche Sorte von Peitsche nennt er nun sein Eigentum? Welchen Weihnachtseinkauf hat er getätigt? Soll ich schon wieder nachfragen?

Er weiß einfach, dass er mich mit seinen knappen Antworten quält. So ein fieser Kerl! Ich könnte den Lumpenhund überm Feuer rösten. Was würde er zu diesem Gedanken sagen?

Guten Appetit! Erzengel schmecken nicht! Beherrsche dich, du kleines, neugieriges Mädchen. Wirst schon noch rechtzeitig bedient werden.

So ein Lumpenhund!

Eigentlich bin ich kein besonders neugieriger Mensch. Meist bringe ich eher andere Leute zur Verzweiflung, wenn ich ein Geschenk nicht gleich auspacke, nachdem es mir überreicht wurde. Warum sollte ich mich nicht erst eine Weile an der Verpackung freuen und die Neugier wirken lassen? Der Unterschied ist: Dabei habe ich die Entscheidung selbst in der Hand, das Geheimnis zu lüften oder eben noch damit zu warten.

Mit dem Peitschenkauf hat Michael die Entscheidung über meine Neugier nach seinem Belieben zu regieren. Er lässt mich einfach zappeln und das ist fies.

Überall steigen heute die Raketen in den Himmel und ich denke über Peitschen nach. Bin ich noch normal? Das neue Jahr wird dieses Geheimnis sicherlich bald lüften. Basta! Jetzt ist Silvester. Ewig werde ich nicht mehr zappeln müssen im Netz der Ungewissheit.

Doch mag sich das Gehirn auch noch so sehr mit dem Vergessen dieser Fragen anstrengen, das Gegenteil der Bemühungen tritt ein. Ich denke schließlich fast nur noch an das, was ich eigentlich vorerst vergessen will. Welche Peitsche hat er sich gekauft? Warum meint er, dass sie mir nicht gefallen könnte? Ich zwinge mich, meine Ungeduld über den Neujahrstag hinweg zu zügeln. Dann starte ich einen weiteren Versuch.

„Michael, was für eine Peitsche hast du gekauft? Warum könnte sie mir nicht gefallen? Bitte sage es mir."

Nun lüftet er zumindest etwas das Geheimnis.

„Eine Neunschwänzige."

Kann dieser Kerl nicht in ganzen Sätzen antworten?

Diese zwei Worte auf dem Display hauen mich fast vom Stuhl. Ich muss schlucken.

Hat er etwa recht damit, dass mir diese Peitsche nicht gefallen wird? Ist so eine Neunschwänzige in der Wirkung wie eine Bullwhip mal neun? Tut so eine neunschwänzige Peitsche nicht ganz gemein weh?

Oh, Michael! Was willst du mir antun? Warum hast du ausgerechnet eine solche fiese Peitsche für mich gekauft? Das geht entschieden zu weit!

Im Internet suche ich fieberhaft nach mehrschwänzigen Peitschen. Ich weiß, dass diese Peitschen unter der Bezeichnung „Katzen" geführt werden. Was haben eigentlich schnurrende Stubentiger mit diesen Peitschen gemeinsam? Wahrscheinlich sind es die Spuren, die sie auf dem Rücken des Delinquenten hinterlassen können, denke ich.

Sehen die Spuren dieser Neunschwänzigen nach einem einzigen Hieb wie die Kratzspuren von Katzenkrallen auf der Haut aus? Gibt das neun blutige, parallele Striemen auf dem Rücken? Nach einem einzigen Hieb?

Das würde mir allerdings wirklich nicht gefallen. Könnte Michael so eine fiese und blutige Auspeitschung etwa Spaß machen? Ist er doch ein grausamer Sadist?

Nein, er ist kein Sadist. Jedenfalls hat er das gesagt. *„Ich bin keinesfalls grausam oder sadistisch"*, genau diese Worte hatte er in seiner ersten Botschaft geschrieben. Er schlägt mich nicht blutig, das hat er mir versichert und es klang ehrlich. Er kann sehr hart schlagen und gnadenlos konsequent agieren, aber er hat mich bisher niemals verletzt. Ich vertraue ihm.

Aber warum kauft er sich jetzt eine solche krasse Peitsche?

Ich will wenigstens wissen, welche Sorte einer Neunschwänzigen er sich gekauft hat. Bei der nächsten Session werde ich nicht um die Begegnung mit dieser Peitsche herumkommen. Da will ich vorher wissen, was mich erwarten wird.

Vielleicht gehe ich dann auch lieber gar nicht mehr hin? Nein, das geht erst recht nicht. Natürlich gehe ich wieder hin! Sonst quäle ich mich noch mehr mit Ungewissheit, Zweifeln und dazu noch mangelndem Mut. Das geht gar nicht! Außerdem: Ich bin nicht feige!

Ich will nur vorab wissen, wie diese Peitsche aussieht und wie sie wirkt. Nein, wie sie wirkt, das kann ich nicht vorab erfahren. Wie sie aussieht schon.

„Michael, schickst du mir bitte ein Bild von deinem Neuerwerb? Ich will wissen, womit ich das nächste Mal Bekanntschaft machen werde."

Zunächst dauert es wieder einige Tage des ungeduldigen Wartens, doch dann kommt ein Bild seines Neuerwerbs. Obwohl das Bild auf dem Display nur klein angezeigt werden kann, bin ich sofort schwer beeindruckt. Auf mattschwarzem Untergrund, das ist anscheinend die Platte vom großen Esstisch, spiegeln sich die acht Lampen des Deckenleuchters. In diesem Ring aus Licht liegt die Neunschwänzige in elegantem Schwung präsentiert. Wie sie mit ihren neun roten Armen auf dem schwarzen Untergrund majestätisch daliegt, sieht sie edel und friedlich aus. Darin hat sie mit einer Katze unbedingt etwas gemeinsam, majestätisch, edel und friedlich zu erscheinen.

Was passiert aber, wenn diese neun Arme zum Leben erwachen? Wie fühlt sich das an, wenn sie auf meinem Rücken auftreffen werden? Es wird bestimmt sehr schmerzhaft sein. Will ich diese Erfahrungen wirklich erleben? Ich bin im Zweifel darüber.

Wollte ich die Rohrstöcke erleben?

Ja, schon, aber nur aus Neugier. So hart, wie Michael damit geschlagen hat, das wollte ich nicht. Oder doch?

Wollte ich jemals die Bullwhip spüren? Nein, bestimmt nicht. Diese Frage konnte ich mir niemals stellen. Er hat einfach damit losgelegt, ohne mich zu fragen, ob ich wollte. Wollte ich? Was hätte ich damals geantwortet? Nein? Vielleicht? Ein wenig spielen damit möglicherweise?

Was stelle ich mir für seltsame Fragen? Jetzt schlägt es dreizehn!

Will ich im neuen Jahr einen Rückzieher machen, nur weil sich Michael eine Neunschwänzige gekauft hat? Wo ist mein Mut geblieben? Macht mich dieses Bild so nervös? Es ist doch nur ein Bild! Habe ich die Neugier zu lange aushalten müssen? Vertraue ich Michael plötzlich nicht mehr?

Petra, du bist ein jämmerlicher Feigling, wenn du wegen dieser neuen Peitsche kneifst!

Ich bin kein Feigling und außerdem kann ich gar nicht kneifen. Dafür lechze ich viel zu sehr nach einer Session mit harten Hieben, so wie der trockene Weihnachtsbaum nach Wasser lechzt. Für den Weihnachtsbaum kommt jegliches Wasser zu spät. Er wird in den Kreislauf aus Werden und Vergehen eingehen müssen. Eigentlich schade um diese schönen Bäume, die nur der Tradition wegen sterben müssen.

Ein neues Jahr beginnt mit neuem Mut. Ich werde diese Neunschwänzige kennenlernen, wenn ich auch vor Schmerz dabei vergehen sollte. Ich will es wissen!

„Michael, wann treffen wir uns zur ersten Session im neuen Jahr? Ich will deine Neunschwänzige kennenlernen. Ich will wissen, ob sie mir gefallen wird.“

Doch vorher soll Michael sagen, wie er die Tage zum Jahresende verbracht hat. Vor allem: Warum hat er diese krasse Peitsche gekauft?

Die Feiertage zu Hause verbringen? Das mache ich auf keinen Fall. Dieses Jahr habe ich die endlose Freiheit, tun zu können, was ich will, und genau das werde ich auch reichlich nutzen. Was will ich denn? Ähm? Bin ich reif für eine Insel? Weit weg von allem Weihnachtsrummel? Nein, ich bin ein Mann in den besten Jahren. Cityleben ist angesagt. Also ab in die Großstadt. Dort ist immer etwas los. Da muss ich mir keine Gedanken machen, wie die Weihnachtsfeiertage vergehen sollen.

Was ist mit einem Weihnachtsgeschenk? Oh, der ewige Kaufzwang lässt grüßen. Geht ein solches eingetrichtertes Zwangsverhalten nicht abzustellen?

Ich könnte mir immerhin selbst ein Geschenk machen. Aber was könnte ich mir schenken? Der krasse Peitschenladen gibt vielleicht Anregungen? Warum nicht? Die Auswahl ist wirklich riesig dort. Auf zwei Etagen Peitschen, Rohrstöcke und alles, was das Herz begehrt. Leider wird man mit seinen Kaufinteressen ziemlich alleingelassen in diesem Schuppen. Normalerweise mag ich eine ungestörte Auswahl ohne nervige Beratungsgespräche. Doch an diesem besonderen Tag wäre mir ein Plausch mit einer netten Verkäuferin ganz angenehm. Ob ich die Dame hinter der Kasse in ein Gespräch verwickle? Das hat anscheinend wenig Sinn. Die macht nicht den Eindruck, als ob sie an Verkaufsgesprächen mit unentschlossenen Kunden interessiert sei, schon gar nicht an diesem besonderen Tag heute. Die will eigentlich nur noch nach Hause und wartet auf den Ladenschluss.

Nein, dieser Laden ist auch einfach zu groß für intime Beratung. Bestimmt gibt es in dieser Weltstadt auch eine Bude für das, was ich suche, mit aufgeschlossenem Personal und anheimelnder Atmosphäre.

Ja, was suche ich überhaupt? Eben, das ist es! Ich habe Lust auf anregende Beratung. Außerdem habe ich jede Menge Zeit zur Verfügung. Ich bummle einfach drauflos. Irgendwohin wird es mich gewiss treiben. Nein, so bin ich nicht. Ich lasse mich nicht irgendwohin treiben. Ich gehe ganz gezielt in diesen kleinen Laden, der mir vor einiger Zeit schon mal aufgefallen ist. Damals hatte ich keine Zeit für genussvolle Beratung. Jetzt will ich dahin. Außerdem brauche ich eine Peitsche für diese verdammte Petra, mit der ich ihr endlich die nötigen Respektbezeugungen beibringen kann.

In welche Gegend bin ich jetzt geraten? Diese Ecke macht eher den Eindruck, als ob man, zumindest im Dunkeln, besser nicht allein rumlaufen sollte. War der Laden doch woanders?

Hey, was ist das für eine Aufmachung? Ein Dominastudio etwa? Ob ich mir mal selbst etwas für die Durchblutung der Haut gönne? Nee, das ist nur rausgeworfenes Geld. Die haben doch kein echtes Interesse an den Wünschen der Gäste. Die haben nur Interesse an den Scheinen, die man vorher rüberschieben muss.

Wie ein Dominastudio sah der Laden aber auch nicht direkt aus. Ob ich noch mal zurückgehe und mir die Örtlichkeit doch genauer ansehe? Ich bin hier nicht in meinem Heimatkaff. Hier kennt mich niemand. Ich gehe einfach mal rein in den Schuppen. Schließlich kann ich gleich wieder rausgehen. Nur mal kurz gucken eben. Das ist völlig unverbindlich. Ich könnte auch nach irgendwas fragen, nach einer Straße oder so. Habe mich eben etwas verirrt in dieser Gegend. Nee, ein Mann fragt nicht nach einer Straße. Ein Mann verirrt sich nicht, der sucht höchstens. Ich gucke nur mal eben rein dort, aus Interesse, und gehe gleich wieder.

Wow, was für ein gemütlicher Schuppen! Diskrete Beleuchtung, leise Musik, berauschender Duft umfangen mich. Die Eingangstür schlägt bestimmend hinter mir zu. Hoffentlich ist das keine Opiumhöhle. Nicht, dass ich hier unversehens versacke. Doch lieber gleich wieder umdrehen und schleunigst raus hier?

„Hallo Schatz. Du suchst eine besondere Peitsche? Da bist du hier genau richtig. Komme rein. Magst du Tee? Oder lieber Sekt?"

War das jetzt die Werbedurchsage per Lautsprecher für jeden eintretenden Kunden, gekoppelt mit Betätigung der Eingangstür?

Wow, was kommt da für eine Erscheinung auf mich zu? Ist diese Person eine Frau oder ein Mann, der sich auf Frau getrimmt hat?

Nein, ich gehe sofort wieder raus. Wenn dieses Geschöpf nun wirklich ein Transsexueller ist? Na und? Nee, muss nicht sein. Das ist mir zu heiß hier. Raus jetzt! Sofort!

„Du magst Sekt? Ein Glas Sekt brauchst du jetzt! Setze dich. Bin gleich wieder da."

Sie oder er schiebt mich in Richtung der gemütlichen Sitzecke am entferntesten Ende vom Eingang, legt die Hände auf meine Schultern, haucht einen Kuss auf meine Wange und nimmt mir die Jacke ab. Wieso geht das? Hatte ich die Jacke inzwischen selbst aufgemacht? Bin ich noch ganz bei Sinnen? Was passiert hier?

Die Erscheinung verschwindet tatsächlich in einem kleinen Nebenraum, nachdem sie meine Jacke an einen Garderobenständer in der Ecke gehängt hat. Ich fühle automatisch nach der Brieftasche in meiner Hose. Ist noch da! Nun werden mir irgendwie die Knie weich. Ich lasse mich, fast mechanisch, in den Sessel hinter mir fallen und schaue mich im Raum um. Dieser Schuppen macht wirklich einen anheimelnden Eindruck. Eigentlich gibt es hier auch alles, was das Herz begehrt, sehr liebevoll und individuell geordnet. Diese zweifelhafte Person liebt, was sie tut. Das merkt man sofort.

Nun kommt diese Erscheinung mit zwei Sektgläsern und einer Flasche Sekt im Kühler an den Tisch zurück, stellt alles vor mich hin, lässt sich in den anderen Sessel fallen und bedeutet mir, die Flasche zu öffnen. Wird das jetzt eine Privatparty? Ich wünsche mir plötzlich, es würde noch ein weiterer Kunde in den Laden kommen. Mir scheint das alles nicht ganz geheuer hier. Ich bin durchaus kein ängstlicher Typ, aber dieses Ambiente kann ich rational nicht überblicken. Immerhin, die Flasche ist noch verschlossen und das Glas sieht makellos sauber aus. Da kann sie nichts reingemischt haben, was mich nach einer Viertelstunde umhaut. Eigentlich geht in dieser Szene so eine Sache anders ab, aber heute ist schließlich ein besonderer Tag im Jahr. Warum soll es nicht auch mal gemütlich zugehen? Das sind auch nur Menschen, die in amourösen Geweben tätig sind. Menschen aus Fleisch und Blut und mit Gefühlen wie alle anderen Menschen auch. Oh, ich werde sentimental.

Nein, ich behalte immer die Kontrolle, genau wie bei Petra. Glücklicherweise ist Petra keine Frau. Ach, Blödsinn! Klar ist Petra eine Frau, aber keine, die es versteht, Männern den Kopf zu verdrehen. Mir verdreht sowieso keine Frau den Kopf.

Wieso denke ich jetzt an Petra? Ich will aufpassen, dass mir diese Erscheinung nichts ins Glas mischt und Petra geistert derweil durch mein Gehirn. Was soll das? Ich denke nie an Petra, sofern sie mir nicht eine ihrer zahlreichen Mails schickt. Dann muss ich zwangsläufig an sie denken. Was würde Petra sagen, wenn sie mich hier rumsitzen sehen könnte? Sieht sie aber nicht! Niemand kennt mich hier. Der Gedanke erscheint tröstlich und es ist sehr gemütlich hier. Ich kuschle mich behaglich tiefer in den Sessel.

„Erzähle mir von deinen Fantasien. So werden wir die richtige Peitsche für dich finden", flötet diese Erscheinung mit süßer Stimme in mein Ohr.

Vorsicht!, warnt mein Unterbewusstsein. Nein, ich erzähle nichts. Niemals erzähle ich etwas über meine erotischen Fantasien. Ich lebe sie einfach aus! Warum interessieren sich Frauen immer genau dafür? Ich trinke jetzt aus Höflichkeit ein Glas Sekt mit dieser Person und dann verabschiede ich mich schleunigst wieder. Nur raus hier, sonst verliere ich den Überblick.

Ich schweige also vor mich hin, mache eine hoffentlich entschlossene Miene dazu und lasse meinen Blick wieder im Raum umherschweifen. Das scheint wirklich ein liebevoll ausgewähltes Sortiment zu sein, was dieser Schuppen auf Lager hat. Weniger umfangreiche, mehr exklusive Zusammenstellung, dekorativ, anheimelnd, neugierig machend.

Weil ich beharrlich schweige, beginnt diese sie oder er, also diese Person, selbst zu erzählen. Sie redet darüber, was sie früher gemacht hat, wo sie überall auf der Welt gewesen ist und warum sie schließlich hier gelandet ist. Die Worte filtern von einem Ohr durch mein dämmerndes Gehirn zum anderen Ohr. Ihre Stimme ist durchaus angenehm warm, wenn auch etwas monoton einschläfernd.

Ich halte bereits das zweite Glas Sekt in der Hand. Hat sie es eingeschenkt? Wollte ich nicht die Kontrolle behalten? Ach was, ich möchte einfach nur hier sitzen. Nichts anderes tun, als nur hier sitzen zu bleiben, genau das wünsche ich mir jetzt.

Was ist nur los mit mir? Diese Gedanken kenne ich gar nicht von mir. Ich wollte nach dem ersten Glas Sekt gehen. Nun, dann werde ich eben jetzt aufstehen und gehen.

„Schatz, es ist Zeit." Ja, damit hat sie völlig recht, denke ich. Es ist nun wirklich Zeit zu gehen. Ich will mich erheben, doch es hält mich etwas im Sessel fest.

Sie ist schneller, tritt flink hinter meinen Sessel, legt mir ihre Hände mit bestimmendem Druck auf die Schultern und sagt: „Ich stelle dir jetzt mein kleines Peitschensortiment vor. Dann triffst du deine Wahl." Wieso bestimmt sie, was ich tun werde? Wieso nennt sie mich Schatz? Es muss an dem besonderen Duft liegen. Der wirkt berauschend. Ach, jetzt ist alles egal. Ich will hier sitzen bleiben. Es wartet ohnehin niemand auf mich. Eigentlich ist das auch mal schön, so gar keine Verpflichtungen zu haben. Einfach nur da sein zu können. Sollte ich mir im nächsten Jahr öfter gönnen.

Bald liegen etwa ein halbes Dutzend verschiedener Peitschen vor mir ausgebreitet auf dem kleinen Tisch. Zu jeder Peitsche hat diese ominöse Person eine kleine besondere Geschichte parat. Ich schenke mir inzwischen ein weiteres Glas Sekt ein und betrachte die solide Kollektion. Jetzt kann ich hier nicht mehr gehen, ohne eine Peitsche zu kaufen. Ohne Peitsche gehe ich hier nicht raus. Mein Entschluss steht fest. Das fühle ich deutlich. Ohne eine neue Peitsche gehe ich hier nicht raus. Außerdem wollte ich eine Peitsche kaufen. Deshalb bin ich überhaupt unterwegs. Eine Peitsche, mit der ich Petra Respekt lehren kann. Endlich bin ich wieder Herr über meine Gedanken. Das genau Richtige für meine noch undefinierten Vorstellungen scheint aber bisher nicht dabei zu sein. „Also", sage ich, „einen Flogger habe ich schon und auch eine Bullwhip. Eine arabische Peitsche will ich nicht", füge ich noch hinzu. Eine Arabische ist verdammt schwer zu kontrollieren. Das denke ich mir natürlich nur. Nicht, dass dieser seltsame Mensch mir eine Peitsche aufschwatzt, die ich nicht will und mit der ich nicht richtig umgehen kann. Das passiert mir nicht, aber Vorsicht ist besser.

„Eine Katze passt zu dir", ruft die merkwürdige Person in einem Anfall von Erkenntnis.

Was soll bitte diese Bemerkung jetzt? Bin ich in einer Zoohandlung? Verkauft diese zwielichtige Erscheinung etwa auch

Tiere? Wird sie mich jetzt in eine Menagerie für seltsame exotische Viecher locken wollen? Ist diese Person doch nicht ganz normal?

„Ich habe da was ganz Besonders für dich. Eine neunschwänzige Katze", schwatzt sie unbeeindruckt weiter. Oh großer Gott, eine Katze mit neun Schwänzen! Ich schließe die Augen, merke, wie meine Handflächen feucht werden und mein Atem sich beschleunigt. Diese Person hat schreckliche Halluzinationen, durchfährt es mich. Ich muss sofort hier weg, bevor ich auch davon befallen werde. Wahrscheinlich kommt das von dem Duft im Raum. Ich muss raus, bevor ich auch Halluzinationen bekomme. Wo ist meine Jacke? Das ist eine scheißteure Jacke gewesen! Wieso gewesen? Ist sie etwa weg?

Nein, hängt noch am Haken. Derweil ich wie irre zu schwitzen anfange, kommt diese Person lockeren Schrittes mit einer Peitsche in der Hand daher.

Ach, eine neunschwänzige Peitsche! Uff! Ja, diese Peitschen nennt man Katzen. Was war nur eben los mit mir? Solche Reaktionen kenne ich gar nicht von mir. Klar kenne ich die Fachbegriffe für verschiedene Peitschenarten. Warum habe ich an eine echte Katze gedacht?

Ich merke, wie sich die angespannten Muskeln wieder lösen. Während ich mich nun erleichtert und möglichst unbemerkt zu sammeln versuche, schwatzt diese Person über neunschwänzige Peitschen daher, als ob sie ein Profi wäre.

„Früher, auf den Segelschiffen, wurde der Delinquent an den Mast gebunden und mit einem aufgeflochtenen Seil ausgepeitscht. Das Seil war aus drei einzelnen Seilen geflochten, die wiederum aus drei Strängen gedreht waren. Drei mal drei gleich neun Seilenden. Die neunschwänzige Katze."

Ob auf Segelschiffen auch richtige Katzen an Bord waren, höre ich mich spontan fragen.

Was ist das für eine törichte Frage, Michael? Mein Gehirn funktioniert nicht richtig. Es wird höchste Zeit, dass ich gehe. Ich brauche dringend frische Luft. Jetzt rede ich schon mit mir selbst. Völlig verrückt.

„Ja, eine richtige Katze hatte man meist auch an Bord, wegen der Mäuse." Meint sie diese Antwort ernst? Mäuse und Katzen auf Segelschiffen? Die macht sich arg lustig über mich. Ja, lustig, denn schon redet sie weiter. „Freilich war auch der Klabautermann an Bord, reichlich Sauerkohl, mindestens eine Seemannsbraut und rollenweise Seemannsgarn. Aber das taugt nicht für neunschwänzige Peitschen." Na bitte, sie macht sich lustig über mich. Ich mache mich gerade ganz gewaltig zum Arschloch hier. Ich habe die Kontrolle verloren, den Überblick vernebelt. Sie redet schon wieder weiter.

„Diese Neunschwänzige hat eine Besonderheit, nämlich keinen starren Griff. Das macht die Handhabung schwieriger. Aber du kannst damit umgehen. Das sehe ich." Sie gibt mir die Peitsche in die Hand und fordert mich auf, die Sessellehne zu traktieren. Ja, ich mache mich nun auch noch zum Affen. Ich traktiere eine Sessellehne mit einer Peitsche, nur weil diese Person es mir sagt. Aber mein törichtes Tun gibt mir sofort ein gutes Gefühl. Vor meinen Augen entsteht aus der Sessellehne das Bild von Petras Rücken. Das ist endlich eine geniale Peitsche für Petra, durchfährt mich die Erkenntnis. Neunschwänzig ausgepeitscht zu werden, das wird ihr vielleicht nicht gefallen, aber da muss sie durch. Augenblicklich ist alle Müdigkeit weggeblasen. Diese Peitsche will ich haben!

„Weil der Griff flexibel ist, kannst du den auch zum Schlagen verwenden. Das wirkt etwas wie ein Gummiknüppel", flötet die Stimme an meinem Ohr. Gummiknüppel? Jetzt wird mir diese Person wieder unheimlich, dennoch mache ich, was sie sagt. „Probiere mal." Ich haue mir den Griff über den Oberschenkel und beiße die Zähne zusammen. Verdammt! Gummiknüppel ist nicht übertrieben. Damit bekomme ich Petra endlich in den Griff. Das wird ihr bestimmt nicht gefallen.

„Ich kaufe diese Peitsche", sage ich sehr bestimmt. Was das Teil schließlich kosten soll, erfahre ich erst nach diesem entscheidenden Satz. Gut, es mag Qualitätsarbeit sein und wahrscheinlich hat mich diese geschäftstüchtige Gestalt in dem Laden dazu noch ordentlich übers Ohr gehauen. Das ist egal jetzt.

Draußen ist es derweil dunkel geworden.

Wie lange war ich in diesem Laden? Eine Stunde? Zwei Stunden? Warum ist diese ganze Zeit über kein weiterer Kunde gekommen? An der Tür hängt ein Schild. „Geschlossen" steht handschriftlich in altertümlicher Schrift darauf geschrieben. War das Schild vorhin auch schon an der Tür? Auch egal. Diese Person mag unheimlich sein, aber sie versteht ihr Handwerk und hat Spaß daran.

Welchen Tag haben wir eigentlich? Warum sind die Straßen so leer? Ah, 24. Dezember zeigt die Datumsanzeige meiner Uhr. Schau an, der so heilige Weihnachtsabend. Irgendwo wird auch an diesem Abend eine unheilige Krippe für Einsame in diesem lausigen Winkel geöffnet haben. Dort esse ich etwas und dann gehe ich endlich mal zeitig ins Bett.

Nanu? Eine Kurznachricht? Von Petra?

Diese Frau! Hat Familie und denkt am Weihnachtsabend an ihren Spanker. Das sollte Hiebe geben. Will sie doch nur! Gut, Petra, dann quäle ich dich eben erst einmal aus der Ferne. Neugier kann so quälend sein. Ich schreibe, dass ich etwas für die Session gekauft habe. Mehr sage ich nicht. Soll sie schmoren, dieses Weib. Strafe muss sein.

Na, sage ich doch. Sofort will sie wissen, was ich gekauft habe. Nein, meine Kleine. Strafe muss sein! Hatte ich eben schon gedacht. Na bitte, quäle dich mal schön mit deiner Neugier bis zur nächsten Session hin. Bestimmt schreibt sie mir noch ein Dutzend Mails bis dahin. Ich werde nichts verraten. Erst irgendwann im neuen Jahr werde ich schreiben: *„Die Neunschwänzige wartet auf dich! Traust du dich her?"* Vielleicht lasse ich auch nach und nach ein paar gruslige Informationen über die neue Peitsche durchsickern. Mal sehen, wie ich dazu Lust habe und wie mich Petra mit ihren Anfragen inspirieren wird. Petra soll gehörigen Respekt bekommen, bevor sie wieder bei mir antreten darf. Wenn schon die Rohrstöcke nicht genug ziehen, diese Neunschwänzige wird es schaffen. Mein Heiligabend ist jedenfalls gelungen. Oh du gute, stille und unheilige Nacht! Gute Nacht!

Endlich ist die unbestimmte Warterei zu Ende.

Was habe ich im Nachgang zur ersten Session im neuen Jahr an Eindrücken festgehalten? Hat die Spannung gehalten? War es so schlimm wie befürchtet? Die Überschrift lautet: *„Die Neunschwänzige und viel mehr.“* Aha, das klingt schon mal gut. Und nun?

„Lieber Michael,
ja, die Neunschwänzige, besser das Bild davon, hat mir schon in der Fantasie viel prickelnde Aufregung im Vorfeld beschert. In der Realität ist sie gar nicht so aufregend. Oder hattest du erst mal den Schongang eingelegt? Mit Weichspüler und Handschleudern?“

Na, das klingt geradezu wie eine Enttäuschung. War es etwa eine Enttäuschung? Gibt diese Peitsche nichts her? Oder konnte Michael nicht damit umgehen? Was schreibe ich noch?

„Mein Favorit bei deinen Peitschen ist und bleibt die Rothaarige – der Flogger! Das ist eine richtige Massagepeitsche der besonderen Art und dazu sehr urig. Sorry, aber da reicht dein Neuerwerb mit neun Schwänzen längst nicht wirklich ran. Zukünftig für mich wieder den rothaarigen Flogger, bitte!“

Ja, was soll das bitte bedeuten? Bin ich im neuen Jahr zum Weichei geworden? Oder verpacke ich den gehörigen Respekt vor der Neunschwänzigen geschickt in Banalitäten? Darauf fällt Michael doch nicht rein. Oder doch? Was schreibe ich weiter?

„Ehrlich: Jede Session mit dir ist einmalig, immer anders und auf unverwechselbare Art faszinierend. Ich mag keine einzige Minute dieser Stunden abwählen. Du bist ein Minenarbeiter in den Tiefen meines Wesens. Wie gefällt dir das?“

Ach du heiße Brühe! Was soll Michael daran gefallen? Diese Sülze glaubt er doch niemals. Was will ich damit erreichen? Und es geht freilich noch weiter damit.

„Ich habe das Gefühl, dass du mich besser kennst als ich mich selbst. Jedenfalls fördert jede Session erstaunliche Neuigkeiten über mich zutage. Diesmal waren es zwei Erkenntnisse: Dass ich trotz ordentlich schmerzhafter Hiebe herzlich lachen kann und wie viele ich davon hinnehme, bevor ich eine ehrliche Demutsgeste erweise."

Ja, das kann ich stecken lassen! Damit gewinne ich gewiss keinen Blumentopf bei Michael. Es kommt noch schlimmer. Tut das weh beim Lesen!

„Noch etwas: Du schlägst mit dem Rohrstock inzwischen reichlich hart. Die Stöcke können somit nicht meine Freunde werden und sollen es auch nicht sein. Allerdings bedenklich ist: Mittlerweile tritt der Effekt auf, dass ich mich schon sehr verspanne und die Luft anhalte, wenn du nur so ein schlankes Ding in die Hand nimmst. Das verdirbt den Spaß an der Sache."

Was soll das jetzt wieder bedeuten? Soll er in Zukunft die Rohrstöcke weglassen? Dann sollte ich diesen Wunsch direkt sagen. Ich bin ein erbärmliches Weichei! Petra! Was soll denn jetzt noch kommen? Vergiss es! Mache Schluss! Die Neunschwänzige ist einige Nummern zu groß für mich. Sei ehrlich und mache den fairen Rückzug. Aber das bekomme ich offenbar nicht auf die Reihe. Stattdessen weitere Sülze im Text.

„Was gibt es noch? Streicheln, deine Hände zu spüren, bitte gewähre mir reichlich von dieser Gnade. Und bedenke bitte: Sobald du mit der Session beginnst, brennt meine logische Denkfähigkeit auf Sparflamme. Je intensiver die Session wird, umso mehr reagiere ich nur noch spontan. Die Subtraktion zweier Zahlen, das Merken der Anzahl oder auch nur das Weiterzählen der Hiebe wird dann zum echten Problem. Irgendwann funktioniert gar nichts mehr. Werte das nicht als Provokation. Es geht wirklich nicht. Ich bin während der Session tatsächlich in einer mental anderen Welt. Schade, dass du mir nicht einen Blick auf deinen Neuerwerb bei Licht gewährt hast. Nun: Ich werte die Bemerkung mit dem ‚beim nächsten Mal' positiv. Du möchtest, dass ich bald mal wiederkomme?"

Mein Gehirn scheint nicht nur in der Session auf Sparflamme zu brennen. Ich scheine überhaupt auf Nullniveau runtergekommen zu sein. Irgendwie hatte ich das mit dem Zählen auch schon mal gesagt. Wie soll das weitergehen?

Gehe ich halt im Frühling wieder auf die Weide und suche mir dieses Mal einige zarte Lämmer aus. Denen kann ich die Flasche geben und sie werden mich dafür lieben. Werfe ich eben diesen Michael über Bord. Der ist nichts für mich.

Eh! Was quatsche ich, was quatscht mein aufdringliches Selbstbewusstsein immer dazwischen? Wieso soll Michael plötzlich nichts für mich sein? Nur weil er diese blöde Peitsche gekauft hat? Damit bekommt er mich noch lange nicht klein! Es schlug vor einer kleinen Weile dreizehn. Na und? Hat er mich kleinbekommen? Nein, hat er nicht. Dann schlägt es jetzt eben vierzehn mit dieser Neunschwänzigen. Mal schauen, was genau geschah. Zunächst eine Mail von Michael.

„Liebe Petra,
ich wünsche dir ein ganz tolles neues Jahr.
Ich habe mir heute noch mal deine philosophischen Gedanken zu Gemüte geführt. Da hast du ja ein Werk von rein sittlichem Nährwert geschaffen. Vielleicht solltest du mal darüber nachdenken, das irgendwie zu veröffentlichen, ohne Namen bitte. Biete doch mal ‚Spanking total‘ an! Kommt bestimmt nicht schlecht an. Bis bald. Die Neunschwänzige wartet auf dich.
LG, Michael"

Ach, an dieser Stelle muss ich erst noch eine kleine Reminiszenz einfügen.

„Ich habe mir heute noch mal deine philosophischen Gedanken zu Gemüte geführt. Da hast du ja ein Werk von rein sittlichem Nährwert geschaffen."

Ja, ich habe mir Gedanken zum „Warum" gemacht und diese philosophischen Betrachtungen ihm zum Weihnachtsfest geschenkt. Schön, dass er diesem Werk einen so trefflichen Applaus

beisteuert. Einen sittlichen Nährwert zu schaffen, gelingt wahrlich nicht aller Tage.

*„Vielleicht solltest du mal darüber nachdenken, das irgendwie zu ver-
öffentlichen, ohne Namen, bitte."*

Ja, warum eigentlich nicht. Aber warum ohne Namen? Hast du
Angst, Michael? Vielleicht bist du noch mal stolz darauf, mich zu
kennen, du süßer kleiner Spanker? Oh Schietkram! Nur gut, dass er
das jetzt nicht lesen kann. „*Mein süßer kleiner Spanker*", das gibt Hiebe!

„Mache doch mal ‚Spanking total'! Kommt bestimmt nicht schlecht an."

Na, das ist mir ein Kerl. Wirft einfach einen Brocken hin. Hat er
fiese Gedanken oder eine tolle Geschäftsidee? Soll ich mich daran
verschlucken? Darauf antworte ich erst mal herausfordernd mit:

„Sehr gern! Hast du Gedanken dazu? Nur raus damit. Du bist der Meister."

Sicher hat er diese Bemerkung mit dem „Spanking total" nicht
ernst gemeint. Die andere Bemerkung, nämlich diese: „*Die Neunschwänzige wartet auf dich*", hoffentlich schon.
    Darauf antworte ich nur:

„Lassen wir sie nicht zu lange warten! Ist sie schon sehr ungeduldig?"

Nun kommen die üblichen Anbahnungsschreiben wie vor jeder
Session.

„Lieber Michael,
wann steigt denn nun die Einweihungsfeier? Am 10. oder 11. Januar
wäre gut bei mir.
Machst du eine Peitschensession? Die Rohrstöcke gar nicht oder nur im
Wohlfühlbereich verwenden? Die würde ich nämlich gern wieder etwas
mehr lieben lernen. Wie auch immer. Ich bin sehr gespannt.
LG, Petra"

Oh, Petra! Habe ich einen Schiss! Was soll Michael davon halten? Der lacht sich doch jetzt schon rund und reibt die Hände vor Vorfreude. Natürlich lässt er sich das nicht anmerken. Seine Antwort ist kurz und knapp, wie meist.

„Hallo Petra, wie sieht es bei dir kommenden Mittwoch aus? Um fünfzehn Uhr."

Nun hat die ungewisse Spannung ein konkretes Datum bekommen, an dem es spannend und hoffentlich entspannend werden soll. Mittwoch um fünfzehn Uhr also soll das Geheimnis um den Weihnachtskauf gelüftet werden. Statt nun artig und folgsam die Klappe zu halten, mache ich auf „große Klappe". Wenn das mal gut geht.

„Lieber Michael,
die Neunschwänzige will wohl nicht mehr warten? Oder juckt es dir bereits mächtig im Arm?
Ja, Mittwoch um fünfzehn Uhr ist eine gute Zeit. Stelle den Sekt kalt! Auf das neue Jahr und auf den Neuerwerb müssen wir anstoßen. Da ist aber eine gute Flasche Sekt fällig!
Drei Dinge möchte ich noch vorab sagen:
Erstens war es ziemlich hart in der letzten Session, als es dreizehn schlug. Ich habe lange drüber nachgedacht. Ein anderes Szenario würde gar nicht zu dir passen. Bei dir brauche ich mir keine Gedanken zu machen, dass du nicht weiterkommst und ins Schlingern gerätst. Bei dir muss ich eher aufpassen, den Bogen nicht zu überspannen.
Zweitens wünsche ich mir wirklich mehr Streicheleinheiten im neuen Jahr! Und damit zur dritten Sache:
Bitte iss was vor der Session. Hunger macht nun mal aggressiv. Das liegt in dessen Zweck begründet, ist aber nicht gut für mich. Habe mir für das neue Jahr auch vorgenommen, gehorsamer zu sein. Du weißt aber sicherlich auch, wie das mit den guten Vorsätzen so ist. Da gibt es bestimmt Arbeit für dich. Bis bald.
LG, Petra"

Oh, Petra! Erst provoziere ich, stelle Forderungen, und im gleichen Atemzug knie ich beinahe vor ihm nieder. Wie soll das bei Michael ankommen? Was würde ich an seiner Stelle tun? Mich erst mal unter die eiskalte Dusche stellen? Besser noch, zuerst mit eiskaltem, dann mit heißem Wasser duschen. Danach ist die Haut schön weich und empfindlich für Berührungen jeglicher Art. Beste Vorbereitungen für eine provokante Sub. Aber Michael tickt anders. Der wässert bestimmt die Rohrstöcke! Sehen wir mal, wie er die Sache noch angeht.

Nun ist das neue Jahr bereits einige Tage alt. Neues Jahr, neues Glück, neue Liebe, wie man so sagt. Werde ich jetzt gleich meiner neuen Liebe, der Neunschwänzigen, begegnen? Oder wird es eher eine Erfahrung der anderen Art werden?

Aufgeregt bin ich diesmal nicht, als mein Auto auf das bekannte Kaff zusteuert und schließlich durch den kleinen Kreisverkehr in jene schmucke Eigenheimkolonie einschwenkt. Neugierig bin ich dafür umso mehr.

Michael hat tatsächlich eine gute Flasche „Sekt" kalt gestellt. Champagner gehört, wegen der gehobenen Preisklasse, leider nicht zu meinem Getränkesortiment. Nun trinke ich also das erste Mal in meinem Leben richtigen Champagner und stelle fest, dass er mir durchaus schmeckt. Eine Erfahrung am Rande. Das Leben kann schön sein. Vom Himmel schneien derweil dicke weiße Flocken in den winterlichen Garten herunter, in dem das Futterhaus von allen möglichen heimischen Vögeln eifrig frequentiert wird. Ich fühle mich fast ein wenig wie mitten in einem Märchen gelandet.

Ist es nicht auch irgendwie märchenhaft? Was mache ich hier? Warum bin ich zu ihm gekommen? Das gibt es doch alles gar nicht wirklich! Normale erwachsene Menschen, mitten im Leben stehend, die träumen nicht von neunschwänzigen Peitschen. Normale Menschen träumen von großen Autos, Weltreisen, Lottogewinnen, sonnigen Inseln, von Karriere, Eigenheim, Kleingarten, glücklichem Familienleben, von der großen Liebe oder schlicht von mehr Geld. Normale Menschen haben ein normales oder gar kein richtiges Sexualleben, haben stabile Partnerschaften, was die Scheidungsraten Lügen straft, haben zuverlässige Freunde und gute Bekannte, zumindest so lange, wie es ihnen selbst gut geht, haben vorzeigbare Hobbys, wie etwa …

Was meint Michael dazu? Was die vorzeigbaren Hobbys betrifft, meint er:

Kartoffelchips essend auf der Couch sitzen und bei „Deutschland sucht den Superdeppen" mitfiebern oder Sport treiben wie „einarmiges Reißen mit vollen Bierflaschen", oder ab und an ins Kino gehen, natürlich nur in anspruchsvolle Filme wie „Die Geschichten der Hobbybits" etwa und selbstverständlich niemals fremdgehen, wie auch, denn dann müsste man von den Kartoffelchips abgeben oder noch eine zweite Kinokarte kaufen. Nein, da lassen wir uns lieber daheim inspirieren, von Gretchens Lockenwicklern und vom Bierbauch des Göttergatten auf dem Sofa vor der Glotze. Das ist Erotik pur.

Oh, Michael kann richtig ironisch sein! Oder zynisch?

Also: Normale Menschen träumen nicht davon, sich dem Schmerz einer Peitsche hingeben zu können, und schon gar nicht davon, mit einer Peitsche anderen Schmerz zuzufügen. Solche Träume gehören nicht in die normale Welt und schon gar nicht in das alltägliche Leben. In diesem alltäglichen Leben trainiert man in Fitnesscentern seinen Körper, jettet mit Flugzeugen über Kontinente und Zeitzonen hinweg, rast mit Blechkästen auf Rädern über Autobahnen, kreuzt mit riesigen schwimmenden Hotelcontainern über Weltmeere, alles nur so zum Spaß. Nur so zum Spaß?

Nein, das ist alles praktizierter Masochismus, kein Spaß, meint Michael! Er muss es wissen.

Zumindest stimmt, dass es keinesfalls alltäglich ist, an Peitschen zu denken. Weil es aber für mich fast alltäglich ist, an Peitschen zu denken, so sitze ich jetzt hier. Wirklich nur zum Spaß?

Hat mein Körper mir dafür nicht seinerzeit mehr als deutliche Signale gegeben? Ich brauche starke Impulse, hat mir mein Körper zu verstehen gegeben. Ich brauche Zuwendung, hat meine

Seele mir zu verstehen gegeben. Mein Körper und meine Seele verzehren sich nach Berührung. Mein Körper hat mich zum Handeln gezwungen. Ich musste endlich auf diese Signale hören! Ich musste aktiv werden! Wie lange ist das jetzt schon her?

Es ist weniger als ein Jahr erst her! War es die richtige Entscheidung, der richtige Weg? Gab es die ersehnte Zuwendung, die erhofften Berührungen? Für den Anfang war es bestimmt der richtige Weg. Es war ein Anfang. Auch das Jahr hat eben erst angefangen. Alles hat irgendwo und irgendwann seinen Anfang.

Ja, Michael könnte endlich mal so langsam anfangen mit der Session. Ich will seine Neunschwänzige endlich kennenlernen und was er sich sonst noch Feines ausgedacht hat.

Was geschah in dieser ersten Session im neuen Jahr?

Es gab, wie immer, viel Konsequenz zu erleben und ein wenig Güte. Es gab einen kleinen Ausflug in die Welt der Sklavenszenerie, den Michael aber ganz schnell wieder abgebrochen hat. „Mit dir geht das nicht", war sein ganzer Kommentar dazu. Ja, Michael, auch im neuen Jahr geht das mit mir nicht. Richtig erkannt!

Es gab mal wieder die berühmt-berüchtigte Verweigerung von Gnade. Es gab aber auch wohlverdiente Pausen, in denen ich die Schneeflocken vorm Fenster zu zählen versuchte. Es ist hoffnungslos. Also, das Zählen von Schneeflocken ist ein hoffnungsloses Unternehmen. Aber es tat so gut, sich ganz still dieser lautlosen, märchenhaften Szenerie hinzugeben. Es gibt so viele stille Wunder in der Natur. Schneeflocken sind eines davon.

Es gab den Versuch, mich in seine Peitschenkunst einzuweihen. Die Einweihung in seine Peitschenkunst soll an dieser Stelle nicht weiter erwähnt werden. Das ist ein anderes Thema und gehört bestenfalls in ein anderes Buch. Und es gab – selbstverständlich – die Neunschwänzige! Schließlich geht es um die Neunschwänzige, die mich mit so viel erwartungsvoller Neugier über den Jahreswechsel gequält hat.

Es ist eine tolle Peitsche! Was soll ich noch sagen? Soll ich erzählen, wie es sich anfühlt, wenn man mit einer Neunschwänzigen ausgepeitscht wird? Es fühlt sich teuflisch gut und höllisch zugleich an!

Ein Tipp: Auf irgendeinem Sender läuft bestimmt gerade ein Film über Mord und Totschlag. Das ist jedenfalls viel weniger aufregend, teuflisch oder höllisch. Eben nur Fernsehen mit Kartoffelchips und Bier. Oh, sorry! Wahrscheinlich die Nachwirkungen der Neunschwänzigen bei mir. Sorry!

Nun kommt noch Gesülze als Nachtrag zur Session. Geht es diesmal ohne Schmus ab? Natürlich nicht.

„Hallo Michael,
kleiner Nachtrag, wie immer. Mit etwas Abstand betrachtet hattest du wohl tatsächlich keine reale andere Option, als mich konsequent zu traktieren. Sonst wärst du ja auch ein Weichei. War also schon in Ordnung. Wirklich! Lediglich dem Ausflug in die Sklavenszene kann ich nichts abgewinnen. Wenn du mich in irgendeiner unbequemen demütigen Position warten lässt, empfinde ich das einfach nur als lächerlich. Ich will nicht sagen, welche Begriffe mir dabei für dich in den Kopf kommen, weil du das nicht verdient hast.
Sehr gut dagegen war die verdiente Pause in bequemer Lage. Das gibt mir entschieden mehr. Bei solchen Pausen kann ich wirklich entspannen und mich auf kommende Dinge freuen. Vielleicht klingt es nicht glaubhaft, aber ich habe mich tatsächlich wieder auf das Abschlussritual gefreut. Mit einer gewissen Portion Güte erreichst du bei mir eine Menge mehr Erfolg. Glaub es einfach. Außerdem soll es auch Spaß machen! Oder siehst du das anders?
Einige ernste Worte zum Schluss müssen dennoch sein. Michael, wenn jede Session härter als die vorhergehende wird, dann halte ich das nicht mehr lange durch. Diese erste im neuen Jahr und auch die, als es dreizehn schlug, waren teilweise grenzwertig zur Quälerei. Willst du das? Ich bin nicht zu stolz, um berechtigt um Gnade zu bitten, nur nützt es mir nichts. Das musste ich nun schon zwei Mal erfahren. Es ist natürlich deine Entscheidung, aber Gnade zu gewähren ist nicht unehrenhaft. Du hättest bei mir keinerlei Respekt eingebüßt, aber viel Achtung gewonnen. Michael, du hast damals zu Beginn unserer Beziehung ganz richtig bemerkt, dass ich innerlich recht verletzlich bin. Gehören Lob, Streicheln, Belohnung, Vergebung nicht auch irgendwie zu einer Spankingsession dazu, also Peitsche und Zuckerbrot?

Michael, du wolltest nie, dass ich in einer Session deine Sklavin bin! Ich
habe mich umfassend kundig gemacht und bin zu der gleichen Auffassung
gekommen. Was wir uns gemeinsam erarbeitet haben, das ist sehr wert-
voll. Ich gehorche dir und will mich auch in Demut üben, aber nicht als
deine Sklavin! Da waren wir uns schon mal einig.
LG, Petra"

Ach, Petra! Ich mache mich noch selbst zur Sklavin meiner eigenen
Schreiberei. Geben diese poetischen Ergüsse Michael irgendwie
Auftrieb oder gar Befriedigung? Jedenfalls lässt er nichts davon
erkennen. Sollte ich die Rückschau auf die Session zukünftig
einfach weglassen?
    Der Kerl hat kein Interesse an Prosa, scheint mir. Oder doch?
Hat Michael etwa für das neue Jahr ebenso gute Vorsätze gefasst? Es scheint fast so, wenn man seine Antwort richtig deutet.

„Liebe Petra,
du warst wirklich sehr tapfer. Habe keine Angst. Wir müssen die Härte
nicht in jeder Session steigern. Ich habe deine Botschaften vernommen
und werde darüber nachdenken, was sich machen lässt.
Es ehrt mich sehr, dass du mir deine Philosophie zum Warum so aus-
führlich geschildert und als Geschenk pünktlich vor Weihnachten ab-
geliefert hast. Ich habe es nochmals ausführlich gelesen. Schon erstaun-
lich, welche Gedanken du hegst. Nun wünsche ich dir eine gute Zeit.
Du hörst wieder von mir.
Liebe Grüße, Michael"

Oh, würde dieser Mann doch immer so freundlich schreiben!
Sogar die „Lieben Grüße" hat er diesmal ausgeschrieben und nicht
abgekürzt. Bei seiner Schreibfaulheit ist das absolut respektabel.
So viel Ehre geht nicht nur unter die Haut, die geht auch in die
Seele. Soll es wirklich ein gutes Jahr für uns werden?
    Da muss Petra gleich noch mal nachlegen. Kann ich eigent-
lich nie die Klappe halten und die Dinge belassen, wie sie sind?
Das wäre manchmal gescheiter. Aber freilich muss ich diesem
Michael immer Honig ums Maul schmieren. Was bin ich blöd!

„Lieber Michael,
der Blick in deinen Garten und dazu die Schneeflocken vom Himmel …
Das ist wohl ziemlich albern, aber ich habe es mir genau so gewünscht.
Nur ein Zufall? Jedenfalls ist es sehr befreiend für mich, mit dir zwang-
los und unkompliziert reden und lachen zu können. Für mich ist so eine
Konstellation keinesfalls das Normale, eher die Ausnahme. Wenn ich
bedenke, dass du aus einer so anderen Welt kommst, dann erscheint mir
unsere Zeit beinahe unglaublich. Ich bin sehr glücklich, dich auf diesem
anderen Weg getroffen zu haben.
Michael, ich fühle mich sehr geehrt, dass du mich in die Geheimnisse
deiner Peitschenkunst einweihen willst, auch wenn ich dabei eine Menge
Hiebe kassieren werde. Ich werde üben und möchte das irgendwann mal
so gut können wie du. Wenigstens fast so gut.
Ich bin sehr zufrieden, ganz gewiss auch deshalb, weil du nun mit den
Streicheleinheiten und Zuwendungen das rechte Maß treffen wirst. Ich
brauche das unbedingt! Mit diesem Ausgleich zu Schmerz und Demütigung
kannst du so hart vorgehen, wie du es für angemessen empfindest. Auch
das mag ich. Eine glückliche Sub! Ob das für dich zufriedenstellend ist?
Wenn nicht, so hast du ja einige Optionen, wie deine Rohrstöcke. Das
Wässern hat diese Dinger enorm bissig gemacht. Die ziehhhhnn!!!!!
Uuhhiiii!
Noch was Lustiges zum Schluss:
Ich habe das Gefühl, dass Spanking auch einen guten Trainingseffekt
leistet. Was andere Frauen im Fitnessstudio mit einer ‚Bauch-Beine-Po-
Gymnastik' hinzubekommen versuchen, geschieht bei mir wie von selbst.
Motto: Hautstraffung und Muskelaufbau wie von selbst. Lassen Sie sich
nur regelmäßig peitschen! Wenn das mal Schule macht.
Bis bald mal wieder.
Deine ganz brave, zufriedene und glückliche Petra!"

Ach du krümeliger Streuselkuchen! Nun könnte ich mit dem
Buch aufhören. Der letzte Satz lautet noch: Sie lebten glücklich
und zufrieden im goldenen Schloss ihrer Träume, und wenn sie
nicht gestorben sind, so treiben sie Spanking noch im hohen
Alter, zärtlich und einvernehmlich.

Das Leben ist aber kein Märchen.

Das Leben schreibt Geschichten, die viel weniger märchenhaft sind, aber oftmals viel unglaublicher als jedes Märchen. Glückliche Zeiten halten meist nicht lange an, sonst wird es langweilig. Deshalb geht es weiter.

12

LEHRSTUNDEN

Ja, diese neunschwänzige Peitsche!

Ja, dieser Michael, dieser Meister! Dieser Mann ist immer für Überraschungen gut.

Aber, halt mal! Als ich virtuell mit dieser Hannah zusammen war, da habe ich Michael irgendwie anders in meiner Fantasie erlebt. Welche Träume zogen in jener anderen Welt durch mein Gehirn? Ja, es war ein Traum! Aber was für ein Traum war es? Es war ein Traum, der sehr schön begann und sehr gruselig endete.

Was war das für ein scheußlicher Albtraum bei dieser Hannah im Bett? Wieso habe ich in dem Traum meinen Spanker Michael als meinen persönlichen Feind erlebt? Wieso hat Michael mir diese Hannah wegnehmen wollen? Warum habe ich ihn, meinen Spanker, mit der Neunschwänzigen in Notwehr abgewehrt? Was sollte denn dieser ganze Quatsch? Was ist denn nur losgewesen mit mir?

In Träumen verarbeitet das Gehirn Erlebnisse auf seine eigene Weise. Da kann man plötzlich fliegen oder Dinge tun, die seltsam und unwirklich anmuten. Aber warum hat sich Michael in so einer bösen Rolle in diesen schönen Traum hineingeschmuggelt? Warum habe ich dieser Hannah überhaupt jemals von meinen Erlebnissen mit Michael erzählt? Sollte Hannah mir nicht sogar helfen, diesen Michael zu vergessen?

Fragen über Fragen und keine einzige klare Antwort darauf. Gut, dass ich ein Spankingtagebuch geschrieben habe. Vielleicht liefert mir ein Blick in das „Tagebuch der Gefühle" Antwort oder wenigstens etwas Klarheit.

Was gab es dieses Mal? Hiebe, Hiebe, Hiebe, natürlich. Petra, du lernst auch nur auf die ganz harte Tour! Genau dies hat mein Meister jedenfalls gemeint, als er mich wieder arg traktiert hatte.

Versteckst den Rohrstock unter der Decke, machst freche Bemerkungen derart, dass dein Meister nicht gerade viel Kondition besitzen würde, übst dich im Ungehorsam, weil du eben nicht auf die Knie fällst, wie er es verlangt, und lässt es zudem noch an der nötigen Demut fehlen. Wie kann ein Meister derartige Provokationen ungestraft durchgehen lassen? Trotzdem erwartest du eine Session mit Streichelein-heiten, Gnadenhuldigungen und sanften Worten? Dafür müsstest du dir einen Weicheispanker suchen, aber den schickst du gleich auf die Weide.

Wie ist es denn mit einigen guten Vorsätzen für das neue Jahr bestellt? Zum Beispiel diesen hier:

- *Lasse die vielen kleinen Provokationen einfach weg.*
- *Verstecke nie mehr einen Rohrstock vor deinem Spanker.*
- *Mache, was der Meister verlangt, sofort und vollständig.*
- *Sei gehorsam, demutsvoll und dankbar.*

Wie langweilig das klingt!
Na gut, dann mache weiter, wie bisher, aber dann wirst du dafür büßen müssen.

Diese Eintragungen bringen keinen Erkenntnisgewinn zu meinem Albtraum. Der Traum ist aber da gewesen, also muss es irgend-welche Ursachen geben. Vielleicht steht in den weiteren Be-merkungen etwas Aufschlussreiches versteckt?

Mein Spanker ist ziemlich gnadenlos, konsequent und macht die Regeln. Es ist sehr spannend, diese Regeln zu er-gründen, damit zu experimentieren, sich schließlich doch diesen Regeln zu unterwerfen oder zu büßen und daraus zu lernen. Aus jedem gelebten Spankingabenteuer nimmt man somit Erfahrungen für den Alltag mit, geht mental ge-reift und mit Erkenntnissen über sich selbst wieder hinaus.

Zum Beispiel:

- *Lerne und respektiere die geltenden Regeln deines Meisters und handle danach.*
- *Sei in deinem eigenen Verhalten konsequent und ehrlich.*
- *Erweise Respekt und Achtung und fordere dies ebenso mit deinem Verhalten ein.*
- *Sei dankbar für aufrichtige Zuwendung und gib diese großzügig zurück.*

Das klingt gerade so, als ob ich mich rundum bessern wollte. Für eine Erklärung eines Albtraums, wie diesen bei Hannah im Bett, taugen diese Zeilen jedenfalls nicht. Noch weitere wichtige Erkenntnisse im Tagebuch festgehalten?

Die Hände meines Spankers sind die Balance zu dem anderen Instrumentarium. Ich werde diese Berührungen seiner Hände immer wieder einfordern. Strenge und Güte, Demut und Willen sind in der Waage zu halten. Die Kommunikation spielt eine wesentliche Rolle, spannend, führend, beirrend. Langsam kommt die ganze Sache in eine Form, die mir Freiraum lässt. Ich weiß zunehmend besser, was ich will, und kann auswählen.

Na, das klingt super! Freiraum, wissen, was ich will, auswählen können – alles wunderbare Erkenntnisse. Ich sollte diesen Albtraum zu den Akten legen. Er hat nichts zu bedeuten. Vielleicht gab es vorher irgendwelche Dinge, die mir diesen Traum beschert haben, aber das ist vorbei. Alles bestens im neuen Jahr! Noch ein paar weitere Zeilen im Tagebuch gelesen.

Viel Zeit für Gespräche und Lachen vor der eigentlichen Session.
Eine Lehrstunde im Umgang mit Peitschen. Besuch hatte sich außerdem angesagt. Michael als Lehrmeister. Was meinte der Besuch dazu? Die Dame war fasziniert bis geschockt,

sagt Michael. Sie konnte es nicht fassen, was du so aus-
hältst. Sie meinte: „Bei mir ginge das gar nicht. Warum
tut sie sich das an? Machen diese harten Hiebe wirklich
noch Spaß? So was muss doch furchtbar wehtun. Wie sieht
sie am nächsten Tag aus, oh je …" und so weiter.
Aber auch: „Danke für das Zusehenlassen. Ist krass, aber
wirklich faszinierend." Aber auch: „Du hast deine Sub
gut erzogen. Du hast nicht übertrieben mit deinen An-
kündigungen. Das habe ich noch nie gesehen. Du verstehst
dein Handwerk und sie ihre Rolle. Meine Anerkennung!"

Na, das hört sich alles wirklich supergut an! Ich bin stolz auf mich
und auf Michael. Sogar ein wildfremder Besuch, vor dem Michael
wahrscheinlich etwas angegeben hat, war schwer begeistert und
beeindruckt. Belobigungen für diesen Blödsinn! Wenn man auf
Arbeit wenigstens ansatzweise solche aufbauenden Worte hören
würde, dann wäre die Plackerei leichter zu ertragen.

Na schön, es sind zwei grundverschiedene Welten, die Arbeitswelt
und die Spankingwelt. Vielleicht trete ich auch deshalb von Zeit zu
Zeit in eben jene andere Welt ein? Nicht nur, weil dort klare Regeln
herrschen, weil körperliche und mentale Defizite ausgelebt werden
können, sondern auch, weil ich ehrliche Anerkennung bekomme?

Was steht noch im Tagebuch? Es ist nur eine kleine Bemerkung,
fast eine Randnotiz, aber mit Tragweite. Sie gibt mir zu denken.

Ein strenger Lehrmeister. Welches Szenario könnte prickelnder
sein? Ja, welches? Ob es überhaupt eine weitere Session geben
wird?
Dieses Szenario ist jedenfalls nicht prickelnd. Es ist be-
ängstigend.

Was ist nur geschehen damals? Jetzt wird es doch noch spannend.
Ich blättere im Tagebuch zurück. Gab es Andeutungen, Vor-
zeichen eines drohenden Unwetters? Welche Anzeichen, die ich
vielleicht gar nicht wahrgenommen habe, könnten in meinem
Traum abgearbeitet worden sein?

Erkenntnisse:

- *Der Mensch will belogen werden, möchte hören, was angenehm ist. Das ist nun mal nur selten die Wahrheit.*
- *Sage, was der andere gern hören möchte. Damit verfolgst du dein Ziel und erreichst mehr als mit Ehrlichkeit.*
- *Der Zweck heiligt die Mittel. Besser der andere hat ein Problem, als wenn du selbst ein Problem hast.*
- *Wer die Suppe einbrockt, der muss sie durchaus nicht selbst auslöffeln. Besser aggressiv als depressiv.*
- *Besser nehmen als geben.*
- *Besser fordern als wünschen.*
- *Ein kleiner Gewissensbiss tut nicht weh.*
- *Gift in geringen Dosierungen kann heilsam wirken.*

Was ist damals geschehen? Warum habe ich diese Erkenntnisse meinem Tagebuch anvertraut? Sie passen gar nicht zu mir und auch nicht zu Michael. Zu unseren Sessions passen sie erst recht nicht. Ich weiß es nicht mehr. Fährt unser kleines Schiff auf ein Riff zu? Kann ich immer noch nicht klar denken? Die Zukunft wird es offenbaren.

Schaue ich zunächst auf die Lehrstunden. Es war eine wunderbare und auch sehr harte Session. Was habe ich dazu in Erinnerung an Michael geschrieben?

„Lieber Michael,
DANKE für ALLES und vor allem für die vielen lieben Worte! Wer hört nicht gern lobende Worte, wenn diese aufrichtig gesagt werden? Es ist für mich eine große Ehre, dass du als mein Meister mein eigenes Instrumentarium eingeweiht und für gut befunden hast. Ja, das hatte ich so wirklich nicht erwartet. Mir tat diese Erfahrung auch körperlich gut. Hätte nichts dagegen, wenn meine Rohrstöcke und Peitschen wieder mit zur Anwendung kommen. Nein, das ist wahrlich keine Demütigung für mich."

Oh, was bin ich doch für ein Dösel! So viel Schmalz passt unmöglich auf eine einzige Stulle. Ja, ich hatte mir inzwischen einige Peitschen und Rohrstöcke zugelegt und er durfte sie einweihen an mir. Ich wollte schließlich wissen, wie sich diese Gerätschaften anfühlen. Freilich war ich auch etwas eitel und stolz. Das darf man doch wohl noch sein?

Eigentlich hätte es eher eine Ehre für **ihn** sein sollen, dass er **meine** Gerätschaften in **seine** Hände nehmen darf. Oder? Ich bin Sub bei ihm. Trotzdem!

Oh, was bin ich für ein Dösel, und das Geschreibsel saftet so weiter.

„Ich habe auch deine Aussage sehr erleichtert wahrgenommen, dass die Sessions mit mir im Bereich acht von zehn deiner Werteskala rangieren. Es ist mir sehr wichtig, dass auch du dabei glückliche Momente genießen und einige deiner Träume ausleben kannst. Ich verspreche, jede deiner Entscheidungen zu akzeptieren und auch zu respektieren. Ich verspreche auch immer ehrlich zu dir zu sein, ohne Hintergedanken und schon gar keine Lügen oder Halbwahrheiten."

Ach du meine Fresse! Wenn man einem Mann solchen Honigschleim ums Maul schmiert, muss er ja vor Schreck das Weite suchen. Da brauche ich mich über Albträume jeglicher Art nicht zu wundern! Die müssen sich zwangsläufig einstellen.

Die Männer brauchen den Tritt vor ihr Schienbein und nicht Zucker in den Hintern geblasen! Ich hätte ihn besser mal fragen sollen, was seine Werteskala von eins bis zehn überhaupt an konkreten Eigenschaften enthält. Ich wette, der Kerl hat sich nicht einen einzigen sinnvollen Gedanken darüber gemacht. Er wird sich überhaupt keine Gedanken gemacht haben. Es ist ihm einfach nur gerade so eingefallen. Soll ich ihn fragen? Das könnte immerhin interessant werden.

Also, Michael: Was bitte beinhaltet deine Werteskala? Der Herr Ingenieur ist jetzt gefragt. Er muss freilich nicht gleich die ganze Skala offenbaren. Das würde ihn bestimmt überfordern. Aber für einige Levels reicht es womöglich? Auch das könnte immerhin eine Menge aussagen. Vorausgesetzt, du machst dir ernsthaft Gedanken dazu, Michael. Ich bin gespannt auf deine Werteskala. Du bekommst extra Platz dafür.

Was will dieses nervige Weib jetzt schon wieder von mir?

Können diese Weiber niemals einfach einen Mann machen lassen, was er will, und ihre Klappe halten? Warum darf man nicht irgendetwas sagen, ohne dass diese Weiber gleich den Sachverhalt hinterfragen müssen? Warum wollen diese Frauen immer alles wissen, immer nachfragen, dauernd Erklärungen erwarten? Scheiß-Emanzipation und -Bildungswahn!

Allerdings: Das könnte gar keine so schlechte Idee mit der Klassifizierung in einer Bewertungsskala sein. Ich könnte versuchen diese Weibsbilder tatsächlich in eine Bewertungsskala einzuteilen. Dann müsste ich mir nicht diese dämlichen Vornamen merken, die meistens noch nicht mal ihre wirklichen Vornamen sind. Petra ist eine Ausnahme.

In meinem Stress, quatsch, in meiner Lust verwechsle ich Sarah mit Susann oder Lena mit Lisa und schon ist das Weib stocksauer. „Was denn? Da gibt es noch eine andere Frau in deinem Leben außer mir?" Diese Weiber sind immer so empfindlich. Wenn mich jedes Weib „Meister" nennt oder besser „Der Meister", so reicht mir das völlig. **Ich** verlange nicht, dass sich die Frau für ein paar vergnügliche Stunden ab und zu meinen Vornamen merkt und schon gar nicht meinen richtigen Namen. Also los! Ich versuche es mal mit der Bewertungsskala.

Die Achtzehnjährige ist Level eins und die aus M geht mit Level drei durch. Das sind blutjunge Anfängerinnen. Petra ist Level acht. Das habe ich festgelegt. Damit weiß ich auch gleich für jedes Level, welche Gerätschaften ich bereitzulegen habe und wie der Spielplatz hergerichtet werden sollte. Für ein Weib mit Level acht brauche ich mehr Zeit als für eine Göre mit Level drei. Dieses Mädel ist in einer guten halben Stunde wieder draußen und kommt hoffentlich nie wieder. Level drei ist gewissermaßen Pausenbeschäftigung für mich.

Ja, der Gedanke gefällt mir! Eine Bewertungsskala ist durchaus akzeptabel.

Immerhin: Nun muss ich mich aber festlegen, was die einzelnen Stufen der Werteskala bedeuten sollen. Ich bin Ingenieur. Das werde ich doch noch hinbekommen.

Aaaalsooooo:

Level eins: Nur mit der Hand und nur auf die Hose. – Gut, passt!

Level zwei: Es darf auch mal auf den Slip sein. – Wie bei dieser Ilona damals, hi, hi.

Level drei: Es darf auch mal auf den Nackten sein. – Oh, das gefällt mir schon besser.

Level drei ist Mindestanforderung, um bei mir angenommen zu werden. Das Weib, welches Level drei nicht erfüllen will, diese Ziege kann getrost wegbleiben. Für solche scheinheiligen Mäuse hat der Meister keine Zeit.

Weiter nun: Geht doch prächtig voran!

Level vier: Es darf auch mal der Rohrstock zum Einsatz kommen, aber nur leicht und nur auf die Hose. – Dieses Level überspringe ich gleich. Dazu habe ich keine Lust. Dabei kann ich nicht die Striemen sehen. Striemen sind geil. Ich will mein Kunstwerk sehen können.

Level fünf: Es dürfen auch einige härtere Rohrstockhiebe dabei sein. – Am besten auf den nackten Hintern! Das gefällt mir.

Level sechs: ???

Wie soll ich mich denn jetzt noch steigern? Mehr geht doch bei den meisten Weibern nicht mehr. Nach der Hälfte der Werteskala ist bei diesen Damen Schluss.

Bei Petra geht es aber schon noch weiter! Petra ist Level acht! Das habe ich so festgelegt und dabei bleibt es. Überspringe ich Level sechs und sieben.

Gut! Was erwarte ich dann noch von den Levels neun und zehn? Soll dort Blut fließen? Soll die Frau mit Level neun über Nacht in unbequemer Position angekettet sein und jede Stunde Hiebe bekommen? Kann sein, aber das ist nicht mein Stil. Dabei komme ich selber nicht zum Schlafen. Darauf habe ich keine Lust.

Oder ist Level zehn ein 24/7-Verhältnis? Soll ich mich mit einem Weib in Level zehn eine ganze Woche lang jeden Tag vierundzwanzig Stunden schinden? Das ist mir viel zu anstrengend. Da gehe ich lieber arbeiten. Wenn schon schinden, so soll das Bemühen wenigstens ordentlich bezahlt werden. Diese Weiber denken doch, ihr Spanker macht alles umsonst und gratis dazu.

Wie steht es so edel in den Anzeigen geschrieben? „Bin nur an ‚kfL' interessiert, denn du machst das doch gern und freiwillig."

Ja, glauben diese emanzipierten Eichhörnchen, ein Spanker sei ein Sozialarbeiter? Dann erwarten diese Prinzessinnen auch noch, dass der Spanker zum Händchenhalten und Trösten da ist, wenn schließlich die Tränen rollen und die Dame sich über ihren gefühllosen Ehemann an meiner Brust ausheulen will!

Nein, so geht das nicht. Ich will auch nur meinen Spaß haben und sie bekommt, was ihr zusteht. Das Szenario umfasst den Arsch zu verhauen, Peitschen- und Rohrstockhiebe auszuteilen, bei Zuneigung gibt es vielleicht Ohrfeigen als Belohnung und bei gegenseitigem Gefallen noch Sex in irgendeiner Form. Das reicht und ist mehr als genug. Mehr gibt es beim Meister nicht, nicht gratis und auch sonst nicht. Basta!

Na, außer vielleicht, die Dame heult nicht und macht auch sonst keine Zicken. Dann könnte der Meister gnädig sein und eine Flasche Wein öffnen und ein Plauderstündchen abhalten.

So läuft das bei mir! Verdammter Mist! Petra ist genau so eine Frau! Wieso fällt mir das jetzt auf? Trotzdem: Werteskala hin und her, es ist besser, sich die Namen der Weiber zu merken.

Warum muss ich mir überhaupt darüber Gedanken machen? Diese Weiber sollen sich geehrt fühlen, wenn sie vom Meister Beachtung bekommen. Fertig! Sie sollen stillhalten und mich machen lassen, sollen ihren Hintern hinhalten, bis ich mit ihnen fertig bin. Danach sollen sie dem Meister ehrfurchtsvoll danken und unauffällig verschwinden. Ist alles ganz einfach! Klare Regeln, einfache Bedingungen! Warum geht so etwas Einfaches nicht in das kleine Köpfchen einer Frau hinein?

Warum habe ich mir jetzt eine Stunde lang Gedanken über Bewertungsskalen gemacht? Weil mich diese Petra danach gefragt hat? Weil Petra Level acht ist? Ach, lasst mich alle in Ruhe!

So, so, Meister! Level acht scheint dich ganz ordentlich zu fordern!

Nun aber weiter im Text an meinen Meister gelesen. Oh nein, es ist zum Haareraufen, was da noch geschrieben steht!

„Vor einem Jahr war mein größter Wunsch, das drängende körperliche Verlangen nach harten Hieben und Schmerz irgendwie ausleben zu können. Als ich dich kennenlernte, war mein größter Wunsch, es möge keine Enttäuschung werden. Als du mich damals rausgeworfen hast, war mein größter Wunsch, einen richtigen Weg zu finden, um wieder zu dir kommen zu dürfen. Schließlich war und ist eine gewisse Zukunftssicherheit für unsere Spankingbeziehung ein weiterer Meilenstein meiner Bemühungen und ein großer Wunsch derzeit.“

Damit müssen sich zwingend Albträume einstellen. Nicht nur bei mir, auch bei ihm wird dieses Gejammer Albträume erzeugen. Die Verarbeitung solcher Wünsche erzwingt überlebensnotwendig Albträume für die Reinheit der Seele. In meinem Traum hat mir meine Seele wohl mitteilen wollen, ich sollte diesem Typen, diesem Meister, endlich ordentlich eine vor den Latz knallen, bevor er noch ganz aus der Rolle fällt. Der Kerl braucht selbst Hiebe ohne Gnade!

Petra, bist du eine hirnerweichte Schwabbelqualle! Diese Erkenntnis hatte ich schon mal, genützt hat sie mir offenbar wenig. Aber ich werde lernen. Ich werde die Kurve kriegen. Nur bloß eben jetzt nicht. Jetzt reicht es bestenfalls für Schnulzenkino. Himmel, wird mir beim Lesen von diesem Rotz übel! Aber da muss ich jetzt durch. Schließlich sind es Lehrstunden! Was sind das für Lehrstunden, wenn die Lehren weggelassen werden? Da muss ich durch!

Also weiter im Text der ranzigen Fette.

„Das Allerschönste: Wir verstehen uns gut und es wird mit dir nie langweilig. Du bist damit eine wichtige Bezugsperson für mich geworden. Betrachte das aber bitte nicht als Last.
Lasse mich weiter Wünsche äußern, aber fühle dich dadurch nicht bedrängt. Du bestimmst das Maß allen Geschehens. Nur dann kann es mit uns weitergehen. Das habe ich verstanden.
Geben werde ich dir sehr gern, was und wie immer du es magst. Sei gewiss, ich gehorche dir.
Bei einer Sache bin ich mir ganz sicher. Es brennt kein Strohfeuer bei mir, eher eine stille Glut, und du bist ein sehr guter Hüter dieser Glut.

Ich habe dich wirklich sehr gern. Gerade deshalb werde ich nichts tun, was du nicht willst. Vor allem möchte ich dir niemals wehtun, dich nicht enttäuschen und nicht bedrängen.

Liebe, Grüße Petra

P.S.: Kannst gern wieder Besuch einladen. Ich habe kein Problem damit. Das war recht spannend. Es schafft noch ein zusätzliches Prickeln. Ich gehorche dir! Werde doch nicht meinen Meister enttäuschen."

Er ist ein guter Hüter der Glut? Das könnte ein Witz sein, wenn es nicht ernst gemeint wäre.

Wenn er zum Hüter irgendwelchen Feuers ernannt wird, dann sollte man die Notrufnummer zur Brandbekämpfung parat haben.

Ob ich ihn gernhabe? Ja das stimmt – leider. Nein, es tut mir nicht leid, denn es ist ein sehr angenehmes Gefühl. Er hat es auch verdient, denn er ist gewiss kein aalglatter Typ ohne Empfindungen und Benehmen. Gut, mit dem Benehmen hapert es etwas, aber wer ist schon perfekt? Wenn man jemanden gernhat, dann will man ihm nicht wehtun und ihn nicht enttäuschen. Das ist doch logisch. Warum betone ich diese Selbstverständlichkeit extra? Ach ja, richtig. Er hat mal geäußert, dass er glaubt, ich würde ihm wehtun wollen. Was immer er damit auch gemeint haben könnte, der Kerl drückt sich schließlich nie klar aus, jedenfalls scheint diese Äußerung unterschwellig bei mir gewirkt zu haben.

Na, das kann sich ändern, Meister! Er wird mir irgendwann gehorchen.

Nein, das ist Quatsch und das will ich auch gar nicht. Er wird lernen mich zu respektieren, zu achten und auch zu ehren. Ehre, wem Ehre gebührt. Nicht nur ihm, auch mir gebührt Ehre. Lernt nicht auch der Lehrer mit seinen Schülern? Jedes Verhältnis ist eine Symbiose und besonders jene Verhältnisse mit gegenpoliger Rollenverteilung sind sehr auf Gegenseitigkeit angewiesen.

Was hat nun aber mein Meister seinen Zuschauern für hübsche Lehren erteilt? Jedenfalls war die zuschauende Dame mächtig hingerissen. Von wem oder was war sie hingerissen? Von mir? Von ihm oder von uns beiden? Ach, sind Frauen wirklich immer so dämlich?

Von Männern lernen heißt, siegen lernen! Ach, völliger Quatsch. Von Männern lernen heißt, sich männliche Verhaltensweisen anzueigen, um damit erfolgreicher zu sein.

Ja, ist gut Petra. Beginne endlich von der Session mit den, vom Meister selbst so benannten, Lehrstunden zu erzählen.

Was soll ich dazu sagen? Ich lag schließlich an Händen und Füßen gefesselt auf dieser extra ausgewählten Behandlungsfläche, dem großen Esstisch, hatte außerdem die Augen mit einem Tuch verbunden bekommen und befand mich mental halb im Space.

Außerdem habe ich ohnehin nicht an wirklichen Besuch geglaubt, sondern dieses Szenario für eine Finte von Michael gehalten, denn sehen konnte ich schließlich nichts. Ich habe die Anwesenheit von Besuch wirklich nicht als reale Begebenheit wahrgenommen.

Alles, was mir dazu einfällt: Ich durfte irgendwann aus seinem Instrumentarium auswählen. Wie hat er gleich zu mir gesagt? „Du kannst bestimmen, mit welchem Instrument du die nächsten Hiebe bekommen willst. Alles, außer den Flogger, kannst du wählen. Den Flogger wähle ich ab." Ja, genau diese Worte hat er gesagt. Daran kann ich mich erinnern.

Nach kurzem Überlegen habe ich mit fester Stimme „die Neunschwänzige" gesagt.

„Schade, dass du nicht den Rohrstock gewählt hast. Dann wüsste ich, dass du den magst, und bräuchte ihn künftig nicht mehr zu verwenden." Das war **sein** hirnerweichter dämlicher Kommentar zu meiner Auswahl. Eigentlich macht Michael selten dämliche Kommentare. Wahrscheinlich ist ihm dieser Lapsus wegen der anderen Frau oder dem Besuchsstress passiert. Frauen vernebeln diesem Kerl in null Komma nichts das Gehirn. Kenne ich aus seinen Erzählungen von Tatjana, Ilona und den Mädels aus der City schließlich.

Aber was ist nun wirklich in der Lehrstunde geschehen? Ich kann mich nicht konkret daran erinnern. Ich war in einen hypno-suggestiven Zustand hinübergeglitten.

Vielleicht weiß der Meister, was in dieser Stunde geschah? Schließlich war es seine Lehrstunde und er der Lehrmeister. Schließlich hat er alles immer unter Kontrolle, wie er sagt. Also, Meister, was ist geschehen in der Lehrstunde? Welche Lehren hast du unserem geheimen Besuch erteilt? Berichte uns davon. Bitte! Du bekommst einen extra Platz dafür eingeräumt. Hier ist er.

Warum muss ich auch immer so viel quatschen?

Da erzähle ich in lockerer Runde von meinen Abenteuern und dann wollen die Gäste das auch **sehen**. Nun, ich habe mich also bequatschen lassen. Allerdings gelten bei mir einige Vorsichtsmaßnahmen im Besuchsprotokoll. Die Regeln stelle natürlich ich auf und die sind für alle verbindlich.

Erstens muss sich der Besuch per Handy melden, wenn er vor der Tür steht. Nicht, dass die mitten in meiner Session plötzlich an meiner Tür klingeln. Ich gehe ahnungslos öffnen, weil ich meine, es sei der angekündigte Besucher, und dann steht die Nachbarin draußen. Das wäre peinlich!

Zweitens darf Petra freilich nicht sehen, wer da überhaupt gekommen ist. Nichts wäre blöder, als wenn die ahnungslosen Leute sich bereits irgendwoher kennen würden oder sich bei mir kennenlernen und sympathisch finden würden und später über mich herziehen und schwatzen würden.

Der Meister und sein Können als Thema am Biertisch für den amüsanten Plausch. Das Geschehen könnte ich nicht mehr kontrollieren. Das geht gar nicht.

Ein geeignetes Szenario lässt sich schnell arrangieren und wird für alle Beteiligten als prickelnd empfunden werden. Ich bin der Meister in allen Fragen!

Also:

Petra wird an Händen und Füßen gefesselt und bekommt außerdem noch eine Augenbinde. Auch liegt sie die ganze Zeit auf dem Bauch. So kann sie nicht unter der Augenbinde durchblinzeln. Außerdem muss es dunkel sein. Das Licht der Straßenlampe reicht völlig als Beleuchtung. Musik ist auch gut. Musik dämpft die Wahrnehmung anderer Geräusche. Was weiß ich, welche Gefühle die Zuschauer beim Zusehen bekommen und wie die sich äußern?

Was noch? Ich stelle die beiden Besucher getrennt auf, damit sie nicht miteinander zu spielen beginnen, wenn die Sache sehr erregend für sie wird.

Noch was vergessen? Ja, die Gestaltung des Abgangs. Das ist ganz wichtig. Die gehen wieder, bevor Petra von Fesseln und Augenbinde erlöst wird. Immer alles schön getrennt halten. Ich behalte immer die Kontrolle.

Aber was zeige ich denn denen nun? All den großmäuligen Quatsch, den ich erzählt habe? Nee, das wäre blöd. Müssen die auch gar nicht alles sehen. Die sind schon von viel weniger Handlung beeindruckt genug. Die kennen doch noch gar keine richtige Spankingsession! Alles, was die kennen, ist ein wenig Alberei. Die werden bei mir Augen und Ohren aufsperren! Welche Szenarien zeige ich denen?

Gehorsamkeit demonstrieren! Das kommt immer gut an. „Sage: Bitte schlage mich. Wähle aus, womit du die nächsten Hiebe bekommen willst. Ich will, dass du die Hiebe ohne einen Mucks hinnimmst. Bedanke dich für die Hiebe." Solche Sachen eben.

Petra wird dabei mitspielen. Darin bin ich mir sicher. Die verehrt ihren Meister und wird ihn nicht blamieren wollen. Bei der Vorführung werde ich noch einige Erklärungen abgeben, gerade so, als ob es eine Lehrübung für den Besuch wäre. Das kommt auch immer gut an, wenn die Zuschauer das Gefühl haben, dass sie einbezogen werden, selbst wenn es nur passive Einbeziehung ist. „So musst du die Peitsche halten. So musst du schlagen. Ich beende die Hiebe dann, wenn ich es will. Fesseln muss sein, sonst neigt die Sub zu unkontrollierten Bewegungen, hält meine Hand oder die Rohrstöcke fest. Ich behalte immer die Kontrolle über das Geschehen. Du musst immer konsequent bleiben, bei dem, was du tust. Du darfst dich nicht von Gejammer beeindrucken lassen. Die wollen das so." Lauter solchen Quatsch werde ich erzählen. Das beeindruckt enorm. Was noch?

Die Zuschauerin sollte ich auch etwas beachten, aber nur nebenbei. Frauen schmelzen dahin, wenn sie scheinbar beachtet werden. „Du hast schon feuchte Augen, Mädel, aber heute wird das nichts mit uns." Ja, das kommt gut rüber. Auch dieses Weib habe ich ständig unter Kontrolle. Vielleicht wird Petra dabei sogar etwas eifersüchtig und kann es nicht äußern. Sie weiß schließlich nicht, dass ich gar nichts mit dem Mädel habe. Ein prima Gedanke!

Wie lange treibe ich das Spiel voran?

Keinesfalls werden die beiden Voyeure lange zusehen dürfen. Nichts mit Verwöhnungsprogramm! Verwöhnen können die beiden sich draußen vor der Tür.

Hilfe, bloß nicht!

Was sollen die Nachbarn denken? Ich komme noch ins Gerede wegen diesem Mist. Hier in der Siedlung geht so ein Gerücht im Zeitraffertempo rum. Die sollen sich sofort wieder verkrümeln. Das muss ich denen unbedingt ins Gehirn hämmern.

Oh, geschafft!

Ich habe meine Rolle gut gespielt. Ich bin der Meister. Petra hat, wie erwartet, ganz anständig mitgespielt. Mit Petra geht alles. Auf diese Frau kann ich mich verlassen. Also jedenfalls in dieser Hinsicht. Schade, dass Petra nicht jung und hübsch ist.

Dieses voyeuristische Weib hätte fast abgehoben, als ich Petra mit der Neunschwänzigen ausgepeitscht habe. Ja, sie hätte mir beinahe die Szene vermasselt, wenn sie angefangen hätte zu heulen oder zu stöhnen. Weiber eben. Warum reagieren Weiber so empfindlich?

Der Kerl hätte mir liebend gern die Peitsche aus der Hand genommen und selbst losgelegt. Da gehe ich jede Wette ein. Mit seiner Mimose kann er nichts anstellen. Aber aus diesem verständlichen Wunsch wurde nichts. Nur zusehen! Das war abgemacht. Ich bin der Meister.

Nun, da der Besuch wieder weg ist, muss ich meine angestaute Energie abreagieren. Wie? Ha, jetzt geht es richtig zur Sache! Jetzt bekommt diese Petra Rohrstockhiebe, wie sie es noch nie erlebt hat. „Sechs Hiebe, so hart ich kann", sage ich zu ihr. Vielleicht wird das Level zehn?

Mal sehen, ob ich sie damit zum Aufgeben zwingen kann. Irgendwie muss ich es doch mal schaffen, dass Petra unser Codewort „Stopp" herausschreit. Dann habe ich sie in die Knie gezwungen. Ich bin der Meister über alles.

Vier Hiebe hat sie bereits bekommen. Ich habe zugeschlagen, so hart, wie es mir möglich war. Sie sagt einfach NICHT „Stopp"! Warum sagt sie nicht „Stopp"? Bereits nach dem dritten Hieb windet sie sich unglaublich und schreit ihren Schmerz heraus. Auch ich kann erst mal nicht mehr weiter.

Es ist nicht körperliche Erschöpfung, nein, es erregt mich ungemein! Nein, mein kleiner „Er" ist ganz friedlich. Es erregt mich innerlich. Es erregt mich so, wie wenn man einen gefährlichen Weg geht, entlang eines Abgrunds etwa. Ich bin voll konzentriert, darf keinen Hieb danebensetzen. Die Wirkung jedes Hiebes ist unglaublich und der Schrei markerschütternd. Der Abgrund ist entsetzlich tief, zieht mich hinunter, doch jeder Schritt muss genau überlegt werden.

Noch ein Hieb!

Meine Hände beginnen zu zittern, das Herz rast. Ich lege den Rohrstock weg und stürze ein Glas Sekt hinunter. Petra steht derweil still und abwartend am Türpfosten. Hat diese Frau Nerven! Das ist unglaublich! Jedes andere Weibsstück würde spätestens jetzt zetern oder um Gnade flehen. Diese verdammte Petra wartet einfach ab! Sie heult noch nicht einmal! Sie steht einfach still da und wartet ab. Es ist unglaublich, aber wahr! Sie hat all meinen Respekt verdient. Was wird sie jetzt denken und fühlen?

Egal! Ich will, dass sie aufgibt, dass sie bettelt und fleht!

Der fünfte Hieb! Wieder dieser unglaubliche Schrei und die nervenzerreißende Spannung des Wartens. Ich halte dieses Szenario kaum noch aus. Warum gibt Petra nicht auf? Sie hat meinen Respekt! Sie weiß es! Sie könnte aufgeben und sie hätte meinen größten Respekt verdient. Aber sie gibt nicht auf. Ich muss auch den sechsten Hieb setzen. Ich muss es tun!

Der sechste und letzte Hieb! Volle Konzentration! Ich muss genau zielen, weit ausholen und mit aller Kraft zuschlagen. Wieder dieser markerschütternde Schrei! Es ist fast Wahnsinn.

Petra nimmt auch diesen Hieb hin wie alle Hiebe vorher! Es ist unglaublich! Waren sechs Hiebe noch zu wenig?

Nein, ich bin völlig fertig. Mein Körper ist schweißbedeckt und innerlich friert mich. Ich habe Gänsehaut. Der Abgrund ist überwunden. Der Weg ist wieder sicher, aber die Erregung zittert noch lange nach. Ich stehe da und bin wie gelähmt.

Jetzt will Petra in die Arme genommen werden. Nein, das geht jetzt nicht! Sie würde sofort merken, wie erregt ich bin, wie meine Muskeln zittern.

Sie reagiert sehr betroffen auf meine Zurückweisung und kämpft mit den Tränen. Ja, das kann ich verstehen. Ein ersticktes „Bitte" entringt sich schließlich ihrer Brust. Mehr Worte kommen nicht über ihre Lippen. **Ist das eine tolle Frau!** Kein Flehen, kein Betteln, keine Tränen, nur ein gehauchtes „Bitte"!

Ich kann nicht mehr länger an mich halten. Soll sie meine Erregung merken. Sie hat es sich verdient. Ich schließe diese tolle Frau fest in meine Arme und atme tief ein und aus. Die Spannung meiner Muskeln löst sich augenblicklich. Mein kleiner „Er" streckt sich wonniglich. Ob sie es merkt? Egal! Was ist das für eine tolle Frau! Sie ist so anders als alle anderen Frauen, die ich bisher kannte. So ganz anders!

Was ist das nur für eine Frau? Warum ist sie nicht zwanzig Jahre jünger, ledig und rasiert? Könnten wir dann vielleicht miteinander Sex haben? Sex wie noch nie in meinem Leben? Sex wie noch nie in ihrem Leben?

Diese Petra würde sich bestimmt einfach von mir nehmen lassen. Alles dürfte geschehen, alles, was ich will, und sie würde es still und glücklich genießen können. Mit so einer tollen Frau wäre es durchaus möglich etwas ganz Neues, noch nie Dagewesenes anzufangen.

Vielleicht wäre diese Frau, die in so gar kein Schema passt, wirklich „die Richtige" für mich? Eine Frau, die keine Zicken macht, die stillhält, die auf mich hört, die mir vertraut, mich achtet und ehrt und mit der ich außerdem noch richtig gut reden kann. Eine Frau, die dennoch selbstständig denkt, nicht auf mein Geld aus ist und keine überzogenen Ansprüche stellt.

Ach was? Solche Frauen gibt es doch gar nicht!

Petra darf keinesfalls merken, wie ich jetzt für sie empfinde und denke. Es ist alles nur Spiel, nur Spanking, nur Zeitvertreib. Ich muss sehen, dass ich Petra auf irgendeine unkomplizierte Art schnell loswerde. Meine Gedanken eben, die waren einfach viel zu schön, um annähernd wahr zu werden.

Es ist eine Denkfalle. Mein Adrenalin kreist wie wild im Blut. Dabei kommen Visionen, die niemals der Realität standhalten können. Ich bin mir sicher: Bald wäre das Leben auch mit dieser Frau so wie immer, wie mit jeder anderen Frau auch. Es gäbe Streit und Zank um Kleinigkeiten, es würde die Eifersucht nagen, Vorhaltungen, überzogene Erwartungen und all die Dinge eben, die Frauen immer vom Zaun brechen, sobald man sich ihnen gefühlvoll nähert und Hoffnungen nährt. Ach, warum sind Frauen immer so kompliziert?

Aber diese sechs Hiebe von eben, die werde ich nie vergessen. Petra wird diese Hiebe auch nie vergessen. Wetten?

So war das also? An eine Sache kann ich mich aber noch genau erinnern. Es war am Ende der Lehrstunde. Den Besuch hatte er schon wieder weggeschickt. Warum? Damit er nicht in Ohnmacht fällt? Kann sein. Jedenfalls war dieses Ende eine unglaublich harte Lehre. Die Fesseln waren gelöst, die Augenbinde abgenommen.

„Stelle dich an den Türpfosten und stütze dich mit den Händen daran ab. Du bekommst sechs Hiebe zum Abschluss." Ich, noch halb im Space, denke nur: „Wie gnädig."

Da kommt der Nachsatz: „So toll, wie ich kann." Vor Schreck nehme ich die Hände runter. Das scheint er selbst in dieser Situation noch als Provokation zu deuten und es verschafft mir einige leichtere Hiebe vorab.

Da stehe ich nun und denke: Sage ich jetzt gleich „Stopp"? Es ist unser vereinbartes Codewort für den Abbruch der Session. Ich habe es bisher nie verwendet. Wirklich nie! Ich könnte vor dem ersten Hieb abbrechen. Will er das? „So toll, wie ich kann", hat er gesagt. Ich habe schon viele harte Hiebe bekommen. Ich denke an die Szene vom Anfang unserer Beziehung, als er mir gezeigt hat, wie er zuschlägt. Ich habe damals Gänsehaut bekommen. Ich denke an die Szene, als er sagte: „Das waren etwa sechzig Prozent. Da geht noch was." Darauf habe ich gemeint: „Tue es bitte nicht." Will er jetzt die restlichen vierzig Prozent zulegen? Ich kann abbrechen! Ein einziges Wort genügt!

Nein, auch jetzt soll dieses Wort nicht über meine Lippen kommen, beschließe ich. Niemand kann über einen Abgrund gehen, wenn die Gedanken stets auf einen möglichen Absturz gerichtet sind.

Nein, ich werde NICHT das Codewort aussprechen! Ich vertraue Michael!

Nach jedem Hieb benötige ich einige Momente, um meine Fassung wiederzufinden. Es tut unglaublich weh! Ich befinde mich im Rauschzustand. Der Rausch des Schmerzes! Ich kann nichts denken. Ich fühle nur Schmerz und schreie ihn aus mir heraus. Meine Hände krallen sich an den Türpfosten. Meine Stirn legt sich an das kühle Holz. Ich bin voll konzentriert und gleichzeitig völlig benommen.

Zwischen dem vierten und fünften Hieb gönnt er mir eine kurze Pause. Er muss etwas trinken. Wie fühlt er jetzt? Wie nahe gehen ihm diese Szenen? Ich stehe da, schaue aus dem Fenster und sehe doch nichts. Wenn jetzt jemand käme, ich würde es nicht wahrnehmen.

„Der fünfte", sagt er nur. Ich nicke. Ist es der letzte Hieb? Warum nicke ich? Ich könnte mit einem einzigen Wort − „Stopp"! − aus allem raus sein! Ich sage es nicht. Warum?

Wieder schreie ich meinen Schmerz heraus und stehe und warte ab. Ist es eine Art Schockstarre, die mich handlungsunfähig macht? Ich habe mal gelesen, dass Menschen, die in den Fängen von Raubtieren waren und überlebt haben, in so einer Art Schockstarre waren. Sie hätten dabei keinen Schmerz gefühlt. Beutetieren geht es wohl ebenso. Die Natur ist gnädig. Zu viel Stress − Todesstress − lässt den Schmerz nicht spüren. Ich habe keinen Todesstress. Ich spüre den Schmerz in voller Härte.

„Der sechste", höre ich Michael. Ich bin plötzlich innerlich ganz ruhig. Meine Finger krallen sich an den Türpfosten. Ich schließe die Augen, spanne alle Muskeln an.

DER HIEB! DER SCHREI! EIN STÖHNEN!

Alle Anspannung löst sich. Es ist grandios. Ein Sieg im Marathonlauf. Fühlen sich so Siege an? Nach allen Kämpfen, Ängsten, Schmerzen schließlich der Sieg!

So ein Szenario geht nur mit Michael! Keinem anderen Mann würde ich jemals erlauben, dies zu tun. Warum er? Es hat viel mit der Beziehung zu tun, mit dem emotionalen Verständnis und mit Vertrauen. Ich habe volles Vertrauen zu ihm. Er hat mich nie verletzt. Nie! Er hat mich auch dieses Mal nicht verletzt dabei. Geht das überhaupt? Offenbar ja. Er versteht es meisterlich, diese Hiebe konzentriert auszuführen.

Hätte ich nicht dieses absolute Vertrauen zu ihm, dann würde es nicht gehen. Es hat aber auch viel mit Respekt, Achtung und auch mit Zuneigung und Liebe zu tun. Es muss alles passen. Nur dann macht so ein wahnsinniges Erlebnis stolz und bleibt für alle Zeit im Gedächtnis verankert.

Auch der sechste Hieb hat gesessen! Ich habe es geschafft!

Ja, es ist eine riesengroße Leistung, die ich erreicht habe, erfüllend, bereichernd und unvergesslich. War es das auch für ihn? Wahrscheinlich. Eigentlich sind wir damit zu wirklichen Gefährten geworden. Gefährten, die gefährliche Wege über Abgründe gehen könnten.

Doch dann: Der Kerl verhält sich kühl wie ein Eiswürfel im Winter? Er verweigert mir die unbedingt fällige Umarmung! Nach diesen Hieben! Den Rohrstock quer vor der Brust, so hält er mich auf Abstand.

Ich kann nichts denken, umfasse instinktiv seine Handgelenke und kämpfe mit den Tränen. Eine unglaubliche Bitterkeit steigt in mir hoch und schnürt die Kehle zu. Meine zitternden Hände arbeiten sich ganz langsam seine Unterarme bis zu den Ellenbogen vor. Meine Stimme ist kaum noch in der Lage ein einziges Wort zu formen.

„Bitte!"

Bruchteile von Sekunden vergehen, die zur gefühlten Ewigkeit werden. Ich fühle, wie mich der Abgrund hinabzieht.

Dann! Endlich! Er legt den Rohrstock weg, nimmt mich in die Arme! Ich hauche ein „Danke" und die Unendlichkeit sinkt in meine Seele. Er hält mich fest und atmet ganz tief ein. Er bekommt eine Erregung! Soll ich drauf eingehen, auf das, was ich da gerade bei ihm spüren kann? Ich lasse es intuitiv bleiben. Der Moment ist zu schön für jegliche anderen Regungen. Einfach nur genießen. Nur ganz still genießen. Ich lehne meinen Kopf an seine Brust, fühle die Wärme seines Körpers, die Geborgenheit der Umarmung.

Auch er ist ganz still. So fühlen sich wahre Glücksmomente an. **Eine wunderbare Lehre!**

Gut, dass er den Besuch schon weggeschickt hatte. Diese Sekunden der Lehrstunde gehörten nur uns beiden ganz allein. Unvergessliche Sekunden.

Es war ganz bestimmt für uns beide grandios. War es grandios für dich, Meister? War es Level zehn?

Ach du heiliger Strohsack! Ich sage es doch. Frauen geben nie Ruhe. Die wollen immer alles genau bestätigt wissen. Fragen nach und noch mal nach, bis man endgültig die Schnauze voll hat von den Weibern mit ihrer Quengelei.

Nee, also jetzt ist Schluss. Ich lege die Füße hoch, trinke ein paar Bier und lasse erst mal abdampfen. Petra macht das schließlich auch so. Die fährt nach einer Session auch nicht gleich nach Hause zu ihrem braven Ehemann und kümmert sich um das Abendbrot. Die lässt eine Session ausklingen, wie sie sagt! Kein schlechter Gedanke. Warum lasse ich eine Session nie ausklingen? Warum geht es bei mir nach einer Session immer gleich weiter mit anderen Aktivitäten? Vielleicht kann ich mir einen runterholen, wenn ich mir alles noch mal durch den Kopf gehen lasse? Vor allem die letzten drei Hiebe haben mich stark erregt.

Nein, das wird nichts mehr. Es passiert nur, wenn ich in der Szene drin bin, wenn ich diesen Rücken oder Po vor mir habe, wenn ich das Szenario lebe, wenn ich aushole, wenn der Schlag auftrifft, wenn der Schrei die Luft zerfetzt, wenn die Frau sich windet, heult und flennt oder eben still erduldet. Der Rausch ist vorbei. Es geht nicht mehr. Ich bin müde.

Wahrscheinlich habe ich nun auch zu viel Bier getrunken. Mein kleiner „Er" mag das nicht. Ach, mein kleiner Freund, warum bist du so bockig? Ich muss mal. Wenigstens das geht noch problemlos.

Michael ist ein Scheißkerl mit Hornhaut auf der Seele.

Michael ist ein gnadenlos konsequenter Spanker.

Michael kann für wenige innige Momente ein ganz wunderbar sensibler Mann sein.

Sind es eben jene Kontraste, die diesen Mann so interessant und unvergesslich für mich machen?

Ja, ich liebe diesen Mann genau deswegen! Gefühle lassen sich nicht zwingen.

ICH LIEBE DIESEN VERDAMMTEN SCHEISSKERL!

13

ZUKUNFTSTRÄUME

Tagträume nähren sich aus Hoffnungen, Erlebnissen, Erfahrungen, Sehnsüchten und Erwartungen, die mit einer gehörigen Portion Optimismus einhergehen. Erfahrungen sind nicht immer nur angenehm. Auch wenn man sich angenehme Erfahrungen noch so sehr wünschen mag, bringen gerade die einschneidenden Erlebnisse letztlich weiter.

Meine Zukunftsträume beginnen mit einem schmerzhaften Mailaustausch. Zunächst gilt es, das Bett für die angenehmen Träume zu bereiten.

Oder wie bereits Friedrich Nietzsche sagte:

„Allem Zukünftigen beißt das Vergangene in den Schwanz."

Ich bin ein philosophischer Mensch und zudem wissenschaftlich angehaucht. So frage ich mich: Was ist unter dem Begriff „Zukunft" eigentlich genauer zu verstehen? Ja, es gibt sogar eine Wissenschaft von der Zukunft, die Futurologie!

Ich bleibe lieber auf dem Boden der Realitäten. Die Physik liefert mir bemerkenswerte Ansätze in Sachen Zukunftserklärung. In der klassischen Physik ist die Zeitskala jene Bemessungsgröße für die Dimensionen Vergangenheit, Gegenwart und Zukunft. Die Zeit ist demnach eine Größe zur Parametrisierung eines Ereignisses und dessen Einordnung in die entsprechende Dimension. In der Thermodynamik gibt die Entropie zum Beispiel die Anzahl der möglichen Zustände eines abgeschlossenen Systems an. Die Zukunft ist, relativ zu einem bestimmten Zeitpunkt betrachtet, somit jener Bereich der Zeitskala, in dem ein abgeschlossenes System eine höhere Entropie als in der Gegenwart hat. Verstanden? Ich auch nicht.

Bringt mich diese Erkenntnis trotzdem irgendwie voran? Nicht wirklich! Dann also mal weitersehen. Habe ich nicht schon mal den guten Albert Einstein mit seiner Relativitätstheorie bemüht? Richtig! Vielleicht hilft dieser Ansatz auch in Sachen „Zukunft" weiter? Wie war das gleich noch mal? Zwei verschiedene Ereignisse, die für einen Beobachter gleichzeitig stattfinden, finden für einen relativ dazu bewegten Beobachter nicht gleichzeitig statt. Einstein definierte den Begriff der Raumzeit.

Ja, in dieser Raumzeit habe ich mich schon einmal befunden. Das war ganz am Anfang, als Michael und ich zusammen unser Spiel um Dominanz und Demut begonnen haben.

Und jetzt? Befinde ich mich jetzt wieder in eben solcher Raumzeit? Die Zukunft eines Ereignisses wird, von dem Ereignis ausgehend, durch kausale Weltlinien erreicht, sagt Einstein. Ein Beobachter könnte demnach jedes Ereignis in seiner Zukunft erleben, wenn er sich auf die entsprechende Weltlinie begibt. Das wird schwierig, fürchte ich. Wo ist bitte meine Weltlinie? Ich glaube, dabei hat dann selbst der gute alte Einstein das Handtuch geworfen.

Wer hat sich noch mit der Zukunft beschäftigt? Jede Menge Wissenschaftler natürlich. Bestimmte Ereignisse kann man sehr genau vorausberechnen, zum Beispiel die Flugbahnen von Himmelskörpern, das Schwingen von Pendeln oder das Entladen einer Batterie, stellen diese Experten richtig fest. In solchen Berechnungen sind Wissenschaftler sehr exakt und zielstrebig. In anderen Bereichen überwiegt eher ein chaotisches Verhalten, wie es etwa Wetterprognosen oder Börsenkurse zeigen, geben sie immerhin zu.

Schön und gut. Aber es nützt mir nichts, diese Erkenntnisse der Wissenschaft auszuwerten für meine Zukunft.

Meine Zukunft tut sich reichlich schwer mit der Beschreibung ihrer selbst, fürchte ich.

Der Mensch ist ein soziales Wesen. Vielleicht hilft die Soziologie weiter? Was sagen diese Schlaumeier in Zukunftsfragen? Sie meinen, dass sich für die Zukunft ein enger Zusammenhang mit der Handlungserwartung eines Menschen ergibt, allgemein als Antizipation eines künftigen Zustandes bezeichnet.

Toll! Doch was ist das? Antizipation? Ein Fremdwort! So wie neulich, als ich mit dem Begriff Spanking nichts anzufangen wusste? Na, erst mal weiter, um mit diesem Zukunftsgedanken voranzukommen. Erwartet die handelnde Person normativ, so orientiert sie sich an Konventionen und Regeln, wird gesagt. Das passt eher nicht zu mir. Spanking braucht zwar unabdingbar Regeln, aber es geht um die Frage meiner Zukunft. Welche Regeln könnten dabei helfen? Ich kenne keine solche Regel und schon gar keine Konvention, die nützen würde. Erwartet die handelnde Person hingegen kognitiv, so steht die aktive Suche nach Handlungsoptionen und Kombinationsmöglichkeiten im Vordergrund, heißt es weiter. Na endlich! Doch noch was Passendes für mich gefunden. Ich handle und erwarte eindeutig kognitiv!

Antizipation heißt anzunehmen, dass ein Ereigniseintritt wahrscheinlich ist?

Demnach schauen Optimisten erwartungsfroh in die Zukunft, während Pessimisten eher skeptisch sind?

Wenn ich demnach Freude oder Glück empfinde, ist das, psychologisch gesehen, nicht die eigentliche Erfüllung einer Erwartung, sondern die Erwartung auf ein freudiges Ereignis schlechthin? Andererseits kann der Umstand eintreten, dass ein lange herbeigesehntes freudiges Ereignis, wenn es dann wirklich eintritt, gar nicht mehr richtig beglücken kann? Ja, kenne ich irgendwie! Diese vorwegnehmende Freude ist besonders bei solchen Menschen stark ausgeprägt, die für eine direkte Bedürfnisbefriedigung große Anstrengungen unternehmen müssen. Ja, das muss ich meistens! Das Sparen für eine Anschaffung, die Vorbereitungen einer Reise, das Warten auf ein lange geplantes und ersehntes Erlebnis lösen folglich diese antizipatorische Freude aus? Passt doch bestens für mich!

Dumm ist nur, dass ich dann immer noch nicht weiß, wie meine Zukunft sich entwickeln wird. Ich bin ein vorsichtiger Optimist. Meine Zukunftsträume werden demnach vorsichtig optimistisch sein. Ein schöner Gedanke!

Doch nun will ich endlich das Bett bereiten für diese vorsichtig optimistischen Zukunftsträume. Alles, was mir vorerst bleibt, um meine spankingmäßig optimistische Zukunft zu gestalten, ist der Mailkontakt mit Michael. Michael ist schlecht kalkulierbar und nicht immer heiter gestimmt. Das weiß ich, aber gut. Es geht um meine Vorfreude und um jene Antizipation. Hurra, mein Wortschatz hat sich erweitert. ANTIZIPATION!

Ach, eigentlich muss ich Michael dankbar sein. Er lässt mich große Anstrengungen unternehmen, um meine Bildung zu erweitern. Michael steigert so, sicher ganz ungewollt, meine antizipatorische Freude ins Gigantische. Doch vorerst ist davon nichts zu bemerken. Die Mühen der Ebene liegen sozusagen vor mir.

Ran an die Tasten, geschwind!

„Lieber Michael,
danke für die frohe Botschaft gestern Abend per SMS. ‚Ja, du hast dir was verdient‘, schriebst du. Wie mich diese Worte freuen! Weißt du, seit ich in Berlin in diesem bizarren Tempel war, wünsche ich mir dieses Erlebnis einmal mit dir zu haben. Nun ist deine Peitschensammlung auch entsprechend würdevoll dafür. Ich denke, so ein Tempel ist ein schöner Rahmen für ein kleines Jubiläum. Wir haben es uns beide verdient! Ich nehme mal an, auch du gehst nicht täglich da ein und aus?
Ich verlasse mich ganz auf dich, was dir einfällt an Programm für einen schönen Jahrestag! Ich freue mich jedenfalls schon sehr auf einen schönen Tag mit dir, wenn auch mit viel Bauchkribbeln und Gänsehaut. Bin dir aufrichtig dankbar für alles, was du mir gibst, vom Kaffee über den Leidensweg mit Streicheln und dem ‚Drüber-reden-Können‘ danach. Welche Frau kann schon ermessen, wie genussvoll gestreichelt zu werden nach wirklichem, wahrhaftigem Schmerz sein kann? Ich freue mich jedenfalls riesig drauf!
LG, Petra"

Ach, Petra! Ein wenig Gesülze ist schon wieder in meinen Worten, aber seine Antwort ist dennoch hoffnungsfroh. Meine antizipatorische Freude steigt weiter.

„Hallo Petra,
wir können gerne außerhalb was machen. Ich halte es aber für besser,
wenn wir uns so etwa drei Stunden in einem SM-Raum in der Nähe
gönnen. Wie heißt der Schuppen gleich noch mal? Anfang März geht
es bei mir leider nicht. Da bin ich verreist. Wann geht es wieder bei dir?
Liebe Grüße, Michael"

Es geht nun noch einige Male hin und her mit den Terminver-
schiebungen. Vor allem gebe ich ihm präzise meine freien Termine
durch, doch er reagiert nicht darauf. Falsch! Er reagiert schon,
doch so, dass er immer meine nicht freien Tage als Optionen
für einen Treff vorschlägt. Was soll das? Irgendwann werde ich
ungeduldig und komme mir hingehalten vor. Ich reagiere sehr
spontan, denn meine antizipatorische Freude braucht Nahrung.

Es ist die falsche Strategie und die falsche Nahrung. Ich bekomme massive Ablehnung. Eine gemeine Hinhaltetaktik? Was
ist das für ein Mann? Welches Problem hat er? Warum tut er mir
so etwas an? Warum hält er mich hin?

Diese Fragen und Unsicherheiten verwirren mich und rühren
an längst überwunden geglaubten Angstgefühlen. Verlustängste,
gut bekannte Begleiter meines Lebens, melden sich massiv.

Ich lasse es ihn wissen und seine Quittung kommt umgehend.
Auch er hat Ängste. Angst vor Vereinnahmung? Erwartungsangst? Was es auch immer ist, die Ablehnung kommt umgehend
schroff und verletzend. Meine Antwort darauf ist ein Versuch
wieder einzulenken.

„Lieber Michael,
sorry wegen der SMS. Mit dir hatte das wirklich nichts zu tun. Das ist
doch nur in Ordnung, wenn wir einen Termin ausmachen ohne Zeitstress.
Wenn ich so lange gewartet habe auf dieses Event, so kommt es auf ein paar
Tage mehr oder weniger nicht an. Allerdings läuft mein Kopfkino schon
gewaltig auf Touren, werde wohl mal Kühlflüssigkeit nachfüllen müssen.
Nein, es war nur so, dass mal wieder alles Unangenehme zusammenkam.
Unser Chef kann ein ziemlich nerviges … sein. Dann kommt man ge-
stresst nach Hause und die Sippe geht einem auf die Nerven. Statt ein

*paar netter Worte, die man jetzt dringend brauchen würde, hört man:
,Bevor du kamst, war eine tolle Stimmung.' Das mag sogar stimmen,
aber da brennt halt mal die Sicherung durch.*

*In dieser Stimmung dachte ich an dich, weil ich manchmal drüber nach-
denke, wie du in dieser oder jener Situation reagieren würdest. Manchmal
hat mir dieses Nachdenken schon geholfen. Man kommt ja sonst nicht aus
seinem eigenen Gedankenkreis raus und macht immer wieder dieselben
Denkfehler. Dann hoffte ich, du hast vielleicht einen Tipp für mich. Also
in diesem Sinne war meine Botschaft gemeint. Ich bin nicht mit dir unzufrieden und wenn doch, dann sage ich es dir direkt. In diesem Sinne.
LG, Petra"*

Nach diesem ungeschickten Einlenkversuch meinerseits keimt
zunächst wieder Hoffnung auf.

Meine antizipatorische Freude steigt, denn er schreibt:

*„Petra, lasse uns mal den fünften oder siebten März anstreben. So, nun
noch einen schönen Tag!
LG, Michael"*

Es ist wie verhext, denn leider gehen genau diese beiden Tage
bei mir gar nicht. Er sollte das eigentlich wissen. Ich hatte es ihm
ausdrücklich mitgeteilt. Warum schlägt er mir nun genau diese
Tage vor, an denen ich nicht kann? Doch Hinhaltetaktik? Zer-
mürbungstaktik? Diese Methoden funktionieren immer, aber
sie sind fies. Ich bin frustriert und sage es ihm direkt. Michael
reagiert, für mein Empfinden, völlig unangemessen darauf. Was
schreibt er jetzt für seltsame Dinge? Hat sich auch bei ihm Frust
angestaut, den er nun ohne Vorwarnung über mich hinweg-
fluten lässt? Hat auch er Probleme, von denen ich nichts ahne?

*„Liebe Petra,
ich muss mal ein paar Dinge klarstellen. Wir beide haben sehr unterschiedliche Lebensumstände. Bei mir hat sich im letzten Jahr das ganze
Leben gedreht. So habe ich auch all das ausprobiert, wozu ich Lust hatte.
Aber eines war immer klar: Wenn ich eine neue Partnerin finde, wird*

das Priorität haben und ich werde es nicht gefährden durch irgendwelche Geschichten. So ist es nun eben. Ich habe jemanden gefunden, woraus etwas werden könnte. Alle meine anderen Subs – mit einer Ausnahme – gucken nun ‚in die Röhre‘ und sind mehr oder weniger traurig darüber. Die eine Ausnahme bist du! Warum, das weißt du genau. Doch auch hierbei habe ich gemischte Gefühle. Wenn dir das alles zu dumm ist, dann kann ich das nachvollziehen, aber ich kann nichts ändern dran. Liebe Grüße, Michael"

Daher weht also der Wind. Ja, er kam nicht über den Verlust seiner langjährigen Lebenspartnerin hinweg. Das habe ich gemerkt. Alles schön und gut. Aber: Wenn ich nun schon seine einzige Ausnahme bin, so soll und will ich das auch bleiben! Er kann gerne Freundinnen haben. Meinetwegen auch mehrere gleichzeitig, wenn er das verkraftet. Ich bin schließlich verheiratet. Glaubt er, dass ich ihm seine Freundinnen vergraule? Meint er, dass ich ihm nicht gönne, dass er sein Leben nach seinem Belieben gestalten kann?

Mag sein. Dennoch: **Ich** will deshalb nicht *„in die Röhre gucken"*, wie er so launig schreibt. Wie kriege ich diese Sachlage für meine und seine Belange ordentlich gebacken? Es wird schwierig. Soviel steht fest. Aber aufgeben? Nein, das kommt nicht infrage für mich! So einfach mache ich es diesem Kerl nicht.

„Michael,
mir ist das nicht zu dumm und ich bin mir auch der Ehre bewusst, die du mir mit der einen Ausnahme erweist. Du weißt aber auch sehr genau, warum ich gerade dich und unsere Spankingbeziehung so schätze. Es hat sich nun mal so ergeben, dass ich zu dir einen wirklich guten Draht habe, und das ist für mich unglaublich wertvoll! Seit ich Spanking betreibe, geht es mir gesundheitlich unwahrscheinlich gut. Der erste Herbst und Winter ohne jegliche Erkältungen, kaum noch die leidlichen Probleme einer Frau in den reiferen Jahren, enorme Verbesserung meines Selbstbewusstseins und noch viel mehr sind das Resultat weniger gemeinsamer Stunden mit dir. Soll ich das alles wieder aufgeben? Einfach so?

Darüber hinaus: Mit wem kann ich reden? Du bist eine Bezugsperson für mich geworden. Ich will jetzt gewiss nicht klagen und schon gar kein Mitleid erregen, aber seit meinem vierten Lebensjahr habe ich in Sachen Bezugspersonen immer wieder nur enttäuschende Erfahrungen gemacht. Selbstverständlich wünsche ich dir ein erfülltes partnerschaftliches Leben. Ich persönlich habe kein schlechtes Gewissen, weil ich diese neue Lebensform neben meiner Ehe pflege, eben wegen der obigen Gründe. Wenn du mir die Ehre einer Spankingfreundschaft erweisen willst, so weiß ich das ganz bestimmt hoch zu schätzen.

Selbstverständlich werde ich mich an alle Regeln und Absprachen halten, die wir treffen. Ich habe dich nicht nur sehr gern, sondern auch viel Respekt und möchte dich nicht durch irgendeine Dummheit verärgern und verlieren. Ich will dich auch nicht anlügen müssen. Niemals. Das weißt du. Was machen wir nun? Ich möchte gern bald eine Session. So bald wie möglich. Bitte! Lassen wir das mit dem bizarren Tempel. Das bringt jetzt nichts. Ich verstehe dich wirklich, aber DU bist mein Spanker!
LG, Petra"

Was man nicht alles schreibt, wenn die Nerven blankliegen. Ist das schlimm? Für ihn offenbar schon. Ich brauche aber auch Stabilität und gehe deshalb in die Offensive.

„Lieber Michael,
verzeihe mir bitte mein chaotisches Verhalten der letzten Tage. Ich war ziemlich durch den Wind und habe wohl auch etwas die Nerven verloren. Es tut mir leid, wenn ich dich damit verunsichert habe. Es kommt bestimmt nicht wieder vor. Versprochen!"

Was soll ich schon sagen? Eigentlich sollten erwachsene Menschen in der Lage sein, eine solche verfahrene Situation emotional zu erden und nach einer Weile Ruhezeit sachlich zu bereden. Dieses Verhalten sollten erwachsene Menschen eigentlich gelernt haben. Oder doch nicht? Wo lernt man es, solche Fähigkeiten zu entwickeln? In der Schule? In der Ehe? Anderswo? Egal.

Offenbar lernt man es nirgendwo. Was macht er, der Meister, stattdessen? Er glaubt wohl, meine Worte, das seien alles nur leere

Worte, meine Empfindungen, das seien nur gespielte Szenen einer frustrierten Frau? Oder ist **er** etwa derzeit heftig durch den Wind? Seine Antwort lässt es vermuten.

„Liebe Petra,
du drängelst ganz schön. Du scheinst nicht gerade stabil zu sein im Moment. Leider kann ich dir dabei auch nicht wirklich helfen. Ich habe mir das noch mal durch den Kopf gehen lassen. Ich fühle mich nicht gut dabei, wenn ich meine neue Freundin hintergehe. Egal wie weit wir gehen. Sie würde es nicht wollen und ich möchte sie nicht anlügen. Petra, ich weiß, wie sehr dich das trifft. Aber auch aus einer Session wird leider nichts. Ich bitte, das zu respektieren. Natürlich können wir uns auf ein Bier treffen und reden. Da spricht nichts dagegen.
Liebe Grüße, Michael“

Geprüft und für sachlich richtig befunden! Stempel drauf, abgeschickt und fertig!

Nein! Ist es nicht! Ganz und gar nicht richtig ist das! Warum muss ich immer büßen für das Verhalten anderer Menschen? Seit wann lässt Michael sein Tun durch eine andere Person bestimmen, noch dazu durch eine Frau?

Seit wann tut er etwas **nicht**, weil eine **andere** Frau das nicht will? Wohin ist sein Männlichkeitsbild entschwunden? Er erscheint mir wie ein völlig anderer Mensch. Ein beliebiger Durchschnittsmann eben, keinesfalls wie ein souverän agierender Spanker mit echter Dominanz.

Der Kerl ist quasi über Nacht zum Weichei ohne eigenen Willen mutiert! Jedenfalls hat er nichts mehr mit diesem Michael zu tun, den ich kenne und schätze. Was soll das für eine Partnerschaft werden, wenn diese Frau ihn jetzt schon dermaßen unter ihrer Fuchtel hat? Das kann ich ihm natürlich nicht sagen und es geht mich auch nichts an. Wahrscheinlich gibt mir nur mein desolater Zustand dieses Abbild vor. Freilich hat er mir immer gesagt, dass er nicht mein Spanker auf Lebenszeit sein kann. Wer kann schon auf Lebenszeit vorhersagen? Ist dieses Verhalten nicht unnatürlich? Wenn man eine Beziehung, gleich welcher Art, beginnt, dann denkt man doch nicht immerzu an das Ende und hält es dem anderen vor? Hält man der Partnerin vom ersten Moment an vor die Nase, dass sie irgendwann wieder allein dastehen wird? Das ist kein normales Verhalten. Diese Überlegungen bringen nichts. Er ist, wie er ist, und damit muss er allein klarkommen.

Was mich und uns angeht, das ist der Fortgang oder ein würdiges Ende **unserer** Beziehung! Er hat mir mindestens ein halbes Dutzend weibliche Bekanntschaften in dem knappen Jahr unserer Beziehung vorgegaukelt. Vielleicht ist er jetzt tatsächlich an ein Weib geraten, wie er sich immer ausdrückt bezüglich Frauen, das **ihm** den Rohrstock überbrät? Könnte eine Erklärung sein. Mir ist es egal. Mich geht nur unsere Beziehung etwas an, sonst gar nichts. Das schreibe ich ihm. So einfach wird er mit mir jedenfalls nicht fertig.

„*Michael,*
ich habe nichts Unrechtes getan! Reinweg gar nichts! Ich muss ohnehin alle deine Entscheidungen respektieren. Ich bin im Moment nicht sehr stabil, das stimmt. Diese Entscheidung ist aber wirklich zu hart. Erst recht, wie du mir diese neue Meinung von dir unterjubelst! Einfach die beste Sub mit einer schnöden Mail abzumelden, das ist … ja, das ist feige! Einfach feige! Du bist kein Feigling. Oder doch?
Verstehe bitte. Ich habe mich unglaublich auf eine Session mit dir in einem SM-Ambiente gefreut. Und nun diese Wendung. Wenn wir eine längere Pause einlegen oder auch ganz die Spankingbeziehung beenden wollen – es liegt freilich in deinem Ermessen. Aber so plötzlich ganz und gar nicht mehr? So von heute auf gleich? Das ist einfach nur fies und feige! Ich kann dieses Verhalten nicht anders bewerten.
Verstehe doch. Das ist für mich wie ein Absturz. Rausgeworfen aus dem Flugzeug auf dreitausend Metern Höhe und keinen Fallschirm dabei. Freilich war keine Zeit mehr für eine sichere Landung. Der Herr Meister hat jetzt eine neue Beziehung. Da wird der Platz im Flugzeug gebraucht. Nein, ich machte dir keine Szenen oder sonst irgendwas Verwerfliches. Ich war immer höflich zu dir, immer ehrlich und respektvoll. Geht man so mit einem Menschen um?
LG, Petra"

Aus meiner Sicht sind das ehrliche und offene Worte, die von Respekt und auch Verständnis zeugen. Offenbar hat er aber wieder so eine neue Tatjana gefunden. Das kenne ich schon. Da ist die alte gute Beziehung schnell vergessen und nur noch lästig. Alle Männer sind so, mehr oder weniger jedenfalls, meine ich zu wissen. Soll ich ihm jetzt gönnen, dass er mit seiner neuen Beziehung wieder auf die Schnauze fällt? Soll ich ihm so eine richtige Ziege gönnen, die ihm wirklich eine Szene auf dem Markt der Eitelkeiten macht? Verdient hat er es!

Oh, Himmel! Jetzt macht er in seiner Antwort auch noch auf Kleinmädchenpredigt. Dieses Geschwätz kann er einer Achtzehnjährigen erzählen. Ich bin eine gestandene Frau. Hat der wirklich nicht mehr alle Sinne beisammen? Was ist das denn für eine Ziege, die er da eingesammelt hat? Die wird ihm in null Komma nichts den Verstand aus dem Kopf gepustet haben.

Wenn ich seine Scheißmail lese, so könnte ich heulen vor Wut über dieses dämliche Geschreibsel. Das war mal mein Meister? So schnell macht eine Frau aus einem respektablen Mann einen jämmerlichen Lappen? Das kann unmöglich derselbe Michael sein.

Na, das hatte ich schon mal. Diese Mail klingt jedenfalls ganz ähnlich wie damals während der Sache mit Tatjana.

„Petra,
ich weiß, dass es schwer ist für dich. Aber es geht nicht. Es würde dich auch kaum zufriedenstellen, wenn ich nicht bei der Sache wäre, und das wäre ich bestimmt nicht. So etwas lässt sich einfach nicht erzwingen. Es gehören immer zwei dazu. Überlege dir mal, es wäre umgekehrt. Ich könnte dich auch nicht zwingen, eine Session zu machen, wenn du nicht wollen würdest. Es tut mir leid. Ich wünsche dir viel Glück!
Grüße, Michael"

Ja, genau solche Worte hat er mir, Petra, damals auch geschrieben, als er parallel mit der vermeintlichen Tatjana geflirtet hat. Korrekte und unverbindliche Worte. Nichts auszusetzen dran, doch was soll **ich** damit anfangen? Er kann das tun. Ist es fair?

Darauf kommt es nicht an. Das hat er mal in einer Session gesagt. Offenbar gilt das auch im wirklichen Leben für ihn. Es muss nicht fair sein, nur korrekt. Leider gibt es hier, im wirklichen Leben, kein Stoppwort. Ich kann nicht sagen „Stopp" und dann ist es vorbei und wir reden drüber. Im Leben muss man immer durch das Tal der Tränen gehen. Versuche ich es halt noch mal. Frauen können so dumm sein, wenn sie um den Partner ringen, selbst wenn es nur ein Partner für einige besondere Stunden ab und an ist. Was versuchen sie da trotzdem, oder gerade deswegen, nicht alles?

„Michael,
ich ringe auch um Stabilität in meinem Leben. Und immer haut mir dann irgendwas die Beine weg, wenn ich gerade mal etwas Balance gefunden habe. Lasse mich wenigstens zu dir kommen. So darf das nicht alles enden. Nicht einfach so per Mail.
Bitte lasse uns darüber reden. Ich möchte wenigstens reden dürfen. Petra"

Keine Antwort. Kenne ich von der Szene mit Tatjana. Noch ein weiterer verzweifelter Versuch, denn dieser Kerl hat Hornhaut auf der Seele. Was kümmert ihn die Verzweiflung einer anderen Seele? Ist er wirklich fies, grausam und gefühllos? Ist er so ein Kerl, auf den eine Frau unbedingt reinfallen muss? Ich muss es wissen. Wie damals schon. Mich plagt die Frage: Michael, wer bist du wirklich?

„Bitte, Michael,
du hast es selbst angeboten, dass ich zu dir kommen kann. Warum bin ich so instabil? Meine Tochter zieht am Wochenende aus. Kannst du dir vorstellen, wie es mir geht? Sie ist der Mensch, mit dem ich reden konnte, wenn auch nicht über Spanking. Das ist alles unglaublich schwer für mich. Und nun noch du. Zwei Bezugspersonen gleichzeitig zu verlieren, geht über meine Kräfte. Ich muss jetzt daheim so tun, als wäre nichts. Ich kann mich nirgendwo fallen lassen und ausheulen. Ich muss auch meine Arbeit machen. Das ist unglaublich schwer. Bitte, wenigstens du als Gesprächspartner. Bitte lasse mich zu dir kommen. Mir ist ganz gewiss nicht nach Small-Talk zumute, sondern nach reden dürfen. Bitte. Petra"

Das war ein Notruf. SOS … Save our soul … – … – … – … – …

Es ist Abend.

Die Eingangstür zum Paradies der Wünsche fällt vor meiner Nase ins Schloss. Michael hat die Barriere geschlossen, mich ausgesperrt aus seinem Leben. Es ist das Ende einer glücklichen Zeit.

Ich stehe vor seiner Haustür. Mir ist elend und zum Heulen zumute. Eine getigerte Katze schleicht über den Weg und verschwindet im Garten. In seinem Garten! Es ist nur ein Tier und darf das tun. Ein Tier fragt nicht nach Besitztum und Eigentumsverhältnissen, kennt kein Hausrecht. Ich beneide diese Katze. Sie kann kommen und gehen, wie sie will.

Michael mag Katzen. Er hat einen ganzen Jahreskalender mit Katzenbildern und Sprüchen auf seinem Tisch stehen. Ich mag diese Tiere ebenso. Geschmeidig, leise, selbstbewusst gehen sie durch ihr Katzenleben. Der Mensch spielt keine Hauptrolle im Dasein einer Katze.

Wer spielt in meinem Leben eine Hauptrolle? Ich will jetzt nicht denken müssen. Ich will gar nichts. Mein Innerstes fühlt sich leer an. Ich will nicht einmal mehr allein sein jetzt. Aber ich bin allein! Furchtbar allein! Still und mit gesenktem Kopf gehe ich ganz langsam an den schmucken Einfamilienhäusern vorbei. Wer wohnt hier? Haben diese Menschen viel Geld oder viele Schulden? Sind sie glücklich oder eher einsam? Diese Fragen habe ich mir nach unserer ersten Session bei Michael bereits gestellt. Damals, als ich zum ersten Mal hier entlanggegangen bin, habe ich schon darüber nachgedacht. Damals, als alles begann.

Von einem dieser schmucken Häuser kenne ich nun das Innenleben etwas genauer. Was nützt mir diese Kenntnis? Ich war niemals neidisch, nie eifersüchtig auf das Hab und Gut anderer Menschen und werde es auch nie sein. Diese Menschen sind nicht glücklicher als ich. Sie haben nur andere Sorgen als ich.

Ich will geachtet und respektiert werden! Auch ohne Hab und Gut, denn ich bin eine besondere Frau. Dieser Mann, dieser Michael, ja, er ist auch ein besonderer Mann und er hat das Recht, über sein Leben zu bestimmen. Er hat aber nicht das Recht auch über mein Leben zu bestimmen. Er darf wohl die Tür seines Eigentums vor mir verschließen. Er darf mich aber nicht einfach aus seinem Leben ausschließen, wenn **ich** das so nicht will. Ich darf ebenso bestimmen, was ich tun will, und er hat es genauso zu akzeptieren!

Schön und gut, doch was haben diese Gedanken für einen Sinn? Diese Gedanken kreisen um ein riesiges Loch, welches sich vor mir aufgetan hat. Einfach so aus dem Nichts ist dieses riesige Loch plötzlich entstanden. Ist es wirklich aus dem Nichts entstanden? Hätte ich dem Ereignis vorbeugen können?

Nein, ich hätte es nicht vermocht. Diese Entwicklung war für mich nicht absehbar und ich hatte keine Handlungsoptionen parat. Michael war der Erfahrene in unserer Beziehung, der Mann, der sich in der Szene auskennt. Ich war ein Neuling in einem Abenteuer, welches ich nicht im Geringsten mit seinen Folgen abzuschätzen vermochte. Er hätte mich führen und geleiten können auf diesem Weg, statt nur meine Verlustängste zu schüren. Nun ist das Loch da und ich muss hindurchgehen. Mir bleibt keine andere Wahl, kein bequemerer Weg. Es werden sich Wege und Möglichkeiten finden, um durch dieses Tal zu gehen, beschließe ich.

Es geht immer weiter. Du wirst wieder bessere Tage haben. Alles ergibt einen Sinn im Leben, würde meine Oma sagen.

Ist dieser Michael jetzt glücklich in seinem Heim allein? Denkt er jetzt noch an mich? Ist es ihm egal, wie ich klarkomme? Hat er Angst? Was ist mit diesem Mann los? Wenigstens mit ihm über alles Geschehene reden können. Das wäre hilfreich für mich. Für uns? Mit wem könnte ich reden?

Nur einige Tage später habe ich ein weiteres und sehr wirkliches Horrorerlebnis. Als ob das Tal nicht schon tief genug wäre, durch das ich gerade gehen muss. Oder habe ich mir dieses scheußliche Erlebnis sogar selbst inszeniert? Wie auch immer. Zu Hause kann ich nichts erzählen, und loswerden muss ich meine Erlebnisse zumindest ansatzweise. Sonst platze ich. Ich muss und werde Michael davon berichten. Ich muss meine Gefühle loswerden und in Worte fassen. Jetzt ist schließlich alles egal. Ich habe nichts mehr zu verlieren. Wie steht es in einem berühmten Schriftwerk so treffend geschrieben? „Das Proletariat hat nichts zu verlieren als seine Ketten und eine ganze Welt zu gewinnen." (Marx/Engels: Kommunistisches Manifest)

Warum habe ich jemals solche Sätze gelernt? Um sie nie mehr zu vergessen? Egal. Ich will keine Ketten verlieren und keine Welt gewinnen. Ich will meine Angst verlieren und Sicherheit gewinnen. Das ist mindestens genauso schwierig. Vielleicht versteht mich Michael doch ein wenig? Vielleicht bin ich ihm nicht ganz egal geworden? Vielleicht hilft er mir irgendwie weiter?

Hoffnungen, Hoffnungen, Hoffnungen, denn die Hoffnung stirbt bekanntlich zuletzt.

„Lieber Michael,
… ja, ich weiß! Ich hatte ein ziemlich schockierendes Erlebnis. Warum dir davon berichten? Wem sonst? Außerdem: Was habe ich noch zu verlieren? Bitte lies weiter!
Von jenem Spanker, mit dem ich damals in Berlin in dem bizarren Tempel war, habe ich mehrfach eine Einladung für ein SM-Wochenende an der Ostsee bekommen, in seinem Haus mit separatem Spankingraum. Klingt gut, oder? Mir klang es zu gut und so habe ich meine Zusage immer wieder rausgeschoben. Es ist mir zu weit entfernt. Das bringt doch nichts, so ein einziges Mal. Die Fahrt ist einfach zu teuer. Was man eben für Begründungen bemüht, wenn die Entscheidung nicht fallen will. Nun habe ich aber halt doch zugesagt und mich auf die vierhundert Kilometer weite Reise begeben."

War die Triebkraft dafür vielleicht jene Hoffnung, die zuletzt stirbt?

„Es war ein Horrorerlebnis ohnegleichen! Der Mann ist ein Messi. So viel Müll und Dreck, das kannst du dir gar nicht vorstellen. Der SM-Raum war ein kaltes, feuchtes, muffiges Kellerloch mit einem wackligen Tisch drinnen und nackten Steinwänden. Ich musste eine ganze schrecklich lange Nacht in diesem Haus zubringen, weil ich nicht mobil war. Mitten in

der Pampa kommst du abends nicht mehr weg dort. Es war eine schreckliche Nacht. Ich habe mich noch nie so geekelt und hatte auch unglaubliche Angst. Wie würde er reagieren, wenn ich ihm am nächsten Morgen sagen würde, dass ich nur noch weg will? Ohne Session, versteht sich.
Die Moral von der Geschichte?
Ich habe keine Ahnung, welche Moral passen könnte."

Sollte ich noch mehr erzählen? Sollte ich in Details gehen? Er wird es nicht wissen wollen. Wenn doch, so kann er mich fragen. Vorerst sollte ihm klar sein, dass dies eine unglaubliche, aber keinesfalls erfundene Geschichte ist.

„Nein, Michael, ich will dich nicht bekehren, aber ich musste dieses Erlebnis irgendwie loswerden. Ja, die Zeit der Träume ist vorbei, die Vertreibung aus dem Paradies endgültig vollzogen. Es war mit uns alles zu nah, zu privat, zu einfach erreichbar, zu vollkommen umsorgt, eben paradiesisch schön für mich und dich. Unser Schiff trieb mit ziemlicher Geschwindigkeit auf ein Riff. Ich hatte es selbst längst gemerkt, hatte aber nicht die Kraft für einen Kurswechsel. Aus dem Paradies muss man halt vertrieben werden. Der Anlass dafür ist nicht von Belang. Was nun?"

Warum ich diese Sülze plötzlich geschrieben habe, weiß ich nicht. Ich mache mich selbst nieder und mir geht es so elend. Das Gehirn bedient sich seltsamer Tricks, um mit belastenden Situationen umgehen zu können. Wahrscheinlich ist das so ein Trick. Ein Schiff, was auf ein Riff aufgelaufen ist, und die Vertreibung aus dem Paradies sind starke Bilder.

„Michael, ich habe gründlich nachgedacht und will dir einen, meiner Meinung nach, sehr fairen Vorschlag machen. Gib mir eine Session mit all deiner Kunst, aber auf neutralem Boden. Nein! Lies bitte erst mal weiter! Das verschafft mir den nötigen emotionalen Abstand und innere Ruhe. Jedenfalls hoffe ich das. Bitte sage jetzt nicht voreilig ‚Nein‘. Mir geht es nicht ums Prinzip. Ich will dich nicht ‚herumbekommen‘. Ich kenne deine konsequente Art. Da habe ich keine Chance. Das ist mir klar. Mir geht es ausschließlich um eine optimale Lösung meines Problems."

Oh, welche verzweifelten Versuche auch der letzte Funke Hoffnung macht, um unter der Asche Glut zu erzeugen, für ein wenig Wärme im eisigen Herzen.

„Michael, bitte denke erst mal in Ruhe über meinen Vorschlag nach. Er ist fair. Ich meine alles genau so, wie es geschrieben steht. Keine Hintertürchen. Ich bin ehrlich. Das weißt du! Du weißt: Spanking ist für mich Therapie für körperliches Wohlergehen und Stärkung des Selbstbewusstseins. Ich bin weder Sklavenseele noch dominantes Weib. Du kannst mir helfen. Ich bitte dich darum. Du wirst es nicht bereuen! Das verspreche ich!
LG, Petra"

Ja, es ist ehrlich. Was man eben in seiner Verzweiflung nicht alles schreibt und verspricht. Die Antwort? Der Kerl macht es sich leicht. Seine Tatjana lacht ihn bestimmt noch immer an. Kann sie auch. Warum sich mit Problemen verflossener Weiber belasten? Welcher Mann macht denn so was?

„Hallo Petra,
an meiner Entscheidung hat sich seit unserem letzten Treffen nichts geändert. Es tut mir leid, dass ich deinem Wunsch nicht entsprechen kann. Die Vorstellung von dem, was du möchtest, fühlt sich nicht gut an. Egal, wo und wie es passiert. Ich dachte, dass ich dir das unmissverständlich gesagt und demonstriert hätte, als wir uns über Stunden unterhalten haben. Petra, du willst viel mehr von mir als nur Spanking. Ich kann doch nicht dein ‚Therapeut' auf Lebenszeit sein, verstehe das bitte. Du quälst dich und mich, indem du immer wieder anfängst. Frage bitte nicht mehr danach! Meine Entscheidung ist endgültig. Ich wünsche dir viel Glück bei deiner Suche.
Michael"

Wieder diese korrekten Sätze. Daran ist nichts auszusetzen. Nun, **ihn** soll ich nicht quälen! Klar, das ist wichtig für ihn. Was ist aber mit mir? **Ich** darf mich quälen? Es ist immer dasselbe. Wieso quält **er** sich überhaupt? Bin ich ihm doch nicht so ganz egal?

Für derartige Überlegungen fehlt mir in meiner misslichen Lage jeglicher Überblick.

Ich frage mich stattdessen: Wie viel Diplomatie kann ich in dieser Situation noch aufbringen?

„Ja, Michael,
ich glaube dir, dass sich das für dich nicht gut anfühlt und dass du mir nicht glauben kannst, was ich sage. Dennoch ist alles aus ehrlichem Herzen gesprochen. Das Erlebte ist leider auch alles sehr wahr. Manchmal kommt es eben richtig dick.

Ja, es hat mit Spanking begonnen und sich zu einem Gefühl entwickelt, das ich nicht mehr in den Griff bekommen habe. Alter schützt nun mal vor Torheit nicht. Sprüche haben eine tiefe Wahrheit. Nein, du kannst und sollst nicht mein Therapeut sein, schon gar nicht auf Lebenszeit. Ein guter Freund vielleicht? Ja, das wünsche ich mir durchaus schon. Gut, ich akzeptiere deine Entscheidung. Wenn es sich für dich nicht gut anfühlt, dann kannst du keine gute Session machen. Das ist mir klar.

Auch ich brauche sehr viel mehr Zeit, um Abstand von den Erlebnissen zu gewinnen, um meine Gefühle zu sortieren und zu erden. Auch das ist mir klar. Michael, wir hatten eine gute gemeinsame Zeit. Ich meine, wir haben auch eine gewisse ‚Seelenverwandtschaft‘, nicht nur Spanking betreffend. Vielleicht kommt eine Zeit, in der es sich für uns wieder ‚gut anfühlt‘? Zeit bringt immer auch Veränderungen mit sich.

Ich wünsche mir, dass wir uns nicht ganz aus den Augen verlieren mögen. Lasse uns schauen, wie es sich für uns anfühlt. Werfen wir nicht gleich die gefundene Perle mit dem ganzen Fang über Bord. Das wäre einfach nur dumm.

In diesem Sinne! Ich wünsche mir, dass du eines Tages beim Gedanken an mich keine unguten Gefühle mehr haben wirst. Lassen wir uns diese Option offen! Es lohnt sich. Wir sind beide wertvolle Menschen.
Liebe Grüße, Petra"

Ich meine diese Worte aus tiefstem Herzen und ganz ehrlich. Mir ist auch egal, ob sich das schnulzig anhört oder nach mittelmäßigem Liebesroman. Ich habe nichts zu verbergen und nichts zu verlieren.

Es scheint die richtige Diplomatie zu sein. Jedenfalls lässt er sich nicht erst Zeit bis zum Sankt-Nimmerleins-Tag mit seiner Antwort. Obwohl ich ihm eine unbestimmte längere Zeitspanne als Pause selbst angeboten habe, um Abstand zu gewinnen, kommt seine Antwort recht schnell. Verstehe einer diesen Mann!

„Hallo Petra,
gegen ein Bierchen zu gegebener Zeit spricht nichts. Viel Glück bis dahin.
Liebe Grüße, Michael"

Wie lange bedeutet „zu gegebener Zeit" für ihn? Ist doch nicht alles paletti mit der Tatjana seines Herzens? Das soll mir egal sein. In einer Sache bin ich mir jetzt gewiss. **Ich** bin ihm nicht egal! Das hat er aber auch nie behauptet.

Esist ein schöner Frühlingstag in einem launigen Biergarten, als wir uns wiedertreffen! Es ist einerseits schwer und aufregend für mich, mit ihm zusammenzusein ohne Spanking, und gleichzeitig auch entspannt und freudvoll. Jene antizipatorische Freude kommt eben wieder in mir auf.

Einerseits meine ich, es müsste doch endlich die Aufforderung zur Session von ihm kommen. Zumindest in meinem Gefühl ist das Geschehen so fest verankert, denn es war bisher immer so. Andererseits weiß ich genau, dass diese Aufforderung nicht kommen wird, ganz gewiss nicht kommen kann. Dieser Mann ist gnadenlos konsequent. Dafür mag ich ihn, in seinen Sessions und nun eben auch im Leben. Mit dem hat es jede Frau schwer, denke ich. Ich beneide keine dieser Tatjanas. Sollen sie es alle selbst erleben, erdulden, erleiden und erlernen.

Was mir bleibt, ist die Nachlese zum Stammtisch, wie ich die launige Zeit im Biergarten genannt habe. Verdammt! Warum regt mich der Kerl dermaßen zum Schreiben an? Was ist dran an diesem Mann, was andere Kerle nicht haben? Charakter etwa? Unsinn! Ich kann es nicht deuten, aber die Fantasie treibt augenblicklich Blüten, sobald ich mit ihm zusammen bin. Es ist etwa so wie eine Pflanze, wenn diese warmen Regen abbekommt. Sie muss blühen! Welche Blüten treibt meine Fantasie?

Nachlese zum Stammtisch

„Warum ist gerade uns das Glück immer wieder hold, Michael?
Dieser Gedanke sei nur eine dialektische Metapher und keine wirklich
zu beantwortende Frage. Nutzen wir es einfach, um zu genießen. Der
Wettergott für unser Biergartentreffen hat jedenfalls perfekt mitgespielt.
Warum allerdings der Kellner meinte, ich sei deine Frau, das ist mir
völlig unverständlich. So angeregt, wie wir uns unterhalten haben, ist
diese Annahme eher abwegig. Oder? Nun, ich will damit nur sagen, es
war ziemlich genau so, wie ich es erhofft hatte.
Ja, ich hätte mir etwas mehr Unterhaltung über uns gewünscht und weniger
Worte über Dritte, die ich gar nicht kenne. Aber dann wäre es vielleicht
weniger entspannt geworden, und so wollte ich dich nicht unterbrechen.
Ich komme weiter unten noch drauf zurück.
An dieser Stelle jetzt erst mal Komplimente. Du siehst gut aus, ent-
spannt, erholt! Ich nehme es dir ab, dass du derzeit tatsächlich glücklich
bist. Und: So ein Hauch von Bart steht dir gut zu Gesicht und unter-
streicht angenehm dein männliches Aussehen. Da hast du mir ganz un-
beabsichtigt einen ziemlichen Gefallen getan. Ich habe diesen Anblick
unglaublich genossen.
Ich finde es toll, dass wir so viele interessante Sessions in so unglaub-
lich kurzer Zeit miteinander verbringen konnten. Mir haben diese
intensiven Erlebnisse sehr viel Selbstvertrauen und Selbstwert gegeben
und eine Menge Erkenntnisse über mich. Ja, es war schon ein richtiger
Prozess der Erziehung der Gefühle und zur Fähigkeit der Selbst-
beherrschung und Selbstüberwindung und zum Nachdenken über Be-
ziehungen, Grenzen, Werte und keinesfalls nur ein Ausleben sado-
masochistischer Neigungen.
Den Meistertitel hast du dir ehrlich und redlich verdient und auf Lebens-
zeit von mir verliehen bekommen. Darauf kannst du stolz sein! Ich
glaube nicht, dass ich solch Ehre noch mal irgendwann einem Mann zu-
teilwerden lassen kann.

Ja, es ist schon ein großer Unterschied, ob wir einfach so mal auf einige Biere zusammensitzen und schwatzen oder ob das als Einstimmung auf eine gleich ganz anders verlaufende, wenn auch so gewollte, Beziehungs-situation geschieht. Übrigens: Sollte ich nun mal so langsam auf den Punkt kommen? Warum das ganze Geschreibsel?

Ich möchte gern mit dir in Kontakt bleiben, ab und an mich mit dir treffen zum zwanglosen Reden über ‚alles Mögliche‘ und dabei den gleichwertigen Michael finden. Mit diesem Michael möchte ich auch über unsere Sessions reden können. Mit zunehmendem Abstand setzt sich bei mir das Erlebte und es treten Fragen auf, Fragen mich betreffend, und es entsteht Rede-bedarf. Auch sind dies ausschließlich unsere Erlebnisse, die niemanden sonst etwas angehen. Und ja, ich gebe es offen und ehrlich zu und es ist mir wichtig, dies dich wissen zu lassen: Dann wünsche ich mir ab und an für einige Stunden vom realen Leben abtauchen zu dürfen, um nur deine Sub sein zu können und du bist mein Meister. Es wird sich für uns beide dann wieder gut anfühlen, weil es im Rahmen der Session bleibt. Da bin ich mir ganz sicher.

In diesem Sinne. Es lohnt sich!

Petra"

Himmel, was ich so schreiben kann! Werde ich niemals meine Gefühle so weit in den Griff bekommen, dass ich diesem Kerl keinen Honig mehr ums Maul schmieren muss? Es war doch nur ein launiger Schwatz im Biergarten! Es ist unglaublich, wie dieser Kerl mich mental im Griff hat. Der lacht sich einen Ast über dieses Gesülze. Oder war es schon wieder zu viel für Michael?

Es war anscheinend zu viel für Michael, denn der zweite Stammtisch war ein einziges Desaster. Michael mauerte, was das Zeug hielt, wie man so gängig sagt, wenn eine Handlung keinen Fortgang nimmt. Ich merkte das natürlich und versuchte, etwas den Druck aus dem Kessel zu nehmen. Der Kerl hält wirklich mental nicht viel aus. Wenn er nicht ständig die Kontrolle über alles Geschehen behält, dann zieht er lieber die Reißleine. Er ist wirklich nur in einer Session der Meister. Nur dort ist er echt dominant und agiert souverän. Im realen zwischenmenschlichen Leben scheint er damit arge Probleme zu haben. Sobald ich ehrlich drauflos agiere und meine Gefühle zum Ausdruck bringe, zieht er sich lieber ins Schneckenhaus zurück und schließt auch noch die Tür ab. Sicher ist sicher, sagt er sich wohl. Das ist ein fataler Denkfehler.

Nach diesem Treff galt es, jede Menge ,schmutzige Wäsche zu waschen', wie man ebenso gängig sagt. Wie das so ist, wenn das Schlachtfeld aufgeräumt werden will für die nächsten Runden Spielbetrieb, müssen alle Beteiligten mit Händen und Füßen in den Schlamm greifen. Dabei bleibt kein Hemd sauber. Er fängt an mit der Schlammschlacht.

„Hallo Petra,
ich halte es für keine gute Idee, wenn wir uns weiterhin treffen. Ich möchte
mich auch nicht wiederholen. Du hast ein völlig anderes Bild von unserer
Beziehung als ich. Es geht nicht darum, dich zu bestrafen. Ich möchte
dich auch nicht verletzen. Ich kann dir leider nicht im Mindesten das
geben, was du von mir willst. Du hast auch ein völlig falsches Bild von
mir. Du musst dir einen anderen Spanker suchen.
Lebe wohl. Michael"

Dieser Typ hat sich einfach nur zum Kotzen verwandelt, finde ich. Es ist sehr einfach, wenn die ganze Schuld am Geschehen dem anderen zugeschrieben werden kann. Er kann mir leider – auch noch leider – nicht im Mindesten das geben, was ich von ihm will? Hat er überhaupt darüber nachgedacht, was er schreibt? Hat er überhaupt eine Ahnung davon, was ich von ihm will? Es ist nichts weiter als eine bequeme Floskel, womit er sich rausreden will.

So einfach kommt mir der Kerl nicht davon. Erkenntnisse hin und her, sie nützen mir nichts. Ich muss handeln. Ich überlege und kaue an den Nägeln. Dann komme ich zu dem Entschluss, dass er genau wissen soll, was ich von ihm jetzt halte. Ich finde ihn zum Kotzen! Bei mir ist jetzt der Riemen runter. Keine Diplomatie mehr, sondern harte Worte. Das machst du nicht mit mir, Michael!

„Was du schreibst, Michael, ist zum Kotzen, je mehr ich drüber nachdenke. Du hast mich schon viel gedemütigt, aber das ist der Höhepunkt. Was du schreibst, klingt wie von einem Jungen, der den Lehrer für seine schlechten Noten verantwortlich macht, weil der nicht seine hervorragenden Qualitäten erkannt hat.

Was hast du nur für ein Bild von unserer Beziehung? Du hast es mir noch nie wirklich gesagt! Die dumme Sub, das Spielzeug für den Herrn Spanker? Ist es nun langweilig geworden? Du kannst mir nicht geben, was ich möchte? Du willst es nicht! Das Hemd ist dir näher als die Jacke! Einer Frau das geben zu können, was sie braucht, das ist deine Passion beim Spanking? Das hast du mal gesagt und auch ausführlich geschrieben. Freilich galt das dieser Tatjana damals, als du in diese vermeintlich tolle Frau verknallt warst. Alles nur hohles Geschwafel!

Ich war bereit, dir viel und gern zu geben, für ein paar glückliche gemeinsame Stunden. Mein ganzes Vertrauen habe ich dir geschenkt! Du weißt von mir so viel wie kein anderer Mensch sonst! Ich war gnadenlos offen, habe meine Wünsche ehrlich gesagt und niemals Forderungen gestellt. Du hast das mir gegenüber nie so offen getan. Ich habe mir so sehr gewünscht einen Freund zu gewinnen, der mich auch etwas an die Hand nimmt und mir ein Vertrauter und auch mal Berater sein kann. Ein guter Mensch eben, ohne Vorbehalte. Auch das habe ich nie verschwiegen. Was ist an diesem Verhalten schlimm oder verwerflich?

Was und wer bist du wirklich, Michael? Deine Beziehung zu Menschen? Es ist zum Kotzen. Warum wird aus Zuwendung, Vertrauen, Hoffnung, Respekt, Ehrlichkeit immer Hass, Wut, Kleinkrieg, Enttäuschung, Zerwürfnis? Immer! Warum?

Ich muss mir einen anderen Spanker suchen, schreibst du? Nein. Ich muss gar nichts!

Die sitzen alle nur in ihren Löchern und warten auf Beute, mit der sie spielen können, bis es langweilig wird. Die haben alle nur die große Fresse und nichts dahinter. Aufschneider, Angeber ohne Herz und Persönlichkeit. Gestrauchelte Existenzen mit Hass im Herzen. Allein, verlassen, enttäuscht von den Frauen und der Welt. Das lassen sie irgendwann raus im Spiel oder eben später. Vielleicht bin ich jetzt ungerecht, aber es ist wirklich nur zum Kotzen! So viel kann man gar nicht kotzen, damit es einem besser geht.

Aber dir geht es ja blendend. Was für ein Hoffnungsschimmer. Die Mächtigen dieser Welt eben. Die Sieger, die Gewinner, denen geht es immer blendend. Was kümmern die schon jene Gestrandeten? Nur schnell weg damit. Alle wollen immer nur gewinnen. Um jeden Preis. Gewinnen, gewinnen. Auch du! Auch ich?
Petra"

In mir wächst der Hass, lodert das Feuer, was alles verbrennen wird, wenn ich nicht aufpasse. Hass ist ein schlechter Ratgeber. Hass frisst sich überall durch wie Säure und wuchert wie Unkraut. Alles, was mal schön war, zählt nicht mehr. Ich darf diesem Hass in mir und diesem verzehrenden Feuer keine neue Nahrung und keinen Raum geben. Aber was tun? Warum kümmert **er** sich nicht um diese Fragen? Was ist das für ein Mensch? Wie kann ich ihn an meinem Problem beteiligen? Ich kann und will diese Situation nicht allein bewältigen müssen. Das schaffe ich nicht. Ich will aber keinen Hass schüren. Seine Tatjanas sind mir egal. Aber für uns muss es einen Weg geben.

Vielleicht so?

„Schade, Michael,
ich wollte dir niemals wehtun. Ich habe dich sehr gern. Ich bin nicht so, wie du über mich denkst. Wir haben uns wohl beide irgendwann nicht mehr im rechten Licht gesehen. Aber ich habe immer Achtung vor dir gehabt. Es ist unglaublich schwer für mich, zu akzeptieren, was du von mir für eine Vorstellung entwickelt hast. Wir sprechen sehr verschiedene Sprachen. Lassen wir vorerst Gras darüber wachsen.
Denke bitte nicht mit Hass oder Bitterkeit an mich. Vielleicht kannst du mir eines Tages doch wieder deine Tür öffnen und die Hand reichen? Ich wünsche es mir sehr.
Liebe Grüße, Petra"

Es ist alles, was ich an Offenheit und Verständnis aufbringen kann. Und er?

Keine Reaktion! Michael schweigt wie ein störrisches Kind. Es wirkt auf mich wie diese „Ich-will-aber-nicht-mehr-mit-dir-im-

Sandkastenspielen-Haltung, die mich wütend werden lässt. Warum können zwei erwachsene Menschen, die eine sehr spezielle gemeinsame Zeit miteinander verbracht haben, die ein delikates Geheimnis verbindet, nicht vernünftig miteinander reden?

Was sagte meine Oma in ähnlichen Situationen? „Auf einen groben Klotz gehört nun mal ein grober Keil." Ja, diesen Spruch hätte sie jetzt möglicherweise passend gefunden. Gut, dann soll es so sein. Setze ich den Keil bei Michael an. Wut habe ich genug für den Schlag mit dem Hammer. Geholfen hat mir dieser Keil schon mal ganz am Anfang. Michael braucht solcherart Nachhilfe offenbar.

„Ja, Michael,
so erlebe ich das immer mit Männern, die mir etwas bedeuten. Sobald die Worte freundlich, ehrlich und mit Wertschätzung gewählt werden, werden diese Worte gar nicht erst erhört. Es droht schließlich keine Gefahr. Das ist ein erbärmlicher zwischenmenschlicher Umgang! Egal. Ich werde dir nicht das Benehmen beibringen wollen, denn deine Scheißruhe ist dir schließlich so verdammt wichtig, wie du schreibst. Warum hast du genau diese Aussage besonders betont? Du willst deine Ruhe haben?
Gut, aber sag mir: Warum schaffst du es dann nicht, unsere Sache, die zumindest für mich so groß, so wertvoll, so tief gehend war, mit Würde und Anstand zu beenden? Du musst begriffen haben, dass diese Petra nicht mit einigen Fußtritten in den Rinnstein zu befördern ist, damit sie dort entlang zum Nächsten kriechen kann, weil der Meister gefälligst seine Ruhe haben möchte! So läuft das bei mir nicht!
Freundschaftliche und liebevolle Gefühle können starke Triebkräfte sein, wie du bemerkt haben dürftest. Gefühle von Wut und Hass sind noch hundert Mal stärker. Dann musst du es erleben. Genieße die Ruhe vor dem Sturm. Nenne diese Dinge jetzt getrost so, wie immer du sie nennen willst. Drohung? Erpressung gar? Gezeter? Hasstirade?
Es liegt allein in deiner Hand, was daraus werden kann.
Grüße, Petra"

Mir ist der weitere Verlauf dieser Szenerie inzwischen reichlich egal geworden. Mir ist egal, welche Gedanken diesem Kerl im Kopf herumgehen. Mir ist egal, ob er ruhig schlafen kann oder ob ihn Albträume plagen. Mir ist egal, welche Meinung er von mir und von den Weibern allgemein hegt.

Ich weiß nur eine Sache genau: Ich will Klarheit und eine akzeptable Lösung für unsere Beziehung. Wie diese Lösung aussehen soll, das kann ich nicht sagen. Wir können nur gemeinsam eine Lösung finden. Wir müssen eine Lösung finden. Es kann nicht sein, dass eine gute und einvernehmliche Sache sich zu einer endlosen, Frust erzeugenden Situation verändert. Erwachsene Menschen sollten die Fähigkeit zur Problemlösung besitzen. Es ist eine Frage des Willens. Ich will. Und er?

Eines weiß ich: Dieser Keil war noch immer zu klein für diesen groben Klotz. Ein selten harter Fall. Ja, weiß ich doch. Deshalb mag ich ihn so. Ach, Scheiße! Nein, jetzt mag ich ihn nicht! Aber eine Lösung muss her. Also einen weiteren Versuch gewagt mit einem Keil, noch eine Nummer größer. Ich habe inzwischen solche Wut, da kann ich mühelos den größten Hammer schwingen. Ausarbeitung kommt mir gerade recht.

„Ja, es ist vorbei mit den Träumen, Michael. Die Realitäten sind viel zu hart geworden für Träume jeglicher Art. Was kann man fordern von einem anderen Menschen? Achtung und Respekt! Verstehst du das wirklich nicht? Wir haben nicht nur mal ab und an eine Partie Schach gespielt. Da kann man dann vielleicht einfach mit einer Mail sagen: Das war es jetzt. Suche dir einen anderen (Schach-)Partner. Lebe wohl!

Aber wir? Ich sage es mal so: siebzehn Hausbesuche mit Option auf völlige Handlungsfreiheit, mit härtestem Peitschen- und Rohrstockeinsatz, mit Verzicht auf jegliche sexuelle Befriedigung aus Rücksicht auf deine unklaren Befindlichkeiten in Bezug auf diverse Freundinnen und mit schriftlichem Feedback nach jeder Session. Gibt es solchen Service überhaupt irgendwo? Wenn ja, so muss der ‚Kunde‘ für diesen ‚Luxus‘ wohl echt was auf der hohen Kante gelagert haben. Ich habe dir das geschenkt! Mit meiner ganzen Persönlichkeit! Einfach so und mein ganzes Vertrauen dazu, habe mein Leben praktisch vor dir ausgebreitet und ja, auch meine Liebe hätte ich dir gern geschenkt und dir trotzdem deine Freiheit gelassen. Welche Vorurteile hegst du stattdessen gegen mich?

‚Irgendwann stehst du mit gepackten Koffern vor meiner Tür‘, hast du mal gesagt. Glaubst du wirklich, ich setze meinen Partner vor die Tür, mit dem ich über zwanzig Jahre durch dick und dünn gegangen bin, für irgendeinen anderen Mann, der mit dem Rohrstock wedelt und sich ‚Meister‘ nennt?

Ja, ich kann es mir umgekehrt durchaus vorstellen. Ja, ich kann es mir vorstellen, dass ein Spankingpartner nicht klarkommt mit einer veränderten Sachlage und sein Leben nicht mehr ‚wie früher‘ laufen kann. Mir würde die Situation dann aber nicht derart entgleiten, dass es bis zur Schlammschlacht ausarten müsste. Ich würde alles versuchen, um einen würdigen Schlussstrich zu ziehen. Ich würde Achtung und Respekt erweisen vor dem, was er mir mit seinem Körper und seiner Seele gegeben hat.

Weh tut das trotzdem. Es tut immer furchtbar weh, wenn man verliert. Aber mit Würde und Respekt kann man mit solcher Situation umgehen. Es sollten beide mit der Situation leben können. Du und ich!

Du hast mich nur lästig ‚weggetreten‘! Wie einen lästigen Hund, hast du mich aus deinem Leben entfernt! Jedenfalls empfinde ich dein Verhalten so. Damit kann **ich** nicht leben! Akzeptiere das! Es hätte mit uns ein akzeptabler Schluss werden können. So geht es garantiert nicht! Was nun? Was macht ein guter Chef, wenn er einen seiner besten Mitarbeiter rauswirft? Schmerzensgeld? Abfindung? Denke mal drüber nach. Es ist ganz bestimmt nicht mein Ziel. Weißt du einen anderen, vernünftigen Weg, um den Karren aus dem Dreck zu bekommen? Wir haben ihn letztlich nun beide dort hineingesteuert. Aus dem Dreck muss der Karren raus, dann verschwinde ich aus deinem Leben auf Nimmerwiedersehen. Dann hast du deine ersehnte Ruhe. So, wie du agierst, so geht es jedenfalls nicht.

Ich musste immer für mich kämpfen und einstehen. Die Hoffnung, dass du etwas von deinen Fähigkeiten ausgerechnet mir zukommen lassen könntest, war eine der größten Dummheiten, die ich jemals in Gedanken gehofft und gehegt habe. Du schon gar nicht! Eher fällt der Mond vom Himmel. Michael, ich kann mir keine Sentimentalitäten leisten. Ich ringe um meinen Selbstwert, meinen Seelenfrieden. Denke darüber nach. Mir ist es bitterernst geworden.

Grüße, Petra"

Ja, mir ist es bitterernst mit meinen Worten. Ich weiß nicht recht, was ich machen werde, wenn dieser Mann weiter sein inneres störrisches Kind pflegt und schweigt. Lasse es gut werden, bete ich. Bitte lasse es gut werden!

Dieser äußerst grobe Keil auf dem groben Klotz zeigt endlich etwas Wirkung. Dennoch ziert sich Michael noch immer und spielt auf Zeitgewinn. Dann schwinge ich den Hammer eben erneut und setze dazu noch die Brechstange an. Jetzt ist es mir völlig egal, wohin die verbalen Schläge treffen, wie viel Holz splittert und was sonst noch zu Bruch geht dabei. Ich nehme keine Rücksicht mehr auf seine Scheißruhe.

„Nun: keine Meinung, Michael?
Tut dir doch nicht weh! Dir doch nicht! Eine kleine Respektbezeugung ist es, die ich von dir fordere! Mehr nicht! Mir hilft es wenigstens etwas. Ich will, dass wir uns einigermaßen ‚im Guten‘ trennen können. Da du auf deiner Entscheidung beharrst, bleibt mir keine andere Wahl. Welche Option wählst du? Schlammschlacht oder Respektbezeugung? Deine Entscheidung in Ehren oder in Unfrieden? Versuche mich zu verstehen. Denke auch du anders. Es liegt in deiner Hand! Gruß, Petra“

Manche Menschen muss man wirklich mit der Brechstange bearbeiten. Das ist nicht meine Art, aber wenn es hilft. Manchmal heiligt der Zweck die Mittel. Mir muss es helfen, denn ich bin allein. Ich kann nicht sensibel sein in der Auswahl meiner Mittel. Wem das Wasser bis zum Hals steht, der greift nach jedem Strohhalm. Wer ertrinkt, der krallt sich auch an einem anderen Ertrinkenden fest. Michael scheint aber nicht am Ertrinken zu sein. So brauche ich keine Rücksicht zu nehmen.

Endlich scheint bei ihm der Zeiger auf Einlenken zu rücken. Eigenartigerweise betrachtet er meine Optionen sogar als versöhnliche Zeilen! Kenne sich einer mit den Gehirnen von Männern aus. Schlammschlacht oder Respektbezeugung? Ehre oder Unfrieden? Wahrscheinlich arbeiten Männergehirne wirklich nur digital. Ja oder nein? Essen oder Fernsehen? Sex oder Fußball?

Mehr Entscheidungsmöglichkeiten überfordern Männergehirne offenbar wirklich. Das ist freilich Klischee. Dennoch kann eine Frau die Denkweise von Männern schwer verstehen. Meist tut es einfach nur weh, wie sie reagieren. Diesmal tut es nicht weh. Es war eine versöhnliche Geste von mir, mit der Brechstange zu wedeln? Toll, seine Antwort!

„Hallo Petra,
heute wieder mal versöhnliche Zeilen? Deine vorletzte Mail ist wirklich der Gipfel gewesen, voller Andeutungen, von denen ich nicht glauben kann, dass du dies im Ernst so meinen könntest. Nun ganz lapidar: ‚Tut dir doch nicht weh.‘ Was soll mir nicht wehtun? Du musst schon konkreter werden! Grüße, Michael
P.S.: Es liegt in meiner Hand? Eines auf jeden Fall: Es täte mir vielleicht nicht weh, wenn wir uns mal treffen und reden würden. Vielleicht würde dir das helfen. Aber die Erfahrung zeigt, dass das auch nicht richtig funktioniert.“

Endlich hat es gefunkt in seinem Gehirn, wenn auch nicht gerade sehr helle.

Immerhin: Wenn auch im Nachsatz versteckt, so ist dies als eine einlenkende Geste zu verstehen. Es tut ihm noch nicht mal weh, sich mit mir zu treffen! Wer hätte das gedacht? So ein Pokerbruder! Ich schlage mit der Brechstange drauf und dem Herrn tut das nicht mal weh! Für ihn ist das Wedeln mit der Brechstange eine versöhnliche Geste!

Na, nun kenne ich Michael also auch von dieser Seite. Das kann mir nur nützlich sein.

Darf ich bereits Zukunftsträume hegen? Geht jene wichtige Tür für mich wieder auf? Nur er kann es wissen. Nur er.

Geht das schon wieder los, Petra? Kaum habe ich das Zepter in die Hand genommen und die Zügel straff gezogen, schon will ich wieder alles abgeben und verschenken. So geht das nicht! Es ist die letzte Chance, die ich habe. Das spüre ich genau. Ich bin nicht umsonst durch dieses Tal voller Tränen und Leiden gegangen. Jetzt halte ich das Zepter in meiner Hand. Er ist mein Partner. Diese Erkenntnis werde ich ihm, notfalls auch mit der Brechstange, beibringen! Er soll nie wieder vergessen, dass er mit dieser Petra nicht umspringen kann wie mit Tatjana. Niemals mehr werde ich mich so abwertend von ihm behandeln lassen. Er ist mein Partner in diesem Spiel um Dominanz und Hingabe gewesen, ein Spiel, welches uns zusammengebracht hat. Er kann so viele Tatjanas haben, wie er mag, und tun und lassen, was er will. Das ist allein seine Sache. Aber in diesem, in unserem gemeinsamen Spiel ist er mein Partner gewesen. Wir sind gleichberechtigte Partner mit denselben Rechten und Pflichten füreinander, auch nach dem Ende unserer aktiven Beziehung. Ich schreibe es ihm in sein Stammbuch, wenn er mag, und ich schreibe es vor allem mir selbst hinter die Ohren.

Dazu den Spruch:
„Hinter einer lange währenden Partnerschaft steht immer eine sehr kluge Frau."
Ephraim Kishon (israelischer Schriftsteller)

Der Spruch gefällt mir ausgezeichnet.

Wie geht es weiter? Im Buch und im Leben? Von den Träumen im Buch darf man schon jetzt etwas erfahren. Was das Leben bereithält, wird unser persönliches Geheimnis bleiben. Vorerst oder überhaupt. Wer kann schon in die Zukunft sehen? Zum Glück niemand.

Petras Zukunftsträume

Petra darf wieder träumen. Die Gedanken sind schließlich frei. Gedanken können jene Einstein'sche Raumzeit mühelos durcheilen, verweilen und Netze aus Glück und Erwartung spinnen. Es tut diesem Michael nicht weh, wenn er sich mit mir treffen würde?

Dann soll es so sein. Was schreibt er denn? Besser, was könnte er denn schreiben?

Liebe Petra? – Das ist schon mal Quatsch. Seine liebe Petra bin ich ganz gewiss nicht mehr. Vielleicht so? Hallo Petra, wollen wir uns demnächst mal treffen? – Das ist ebenfalls nur Blödsinn. Er fragt bestimmt nicht mich danach, ob wir uns treffen wollen. Diese Antwort kann er sich selbst geben. Wahrscheinlich schreibt er ganz einfach eine klare Anweisung. Michael ist eher der normative als der kognitive Typ. So könnte es gehen und so schreibt er schließlich auch.

„Hallo Petra,
wir treffen uns in der Königsstraße 15 um fünfzehn Uhr. Bitte im Lokal!
Michael"

Das klingt schon eher nach Michael. Immerhin: fünfzehn und fünfzehn! Hat Humor, der Junge.

Ich mache kurz einen Luftsprung, um mich sofort im Selbstgespräch zu erden.

Was tue ich? Natürlich zusagen! Und was noch? Was denn noch? Hingehen natürlich!

Ja. Und was dann? Dann reden wir miteinander. Wie soll die Sache ausgehen? Gut natürlich! Was tue ich dafür? Wieso? Die Sache wird nicht gut ausgehen. Er hat es mir bereits vorausgesagt, dass es nicht klappen wird. Er hat mir angekündigt, dass für ihn jenes „Miteinanderreden" auch nicht richtig funktioniert. Ja, stimmt.

Wenn ich will, dass die Sache gut ausgeht, so sollte ich selbst dafür sorgen! Wie? Nachdenken! Ja klar. Wenn man ein wichtiges Gespräch vor sich hat, so sollte man sich auf seinen Gesprächspartner vorher einstimmen. Was ist er für ein Charakter? Welche Strategie wird er fahren wollen? Wie werde ich mich in verschiedenen Situationen verhalten, wie reagieren?

Genau! Ich entwerfe zwei Szenarien, Plan A und Plan B sozusagen. Plan A sieht vor, dass er gar nichts sagen wird und darauf wartet, dass ich das Gespräch in die Hand nehme. Das kann nur gut für mich sein. Plan B sieht vor, dass er seinen Frust über mich auskippen wird, die übliche Tour partnerschaftlicher Zerwürfnisse eben. Dann werde ich ihn reden lassen, ohne mich zu wehren. Soll er seinen Frust loswerden. Ich brauche mich nicht zu verteidigen. Ich habe nichts verbrochen.

Eh, Petra! Ich habe Zukunftsträume! Diese Träume sind vorerst ziemlich langweilig und beschwerlich, aber unabdingbar notwendig für den Anfang.

Gut. Geht es etwas futuristischer für den Fortgang der Zukunft? Gewiss doch! Also, wir treffen uns in gewissen Abständen zum Schwatz bei Bier und Wein und plauschen entspannt über unsere Erlebnisse. Oh, ist das prickelnd. Da bekomme ich unbedingt das Gähnen. Die beste Bettlektüre, unaufgeregt und langweilig. Wenn das meine ganzen Zukunftsträume sind, so lasse ich die Zukunft lieber weg.

Gut, so träume ich jetzt also ungehemmt drauflos. Wir reden miteinander und stellen fest, dass wir gar nicht so verschiedene Ansichten haben. Wir bedauern die Zerwürfnisse und vergeben uns die gegenseitigen Demütigungen. Es ist geschehen, war aber nicht beabsichtigt. Keiner wollte dem anderen Menschen in dieser Weise wehtun oder ihn verletzen.

Oh, Petra! Was ist mit mir los? Habe ich alle meine Zukunftsträume wirklich schon begraben? Nein, habe ich nicht! Dann träume ich eben jetzt frei von der Leber weg. Es sind nur Träume. Also, wir treffen uns vor dem Studio. Schließlich hat er es mir versprochen. *„Ja, du hast dir was verdient."* Das hat er mir mal geschrieben und nicht mehr eingelöst. Jetzt soll es nun also werden. Die Zeit ist endlich reif für die Erfüllung dieser Träume. Ich bin ziemlich aufgeregt. Schließlich musste ich sehr lange auf diesen Tag warten. Jetzt werden wir gleich für die nächsten Stunden in die besondere Welt aus Dominanz und Hingabe eintauchen. In die Welt jener Dominanz, die nur er so gut kennt, weil sie ein Teil seiner Persönlichkeit ist. Wir sind nun keine gleichberechtigten Partner mehr, sondern wieder die Sub und der Meister. Jeder kann die Seite seiner Persönlichkeit leben, die er in der realen Welt verbergen muss, weil wir uns unbedingt vertrauen. Was wird geschehen?

Ja, was? Keine Ahnung. Meine Träume funktionieren nicht mehr. Irgendetwas ist kaputtgegangen in mir drinnen. Vielleicht hat Michael Zukunftsträume? Wahrscheinlich, aber er wird sie nicht preisgeben. Warum sollte er das tun? Ja, warum? Weil Petra es sich wünscht? Deshalb bestimmt nicht!

Michaels Zukunftsträume

Ich bin ein ziemlicher Idiot. Quatsch! Ich bin der Meister. Ich habe Karriere gemacht, bin frei und unabhängig. Ich habe alles im Griff. Mir macht niemand was vor.

Diese Petra ist auch weg. Quatsch! Hirnrissiger Quatsch!

Die Weiber sind alle zickig, nervig und maßlos anspruchsvoll. Daran liegt es.

Trotzdem: Ich kann und will nicht ohne Frauen in meinem Leben sein. Ich bin schließlich ein richtiger Mann. Wenn die richtige Frau kommt, dann bin ich auch ein richtiger Mann. Basta!

Was sind das für Zukunftsträume? Hatte ich eigentlich jemals wirkliche Zukunftsträume? Karriere zu machen, Geld zu haben und unabhängig zu sein? Ja, das waren mal Zukunftsträume und die habe ich alle eingelöst. Was soll jetzt noch kommen?

Ich sitze in diesem Kaff fest und kann mich meiner Errungenschaften nicht wirklich freuen. Ich würde schon gern mit dieser Petra in Kontakt bleiben wollen. Sie ist eine interessante Frau. Klar würde ich auch gern weiter mit Petra Spanking machen wollen. Aber ob das gut ist? Die ist so offen und ehrlich. Die hat Dinge aus mir rausgeholt, die ich niemals preisgeben wollte. Außerdem ist sie so unglaublich emotional veranlagt und viel zu sehr auf mich fixiert. Eines Tages steht die noch mit gepackten Koffern vor meiner Tür. Andererseits scheint sie sich nicht in Abhängigkeiten begeben zu wollen, die sie unweigerlich an die Stäbe eines „goldenen Käfigs" festketten würden. Ich kann dieses Weib einfach nicht einordnen. Alle Schemas, die ich aus anderen Beziehungen kenne, die passen nicht für Petra. Diese Frau passt einfach in kein gängiges Schema, welches ich kenne. Sie wird es wieder schaffen, sich mit mir zu treffen und mich in ihr Leben einzubeziehen. Auf irgendeine Weise findet Petra immer einen Weg, die Mauern zu überwinden und Boden zu gewinnen.

Warum ist diese Frau so unwahrscheinlich hartnäckig? Was will sie von mir wirklich?

Ja, Spanking natürlich. Aber das bekommt sie nicht mehr von mir und das weiß sie auch. Oder ahnt sie etwa, dass ich es selbst immer noch gerne will? Glaubt sie daran, dass sie es auch diesmal wieder schaffen wird, dass sie mich wieder in Versuchung führen kann? Nein, diese Sache ist mir mit Petra einfach zu heiß. Wirklichkeit und Spiel vermischen sich bei ihr zu einem Gefühl, welches gefährlich für sie, gefährlich für uns ist. Ich kann die Wirklichkeit vom Spiel trennen. Sie hingegen hegt noch tagelang Träume und Fantasien. Das ist nicht gut. Das geht niemals gut. In keiner Beziehung.

Was mache ich nun? Ich sitze in diesem Kaff fest. Eigentlich habe ich alles, was ein Mann braucht. Geld, Haus, Freiheit, jede Menge Bekannte und Freunde und die Frauen laufen mir nach. Ach, das hatte ich schon festgestellt.

Ist das wirklich alles? Der Verlust meiner Lebenspartnerin wirkt freilich nach, wenn ich ehrlich bin. Ich muss irgendwas dagegen tun. Es muss schleunigst eine neue Frau her, die hier einige Dinge umkrempelt. Der Schatten der Vergangenheit soll weichen. Ich bin ein erfolgreicher Mann. Ich lasse mich nicht von solchen Kleinigkeiten unterkriegen, schon gar nicht von den Maschen der Frauen.

Petra ist nicht zu haben für mich. Die ist verheiratet. Die hat eine tolle Tochter. Dieser Erfolg bleibt ihr immer erhalten. Irgendwann hat diese Tochter selbst ein Kind und Petra einen Enkel. Ja, ganz tief in mir drinnen bin ich doch etwas neidisch darauf, was diese Frau in ihrem privaten Leben geschafft hat. Mit wie viel Mut die das damals angegangen ist, zu einer Zeit, als die Wogen der Umwälzungen dieses Land unabwägbar überrollten, mit einem Mann, der eine gescheiterte Ehe hinter sich hatte, viel älter als sie selbst war und null Komma nichts auf der hohen Kante hatte. Wie diese Petra alle Probleme hartnäckig angegangen und ihren Weg konsequent durchgezogen hat! Bewundernswert! Diese Frau hat niemals aufgegeben, sich immer irgendwie durchgebissen, ehrlich, konsequent, geradlinig. Respekt! Na, diese Gedanken darf Petra freilich nicht wissen.

Ich würde jetzt auch gern eine solche Bilanz für mich ziehen. Ob das jetzt noch geht mit einer viel jüngeren Frau? Ich wäre dann Mitte siebzig, wenn unser Kind erwachsen wäre, und sie wäre erst …

Worüber denke ich nach? Petra, immer diese Petra. Vorher hatte ich nie solche Gedanken. Nein, damit würde ich mich auf Ewigkeit gebunden fühlen. Was, wenn es wieder nicht gut geht mit einer neuen Beziehung? Dann bezahlt sich der Mann jahrelang dumm und dämlich an den Alimenten für Frau und Kind und hat reinweg nichts davon. Bei meinen Vermögensverhältnissen bezahle ich mich sogar saudumm und grottendämlich.

Ob ein Mann auch Gefühle, Wünsche, Bedürfnisse und Träume hat, danach fragt niemand. Sei ein liebevoller Familienvater, ein gut verdienender Mann, ein ewig treuer und verständnisvoller Liebhaber oder verschwinde und reiche lebenslang die nötige Kohle rüber. Selbst Petra versucht mich zu melken. Blöde Kuh! Nein, Quatsch! Petra nicht!

Zukunftsträume?

Niemand weiß, was die Zukunft bringt. Das ist gut so. Etwas können wir dennoch für unsere Zukunft Sorge tragen. Die meisten Dinge geschehen spontan.

Die Zukunft, welche zwei Menschen mit ihren unterschiedlichen Wünschen, Hoffnungen, Erwartungen, ihren Ängsten, Erfahrungen und Persönlichkeiten gestalten, gehört eher zu den chaotisch geprägten Verhaltensweisen, wie das Wetter oder die Börsenkurse.

In diesem Buch werden deshalb nur jene Erlebnisse zweier real existierender Hauptfiguren, die sich gemeinsam in die bizarre Welt des Spankings gewagt haben, festgehalten und beschrieben. Was ihnen die Zukunft bringen wird? Darauf sind Petra und Michael selbst sehr gespannt.

EPILOG

Ich habe keine Zukunftsträume? Nein, ich weiß nicht, wie es in dem Studio weitergehen könnte, wie es überhaupt weitergehen könnte?

Ach was, ich träume einfach! Wenn es vorerst keine Zukunftsträume mit Michael gibt, so ist das nicht weiter schlimm. Was machen die Helden, die in Geschichten voller Abenteuer stecken, in der Zukunft? Wie könnten sich Petra, Michael, Hannah und diese ominöse Lady Soraja zueinander verhalten? Ein paar mögliche Szenen dieser Zukunftswelt werden mir noch einfallen. Wenn schon keine Träume, so habe ich immerhin Fantasie! Dann mal los!

Angenommen, Michael findet eines Tages drei Briefe in seinem Briefkasten. Es sind richtig schöne Briefe in richtig teuren Briefumschlägen. Sie enthalten jeweils eine Einladung. Wer sind die Absender dieser Briefe? Ein Brief ist von Petra, einer von Hannah und einer von Lady Soraja. Diese drei Frauen laden Michael zum exakt gleichen Zeitpunkt an unterschiedliche Orte zu einem geheimen Treffen ein. Welche Entscheidung wird Michael treffen?

Folgt er Petras Einladung? Will er ihr zeigen, dass sie ihm doch mehr bedeutet, als er ihr Glauben machen wollte? Oder folgt er Hannahs Einladung? Will er sich beweisen, dass er es doch schafft, diese Frau, die sich niemals von einem Mann schlagen lassen würde, zu seiner Sub und damit sich gefügig zu machen? Oder folgt er Lady Sorajas Einladung? Ist diese grausame, kalte, gefühllose Erscheinung eine faszinierende Frau für ihn? Würde er sich gar von ihr dominieren lassen wollen?

Michael ist nicht dumm. So denkt er: Diese drei Briefe können kein Zufall sein. Die drei Frauen müssen sich abgesprochen haben. Was bezwecken sie damit? Durchschaut er die List? Welchen Treffpunkt er auch immer wählt, für welche Einladung er sich auch immer entscheidet, er hat unweigerlich die anderen zwei Frauen gegen sich. Diese verschmähten weiblichen Eitelkeiten werden ihm nicht mehr hold gesonnen sein. Was immer er auch an Entschuldigungen für seine Ablehnung vorbringen wird, sie wissen um den wahren Grund, wissen, dass er sie belügt. Außerdem kennen sie seine schwachen Seiten und werden diese auszunutzen verstehen.

Oder sind es gar falsche Briefe? Steckt eine vierte Person dahinter, die diese Briefe im Namen der anderen Frauen geschrieben hat? Vielleicht stammen diese Briefe von seiner aktuellen Freundin, die ihn über alles liebt und deshalb krankhaft eifersüchtig ist? Tappt er in diese Falle, indem er einer der Einladungen doch folgt?

Oder reißen sich diese drei Frauen wirklich um den einen Mann? Sind sie scheinbar drei dicke Freundinnen, doch in Wirklichkeit traut keine Frau der anderen über den Weg? Wenn es um Männer und verloren geglaubte Liebe geht, so sind Frauen unberechenbar. Würde Petra bei diesem Komplott überhaupt mitmachen? Würde sie vielleicht nur scheinbar einwilligen und in Wirklichkeit noch eine ganz andere, vierte Einladung verfassen? Würde Petra ihm, ihrem besten Spanker, ihrem Meister, nicht eher einen ganz öffentlichen Ort als Treffpunkt vorschlagen? Einen Ort, wo sie von allen gesehen werden könnten, gesehen werden müssten? Lockt sie ihn nicht besser gleich mit einem Grund dorthin, den er unmöglich ausschlagen kann? Petra hat viel gelernt von Michael. Sie wird die Ellenbogen einsetzen und rücksichtslos für sich sorgen, wenn es notwendig ist. Sie wird selbst entscheiden, die Dinge selbst in die Hand nehmen, deren Verlauf selbst steuern und sich nicht auf Enttäuschungen einlassen, die sie sich mit solchen plumpen Freundinnen einhandelt.

Oder ist alles ganz anders?

Bekommt Petra drei Briefe mit jeweils einer Einladung von Michael, Hannah und Lady Soraja? Wird Petra von Michael, von Hannah und von Lady Soraja zur exakt gleichen Zeit an einen jeweils anderen geheimen Ort eingeladen? Welcher Einladung würde Petra folgen?

Geht sie zu Michael? Was könnte er für einen Grund haben, in dieses Komplott mit den zwei anderen Frauen einzuwilligen? Eigentlich hat er überhaupt keinen triftigen Grund dafür, überlegt Petra. Er weiß, dass Petra ihn gern hat und nicht verschmähen wird. Er ist sich sicher, dass sie seiner Einladung folgen würde, wenn es die einzige Einladung wäre. Er ist folglich nicht eifersüchtig auf ihre anderen Kontakte. Oder doch? Ist er sich doch nicht so sicher, dass Petra ihn wählen würde?

Welchen Grund hätte Hannah für dieses Komplott? Will sie wissen, ob Petra letztendlich eine Frau wie Hannah mehr liebt als diesen dominanten Michael? Oder will sie testen, ob Petra wirklich so eine Frau ist, wie Hannah sie sich als Spankingpartnerin wünschen würde? Sehnt Hannah sich gar nach einer Liebesnacht mit ihr? War es ein Fehler, diese Petra einfach aufzugeben? Oder möchte Hannah, dass Petra sich mit Lady Soraja wieder aussöhnt, damit diese Lady wieder zu Hannah kommt, um sie grausam zu misshandeln? Braucht Hannah wirklich diese eiskalten Grausamkeiten?

Welchen Grund hätte schließlich Lady Soraja sich mit Petra zu treffen? Will sie sich an Petra für die Demütigungen nachträglich rächen? Kommt sie nicht darüber hinweg, nicht die einzige dominante Lady zu sein? Oder sehnt Lady Soraja sich gar nach einer Liebesnacht mit Hannah? Will sie auf diesem Weg von Petra Informationen über diese Hannah erhalten? Oder hat sie Frust und will diese verdammte Petra endlich aus ihrem Leben beseitigen? Oder sehnt sich diese grausame Lady eigentlich selbst nach Demütigung? Ist Lady Soraja in ihrem tiefsten Inneren devot und masochistisch? Glaubt sie, dass Petra ihr geben kann, was ihr keine andere Frau bisher geben konnte? Ist Lady Soraja eigentlich gar nicht grausam? Sehnt sie sich nach Zugehörigkeit und Führung?

Oder steckt gar Petras misstrauischer Ehemann hinter diesen drei Briefen? Diesem wird es relativ egal sein, wenn Petra zu einer anderen Frau geht, nur eben nicht zu Michael. Aber dieser Aspekt ist zu unwahrscheinlich, um angenommen zu werden.

So viele Fragen, so viel Spannung. Oder geht es doch ganz anders weiter? Kommt es noch zu einem Treffen zwischen Petra und Michael im Studio? Träumt Petra von diesem Szenario?

Ich will endlich wieder richtig ausgepeitscht werden. Ich will mich dem Streicheln des Floggers hingeben und dessen intensive Rückenmassage genießen, bevor das dumpfe Geräusch der Bullwhip an mein Ohr dringt, wenn diese auf meinem Rücken ihre Spuren zeichnet und mich unter jedem Hieb zusammenzucken lässt. Ich will, dass mich die geliebte Neunschwänzige auf ihre Art stürmisch willkommen heißt. Ich will, dass ich in diesen Momenten alles vergessen kann und nur noch im Hier und Jetzt dieser verborgenen Welt existiere, um Kraft und Energie zu schöpfen für die Herausforderungen der realen Welt. Ich will diese männliche Stimme hören, die fordernd und gnadenlos konsequent meine Grenzen austestet. Ich will nicht die Rohrstöcke spüren müssen, um gleichzeitig aber genau zu wissen, dass diese drei Helfer unabdingbar dazugehören werden. Keinen der drei gefürchteten Brüder kann ich abwählen. Sie dulden es nicht, wenn man nur ihre Schwestern nett findet.

Kann es sein, dass diese Szenen wahr werden? Es ist unwahrscheinlich, aber nicht gänzlich ausgeschlossen. Petra und Michael mögen sich und finden in diesen Sessions sich selbst und den anderen Partner. Schaffen beide den Sprung in diese neue Qualität?

Oder treffen sich sogar alle vier Personen zu einer Session in diesem Studio? Welchen Spielen würden Petra, Michael, Hannah und Lady Soraja in der bizarren Welt nachgehen? Wer würde wen dominieren? Das ist nun wirklich zu unwahrscheinlich, um wahr zu werden.

Oder ist es doch nicht so unwahrscheinlich? Jedenfalls wäre Michael der einzige Mann im Quartett. Ob ihm diese exponierte Stellung gefallen würde? Michael ist ehrgeizig und will Beachtung bekommen. Ob er diese Anforderungen länger durchhalten könnte?

Welchen Stellenwert dürfte dann noch seine häusliche Freundin für die Wochenenden und Feierabende in kleinfamiliärer Runde einnehmen? Wie lange schafft er es, diese Beziehungsgeflechte körperlich durch- und mental auseinanderzuhalten? Zieht Michael schließlich Alleinsein und Freiheit, Spanking und Dominanz der tristen Familienwelt vor?

Wie lange vertragen sich diese Frauen in der Beziehungskiste mit nur einem Mann? Kommen bald noch andere dominante oder devote Männer hinzu? Wenn ja, wer wird der Chef dieser Gruppe werden? Kann sich Michael durchsetzen? Wenn ja, wie stellt er das an? Oder lernt Michael es auszuhalten, nicht ständig die Situation zu bestimmen und die Kontrolle zu behalten?

Oder geht es ganz anders weiter? Durchschaut Petra endlich diesen fiesen Michael? Ist er doch nur ein Schweinehund und Angeber, wie sie schon vermutet hat? Auf welchem Weg würde sie zu dieser Erkenntnis gelangen? Wie wird sie ihre bereits gemachten Erfahrungen nutzen können? Das wäre allerdings kein schönes Szenario.

Nein, so soll es nicht weitergehen. Geht Petra einen ganz anderen Weg. Schließlich hat sie ihren Körper zu spüren begonnen, kann ihre Gefühle jetzt intensiver wahrnehmen und genauer beschreiben.

Die Erlebnisse aus den Spankingabenteuern bewirken einen Dammbruch in ihrer Gefühlswelt. Die über Jahrzehnte angestauten sexuellen Energien, unerfüllten Sehnsüchte und zerronnenen Hoffnungen verschaffen sich massiv Gehör. Energien, fehlgeleitet und vergeudet durch Pflichten, Regeln und Erwartungshaltungen anderer Menschen, kommen in Bewegung und suchen sich neue Bahnen und Betätigungsfelder. Ihr körperliches und seelisches Leben fließt wieder, die Blockaden lösen sich allmählich, ihr Bewusstsein beginnt den eigenen Körper auf einer neuen Ebene wahrzunehmen. Schritt für Schritt findet Petra endlich zu ihrer ureigenen Weiblichkeit.

Ja, das klingt nach Zukunftsträumen! Endlich!

Welche Erfahrungen werde ich dabei machen können? Spielt Spanking weiterhin eine Rolle in meinem Leben? Wenn ja, wie wird sich eine Spankingsession zukünftig gestalten? Werde ich jemals wieder diese harten Sequenzen wollen, wie ich sie von Michael hingenommen habe?

Spielt Michael überhaupt noch eine Rolle in meinem weiteren Leben? Oder treten stattdessen andere Personen in mein Leben ein? Welche Menschen werden in meinem Leben zukünftig eine Rolle spielen? Träume ich, ganz geheim, von einer Domina, die mich zukünftig in die Geheimnisse weiblicher Dominanz einweihen kann? Wer könnte das sein? Lady Soraja ist es gewiss nicht. Wer dann? Wie geht es weiter?

Wurde wirklich von einem letzten Tabu unserer so aufgeklärt scheinenden Welt der Schleier etwas angehoben? Sind diese ungewöhnlich anmutenden Neigungen einer mitten im Leben stehenden gewöhnlichen Frau wirklich so bizarr?

Ohne allen Zweifel sind es zwei verschiedene Welten, diese Spankingwelt und die alltägliche Welt. Unabdingbar gehören Respekt, Vertrauen und gegenseitige Achtung dazu. Wem es gelingt, bei allen Aktionen immer bei sich selbst zu bleiben, sich dem Spielpartner anzuvertrauen, ohne sein Selbst aufzugeben, die Grenzen zwischen diesen Welten klar zu ziehen und konsequent zu respektieren, der kann mit diesem Spiel tatsächlich neue Sichtweisen auf den Alltag gewinnen und angestaute Lebensenergien zum Fließen bringen.

Hartes Spanking ist kein Tabu, wenn dieses Spiel mit Augenmaß, Verstand und viel Verantwortung einhergeht.

Auf jeden Fall war „mySPANKING" ein Abenteuer für mich! Verrückte Wechseljahre eben!

Eine gelebte Fantasie, welche für einen Roman mit Gänsehaut, Spannung und Spaß die Vorlage lieferte. Süße Träume!

Petra

Was sagt mein Meister? Michael, bitte, dein Schlusswort!

Oh, diese Weiber! Hat ein Mann in den besten Jahren niemals seine Ruhe?

Nein, von mir kommen keine Kommentare. Ich gebe keine Interviews. Ich lebe meine Träume und Sehnsüchte aus und damit fertig! Vielleicht sind meine Peitschen aber auch inzwischen verschimmelt und die Rohrstöcke vertrocknet? Vielleicht bin ich inzwischen ein braver und treu sorgender Ehemann geworden, der im Sommer die Blumen im Garten gießt und im Winter die Vögel am Futterhaus füttert? Petra war die letzte Frau, mit der dieses Abenteuer wirklich Spaß gemacht hat.

Oh, diese verrückte Petra! Die Neunschwänzige wartet! Die Rohrstöcke müssten längst gewässert werden. Süße Träume!

Michael

Die Neunschwänzige wartet! Die Rohrstöcke sind gewässert!

Nicht für Petras Rücken und Po! Es soll vorkommen, dass eine Meisterschülerin bessere Fertigkeiten entwickelt als es ihr Meister selbst vermochte. Petra wird sich trauen und die Flausen der Bequemlichkeit alternden Männern vehement austreiben wollen.

Wie liest sich dieser Text?

„Hallo,
du suchst eine Frau, die es versteht, dir deine kleinen Schwachheiten aus-
zutreiben, damit deine geheimen Träume endlich Erfüllung finden? Du
bist ein richtiger Mann und möchtest dich dennoch manchmal einfach
hingeben können? Dann bist du bei mir an die richtige Frau geraten. Ich
habe selbst eine harte Schule bei einem großen Meister durchlaufen. Ich
kann sehr konsequent und hartnäckig sein, wenn es gilt, die Glut unter
der Asche zu entfachen und das Feuer deiner Leidenschaft zum Lodern
zu bringen. Fühlst du das Brennen meiner Hand? Spürst du schon die
Striemen? Nur Mut! Melde dich bei mir. Ich werde dein Maß finden!
Verlasse dich drauf!"

Es kann weitergehen. Ganz bestimmt!

Denn:

„Jedem Anfang wohnt ein Zauber inne.
In jedem Ende liegt die Saat für einen neuen Anfang."
(Hermann Hesse: „Das Glasperlenspiel")

ENDE

ANMERKUNGEN

Für alle, die immer noch von Zweifeln geplagt werden, ob diese Menschen nicht doch pervers handeln oder ob die beschriebenen Szenen nicht doch nur Fantasien beschreiben, sei an dieser Stelle ein Auszug zu sadomasochistischen Neigungen aus wissenschaftlicher Sicht angemerkt. Ja, sogar ernsthafte Wissenschaftler haben sich mit diesen Phänomenen befasst!

Sadomasochismus und Hypnose

in Meinhold, Werner: Hypnose – Theorie und Praxis;
8. Auflage 2006; Hugendubel-Verlag München;
ISBN – 13: 978-3-7205-2741-5
Was ist ein hypnotischer Zustand?
S. 34: *„Ein hypnotischer Zustand ist ein natürlicher Bewusstseinszustand mit eingeschränkter Vigilanzbreite und erhöhter Wahrnehmung in Richtung der Konzentration des Bewusstseins auf sonst unbewusste innerseelische, geistige und körperliche Bereiche.“*

Oh ja, das kann bestätigt werden. Die Konzentration ist während einer intensiven Spankingsession und in der darauf folgenden Zeit der Verarbeitung der Erlebnisse wahrlich stark auf innerseelische Bereiche und auf Körperwahrnehmung gerichtet.

Was können Auslöser für hypnotische Bewusstseinszustände sein?
S. 172: *„Direkte oder indirekte Reize mit früharchaischer oder intrauteriner Symbolik, wie:*
* *wichtige Berührungsreize,*
* *der Kind-Eltern-Beziehung ähnliche Situationen,*
* *Situationen mit bewusst herbeigeführtem Autoritätsgefälle,*
* *Streben nach Akzeptanz durch Erfüllung von Bedingungen,*

- *Reize mit frühoraler Symbolik, wie:*
- *ernährt zu werden,*
- *Sinneseindrücke mit intensiver emotionaler Beteiligung,*
- *sexuelle Reize,*
- *Übertragungsgefühle,*
- *geprägte Schlüsselreize.‟*

Gibt es hypnotische Situationen in zwischenmenschlichen Beziehungen? Ohne Zweifel, ja!

S. 278: „*Zwischenmenschliche Beziehungen unterliegen vielfältigen hypnotischen und suggestiven Einflüssen. Sie sind geprägt von:*
- *anerzogenen Erwartungshaltungen,*
- *vom Wunsch nach Auffüllung frühkindlicher Defizite,*
- *von Idealvorstellungen an den Partner,*
- *von Konflikten mit dem eigenen Selbst.‟*

Das ist eine ganze Fülle überlegenswerter Aussagen. Trifft für mich davon etwas zu?

Bewusst herbeigeführtes Autoritätsgefälle, Streben nach Akzeptanz, Sinneseindrücke mit intensiver emotionaler Beteiligung, sexuelle Reize, Auffüllung frühkindlicher Defizite. Ja, das trifft zu.

Was gibt es sonst noch von der Wissenschaft zu diesem Thema zu erfahren?

Sadismus, Masochismus und Sadomasochismus

S. 618: „*Es herrscht in unserer Kultur ein weitgehend unbewusstes Streben nach Leid und Schmerz. Wo eine masochistische Klientel die sadistischen Zeremonienmeister aufsucht, stützen die Beteiligten mit ihrem Verhalten in der jeweiligen Rolle zugleich die ihres Gegenübers. Sie erleben dabei ihre eigenen Empfindungen und ihr Verhalten, als auch das ihres Gegenübers, in der jeweiligen Situation als echt und aktuell angemessen. Es kommt zur Verlagerung der Lust-Schmerz-Verkettung auf den jeweiligen anderen Partner. Mit diesem anderen erfolgt eine unbewusste Identifikation, die diesen zu einem Stellvertreter des eigenen Selbst werden lässt. Die Partner werden nach irrationalen Kriterien ausgewählt.*

Zum Beispiel:

- *um eigene unterdrückte Selbstanteile auszuleben oder*
- *um an mit Angst-Liebe besetzte Personen der frühen Kindheit erinnert zu werden."*

Na, schön und gut. Klar trifft das auch zu. Wer ist denn perfekt?

Das hier könnte ebenfalls noch interessant sein: Warum kommt es aber überhaupt dazu, dass Leid und Schmerz zu erheblichen Anteilen an die Stelle von Lust treten?

S. 621: *„Die frühkindlich geprägte Angst des ‚Nicht-Genügens' oder des ‚Nicht-akzeptiert-Seins' ist oft der überwiegende Impulsgeber. Wohlverhalten und Erwartungserfüllung werden unzuverlässig mit Bedingungszärtlichkeit belohnt, Abweichungen davon zuverlässig durch Missachtung und Bestrafung geahndet. Destruktive Kommunikationsformen und aggressive Formen der Zuwendung sind die Normalität. Die Verlässlichkeit aggressiv-destruktiver Zuwendung wird letztlich einer unsicheren Bedingungszärtlichkeit vorgezogen. Diese Sicherheit der eigenen Existenz wird dem Lustbedürfnis übergeordnet. Es kommt zur Lustumkehr. Die sadomasochistischen Prägungen sind zu Lebensbestandteilen geworden."*

Es sind also Lebensbestandteile!

Wenn das so ist, so sollte man etwas dafür tun und diese Lebensbestandteile nicht zu unterdrücken versuchen. Aber was tun? Verdrängung schadet. Ausleben hilft!

Aus meiner Sicht und Erfahrung ist ein verantwortungsvolles Ausleben der sadomasochistischen Prägung für ein gesundes Selbstwertgefühl förderlich, da diese Tatsache nun mal einen Teil des eigenen Lebensgefühls darstellt und in der frühkindlichen Prägungsphase gemachte negative Erfahrungen und Defizite kompensieren kann.

Eine solche sadomasochistische Beziehung als Bestandteil einer Lebenspartnerschaft erscheint mir aufgrund des komplizierten Ursachengefüges und der unbedingten Überlagerung mit anderweitigen unumgänglichen Beziehungskonflikten der Partner als nicht langfristig tragfähig. Eher kann dadurch die Partnerschaft gefährdet als stabilisiert werden, meine ich.

Eine tragfähige, persönlichkeitsfördernde sadomasochistische Spielbeziehung sollte deshalb unbelastet von Alltagsproblemen, mit Respekt und gegenseitiger Wertschätzung, in geschützter Atmosphäre und außerhalb der „normalen" Lebenspartnerschaft, verantwortungsvoll und achtsam im gegenseitigen Umgang, miteinander gelebt werden.

Das ist jedenfalls meine Erfahrung. Zu dieser Überzeugung bin ich im Verlaufe des Abenteuers mit Michael und einigen anderen Partnern mehr und mehr gelangt.

Allerdings, so meine ich auch, bedarf es eines längeren Prozesses der Annäherung an die Bedürfnisse, Erwartungen und Grenzen des jeweiligen Spielpartners, die hauptsächlich durch offene und direkte gegenseitige Gesprächsbereitschaft ausgelotet werden sollten. Ständig wechselnde sadomasochistische Spielpartner erschweren diesen Prozess oder machen persönlichkeitsfördernde Aspekte überhaupt unmöglich. Ich plädiere für ein langsames und stetiges Wachsen und Werden einer Spankingbeziehung, nicht für ein schnelles Abenteuer.

Meine Weideerlebnisse vom Anfang waren wichtige Erkenntnisse, aber mehr eben nicht.

Des Weiteren hat das Ausleben negativer Gefühle aus dem Alltagsleben, wie Frust, Wut oder Hass, in einer sadomasochistischen Spielbeziehung keinen Platz. Der Spielpartner dient weder als Prellbock noch als Seelenklempner.

Als ich Michael zu hassen begann, war uns quasi die Basis für weitere Spiele entzogen worden. Hass und Wut müssen unbedingt anders neutralisiert werden, als in einer Spankingszene ausgelebt zu werden.

Negative Gefühle haben immer konkrete Ursachen. Diese Ursachen sollten gefunden werden.

Für die Lösung von Alltagsproblemen und Beziehungsstress muss im realen Leben immer nach gewaltfreien Wegen und nach den dafür tauglichen Mitteln gesucht werden. Diese Dinge können niemals in einem Spiel abreagiert werden.

Denn:

SPANKING ist Spiel, KEINE Gewalt!

Deshalb:
Die handelnden Personen dieser wahren Geschichte, Petra und
Michael, distanzieren sich von jeder Form von Gewalt in zwischenmenschlichen Beziehungen sowie von gewaltgeprägtem Verhalten überhaupt.

DANKSAGUNG

Danke an meinen Meister Michael für die unvergesslichen Stunden voller Leben und Abenteuer.

Danke an alle Leser, die dieses Buch gekauft, gelesen und schließlich weiterempfohlen haben.

Danke allen Mitmenschen für entgegengebrachten Respekt, für Diskretion und Verständnis meines frei gewählten Weges der Selbstverwirklichung.

Ellinor Ehrhardt alias Petra

Die Autorin

Die Autorin wurde 1957 geboren und lebt seit-
dem in Sachsen. Nach einem Berufsabschluss als
Elektromechanikerin studierte sie Elektrotechnik
mit Diplomabschluss. Ihre gesamte berufliche
Tätigkeit widmet sie seitdem der Ausbildung junger
Erwachsener.

Nach prägenden gesellschaftlichen, zwischenmenschlichen und körperlichen Erfahrungen
gewährte sie erstmals ihren sorgfältig verborgenen
sadomasochistischen Fantasien wirkliche Aufmerksamkeit und suchte mit der Intuition einer Frau im
reifen Alter nach Erfüllung verdrängter Bedürfnisse.
Unter dem Pseudonym „Ellinor Ehrhardt", welches
eine Referenz an „das Licht der Hoffnung" und
an ihren Vater ist, schildert sie in ihrem Erstlings-
werk „mySPANKING – Verrückte Wechseljahre"
authentisch ihre Erlebnisse und Erkenntnisse.